中国文论中的『体』

古代文学理论研究

第四十六辑

华东师范大学出版社

胡晓明　主编

# 目　　录

## ◆ 诗学与词学 ◆

## ◆ 民国文论 ◆

## ◆ 文化与文学 ◆

# 编辑部报告

文学研究的本位是什么？古代文学理论遗产的发掘与阐释，古代文学思想观念的梳理与重构，如何回应文学研究本位的诉求？抑或文学研究的本位、文学主体、文学性，在当代跨学科、多视角交互融通的研究视域下，已然不再是一个需要过多讨论的问题？文学研究的"中心"是否已然不再重要？曾几何时，当思想性与艺术性之间孰重孰轻的争执逐渐淡化，当欧美新批评对文学内部研究与外部研究作了明确划界，当海德格尔倚赖荷尔德林的诗歌来摆脱近代哲学的失语症，似乎"诗意"栖居尘世的理性世界拥有了合法性，似乎文学的本体性、文学研究的本位得到了彰显。"文"已不必载"道"，"文"本身就是"道"，"文"展现了要眇身姿，当"道"尘满面鬓如霜之时。唐君毅先生在《哲学概论》中解释了何以大哲们垂青于文学语言："人类思想史中之大哲，恒有由觉到类似科学语言与历史语言之系统化的哲学语言，不足以表示超秒、妙、玄远、新鲜、活泼或简易、真切之哲学思想，而以哲学思想当舍弃系统化的表达方式，而以不成系统之文学性语言，加以表达者。"然而，此种文学／科学二分的语言观，只能给予文人、作家、小说家以灵魂的安顿，文学家们偶尔客串的文学批评何其坦荡潇洒；而对于从事文学批评、文学理论的研究工作者而言，文学本体的焦虑仍然巨大，一旦诉诸思索、考证、分析、论证、阐释等理性活动，则文学／科学语言之间的藩篱即被推倒，能够被理性阐释、知觉并得出结论的文学性，究竟还是不是文学性？文学的本体，文学研究的本位是否能不证自明？

钱锺书先生的学术研究无疑是所谓文学本位的，无论是已经整理成册的还是未经整理的手稿，研究总聚焦于词汇、修辞、句法、比喻、意象、结构等语言层面的创生、传承、新变等。钱先生从两方面论证了文学本位研究的合法性。一方面,研究乃基于创作,研究为创作所用,《谈艺录》云:"欲从而体察属词比事之惨淡经营,资吾操觚自运之助。渐悟宗派判分,体裁别异,甚且言语悬殊,封疆阻绝,而诗眼文心,往往莫逆冥契。至于作者之身世交游,相形抑末,余力旁及而已。"既然文学研究的目的,是"资吾操觚自运之助",则语言层面的"属词比事"自然成为文学研究的中心与本体,其他属于外部研究的"身世交游"则仅仅以"余力旁及而已"。钱先生此处呼应了西方现代文学批评的"形式转向"。另一方面,钱先生也呼应了西方现代文学批评的"语言转向",在论析陆机《文赋序》"意不称物,文不逮意"时,钱先生说"能'逮意'即能'称物',内外通而意、物合矣",此处的思想方法是现代语言学的,《谈艺录》云:"人生大本,言语其一……公私百事,胥赖成办。潜意识之运行,亦勿外言言语语……潜意识不离语文,尤为当世心析学者所树新义。海德格尔至谓古训'人乃具理性之动物'本旨为'人乃能言语之动物'。"钱先生推崇文学本位的研究,展开了极为精彩的批评实践,将居高临下的经史拖下来拽入文学性的阵营。他批评《昭明文选》不选经史子,是一种视野的局限,横亘着经史与文学的划界。在经史文献中,钱先生声东击西,七擒七纵,以无厚入有间,乘着文学性的垂天之翼作逍遥游。例如他研究《礼记·乐记》中"通感"之例,研究《左传》中小说式的人物对话与心理虚拟,研究《孝经》中曾子、孔子开后世为诸子、词赋的话语模式等等。本期刊发的杨明教授《钱锺书先生论〈文赋〉》一文,对钱先生文学研究的特点作了深入揭示,尤其指出了钱锺书评价陆机《文赋》"漱六艺之芳润"非单纯尊经,而是"为词章而发",为文学本体而发,"机赋始专为文辞而求诸经"。

文学是失败者的事业,这种失败既指作者人生的坎壈挫折,也可指作者肉体上疾病缠身。古典文学中的疾病书写具有悠久传统,自先秦至明清不绝如缕,以至宋末方回在《瀛奎律髓》中特列"疾病"类律诗,并作序云:"疾病呻吟之人所必有也。白乐天有云:'刘公干卧病瘴浦，谢康乐卧病临川，咸有篇章。'盖娱忧纾怨，是以见士君子之操焉。"建安七子之一的刘桢留存诗篇不多，但一句"余婴沉痼疾，窜身清漳滨"影响极为深远，我们可以在李商隐等唐宋诗人中看到"漳滨"一词已凝固为一个有关疾病的语典。疾病书写中不仅有儒家的"君子之操"，自然也吸收了佛道思想资源，"病维摩"在唐宋文学中具有重要的精神意蕴。本期刊发赵厚均、万一方所著《疾病诗学与金逸的诗意书写》一文，对中国古典文学中的"疾病诗学"作了细致深入的梳理，并进而论述以金逸为代表的明清女性对疾病书写的强烈兴趣。尤其值得一提的是，关于谢灵运《登池上楼》的一般鉴赏大都忽略此诗是在疾病书写的传统之内的，"池塘生春草，园柳变鸣禽"其实是接在"卧疴对空林"之后。胡晓明先生在《蓝蛇之首尾与诗学之古今》（《学术研究》2015 年第 10 期）一文中指出宋人田承君的鉴赏"'池塘生春草'，盖是病起忽然见此为可喜而能道之，所以为贵"开启了以"疾病复苏心理投射作用"来阐释该句蕴含的主观情感。

今年 1 月 30 日，中国古代文艺研究领域的著名学者邓乔彬先生在上海辞世。邓先生四十年的学术生涯，撰写了 750 余万字的著作，主张文献学、文艺学与文化学的方法相结合，打通文学艺术各门类之间的壁垒，祈向"通人通儒之学"，在诗、词、文、曲、赋、乐、画及相关的学术史等多个领域都有创获。本期特刊发湘潭大学符继成教授文章《融通艺文成一家——邓乔彬先生治学述略》，以为本刊编辑部全体同仁对邓乔彬先生的深切怀念。

《古代文学理论研究》编辑部

# 西方观念的影响和
# 中国戏曲史的书写

## 孙 玫

**内容摘要**：在中国传统社会里，戏曲属于"小道末流"，无缘跻身于学术殿堂。近代，在西方思潮的影响下，戏曲受到了中国现代知识界的重视，遂有具现代意义的戏曲研究问世。因此，戏曲研究从它的一开始就受到了西方观念的影响。在戏曲研究领域中，戏曲史的著述无疑有着非常重要的地位和作用。优秀的戏曲史著作，体现着彼时戏曲研究的总体水准，为初入戏曲研究领域（或并非专攻戏曲）的人们提供了了解和掌握戏曲发展历史的门径。二十世纪，中国戏曲史的撰述从无到有，由少到多，也程度不同地受到了西方观念的影响。本文择要探讨、分析了戏曲研究领域的这一段学术发展史。

**关键词**：戏曲；戏曲史；王国维；周贻白；《中国戏曲通史》

# The Influence of Western Concept and the Writings of *Xiqu* History

## Sun Mei

**Abstract**: In traditional Chinese society, *xiqu* was regarded as a straw. There was no room for *xiqu* in traditional Chinese scholarship. Since the nineteenth century, modern Chinese intellectuals began to highly value *xiqu* under the influence of Western concept. Then, the modern scholarship of *xiqu* studies appeared, in which the writing of *xiqu* history became significant. Those excellent works regarding *xiqu* history reflected the level of *xiqu* studies in a particular period, and provided the beginners of *xiqu* studies with scholarly approaches to the field. This paper will explore the historical development of the academic writings in the subject during the twentieth century, and also analyze the influence of Western concept on the discipline.

**Keywords**: *xiqu*; history of *xiqu*; Wang Guowei; Zhou Yibai; A History of Chinese *Xiqu*

戏曲早已是中国古代文学研究中必不可缺的文类/样式①,不过在现代以前,它是无法跻身于学术殿堂的。在中国传统社会里,戏曲一直被文人士大夫们所轻视。尽管在好几百年里,它是中国人最主要的娱乐形式,是上达皇室贵胄、下及贩夫走卒生活中不可缺的部分,但是戏曲并不见于当时官方的或其他正式文献的记载。例如,关汉卿、汤显祖都是现代戏曲研究中必提的巨擘,关汉卿的生平于史无征,《明史》虽为汤显祖列传,却只字不提他的戏曲活动。又如,《四库

---

① 当然,戏曲还涉及文学之外的某些领域,如音乐、表演等,事实上它本身即可成为一独立学科而不必从属于文学。对此,后文将有具体论述。

全书》卷帙浩繁,却连一部戏曲作品也不收录①。

诚然,在元明清三代也有一些关于戏曲的论著,这些论著或论说音韵、格律和宫调,或记载作者、伶人之生平,或胪列剧作之简目,离现代意义的戏曲研究相去甚远。尽管这些著作中也不乏一些珍贵的戏曲史料,但是这些史料简单、零碎、真伪错杂,有时还互相矛盾。直到近代,在西方观念(经过日本)的影响之下,戏曲才开始受到中国知识界菁英份子们的重视②。严格说来,具有现代意义的戏曲研究是在西方思潮影响下产生和发展起来的,所以它从一开始就不能不借重西方学术的传统和眼光。众所周知,戏剧在西方文学中一直占有极高的地位。西方文艺理论的鼻祖亚里斯多德曾在《诗学》里着重讨论悲剧问题。从亚里斯多德到黑格尔,西方哲人关于戏剧的理论硕果累累,很早就形成了体系。

## 一

多年来中国学界一直认为,中国戏曲史学的开山之作是王国维研究戏曲的系列论文,及其总结性的著作《宋元戏曲史》。不过,1999年康保成指出:“必须说明,王国维的戏曲史著作还不是最早的。据卢前《中国戏剧概论序》,早在王国维之前,陈绂卿(家麟)用英文写成了一部《中国戏剧史》,三十年代初在英国还很流行。这一事实,可用来补充说明《宋元戏曲史》的产生背景。”③李简亦持有相同之观点④。

查康保成所涉卢前之原文如右:“中国戏剧史之写作,据我所知,是友人陈绂卿先生(家麟)的一部英文本最早。陈先生允许赠给我一

---

① 参见拙文《西方影响与现代中国戏曲研究之进程》,《文艺研究》,2001年第6期。
② 参见拙文《清末“戏曲改良”与日本关系初探》,《艺术百家》,2011年第5期。
③ 康保成、黄仕忠、董上德《戏曲研究:徘徊于文学与艺术之间——关于古代戏曲文学研究百年回顾与前景展望的谈话》,《文学遗产》,1999年第1期,第4页。
④ 李简《20世纪初期古典戏曲史学的形成》,《北京大学学报》,2000年第6期,第77页。

本,几次写信到英国催去,始终没有寄来。听说至今在英国还很流行。"①从卢前的这一段话可以看出,他本人只是"听说"而没有亲眼见过这本英文的"《中国戏剧史》"。再查:陈家麟,字绂卿,号杜蘅,1880年(光绪六年庚辰)生于直隶静海县(今属天津市),是与林纾合译小说最多的口译者。他曾于1894年赴英国学习海军,1900年回国;1920年赴美进入康奈尔大学,一年后获得文学硕士学位,论文题为《中国戏剧研究》(*Studies in the Chinese Drama*)。该硕士论文对比分析了中西戏剧及莎士比亚剧作与清末新剧之间的相似之处,也主张戏剧教育的重要性②。笔者又检索了《中国留美学生学位论文(通报)》(*Theses and Dissertations by Chinese Students in America*),查获相同的资讯:陈家麟(Chen, Chia-lin)1921年于康奈尔大学获得文学硕士学位,其论文为《中国戏剧研究》(*Studies in the Chinese Drama*)③。根据以上资料可以看出,陈家麟原先并非是文科生,他1900年从英国回国,1920年赴美攻读硕士学位研究中国戏剧,他不大可能在1913年(王国维《宋元戏曲史》完成之年)以前就写出一部英文的《中国戏剧史》。因此,"早在王国维之前,陈绂卿(家麟)用英文写成了一部《中国戏剧史》"④的说法恐怕难以成立。此外需要指出的是,即使在中国人用西方语言写成的有关中国戏曲的著作中,陈家麟的《中国戏剧研究》也不是最早的。早在1886年,陈季同⑤即以法文在法国出版了《中国人的戏剧》一书⑥。不过他的这本书虽远

---

① 卢前《序》,《中国戏剧概论》,台北华严出版社,1991年,第3页。

② 古二德《陈家麟传记及其翻译小说〈鲍亦登侦探案〉等原著鉴定研究》,《清末小说から(通讯)》,第120期(2016年),第5—9页。

③ China Institute in America, *Theses and Dissertations by Chinese Students in America*, New York: 1928[?], p. 12.

④ 康保成、黄仕忠、董上德《戏曲研究:徜徉于文学与艺术之间——关于古代戏曲文学研究百年回顾与前景展望的谈话》,《文学遗产》,1999年第1期,第4页。

⑤ 陈季同(1852—1907),福建侯官(今福州)人,曾在欧洲学习和工作十余年,曾任清廷驻法使馆参赞。

⑥ 参阅陈季同《中国人的戏剧》,李华川、凌敏译,广西师范大学出版社,2006年。

早于王国维的《宋元戏曲史》，但也还不是研究中国戏曲史的专著。

2009年，黄仕忠的《从森槐南、幸田露伴、笹川临风到王国维——日本明治时期(1869—1912)的中国戏曲研究考察》一文，依据丰富的史料，详细论述了明治时期森槐南、幸田露伴、笹川临风等人的中国戏曲研究，认为王国维关注中国戏曲史，以及他的总结性著作《宋元戏曲史》的撰作，显然是受到了日本学者著述的影响①。从黄仕忠的论文，以及上述有关陈家麟和陈季同著作的讨论，可以再一次具体感知：当年西学东渐的历史背景和现代的戏曲研究问世之间的关系。

无论王国维的《宋元戏曲史》是否为具现代意义的戏曲研究之发端，恐怕也没有任何一部学术著作曾经像它那样直接、深远地影响了后来的中国戏曲史研究。王国维的戏曲研究虽然只做到元代，但是他的戏曲历史发展的逻辑，已经在学理上为戏曲通史的研究奠定了基础。例如，古人论曲多用"戏文"、"杂剧"、"南戏"、"传奇"等，指称各具体的样式，若言及类似我们今天所说的"戏曲"时，往往采用"词曲"一词(由此亦可见词学对曲学之影响)；而当时"戏曲"一词，常常是指演唱的剧曲，不同于现代人所说的戏曲。王国维重新解释"戏曲"一词的意义："戏曲者，谓以歌舞演故事也。"②从他的表述可以清楚地看出，他已经不再仅仅把戏曲当做"曲"，而是把它当做歌舞剧来看待了。换言之，他已经开始触及戏曲的综合性和戏剧性等本质问题了。王国维还在"类概念"(generic concept)的意义上来使用"戏曲"一词。他在《宋元戏曲考》中，以"戏曲"为全书命名，统领该书所论述的各个分类，如金院本、元杂剧和南戏。

王国维的戏曲学说深远地影响了他之后的好几代学者，被大多数后学所接受，但是他也给后人造成了某些至今依然悬而未决的问

---

① 参阅黄仕忠《从森槐南、幸田露伴、笹川临风到王国维——日本明治时期(1869—1912)的中国戏曲研究考察》，《戏剧研究》，2009年第4期。

② 王国维《戏曲考原》，《王国维戏剧论文集》，中国戏剧出版社，1984年，第163页。

题。例如,他的论述引发了关于"戏曲形成期"的长期争论。虽然王国维推测南戏可能早于元杂剧:"其渊源所自,或反古于元杂剧。"[①]但是他依然把元杂剧看作是最早的"真正戏曲"。随着一系列早期南戏剧本的发现,王国维的戏曲正式形成于元代的说法已经被后人修正。现在学界一般都认为,最早真正的(即成熟的)戏曲样式是南戏而不是元杂剧。但是,后人对王国维结论的修正,也还是依循王国维当初设定的标准来行事的,即,以有无剧本作为判断某一戏剧样式是否已经成为"戏曲"的重要标准。即使是有些学者,例如任半塘,他不同意王国维这种以有无剧本作为衡量标准的做法,试图在比宋代更早的历史时期找到成熟的戏曲样式[②]。但是,他们还是把王国维对"戏曲"的阐释——"以歌舞演故事",当作戏曲的定义,并据此来讨论、判别,何种歌舞表演或演剧活动应该是最早成熟的戏曲样式。换言之,这些学者并没有从根本上摆脱王国维当初设定的逻辑。

　　学者们责难王国维的"元代说",并提出了各自不同的见解。关于戏曲的形成就有"先秦说"[③]、"汉代说"[④]、"唐代说"[⑤],等等。然而,有意思的是,这些学者虽不同意王国维的"元代说",但一般上都赞成他的"戏曲……以歌舞演故事"的观点,并据此列举自己所认定的某一历史时期的歌舞戏的史料,以否定王的"元代说",支持自己所主张的"中国戏曲形成于某一历史时期"的说法。这真是一场纠缠不休的论争,至今尚未有定论。假如当初王国维写的是一部《宋元戏剧史》,

----

① 王国维《宋元戏曲考》,《王国维戏曲论文集》,中国戏剧出版社,1984 年,第 93 页。

② 任半塘《唐戏弄》,上海古籍出版社,1984 年,第 1—2、1102、1356—1358 页。

③ 例如,闻一多认为:"二千年前《楚辞》时代的人们对《九歌》的态度,和我们今天的态度,并没有什么差别。同是欣赏艺术,所差别的是,他们是在祭坛前观剧——一种雏形的歌舞剧,我们则只能从纸上欣赏剧中的歌辞罢了。"参见闻一多《什么是九歌》,朱自清等编《闻一多全集》(一),上海开明书店,1948 年,第 277 页;又见闻一多《〈九歌〉古歌舞剧悬解》,朱自清等编《闻一多全集》(一),上海开明书店,1948 年,第 305—334 页。

④ 例如,一些学者围绕着《公莫舞》争论:中国歌舞戏的历史是否应该提前到汉代?参阅叶桂桐《尊重历史　实事求是　端正学风——学术个案〈公莫舞〉研究之研究》,《聊城大学学报(社会科学版)》,2012 年第 3 期。

⑤ 参见任半塘《唐戏弄》,上海古籍出版社,1984 年,第 1—2、1102、1356—1358 页。

6 / 中国文论中的"体"

他根本就没有用"戏曲"这一概念,哪里会有这样许多的争论? 那岂不就相安无事、天下太平? 当然,笔者绝不是说我们今天应该废弃"戏曲"这一概念,改用"戏剧"一词。如果说在王国维的时代尚有不用"戏曲"这一概念之可能,那么在新的学术传统已经形成之一百年后,今天已经完全无法不再使用"戏曲"这一概念了。再者,这一概念也确有它的方便之处,因为当我们用"戏曲"来区分中国原生戏剧和话剧、歌剧、舞剧等外来形式时,它是一个非常清晰的概念。谁也不能因为"戏曲"概念带来了麻烦,就否定它存在的意义,而是要在使用这一概念时清楚地知道它的局限和不足①。

又如,王国维用悲剧和喜剧来划分戏曲②,把《窦娥冤》和《赵氏孤儿》等归入悲剧之列加以论述③。此后,关于中国古代悲剧的论述便时见于学者的笔端,特别是 1980 年代,中国大陆的国门重新对西方打开之时,关于中国古代悲剧的讨论更为频繁,其结果之一便是王季思领衔主编出版的《中国十大古典悲剧集》④。然而,具反讽意味的是,时至今日,中国戏曲里有无悲剧,这在学界仍然是一个争论未定的问题。其实,起源于希腊的纯正悲剧并不普遍存在于整个世界戏剧之中,而是西方的特例。对此,朱光潜在其用英文写作的博士论文《悲剧心理学》中指出:"悲剧这种戏剧形式和这个术语,都起源于希腊。这种文学体裁几乎世界其他各大民族都没有,无论中国人、印度人,或者希伯来人,都没有产生过一部严格意义的悲剧。罗马人也没有。"⑤

## 二

戏曲史书写的进一步推展,有赖于戏曲研究整体之深化。步王

---

① 参见拙文《"戏曲"概念考辨及质疑》,《戏曲艺术》,2005 年第 1 期。

②③ 王国维《宋元戏曲考》,《王国维戏曲论文集》,中国戏剧出版社,1984 年,第 85 页。

④ 王季思主编《中国十大古典悲剧集》,上海文艺出版社,1982 年。

⑤ 朱光潜《悲剧心理学》,张隆溪译,人民文学出版社,1983 年,第 210 页。

国维之后尘，二十世纪二三十年代，又有多位前辈为戏曲的史学研究作出了贡献。例如，1928年董康的《曲海总目提要》问世，1934年赵景深的《宋元戏文本事》出版，同年钱南扬的《宋元南戏百一录》在《燕京学报》发表。与此同时，关于以京剧为代表的清地方戏的研究也已经拉开了序幕。例如，1927年，郑振铎编《中国文学研究》[①]，上、下两册，上册论诗文，下册论小说和戏曲。其中欧阳予倩的《谈二黄戏》，有意识地将京剧和昆曲进行对照，考证京剧的声腔源流、剧目内容，并通过一些具体的剧目（如《庆顶珠》、《捉放曹》、《击鼓骂曹》等）讨论有关京剧编剧技巧。又如，1928年，贺昌群作《元曲概论》。该书最后两章，"元曲对于明清小说戏剧的影响"（第八章）和"元明杂剧传奇与京戏本事的比较"（第九章），均已列出了很好的题目，可惜只是触及，尚未深入。再如，齐如山旁搜远绍，整理考证，着力研究京剧，1932年作《国剧脸谱图解》，1935年作《京剧之变迁》、《国剧身段谱》。

继上述学术成果之后，接连有三部关于中国戏曲通史的著作问世：1934年卢前的《中国戏剧概论》、1936年周贻白的《中国戏剧史略》、1938年徐慕云的《中国戏剧史》[②]。这三部著作都是从中国戏剧的萌芽写起，然后按照历代王朝的更替划分章节，从先秦的歌舞一直写到清末的皮簧。卢前的《中国戏剧概论》和徐慕云的《中国戏剧史》还写到了话剧。后者更专门设立一章"中西戏剧之评价与比较"，虽然还不够深入，但由此亦可见西方影响之一斑。徐慕云的《中国戏剧史》不仅在篇幅上超过了《中国戏剧概论》和《中国戏剧史略》，而且还附有不少当时京剧艺人的剧照。该书一反前人研究戏剧史偏重考据的做法，将更多的精力投注于戏剧的演出。然而，此处最值得讨论的还是周贻白的戏曲研究。周贻白的《中国戏剧史略》虽然略晚于卢前的《中国戏剧概论》，但是他锲而不舍，在极其困难的条件下孜孜矻矻

---

① 郑振铎编《中国文学研究》，上海商务印书馆，1927年。

② 1926年吴梅出版了《中国戏曲概论》。该书从金元时期落笔，依次论说了院本、诸宫调、元杂剧、元散曲、明杂剧、明传奇、明散曲、清杂剧、清传奇和清散曲。由此可见，它还不能算作是关于中国戏曲通史的著作。

持续地研究中国戏曲史,先后于 1936 年出版了《中国剧场史》,于 1945 年出版了《中国戏剧小史》,并在 1947 年完成并于 1953 年出版了三卷本的《中国戏剧史》。该书不仅在篇幅上远远超过了卢著和徐著,它对后人的影响也远远大于卢著和徐著。

周贻白先后演过文明戏、湘剧、京剧等,还创作过诸多剧本,所以他研究戏曲自然不会像王国维那样只是在故纸堆里讨生活。他的《中国戏剧史略》有意识地以戏曲的演出为研究主体,突破了自王国维开始的在文学史范畴之内研究戏曲的架构;此外,该书还有一点不同凡响:不同于王国维、卢前和徐慕云等人,周贻白根据当时关于南戏研究的成果,将研讨南戏的那一章置于元杂剧之前而不是之后,这就使得他关于戏曲发展史的论述更接近于事物原本的面貌,而他的这一更动对于其后戏曲史著作的体例亦有决定性的影响。

周贻白的《中国戏剧史》充分吸收了当时戏曲研究的各种成果,作者还将自己潜心研究戏曲声腔形成与流变的心得写入书中。《中国戏剧史》是当时一部相当完备的戏曲通史,代表了 1950 年代戏曲史专著的最高水准,这部书虽然与本文所论的"西方观念"并无直接关系,但是它直接影响了当时和后来众多的戏曲研究者,包括下文将要讨论的张庚、郭汉城主编的《中国戏曲通史》,所以它是"中国戏曲史书写"论题部分必谈的内容。当然,该书亦有其不足之处,例如,有罗列史料之倾向,解析和阐释不足;语言文白夹杂,不够清晰流畅。1957 年,周贻白的戏曲研究受到批判。其后,他将《中国戏剧史》一书修订,于 1960 年以《中国戏剧史长编》之名出版,以彰显该书的资料性特质[①]。在此之后,周贻白虽然仍有不止一部关于戏曲史的著作出版,但是由于众所周知的历史原因,它们的学术价值都未能超过他的《中国戏剧史》或《中国戏剧史长编》。

1950 年代的中国大陆,以政治为指导的内容在人文学科研究中大行其道。文艺研究中过于注重作品的思想内容,只要一提起历史

---

① 周华斌《再版序》,周贻白《中国戏剧史长编》,上海书店出版社,2004 年,第 5 页。

传统,总是强调要取其精华去其糟粕;常常是以今律古,每每用"人民性"、阶级斗争学说。"人民性"这一概念始创于 19 世纪俄国的文艺理论家车尔尼雪夫斯基,后被苏共所继承,在所谓"社会主义现实主义"的文艺理论中占有重要的地位①。换言之,当时中国大陆学界奉行的实际上是一种俄国化了的马克思主义文艺理论。在这一高度政治化、意识形态化的历史时期,戏曲研究亦举步维艰。当时发表的与戏曲相关的文字虽然很多,但大都是热闹过场而已。例如,1956 年的 6 月和 7 月,中国戏剧家协会在北京先后举行了七次讨论会和一次学术讲演会,专门讨论《琵琶记》。与会的专家、学者各抒己见,激烈辩驳。贬这部作品者,认为《琵琶记》宣扬封建道德;褒这部作品者,则肯定它具有"人民性"。同年,剧本月刊社还编辑了关于这次论争的专刊,交由人民文学出版社出版,首次发行量即达一万八千册②。又如,1958 年,当时亲苏联的世界和平理事会在世界范围纪念关汉卿从事戏剧创作 700 年。当年 6 月 28 日中国举行隆重的纪念大会,众多剧团用多种不同的戏剧形式上演关汉卿的剧作。与此同时,与关汉卿相关的文章也成铺天盖地之势。而以关汉卿被世界和平理事会推选为世界文化名人为荣,这其中是否也隐含着某种借国外赞誉以拉抬声势的意味? 如今再回首一望,上述相关文字大都已经成为过眼云烟。在 1950 年代问世的戏曲著述中,真正能够经得起岁月淘汰、至今依然有价值的,只能是一些偏重考证和史料性质的著作,例如,任半塘的《唐戏弄》和钱南扬的《宋元戏文辑佚》等。

### 三

1950 年代后期,张庚领导的中国戏曲研究院开始集体编写《中国戏曲通史》。后因 1960 年代中期的政治因素,特别是其后"文革"

---

① 详见日丹诺夫《论文学、艺术与哲学诸问题》,葆荃、梁香译,上海时代书报出版社,1949 年,第 50—52 页。

② 参阅剧本月刊社编辑《琵琶记讨论专刊》,人民文学出版社,1956 年。

的干扰，该书直到 1980 年代初才得以正式出版。与以前的戏曲史著作不同，《中国戏曲通史》首先是在整体架构上有所突破，它不再沿袭前人以王朝更替划分章节的做法。在《中国戏曲通史》以前，无论是王国维还是周贻白，都是依照朝代的顺序划分其戏曲史著作的章节的。以朝代的顺序划分章节，实际上是受到了传统史学的影响——以帝王的兴衰史为论述中心。然而，戏曲的发展有其自身的规律，它的嬗变显然是不可能和王朝的更替同步进行。《中国戏曲通史》按照北杂剧、南戏、昆山腔、弋阳诸腔、清代地方戏的顺序建构全书的架构，既彰显了戏曲自身的历史发展逻辑，也清晰、易懂、好记。

《中国戏曲通史》全方位展开综合性研究，尤其注重戏曲的演剧艺术，它第一次具体考证和描述了古代戏曲的演剧形态。该书明确指出："一部戏曲史，既是戏曲文学的发展史，也是戏曲舞台艺术的发展史。"[①]为此，《中国戏曲通史》设独立之章节讨论戏曲的音乐、表演和舞台美术，尝试考证和具体描述古代戏曲的演剧形态。不难看出，《中国戏曲通史》这种以独立的章节、分门别类讨论戏曲的音乐、表演和舞台美术，是西方的艺术分类理论在戏曲研究中的应用，这实质上也是一种西方的影响。当然，这种西方影响并非是横向直接的，即并非西方现当代思潮的影响，而是某些早已在中国落地生根的西方理论或方法的影响。当时中国大陆已基本上为西方世界所孤立，同时它自己也完全否定和排斥西方现当代的各种文艺理论，因而彼时根本不可能有任何西方现当代的思潮直接影响它的学术研究。

西方的影响也还以另一种变异的方式在《中国戏曲通史》一书中出现，即马克思主义理论之运用。马克思主义全面地批判了资本主义，但寻根究底它也是一种来自西方的理论。在《中国戏曲通史》中经常可以看到这类影响。例如，关于"戏曲的起源"[②]，《中国戏曲通

---

① 张庚、郭汉城主编《中国戏曲通史》上册，中国戏剧出版社，1980 年，第 303 页。

② "戏曲的起源"和"戏曲的形成"这两章，是由张庚本人执笔写成。三十多年前，笔者在中国艺术研究院读书、工作时曾听几位前辈说起，因为这一部分最不容易说清楚，所以大家就把它推给了张庚。

史》的写法明显与前人不同。王国维写上古戏剧是从巫觋写起，这是受西方艺术起源于宗教说的影响。周贻白的《中国戏剧史》论述中国戏剧之胚胎时，也没有完全排除巫觋[1]。《中国戏曲通史》写"戏曲的起源"，则是将古代文献材料，如《尚书·舜典》中的"予击石拊石，百兽率舞"，和《吕氏春秋·古乐》中的"葛天氏之乐，三人操牛尾，投足以歌八阕"等，解释为与先民狩猎活动相关的歌舞仪式[2]。显然，这种阐释遵循了马列主义文艺理论中"艺术起源于劳动"的观点。

又如，关于"戏曲的形成"，王国维从文献中钩稽出优孟衣冠、东海黄公、踏摇娘、拨头，等等。周贻白的《中国戏剧史》跟随王国维，并吸收前修时贤之学术成果，罗列出诸多史料，但是并没有阐明它们之间的内在联系。《中国戏曲通史》则把戏曲史前诸多演艺形式归纳为滑稽表演和歌舞两大类，尝试阐述它们各自的历史脉络，认为滑稽表演和歌舞这两条发展线索在商品经济发达的宋代都市的瓦舍勾栏里合流，同时也吸收了讲唱艺术，最终形成了戏曲。《中国戏曲通史》的这一说法比较简明，也具有一定的说服力。不难看出，这里它较为成功地运用了马克思主义理论中"经济基础决定上层建筑"的观点。

今天《中国戏曲通史》中最为人所诟病之处是它关于作家、作品、人物的一些分析和解读，这些章节明显烙有1950年代和1960年初期的政治和意识形态的印迹。例如，在论述关汉卿时，《中国戏曲通史》如此行文：

> 他没有向贪婪、横暴的统治者屈膝，而是"不屑仕进"，以积极的战斗姿态，投入时代的斗争洪流，成为广大被压迫者的代言人。他生活于下层社会，"偶倡优而不辞"（《元曲选·序》），用杂剧艺术作武器，向以元代统治阶级为首的整个黑暗势力宣战。……关汉卿是十三世纪一位不屈不挠

---

① 周贻白《中国戏剧史》，上海中华书局，1953年，第28页。
② 张庚、郭汉城主编《中国戏曲通史》上册，中国戏剧出版社，1980年，第3—4页。

的，坚决同压迫者斗争的文艺战士，他所走的道路是光辉的。①

从关汉卿的作品中，今人当然可以非常清晰地感受到他的玩世不恭、愤世嫉俗、叛逆，甚至是抗争，但是所有的这一切都和"用杂剧艺术作武器""宣战"风马牛不相及。也只有在那个极力强调阶级斗争的年代，关汉卿才会被描述成为"一位不屈不挠的，坚决同压迫者斗争的文艺战士"。

紧接以上引文，《中国戏曲通史》又言道："王国维论关汉卿，说他'一空依傍，自铸伟词'（《宋元戏曲考》）。这不是过誉之词。……'自铸伟词'一语出自刘勰《文心雕龙》中的《辨骚》，可见王国维是以关汉卿和屈原并举的。"②仅仅因为王国维论关汉卿时采用了刘勰《辨骚》中的语汇，就断言王国维是将关汉卿和屈原并举，这就不能不说是脱离原文，牵强附会了。

至于《中国戏曲通史》在分析古代戏曲作品时，更不时会流露出前述所谓"人民性"的观点：该作品是如何同情劳动人民，该作品是如何揭露"封建"黑暗，因而存在着民主性的精华，等等。持平而论，这一现象不仅存在于《中国戏曲通史》一书之中，它普遍存在于当时中国大陆整个的戏曲研究，乃至整个古代文学研究之中，是一种时代的通病。不过，在戏曲史著作中设专章论述作家和作品，却可谓是《中国戏曲通史》一书的独创。在此之前，青木正儿的《中国近世戏曲史》虽然用了不少篇幅介绍传奇作品的内容，但是并无思想内容和艺术特色方面的具体分析③。《中国戏曲通史》设专章论述作家和作品，或许是受到了 1960 年代中国大陆大学统编教材《中国文学史》的影

---

① 张庚、郭汉城主编《中国戏曲通史》上册，中国戏剧出版社，1980 年，第 166—167 页。

② 张庚、郭汉城主编《中国戏曲通史》上册，中国戏剧出版社，1980 年，第 167 页。

③ 青木正儿《中国近世戏曲史》，王古鲁译，香港中华书局，1975 年。

响①。这一体例也影响到后人,如 2000 年廖奔、刘彦君的《中国戏曲发展史》也依循了《中国戏曲通史》所开创的这一体例②。

概言之,西力东渐,中国面临千年未有之大变局。在成为现代世界的组成部分的历史进程中,在西方文化的影响下,中国形成了现代的学术传统。戏曲研究是中国现代学术传统的一个侧面,而戏曲史的书写又是戏曲研究的基础。作为中国最早的戏曲史著作,王国维的《宋元戏曲史》影响了后来一大批研究者的观念和方法,同时也给他们带留下了至今依然纠缠不休的问题。在王国维和周贻白等人的基础之上,《中国戏曲通史》继续耕耘,努力向前推进,亦有一定程度之突破,但是它也身不由己地陷于学术和政治两种张力的拉扯之中,不可避免地留下了那个时代所造成的局限和遗憾。

(台湾"中央大学"中文系)

---

① 游国恩、王起、萧涤非、季镇淮、费振刚主编《中国文学史》,人民出版社,1963—1964 年。

② 廖奔、刘彦君《中国戏曲发展史》,山西教育出版社,2000 年。

# 论古代小说中伦理道德批评的特点与焦点<sup>*</sup>

## 朱锐泉

**内容摘要**：众多古代小说的序跋评点，具备伦理道德批评的属性。它们的总体特点是，首先，以有关世教作为文本社会功能与文体优长之所在。其次，道德价值构成了作品维护生存权利的"挡箭牌"，也给写实与虚构关系问题的处理划出了一道底线。从清代小说评点家毛宗岗到张竹坡，古代小说的伦理道德批评还逐步形成了人伦关系的聚焦重点，值得引起读者高度关注，并从文学、伦理学、历史等多个维度挖掘其价值。

**关键词**：古代小说；伦理道德批评；小说评点；人伦关系

＊ 本文是天津师范大学博士基金项目"中国古代小说伦理叙事新论"（项目编号043-135202WW1727)的阶段性成果

# On the Characteristics and Focus of Ethical and Moral Criticism in Ancient Novels

## Zhu Ruiquan

**Abstract**: A great number of prefaces and postscripts and commentaries in ancient novels possess attributes of ethical and moral criticism. Their general characteristics are, firstly, moral education constitutes social function and style advantage. Besides, moral values are considered as the shield of the living rights of ancient novels, and underline a bottom line in dealing with the problem of realistic and fictional relation from writers. From the masters called Mao Zonggang to Zhang Zhupo, ethical and moral criticism in ancient novels develops focus of human relations, which is worthy of highly attention and uncovering values in different dimensions.

**Keywords**: Ancient Novel; Ethical and Moral Criticism; Novel Commentary; Human Relations

　　古罗马哲人贺拉斯(前 65—前 8)在其《诗艺》中推崇的文学是"寓教于乐,既劝谕读者,又使他喜爱,才能符合众望。这样的作品……才能使作者扬名海外,留芳千古。"①此言符合人类心目中共通的文学经典的标准。而如嘉靖壬午年(1522)张尚德所揭示古代小说的一种创作心理和旨趣,也同样具备普遍意义。所谓"好事者以俗近语,隐栝成编,欲天下之人,入耳而通其事,因事而悟其义,因义而兴乎感,不待研精覃思,知正统必当扶,窃位必当诛,忠孝节义必当师,奸贪谀佞必当去,是是非非,了然于心目之下,裨益风教,广且大焉,

---

① 贺拉斯《诗艺》(与《诗学》合刊),罗念生、杨周翰译,人民文学出版社,1962 年,第155 页。

何病其赘耶？"①另一方面，古代小说批评文字中包含相当一部分伦理道德的内容，也引起了我们的注意。尽管近年来已有学者从叙事接受层面出发，开始探究"评点文本的伦理解读"、"小说评点的伦理意图"这样比较深入的问题②，但无疑地，有关学术问题的空间仍然很大。

## 一、伦理道德批评的特点

这些伦理道德批评，表现出以下几个特点。首先，在追溯"稗官"古义或宋元小说传统之际，突出其有关世教的劝惩功能。许乔林《镜花缘序》谓是书："岂非以其言孝言忠，宜风宜雅，正人心，厚风俗，合于古者稗官之义哉！"③金圣叹（1608—1661）《第五才子书施耐庵水浒传》的一条回评更明揭"稗史之作，其何所昉？当亦昉于风刺之旨也。"④如果说这还是向采诗观政的诗教依附，那么凌濛初（1580—1644）眼中宋元说话伎艺之一的小说，可就开辟了崭新的传统："宋、元时有小说家一种，多采闾巷新事，为宫闱应承谈资。语多俚近，意存劝讽。虽非博雅之派，要亦小道可观。"⑤

其次，通过与正经、正史的比较，在肯定小说作为稗史、外史的文体优长时，也包括其能够福善祸淫的层面。刘廷玑的小说品题，提到了小说创作的起因，"叟对以将作《女仙外史》，余叩其大旨，曰：'常读《明史》，至逊国靖难之际，不禁泫然流涕。故夫忠臣义士与孝子烈媛，湮灭无闻者，思所以表彰之；其奸邪叛道者，思所以黜罚之，以自

---

① 修髯子（张尚德）《三国志通俗演义引》，载黄霖、韩同文选注《中国历代小说论著选》，江西人民出版社，1985年，第111页。

② 参见江守义、刘怡《中国古典小说叙事伦理研究》，安徽教育出版社，2016年，第440—488页。

③ 许乔林《绘图〈镜花缘〉原序》，载李汝珍著，秦瘦鸥校点《镜花缘》，上海古籍出版社，1990年，第685页。

④ 陈曦钟、侯忠义、鲁玉川辑校《水浒传》（会评本），北京大学出版社，1987年，第342页。

⑤ 即空观主人（凌濛初）《拍案惊奇序》，载凌濛初著，陈迩冬、郭隽杰校注《拍案惊奇》，人民文学出版社，1991年，第1页。

释其胸怀之哽噎'。"①在他看来,小说正可以承担起责任,在铺毫濡墨间行使道德裁判权。这种权力行使的方式与产生的效力,与正史相比有何不同呢? 孟芥舟的评论回答了这个问题:

> 古今忠孝节义,有编入传奇演义者,儿童妇女皆能记其姓名。何者? 以小说与戏文为里巷人所乐观也。若仅出于正史者,则懵然无所见闻,唯读书者能知之。即使日与世人家喻户晓,彼亦不信。故作《外史》者自贬其才以为小说,自卑其名曰《外史》,而隐寓其大旨焉,俾市井者流咸能达其文理,解其情事。夫如是而逊国之忠臣义士、孝子烈媛,悉得一一知其姓氏,如日月在天,为世所共仰,山河在地,为人所共由。此固扶植纲常、维持名教之深心,《外史》之功也。虽然,亦《外史》之罪与?②

静恬主人《金石缘序》一方面宣扬"小说何为而作也? 曰以劝善也,以惩恶也",与此同时又承认"夫书之足以劝惩者,莫过于经史",但不忘指出后者"义理艰深,难令家喻而户晓",是故"反不若稗官野乘福善祸淫之理悉备,忠佞贞邪之报昭然,能使人触目儆心,如听晨钟,如闻因果,其于世道人心不为无补也"③。"谐于里耳"的小说更有助于施行教化,与之秉承相同论述策略的,还有清人惺园退士。所谓"士人束发受书,经史子集浩如烟海,博观约取,曾有几人。惟稗官野乘,往往爱不释手。其结构之佳者,忠孝节义,声情激越,可师可敬,可歌可泣,颇足兴起百世观感之心;而描写奸佞,人人吐骂,视经籍牖人为尤捷焉。""庶几稗官小说亦如经籍之益人,而足以兴起观感,未始非世

---

① 刘廷玑《江西廉使刘廷玑在园品题》,载吕熊著,杨钟贤校点《女仙外史》,百花文艺出版社,1985年,第1079页。
② 孟芥舟《女仙外史回评》第一百回,《女仙外史》,第1064页。
③ 静恬主人《金石缘序》,载佚名著,胡云富点校《金石缘》,北京师范大学出版社,1992年,第1页。

道人心之一助云尔。"①稍有区别处是其论证小说文体的优越性,能结合小说的结构与描写,观点更令人信服。

惺园退士的评论代表着这样一种认识,在具体的文体构成方面,有没有道德劝诫,其效果如何,也对小说中的议论设置了标线。冯镇峦(1760—1830)《读聊斋杂说》就说《聊斋》"非独文笔之佳,独有千古,第一议论醇正,准情酌理,毫无可驳。如名儒讲学,如老僧谈禅,如乡曲长者读诵劝世文,观之实有益于身心,警戒愚顽。至说到忠孝节义,令人雪涕,令人猛省,更为有关世教之书"②。此外,从这个角度,还可以衡量小说评点的功绩。"然世之读稗官者颇众而卒不获读史之益者何哉? 盖稗官不过纪事而已。其于智愚忠佞贤奸之行事,与国家之兴废存亡,盛衰成败,虽皆胪列其迹,而与天道之感召,人事之报施,智愚忠佞贤奸言行事之得失,及其所以盛衰成败废兴存亡之故,固皆未能有所发明,则读者于事之初终原委,方且懵焉昧之,又安望其有益于学问之数哉!"鉴于这个原因,蔡元放才要"稍为评骘。条其得失而抉其精微"③,以评点开万千览者之心。

第三,道德价值的高低不仅是作品能否跻身先进的标尺,而其有无更成为小说批评家应对质疑,维系小说生存权利的"挡箭牌"。对于小说描写与历史实际的距离,明吟啸主人《平虏传序》的观点振聋发聩:"苟有补于人心世道者,即微讹何妨。有坏于人心世道者,虽真亦置。"④与之相类,清初烟水散人《珍珠舶序》从小说语言及其虚构想象两个方面,回应了不满的声音,"乃论者犹谓俚谈琐语,文不雅驯;凿空架奇,事无确据。呜呼! 则亦未知斯编实有针世砭俗之意矣"⑤。

① 惺园退士《齐省堂〈增订儒林外史〉序》,载吴敬梓著,李汉秋辑校《儒林外史(汇校汇评)》,上海古籍出版社,2010年,第692页。

② 冯镇峦《读聊斋杂说》,载蒲松龄著,张友鹤辑校《聊斋志异(会校会注会评本)》,上海古籍出版社,2013年,第11页。

③ 蔡元放《东周列国志序》,《中国历代小说论著选》上册,第412页。

④ 吟啸主人《近报丛谭平虏传》,《古本小说集成》本,上海古籍出版社,1994年,第3页。

⑤ 烟水散人《珍珠舶》,《古本小说集成》本,上海古籍出版社,1994年,第2—3页。

反过来,正如清潜林老人所云:"小说家千态万状,竞秀争奇,何止汗牛充栋。然必有关惩劝扶植纲常者,方可刊而行之。一切偷香窃玉之说,败俗伤风,辞虽工直,当付之左龙耳。"①小说批评家会对作品的所谓道德缺陷诟病不已,其除恶务尽的态度也令现代读者吃惊。这是对古代小说的现实发展作出的分级限定,导致了诸如小说禁毁等现象的产生。

李渔《闲情偶寄·戒荒唐》宣传"凡说人情物理者,千古相传;凡涉荒唐怪异者,当日即朽。"②古代小说伦理道德批评的最后一个显见特点是,尽管征奇话异志怪谈玄之作源远流长,参与构成了中国小说的底色,但在伦理道德批评的约束范围内,它们被要求不可任意驰骋想象,主旨更需要注意复归道德教化的"正道"。刘知几《史通·杂述》对"求其怪物,有广异闻"的《搜神记》、《幽明录》谓之杂述,分辨其内容时就说道:"语魑魅之途,则福善祸淫,可以惩恶劝善,斯则可矣。及谬者为之,则苟谈怪异,务述妖邪,求诸弘益,其义无取。"③观鉴我斋《儿女英雄传序》则在点评长篇小说名著时试图揭示:"继复熟思之:数书者,虽立旨在诚正修齐治平,实托词于怪力乱神。《西游记》,其神也怪也;《水浒传》,其力也;《金瓶梅》,其乱也;《红楼梦》,其显托言情,隐欲弥盖,其怪力乱神者也。"④至于小说家"夫子自道"的材料,不妨来看吴承恩《禹鼎志序》:"虽然吾书名为志怪,盖不专明鬼,时纪人间变异,亦微有鉴戒寓焉。"⑤实际上,随着《金瓶梅》的横空出世,世情题材小说逐渐跃为大宗,日用起居耳目之内的"无奇之奇"

---

① 《说呼全传序》,《中国历代小说论著选》上册,第 166 页。

② 《闲情偶寄》,《李渔全集》第三卷,浙江古籍出版社,1992 年,第 14 页。

③ 刘知几著,浦起龙通释,王煦华整理《史通通释》,上海古籍出版社,2009 年,第 256 页。

④ 观鉴我斋《儿女英雄传序》,载文康著,弥松颐校注《儿女英雄传》,人民文学出版社,2014 年,第 2 页。

⑤ 《中国历代小说论著选》上册,第 122 页。清代中期小说家李绿园则在其《歧路灯》的自序中,表达了发明纲常彝伦的志向,这使得这小说被视为"劝诫小说发展的极致"。参见李正学《论李绿园的小说思想》,《明清小说研究》,2017 年第 3 期,第 194—197 页。

也日益成为小说家虚构想象所依循的标准,笑花主人《今古奇观序》说得好:"故夫天下之真奇,在未有不出于庸常者也。仁义礼智,谓之常心;忠孝节烈,谓之常行;善恶果报,谓之常理;圣贤豪杰,谓之常人。""其善者知劝,而不善者亦有所惭恶悚惕,以共成风化之美。则夫动人以至奇者,乃训人以至常者也。"①在洞见"奇"与"常"辩证关系的基础上,忠孝节烈的表现更有了理论依据。

## 二、人伦批评的聚焦:从毛宗岗到张竹坡

众所周知,理解人际关系,堪为认知伦理的要务。提到传统中国的伦理,自然离不开儒家的一整套礼乐文明与五伦、三纲、五常等为人熟知的关系规范。就其起作用的方式言之,正如余英时所指出的:"儒家一方面强调'为仁由己',即个人的价值自觉,另一方面又强调人伦秩序。更重要的是:这两个层次又是一以贯之的,人伦秩序并不是从外面强加于个人的,而是从个人这一中心自然地推扩出来的。儒家的'礼'便是和这一推扩程序相应的原则。这个原则一方面要照顾到每一个个人的特殊处境和关系,另一方面又以建立和维持人伦秩序为目的。"②

《孟子》所谓"父子有亲,君臣有义,夫妇有别,长幼有序,朋友有信"③,引发了后人"五伦之外无道"④的议论。下面结合重要小说评点,对本文直接观照的伦理道德中的人伦关系,再作论述。

关于《三国演义》,庸愚子(蒋大器)的序言可谓揭橥人伦总纲:

> 惟昭烈,汉室之胄,结义桃园,三顾茅庐,君臣契合,辅
> 成大业,亦理所当然。其最尚者,孔明之忠,昭如日星,古今
> 仰之。而关、张之义,尤宜尚也。其他得失,彰彰可考,遗芳

---

① 《今古奇观序》,《古本小说集成》本,上海古籍出版社,1994年,第6—8页。

② 余英时《从价值系统看中国文化的当代意义》,载《中国思想传统的现代诠释》,江苏人民出版社,2006年,第21页。

③ 朱熹《四书集注》,凤凰出版社,2005年,第276页。

④ 王士祯《池北偶谈》卷六"谈献二",靳斯仁点校,中华书局,1982年,第133页。

遗臭,在人贤与不贤、君子小人、义与利之间而已。①
第二十五回中,以"义绝"闻名的关羽投降之前有三约:"一者,吾与皇叔设誓,共扶汉室。吾今只降汉帝,不降曹操。二者,二嫂处请给皇叔俸禄养赡,一应上下人等,皆不许到门。三者,但知刘皇叔去向,不管千里万里,便当辞去。"毛宗岗(1632—1709)于此有评:"第一辨君臣之分。第二严男女之别。第三明兄弟之义。"这就从五伦角度点明了关公道义上的优胜。

兄弟之义自然是小说人伦描写的重点。不仅突出了刘、关、张结拜以来的义薄云天、视兄弟如手足,还在相形之下,鞭挞了骨肉兄弟同室操戈、相煎何急的不义行为。《世说新语·尤悔》中,卞太后眼睁睁看着曹丕毒死儿子曹彰的惨剧发生,生死关头没有容器盛装用来解毒的井水的焦躁令人动容。而到了长篇小说里,曹丕也先后逼死弟弟曹熊,谋算弟弟曹植。毛宗岗评曰:"玄德以异姓之兄,而痛悼共弟之亡;曹丕以同胞之兄,而急欲其弟之死。一则痛义弟之死,而不顾其养子之思,一则欲亲弟之亡,而不顾其生母之爱。君子于此,有天伦之感焉。"(第七十九回总评)

在刘备身上,夫妇之爱要让位于兄弟之情。一心为关羽报仇的他并不因糜夫人、孙夫人的关系而原谅其兄弟糜芳和孙权。"不以殉难而亡之糜夫人而赦其弟,肯以不告而归之孙夫人而忽其兄乎? 凡人妻子之情,每足夺兄弟之情,而爱兄弟之情,每不如其爱妻子之情。观于先主亦可以风矣。"(第八十三回总评)毛宗岗的慨叹因先主心目中两种人伦的高下而发,又具有针砭时世的意味。

再来看世情小说的高峰之一《金瓶梅》:

> 无非明人伦,戒淫奔,分淑慝,化善恶,知盛衰消长之机,取报应轮回之事,如在目前始终,如脉络贯通,如万系迎风而不乱也,使观者庶几可以一哂而忘忧也。

---

① 庸愚子(蒋大器)《〈三国志通俗演义〉序》,载陈曦钟、宋祥瑞、鲁玉川辑校《三国演义(会评本)》,北京大学出版社,1986年,第25页。

欣欣子《金瓶梅词话序》这段话的意思,发展至张竹坡(1670—1698),就演变为针对"淫书说"做出回击:

> 第一回弟兄哥嫂以"弟"字起,一百回幻化孝哥以"孝"字结,始悟此书一部奸淫情事,俱是孝子悌弟穷途之泪。夫以"孝"、"弟"起结之书谓之曰淫书,此人真是不孝弟。噫!今而后三复斯义,方使作者以前千百年,以后千百年,诸为人子弟者,知作者为孝弟说法于浊世也。①

张氏进而在《竹坡闲话》中从人伦角度推测作者的身份特点,并由此探究小说的创作缘起,有所谓"《金瓶梅》,何为而有此书也哉?曰:此仁人志士、孝子悌弟,不得于时,上不能问诸天,下不能告诸人,悲愤呜唈,而作秽言以泄其愤也。"②

在具体描写中,《金瓶梅》第五十八、七十八回集中刻画金莲不孝的"逆子之样"。潘姥姥的所作所为,从制止女儿虐打丫环以致惊吓李瓶儿幼子,到区区上门不带轿子钱,都被金莲无情数落,无怪张竹坡评点时连连直呼"哭尽天下父母心"。

又如西门庆、陈敬济这对翁婿关系也多处得到表现。西门庆固然有贪图亲家财产的恶念,可对于半子敬济,"但凡家中大小事务、出入书柬、礼帖,都教他写。但凡客人到,必请他席侧相陪。吃茶吃饭,一时也少不的他"③,也是不争的事实。他平日里一直念叨,到"贪欲丧命"(第七十九回)前夕嘱咐过吴月娘后旋即叫来女婿托付时"有儿靠儿,无儿靠婿",却没有换来一片真心相对。第七回张批有言:

> 西门有保全扶养之恩,而其婿苟有人心,自当敬以济此

---

① 兰陵笑笑生著,张道深评,王汝梅等校点《金瓶梅》第一百回回评,齐鲁书社,1991年,1562页。耐人寻味的是,当代学者对于《金瓶梅》"淫书说"予以扬弃,提出"色情小说"是小说中应有必有的一种类型,而《金瓶梅》则是这一类型的杰出伟大之作。详见杜贵晨《再论"伟大的色情小说〈金瓶梅〉"——中国十六世纪性与"婚姻的镜子"》,《明清小说研究》,2017年第2期,第111—131页。

② 张竹坡《竹坡闲话》,《金瓶梅》,齐鲁书社,1991年,第8页。

③ 《金瓶梅》第二十回,齐鲁书社,1991年,第314页。

恩遇，不可一事欺，心负行，而敬济又如彼。至若其父为小人，敬济当敬以干蛊，济此天伦之丑；其岳为恶人，敬济又当敬以申谏，以尽我亲亲之谊，乃敬济又如此如此，如彼如彼。呜呼，所谓敬济者，安在哉？[①]

当然，本书人伦表现的重心似乎另有所在。就张批而言，除了提出《金瓶梅》以"孝"、"悌"起结来反对"淫书说"，还有贯穿全书的对于书中所叙假父子、假母女、假朋友、假兄妹的抨击：

> 闲尝论之：天下最真者，莫若伦常；最假者，莫若财色。然而伦常之中，如君臣、朋友、夫妇，可合而成；若夫父子、兄弟，如水同源，如木同本，流分枝引，莫不天成。乃竟有假父、假子、假兄、假弟之辈。噫！此而可假，孰不可假？将富贵，而假者可真；贫贱，而真者亦假。

《竹坡闲话》的这段话，站在"五伦"立场反对诸种假关系，可谓义正辞严。又如《批评第一奇书〈金瓶梅〉读法》第八十六则总论全书中西门庆的假亲友：

> 书内写西门许多亲戚，通是假的。如乔亲家，假亲家也；翟亲家，愈假之亲家也；杨姑娘，谁氏之姑娘？假之姑娘也；应二哥，假兄弟也；谢子纯，假朋友也。至于花大舅、二舅，更属可笑，真假到没文理处也。敬济两番披麻戴孝，假孝子也。至于沈姨夫、韩姨夫，不闻有姨娘来，亦是假姨夫矣。惟吴大舅、二舅，而二舅又如鬼如蜮，吴大舅少可，故后卒得吴大舅略略照应也。彼西门氏并无一人，天之报施亦惨，而文人恶之者亦毒矣。奈何世人于一本九族之亲，乃漠然视之，且恨不排挤而去之，是何肺腑！

是斥人情之浇薄。直至第九十七回《假弟妹暗续鸾胶　真夫妇明谐花烛》的回批，张竹坡仍然由当上守备夫人的庞春梅贼心不死，假认陈敬济为弟，以图蒙混过关再续奸情这一情节切入，把目光放在小说

---

① 《金瓶梅》，齐鲁书社，1991年，第114页。

重点描写的人物关系上面：

> 夫一回"热结"之假，"冷遇"之真，直贯至一百回内。而假父子则已处处点明。桂姐之于月娘，银姐之于瓶儿，三官之于西门，西门之于蔡京是也。真父子，则磨镜之老人，李安之老母等类。至于假夫妇，满部皆是，并未有一真者。有自己之妻而为人所夺，且其妻莫不情愿随人，是虽真而实假也。有他人之妻而己占之，是以假为真，乃假中之愈假者也。故此处一写假弟妹，结上文如许之假夫妻；一写真夫妻，结上文如许之假弟妹。总之，为假夫妻结穴，见"色"字之空，淫欲之假。觉"东门"之叶无此慨恻也。①

这里回顾前文，先后提到的"桂姐之于月娘，银姐之于瓶儿，三官之于西门，西门之于蔡京"，涉及各种假人伦形成的条件，也就是拜认干亲的风习。经竹坡提示，读者能够更好地认识，小说是如何展开其网状结构，在此节点上铺展花团锦簇一般的文章。诸如批评妓女李桂姐之"趋炎认女"，月娘认其为干女儿之"胡乱处家，不知礼仪"（第三十二回），以西门庆趋奉蔡太师做假子"为世人一哭"（第五十五回），又通过林太太让儿子王三官认自己的情夫西门庆为义父，来展现人伦关系的极度紊乱。作者正是借助假人伦的叠加，出之以对世情浇漓人性败坏的控诉。

相较《红楼梦》人物的拜认干亲，如第十三回描写秦可卿丫环宝珠甘愿作为义女，为秦氏摔丧驾灵，这样严肃正经的情节，又如第四十八回贾母让王夫人认薛宝琴为干女儿，透出的贾家对于宝琴的钟爱，《金瓶梅》和张竹坡批语的态度明显冷峻得多，充满对于人性和权势的批判意识。曹雪芹笔下第二十四、三十七回又多次出现贾芸以比自己年幼四五岁的叔叔宝玉为父，还像模像样地在书信中以"不肖

---

① 《金瓶梅》，齐鲁书社，1991年，第1521页。

男"①自称,这样的段落折射出的则是一种轻松谐趣了。

## 三、余论

综合前文来说,研究古代小说伦理道德批评的性质与特色,便于加强对小说内在张力的解释。以世情题材的才子佳人小说为例,一方面,现代学者的观点,其"要旨所归"在于"顺情而不越礼,风流而无伤风教"②,合乎相当一部分古人看待此类小说的观念态度;但另一方面,清李仲麟眼中"淫词小说"之祸正是由其中浓墨重彩的情欲、婚恋描写发端③。

推扩开来看,古代小说作者评论者常用的辩护词是"不知四书五经不外饮食男女之事,而稗官野史不无忠孝节义之谈",他们也以"话须通俗方传远,语必关风始动人"为自觉的创作追求,甚至得意于"虽小诵《孝经》、《论语》,其感人未必如是之捷且深也"④。但其中关合百姓日用人情欲望的内容,每每沦为海淫海盗的口实,导致作品变成纲常名教的卫道士必欲除之而后快的对象。康熙五十三年礼臣钦奉上谕"欲正人心,厚风俗,必崇尚经学,而严绝非圣之书,此不易之理也。

---

① 《红楼梦》第 37 回,曹雪芹著,启功主持,张俊等校点《红楼梦》,中华书局,2014年,第 486 页。

② 何满子《中国爱情小说中的两性关系》,上海书店出版社,1999 年,第 146 页。同样是颂扬青年男女的爱情,作为才子佳人小说先声的元明中篇传奇小说,则较少被论者言说其道德内涵。赵振兴指出:"传奇小说中的男主人公是一群偏离了正统儒家道德规范,对仕途无所关心而沉溺于春花秋月之感性生活的文化人。"参见赵振兴《以诗传情的有情世界:抒情传统与元明传奇小说的兴起》,《明清小说研究》,2017 年第 1 期,第 165 页。

③ 《增订愿体集》卷二:"淫词小说,多演男女之秽迹,敷为才子佳人,以淫奔无耻为逸韵,以私情苟合为风流。云期雨约,摹写传神,少年阅之,未有不意荡心迷、神魂颠倒者。在作者本属子虚,在看者认为实有。遂以钻穴逾墙为美举,以六礼父命为迂阔。遂致伤风败俗、灭理乱伦,则淫词小说之为祸烈也。"清光绪丙子(1876)盛京钟楼南彩盛刻字铺精刻本。

④ 分别见:樵云山人《飞花艳想序》,《飞花艳想》,王申、扬华校点,《中国古代珍稀本小说》(3),春风文艺出版社,1994 年,第 300 页;《京本通俗小说》第十六卷《冯玉梅团圆》,杨长山点注,华夏出版社,2012 年,第 65 页;绿天馆主人《古今小说·叙》,冯梦龙编刊,陈曦钟校注《喻世明言》(新注全本),北京十月文艺出版社,1994 年,第 2 页。

近见坊肆间,多卖小说淫词,荒唐鄙俚,凌乱正理,不但诱惑愚民,即缙绅子弟未免游目而蛊心焉。败俗伤风所系非细,应即通行严禁"①,就点出了清初严禁白话短篇小说的背景。故此,小说的创作本旨与传播效果之间有时存在着一道鸿沟,其中伦理叙事的看待与评价也可能成为一个纠结缠绕的问题,需要细加厘析。面对这一难题,引入古代小说伦理道德批评的材料,则能让我们拨云见日获得正解。大量序跋作者、评点家以有关世教作为文本社会功能与文体优长之所在,此外,在他们的语境中,道德价值构成了作品维护生存权利的"挡箭牌",也给写实与虚构关系问题的处理划出了一道底线:这些正构成了我们认识伦理道德批评的总体特点。还应注意,人伦关系成为了这些伦理道德批评的聚焦。一方面,君臣之分、男女之别、兄弟之义得到念兹在兹的弘扬,贯穿于小说人物品质的阅读接受,另一方面,评点家赋予作品以新的主题,提出《金瓶梅》以"孝"、"悌"起结来反对"淫书说",表明他们自觉肩负着正本清源引导读者的重任。

以张竹坡为代表,伦理道德批评还具备社会史的认知价值。透过他强调的书中养义子、认本家、拜干亲、结金兰等描写,读者容易走近宗族制度下的"拟制血亲"或称"虚拟血缘关系"。前者是指"通过人为的方法和程序模仿真正的血亲关系而制造出来的血亲关系",是"人们的社会关系以宗亲关系的面貌出现"②,涵盖联宗、赐姓、收养义子、认本家、拜干亲、结金兰等多种行为。后一个概念也与之意思接近,包括异姓兄弟和异姓父子两大类。③ 是故,古代小说的伦理道德批评,就具备了文学、伦理学、历史等多个维度可供发掘价值的空间。

(天津师范大学文学院)

---

① 刘廷玑撰,张守谦点校《在园杂志》卷二"历朝小说",中华书局,2005 年,第 85 页。

② 参看王晓丽《唐五代拟制血亲研究》,载张国刚主编《中国社会历史评论》第一卷,天津古籍出版社,1999 年,第 37 页;冯尔康《中国古代的宗族和祠堂》,商务印书馆,2013 年,第 132 页。

③ 谢元鲁《论中国古代社会的虚拟血缘关系》,《史学月刊》,2007 年第 5 期。

# 庄禅会通视阈下"光"范畴之美学意蕴*

## 王　婧　高文强

**内容摘要**：庄禅思想往往以某种审美态度为依归，二者在美学层面多有共通之处。其中，"光"是庄禅思想共有的一个重要概念与范畴，其美学意蕴包含着物象之光、德智之光、灵性之光这三个方面，体现了庄禅思想在审美情感、人格理想、审美境界上存在相即相融的观念。在庄禅思想里，"光"意象都寄予了主体尊崇的审美情感与态度。在人格理想方面，庄禅一并推崇内敛、平和、恬淡之德性，"光"即是由人的心性所生发的此种智慧和修养。另外，庄禅都提倡向内自省与观照，于刹那显现的灵性之光中感悟永恒，在摆脱感性与知性的束缚后寻获主客合一、物我一体及超越有限而把握无限的审美之境。

**关键词**："光"；庄子；禅宗；美学

* 项目基金：本文为国家社科基金重大项目"中国文化元典关键词研究"（项目号：12&ZD153)前期成果。

# The Aesthetic Implications of "Light" under the Perspective of Chuang-Tzu and Zen

Wang Jing    Gao Wenqiang

**Abstract**: The thoughts of Chuang-tzu and zen are often based on some aesthetic attitudes, and there are many similarities in aesthetic aspects. The "light" is an important concept in the thoughts of Chuang-tzu and zen. Its aesthetic implications are object, morality and intelligence and superrational intuition . This phenomenon reflects that the thoughts of Chuang-tzu and zen have the common ideas in the aesthetic emotion, personality and aesthetic ideal. In the thoughts of Chuang-tzu and zen, the image of "light" is placed on the aesthetic emotion and attitude of the subject. In the ideal of personality, they advocate introversion, peace and tranquility, which are the wisdom and cultivation of human heart. In addition, they advocate introspection and looking inward, experience the eternity by the superrational intuition, gain the heart of emancipation after getting rid of the bondage of sensibility and intelligence and pursue the infinite aesthetic realm.

**Keywords**: "light"; Chuang-tzu; zen; aesthetic

《说文》云:"光,明也。从火在人上。光明意也。"①《释名》云:"光,晃也,晃晃然也。亦言广也,所照广远也。"光的本义为光芒、光亮,它是由太阳、火、灯等发出的能照亮黑暗的物体,可以使人感到明亮而温暖。也许正因为光能够带给人这些美好的生理感受,由物体所发的光芒义引申至用于形容人的光彩及荣耀。

"光"字在《庄子》一书中多次出现,是庄子思想中的一个重要概念。而佛教文化中有崇尚光明的传统,"光"是佛教文化中一个极为

---

① 许慎撰、臧克和、王平校订《说文解字新订》,中华书局,2002 年,第 670 页。

重要的意象。禅宗作为中国化的佛教宗派,亦秉承了这一传统。庄禅思想在审美层面常达到高度的一致,有融会贯通、异曲同工之妙。作为这两种思想所共有的概念和范畴,"光"之美学意蕴具有以下三个层面:

## 一、物象之光

"光"在庄禅思想中的这一含义是从物象层的角度来说的,这是由物自然而然发出的光芒,取光之本义。就《庄子》一书所出现的"光"字来说,这是其中最表层的含义。它由日、月、火发出,或代指日月星辰,如"三光"。进一步也可以用以描述人的面目所呈现的光彩。

> 尧让天下于许由,曰:"日月出矣,而爝火不熄,其于光也,不亦难乎!"(《庄子·逍遥游》)

> 自而治天下,云气不待族而雨,草木不待黄而落,日月之光益以荒矣,而佞人之心翦翦者,又奚足以语至道!(《庄子·在宥》)

> 上法圆天,以顺三光。(《庄子·说剑》)

> 今将军兼此三者,身长八尺二寸,面目有光,唇如激丹。
(《庄子·盗跖》)

《在宥》中,广成子认为黄帝自治理天下以来,云气风雨不调,草木万物凋零,日月的光辉一天天昏暗。这样的描述虽然有些夸张,但目的在于借此痛斥其为政的"失道"。《说剑》中,庄子认为"诸侯之剑"能向上效法天空,顺应日月星辰。显然,日月之光被摆在了一个极为神圣性的位置,这无疑是一种尊崇的审美态度。在《盗跖》中,孔子夸赞盗跖兼有三种美德,用面目有光来形容其神采,可见,与光有关的物象都寄予了审美主体的尊敬与赞赏之情。

同样,佛教中的"光"意象也有非常重要的地位。佛教向来重视光明,以光明为美,如西方极乐国之德名为"光明土";金刚界大日如来的住处叫做"光明心殿";观音的住处叫做"光明山";观世音又叫"光世音";在最上方世界的佛名为"光明王佛"。还有许多佛经以

"光"或"光明"命名,如《放光般若经》、《光赞经》、《大方广总持宝光明经》、《如来庄严智慧光明入一切佛境界经》等。在佛教中,光明有智光和色光之分,色光指佛身能发出的可见的光明。我们于绘画和雕塑中往往见到的佛、菩萨诸尊,其形象往往带有光明相。光明相多呈圆形,位于佛、菩萨的头面或全身周围,它实际上是佛、菩萨智慧的象征。另外,佛祖释迦牟尼的出世便离不开光明的普照。《祖堂集》中记载了《普曜经》所描述的佛祖释迦牟尼出世时的情形:"佛初生时,放大光明,照十方界,地涌金莲,自然捧足。东西南北,各行七步,观察四方,一手指天,一手指地,作狮子吼:'天上天下,唯我独尊。'"[1]不仅如此,在《祖堂集》所记载的众多禅宗祖师的事迹中,有许多禅宗祖师的出世都伴随着光的出现,如第八祖佛陀难提尊者"当生之时,顶上有珠,珠光照曜(耀)"[2];第二十九祖慧可在出生之际"夜现光明,遍于一宅"[3];第三十二祖弘忍在当年母亲怀他之时,其母"发光通宵,每闻异香,身体安泰,后乃生育"[4];石头和尚"及诞之夕,满室光明"[5]。这样的现象还有很多,在此不一一列举。在这些文字描述中,许多高僧大德的出世往往会现种种异象,且多与光有关,可见禅宗继承了佛教崇尚光明的传统。

总之,从以上列举的这些"光"意象可看出,无论是《庄子》中的日、月、星辰之光,人的面部之神采,还是禅宗中记载的诸多禅师出世所伴生的异象,这种光都是在物象的层面自然生发的,人们能够通过感官立即识别,仅停留于人的知觉层。由此可见,"光"是庄子与禅宗思想中一个重要的审美意象,庄禅都对其持有一种积极的审美情感。与《庄子》中的物象之光相比,禅宗"光"意象多了一份神秘色彩,用以显示诸尊神圣与威仪,表达了审美主体的尊敬与崇拜之情。

---

① 张美兰《祖堂集校注》,商务印书馆,2009年,第20页。
② 张美兰《祖堂集校注》,商务印书馆,2009年,第37页。
③ 张美兰《祖堂集校注》,商务印书馆,2009年,第67页。
④ 张美兰《祖堂集校注》,商务印书馆,2009年,第72页。
⑤ 张美兰《祖堂集校注》,商务印书馆,2009年,第113页。

## 二、德智之光

"光"的第二层含义关乎人的德性和智慧,它是从人的心性之中迸发而出的光芒,是人格修养的外化,也是庄子与禅宗一并推崇的人格理想。

"光矣而不耀,信矣而不期"(《庄子·刻意》)中的"光"指向个人的处世智慧与德性修养。对于这样的光,庄子提倡内敛的态度。郭象注曰:"用天下之自光,非吾耀也。"成玄英疏:"智照之光,明逾日月,而韬光晦迹,故不炫耀于物也。"①这是庄子所欣赏的人格特质,一个人的智慧堪比日月之明,却能做到韬光养晦,从不炫耀。这正是得益于其平易恬淡的心境,所以"忧患不能入,邪气不能袭,故其德全而神不亏"。此外,在庄子看来,做事不显露名迹的人,虽然平常却有光辉,"行乎无名者,唯庸有光"(《庄子·庚桑楚》)也是同样一个道理,那些性情平和,低调内敛,不露锋芒的人格为庄子所青睐,这是闪耀于心性的智慧与德性之光。

早在老子的《道德经》中就有这种敛其光芒,为而不争的处世方法和审美态度。老子曰:"挫其锐,解其纷,和其光,同其尘;是谓玄同。"(《老子》第五十六章)所以有"和光同尘"一说。老子也强调挫其锋锐,解除纷争,收敛光芒,混同尘世的玄同精神,这有助于个体免遭外来的伤害。老庄的这一思想也引导了中国古代艺术的内倾性传统。

另外,从《庄子》对一虚构人物的命名中也能看出光的这一含义:"光曜问乎无有曰:'夫子有乎、其无有乎?'"(《庄子·知北游》)成玄英疏曰:"光曜者,是能视之智也。无有者,所观之境也,智能照察,故假名光曜;境体空寂,故假名无有也。"②所以,"光曜"这个名字的由来在于光曜是一种"能视"的智慧,而智能照察的缘故。

---

① 郭庆藩撰,王孝鱼点校《庄子集释》,中华书局,2012年,第542页。
② 郭庆藩撰,王孝鱼点校《庄子集释》,中华书局,2012年,第755页。

与《庄子》中的"德智之光"相通，禅宗中的"光"也多喻指智慧。六祖慧能大师说："定慧犹如何等？如灯光。有灯即有光，无灯即无光。灯是光之体，光是灯之用。名即有二，体无两般。此定慧法，亦复如是。"①定与慧犹如灯与光，虽名称不同，却浑然一体，不可分割。而灯的作用如同智慧一般，"一灯能除千年暗，一智惠能灭万年愚"②。另外，从禅宗的一部重要典籍《五灯会元》的名称中又可见一斑，"五灯"指五部禅宗灯录《景德传灯录》、《天圣广灯录》、《建中靖国续灯录》、《联灯会要》、《嘉泰普灯录》。普济将这五部灯录删繁就简，汇成一部书。《五灯会元》的跋指出了作者编写此书的目的："续如来慧命，阐列祖圆机，灯灯相传，光明不断。"③又如，"佛者，心清净是。法者，心光明是。道者，处处无碍净光是。"（《古尊宿语录》卷第四）心中的光明即是法，是智慧。所以，禅宗是心化的宗教，禅者所崇尚的光明是审美主体由心性自然散发的智慧之光。其原因仍可归结于我们在前面所提到的佛教之崇尚光明的传统。佛教尤其崇尚"智光"，因智慧能破无明之暗，所以常以光譬，喜"放光灭暗冥"。佛教以光明为智慧的象征，所以与明相对的"无明"则被佛教视为一切烦恼愚痴的根源。《大乘义章二》曰："于法不了为无明。"又曰："言无明者，痴暗之心。体无慧明，故曰无明。"

由此可见，庄禅思想在所追求的人格理想之特质方面具有一致性，皆看重充满智慧之心性与修养。"光"的这一内涵是庄子与禅宗对个体所具人格特质的心之所期，在这一层面上，禅宗偏重讲智慧，庄子侧重智与德的完备性。与老子的"和光同尘"之理念共通，庄禅之"光"既是一种为人处世的智慧，也是一种道德修养，同为理想人格的审美化表达。

---

①　慧能著，郭朋校释《坛经校释》，中华书局，2012年，第36页。
②　慧能著，郭朋校释《坛经校释》，中华书局，2012年，第48页。
③　普济著，苏渊雷点校《五灯会元》，中华书局，1984年，第3页。

## 三、灵性之光

"光"的这一重含义关涉审美主体的超验层面，它是一种摆脱感性与理性束缚的玄而又玄的直觉，是心的主客合一与超越有限而把握无限的审美境界。

《庄子·齐物论》云："孰知不言之辩，不道之道？若有能知，此之谓天府。注焉而不满，酌焉而不竭，而不知其所由来，此之谓葆光。"拥有天府的人能够通晓"不言之辩"与"不道之道"，具有涵容大道的心胸，其心性不论盈亏，不会受到损害。这是通晓至道的人才能拥有的境界，其心胸不仅能体悟大道且将心性中这体道的灵光藏而不露，这显然是超越普通德智的境界。

> 得吾道者，上为皇而下为王；失吾道者，上见光而下为土。今夫百昌皆生于土而反于土，故余将去女，入无穷之门，以游无极之野。吾与日月参光，吾与天地为常。当我，缗乎！远我，昏乎！人尽其死，而我独存乎！（《庄子·在宥》）

在这段引文中出现了两个光字，前者指外界的自然光线。而第二个光字则指进入无穷领域，遨游于至道之中的人才能散发的光芒，他能和日月星辰交相辉映，与天地长存。成玄英疏曰："参，同也。与三景齐明，将二仪同久，岂千二百岁哉！"[1]《淮南子》中也说："能游冥冥者与日月同光。"（《淮南子·俶真》）这便是道通为一的圣人拥有的与日月之光齐明的灵性之光，他们的内心具有通达万物、天人合一、直达生命本质与审美本质的灵性之觉。

此外，《庄子·天地》中云："'愿闻神人。'曰：'上神乘光，与形灭亡，此谓照旷。致命尽情，天地乐而万事销亡，万物复情，此之谓混冥。'"在《天地》中，庄子仍借一虚构的人物描绘了"神人"的特征，他超然天地之外，不见行迹，虚名空旷，与至道冥合。从成玄英的疏来

---

① 郭庆藩撰，王孝鱼点校《庄子集释》，中华书局，2012年，第394页。

看,这种"智"不是探寻普通事理的智慧,而是通达至理的大智:"智周万物,明逾三景,无幽不烛,岂非旷远!"①成玄英还疏曰:"乘,用也。光,智也。上品神人,用智照物,虽复光如日月,即照而亡,堕体黜聪,心形俱遣,是故与形灭亡者也。"②禅宗中有"光境俱亡"的说法,与《庄子》中"光"的这层含义在审美层面会通。能照之主体为"光",所照之对象为"境",如果照物之心与所照之境没有对立,相融无碍,便能达到身心的解脱之境,这就叫"光境俱亡"。如《景德传灯录·卷七》云:"夫心月孤圆,光吞万象。光非照境,境亦非存;光境俱亡,复是何物?"这种身心解脱之境是建立在主客合一的基础之上,一如《庄子》中"神人"与至道冥合的境界,实则也是一种"物化"或"物忘"。徐复观认为:"因主客合一,不知有我,即不知有物,而遂与物相忘。《庄子》一书,对于自我与世界的关系,皆可用物化、物忘的观念加以贯通。"③所以,庄子思想中与日月齐同,与天地长存之光和"混冥"之态,以及禅宗的"光境俱亡"皆与徐复观所谓的艺术精神中的主客合一境界相关联。由此可见,这种灵性之光所具有的无幽不烛、世事洞明的无穷威力和所能达到的与日月天地长存、物我两忘、主客合一的解脱之境都是庄禅共同追寻的最高审美理想与境界。

最后,庄子将这灵性之光更为深情地表达,将浓郁的诗性特征与审美意蕴都凝聚在这句"一清一浊,阴阳调和,流光其声"(《庄子·天运》)中。在《庄子·天运》里,北门成首先问为何听了黄帝演奏的《咸池》之乐后最终能达到"不自得"即物我俱忘的境界。于是,在黄帝的解释中便有了"流光其声"这句。成玄英疏曰:"清,天也。浊,地也。阴升阳降,二气调和,故施生万物,和气流布,三光照烛,此谓至乐,无声之声。"④这是无声之声的至乐所流淌的光彩,黄帝用至乐之道来演奏音乐,这就是下文提到的"天乐"。它的特点在于"无言而心说",虽

---

① ② 　郭庆藩撰,王孝鱼点校《庄子集释》,中华书局,2012年,第448页。
③ 　徐复观《中国艺术精神》,春风文艺出版社,1987年,第76—77页。
④ 　郭庆藩撰,王孝鱼点校《庄子集释》,中华书局,2012年,第506页。

然无法用语言去描绘,但能领悟大道之人才能体验这至深至美、至情至性的境界,一如老子所言的"大音希声"。"圣也者,达于情而遂于命也。"(《庄子·天运》)圣人能够通达万物之情而顺从自然规律。徐复观认为以虚静为体,知觉为用来说明庄子之所谓"明"和"光",实系美地观照,但这中间必须要有感情与想象活动才能构成美地观照的充足条件。① 而这些能领会至乐之妙的人不仅拥有情感,且是通达万物、顺从自然规律的"大情"。他们深谙物我俱忘的审美境界,从心灵中第三层面迸发出灵性之光,摆脱感性与知性的束缚,与自然和生命相流动,与日月之光相辉映,"流光其声"实为与天地相涵容、高度物我一体化的审美与艺术境界。

这自然天成,与天地妙合无垠的灵性之光在禅宗那里则喻指"自性",所谓"明心见性",就是要将这心中的灵性之光,即自性显现。慧能说:"知如是一切法尽在自性。自性常清净;日月常明,只为云覆盖,上明下暗,不能了见日月星辰,忽遇惠风吹散卷尽云雾,万象森罗,一时皆现。世人性净,犹如青天,惠如日,智如月,智惠常明。于外著境,妄念浮云盖覆,自性不能明。故遇善知识开真法,吹却迷妄,内外明彻,于自性中,万法皆现。"②从这段话看来,人的自性犹如日月之光,包含万法,充满灵性。但被妄念覆盖,需要人们通过开悟来发现本来存在于自身的灵性之光。圭峰宗密禅师说过:"妄尽则心灵通,始发通光之应。修心之外,别无行门。"③"自性"究竟为何,是不好用语言来描述的,它需要通过不可思议的内省和修心来获得。笼统说来是解脱成佛的圣境,是生命的自由境界,同样也是审美的最高境界。但还是有一些学者对此做出判断与描述,如铃木大拙在《禅与心理分析》中所讲的"般若":

在英文中——以及整个欧洲语文中——没有一个字和

① 徐复观《中国艺术精神》,春风文艺出版社,1987 年,第 77 页。
② 慧能著,郭朋校释《坛经校释》,中华书局,2012 年,第 47—48 页。
③ 普济著,苏渊雷点校《五灯会元》,中华书局,1984 年,第 109 页。

此字相当。因为欧洲人没有完全相当于般若的体验。般若是当一个人以最基本的意义感受到诸事物之无限整体时的经验。用心理学的方式说，就是当有限的自我突破了它的硬壳，而将它自己同那无限的相关联时的经验——这无限包括了一切有限之物，因之亦包括了一切瞬时迁变的事物。这种经验相类于对于某种事物的整体直观，这种直观超出了我们所有的个殊化、特定化的经验。①

李泽厚也在书中分析了禅宗所追求的最高境界为何，他认为这是瞬刻永恒的最高境界，它最突出和集中的具体表现，是对时间的某种神秘领悟，即所谓"永恒在瞬刻"或"瞬刻即可永恒"这一直觉感受。在某种特定条件、情况、境地下，你突然感觉到在这一瞬刻间似乎超越了一切时空、因果，过去、未来、现在似乎融在一起，不可分辨，也不去分辨，不再知道自己身心在何处（时空）和何所由来（因果）。② 他还认为禅宗宣扬的神秘感受，脱掉那些包裹着的神学衣束，也就接近于悦神类的审美经验了。③ 在这一点上，庄子与禅宗所追求的审美的最高境界是殊途同归的，并无本质的区别。徐复观将《庄子》中的"光"或"明"视作以虚静为体为根源的知觉，它发自与宇宙万物相通的本质，能够洞彻与直透天地万物的本质，是从实用与知识解放出来以后的以虚静为体的知觉活动，正是美地观照。④ 笔者认同这一活动是摆脱了知识与实用态度的美地观照，因为艺术正是要摆脱实用世界而获得单纯的意象世界。但笔者认为这种被庄子与禅宗共同推崇的，能直透天地万物本质的灵性之光是刹那永恒的最高级别的美感经验，它是一刹那的直觉而非知觉。在这瞬刻永恒的巅峰体验中，人的欲与知都被忘却，是完完全全的精神自由，灵台直达自由与无限的审美之境。

---

① 铃木大拙、弗洛姆《禅与心理分析》，孟详森译，中国民间文艺出版社，1986年，第123—124页。
② 李泽厚《中国古代思想史论》，生活·读书·新知三联书店，2008年，第218页。
③ 李泽厚《中国古代思想史论》，生活·读书·新知三联书店，2008年，第221页。
④ 徐复观《中国艺术精神》，春风文艺出版社，1987年，第73页。

# 四、余论

需要指出的是,"光"之美学意蕴的第三个方面体现了庄禅所共期的审美之境,实则是对"光"的第二层美学意蕴的超越,因为这种理想的审美境界抑或艺术精神不仅超越了一般意义上的"智",也超越了一般意义上的"德"。《庄子·庚桑楚》中说:"宇泰定者,发乎天光。发乎天光者,人见其人。"因为心境安泰静定之人会发出自然的光辉,这也就是为什么当心胸正时"正则静,静则明,明则虚,虚则无为而无不为也。"按照成玄英疏的说法:"夫身者神之舍,故以至人为道德之器宇也。且德宇安泰而静定者,其发心照物,由乎自然之智光。"①"至人"和"神人"都是庄子的理想人格,他们都有超凡的德性修养,内心静定安泰,恬淡虚静,所以顺乎自然,内心自明。《庄子·人间世》云:"虚室生白,吉祥止止。"这也是庄子与之相近的人格与艺术理想。"虚",即是空明虚静;"室"是人心,也是"灵台";"白"即光明。这纯白自然之灵光,即是从空明虚静的心灵中发出,能看到吉祥与美好。所以这灵性之光源于虚静之心。另外,对"宇泰定者,发乎天光。发乎天光者,人见其人"的含义,郭象有不同见解,注曰:"天光自发,则人见其人,物见其物。物各自见而不见彼,所以泰然而定也。"②郭象认为他们能够做到内心泰然安定,原因在于"物各自见而不见彼"。这样的解释也不无道理。六祖慧能大师强调"性净自悟"与之有异曲同工之妙。慧能认为真如佛性本来就存在于人自身,需要个体于内心观照与开悟,"见自性自净,自修自作自性法身,自行佛行,自作自成佛道"③。且言:"若修不动者,不见一切人过患,是性不动。"④所以,慧能是反对人们盯着别人的过失与错误不放的,这样就无法做到内心的平静,于"明心见性"无益,只有"常见在己过",才能"与道即相

---

① ②　徐复观《中国艺术精神》,春风文艺出版社,1987年,第787页。
③　慧能著,郭朋校释《坛经校释》,中华书局,2012年,第45页。
④　慧能著,郭朋校释《坛经校释》,中华书局,2012年,第43页。

当"，这不正是与"物各自见而不见彼"，所以才能处之泰然，心境平和的道理相照应吗？可见庄禅都有向内自省和观照的传统，这样才能培养虚静的审美心胸，也才有助于达到心的主客合一与超越有限而把握无限的审美之境。

另外，《庄子·庚桑楚》中还提到："道者，德之钦也；生者，德之光也；性者，生之质也。"这其中的"光"也是超越普通之德的灵性之光。大道为德所尊崇，成玄英疏曰："天地之大德曰生，故生化万物者，盛德之光华也。"[1]所以，生化万物者，有盛德之光华，它拥有天地之间的大德，冥合大道，摆脱了感性之知与理性之知的局限性，即庄子所说的"接"与"谟"。而"动以不得已之谓德，动无非我之谓治，名相反而实相顺也"（《庄子·庚桑楚》），"德"和"治"其实是一回事，具有物来感召而后应，举动都与自然之性相接洽的特点。徐复观将《庄子》中与天地万物相通的"大情"称为艺术精神中的"共感"。"与物有宜"和"与物为春"都是发自整个人格的大仁，是能充其量的共感。[2] 所以，笔者认为有物感召而后应的"德"和"治"，这生化万物的盛德之光、灵性之光，毋宁说亦是从整个人格所发出的共感，是最高艺术精神与最高道德精神自然地相涵摄。

从以上的分析中可以看出，以关键词"光"为线索发掘，庄禅思想显然是在审美层面的融洽与会通。在庄禅思想里，"光"意象都寄予了主体尊崇的审美情感与态度。在人格理想方面，庄禅一并推崇内敛、平和、恬淡之德性，"光"即是由人的心性所生发的此种智慧和修养。另外，庄禅都提倡向内自省与观照，于刹那显现的灵性之光中感悟永恒，在摆脱感性与知性的束缚后寻获主客合一、物我一体及超越有限而把握无限的审美之境。在审美情感、人格理想、审美境界这三个方面，庄禅思想表现出了相通而一致的观念。另外，值得注意的是，庄禅思想虽然并不是在直接谈美，谈艺术，但庄禅思想中所描述

---

① 郭庆藩撰，王孝鱼点校《庄子集释》，中华书局，2012年，第805页。
② 徐复观《中国艺术精神》，春风文艺出版社，1987年，第79页。

的诸多事实或感受常与人们的美感经验不谋而合，甚或重新塑造、启发我们的审美体验，对后世的文学和艺术产生了不可估量的影响。也正因如此，我们才能从这些经验中悟到这不期然而然的智慧和"无所为而为"的审美。

（武汉大学文学院）

# 汉语史的挑战：《文化制度与汉语史》对古代文学研究的启示[*]

刘　顺

**内容摘要**：《文化制度与汉语史》试图从汉语"横"的形态解释中国文学"纵"的变化，并以此回应入矢义高对汉语音韵学过于枯燥的判断。平田昌司的研究，以制度为切入点，重在从社会与历史维度考察汉语音韵的演化。其对于中国古代文学研究的启示在于，文学应关注形而下层面的影响。古代文学研究因较为忽视作为"物质材料"的语言，故而在问题回应的彻底性、研究视角的转换、文学史分期以及文学特质研究等层面，受到汉语史的深度挑战。

**关键词**：汉语史；平田昌司；古代文学研究；文化制度；审美维度

* 基金项目：教育部人文社科重大项目"守正以创造：古今中西之争与后五四时代建设性的中国文论研究"（16JJD750016）；兰州大学中央高校基本业务费项目"汉语演化与中古文学研究"（LZU2017ZW003）

# The Inspiration of *Cultural System and the Chinese Language History* to the Chinese Ancient Literature Studies

## Liu Shun

**Abstract**: *Cultural System and the Chinese language history* trys to explain the evolution of the longitudinal change of Chinese literature from the transverse form of Chinese language, and responds to the boring judgment of Chinese historical phonology proposed by Iriya Yoshitaka. Hirata Shoji's research takes the system as the breakthrough point, focusing on the evolution of Chinese historical phonology from the social and historical dimensions. The inspiration of this book to the research of Chinese ancient literature is that literature should pay attention to the influence of the physical level. Due to ignoring language as a "material material", the research of Chinese ancient literature has been being challenged strongly by the Chinese language history on the levels such as the thoroughness of the problem response, the transformation of research perspective, the stage of literary history and the study of the characteristics of literature.

**Keywords**: the Chinese language history; Hirata Shoji; Chinese Ancient Literature studies; culture system; aesthetic dimension

　　文学由语词编织而成,或许是关于文学本体问题讨论上最少争议的判断。但其过于准确又看似是放之四海而皆准的"超薄"表述。衡之以中国古代文学近四十年来的研究历程,此一判断也近乎被视为毫无延伸价值的事实描述。古代文学研究在社会维度与历史维度上有所建树后,并未能在审美维度上有相应程度的拓展,类似于新批评所倡导的"文本分析",即使是在社会维度的研究过度扩张的反思热潮中,也难以凝聚足以撬动研究格局的力量。最贴近于"语词"的批评方法在古代文学研究中的影响,也即成为"语词"在文学研究中位置的投影。但是对于文学"物质材料"的或有意或无意的漠视,必然对文学研究产生无法忽视的影响。自静态研究而言,文学研究难以在"某类文体如何可能"及"某类文体如何必要"等问题的追问上,获得相对彻底的回应;而自动态研究而言,文学史研究虽然经历了数次研究范式的转化,但在描述河流的改道与扩容时,河床样态的变化却甚少被纳入讨论的范围。文学史的研究在表层异彩纷呈的同时,却预设了一条近乎恒定的"汉语史"。与之相应,研究者试图在比较视野中,呈现古代文学的特质,如"抒情传统"或"叙事传统"时,也少有论及作为"物质材料"的汉语,在其中的位置与影响。当下最流行的文学史中,"汉语史"的痕迹如风似影,在若有若无之间。虽然学科壁垒的存在,会为此种现象提供不难接受的说辞,但"文学原理"的考察,常常在学科交叉处彰显其彻底性与解释力,故而,对于"汉语史"的漠视,也自然会影响古代文学研究的理论深度。汉语史对古代文学研究的挑战,并非来自于周边学科的主动扩容,而是文学研究走向细化与深化的内在压迫使然。相较而言,日本学界对于汉语史特别是汉语史与文学间关联的研究,更有自觉意识。平田昌司《文化制度与汉语史》一书与太田辰夫《中国语历史文法》同样着力考察汉语的历史演化,在方法与问题意识上虽有明显交叉,但若以汉语史与文学间的关联考察而言,则更近于松浦友久《中国诗歌原理》。在文学研究相对忽视"物质材料"的中国学界,平田著作中译本的出版应是一项颇值留意的事件。

## 一、《文化制度与汉语史》的意义与启示

《文化制度与汉语史》一书出版于 2016 年,是平田昌司关于汉语史研究的结集。作为一部论文集,其时间跨度长达二十年,最早的论文发表于 1992 年,最为晚近的论文则发表于 2012 年。而以研究对象的时间跨度而言,则由东汉末直止晚清民国,含括了帝制时代的主体部分。但双重的时间跨度并未因此降低本书论题的集中度,文化

制度与汉语史互动的考察一直是全书的焦点问题。在《后记》中，平田昌司以尝试回应入矢义高对汉语音韵学过于枯燥乏味、去人性化的批评为其研究缘起之一。① 音韵学枯燥乏味可能是今日从事中国古代文学研究者的基本共识，音韵学的高度技术化在语言学与文学之间树立了一道文学研究者难以突破的学科壁垒。文学研究者对于音韵学研究的有限接受与主动回避，大体均源于此壁垒的存在。平田昌司的回应，需要通过音韵学在周边学科使用频次的提升，以展现音韵学存在的必要并由"熟"而降低音韵学的技术难度。其尝试在中国思想史与汉语音韵学以及制度史、文学史与音韵学之间建立起交叉研究的可能，正是此种理路使然。平田昌司本项研究的另一缘起，则是受桥本万太郎《语言地理类型学》一书强调汉语史研究"横"与"纵"双重维度的影响，并由此试图以汉语"横"的多样性去解释中国文学"纵"的演变。通过本书两个缘起的说明，平田昌司既向读者展露了研究的归趣所在，同时也表明了其研究所要采用的路径与方法。作为一位以汉语音韵学为学科方向而游走于学科交叉地带的研究者，平田昌司《文化制度与汉语史》一书的意义与启示呈现出明确的跨学科的特点。

历史维度的考察是汉语音韵研究的基本自觉，《文化制度与汉语史》对于汉语音韵的研究，在注重历史维度考察的同时，则有意识地引入社会维度的观察视角，以此形成个人的研究特色。社会维度的考察，能够为汉语音韵的历史演化以及不同方言区地位的兴替提供手段与动力层面的说明，从而在为汉语音韵演化提供"现场感"的同时，也将其纳入更为宏观的考察框架中：

> 由于经过音变的晚唐五代两宋时期中原主流汉语已经无法区分东冬钟、鱼虞、庚耕、清青之类的韵部，一般士人误以为这些都是陆法言的方音或强生区别的"音同韵异"，因而《切韵》的正统性不断受到质疑。在中唐以后的复古思潮

---

① 平田昌司《文化制度与汉语史》，北京大学出版社，2016年，第321—324页。

中,有些儒士呼吁放弃《切韵》,恢复三代雅音,这是必然的趋势。可是,在野的批评声音再大,官韵的权威性到近代都没有动摇过。隋唐五代宋元辽金元明清,在这长达一千三百年的期间,为了维持"思想/想象的共同体"和"知识共和国"一直运作的机制就是科举制度,在朝廷管理这机制的是国子监和礼部,在普天之下维护参与的是士大夫集团。《切韵》系统韵书支撑科举制度,有始有终。在世界古代史上,我们很不容易找到享有类似特权的官方发音词典。[①]

"书同文、车同轨"是大一统时代对于"思想/想象的共同体"的常规预设,但在地域辽阔而国家整合社会能力有限的语境之下,汉字书写以及确认汉字形、音、义的标准,必须依赖于具有社会整合度的制度推广,始能有效维持。国家深入社会的程度越深,语言问题即愈为突出,相应的制度设计也随之更为周密且更具针对性。平田昌司对于《切韵》在中唐之后接受情况的观察,提示了制度在语音正统化中的重要作用,也同时展现了汉语音韵的演化及主流与边缘的区分界划,乃是不同地域、阶层与族群间的影响互动使然。在文学史以及思想史研究中,研究者也会偶尔对音韵学的相关材料作社会维度的利用,但限于技术壁垒的存在,偶一为之的研究也常常只能止步于外围。平田昌司在音韵学领域的专业造诣,则确保了其在社会维度上的阐释能够具有历史维度上的有效支撑。在考察唐人对《切韵》的接受时,平田昌司描述了唐宋时期汉语北方方言的两项重大变化:"全浊上升跟去声合流"、"入声韵尾,失去* -k,* -t,* -p 的区别甚至塞音韵尾完全消失。"[②]此种变化在南方却并未同步发生,由此,南北双方在对《切韵》接受上的分歧日益增大,对于科举文体的制度设计也形成明显的观念差异。与思想史与文学史研究多止步于此结论不同,平田昌司则通过文献记载及现代方言材料的相互参照,描述出南北双

---

① 平田昌司《文化制度与汉语史》,北京大学出版社,2016 年,第 6—7 页。
② 平田昌司《文化制度与汉语史》,北京大学出版社,2016 年,第 56 页。

方在语音上的具体差异。历史维度上的"深描",为社会维度上的分析提供了"现场感",避免了一般结论的过度流行所造成的对于差异性的遮蔽。而社会维度的分析,则为音韵学或汉语史的历史研究增加了"横向"的剖面。在"纵向"与"横向"的交叉扇面上,历史演化的方向、动力与具体生态,均可得到相应的呈现。汉语音韵的历史演化对于参与演化并受此演化影响的群体而言,真实而生动,但今日的音韵学研究则不免过度拉远了与历史生活的距离。平田昌司的研究,对于音韵学而言,其另一意义或许在于:音韵学必须通过回顾历史现场的方式,以呈现自身的意义与价值。过高的技术壁垒,不仅是因为音韵学的专业化与技术化,也在于音韵研究尚难以通过跨学科影响的提升,强化自我的学科位置并由此增强其自身被接受度。

注重制度的影响是平田昌司汉语音韵演化研究重要创获,由于音韵与文学书写的天然联系,制度对文学的影响也自然成为其关注的焦点问题之一。文学研究中关注社会制度的影响,在"文学生产机制"已受广泛关注的当下文学研究界,也近乎常识。但平田昌司的研究,因为以音韵考察为核心,故而其对于制度与文学关系的研究,意在于建立制度、音韵与文学文体、特定技法以及文学雅俗分化之间的关联。故而,并不追求全面性的研究反而为"片面的深刻"提供了空间:

> 晚清科举进士科的制度规定从县试、府试一直到会试、殿试,每个阶段都得作一首试帖诗。试帖诗韵仅押平声字,这就是"仄声难免有点麻胡"的原因。周作人在别的地方又说,"抄过《诗韵》两三遍",可见通平仄、背韵书是要下苦功夫的。若是《诗韵》跟现实中的语音基本一致,或者科举制度不要求遵守《诗韵》,预备举业的士子不可能投入大量的时间和精力死记硬背。清光绪二十七年(1901)下诏宣布自明年起废除八股文、试帖诗,韵书从此就失去了科举功令的地位,作为官方语言的权威性一去不复返。之后由国音、国语、普通话开始承担起国家法定语言的资格,口语语音代替

押韵平仄的知识成为代表个人文化素养的重要标准。①

韵书的权威性依赖于制度的保障，而制度则以韵书为实现路径。虽然制度相较于具体的韵书有更大的弹性与调整空间，但当旧制度难以适应社会生活的变化时，制度的更替即成为必然，依附于其上的韵书，自然也不免被替换甚至其模式被根本颠覆。平田昌司的研究对于古代文学研究的启示，应不在于制度与文学互动关系的历史呈现，也非其具体结论效用程度的深浅，而应是在此关系的考察中，对于音韵的关注。作为文学的"物质材料"，音韵是文学的形下层面，也是古代文学研究中，虽未漠视，但终究难以深入关注的对象。《文化制度与汉语史》一书中，平田昌司并未止步于文学书写用韵的静态考察，而尝试分析音韵在重要的文学事件中的影响力。通过诸如古文运动的发生、《永乐大典》修撰的时间起点以及科举废除的语言因素等问题的讨论，平田昌司有效展示了形下层面对于文学分析的价值，同时也例证了汉语横向形态对文学纵向演化的影响。虽然，在此书中平田昌司对于音韵问题的讨论，以韵书为构建汉语音韵史的主体材料，故而，其研究也由此主要关注汉语韵部、韵类的演化，较少涉及音韵作为"声音之道"对于文学书写的影响。但书中对于"雅音"的多次讨论及第十三章关于"耳朵的文学革命"的简单说明，均提示了"声音"在文学研究中的价值。传统文论，虽其内部存有"乐声"与"字声"的理解差异，然自先秦以来，即有重视"声之效应"的自觉且相沿而及清季。王葆心《古文辞通义》云：

> 袁氏守定曰：文章虽不如歌诗、骈体拘韵限声，然亦需平仄相间，低昂相宜，使音响调协，铿锵可听。若平声字胜则句扬而不驯，仄声胜则句靡而不扬。沈休文谓前有浮声则后须切响，柳子厚《复杜温夫书》责其用字不当律令，盖谓此也。刘氏《艺概》云："言辞者必兼及音节，音节不外谐与拗。浅者但知谐之是取，不知当拗而拗，拗亦谐也，不当谐

---

① 平田昌司《文化制度与汉语史》，北京大学出版社，2016年，第8页。

而谐，谐亦拗也。"案：转捩处而后变调，即拗亦谐之说也。

竟体不变，即谐亦拗之说也。讲声调者宜深领略此意。①
王氏论文"重声"乃是古代知识人的常识，但二十世纪以来，文学研究逐渐遗忘了文学作为一种"声音的艺术"的存在特性，对"视觉"的强调压抑了关于"听觉"的感受。② 虽然，近数十年来，对于古代文学中"声音"问题的关注度在缓慢提升，但零星的回响，尚不足以唤醒沉睡的传统。

　　或许，在平田昌司的研究计划中，汉语史考察所涉及的领域要远超于在本书中所呈现的音韵学的内容，但是，读者因书名而产生的阅读期待自不免有部分的落空。在《后记》中平田昌司也提及了部分未能完成的研究计划，由此，"未完成之作"的判断，作者本人也应能够认可。然本书所存在的另一遗憾，自作者而言或出于意料之外，也即平田昌司的研究，注重历史与社会维度的考察，但音韵学研究如果试图有效摆脱文学研究界"过于枯燥"的常规印象，审美维度的分析应是更为有效的研究进路。但此书未能予汉语音韵的审美功能以足够关注热情，这多少背离了平田昌司回应矢义高关于音韵学评价的初衷，也多少降低了其研究对于古代文学研究的价值。

## 二、汉语史对古代文学研究的挑战

　　汉语史研究主要包括韵律单位、词汇、语序与语法等层面历史演

---

① 王水照编《历代文话》，复旦大学出版社，第 7251 页。

② "文学叙事是一种讲故事行为，然而自从故事传播的主渠道由声音变为文字之后，讲故事的'讲'渐渐失去了它所对应的听觉性质，'听'人讲故事实际上变成了'看'人用视觉符号编程的故事画面，这种聋子式的'看'犹如将有声电影转化成只'绘色'不'绘声'的默片，文字应有的听觉之美受到无情的过滤与遮蔽。按理来说，这种不正常的情况应当早就被人察觉，然而人的感知平衡会应环境影响而改变，就像鱼对水的存在浑然不觉一样。与此相应，迄今为止的中西文论均有过度倚重视觉之嫌，当前使用频率较高的一些文论术语，如'视角'、'观察'、'聚焦'、'焦点'之类，全都在强调眼睛的作用，似乎视觉信号的传递可以代替一切，很少有人想到我们同时也在用耳朵和其他感官接受信息。"傅修延《中国叙事学》，北京大学出版社，2015 年，第 241 页。

化的梳理,其中也自然包括了对于音韵与语义的考察。在文学研究中,音韵分析一直是常规话题。但其研究于社会维度却关注不足,也很少将历史维度的研究结论引入文学研究,故而依然具有较大的讨论空间。而语义考察,最近数十年来,由于核心概念研究的兴起,已成为文学研究中最能接受周边学科影响的领域之一,汉语史对文学研究挑战的讨论也因而不再将其纳入讨论的范围。

文学史的脉络演化同时即是文学文体的演化与发展史,文学史需要讨论"文学的边界"问题,并由此确立文学史所能含括的对象领域,而关于文学文体的讨论则处于此问题的延长线上。文学史对于文体的讨论,惯于通过时间节点的串联,描述文体的演化历史,类似起源、兴起、巅峰与转型等语词奠定了文体书写的基本模式。但此种描述,对于其建基于其上的文体现象之所以能够存在的可能性,特别是某种文体之所以能够成体的内在条件,却缺少回应的自觉。即使偶有涉及,其回应的彻底性也十分有限。汉语史对于文学研究的挑战之一,即在于"问题回应的彻底性"上。文学史描述文体的演化与更替,故而,文体问题回应上的彻底性,即是文学史书写最为基础的问题之一。常规的文学研究描述已然的文体现象,即使会产生关于文学分体标准问题的讨论,但"一种文体如何可能"的问题,则难以在此研究模式中得到关注。以连续脉络之构建为追求的文体讨论,因而在其起点上便存有重要的缺环。文学史在讨论文体兴衰时,惯常采用的外部分析法,在此问题上,虽然能够描述"外缘",却难以显示"内因"。文体的成立依赖于韵律单位、语词、语序以及语法等因素的综合作用。由于汉语演化的历史性,故而,在不同的历史时段,汉语史只能为特定文体的成立,提供语言学条件。在文学史中,形式接近的文体可能分有不同的语言学条件,而形式差异明显的文体则或有可能分享着相近甚至相同的语言学条件。前者如五言诗与七言诗,虽然形式接近,但成体条件则一依赖于三音节韵律词,一则依赖于四音节韵律词,二者之间存在较大的差异。而七言诗与四六文,以四音节韵律词为共同的语言学条件,故两者之间关联紧密。语言学条件是文体成立的内在基础,同时也是观察文体影响与命运的重要角度,文体赖以成立的语言学条件的流行状态,通常即对应着某文体的历史影响。当四音节韵律词依然是流行的韵律单位时,七言诗与四六文的影响即难以消除。故而,文体的革新,通常必以语言学条件的改变为前提。①

文学史在描述文体的演化历史时,不免会对文体存在的必要性加以回应。主流的研究,大体采用功能描述的方式,以确立一种文体相对于他种文体的特性及其存在的必要性。此类回应,自然有其合理之处,且也足以形成颇为系统而有条理的解释体系。但其依然无法避免,"何以某种文体具有某类功能"的追问。如果此问题不能得到有效的回应,则何以在四言诗外还需五言诗、七言诗的存在? 古体之外尚需近体的存在? 诗歌之外尚需词曲的存在等问题也即无法得到较有深度的解答。而一旦问题的回应被搁置,文学史所描述的文体演化史即成为"无根"的文体史,某类文体相对而言的能产性也难以有效考量。文学由语词编织而成,文本功能在基础层次受制于语言,语法与韵律手段是文本功能的实现手段。故而,回归语言层面始能真正呈现文体的功能特点与限度。常规的文学研究对于功能的讨论,大多建立在对文本现象的归纳之上,乃是对文体"已有"功能的描述与分析。此类工作在性质上,只是"发现"而无关于内在机理的阐明。松浦友久及林庚、葛晓音等人尝试从节拍的角度解读诗歌的功能特性,无论其结论的解释力存有何种限度,自语言学条件入手的思路却较前者有本质不同。

古代文学研究中,某些概念语词在意义指称上的不断扩容屡见不鲜。研究者试图以此弥合概念语词与文学现象之间的不对称性,并进而建立某些概念语词在批评研究中的合法性。在二十世纪以来的古代文学研究中,"(文)体"可能是扩容程度最大的语词。吴承学

---

① 此问题的讨论,见刘顺《汉语演化及语体完形与"一代有一代之文学"》,《上海师范大学学报》,2017 年第 3 期。

的研究认为古代"文体"一词,其所指包括:体裁或文章类别;具体的语言特征和语言系统;章法结构与表现形式;提要或大体;体性体貌;文章或文学本体。① 指称内容的泛化,在扩大其适用范围的同时,却不免弱化"(文)体"的解释力度。当某一语词既指称对象与性质,又试图标示技法与材料时,语词的使用者必须通过语词本身的分析,始能为其赢得合法性,而"(文)体"一词所缺少的恰恰是对概念本身的分析性说明。故而,"(文)体"一词虽已难堪其负,但许多重要的文学现象并未因此而获得清晰的阐明。如殷璠《河岳英灵集》曰:"夫文有神来、气来、情来,有雅体、鄙体、俗体。"此处之"体",若以文体强加解释,则颇扞格难通。汉语史向文学研究的挑战之二,即在于研究视角转换的必要。汉语史研究不仅提示文学研究应关注作为文学"物质材料"的语言,同样也为文学研究提供特定的理论选择。同样以"(文)体"问题为例,在汉语史研究中的"语体"概念,可为此类研究提供有益的启示。"语体"概念用于标示话语交际时言说双方的相互关系。语体的成立依赖语境偏离,必"两级对立而后存在"。与言说所服务对象的距离、场合、话题以及言说者的态度,共同制约着语体的呈现,而语法与韵律则是语体的实现手段。相比于"(文)体"概念,无法在文体成形的动力与机制以及功能与限度等问题上,作出有效回应,"语体"因为能兼顾文本内外的多重因素,而更具解释效力。语体并非文体,任一文体,在理论的可能性上,具有呈现无限语体的可能,但因语音与语法手段的限制,文体通常会有典型语体及一定的语体限度。"正式与非正式(书面体/口语体)"、"庄典与便俗(庄典体/白话体)"是构成语体的两对基本范畴,但形成于人际交往中的语体,在理论上,则有无限多样的可能。② 如此,文学演化的历史,也即可以视为语体完形的历史。语体的完形,既可以以不同文体互补的方式实

---

① 吴承学《中国古代文体形态研究·绪论》,北京大学出版社,2013年,第1—4页。
② 关于"语体"的分析,参见冯胜利《论语体的机制及其语法属性》,《中国语文》,2010年第5期。

现,也可以同一文体的内部扩容实现。前者主要体现在诗赋等以正式典雅为典型语体的文体中,后者则体现在以非正式与便俗为典型语体的文体中。简要而言,文体的包容度与语言的俗化成正比,而小说在所有文体中是则最具语体包容度的文体。由此,文学的终结,或可在语体完形最终实现的意义上获得一不失合理的解释。关于"语体"的分析只是汉语史在研究视角上向文学研究挑战的例证之一,汉语史对文学研究的贡献自不止此。"语体"分析中所涉及的雅俗问题,既与汉语的语词、语音及语法手段相关,同时也可能产生于汉语演化所产生的"时距"效应。当汉语演化所产生的连带效应进入考察的范围时,汉语史对文学研究的挑战,随即即在文学史分期问题上有所体现。

汉语史对文学史分期的挑战,首先并不体现在对原有文学史以朝代为基本分期框架的质疑,而是对于文学史中较为重要的"古今"与"雅俗"之分常规理解的挑战。"古文"概念在中唐时期正式出现是古代文学研究的常识,但文学研究很少会注意到"古文"成立的语言学条件。然而,若无汉语史的历史分期作为基础,"古文"概念即难以成立:

> 唐以前无古文字名,自韩柳诸公出,而古文始名。是古文者,别今文而言之也。划今之界限不严,则学古之词不类。韩则曰:非三代两汉之书不观。柳则曰:惧其味没而杂也,廉之欲其节。二公当汉、晋之后,其百家诸子未甚放纷,犹且惧染于时;今百家回冗,又复作时艺科名,如康昆仑弹琵琶久染淫俗,非数十年不近乐器,不能得正声也。[①]

今日文学研究中,对于"古文"是否为文体莫衷一是,也是源于对于汉语史分期的漠视。"古文"之"古"不在于时间的远近,唐人以三代两汉而非魏晋六朝之文为古文,并不在于前者在时间上更为久远,而是汉语在东汉末年已逐渐由上古汉语进入中古汉语时期,如此,方才有

---

① 叶元垲《睿吾楼文话》卷一,道光十三年鹤皋叶氏刊本。

古文与今文之间的分化。在韩愈、柳宗元的时代，难有汉语史研究的参照，其对于文学变化的理解，多源于个人的阅读感受。故而，在向门人弟子提示古文书写的规则时，每每强调个人阅读的重要。汉语的变化分期，为文学的"古今"之分提供了语言学条件的说明。同时，汉语演化也会产生语体"雅俗"的移位。语体在共时性轴上，以正式与非正式为两极，在历时性轴上，以庄典与便俗为两极。共时性距离越远，正式度越高；历时性距离越远，语体的庄典度越高。在文学史中，"古雅"虽然并非使用频次甚高的语词，但"雅"的形成机制实以"古"为核心。汉语史的分期意味着，汉语在韵律结构、语词、词类、语序与语法等层面上均有较为明显的"古今"分化。"雅"作为语体，有其必须遵守的规则，即其在语法与韵律手段上必须与现行的流行方式拉远距离。故而，雅俗乃规则问题而无关于技法的高低。文学研究若能注意及此，在描述文学史分期，特别是有关于俗文学兴起的历史节点时，应虑及汉语演化的制约作用。当文学研究能自觉接受汉语史的挑战时，汉语史的分期，或许能够成为文学史现有分期方法有效性的重要判定标准。

　　二十世纪七十年代，旅美学者陈世骧提出"中国文学传统从整体而言就是一个抒情传统"①的判断。经过四十余年的时间冲洗，古代文学研究界已大体接受此一判断，以"抒情"为中国古典文学的特质。近年来，以董乃斌为代表的中国学者则尝试构建一种与"抒情传统"并立的"叙事传统"，并由此引发了局部的讨论。叙事传统与抒情传统可以并行，抑或唯有其一方能代表中国古典文学的特质，非本文所能讨论。然其考察的方式，则自然会引发汉语史对古代文学特质研究的挑战。虽然在"抒情传统"与"叙事传统"的描述中，研究者均有明确的历史意识。在发现一种传统的同时，也尽可能描写传统生成的过程。但是，此类研究，在内在学理层面上，主要聚焦于精神、观念

---

　　① 张晖编《中国文学抒情传统：陈世骧古典文学论集》，生活·读书·新知三联书店，2015年，第6页。

以及意识与模式的考察;在外在历史层面上,则尝试通过文本的具体形态呈现其动态演化。在主流研究模式中难以察及语言作为构建传统之基础材料的影响。抒情抑或叙事传统,在抒情与叙事的过程中生长并逐步定型,故而,对于作为文学现象的抒情与叙事的考察,自然应成为讨论"传统"的起点。抒情与叙事依赖于语词,但二者对于语词会有不同的偏好。汉语语词的词类、词性、韵律单位、语序以及语法等均会参与抒情与叙事技法的构成,大体言之,抒情话语在语义与语法的密度上要高于叙事话语。"中国文学抒情传统"的判断若成立,也即意味着汉语语词为此一传统的成立提供了语言学条件:

> 汉语是一种指称抽象的语言。当这一特点运用于近体诗时,我们注意到它的意象部分有一种明确的非现实感,他没有真实的时空指向。如果一个名词没有指称这个或那个具体对象,那么它的指称就不是个体而是类型。同时,通过那些性质词的密集,近体诗的意象产生了生动的效果。近体诗这种感觉的具体性与指称的抽象性共存的特点,可以被认为是迥别于意象派关于意象构成理论的重要例证。①

回到语言层面的分析,应更能有效解释文学特质的成因。当然,此种说法并不否认汉语语词与文学书写传统双向影响的存在。汉语的演化,具体体现于音韵、词类、词性、韵律单位以及语序与语法等层面,动态演变的过程或许会对不同"传统"的生成产生影响。至少在特定的文学传统中,抒情与叙事的发展会因此极易形成一定的时间差。由此,即使中国古典文学中存在着两大传统,也并不意味着两者有着大体相近的时间原点。"传统"讨论的历史性,其焦点不在于更多历史场景的还原以及细节的钩沉,而是对汉语演化节点的敏感。虽然,古代文学研究并非完全忽视对汉语特点的考察,但当考察主要停留在类似于单音节语言、声调语言等层面,却相对忽视文学语言的特

---

① 高友工、梅祖麟《唐诗三论——诗歌的结构主义批评》,李世跃译,商务印书馆,2013年,第93页。

性,如句读标识物的有无、轻重音的分布规律、韵律单位及其组合方式、语词的表义规则与特性、文学古今雅俗的规则等内容的考察时,中国古代文学的特质,或许可以得到描述,但难以得到较有深度的阐明。文学特质研究对于汉语语词的忽视,并非古代文学研究的偶然失误,而是过于注重"形上"层面的研究惯习使然。魏建功在《中国纯文学的姿态与中国语言文字》一文中曾论曰:"中国语言里的音乐特质,形成文字上形态自然的变迁,一部文学史单从文字记载的表面去说,抓不到痒处;单讲文字意义的内容,岂非是'社会史'、'思想史'的变相了吗? 那是区区所谓'形而上'的,世之君子岂可离去'形而下'的实质乎? 虽然,人不能须臾离了空气,却不肯仔细了解空气;我于讲中国文学的人讨论形态问题情形,亦有此感。"①魏先生的文章发表于1934年,距今已八十年有余,但其所言及的情形,似乎一仍其旧。"如何写"以及如何"如何写"与"写什么"的内在关联问题,依然并未能成为古代文学研究的主要问题之一。汉语史对文学特质研究的挑战,或许会为文学研究对"形而下"的关注提供一个合宜的契机。

## 三、余论

汉语史对于古代文学研究的挑战,是文学研究的内在压迫使然,而非源于汉语史学科的越界冲动。故而,古代文学研究界理应在接受汉语史研究成果的基础上主动回应此一挑战,无论在文学的历史与社会维度,还是审美维度的研究上,古代文学研究都应在研究的广度与深度上,展现汉语史对于文学研究的意义。但学科壁垒与问题意识则成为古代文学界在问题回应上难以跨越的障碍。在学科交叉的问题上,语言学界似乎较文学研究更有自觉意识,也更多具有跨学科影响的著作问世。以审美维度的研究而言,海外学者高友工、梅祖麟于1968年至1978年合作撰写的论文《杜甫的〈秋兴〉:语言学批评的实践》、《唐诗的句法、用字与意象》、《唐诗的语义、隐喻和典故》,从

---

① 魏建功《中国纯文学的姿态与中国语言文字》,《文学》第2卷第6号,1934年。

语言学角度,采用结构主义的批评方法研究唐诗,对唐诗的语汇与语义、体式与节奏以及意象与语法诸层面作了精湛的研究,已可视为此领域的经典之作。此外,日本学者松浦友久关于中国诗歌原理的讨论,同样以审美维度的研究为重点,其对于诗歌节奏构成、对句以及表现功能之原理的分析,对于偏好自声律与句法结构角度进行诗歌形式解读的中国学界,其"异域之眼"的价值,毋庸置疑。国内语言学界,较能注意语言学与文学的交叉问题且有较大影响的研究,当推冯胜利的汉语韵律句法学与诗体学的研究。此项研究通过语法与韵律相互制约关系的考察,以期建立汉语句法理论与诗体理论。从已发表的研究成果而言,其对于汉语文学现象的解释与相关原理的阐明,在当下学界尚难有可比肩者。而古代文学研究者在语言与文学交叉问题上则难有突破性的进展,林庚、葛晓音的研究是传统诗歌形式研究的代表者,虽然,后者近年来关于中国传统诗歌体式的研究,已开始突破了原有的研究模式,但语言学因素的比重依然偏低。审美维度本是汉语史与文学研究关系连接的亲密纽带,但古代文学研究界的工作明显力度不足。与之相应,在历史维度与社会维度上,汉语史研究的成果虽然最为丰富,然而却并未在古代文学研究界产生对应的回响。故而,汉语史对于古代文学研究的挑战,至今日,依然尚未成为一个被公认的、值得讨论的话题。

(兰州大学文学院)

# 盖棺论定：对谥议文的文章学与文化史的考察

廖重阳

**内容摘要**：谥议文是中国古代一种重要的文体，它在谥礼活动中发挥着重要的议谥功能。谥议文在演变过程中逐渐显现出独特的文体特征：在书写模式上，谥议文往往先对逝者的生前事迹予以评述，然后按照《谥法》等经典对逝者拟定谥号；在文体风格上，谥议文呈现出典雅、肃穆的特点。由于议谥对象政治身份的不同，可以将谥议文分为帝后类谥议文、臣类谥议文、私谥类谥议文，三者在书写及演变中存在着一定的区别。谥议文由于有着独特的书写内容，使其在作为一种文体存在的同时又与议文、诔文、行状等文体存在着一定的联系。

**关键词**：谥；谥议文；文章学

# Final Verdict on Death: Researching on the Writing of Shi Yi Wen and Its Cultural History

## Liao Chongyang

**Abstract:** Shi Yi Wen is an important style in ancient China and it palys an important role on the posthumous tittle naming. As Shi Yi Wen has a specific writing content, the Shi Yi Wen's writing prose has gradually shown unique stylistic features. Firstly, Shi Yi Wen always comments on the life of the deceased. Secondly, Shi Yi Wen always takes the posthumous tittle according the Shi Fa. Shi Yi Wen is characterized by elegance and solemnity in style. Because of the differences in the political identity of the object in the posthumous tittle discussions, Shi Yi Wen is divided into the emperor and queen's Shi Yi Wen, the ministers' Shi Yi Wen and Shi Yi Wen in folk. Because of Shi Yi Wen's unique writing content, it has a certain connection with other writing styles including Yi, Lei, Xing Zhuang.

**Keywords:** Shi; Shi Yi Wen; the writing theory

目前学界对谥礼文化多有研究,但是较少关注"谥议文"文章学层面的内容,也较少从谥议文的角度对谥礼文化进行分析,现有的涉及谥议文的研究,也有待进一步的深入,如朱玲玲《谏文与谥议起源考》简略论述了谥议文的起源与形式上的变化,朱玲玲认为谥议源于临丧读谥之礼,谥议文在形式上与谏文不同,没有经历从散体到骈体的变化①;丁建军、徐麓枫在《考行易名:宋朝官员谥法研究》中提到宋人文集中多收录谥议之类的文章,认为宋代谥议文富于文采,却比

---

① 朱玲玲《谏文与谥议起源考》,《滨州学院学报》,2005 年第 4 期。

较冗长①；黄金明《从谥诔到诔文：论古代诔文体式的形成》②、董芬芬《春秋时代的谥制与诔文》③对谥礼文化及谥议文有所涉及，但是他们关注的重点是诔文，没有展开对谥议文的研究；董常保在《〈春秋〉〈左传〉谥号研究》中指出"谥"文与"诔"文两者在文体上存在着一定的区别④，"谥"应该作为一种单独的文体对待。由于董常保受其研究范围所限，未能对先秦之后出现的"谥议体"文的特征进行论说。总之，学界对谥议文的研究相对薄弱，而谥议文对于谥礼文化有着至关重要的作用，其地位不容小觑，所以本文以"谥议文"为专题对其文章学及文化史进行考察，重点对"谥议文"的文体特征、文章分类以及与相邻文体的关系等方面作进一步的分析，以此加深对"谥议文"的认识。

## 一、谥议文的文体特征

"谥议文"的出现离不开谥礼文化的发展，所以在对谥议文的文体特征进行分析之前，需要简略地对谥礼文化予以说明。所谓"谥"是给逝者所起的称号，用以替代其生前的名称。谥号在产生之初主要用以寄予哀伤，正如宋代郑樵所言"生有名，死有谥。名乃生者之辨，谥乃死者之辨，初不为善恶也。以谥易名，名尚不敢称，况可加之以恶乎？非臣子之所安也"，"成周之法，初无恶谥，谥之有恶者，后人之所立也"。⑤ 随着谥礼文化的发展，谥号才逐渐发挥出寄予褒贬的文化功能。"谥以褒贬"功能的出现具有重要的文化意义，一方面它加深了谥号的社会影响力，"夫谥者，所以惩恶劝善，激浊扬清，使忠臣义士知劝，乱臣贼子知惧"⑥；另一方面由于谥号社会影响力的提

---

① 丁建军、徐麓枫《考行易名：宋朝官员谥法研究》，《郑州大学学报》，2014 年第 3 期。

② 黄金明《从谥诔到诔文：论古代诔文体式的形成》，《漳州师范学院学报》，2003 年 04 期。

③ 董芬芬《春秋时代的谥制与诔文》，《甘肃理论学刊》，2008 年第 1 期。

④ 董常保《〈春秋〉〈左传〉谥号研究》，四川大学出版社，2013 年，第 16—24 页。

⑤ 郑樵《通志》卷四十六"谥略"序论，清文渊阁四库全书本。

⑥ 高钺《论于頔谥疏》，董诰《全唐文》卷七百二十五，中华书局，1984 年，第 7466 页。

升,谥号的文化意义得到凸显,所以拟定何种谥号就需要进行慎重的选择,于是出现了议谥活动及"谥议文"。

谥议文是在议谥活动中产生的,所以谥议文在产生初期,由于其尚处于发展阶段,所以其文体特征并不明显,主要是依附于"议体文",刘勰对这一状况有所论述,如其所云:"若乃张敏之断轻侮,郭躬之议擅诛,程晓之驳校事,司马芝之议货钱,何曾蠲出女之科,秦秀定贾充之谥,事实允当,可谓达议体矣。"①"事实允当,可谓达议体矣"不仅仅是对秦秀《贾充谥议》的评议,也适用于对当时谥议文文体特征的描述。刘勰之前的谥议文并非只有《贾充谥议》一篇,除此之外,还有《章帝谥议》、《处士君号谥议》、《明帝谥议》、《钟繇谥议》、《议谥赵云》等;并且秦秀还撰写有《何曾谥议》一文,刘勰并没有对上述"谥议文"的整体风貌进行解说,而是仅仅评议秦秀的《贾充谥议》,由此反映出谥议文的文体特征在当时并不明显,并未引起刘勰的注意,这也就是为什么萧统之前的谥议文在数量上已经较为可观,也不乏文采斐然的篇章,但是萧统却未将谥议文收入《文选》的原因。

唐代谥礼文化得到进一步发展,议谥活动逐渐繁荣,谥议文的文体特征逐渐彰显。到宋代,一些文章总集在选录文章的时候把"谥议"作为一类文体,如《文苑英华》、《宋文鉴》等。《文苑英华》列"谥议"类,分上下两部分,上部收录"谥议"18篇,下部收录12篇,在谥议文的排序上按照皇帝、皇后、大臣的顺序排列,以此体现严格的尊卑秩序。《宋文鉴》也将谥议文归入"谥议"类,所收"谥议"共6篇,即《赠尚书右仆射孙奭谥议》、《张忠定谥议》、《赵僖质谥议》、《陈执中谥荣灵议》、《欧阳文忠公谥议》、《范忠宣公谥议》。宋代之后,"谥议文"仍被一些文人作为一类文体进行分类、研究,元代以苏天爵为代表,苏天爵在《元文类》中设"谥议"类,"谥议"类位于"祭文"类、"哀辞"类之后,"行状"类、"墓志铭"类之前。明代以吴讷、徐师曾为代表,吴讷

---

① 刘勰《文心雕龙·议对》,范文澜《文心雕龙注》,人民文学出版社,1958年,第438页。

的《文章辨体序说》和徐师曾的《文体明辨序说》中都有"谥议"这一文章分类，吴、徐二人对"谥议"的分类、论述及选文标志着"谥议"文体特征的强烈凸显。吴、徐二人对"谥议"文体的论述主要包括以下三个方面：

第一，凸显谥议文的书写关乎教化、意义重大。如吴讷所云：

> 按《谥法》云："谥者，行之迹。大行受大名，细行受小名。"《白虎通》曰："人行始终不能若一，故据其终始，明别善恶，所以劝人为善而戒人为恶也。"总是观之，则谥之所系，岂不重欤？……当时虽或未能尽从其言，然千百载之下，读其辞者，莫不油然兴起其好恶之心。呜呼！是其所系岂不甚重乎哉？①

徐师曾也引经据典，开篇论述谥礼之意义，如其所言："按《礼记》曰：'先王谥以尊名，节以壹惠'（节取其大者，以专其善）。故行出于己，而名生于人，使夫善者劝而恶者惧也。"②吴、徐二人对"谥议文"社会意义的重视，与"文辞当关乎世教"的观念相一致，如吴讷云：

> 上虞刘氏有云："《诗》三百篇，有美有刺，圣人固已垂戒于前矣。后人纂辑，当本《二南》、《雅》、《颂》为则。"今依其言。凡文辞必择辞理兼备、切于世用者取之；其有可为法戒而辞未精，或辞甚工而理未莹、然无害于世教者，间亦收入；至若悖理伤教、及涉淫放怪僻者，虽工弗录。③

吴、徐二人对"谥议文"文体特征的分析，较多从外部的文化因素对谥议文进行论述，归根结底是为了凸显"谥议文"重要的社会意义。

第二，指出谥议文的产生离不开议谥制度的建立。如吴讷所云："汉晋而下，凡公卿大夫赐谥，必下太常定议。博士乃询察其善恶贤

---

① 吴讷《文章辨体序说》，于北山点校，《文章辨体序说　文体明辨序说》，人民文学出版社，1982年，第51页。

② 徐师曾《文体明辨序说》，罗根泽点校，《文章辨体序说　文体明辨序说》，第152页。

③ 吴讷《文章辨体序说》，于北山点校，《文章辨体序说　文体明辨序说》，第9页。

否,著为谥议,以上于朝,若晋秦秀之议何曾、贾充,唐独孤及之议苗俊卿,宋邓忠臣之议欧阳永叔是也。"①正是由于太常议谥制度的建立,才出现了讨论拟谥的谥议文。吴讷指出议谥的关键之处是"询察其善恶贤否",如果议谥制度中这一环节被废止,那么谥议文也将走向衰亡,正如徐师曾所言:"今制,虽设太常博士,然不掌谥议。大臣没,其家请谥,则礼部覆奏,或与或否,唯上所命。与则内阁拟四字以请而钦定之,皆得美名,其余则否,初无恶谥以示惩戒,而谥议遂废不作矣。"②

　　第三,指出"谥议文"内部存在着一定的差异。吴讷认为"谥议文"除了朝堂上所出现的"谥议文"外,还包含民间的"私谥议文"。徐师曾对"谥议文"内部差异性的分析比较深入,他认为"谥议文"呈现的差异性特征,可以按照内容和形式两个方面进行分类,即内容上"有帝后谥议,臣僚美恶谥议",形式上可分为谥议、改议、驳议、答驳议(亦曰重议)、私议③。徐师曾认为"谥议文"内部的差异性一定程度上是由谥礼制度的等级性引起的。如徐师曾所言:

> 天子崩则臣下制谥于南郊,明受之于天也。诸侯薨则
> 太子赴告于天子,明受之于君也。盖子不得议父,臣不得
> 议君,故受之于天于君。若卿大夫,则有司议而谥之。故
> 周制太史掌小丧赐谥,小史掌卿大夫之丧赐谥。秦废谥
> 法,汉乃复之,然仅施于君侯,而公卿大夫皆不得与,盖亦
> 略矣。④

徐师曾认为谥礼制度存在着因尊卑秩序造成的等级性特征,即天子、诸侯、卿大夫在谥礼中存在着不同的议谥、赐谥程序。谥礼文化严格的尊卑秩序不仅仅影响了朝堂之上的谥议文书写,使谥议文出现了

---

　　① 吴讷《文章辨体序说》,于北山点校,《文章辨体序说　文体明辨序说》,第51页。"邓忠臣"为"李清臣"之误。

　　②④ 徐师曾《文体明辨序说》,罗根泽点校,《文章辨体序说　文体明辨序说》,第152页。

　　③ 所谓私议即私谥议。

不同的书写类型,还间接地促进了民间私谥文化发展,正如徐师曾所言:"至于名臣处士,法不得谥,则门生故吏相与共议而加私谥焉。"①由于政治地位卑微、"法不得谥",一些官员或儒生只能通过民间私拟的方式获得谥号。

## 二、谥议文的分类

徐师曾对谥议文做了较为详细的分类,但是,徐师曾的分类有一些繁琐,也没有抓住谥议文内部类别的主要特征。虽然将"谥议"分为"谥议、改议、驳议、答驳议(亦曰重议)"有一定的根据,但是这样的分类并不能揭示谥议文内部的层次性特征,而将谥议文分为帝后类谥议文、臣类谥议文、私谥类谥议文,才能凸显"谥议文"文体上的差异性,即由于议谥对象政治身份的差异性而呈现出尊卑有序的等级特征。

《穀梁传》桓公十八年注云:"昔周公制谥法,大行受大名,小行受小名,莫不欲劝善而惩恶。礼,天子崩,大臣称天命以谥之。"②由于帝谥的拟定是由大臣"称天命以谥之",其神圣性不容置疑,所以帝类谥议文的用词比臣类谥议更加典雅、肃穆。《白虎通》云:"天子崩,大臣至南郊谥之者何? 以为人臣之义,莫不欲褒称其君,掩恶扬善者也。故之南郊,明不得欺天也。"③虽然"天子崩,大臣至南郊谥之"是出于不虚美、不掩恶的考虑,但在具体书写中,帝类谥议还是以美颂为主,这样的原因主要有以下两个方面:一方面由于帝王所建功业巨大,而"谥者,行之迹也",所以帝王之谥要以大名拟之;另一方面,由于帝王"位"之极高,出于对王权的敬畏,故要以"大名"凸显王权之至上。正由于这样的原因,帝类谥议文形成了帝王之谥须以"大者远者用之"的观念,如《敬宗谥议》所云:

---

① 徐师曾《文体明辨序说》,罗根泽点校,《文章辨体序说 文体明辨序说》,第152页。

②③ 陈立《白虎通疏证》,吴则虞点校,中华书局,1994年,第72页。

定尊号,考列圣,终古之重事,有司宜用大者远者。上质百王之明烈,下开千载之成法。参天人之意,极臣下之诚,酌而举之,以正大谥。故称天以谏,大莫加焉,微臣得议,公莫至焉。所谓大者远者,盖总夫一朝之治化,四海之惠泽,夷夏之率职,元元之受赐,皇明所临之远近,睿断所系之巨小何如耳。其他苟不足以升降盛德者,固得略而不论。①

具体说来,在帝类谥议文的撰写中,对帝王的美颂体现在两个部分,第一,对帝王的丰功伟绩进行赞颂;第二,在结尾的拟谥中,选定"大"而"远"的词作为帝王之谥,除此之外,还通过累加谥字以体现对帝王德行的歌颂。一般来说,第一部分往往围绕对帝王事迹的赞扬展开,重点放在"颂"上,而不是"议"上。由于帝王之谥是对王权的象征,所以历代帝王谥议文在演变中,主要围绕"美颂"的传统,较少出现实质上的变化。随着后世皇权的不断集中,帝王之谥的拟定在字数上逐渐增多,帝类谥议文的写作也与这样的趋势相一致,呈现出对帝王形象不断美化的趋势。

同帝类谥议文的美颂特征相似,后类谥议文也多是对皇后、皇太后的德行进行赞颂,在书写中也多用一些涵义广阔的词汇,如"含容光大"②。由于皇后所处的政治身份与帝王有所不同,在赞颂中,后类谥议文多出现"月"、"坤"等意象,如"先皇后应祥月德,比载坤灵,柔范阴化。"③在对后的赞颂中,往往歌颂其慈惠恭让的品行,如徐勣《钦慈皇后谥议》:"伏惟皇太后令质粹合,懿姿淑茂。恭俭成于所性,柔嘉得于自然。"④李宗谔《大行皇后谥议》:"恭顺发于诚心,正淑表于媭

① 贾餗《敬宗谥议》,董诰《全唐文》卷七百三十一,中华书局,1984年,第7541页。
② 徐铉《昭惠皇后谥议》,《全唐文》卷八百八十一,第9206页。
③ 沈约《梁武帝郗后谥议》,严可均《全上古三代秦汉三国六朝文·全梁文卷二十八》,中华书局,1965年,第3113页。
④ 徐勣《钦慈皇后谥议》,徐松辑,刘琳等校点《宋会要辑稿》第三册"礼三三",上海古籍出版社,2014年,第1498页。

戚。"①在历史上一些特殊时期,皇后、皇太后也有机会参与朝廷政事,所以在一些后类谥议中就出现了对他们参与朝政事迹的评述,如蔡邕《和熹邓后谥议》对邓皇后的政治事迹予以记述,并由此展开对其政治才能的美颂。但是,从整体上来看,后类谥议文对皇后、皇太后事迹的论述还是以后宫之事为主,并且在论述中还常常出现引《诗》义以阐发其德行的状况,如"内辅瑶图,旁裨阴教,《樛木》有恩于逮下,《螽斯》无忌于众多,可不谓忠和惇淑乎!"②"存躬俭之志,美播《葛覃》;推逮下之恩,仁均《樛木》。"③这样的特点符合儒家礼乐文化所传达的"后妃之德,以配君子"的观念。帝后谥议文在书写及演变的过程中有着较为相似的特征,首先在具体的拟谥过程中是以美谥为主,并且在拟谥的过程中较少出现相互辩驳的状况,这一特点和帝后高高在上的政治地位分不开。

与帝后类谥议文不同,臣类谥议文之"议"的功能得到极大的发挥,历史上出现了较多相互辩驳的谥议文章,如东晋时期王导与郗鉴在议谥周札中出现了针锋相对的状况④。又如唐代张九龄与阳伯成在议谥张说中的辩论⑤,苏端与梁肃在议谥杨绾中的辩驳⑥等。除了帝后类谥议文、臣类谥议文之外,谥议文还包含民间的私谥类谥议文。在书写中,私谥类谥议文呈现出与帝后类谥议文、臣类谥议文相似的特征,即对逝者的生平事迹进行赞颂,然后依据经典拟定谥号。如蔡邕《朱公叔谥议》云:

> 谨览陈生之议,思忠文之意,参之群学,稽之《谥法》,夫万类莫贵乎人,百行莫羡乎忠,故夏后氏正以人统,教以忠

---

① 李宗谔《大行皇后谥议》,欧阳修等《太常因革礼》卷九六,中华书局,1985 年,第488 页。

② 舒雅《元德皇太后谥议》,欧阳修等《太常因革礼》卷九四,第 477 页。

③ 冯元《庄宪明肃皇太后谥议》,欧阳修等《太常因革礼》卷九七,第 493 页。

④ 参见《晋书·周札传》。

⑤ 参见《旧唐书·张说传》。

⑥ 参见《旧唐书·杨绾传》。

德。然则忠也者，人德之至也。而犹有三焉。孔子曰"进思尽忠"，又曰"臣事君以忠"，奉上之忠也。曰"为人谋而不忠乎"，又曰"忠焉能勿诲乎"，谋诲之忠也。《春秋左氏传》曰"小大之狱必以情，情，忠之属也"，又曰"上思利人曰忠"。①

在《朱公叔谥议》中，蔡邕以《谥法》、《论语》、《春秋左氏传》等经典为依据，认为朱公叔谥曰"忠文"合乎礼义。与帝后类谥议、臣类谥议相比，私谥类谥议由与逝者关系密切的友人、门徒所写，而他们对逝者的事迹较为熟悉，所以在行文中其文笔较为流畅，对哀伤情感的表达也更为强烈。

### 三、谥议文与相邻文体的联系与区别

曾枣庄认为"谥议"体作为一种文体有些尴尬，既与"奏议"类有着牵连，又与"哀祭"类、"论说"类文体存在着关联，如其所言："就'著为谥议以上于朝'言，可入奏议类；就其品评死者言，亦可入哀祭类，但就其'往复论辩'以定是非言，还是附于论说更好"②。由于古代文章学在文体分类上存在着错综关联的特点，即使一些另列为一类的文体也与其他文体有着较为密切的关联，这样的状况在"谥议文"中得到鲜明的体现。虽然"谥议"体被吴、徐二人列为一类文体单独进行论述，但是"谥议文"仍与议文、诔文、行状等文体存在着密切的关系，下面将对此予以说明。

#### （一）谥议文与议文

明代吴讷、徐师曾对谥议文的文体特征进行了简要的论述，他们的论述被一些学者所接受，如明代贺复徵《文章辨体汇选》、明代朱荃宰《文通》、清代王之绩《铁立文起》分别设"谥议"一体，将"谥议"作为独立的文体与"议"体相并列。不过，一些学者在设立"谥议"体的同

---

① 蔡邕《朱公叔谥议》，《全上古三代秦汉三国六朝文·全后汉文卷七十二》，第867页。

② 曾枣庄《论〈全宋文〉的文体分类及其编序》，曾枣庄、刘琳主编《全宋文》，上海辞书出版社、安徽教育出版社，2006年，第三六〇册附录。

时,仍然难以摆脱"谥议"体与"议"体的密切关联,其中以张溥《汉魏六朝百三家集》最为典型,《汉魏六朝百三家集》在收入谥议文的时候,出现两种分类:将颜延之《武帝谥议》,沈约《齐武帝谥议》、《齐明帝谥议》,邢劭《文宣帝谥议》归入"谥议";与之同时又将崔骃《章帝谥议》,蔡邕《和熹邓后谥议》、《朱公叔谥议》,张华《晋文王谥议》,梁元帝《高祖武皇帝谥议》,任昉《齐明帝谥议》归入"议"类。① 除此之外,明代程敏政《新安文献志》同时设"议"类、"谥议"类,并将两类文体作为一卷②,由此反映出"谥议"与"议"两种文体间的相互牵连。笔者认为,虽然在"谥议"体是单独作为一类文体还是作为"议"体的一个分支的这个问题上,古人尚未达成统一的认识,但是,可以肯定的是,谥议文的确与议文有着密切的关联。

郭英德认为:"中国古代文体的生成大都基于与特定场合相关的'言说'这种行为方式,这一点从早期文体名称的确定多为动词性词语便不难看出。人们在特定的交际场合中,为了达到某种社会功能而采取了特定的言说行为,这种特定的言说行为派生出相应的言辞样式,于是人们就这种言说行为(动词)指称相应的言辞样式(名词),久而久之,便约定俗成地生成了特定的文体。"③郭先生的上述观点在一定程度上亦适用于对"议"体文生成的理解。"议"是动词性词语,按照郭先生的理解,"议"体文的生成直接来源于"议"(动词)的这种行为。之所以谥议文与议体文有着密切的关系是由于谥议文的出现是由"议谥"行为生成的,官员在议谥过程中所遵循"议"的原则也相应地体现在"谥议文"中,如行文中谦卑的语气,"谥议文"开篇往往称"臣",有时还直接写出官职与姓名,如钱藻、窦卞《欧阳修谥议》开篇所云:"朝奉郎、守尚书工部郎中、充秘阁校理、直舍人院兼同修起居注、权判吏部流内铨、骑都尉、赐绯鱼袋钱藻。宣德郎、守尚书刑部员

---

① 参见张溥《汉魏六朝百三家集》,清文渊阁四库全书本。
② 参见程敏政《新安文献志》卷二十六"议、谥议",清文渊阁四库全书本。
③ 郭英德《中国古代文体学论稿》,北京大学出版社,2006年,第29页。

外郎、充集贤校理兼同修起居注、权同判吏部流内铨、骑都尉、赐绯鱼袋窦卞。"①又如"谥议文"在结尾处常常标出"谨议"一词,以示恭敬。谥议文的书写往往逻辑缜密,表达清晰,也符合刘勰对议体文"名实相课,断理必纲,摛辞无懦"②的要求。除此之外,"谥议文"的发展也离不开"议"在形式上发生的变化,即由口议向笔议发展,"谥议文"的出现正是笔议替代口议的结果。

虽然谥议文与议文存在着密切的联系,但是谥议文又呈现出与议文不同的文体特征,主要体现在以下两个方面:第一,谥议文所议与其他议文不同,"谥议文"之论点不是某个道理,而是确切的拟谥建议,其内容仅仅围绕"议谥"而展开;第二,在论述中,"谥议文"形成了特定的书写模式,即先评述逝者的一生,然后依经据典提出拟谥建议,如姜维《议谥赵云》所云:

> 云昔从先帝,劳绩既著,经营天下,遵奉法度,功效可书。当阳之役,义贯金石。忠以卫上,君念其赏;礼以厚下,臣忘其死。死者有知,足以不朽;生者感恩,足以殒身。谨案《谥法》:"柔贤慈惠曰顺,执事有班曰平,克定祸乱曰平。"应谥云曰"顺平"矣。③

谥议文与议文相区别,一方面是由于在议谥活动中出现了大量的谥议文,其文体特征在不断的写作实践中得到彰显,因而受到士人的关注;另一方面离不开谥礼关乎教化的社会价值,谥议文的撰写直接影响着谥礼文化的进展,因而不断地受到士人的重视,如吴、徐二人列"谥议"为类就是为了凸显议谥活动的重要性,这就是为什么不将其他议题的议文单独列为一类文体进行研究,如议论兵事、议论农事的文章,而唯独将"谥议"体设为一类文体进行分析的原因。在现

---

① 钱藻、窦卞《欧阳修谥议》,《欧阳文忠公集》附录卷一"谥诰",四部丛刊景元本。
② 刘勰《文心雕龙·议对》,范文澜《文心雕龙注》,第440页。
③ 姜维《议谥赵云》,《全上古三代秦汉三国六朝文·全三国文卷六十二》,第1390页。

存的议文中，还有一些议文是讨论谥号的，如白居易《晋谥恭世子议》①、李磎《改恭太子谥议》②、皮日休《秦穆谥缪论》③等，虽然它们也以"谥"或"谥议"为题，但是由于这些议谥文章并非发生于具体的谥礼活动中，而是后世的学者、文人对历史人物谥号的评议，所以并不是吴讷、徐师曾所界定的"谥议"体文。

## （二）谥议文与诔文

谥议文与诔文的联系主要包括以下三个方面：第一，诔文在产生之初承担着议谥的职能，如《礼记·曾子问》："贱不诔贵，幼不诔长。"注曰："诔，累也，累列其生时行迹，读之以作谥。"④由于"诔文以作谥"，所以诔与谥在初期有着密切的关系，也正因为如此诔与谥的词义可以互相解释，如《说文》云："诔，谥也。"段注："当云所以为谥也。"⑤又比如在一些诔文中仍然保留着两者的关系，如《柳下惠诔》文中有柳下谥之曰惠的内容⑥。第二，诔文与谥议文在产生之初都体现了对尊卑秩序的维护，诔文有"贱不诔贵，幼不诔长"之说，谥议有"臣不得议君，子不得议父"之观念。第三，诔文、谥议文不仅在公共领域发挥其文体功能，还在民间领域中发挥其作用，由此产生了诔文、谥议文文体内部以公、私为界限的划分，如公诔文、私诔文；公谥议文、私谥议文。

随着诔文中定谥功能由谥议文所替代，诔文不再承担定谥的职能，其寄予哀情的功能进一步发展，正如徐师曾所云："盖古之诔本为定谥，而今之诔惟以寓哀，则不必问其谥之有无，而皆可为之。"⑦故诔文与谥议文逐渐呈现出不同的特征：第一，在内容上，诔文是累述其

---

① 白居易《晋谥恭世子议》，《全唐文》卷六百六十九，第 6802、6803 页。
② 李磎《改恭太子谥议》，《全唐文》卷八百三，第 8441、8442 页。
③ 皮日休《秦穆谥缪论》，《皮日休文集》卷五"文论颂序"，四部丛刊景明本。
④ 《礼记正义·曾子问》，阮元校刻《十三经注疏》，中华书局，2013 年，第 3027 页。
⑤ 段玉裁《说文解字注》卷三篇上"言部"，上海古籍出版社，1988 年，第 101 页。
⑥ 参见刘向《古列女传·柳下惠妻》，四部丛刊景明本。
⑦ 徐师曾《文体明辨序说》，罗根泽点校，《文章辨体序说　文体明辨说》，第 154 页。

德行,而谥议文对逝者的论述是有所选择的,并不是对逝者生前事迹、德行的依次罗列。第二,诔文是对逝者美行的记录,如"诔者,累也,累其德行,旌之不朽也"①,而谥议文不仅可以对逝者的美行进行记录也会涉及逝者的恶行,以达到旌善惩恶的作用。第三,诔文的抒情程度较为强烈,而谥议文的抒情比较平和,更能体现儒家"哀而不伤"的精神。第四,在具体的写法上,诔文以抒情为主,而谥议文以"议"为主,即对于逝者德行的叙述,诔文是为了表达对逝者的哀伤,而谥议文主要是完成对逝者拟谥的任务。

### (三) 谥议文与行状、墓碑文

谥议文与行状也有着一定的联系。第一,行状与谥议文在产生之初都是对逝者的事迹进行记述,如:"状者,貌也,体貌本源,取其事实"②;"谥者,行之迹也。大行受大名,细行受小名"③。第二,在写作中,谥议文在写作中要参考行状的内容,如宋代鲍彪《洪皓谥议》云:"检书艺例,赐谥人起绍兴元年,自丰清敏,宗忠简而下二十九人并不载其议文。今索到洪尚书家行状,字数不少,难以具上,略疏如下……状公行治者数千言,未易殚数也。姑略其细,遮其大,得二美焉,曰忠曰宣。"④谥议文与行状也存在着一定的区别:第一,行状对逝者事迹记录较为广泛,如行状内容包括"死者世系、名字、爵里、行治、寿年之详"⑤,而谥议文的写作往往不包含爵里、字号等内容。第二,行状所写并非只用于议谥,其用途比谥议文更为广泛,如"或牒史馆请编录,或上作者乞墓志碑表之类皆用之"⑥。第三,行状多由逝者故吏门徒所写,如徐师曾所云:"而其文多出於门生故吏亲旧之手,以

---

① 刘勰《文心雕龙·诔碑》,范文澜《文心雕龙注》,第 212 页。
② 刘勰《文心雕龙·书记》,范文澜《文心雕龙注》,第 459 页。
③ 吴讷《文章辨体序说》,于北山点校,《文章辨体序说 文体明辨序说》,第 51 页。
④ 鲍彪《洪皓谥议》,徐松辑,刘琳等校点《宋会要辑稿》第四册"礼五九",第 2077 页。
⑤⑥ 徐师曾《文体明辨序说》,罗根泽点校,《文章辨体序说 文体明辨序说》,第 148 页。

谓非此辈不能知也。"①而谥议文大多由朝廷官员所撰写。虽然一些谥议文也包含对逝者的赞美之词,但是谥议文由于其参与的议谥功能,所以在书写上要求做到客观、公正,如在宋代出了现对谥议文进行严格审核的覆议制度:"本家录行状上尚书省,考功移太常礼院议定,博士撰议,考功审覆,判都省集合省官参议,具上中书门下宰臣判准,始录奏闻。敕付所司即考功录牒,以未葬前赐其家。省官有异议者,听具议闻。"②

　　谥议文与墓碑文的关系主要体现在以下几个方面:在风格上,谥议文行文较为质朴典雅,与墓碑文有着较为相似的风格。在内容上,谥议文在写作中也会参考一些逝者的墓碑文,如"窃见太常寺礼部定谥,据请谥之家所纳行状、墓志,遂以名之"③。在墓碑文中也会出现对议谥内容的记录,不过,在墓碑文中记述议谥的内容往往更多的是民间的私谥活动。如《唐故给事中皇太子侍读陆文通先生墓表》:"将葬,以先生为能文圣人之书通于后世,遂相与谥曰文通先生。"④一般说来,谥议文不会刊行于石碑上,但是历史上也有将谥议文刻于石碑上以传于后的情况,如元代《姚天福谥议碑》⑤。

## 四、结语

　　"谥议文"不仅仅是一种寄予褒贬、惩恶扬善的文体,在某种程度上还是一种文化思维形态。"谥议文"以儒家义理对逝者的一生予以评判,体现着儒家士人对义理精神的坚守,由此反映出对"杀生成仁""舍生取义"精神的彰显。《荀子·礼论》云:"生,人之始也;死,人之

---

①　徐师曾《文体明辨序说》,罗根泽点校,《文章辨体序说　文体明辨序说》,第148页。

②　徐松辑,刘琳等校点《宋会要辑稿》第四册"礼五九",第2013页。

③　徐松辑,刘琳等校点《宋会要辑稿》第四册"礼五八",第2016页。

④　柳宗元《唐故给事中皇太子侍读陆文通先生墓表》,《河东先生集》卷九表铭碣诔,宋刻本。

⑤　胡聘之《山右石刻丛编》卷三四,清光绪二十七年本。

终也;终始俱善,人道毕矣。""谥议文"与逝者生前的名、字、号相呼应,反映了儒家士人从出生、成人到圆满结束整个人生这一过程中对仁义精神的"一以贯之"。

进入现代社会以来,随着儒家礼乐教化的式微、多元文化的发展,"谥"已经逐渐退出历史舞台,历史上所出现过的"谥"也不再引起我们的注意,"谥"令逝者不朽的内涵也正被现代文化所瓦解。"谥议文"在历史进程中所扮演的角色、所发挥的作用随着谥礼文化的衰落也渐渐被人所遗忘。但是,如果我们翻开"谥议文",仍然会被其中蕴含的儒家义理精神所感染,正如吴讷所云:"然千百载之下,读其辞者,莫不油然兴起其好恶之心。"①

(四川大学文学与新闻学院)

---

① 吴讷《文章辨体序说》,于北山点校,《文章辨体序说　文体明辨序说》,第51页。

# 秦汉文书程式范本的文体学意义<sup>*</sup>

## 余煜珣

**内容摘要**：随着文书行政制度的确立，秦汉时期出现一种文书程式范本，对文书写作做出形式上的规范和指导。与先秦的礼辞范本不同，这类文书范本已脱离了仪式语境和口头表达形式，在某种程度上开启了对文本化"公文文体"特征的相对自觉的认知。而表示"文书程式规范"的"式"概念在法制建立后兴起，体现出人们对文体程式的认识脱离了礼学框架，从而更为明晰独立。这显示了法制建立下文体学的新动向。这种文体程式范本的形式在后代仍广泛应用，应成为文体学研究的一部分。

**关键词**：文书程式；范本；"式"；《封诊式》；文体学

---

\* 基金项目：吴承学教授主持的国家社科基金重大项目"中国古代文体学发展史"（10ZD&102）；笔者本人主持的中山大学饶宗颐研究院"饶学"研究生论文资助计划"秦汉法律文体研究"（RyB17003）的阶段性成果。

# The Stylistic Significance of the Model Texts of Administrative Documents in the Qin and Han Dynasties

## Yu Yuxun

**Abstract**: Along with the establishment of document administration system, a series of model texts which prescribes and guides the writing of documents appeared during the Qin and Han Dynasties. Different from the ritual language of Pre-Qin, this type of model texts, in a sense, separates itself from ritual context and oral expression, which therefore marks the beginning of a relatively conscious perception of the characteristics of textual "administrative documents". However, "shi", used to signify "norm of documental patterns", sprung up after the establishment of legal system, and this represents that people understand stylistic patterns from a clear and independent perspective, breaking away from the framework of ritual theory. These shows the new development of stylistics. The similar model text of stylistic pattern is widely used in later generations and should be regarded a part of the study of stylistics.

**Keywords**: pattern of administrative documents; model text; "shi"; *Feng Zhen Shi*; stylistics

出于行政运作的需要,秦汉之后历代均对文书的制作做出不同形式的规范。① 这种规范包括内容和形式两方面,两者都可以以范本的形态呈现。内容范本亦可称为"范文"。汉代有所谓"故事",其内涵丰富,包括了有典范意义的诏令章奏等文书。中央官员处理政务常需援引,其欲熟悉政务也往往需先"明习故事"。这些作为"故事"

---

① 本文所谓"文书",均指"官文书"而言,不涉及私人往来的"私文书"。这些官文书包括行政司法文书、簿籍等。

的文书就是可供学习和参考的范文。张家山汉简《奏谳书》作为一部案例集也具有范文的性质。文书也有类似的形式上的范本,即程式范本。所谓"程式",指的是文书写作中遵循的格式,包括用语、结构次序等固化要素。① 出土战国秦汉简牍文献中②,存在一类文书程式范本,它们是在行政司法事务中,出于指导和规范的目的,针对相关文书的形式、结构等提供的写作格式模板。这类范本主要集中在睡虎地秦简《封诊式》,其他出土文献中也间有发现。

这样的文书程式范本,现在一般称为"式"。历来人们多关注唐代"律令格式"四种法律形式中的"式",鲜有将"式"作为秦汉法律形式的。直到居延、敦煌汉简尤其睡虎地秦简《封诊式》的面世,"式"才正式作为一种法律形式被纳入秦汉法制史叙述的视野。邢义田、高恒、南玉泉等史学学者曾对秦汉"式"的存在状况做出考辨。③ 在文体学界,这类材料则长期遇冷。由于这种程式范本是对相关文书文体形式的直观呈现,事实上是一类比较重要的文体学材料,其价值值得深入探索,本文拟做出初步尝试。

## 一、文书制度与文书程式范本的产生

《封诊式》这类文书程式范本的出现④,与秦汉确立了完善的文书

---

① 广义的程式还包括文书的载体、字体、传递制度等,本文所言"程式"不涉及这些方面。

② 本文所研究的材料既包括秦汉二代,也包括战国晚期秦国的材料。为方便叙述,将这部分战国晚期的材料也并入秦代的范围,统称为"秦汉文书程式范本",不再细分。

③ 邢义田《从简牍看汉代的行政文书范本——"式"》,《严耕望先生纪念论文集》,台北稻乡出版社,1998 年;订补版收入邢义田《治国安邦:法制、行政与军事》,中华书局,2011 年。高恒《汉简牍中所见的"式"》,《秦汉简牍中法制文书辑考》,社会科学文献出版社,2008 年。南玉泉《秦汉式的种类与性质》,徐世虹主编《中国古代法律文献研究》第六辑,社会科学文献出版社,2012 年。

④ 文书中的类似形式也存在于《左传》中。《左传·宣公十年》:"夏,齐惠公卒。崔杼有宠于惠公,高、国畏其偏也,公卒而逐之,奔卫。书曰'崔氏',非其罪也;且告以族,不以名。凡诸侯之大夫违,告于诸侯曰:'某氏之守臣某,失守宗庙,敢告。'所有玉帛之使者则告;不然,则否。"不过这属于义例发明的范畴,从文书的角度看,可说是对该文书程式的总结解释之辞,与以指导规范为目的的范本不同。

制度直接相关。早在商周时期已有各类书面形式的文书。而在战国各国变法之后,由于法制的逐步确立,文书行政愈发重要,至秦代已形成在国家政治运作中至关重要的规范文书制度。秦律《内史杂》:"有事请毆(也),必以书,毋口请。"①意思是有事请示必须以书面形式,而不能口头请示。秦律中还往往可见各种有关文书书写、传送等问题的规定。文书行政在汉代同样重要,如王充所言:"汉所以能制九州者,文书之力也。以文书御天下。"②文书行政制度的确立使文书行政成了日常性、重复性的重要工作,文书形式的规范也成了文书行政的重要方面。因为文书的制作必须确保正确,符合规范,以使行政顺利。采用范本的形式,既为重复性工作提供了方便,也保证了行政运作的规范。如里耶秦简:"守府下四时献者上吏缺式曰:放(仿)式上。"③这是太守府向迁陵县下达一份"式",要求依照"式"上交文书,以实现文书的规范化。另一方面,秦代实行"学法令以吏为师"的政策。④《商君书·定分》中就有类似规划:"主法令之吏有迁徙物故,辄使学读法令所谓。为之程式,使日数而知法令之所谓。不中程,为法令罪之。"⑤秦国有"学室",是用以培养文吏的学校。《秦律十八种·内史杂》:"非史子毆(也),毋敢学学室,犯令者有罪。"⑥汉代亦有"学宦"之制,从汉简中也可得知汉代边区存在学吏制度。故而指导法律行政文书的写作也成了必要,范本是这种指导的有效形式之一。张金光即认为秦汉学吏教材的内容可分为四种,其一为法律典章教本,当中就包括了《封诊式》这样的范本。⑦ 总之,无论是只为实现行政规

---

① 睡虎地秦墓竹简整理小组《睡虎地秦墓竹简》,文物出版社,1978 年,第 105 页。

② 王充撰、黄晖校释《论衡校释·别通》,中华书局,1990 年,第 591 页。

③ 陈伟主编《里耶秦简牍校释(第一卷)》,武汉大学出版社,2012 年,第 222 页。

④ 《史记·秦始皇本纪》卷六,中华书局,1959 年,第 255 页。

⑤ 蒋礼鸿《商君书锥指》卷五,中华书局,1986 年,第 140—141 页。

⑥ 睡虎地秦墓竹简整理小组《睡虎地秦墓竹简》,文物出版社,1978 年,第 106—107 页。

⑦ 张金光《论秦汉的学吏教材——睡虎地秦简为训吏教材说》,《文史哲》,2003 年第 6 期。

范,还是同时被用于教学,范本均是有效的实现方式。

　　秦汉的文吏制度十分发达,文吏的数量尤其庞大。尽管文吏地位低下,但有些时期还出现了对文吏、吏学趋之若鹜的现象。王充在《论衡》中花了很大篇幅讨论儒生与文吏之争,批评了"好仕学宦,用吏为绳表""同超(趋)学史书,读律讽令,治作情奏,习对向,滑习跪拜,家成室就,召署辄能"的现象①,就反映了其时吏学盛行的风气。学习文书制作一旦成为风气,便不只在文吏教育中发生作用,还扩大到更广范围的教育中。再看文书范本的使用情况。目前几种重要的秦汉出土简牍,如睡虎地秦简、里耶秦简、敦煌汉简、居延汉简,都发现这种范本的存在,地域上分布于多地,时间上从战国末期、秦代延续到汉代,可见其存在具有一定的普遍性。张金光从《封诊式》中有年代与地点可考的材料中,注意到其具有时间与空间的跨度,且发生于关中咸阳一带,却流行于南郡一带,证明其是"经过有意识统一编选的过程,而且首先在秦本部应用,后逐渐向四方推广传播的"②。其说不无道理。教材的统编表明其不仅是个例,而是具有更普遍的意义。

## 二、秦汉文书程式范本的形态

　　秦汉时期对文书程式的规范,大致可分为两种形态。第一种是"直叙型程式规范",通常概括列出文书中的必要事项,而不涉及书写的具体言辞。如睡虎地秦简《秦律十八种·仓律》:"后节(即)不备,后入者独负之,而书入禾增积者之名事邑里于廥籍。"③这类规范多是律令或其他命令性规定的形式。第二种是"范本型程式规范",通过范本示范,提供具体言辞的形式。部分律令具此特征,睡虎地秦简《效律》:"入禾,万石一积而比黎之为户,乃籍之曰:'某廥禾若干石,

---

①　王充撰,黄晖校释《论衡校释·程材》,中华书局,1990 年,第 533、538 页。

②　张金光《论秦汉的学吏教材——睡虎地秦简为训吏教材说》,《文史哲》,2003 年第 6 期。

③　睡虎地秦墓竹简整理小组《睡虎地秦墓竹简》,文物出版社,1978 年,第 36 页。

仓啬夫某、佐某、史某、稟人某。'……啬夫免而效，效者见其封及隉(题)以效之，勿度县，唯仓所自封印是度县。终岁而为出凡曰：'某廥出禾若干石，其余禾若干石。'"①此二条以律的形式规定了仓库管理文书的要点和样式，具有模板的特征。数量更多的是以睡虎地秦简《封诊式》为代表的"式"。《封诊式》是有关审理案件的司法规则和文书程式，其文书程式主要是规定"爰书"（司法文书）的程式。以概括性语言进行规定的直叙型程式规范，使人明确文书所应记录的要点，但不能得知具体行文的结构形式，所呈现的文体特征较为含混，文体意味不够明显。而程式范本对文体的结构形式有着更直观的呈现，体现较丰富的文体内涵。

综合各种材料来看，此类程式范本的作用是一致的，即指导与规范。包括睡虎地秦简整理组在内的大多数研究者，都认为《封诊式》是为官吏处理案件而提供的规范和学习范本。②《封诊式》中的"出子"一条，甲控告丙与之斗殴致其流产，处理办法包括"即诊婴儿男女、生发及保之状"、"有（又）令隶妾数字者，诊甲前血出及痛状"，即分别检查婴儿和甲的创伤情况。对此，丞乙的爰书也分此二项："令令史某、隶臣某诊甲所诣子……其一式曰：令隶妾数字者某某诊甲……"③此处用"其一式曰"一语引出另一种程式的示范。显然，"其一式曰"并不是实际的爰书内容，而是在爰书之前插入一句指导性、提示性的话，这表明了这份文献的指导性质。汉简中的范本亦是如此，研究者一般认为是供边塞吏卒参考学习的。④

这种指导规范性质的范本有两个重要特征。其一，有固定用语或结构次序。《封诊式》文本较为丰富，文书类型重复性高，同一类文书往往有相对一致的语句，故更能体现套语的运用情况。如控告审

---

① 睡虎地秦墓竹简整理小组《睡虎地秦墓竹简》，文物出版社，1978年，第119页。

② 睡虎地秦墓竹简整理小组《睡虎地秦墓竹简》，文物出版社，1978年，第244页。

③ 睡虎地秦墓竹简整理小组《睡虎地秦墓竹简》，文物出版社，1978年，第274页。

④ 邢义田《从简牍看汉代的行政文书范本——"式"》，《治国安邦：法制、行政与军事》，中华书局，2011年，第451页。

讯类文书常以"某里士五（伍）甲告曰"或"某里士五（伍）甲缚诣男子丙告曰"一类的格式起首，"可定名事里，所坐云可（何），可（何）罪赦，或覆问毋（无）有"是审讯的常见套语，"毋（无）它坐"则常用于供词。至于"敢言之"、"敢告"、"敢告主"、"敢告某县主"等用语则是秦汉文书的通例，文书实例中常见。其二，大量运用"某"、"甲乙丙丁"、"若干"等不定词，可供替用。这是程式范本最显而易见的特征。如敦煌汉简有："若干人画天田，率人画若干里若干步。"[1]此为"画天田"（平整沙土带）的记录文书程式。同时又有这类文书的多条实例：

　　卅二人画天田卅二里，率人日画三步，凡四编。

　　六人画沙中天田六里，率人画三百步。

　　☑六百五十五里八十步，率人行八十里□十五里八十步。[2]

其具体形式有些许差异，但不难看出均可总结为上述范本的形态。对比可知其"若干"之语表明其为程式范本。

　　作为一份程式范本，其基本功能是指导和规范写作，而其形态特征包含了固定成分和可替换成分，两者都起到示范作用。这是后世类似范本的通例，可作为范本的判定依据。但秦汉时期的范本亦有其特色。

　　与后世许多程式范本不同，秦汉的范本还兼具更多的内容示范意义。首先，往往呈现对细节的示范。《封诊式》的范本中有大量具体细节的记述，如"封守"条：

　　乡某爰书：以某县丞某书，封有鞫者某里士五（伍）甲家室、妻、子、臣妾、衣器、畜产。·甲室、人：一宇二内，各有户，内室皆瓦盖，木大具，门桑十木。·妻曰某，亡，不会封。·子大女子某，未有夫。·子小男子某，高六尺五

---

①　甘肃省文物考古研究所编《敦煌汉简》，中华书局，1991年，第280页。

②　甘肃省文物考古研究所编《敦煌汉简》，中华书局，1991年，第284、286、288页。

寸。·臣某,妾小女子某。·牡犬一……①

这是一份查封甲家庭的爰书,所登记的内容颇为详细,包括了房屋结构、周围环境、人物身高等细节。又如"贼死"、"经死"、"穴盗"诸条,对案发现场或尸体的详细情况作了不厌其烦的描述。由于这些细节仅是个例,不代表所有案件的普遍情况,即不属于文书的固定成分,作为程式范本本应将具体细节剔除,保留更具形式示范意义和普遍意义的内容。但这些细节在这里并非无意义,实际上起到了举例的作用,示范应记录哪些要点,这正是这类范本所需要的。比如描述房屋结构和环境的细节,就是查封时所应登记的内容。这种示范包含了程式和内容的双重内涵。从这个意义上看,这种范本特征也接近于提供内容示范的"范文"。

秦汉范本的内容示范意义还在于其"因事而立"的特点。譬如《封诊式》就是一事一式,每篇范本均以小标题概括案件内容,编选原则十分明显。尽管不同案件的同类文书仍有进一步归纳合并的可能,但仍根据不同事由分列,目的是更有针对性地提供参考。这类范本有时还涉及具体时间地点,《封诊式》中大多只是举例或提供背景以便理解,而如敦煌悬泉汉简中的几则"占功劳文书"范本则不同。如其中有"敦煌县斗食令史万乘里大夫王甲自占书功劳",以下行文亦明言所处地点。② 其明确记录的"敦煌"显然说明这是在敦煌地区使用的范本,故无需再简省为"某地"。由于"因事而立"的特殊性,这种范本反映的主要是对体式、格式的认识,并未在此基础上提炼出一个"体类"的程式。即便以"式"的总名将范本汇集起来,如"封诊式"之题仍是以内容为标准,而非定题为"某体之式"。又如里耶秦简有:

三月壹上黔首有治为不当计者守府上薄(簿)式。③

此简上端涂黑,疑为标题简。此"式"尽管是所谓"簿"之式,但仍详细

---

① 睡虎地秦墓竹简整理小组《睡虎地秦墓竹简》,文物出版社,1978年,第249页。

② 张俊民《敦煌悬泉置探方 T0309 出土简牍概述》,《简牍学论稿·聚沙篇》,甘肃教育出版社,2014年,第170—171页。

③ 陈伟主编《里耶秦简牍校释(第一卷)》,武汉大学出版社,2012年,第148页。

说明是何种事务之簿。这固然是因为这类文书十分庞杂,文书种类和所涉事务繁多而具体,同类文书可能因事务不同而有差异,基于现实考虑而提供更具针对性的指导确是合理的。但从另外的角度看,也能显示出这时期对于如此庞杂的文书体系,还是更多地停留在表层的初步认知,缺少更深层次的理论总结,即将其总结的具体格式进一步明确纳入到更高一级的文体类型中。后世这类范本有时也会根据具体事项而提供不同范本,但已是在一个明确的文类内部所作的细分了,亦即已是先有文体类别的概念,而后再"因事而立"。因此秦汉范本的这个特点,不仅有实际需求的原因,也是时代使然。

为了提供更具针对性的参考,这类范本既可为之添加更丰富的细节,亦可相反,使之更简略。整理小组认为《封诊式》文书中的供辞,是文书对供辞的概括,不一定是作供者的原话①。这是有道理的。如"争牛"条云:

> 爰书:某里公士甲、士五(伍)乙诣牛一,黑牝曼瘤(縻)
> 有角,告曰:"此甲、乙殹(也),而亡,各识,共诣来争之。"
> 即令令史某齿牛,牛六岁矣。②

甲乙二人争牛,本当分别陈述"此甲牛也""此乙牛也"。合称"此甲、乙牛也",则是范本以制作者的视角对二人供辞的压缩概括。"各识"意为"甲、乙都认为牛是自己的","各"字也体现了一种旁观视角的叙述。由此可见,《封诊式》的范本虽然详细到了对具体言辞的示范,但往往也出现概括性话语,粗陈语意,重点在记录要点,而非严格按照实际言辞记录。这种范本与提供完整内容示范的"范文"相比,不仅是将具体人事抽象成代号,也作了更大程度的概括,显得更简略和抽象。因此也可以说,它多少带有直叙型程式规范的要点式概括的性质。上面提到的"其一式曰"的表述,同样体现了旁观视角。这种在范本本身之外的"画外音"在后世得到许多运用,成为后世范本的重

---

① 睡虎地秦墓竹简整理小组《睡虎地秦墓竹简》,文物出版社,1978年,第248页。
② 睡虎地秦墓竹简整理小组《睡虎地秦墓竹简》,文物出版社,1978年,第254页。

要组成部分。

## 三、从礼到法：秦汉文书程式范本的文体学意义

文书程式范本是时代的产物，但范本的形式则是渊源有自。早期礼书如《仪礼》、《礼记》中即已记载了一些礼仪文体的程式范本，其中大部分可以以"某"等不定词的使用为标志。以成书时代较早的《仪礼》为例，《仪礼·特牲馈食礼》："筮人取筮于西塾，执之，东面受命于主人。宰自主人之左赞命，命曰：'孝孙某，筮来日某，诹此某事，适其皇祖某子，尚飨。'"①主人通过宰发布命筮辞，其中四个"某"字分别指代主人自己、日期、祭祀之事和皇祖。又如同篇记载筮尸辞："前期三日之朝，筮尸，如求日志之仪。命筮曰：'孝孙某，诹此某事，适其皇祖某子，筮某之某为尸，尚飨。'"②通过不定词的使用，呈现某种固定的文辞模式，与文书范本的形态是类似的。不过其可替代的不定词基本作"某"，不如《封诊式》多样，各替代成分之间的区别意义也就不甚明显。

先秦的甲骨卜辞、青铜铭文等在实际运用中，已形成了结构和用语上的程式化特征，但尚未主动做出明确总结。战国前后是文体文本化的重要阶段，这一时期礼仪文体、公文文体甚至某些日书类文献都陆续形成了相似的范本形式。这是因为当指导和规范写作的需求出现时，就需要对文体特征做出一些总结归纳。这些程式范本的出现，就体现了对文体特有结构和特征的直观认知与初步总结。早期礼书的制作时代与文书范本的时代接近或略早③，但一是礼制时代的总结，一是处于法制和官僚制度的起始期，在历史变迁的意义上，礼

---

① ② 《仪礼注疏》卷四六，《十三经注疏》，上海古籍出版社，1997年，第1179页。

③ 礼书的成书时间至今仍聚讼纷纭。沈文倬考证《仪礼》撰作时代上限为鲁哀公末年鲁悼公初年，下限为鲁共公十年前后，即当春秋时期。黄盛璋考证《封诊式》的年代大致为秦昭王至秦始皇初年。见沈文倬《略论礼典的实行和〈仪礼〉书本的撰作》，《宗周礼乐文明考论（增补本）》，浙江大学出版社，2006年，第1—47页；黄盛璋《云梦秦简辨正》，《历史地理与考古论丛》，齐鲁书社，1982年，第6—8页。

书范本更具有早期范式意义。并且以礼书在国家典制中的地位和影响力，这些礼仪范本某种意义上为文书范本提供了思路，甚至可视为后世所有类似形式的源头。

　　但由于两者所处历史阶段的不同，范本这种形式从礼书拓展至文书是有其历史意义的。从覆盖范围看，礼书主要供上层阶级学习，文书范本主要涉及基层文书，供官府文吏使用。与礼书相比，不仅是适用对象的"下移"，范围也更广。其历史意义还不在此。礼仪文体范本的出现，是出于仪式的需要，其文辞呈现基于仪式的语境，其文体程式一定意义上取决于礼仪程式。因此这类范本也是作为整个仪式过程的一部分而被记录下来的，不具备严格的独立性。此外，礼仪文体更主要的是作为口头表达，载于简册不是其原初必要的形态①，因此这类文体程式范本也可以说还是"礼辞"范本。与礼辞范本不同的是，由于逐步进入文书行政的历史阶段，文书范本已脱离了仪式语境，尽管仍与行政活动的过程密切相关，但具备了更大的独立性，可以独立呈现；同时也脱离了口头的表达形式，原本就是作为书面档案的公文自始就已以文本化的形态呈现。因此与礼辞范本不同，文书范本所规范的是独立的书面文体。文书范本的形式也更加丰富、复杂和完善。从这些方面来看，尽管礼辞范本更早地提供了范本的思路，但毋宁说文书范本更是后世各种书面文体范本尤其是公文文体范本的滥觞，它是程式范本在书面文体中的首次广泛使用。因此在这个意义上，可以说它一定程度上开启了对"公文文体"特征的相对自觉的认知。秦汉的"文书行政"强化了对公文文体结构形式的关注和规范，且依靠国家法制的强制规范，文书对形式的要求更强从而更容易固化。这中间显示了礼仪制度到文书制度、"礼"到"法"的转移。这种转移不代表完全取代，而是领域的拓展，二者仍会并存，在各自领域继续发挥作用，但其地位的升降互易的确合乎历史趋势和事实。

　　从"礼"到"法"的时代变迁，即法制的建立，意味着社会生活各方

---

　　①　但如册命一类文体，需要先书面化再进行宣读，则已属文书档案性质。

面普遍规范化,国家对规范的要求比之以往更为强调。因此秦汉时期对"规范"概念的使用更为频繁,"式"是其中十分突出的一种。据学者考察,"式"一词最初指器物的样品、样式、范式,又引申为更宽泛意义的法则、规范、标准或典范。[①]"式"可作为法律、规范的概称,如《史记·秦始皇本纪》载泰山石刻:"治道运行,诸产得宜,皆有法式。"[②]当"式"用于具体事物的规范时,往往指样式、规格方面的规定。秦汉时期对于各类物品的标准多可以"式"指称。如《秦律十八种·金布律》:"布袤八尺,福(幅)广二尺五寸。布恶,其广袤不如式者,不行。"[③]此为布匹规格之"式"。《盐铁论·错币》:"于是废天下诸钱,而专命水衡三官作。吏匠侵利,或不中式,故有薄厚轻重。"[④]此铸币之"式"。文书之"式"是其中重要的一种。

"式"的多种涵义往往纠葛难辨。作为文书程式范本的"式",便综合了三种意涵:规范、示范与程式。规范与示范实则一事,示范是规范的一种手段,即通过提供范本进行规范。其所规范的,是文书的程式。某种意义上说,这里程式与规范的概念是捆绑的。如前所述,"式"的原意即是样式、范式,属于形制的范畴,秦汉时期文书之外的"式"所规范的也往往是品物的具体规格。对于文书来说,样式、规格即是文书的程式。只不过与其他"式"不同的是,由于文书本身的文本特性,文书规范可以有范本的形态。因此文书规范亦即文书程式。可见,文书领域所用的"式",不仅指范本形态,也是一个指称文书程式、文书规范的概念。将这个概念置于从"礼"到"法"的变迁背景下,可见其在文体问题上体现了某些新动向。

首先,礼书中的程式范本,并未被有意以"程式"的名义汇集,而只是作为所汇集的礼仪中的一部分。而多种文书文献以"式"为题,

---

① 南玉泉《秦汉式的种类与性质》,徐世虹主编《中国古代法律文献研究》第六辑,社会科学文献出版社,2012年,第194—196页。

② 《史记》卷六,中华书局,1959年,第243页。

③ 睡虎地秦墓竹简整理小组《睡虎地秦墓竹简》,文物出版社,1978年,第56页。

④ 王利器校注《盐铁论校注》卷一,中华书局,2015年,第61页。

有些更是对"式"的汇集,这其实体现了人们对程式概念较之以往有了更清晰而独立的认知。其次,在先秦礼制时代,对文体规范的批评大多还是在礼学框架内,以是否"合礼"判断相关文体是否"得体"。①这种批评的内涵是宽泛的,其中也会包含对文体"程式"是否规范的批评,但对此又鲜少独立明晰的概念指称。而运用到文书领域的"式"就已经是明确的程式规范概念了。换言之,礼制尽管也是一种规范,但还未生发出针对文书的规范概念,而到了对规范对象更有针对性的法制时代,对文书本身的规范才得到更明显的关注。这很大程度上要归功于礼制到法制的历史进程,实际反映的就是"规范"的重心在礼制规范与法制规范之间的转移。但从所见材料看,这个概念主要在现实的行政活动中运用,且与文本形态结合得较为紧密。因此这种文体批评仍是微弱的、有限度的,限于在事务语境中对某些文书规范的批评。由于仍未脱离实际行政行为的语境,这种转移也就意味着文书规范概念在当时仍与礼制时代一样同处于某个框架之内,只是将规范从"合礼"拓展到"合法",故尚未获得更大的独立性。

随着各类文体与文体观念的成熟,汉魏之后"式"已可以从具体事务语境中脱离,更多地运用到愈加广泛的文体批评中,与"体"、"格"、"制"、"例"等一起成为"体式"层面的批评概念。不过就秦汉文书范本的"式"而言,其最大影响还是在程式范本本身。后世对程式范本的指称,往往延续"式"的概念。《宋书·礼志》所载太子监国时有司所奏"仪注",全为文书程式,称"仪"不称"式",但其中又有"余皆如黄案式"、"右关署如前式"等语②,明见其同时也以"式"指称。唐代以程式范本形式颁布的"公式令",有"关式"、"牒式"、"符式"、"制授告身式"、"奏授告身式"等范本,列出范本后均有"右尚书省诸司相关式"、"右尚书都省牒省内诸司式"等说明文字。③ 宋代法律形式"敕、

---

① 参见李冠兰《先秦礼学与文体批评》,《南京大学学报》,2015年第5期。
② 《宋书》卷十五,中华书局,1974年,第381—383页。
③ 刘俊文《敦煌吐鲁番唐代法制文书考释》,中华书局,1989年,第221—228页。

令、格、式"中的"式"专指程式范本,辞例同唐代公式令。其他许多范本仿此。这种称名的内涵与秦汉"式"是一致的。

## 四、余论：文体程式范本的价值

文书程式范本是更广意义上的文体程式范本的一类。文体的程式范本在汉代之后仍然一直存在,邢义田称文书范本在魏晋之后"在更广泛的意义下,变成了书仪"[①]。事实上远不止书仪。考察文体程式范本后世的存在状况,有助于重新认识这类文本的价值。

后世具有相似形式的这类范本主要存在于：1.法律：如唐代《公式令》[②],宋代神宗之后的"式"。2.仪注、书仪：如《宋书·礼志》载太子监国时所立仪注、敦煌出土的各类书仪(含书信、公文程式)。3.应用类书：如宋元之际专供文人写作的《新编事文类聚翰墨全书》。4.科举指导用书：如王应麟《辞学指南》。5.宗教用书：仿照现实行政文书制作的宗教文书,也存在相应的程式范本。6.其他：如潘昂霄《金石例》卷九中的"制式"、"表式"、"露布式"等。

这些范本产生的环境背景复杂,来源或有不同,但其思路与表达方式是与秦汉范本一脉相承的;性质亦相一致,以上所举类型多少都有现实指导意义。这些范本所涉及的文体已不限于礼仪文体和行政文书,而是扩展到更多类型的文体,其面向的对象也不限于官府及行政人员,渗透到更广的生活领域。这当中主要是程式规范较强的应用性文体,由于现实的指导和普及目的,人们对此类范本的需求一直存在,甚至扩大了运用范围。另一方面,其在具体形态上也较秦汉成熟完善。如宋代《庆元条法事类·文书门》所载"表式"：

> 臣某(二人以上,则云臣某等。下文准此。)言云云,臣
> 某诚惶诚惧,(贺云"诚欢诚抃"。辞末准此。)顿首顿首,辞

---

① 邢义田《从简牍看汉代的行政文书范本——"式"》,《治国安邦：法制、行政与军事》,中华书局,2011年,第472页。

② 唐代"律、令、格、式"中的"式",延续西晋"户调式"、西魏"大统式"的称名,性质为行政法规而非公文程式,唐代对公文程式的规定有专门的《公式令》。

云云,谨奉表称谢以闻。(称贺若辞免恩命及陈乞不用状
者,各随事言。)臣某诚惶诚惧,顿首顿首谨言。

　年月　　日具官封臣姓　名　　上表

　臣下上表陈事,皆用此式。上东宫笺亦仿此,但易"顿
首"曰"叩头",不称臣。命妇上皇太后、皇后,准东宫笺,并
称"妾"。(年月日下具夫或子官封、臣姓名、母或妻封邑、妾
姓氏。)①

此"式"分两部分,先是表的程式范本,随后是附加说明。与秦汉范本
相比,其言辞大为精简,除了示范固定用语之外,已不再出现具体事
件,具体内容以"云云"大幅省略。② 另一值得注意的地方是其随文附
注及文末说明部分,属于旁观视角的指导说明文字,目的是为了根据
不同情况的需要而变换言辞。这不仅使之更加严谨和完整,也避免
了"因事而立"、"一事一式"的繁琐,有效地归并为"一体之式"。这样
的表达和归并,体现了程式范本在文体理论影响下的新发展,在继承
原先形态的基础上发展出更科学实用的模式。

在古代文体学研究中,直观的程式范本历来不是特别受关注。
究其原因,程式范本与生俱来的强烈实用性、实践性和操作性,意味
着这类指导范本的使用价值是一时而非长久的。由于当下性太强,
这类范本的影响不如总结性的历史记录(如《独断》中的文体论)那样
深远。只有当指导规范的实用目的上升为历史记录目的时,才更有
机会产生更为深远持久的影响。就秦汉范本而言,其鲜少传世的原
因除了实用性、当下性之外,还在于这类基层文书处于文体价值序列
的末端,所受关注不如上层文书。如《独断》一般的制度记录,目的在
于保存国家制度,故更多地关注上层文书,而对涵盖范围更广的基层
文书甚少措意。种种原因导致秦汉时期的这种程式范本鲜少传世,

---

①　戴建国点校《庆元条法事类》卷十六"文书门一",黑龙江人民出版社,2002年,第
347页。

②　秦汉范本中"云云"之语所用极少。悬泉汉简中的格式简 I T0309③: 231 有"坐云
云",但仅用以省略所坐罪行,不似此"表式"之"云云"可省略更大篇幅的言辞。

而现在多见于出土文献，但这不应影响我们对其价值的认识。

　　实际上这类范本的文体学价值是十分值得挖掘的，应引起更多注目。尤其在早期文体观念开始形成发展之时，这类程式范本的意义更为明显。如前文所揭示的，只要将其放在战国秦汉这个社会变革的历史语境下，我们可以发现其特有的价值，即在文体结构意识上的初步总结。而在后世文体理论已十分发达之时，程式范本在其特定的应用场合中仍有着不可替代的作用。这些范本在考察当时文体发展状况、文体形态以及社会对文体的认识等方面均可提供独特的材料。譬如秦汉程式范本的存在，表明其时文书已是非常成熟的文体，不仅形制上规范化，种类和数量之多也在范本中得到体现。考察范本，是了解其时文书存在和运用状况的有效途径之一，尤其对于那些未发现实例的文书文体而言，范本提供了更为珍贵的材料。古代对文体的认识，既有知识精英所归纳的理论性较强的文体批评，也有那些在实际事务、生活中发挥直接作用的文体总结，其作者可能身份不显，受众可能水平不高，但从价值上看未必难登大雅之堂。


　　　　　　　　　　　　　　　　　　（中山大学中文系）

# 钱锺书先生论《文赋》

## 杨　明

**内容摘要**：陆机《文赋》是我国文学批评史上的名篇，钱锺书先生亦曾给以高度评价。关于《文赋》的主旨、文句理解以至语词训诂等方面，钱先生都有精彩而独到的论述，能抉发他人未及之精义。从钱先生的论述中可以看出钱先生读书治学的首要目的和精神所注，在于从运用语言艺术的角度出发，体察前人为文之用心；也可以体会到钱先生重视和坚持文学的独立性、在文学与哲学等思想文化领域的关系上反对随意牵合的态度。

**关键词**：钱锺书；《文赋》；《管锥编》；《谈艺录》

# Mr. Qian Zhongshu's Study of *Wen Fu*

## Yang Ming

**Abstract**：Lu Chi's *Wen Fu* is a masterpiece in the history of Chinese literary criticism, which Mr. Qian Zhongshu has also given a high evaluation. As for the theme, textual understanding, exegesis of words and so on in *Wen Fu*, Mr. Qian has wonderful and original exposition which is not presented by others. From Mr. Qian's discussion, we can see that Mr. Qian's primary purpose and spirit in reading and studying is from the perspective of the use of language art to observe predecessors' purpose of writing the text. We can also realize that Mr. Qian attaches importance to and adhere to the independence of literature, against the attitude of arbitrary combinations on the relationship of literature, philosophy and other ideological and cultural fields.

**Keywords**: Qian Zhongshu; *Wen Fu*; *Guan Zhui Bian*; *Tan Yi Lu*

钱锺书先生学贯中西。他对于我国历史上的文学批评著作,也多有评论。这里想谈谈钱先生对陆机《文赋》的论说。主要见之于《管锥编》第三册读《全上古三代秦汉三国南北朝文》的第一三八节。

钱先生曾说,他阅读前人文集,"欲从而体察属词比事之惨淡经营,资吾操觚自运之助。渐悟宗派判分,体裁别异,甚且言语悬殊,封疆阻绝,而诗眼文心,往往莫逆冥契。至于作者之身世交游,相形抑末,餘力旁及而已"①。这就是说,他读书治学的首要目的和精神所注,在于体察前人——包括中国和外国的作者——写作诗文时如何运用心思。而《文赋》,恰是一篇难得的描述作文之"用心"的作品。《文赋》一开头就说:"余每观才士之所作,窃有以得其用心。夫其放言遣辞,良多变矣,妍蚩好恶,可得而言。每自属文,尤见其情。"钱先生论《文赋》,首先就指明这一点。他说:

> "余每观才士之所作,窃有以得其用心。"按下云:"每自属文,尤见其情。"与开篇二语呼应,以己事印体他心,乃全赋眼目所在。盖此文自道甘苦,故于抽思呕心,琢词断髭,最能状难见之情,写无人之态,所谓"得其用心"、"自见其情"也。②

在论述的最后,又说:

---

① 钱锺书《谈艺录》,中华书局,1984 年,第 346 页。
② 钱锺书《管锥编》,中华书局,1979 年,第 1176 页。

《文赋》非赋文也，乃赋作文也。机于文之"妍蚩好恶"以及源流正变，言甚疏略，不足方刘勰、钟嵘；而于"作"之"用心"、"属文"之"情"，其惨淡经营、心手乖合之况，言之亲切微至，不愧先觉，后来亦无以远过。[①]

可以说《文赋》所述，与钱先生平日的精神贯注，正相吻合。因此钱先生评说《文赋》，往往眼光独到，能抉发他人未及之精义。

《文赋序》提出"恒患意不称物，文不逮意"的问题。钱先生说，"意"、"文"、"物"三者析言之，犹如墨子的"举"、"名"、"实"三者并列，而《文心雕龙》的"情"、"事"、"辞"或"情"、"物"、"辞"，唐人陆贽的"言"、"心"、"事"，也均同此理；又举西人将表达意指分析为"思想"、"符号"、"所指示之事物"三者之间的联系，等等；让我们明白这也是一个古今中外"莫逆冥契"的命题。并不是谁受谁影响的问题，而是运用语言文辞者共同的体会、认识。

这三者之间的关系，当然可以分成两段来说：一是"意"与"物"的关系，即作者如何认识、体察外物；二是"意"与"文"的关系，即如何运用语言文辞。陆机说这两方面都很难做得好。而钱先生说："能'逮意'即能'称物'，内外通而意、物合矣。"[②]那就似乎是将两段归并成一段了。这是怎么回事呢？是不是钱先生的疏忽呢？

当然不是。是否可以这样来理解：实际写作的时候，"意"能称"物"乃是成就一篇好作品的前提，是必要的先决条件，因此，看到一篇好作品，感到作者能运用文辞将所想说的很好地表达出来，那么就觉得他对于"物"认识、体察得不错了。正所谓"想明白了才能写明白"，那么既然写明白了，也就表明作者对于"物"是想明白了。再说，"意"之能否"称物"，其实也还是与语言（"文"）有关，因为思维也还需语言为工具。钱先生曾说："人生大本，言语其一。……公私百事，胥赖成办。潜意识之运行，亦勿外言言语语；……潜意识不离语文，尤

---

① 钱锺书《管锥编》，中华书局，1979年，第1206页。
② 钱锺书《管锥编》，中华书局，1979年，第1177页。

为当世心析学者所树新义。海德格尔至谓古训'人乃具理性之动物'本旨为'人乃能言语之动物'。"①潜意识尚且不离语文，更不必说有意识的思维。当我们看到作者的"文"既能"逮意"，能将所欲说明、表现的"物"表达得很好，那我们也就认为他的思维（亦即对于"物"的认识、体察）是符合于"物"的。当然，作者如何方能更好、更确切地认识、体察外物，面对事理时分析得更透彻，面对事件时了解得更明晰，面对情感时体会得更真切，面对审美形象时感受得更敏锐，一句话，如何在"意"之"称物"方面做得好，那除了语言修养之外，还有待于其他各方面修养的提高。但那是另一个范围的话题了。事实上，《文赋》所论，主要就是文辞运用方面的事，而不是论如何体察外物；钱先生所从事的、持之一贯的，也正是这一方面，即讨论"属词比事之惨淡经营"，讨论"为文之用心"。暂时撇开对"物"的体察，单就强调修辞之重要而言，那当然可说是"（文辞）能'逮意'即能'称物'，内外通而意、物合矣"。文辞运用得好，便庶几能达意达得好，状物状得好。

当然，上面所说，还仅限于那种对于一般的"物"和"意"的表达。事实上，外在之"物"或有一种难以表现的微妙，内在的"意"也有难以表述之时。即使大家妙手，也有此叹。因此人们往往感到语言文辞具有局限性，内既不能"尽意"，外亦"万不写一"②。其实陆机所谓"意不称物，文不逮意"，所指的主要就是这一语言文辞的局限性问题，而不是一般的写物达意。魏晋时代关于言能否尽意的讨论，就与此有关。钱先生也曾多次讲到这种语言文辞局限性的问题。例如：

> 语言文字为人生日用之所必须，著书立说尤寓托焉而不得须臾或离者也。顾求全责备，啧有烦言。作者每病其传情、说理、状物、述事，未能无欠无余，恰如人意中之所欲出。务致密则苦其粗疏，钩深赜又嫌其浮泛；怪其粘着欠灵

①　钱锺书《谈艺录》，中华书局，1984年，第413—414页。
②　谢灵运《山居赋》自注："此皆湖中之美，但患言不尽意，万不写一耳。"见《宋书·谢灵运传》，中华书局，1983年，第1760页。

活者有之，恶其暧昧不清明者有之。……"常恨言语浅，不如人意深"（刘禹锡《视刀环歌》），岂独男女之情而已哉？……词章之士以语文为专门本分，托身安命，而叹恨其不足以宣心写妙者，又比比焉。陆机《文赋》曰："恒患意不称物，文不逮意"；陶潜《饮酒》曰："此中有真意，欲辩已忘言"；《文心雕龙·神思》曰："思表纤旨，文外曲致，言所不追，笔固知止"；黄庭坚《品令》曰："口不能言，心下快活自省"；古希腊文家曰："目所能辨之色，多于语言文字所能道"；但丁叹言为意胜；歌德谓事物之真质殊性非笔舌能传。聊举荦荦大者，以见责备语文，实繁有徒。①

钱先生以其博学，让我们知道感叹"意不称物，文不逮意"者并不只是陆机一人，也不只是我国古人，而是"东海西海，心理攸同"的普遍现象。

关于物、意、文三者的关系，钱先生还在别处谈到。在《谈艺录》中，他曾引用西方学者的言论。一派说"得心"之后，"应手"甚难；另一派新说，则云得心必能应手，大家之不同凡响，不在其技巧之熟练，只在其想象之高妙而已。这两种互相矛盾的意见，也就是对于"意"和"文"之间的认识不同。前者与陆机一样，恒患文不逮意；后者则反是。钱先生指出，中国古人也有此种"既得于心，必应乎手"的论调。而他是不赞成此类论调的。他说，那种"得心必能应手"的说法，虽然对于只知技巧而轻忽体物的人具有针砭作用，但"矫枉过正，诸凡意到而笔未随、气吞而笔未到之境界，既忽而不论，且一意排除心手间之扞格，反使浅尝妄作、畏难取巧之徒，得以直书胸臆为借口"②。钱先生的意思是说，那种论调的错误有二：一是以为凡胸中之"意"都能顺畅地表达，其实有些微妙之意是难以表述的；二是为忽视语言技巧的偷懒的作者提供了借口。钱先生说：

---

① 钱锺书《管锥编》，中华书局，1979年，第406—408页。
② 钱锺书《谈艺录》，中华书局，1984年，第210页。

夫大家之能得心应手,正先由于得手应心,技术功夫,
习物能应;真积力久,学化于才,熟而能巧。专恃技巧不成
大家,非大家不须技巧也,更非若须技巧即不成大家也。①
技巧便是以"文"逮"意"的工具、桥梁,也就是"属词比事之惨淡经
营",就是对于语言艺术的讲求和掌握。钱先生对此是非常重视的。
他之所以说"能'逮意'即能'称物'",其实也就是强调驱驾文辞的技
巧、工夫的重要。他要告诉人们:努力锻炼、提高自己运用文辞的能
力吧,具备了这种卓越的能力,便庶几能较好地达意,较好地表现事
物了。钱先生对于那种轻忽修辞的论调是非常反感的。至于"意"与
"物"之间,钱先生没有多说,那不是轻忽这个问题,是因为那不在所
欲论的范围之内。他要强调的是,作者即使已经做到了"意能称物",
但仍需要很好的语言工夫,才能予以表达。

《文赋》云:"倾群言之沥液,漱六艺之芳润。"对此,钱先生说了一
大段话:

陆机盖已发《文心雕龙·宗经》之绪。韩愈论文尊经,
《进学解》曰:"口不绝吟于六艺之文";王质《雪山集》卷五
《于湖集序》曰:"文章之根本皆在六经;非惟义理也,而其机
杼物采、规模制度,无不备具者。"杜甫自道作诗,《偶题》曰:
"法自儒家有,心从弱岁疲";辛弃疾《念奴娇·寄傅先之提
举》曰:"君诗好处,似邹鲁儒家,还有奇节";均为词章而发,
亦可通消息。韩愈之"沉浸醲郁,含英咀华",又与"倾沥液,
漱芳润"共贯。……机赋始专为文辞而求诸经。刘勰《雕
龙》之《原道》、《征圣》、《宗经》三篇大畅厥旨。《征圣》曰:
"征之周孔,则文有师矣";《宗经》曰:"励德树声,莫不师圣,
而建言修辞,鲜克宗经。……文章奥府,群言之祖。"②
钱先生之意,是说陆机讲的"漱六艺之芳润"是指从词章角度即文章

---

①  钱锺书《谈艺录》,中华书局,1984 年,第 211 页。
②  钱锺书《管锥编》,中华书局,1979 年,第 1182—1183 页。

写作、语言运用的角度学习儒家经书，而不是说学习儒家的义理。他还举了唐宋作者的例子，说也都是那样的情况。其中最可注意的，是对《文心雕龙》开头三篇的论述。之所以说最可注意，是因为历来研究《文心》者，包括古人今人，都往往以《原道》、《征圣》、《宗经》三篇作为《文心雕龙》"以儒家思想为指导"、属于"儒家文论"的有力根据。窃以为钱先生既然说此三篇乃"为词章而发"，那么当然与此种看法相左。事实上，从词章角度提倡学习儒经，是不能作为属于"儒家文论"的理由的，因为运用语言的法则、技巧，具有独立性，并不属于哪一家。儒家运用这些法则、技巧，道家、法家、纵横家、兵家等等，同样也运用这些法则、技巧。刘勰无疑是儒家的信徒，尊崇儒家思想，但《文心雕龙》这部书的性质，是论"为文之用心"，主要是从词章的角度谈如何写好文章，因此谈不上什么"以儒家思想为指导"。就如同今日写一部文章作法、写作基本知识之类的书，又何必扯到以哪家思想为指导呢？① 陆机也是崇奉儒家的，《晋书》本传说他"伏膺儒术，非礼不动"，但他写《文赋》不是为了宣扬儒家思想，不是为了提倡以文载儒家之道，而是谈文章写作。钱先生是非常强调文学的独立性的，他所说的"体察属词比事之惨淡经营，资吾操觚自运之助"，所说的"诗眼文心"，其实就是指体会和运用语言技巧而言。他从古今中外大量作品——各种各类的作品，不仅仅是"文学"作品——里领悟到共通的东西，领悟到古今中外运用语言文辞具有相通之处。这些共通的东西当然是具有独立性的，而不是从属于某家某派的。试看《管锥编》里论述的范围，经史子集无不在目，而许多地方就都是从词章角度谈的。经、史、子从总体而言，不属今之所谓"文学"，但其中却往往具有"文学"的因素可供发掘，也就是可从语言艺术的角度、审美的角度加以研究。以经书而言，比如钱先生发现《乐记》中对各种声音的

---

① 笔者曾撰《〈文心雕龙〉是以儒学为指导吗？》，载《沧海求珠——张文勋教授八十华诞学术纪念文集》，云南大学出版社，2006年，后收入笔者《汉唐文学研赏集》，上海古籍出版社，2010年。

描述是"通感"的古例①。又比如《左传》，钱先生从中看到了揣测、虚拟人物对话和心理活动的例子，认为那就与后世小说、戏剧相通。他还引隋刘炫论《孝经》的话，说此经假设曾子与孔子问答，为诸子、词赋所师法。钱先生对刘氏此说十分欣赏，称赞道："真六通四辟之论矣。"②在钱先生看来，儒家经典完全可以从修辞角度、从文学性方面加以研究。因此，他很容易地看出《文赋》，还有《文心雕龙》等，虽然讲学习六经，但不是从义理、而是从文章写作的方面而言的。

　　钱先生又由此而对《昭明文选》不选经史子以及阮元断言经史子三者"非文"发表评论。他说昭明于经书文章"殆实非赏音"，而阮元呢，"于痴人前真说不得梦也"③。这是很严厉的批评。我们说，《文选》之不选经史子，阮元之不承认经史子为"文"，都有比较复杂的原因，都与某种审美观点、某种思潮有关，而钱先生并不对此加以分析、解释，这也表明他在这里无意从文学批评史的角度进行研究，他只是从词章、从有利于"属词比事"、"操觚自运"的角度发表意见。这是研读钱先生著作时应该予以注意的。

　　钱先生的论述有时就陆机原文而加以引申发挥。比如《文赋》所云"信情貌之不差，故每变而在颜；思涉乐其必笑，方言哀而已叹"，本来只是说作者写作时情感之充沛，钱先生则进而说到作者下笔时须有丰富的感情，才能使读者感同身受，且引古罗马诗家的话相印证。陆机之言只为当时诗文之抒情宣志而发，钱先生则进而说到小说、戏剧：

　　　　小说、戏剧，巧构形似，必设身处地，入情入理，方尽态逼真，惟妙惟肖。拟想之人物、角色，即事应境，因生"哀"、"乐"；作者"涉"之、"言"之，复"必笑"、"已叹"，象忧亦忧，象喜亦喜，一若己即局中当事。作者于人物，有与有不与，或

---

① 见钱锺书《七缀集·通感》，上海古籍出版社，1985年，第61—62页。
② 钱锺书《管锥编》，中华书局，1979年，第1297页。
③ 钱锺书《管锥编》，中华书局，1979年，第1183页。

嬉笑而或怒骂，此美而彼刺；然无善无恶，莫不置此心于彼
腔子之中，感共休戚，盖虽勿同其情，而必通其情焉。①

下面又引用不少中西谈艺者相关的论述。钱先生利用陆机原话，从
作者抒发自己的情感，说到通过想象、虚构塑造人物，并且因此而感
受、体会到此虚构人物的处境和情感，作者似乎化身为人物了。即使
是并不认同的、甚至反面的人物，也是这样。这是对于虚拟作品的作
者在创作、想象过程中的情感加以讨论，颇耐寻思。接着钱先生
又说：

陆机之语固堪钩深，亦须补阙。夫"涉乐"、"言哀"，谓
作文也，顾"变在颜"之"笑"若"叹"非形于楮墨之哀与乐，徒
笑或叹尚不足以为文，亦犹《檀弓》谓"直情而径行"尚非"礼
道"也。情可生文，而未遽成文；"谈欢则字与笑并，论戚则
声共泣偕"(《文心雕龙·夸饰》)，落纸之情词也，莞尔、喟然
则仅见于面之"情貌"而已。"涉哀"、"言乐"如以杞柳为桮
棬，而机《赋》下文之"考殿最"、"定去留"、"铨衡"、"杼轴"
等，则如匠者之施绳墨斧斤。作文之际，生文之哀乐已失本
来，激情转而为凝神，始于觉哀乐而动心，继乃摹哀乐而观
心、用心。古希腊人谓诗文气涌情溢，狂肆酣放，似口不择
言，而实出于经营节制，句斟字酌；后世美学家称，艺术表达
情感者有之，纯凭情感以成艺术者未之有也。诗人亦尝自
道，运冷静之心思，写热烈之情感。时贤每称说狄德罗论伶
工之善于表演，视之若衷曲之自然流露，而究之则一颦一
笑、一举一动莫非镇定沉着之矫揉造作；正合吾国旧谚所
云："先学无情后学戏"(见缪艮《文章游戏》二集卷一汤春生
《集杭州俗语诗》、卷八汤诰《杭州俗语集对》)。盖造语之通
则常经，殊事一贯者也。②

① 钱锺书《管锥编》，中华书局，1979年，第1189页。
② 钱锺书《管锥编》，中华书局，1979年，第1190—1192页。

这就是说,作者具有浓烈的情感,不等于作品自然就有情感。要将情感表现得好,必须文辞运用得好;而构思、驱驾文辞之时,却需要凝神冷静。钱先生所说"以杞柳为桮棬",见于《孟子·告子上》。赵岐注:"桮棬,桮素也。"钱先生之意,谓用杞柳制作杯盘之类器具的坯胎,只是大略成形而已,尚未真正成为器具;作者构思时之哀乐,虽是作品表现情感的坯胎,但还未成为作品。要成为好的作品,尚须运以文思,驾驭文辞,如匠人之施以绳墨斧斤。那就需要从激情转为虚静凝神,细细斟酌。钱先生的这一"补阙"十分重要,既深入探讨了"为文之用心",也有助于我们更准确地理解《文赋》。钱先生所谓"观心",意谓将作者自己或笔下人物的心理状态作为体察对象。王国维云:"境,非独谓景物也,喜怒哀乐亦人心中之一境界。"[①]不论作品中人物的感情,还是作者所抒发的自己的感情,都"得为直观之对象"[②],即可当作客观外物(境界)加以观察、体会。钱先生所言,与王国维之说实有相通处,但显然比王氏更丰富而明白。

《文赋》云:"彼榛楛之勿剪,亦蒙荣于集翠;缀《下里》于《白雪》,吾亦济夫所伟。"钱先生的评说也非常精彩。他说:

> 前谓"庸音"端赖"嘉句"而得保存,后则谓"嘉句"亦不得无"庸音"为之烘托。盖庸音匪徒"蒙"嘉句之"荣",抑且"济"嘉句之"伟"。"蒙荣"者,俗语所谓"附骥"、"借重"、"叨光";"济伟"者,俗语所谓"牡丹虽好,绿叶扶持","若非培塿衬,争见太山高"。……盖争妍竞秀,络绎不绝,则目炫神疲,应接不暇,如鹏抟九万里而不得以六月息,有乖于心行一张一弛之道。陆机首悟斯理,而解人难索,代远言湮。老于文学如刘勰,《雕龙·镕裁》曰:"巧犹难繁,况在乎拙? 而《文赋》以为'榛楛勿剪,庸音足曲',其识非不鋆,乃情苦芟

① 王国维《人间词话》,《蕙风词话 人间词话》,人民文学出版社,1982年,第193页。

② 王国维《文学小言》,载《静庵文集续编》,《王国维遗书》第三册,上海书店出版社,1996年,第626页。

繁也";则于"济于所伟"亦乏会心,只谓作者"识"庸音之宜"芟"而"情"不忍"芟"。李善以下醉心《选》学者于此茗芋无知,又不足咎矣。①

关于"济夫所伟",以往诸家都未能解说清楚。有的论者说庸音常句也不可少,因一篇之中不可能句句精彩,若排斥常句,便不能成篇了。那还是从消极方面体会陆机之意。钱先生则从积极方面说,认为陆机之意,是说正因有"庸音"的存在,方更衬托出嘉句之美。这一见解实在独到。他还举了中外许多诗文评的例子,加以印证。(为省篇幅,本文从略。)钱先生对陆机这一意见评价很高。他说刘勰也没能正确理解陆机。在钱先生看来,刘勰"综覈群伦,则优为之,破格殊伦,识犹未逮"②,在眼光独到、闪耀异彩方面是不怎么样的。而钱先生最重视的却正是这一方面。钱先生进而从心理学的角度,对陆机的话作了解释,说如果一篇之中句句都是惊人的妙言警句,那就反而使观者目不暇接,疲于应对;有嘉句也有常音,才能使得读者一张一弛,更集中心力欣赏其美。钱先生论文艺,常常运用心理学加以解释。谁说钱先生不重视理论呢?只是他要言不烦,不尚空论而已。

钱先生对于《文赋》中某些语词的解释也甚为精采。

《文赋》云:"或文繁理富,而意不指适。极无两致,尽不可益。立片言而居要,乃一篇之警策。虽众辞之有条,必待兹而效绩。"这里"警策"一语,注家或以为"策"是马挝,或以为指书策(即"册")。钱先生取马挝之说,并且举了很多例证,说明以马比喻文章,是"历世常谈"。钱先生所说是颇具说服力的③。更重要的是《文赋》此处"警策"应该如何理解。钱先生认为,陆机这里是说文辞已多,但主旨依然不

① 钱锺书《管锥编》,中华书局,1979年,第1199—1201页。

② 钱锺书《管锥编》,中华书局,1979年,第467页。

③ 按:策指马挝,亦可泛指御马之具。《吕氏春秋·执一》:"今御骊马者,使四人人操一策。"高诱注:"策,箠也。"御四马者六策,乃四人持。《文选》傅毅《舞赋》:"仆夫正策。"李善注:"策,箠也。"警策,谓整饬驾具,以御马也。马因警策而得以控制,不致流乱轨躅;文以片言而有所趣向,不致泛滥无归。

突出,因此需要立片言以点明中心思想。他特意指出:

> 《文赋》此节之"警策"不可与后世常称之"警句"混为一
> 谈。采摭以入《摘句图》或《两句集》(方中通《陪集》卷二《两
> 句集序》)之佳言、隽语,可脱离篇章而逞精采;若夫"一篇警
> 策",则端赖"文繁理富"之"众词"衬映辅佐。苟"片言"孑
> 立,却往往平易无奇,语亦犹人而不足惊人。如贾谊《过秦
> 论》结句:"仁义不施,而攻守之势异也",即全篇之纲领眼
> 目,"片言居要",乃"众词"所"待而效绩"者,"一篇之警策"
> 是已。顾就本句而论,老生之常谈,远不如"叩关而攻秦,秦
> 人开关而延敌","斩木为兵,揭竿为旗"等伟词也。……警
> 句得以有句无章,而《文赋》之"警策",则章句相得始彰之
> "片言"耳。《苕溪渔隐丛话》前集卷九引《吕氏童蒙训》以杜
> 诗"语不惊人死不休"说陆机此语,有曰:"所谓'惊人语',即
> '警策'也";断章取义,非陆机初意也。①

究竟什么是陆机所说的"警策",历来论者都没有讲清楚。如钱先生
所指摘的,吕本中以耸动耳目之佳句当之,便是一种误解。此外,《文
选》李善注云:"今以一言之好,最於众辞,若策驱驰,故云警策。"五臣
刘良云:"谓片善之言,光益一篇,亦犹以策击马,得其警动也。"杨慎
《丹铅总录》卷十二云:"在文谓之警策,在詩谓之佳句也。若水之有
波澜,若兵之有先鋒也。"②黄叔琳评《文心雕龙·隐秀》则以秀句当
之。都不明晰,都似乎是将篇中"独拔"、"卓绝"的警句认作陆机所说
的"警策"。钱先生认为陆机说的是点明主旨之"片言","全篇之纲领
眼目",并举出实例,详乎言之,再清晰不过了。他是涵咏上下文字,
体会其文脉,故能得出正解。他曾说过,固然要识得字、词方能懂得
一段一章一篇之义,但训诂一字一词,却又往往需要由字、词而段落
以至全篇,又由段落、篇章而回到字、词,经过这样循环反复的功夫,

---

① 钱锺书《管锥编》,中华书局,1979 年,第 1198 页。

② 参考张少康《文赋集释》,人民文学出版社,2002 年,第 154 页。

才能确切①。这真是经验之谈,这里释"警策"便是一个例子。

《文赋》云:"必所拟之不殊,乃闇合乎曩篇。虽杼轴于予怀,怵他人之我先。苟伤廉而愆义,亦虽爱而必捐。"这里前一个"必"字,李善、五臣都没有解释,今人有的解为必须、必要②,则此二句意为必须模拟古人而求其似,求其合。此解与上下文显然不能贯通。只有钱先生明确指出:此"必"字乃假设语气,即"如""若"之义。钱先生不止一次讨论过"必"字的这种用法,他观察到,《史记》《汉书》中这种用法多有,中唐、北宋作者还知道此旧训,而南宋人已不懂得了③。钱先生虽以词章之学为其根本兴趣所在,但在训诂等方面也常有卓见。阅读、研究古书,当然不可能不通训诂。

最后,说一下钱先生对《文赋》开头"伫中区以玄览"的解释。钱先生认为此句是说阅览书籍,"中区"即言屋内。对此笔者有不同的想法:"中区"即区中,谓天壤之间;全句谓深入观照自然风物,与下文"遵四时以叹逝,瞻万物而思纷;悲落叶于劲秋,喜柔条于芳春"相呼应。这里不详论。想说的是钱先生的这段话:

> 或者见善《注》引《老子》,遂牵率魏晋玄学,寻虚逐微,……张衡《思玄赋》,《文选》李善注解题亦引《老子》"玄之又玄",然其赋实《楚辞·远游》之遗意,……《全梁文》卷一三梁元帝《玄览赋》洋洋四千言,追往事而述游踪;崔湜《奉和登骊山高顶寓目应制》:"名山何壮哉,玄览一徘徊";又徐彦伯《奉和幸新丰温泉宫应制》:"何如黑帝月,玄览白云乡",犹言远眺:皆不必睹"玄"字而如入玄冥、处玄夜也。④

这番议论却值得注意。它表明钱先生所持的一个重要观点:不要轻

---

① 见钱锺书《管锥编》,中华书局,1979 年,第 171 页。
② 见张少康《文赋集释》所引李全佳、徐复观语,人民文学出版社,2002 年,第 164 页。
③ 参见钱锺书《管锥编》,中华书局,1979 年,第 338 页,又第 353—354 页。
④ 钱锺书《管锥编》,中华书局,1979 年,第 1181 页。

言文学反映哲学、受哲学影响。"玄览"用语虽出自可视为哲学著作的《老子》，但只是借用其语词，不必说受其思想的影响，不必因《文赋》用此语便判断其文学思想中某些观点系受道家影响而发生。《文赋》中借用道家语汇、玄学命题者尚有，如谈言、意关系，如"课虚无以责有，叩寂寞以求音"之类表述，但钱先生都不牵率于《老》、《庄》。

钱先生此种反对轻率地将文学附会于哲学的态度，在他处也有表现。例如王国维，钱先生说他"论述西方哲学，本色当行，弁冕时辈"，但其《红楼梦评论》用叔本华之说以阐释宝、黛悲剧，却是"削足适履"，勉强附会。钱先生说：

> 夫《红楼梦》、佳著也，叔本华哲学、玄谛也；利导则两美可以相得，强合则两贤必至相阨。此非仅《红楼梦》与叔本华哲学为然也。……吾辈穷气尽力，欲使小说、诗歌、戏剧，与哲学、历史、社会学等为一家。参禅贵活，为学知止，要能舍筏登岸，毋如抱梁溺水也。[①]

就是说，文学与哲学、历史等，如果研究得法，可以互相联系，相得益彰；但决不可勉强凑合。总之须对研究对象有具体而准确的了解，如果大而化之，笼统地高谈什么哲学等等对文学的影响，那是毫无益处的。钱先生举例说，南宋的江西诗派，好掉书袋，主张读破万卷，无字无来历；而南宋的哲学流派象山学派，则主张尊性明心，反对遵循前人传注，几乎要废书不读。二者同时代、同地域，而倾向不同如此。明代弘正年间，于文学则有李、何之复古摹拟，于理学则有王阳明之师心直觉。二者相互抵牾，但亦并行不悖。钱先生还举了欧洲类似的例子。他的结论是：决不可"将'时代精神'、'地域影响'等语，念念有词，如同禁咒"[②]。钱先生这些论述启发我们：在讨论文学与哲学、历史、政治等等方面的关系时，首先要对文学本身有深入、亲切、准确的了解，当然对哲学、历史等也要有这样的了解，然后实事求是

---

① 钱锺书《谈艺录》，中华书局，1984 年，第 351—352 页。
② 参钱锺书《谈艺录》，中华书局，1984 年，第 303—304 页。

地、具体地加以探讨。最忌摘取一些语词字句便牵率凑合，或是想当然地往大处、高处说，发一些"时代精神"之类的空论。

钱先生的这种态度，也还是坚持文学独立性的表现。文学有不同于其他领域的自身的规律，未必都与哲学、社会等状况协调、平衡；文学有独立的价值，并非哲学等等的附庸。钱先生认为，即使文学本身，甚至同一作家身上，也存在种种复杂情况，何况文学与其他思想文化或艺术领域之间呢！

但另一方面，钱先生又认为这些不同领域之间常有一贯的、相通的东西。比如他谈到艺术构思的灵感问题时，说此种深思之后豁然开朗的情况，不仅只见于创作："除妄得真，寂而忽照，此即神来之候。艺术家之会心，科学家之格物，哲学家之悟道，道家之因虚生白，佛家之因定发慧，莫不由此。"①举《管子》、《庄子》、《荀子》、《吕览》、《关尹子》以至理学家言、佛家典籍、西哲议论为例，并且说：

> 盖人共此心，心均此理，用心之处万殊，而用心之涂则一。名法道德，致知造艺，以至于天人感会，无不须施此心，即无不能同此理，无不得证此境。或乃曰：此东方人说也，此西方人说也，此阳儒阴释也，此援墨归儒也，是不解各宗各派同用此心，而反以此心为待某宗某派而后可用也，若而人者，亦苦不自知其有心矣。心之作用，或待某宗而明，必不待某宗而后起也。上举释、道、儒、法，皆切己体察之言，初不相为源委也。②

钱先生谈艺，目光常在于"通"，故《谈艺录·序》即明诏大号："东海西海，心理攸同；南学北学，道术未裂。"而他又坚持、强调文学的独立性，这二者丝毫也不矛盾。这两个方面都是客观存在着的，钱先生绝不反对探讨文学与其他领域的相互关系，只是反对不作具体深入的观察、分析，反对牵强凑合而已。依钱先生所说，《文赋》中一些运用

---

① 钱锺书《谈艺录》，中华书局，1984年，第280页。
② 钱锺书《谈艺录》，中华书局，1984年，第286页。

道家语汇或反映玄学风气之处(如感叹文不逮意),乃自创作实践中所得之亲切体会,正不必说成受某家思想之影响所致。这与我们的"思维定势"是不一样的。我们似乎已经习惯了这样的说法:凡哲学思想上的新时代,"各种文化活动靡不受此新方法、新理论之陶铸而各发挥此一时代之新型,而新时代之形成即在其哲学、道德、政治、文学艺术各方面均有同方向之新表现,并因此种各方面之新表现而划为另一时代"[①],认为文学思想中的一些观点是在哲学理论的"陶铸"之下产生的。钱先生则与此种"定势"异趣。笔者是宁愿相信钱先生之说的[②]。

(复旦大学中文系)

---

① 见汤用彤《魏晋玄学与文学理论》,载《魏晋玄学论稿》,上海古籍出版社,2001年,第194页。
② 笔者曾撰《关于魏晋哲学与文论关系的一些思考》,《复旦学报》,2012年第5期。读者若有兴趣可以参看。

# 《文心雕龙》"陶铸性情"的内涵考论

## 安　生

**内容摘要**：在被刘勰视为"文之枢纽"的首三篇中，同时出现了关于"性情"的集中论述，以"雕琢"、"陶铸"、"埏"等具体塑形的行为方式来征实"性情"的概念，意在将其定性、规范化。"性情"与"情性"属于异文同义，偏指"情志"而非"天性"。以"陶铸性情"为对象，可以觇鉴刘勰"性情论"的丰富内涵：以老庄"埏器喻道"为统摄，以儒家"诗教规范"为实践，借"文质彬彬"期矫时文"淫丽烦滥"之弊。这不仅与刘勰"文本于道，稽于圣，宗于经"的精义宏旨相侔，而首被引入文学批评疆域。同时，被后世叠相沿引，或为"陶冶性情"，或为"陶冶性灵"，皆祖刘勰"陶铸性情"范式。

**关键词**：《文心雕龙》；陶铸性情；埏器喻道；诗教规范

# Discriminating the Connotation of "Cultivating Disposition" Theory of *Wen Xin Diao Long*

## An Sheng

**Abstract**: In the first three chapters that is regarded as the core of the article, Liu xie's focus on the discussion about disposition. The concept of disposition is explained by the way of shaping the form, which is designed to characterize and normalize the disposition. Disposition and emotion belong to different groups of words, but have the same meaning. It is more about emotion than nature. We can analyze the rich connotation of liu xie's theory of disposition by researching cultivating a person's disposition: it is the center of Taoism ideology that it makes a vessel to metaphor philosophy, the theory of poem moralization is mode of realization, Liuxie hopes to correct the shortcomings of grandiose style by gentleman ship. It not only fits the theme of liu xie's thesis that the article is based on the tao and the classics, which is firstly introduced into literary criticism. It is also cited by later generations, "cultivating disposition" or "Cultivate the spirit" is derived from t disposition theory of Liuxie.

**Keywords**: *Wen Xin Diao Long*; cultivating disposition; metaphor philosophy; poetry teaching specification

  《文心雕龙》首三篇以"文本于道,稽于圣,宗于经"的精旨开宗明义,又同时出现了关于"性情"的集中表述:"雕琢情性,组织辞令"(《原道》)、"陶铸性情,功在上哲"(《征圣》)、"义既埏乎性情,辞亦匠于文理"(《宗经》)。可知,"性情"乃是刘勰整个文论建构中的一个重要范畴。这里,刘勰一致以"雕琢"、"陶铸"、"埏"具体塑形的行为方式来征实"性情"的概念,意在将其定性、规范化。规范"性情",也就意味着刘勰对如何宗经、稽圣以原道的思考有着理论上的自觉。这种以具体行为加以选择性规范的背后，又有着刘勰儒道受容的思想文化语境。

## 一、研究检讨

在展开论述之前，首先对旁涉本题的相关研究作一辨正。赵华针对《文心雕龙》在不同篇章中分别使用"性情"、"情性"两个不同的组词，认为"情性"、"性情"，是由于"性"和"情"的组合方式不同，导致其所指对象、表达的意义也存在差异：与"性"相对应的是陶铸，与"情"相对应的是雕琢。① 首先，今人所见《文心雕龙》载"性情"、"情性"的成词差异，是属于文本传抄流布过程中的异文。以赵氏举《原道》"雕琢情性"为例，范文澜注即有"孙云《御览》引'情性'作'性情'，谭献校亦作'性情'"②。佐以钟嵘《诗品》序："气之动物，物之感人，故摇荡性情，形诸舞咏。"曹旭注："'性情'，《吟窗》、《格致》、《诗法》、《词府》诸本作'情性'。"③不难发现，刘勰"陶铸性情"、"雕琢情性"是文献中的同义异文。另外，赵氏据此强行区分"陶铸"与"雕琢"两词含义，行文中却并未真正坐实二者概念上的区别，仅以"刘勰认为，对人的天性的教化应以柔性方式为主，对情感的约束应以刚性方式为主"的虚浮结论来循环论证，实乃未加辨析"文本异文"这一文献渊源差异。《文心雕龙》中凡"性情"、"情性"分组成词，当属异文同义，其概念指涉具有一致性。

霍志军、傅绍良将《文心雕龙》对"陶"审美模子运用的理论溯源至《孟子·万章上》："郁陶思君耳"。④ 却又未辨其义，未达根柢。其

---

① 参见赵华《论〈文心雕龙〉对"情性""性情"的调遣及表达的理念》，《中州学刊》，2015 年第 7 期。
② 刘勰著，范文澜注《文心雕龙注》，人民文学出版社，1958 年，第 2 页。
③ 钟嵘著，曹旭集注《诗品集注》，上海古籍出版社，1994 年，第 1 页。
④ 参见霍志军、傅绍良《魏晋批评家对"陶"审美模子的具体运用——以《文心雕龙》"援陶论文"为例》，《晋阳学刊》，2013 年第 2 期。

一,"郁陶"并非由孟子所出,而出自《尚书·夏书·五子歌》:"郁陶乎予心,颜厚有忸怩。"①其二,"郁陶"之"陶"非"陶铸"之"陶",王念孙《广雅疏证》辨之甚明:"《方言》注云:'郁悠,犹郁陶也。'凡经传言'郁陶'者,皆当读如'皋陶'之'陶'。'郁陶'、'郁悠'古同声。旧读如'陶冶'之'陶',失之也。"②

赵华立论前提既已失去了客观存在的文献文本的真实,其行文作结自然不足为信;霍志军、傅绍良的理论溯源又是截断横流,云雾未拨,难以"辨章学术,考镜源流"。

## 二、埏器喻道

从《征圣》"陶铸"二字的本义看,段玉裁《说文解字注》:"匋,作瓦器也。……今字作'陶'。""铸,销金也。从金,寿声。"③二者皆有"烧制器皿"义,也就是以具体原料,调和后置入范模,经过烧制,成各种器具。先秦典籍中多用此义,《诗经·大雅·绵》:"古公亶父,陶复陶穴,未有家室。"④《墨子·耕柱》谓夏后铸鼎:"昔者夏后开使蜚廉折金于山川,而陶铸之于昆吾。"⑤《庄子·马蹄》:"陶者曰:'我善治埴,圆者中规,方者中矩。'"⑥庄子虽取"陶"本义,却是援陶喻道,取老子"无为而治",以率民常性来对抗治世者推行戕害事物自然本性的道德规范。

"陶铸"合称一词,首见于《庄子·逍遥游》:"藐姑射之山,有神人居焉,……是其尘垢粃糠,将犹陶铸尧舜者也,孰肯以物为事!"⑦庄子

---

① 阮元校刻《十三经注疏》(附校勘记),中华书局,1980年,第157页。

② 王念孙《广雅疏证》,中华书局,1983年,第65页。

③ 许慎撰,段玉裁注《说文解字注》,上海古籍出版社,1981年,第224、703页。

④ 朱熹集注《诗集传》,中华书局,1958年,第179页。

⑤ "陶铸"于《艺文类聚》、《后汉书注》、《文选注》、《初学记》中并作"铸鼎",可知"陶铸"复合成词首见于《庄子·逍遥游》,而为《文心雕龙》取法,遂成为后人校雠的一种线索。(吴毓江撰,孙启治点校《墨子校注》,中华书局,1993年,第656页)

⑥ 郭庆藩撰,王孝鱼点校《庄子集释》,中华书局,1961年,第330页。

⑦ 郭庆藩撰,王孝鱼点校《庄子集释》,中华书局,1961年,第28—31页。

借姑射山神人尘垢粃糠犹可陶铸尧舜的寓言，来反塑无己、无功、无名的至人、神人、圣人，以逍遥入道。庄子反复援陶喻道的逻辑乃源自老子"埏器喻道"的思维模式，《老子》十一篇：

> 三十辐共一毂，当其无有，车之用。埏埴以为器，当其无有，器之用。凿户牖以为室，当其无有，室之用。有之以为利，无之以为用。①

老子举木、埴、壁所成三者，旨在阐述"有"、"无"二者体道的辩证关系："无"为第一性，"有"为第二性，二者共同作为体道名称的方式而存在，不可偏执一端，截然分离。所谓"竭知尽物以为器，而器之用常在无有中。非有则无无以致其用，非无则有无以施其利。"圣人知两者之为一，方可"常无以观其妙，常有以观其徼"而达于至矣。②

《宗圣》"义既埏乎性情"中"埏"，传本或作"极"，或作"挺"。范文澜引赵万里注："唐写本'极'作'挺'。《御览》六百八引作'埏'，以下文'辞亦匠于文理'句例之，则作'埏'是也。《唐本》作'挺'，即'埏'字之讹。"③通过厘正诸本异文，绾合文本骈对成义的句法，刘勰用"埏"字是径取惟《老子》经文才有的"埏"字，"极"、"挺"属讹误。刘勰用字渊源，不辩而明。

《神思》论构思及行文，即依《老子》"尽物以器，其用在无有中"义：

> 是以陶钧文思，贵在虚静，疏沦五藏，澡雪精神，积学以储宝，酌理以富才，研阅以穷照，驯致以怿辞，然后使玄解之宰，寻声律而定墨；独照之匠，窥意象而运斤。此盖驭文之

---

① "埏"一本作"挺"。《说文》："挺，长也，从手从延。"《字林》："'挺'，柔也，今字作'揉'。"朱骏声曰："凡柔和之物，引之使长，抟之使短，可折可合，可方可圆，谓之挺。"王念孙曰："'挺'亦和也。《老子》'挺埴以为器。'"河上公曰："挺，和也；埴，土也。"《淮南·精神篇》："譬犹陶人之剟挺埴也。"萧该引许慎注曰："挺，揉也。"由诸家考释可知，"挺"、"埏"语义相通、字形相近，而诸本皆作"挺"，惟经文自作"埏"。（朱谦之《老子校释》，中华书局，2000年，第43—45页）

② 苏辙撰，黄曙辉点校《道德真经注》，华东师范大学出版社，2010年，第12页。

③ 刘勰著，范文澜注《文心雕龙注》，人民文学出版社，1958年，第25页。

首术,谋篇之大端。①

文思因虚静成体,以无施其利,可以积学储宝,酌理富才,以有致其用。黄侃已注意到刘勰论文首在"陶钧文思"以治心的谋篇关捩,《文心雕龙札记》:"《庄子》之言曰:'惟道集虚。'《老子》之言曰:'三十辐共一毂,当其无,有车之用。'……文章之事,形态蕃变,条理纷纭,如令心无天游,适令万状相让。故为文之术,首在治心,迟速纵殊,而心未尝不静,大小或异,而气未尝不虚。执璇机以运大象,处户牖而得天倪,惟虚与静之故也。"②

刘勰辄以"疏瀹五藏,澡雪精神"自释其欲建构"文思"的内涵,此二句引自《庄子·知北游》:"老聃曰'汝齐戒,疏瀹而心,澡雪而精神。掊击而知!夫道,窅然难言哉!'"③这又与"挺乎性情"、"陶铸性情"构成互文见义的谋篇形制。

刘勰"挺器喻道"以明性情之源,以统性情之本,自是对老庄无为虚静的承继,意在尊文之体,将文提升至形而上的"道"的哲学范畴。黄侃解释《文心雕龙》首篇《原道》,引《韩非子·解老》"道者,万物之所然也,万理之所稽也",认为韩子之言,正彦和所祖也。④《韩非子·解老》又是对《老子》言"道"的阐述,其中踵继阐扬之脉络昭然。赵华肯定铸器与自然造化赋予人以天性相比附,认为对人的天性进行陶铸必须顺应自然,因势利导,把漫无定性的天然禀赋纳入固定的规范,同时对天性又没有伤害。⑤ 这种折中的解释根本无法遮蔽自然与规范这组意义背反的矛盾,看似圆通的表述,实际上没有体察出刘勰文论内在层次性建构的差异,这种差异,正是刘勰对儒道受容的综合。

---

① 刘勰著,范文澜注《文心雕龙注》,人民文学出版社,1958 年,第 493 页。
② 黄侃《文心雕龙札记》,上海古籍出版社,2000 年,第 94 页。
③ 郭庆藩撰,王孝鱼点校《庄子集释》,中华书局,1961 年,第 741 页。
④ 黄侃《文心雕龙札记》,上海古籍出版社,2000 年,第 5—6 页。
⑤ 参见赵华《论〈文心雕龙〉对"情性""性情"的调遣及表达的理念》,《中州学刊》,2015 年第 7 期。

"道"与"文"、"文"与"性情"是分属于不同层级的两组范畴。以"文"明"道",以"道"统"文"是形而上的最高层:"故知道沿圣以垂文,圣因文而明道"(《原道》),属于认识论范畴;"性情"却属于"文"自身的内在属性:"义既埏乎性情,辞亦匠于文理"(《宗经》),"陶铸性情"以为"文",同时"文"又可反之"陶铸性情",二者属于形而下的实践层,属于本体论的范畴。

## 三、诗教规范

《礼记·乐记》详细探讨了"性"的本质与外显——"情"的区别:

> 人生而静,天之性也。感于物而动,性之欲也。物至知知,然后好恶形焉。好恶无节于内,知诱于外,不能反躬,天理灭矣。……于是有悖逆诈伪之心,有淫泆作乱之事。是故强者胁弱,众者暴寡,知者诈愚,勇者苦怯,疾病不养,老幼孤独不得其所,此大乱之道也。[①]

孔颖达正义将人生而静视为天性,将感物而动视为性之欲——情,以言二者区别:"自然谓之性,贪欲谓之情,是性、情别矣。"[②](孔颖达疏)这也正是《乐记》开篇即有"六者,非性也,感于物而后动"立论的缘由所在,并将"人心之动"视为"物使之然也"的自然属性。"性"与"情"的关系,可概括为:"情"是性之欲,是"性"的外显、"性"的自然属性;"性"的本质属性在静,在禀于自然。

荀子同样对"性"、"情"区分立论,《正名》:

> 散名之在人者,生之所以然者谓之性。性之和所生,精合感应,不事而自然谓之性。性之好、恶、喜、怒、哀、乐谓之情。[③]

因天性自然,不可学,不可事,故欲使情归正而静性,则需礼乐教化之,引导之:"古者圣王以人之性恶,以为偏险而不正,悖乱而不治,是

---

① ② 阮元校刻《十三经注疏》(附校勘记),中华书局,1980 年,第 1529 页。
③ 王先谦撰,沈啸寰、王星贤点校《荀子集解》,中华书局,1988 年,第 412 页。

以为之起礼义,制法度,以矫饰人之情性而正之,以扰化人之情性而导之也。"①因此,刘勰《明诗》才有"人禀七情,应物斯感,感物吟志,莫非自然"之论。

由此可知,儒、道在对"性情"的体认上存在一致性,即"性"皆指自然天性;"情"皆指人为感物心动而生的欲望。老庄所持"天性自然",主张顺民常性,无为自化,返璞归真,强烈反对人为规范,戕性为过。《老子》开其端,其十二章:"五色令人目盲;五音令人耳聋;五味令人口爽;驰骋畋猎,令人心发狂;难得之货,令人行妨。"②《庄子》接踵其绪:

> 纯朴不残,孰为牺尊! 白玉不毁,孰为珪璋! 道德不
> 废,安取仁义! 性情不离,安用礼乐! 五色不乱,孰为文采!
> 五声不乱,孰应六律! 夫残朴以为器,工匠之罪也;毁道德
> 以为仁义,圣人之过也。(《马蹄》)③

庄子以"性情离乱,礼乐用之"举例论道,恰从反面强调了礼乐对性情规范约束的效用。《列子·杨朱》述其义,其篇注:"好逸恶劳,物之常性。故当生之所乐者,厚味、美服、好色、音声而已耳。而复不能肆性情之所安,耳目之所娱,以仁义为关键,用礼教为衿带,自枯槁于当年,求余名于后世者,是不达乎生生之趣也。"④

儒道不同处,在如何化欲返性采取的策略上,儒家施以礼乐教化,道家施以无为自然。刘勰所以认为"性情"可以"陶铸",要在对"性情"构词偏指"情"义,陶铸性情即陶情以化性之欲,即化情,如《荀子·性恶》:"凡所贵尧禹、君子者,能化性,能起伪,伪起而生礼义。然则圣人之于礼义积伪也,亦犹陶埏而生之也。"⑤

刘勰以陶喻道在为文定性:"有无之用"与"虚静成体",是形而上

---

① 王先谦撰、沈啸寰、王星贤点校《荀子集解》,中华书局,1988年,第435页。
② 朱谦之《老子校释》,中华书局,2000年,第45—46页。
③ 郭庆藩撰、王孝鱼点校《庄子集释》,中华书局,1961年,第336页。
④ 杨伯峻《列子集释》,中华书局,1979年,第216页。
⑤ 王先谦撰、沈啸寰、王星贤点校《荀子集解》,中华书局,1988年,第442页。

的概念范畴；以陶化性，则着眼于形而下的实践范畴：以儒教规范性情。刘勰采取老庄以陶喻道的策略，并不意味着其与老庄"天性自然"的性情论保持着延续性。恰恰相反，刘勰扬弃了老庄"道"对"天性自然"无为归真的顺导，而走向了儒教对性情规范的路径上来。

尽管"性情"偏指"情"义，与"性"相对，"情"的内容依然驳杂，总括厚味、美服、好色、音声、贪鄙、暴虐、人欲诸端。若再缩合《文心雕龙》文本，即可明确刘勰"性情"内涵多指"情志"："率志委和，则理融而情畅；钻砺过分，则神疲而气衰；此性情之数也。"（《养气》）陆机《文赋》首将"情志"纳入文学批评应用范畴："伫中区以玄览，颐情志于典坟"[①]，属作家作品内含的情感志趣，而成为这一时期情志论的近源。刘勰论文一样强调以坟典陶化性情的重要，性情正则体制正，体制正方可以学文："夫才量学文，宜正体制，必以情志也。"（《附会》）

刘勰论"性情"以"陶铸"，并将其归功于上哲，其意在借"夫子文章"（《征圣》）、"夫子删述"（《宗经》），陶冶教化，复始情志乐不失其正、哀不害其和，而终归于雅正平和。《论语·八佾》："子曰：'《关雎》乐而不淫，哀而不伤。'"朱熹注："淫者，乐之过而失其正者也。伤者，哀之过而害于和者也。……欲学者玩其辞，审其音，而有以识其性情之正也。"[②]这亦是孔子诗教之所用心，《诗集传》序：

> 诗者，人心之感物而形于言之余也。心之所感有邪正，故言之所形有是非。惟圣人在上，则其所感者无不止，而其言皆足以为教。其或感之之杂，而所发不能无可择者，则上之人必思所以自反，而因有以劝惩之。是亦所以为教也。[③]

而为刘勰觇鉴其义而反复立论，所以《原道》、《征圣》、《宗圣》诸篇极言夫子自立施教，不改其志，而推其圣功。《原道》：

> 雕琢情性，组织辞令，木铎起而千里应，席珍流而万世

---

① 萧统编，李善注《文选》，上海古籍出版社，1986年，第762页。
② 朱熹《四书章句集注》，中华书局，1983年，第66页。
③ 朱熹集注《诗集传》，中华书局，1958年，第1页。

响,写天地之辉光,晓生民之耳目矣。①

"木铎起而千里应"语出《论语·八佾》:"(仪封人)出曰:'二三子,何患于丧乎?天下之无道也久矣,天将以夫子为木铎。'"朱熹注:"言天使夫子失位,周流四方以行其教,如木铎之狥于道路也。"②"席珍流而万世响"语出《礼记·儒行》:"孔子曰:'儒有席上之珍以待聘。夙夜强学以待问,怀忠信以待举,力行以待取。其自立有如此者。'"③两典皆明孔子铺陈往古尧、舜之善道,施教以待见问。

《宗经》:"义既埏乎性情,辞亦匠于文理,故能开学养正,昭明有融。""开学养正"引《易·蒙卦·彖辞》:"蒙以养正,圣功也。"孔颖达正义:"能以蒙昧隐默自养正道,乃成至圣之功。"④刘勰立《宗经》篇目,因圣经纯正,与后世撰述每杂邪曲不侔,所以斟酌周孔之理,辨析毫厘,使才富足而归其雅正,如此才可称妙才。

## 四、批评旨向

在古代文论的应用范畴里,批评术语的生成及指涉,与西方施之概念、逻辑的演绎不同,更倾向形而下的借用、置换与综合。⑤ 随着文学明体的自觉,刘勰"陶铸性情"的性情论,也成功地实现了由"喻道"到"化情"到"批评"的自觉建构。具体而言,刘勰"性情论"的系统性建构主要体现在三个面向。

首先,经典典范的树立。要实现对"性情"的"陶铸",使其复归雅正,必须有经典典范作为模具,化情成形,有可表率。一是"宗经",刘勰所宗之经皆为上古典籍与儒家六艺:

> 皇世三坟,帝代五典,重以八索,申以九邱,……自夫子删述,而大宝咸耀。于是易张十翼,书标七观。诗列四始,

---

① 刘勰著,范文澜注《文心雕龙注》,人民文学出版社,1958年,第2页。
② 朱熹《四书章句集注》,中华书局,1983年,第68页。
③ 阮元校刻《十三经注疏》(附校勘记),中华书局,1980年,第1668页。
④ 阮元校刻《十三经注疏》(附校勘记),中华书局,1980年,第20页。
⑤ 参见拙文《"迟重"风格的内涵考论》,《中国书法》,2017年第24期。

礼正五经,春秋五例。①

二是"明体",禀经制式,酌雅富言:"模经为式者,自入典雅之懿。"(《定势》),其经体式有:《易》惟谈天,入神致用;《诗》主言志,诂训同《书》;《礼》以立体,据事制范;《春秋》辨理,一字见义,五石六鹢,以详备成文。故论说辞序,则《易》统其首;诏策章奏,则《书》发其源;赋颂歌赞,则《诗》立其本;铭诔箴祝,则《礼》总其端;记传盟檄,则《春秋》为根。综其《赞》:"性灵熔匠,文章奥府。渊哉铄乎,群言之祖。"(《宗经》)

其次,诗学教化的旨向。既然树立经典在模范性情,因此,审美教化主要表现为对作家才情气质的陶染,《体性》:

> 夫情动而言形,理发而文见。……然才有庸俊,气有刚柔,学有浅深,习有雅郑,并情性所铄,陶染所凝,是以笔区云谲,文苑波诡者矣。②

刘勰既强调才、气等先天禀赋,又重视学、习等后天因素。先天后学尽管悬殊差别,一样可以通过"情性所铄,陶染所凝"来实现自我净化,达到"笔区云谲,文苑波诡"的至臻境地。黄侃对此深得刘勰精义:"性习相资,不宜或废。求其无弊,惟有专练雅文,此定习之正术,性虽异而可共宗者也。"③

诗学教化,是先秦儒家诗论的根本命题,后逐渐发展成汉儒重"美刺"、"讽颂"的诗用观,而成为古代文论中一个基本思想。这亦是刘勰"性情论"内涵的应有之义:"爰自风姓,暨于孔氏,玄圣创典,素王述训,莫不原道心以敷章,研神理而设教。"(《原道》)因此,刘勰有"诗者,持也,持人情性;三百之蔽,义归无邪"之论,范文澜引《诗纬·含神雾》解其"训诗为持"成因:

> "诗者,持也。"然则诗有三训:承也,志也,持也。作者

---

① 刘勰著,范文澜注《文心雕龙注》,人民文学出版社,1958年,第21页。

② 刘勰著,范文澜注《文心雕龙注》,人民文学出版社,1958年,第505页。

③ 黄侃《文心雕龙札记》,上海古籍出版社,2000年,第100页。

承君政之善恶,述己志而作诗,为诗所以持人之行,使不失
坠,故一名而三训也。①

钱钟书解陆龟蒙《自遣诗三十首》序"诗者,持也,持其情性,使不暴
去"之"暴去"为"'淫'、'伤'、'乱'、'愆'之谓,过度不中节也",而有
"自持情性,使喜怒哀乐,合度中节"之论。② 刘勰训诗为持,言持人情
性,意在以诗教教化,使人不失坠。

最后,文学本体的建构。刘勰对文学本体的建构,始终着眼在对
现实文学的实践考察中。刘勰身处齐梁之世,其时文体趋于缛丽,以
藻饰为盛:"俪采百字之偶,争价一字之奇,情必极貌以写物,辞必穷
力而追新,此近世之所竞也。"(《明诗》)刘勰所以设《情采》篇,要在明
时文之乱,救时文之弊,《文心雕龙札记》:"即在挽尔日之颓风,令循
其本,故所讥独在采溢于情,而于浅露朴陋之文未遑多责,盖揉曲木
者未有不过其直也。"③特取"此一篇之大旨"(纪昀语)一节:

> 研味李老,则知文质附乎性情;……文采所以饰言,而
> 辩丽本于情性。故情者,文之经,辞者,理之纬;经正而后纬
> 成,理定而后辞畅,此立文之本源也。④

此节旨义显然,立文本体在情、辞两端。以情为经,经正然后纬成,情
定然后辞畅。可知,"情"即"情志内容",是文体的内质;"辞"即"文辞
技法",是文体的表征。"情志"第一性,"辞采"第二性,即其篇章"情
采"先后的幽明之旨。如何丰富涵养"情志内容",则以文、质两端附
其上,这又与《宗经》"义既埏乎性情,辞亦匠于文理"相侔见义:"埏乎
性情"以义,即风雅诗义、蓄愤志思——"盖风雅之兴,志思蓄愤,而吟咏
情性,以讽其上,此为情而造文也";"匠于文理"以辞,即摛藻夸饰——
"诸子之徒,心非郁陶,苟驰夸饰,鬻声钓世,此为文而造情也"。

刘勰不反对辞藻夸饰,是就文胜质的"淫丽烦滥"立论,二者如"道"

---

① 刘勰著,范文澜注《文心雕龙注》,人民文学出版社,1958年,第68—69页。

② 钱钟书《管锥篇》,中华书局,1979年,第57页。

③ 黄侃《文心雕龙札记》,上海古籍出版社,2000年,第112页。

④ 刘勰著,范文澜注《文心雕龙注》,人民文学出版社,1958年,第537—538页。

之阴阳,不可偏废,统归于"文质"而实现"彬彬君子"的美善雕琢之章。

　　"陶铸性情"集中涵盖了刘勰"性情论"的精旨要义:以老庄"埏器喻道"为统摄,以儒家"诗教规范"为实践,期以矫时文浮夸之弊。"陶铸性情"不仅是其文论建构的重要批评术语,更是刘勰儒道受容背后拯时救弊的拳拳之情。"陶铸性情",或为"陶冶性情",或与"性灵所钟,视为三才"(《原道》)结合而成"陶冶性灵",遂开古代文论的一个重要批评术语,为后世叠相沿引,影响深远。

　　钟嵘《诗品》评阮籍咏怀诗:"《咏怀》之作,可以陶性灵,发幽思。言在耳目之内,情寄入荒之表。"曹旭注"陶性灵"为"陶冶性情"。① 其后有颜之推《颜氏家训·文章》溯文章之源,亦推儒家五经而言其效用:"至于陶冶性灵,从容讽谏,入其滋味,亦乐事也。"②杜甫《解闷》其七:"陶冶性灵存底物,新诗改罢自长吟。孰知二谢将能事,颇学阴何苦用心。"③胡仔《苕溪渔隐丛话》明二者源流承继:

　　　　颜之推论文章云:"至于陶冶性情,从容讽谏,入其滋

　　味,亦乐事也。"老杜"陶冶性灵存底物",盖本于此。④

颜之推以儒家五经为文章本源,以"从容讽谏"述于"陶冶性灵"下,胡仔更将颜之推"陶冶性灵"更引为"陶冶性情"。可知,"儒教诗义,陶化性情"是其内在批评的同一性,这皆与刘勰"陶铸性情"——喻道、化情以批评的文论策略相嬗递。至清"性灵派"袁枚论诗仍将性情作为根本:"须知有性情,便有格律;格律不在性情外。"⑤尽管"性灵"概念内涵发生变化,究其学理,其渊源祖法不言而明。

(南京大学文学院)

---

①　钟嵘著,曹旭集注《诗品集注》,上海古籍出版社,1994年,第123、128页。
②　王利器《颜氏家训集解》,中华书局,1993年,第237页。
③　杜甫著,仇兆鳌注《杜诗详注》,中华书局,1979年,第1515页。
④　胡仔纂集,廖德明校点《苕溪渔隐丛话》,人民文学出版社,1962年,第76页。
⑤　袁枚著,顾学颉校点《随园诗话》,人民文学出版社,1960年,第2页。

# 《文心雕龙·辨骚》释疑<sup>*</sup>

## 高宏洲

**内容摘要**：《辨骚》是《文心雕龙》中争议最多的一篇，争议的一些焦点至今没有得到令人信服的解释。准确把握《辨骚》的行文逻辑是疏解争议的关键。作为论述圣哲经典对于文学创作的意义的"文之枢纽"的一部分，《辨骚》是要论述《楚辞》对于文学创作的意义。由于汉人围绕《楚辞》符不符合经展开过激烈的争论，刘勰提倡"宗经"自然要辨析经与骚的异同，否则会发生淆乱。通过比对，刘勰发现骚与经有四同四异，"四同"是对骚继承经的精神的充分肯定，"四异"则是对《楚辞》不符合经的精神的指摘。刘勰对《楚辞》的评价不存在"先贬后褒"的矛盾。所谓的"先贬"是针对尽善尽美的经而言的，"后褒"是针对"词赋之英杰"而言的，两者论述的角度不同。刘勰辨析《楚辞》与经的异同不是为了"翼圣尊经"或者楚辞论，而是为了确立对待《楚辞》的正确态度。

**关键词**：《辨骚》；四异；先贬后褒；主旨

---

\* 基金项目：本文为中国博士后科学基金资助项目(2015M581033)阶段性成果。

# Removing Doubts of the "Bian Sao" in *Wen Xin Diao Long*

## Gao Hongzhou

**Abstract**: "Bian Sao" is the most controversial article in *Wen Xin Diao Long*, and some controversial focuses have so far not been convincingly explained. Accurately grasping the logic of "Bian Sao" is the key to dissolving the controversy. As a part of the discourse on the significance of the classic of the sages to the literary creation, "Bian Sao" is to discuss the meaning of *Chu Ci* for literary creation. Since the people of Han Dynasty did not conform to the heated debate on the *Chu Ci*, liuxie advocated "classic" naturally must distinguish between the similarities and differences between "Jing" and "Sao", otherwise confusion will occur. By comparison, liu xie found that "Sao" and "Jing" havefour similarities and four differences, and "four similarities" was the full affirmation of the spirit of the inheritance of "Sao", and "four differences" was the criticism of the spirit of *Chu Ci*. Liu Xie's appraisal of *Chu Ci* does not exist the front is positive and the back is negative. The so-called "the front is positive" is aimed at the perfection of the classics, and "the back is negative" is aimed at "the hero of CiFu", which is different from the perspective of the two. Liu Xie's analysis of the similarities and differences between "Jing" and "Sao" is neither for "saint and classic", nor for the discussion of *Chu Ci*, but to establish the correct attitude towards *Chu Ci*.

**Key words**: "Bian Sao"; four different; the front is positive and the back is negative; theme

　　《辨骚》是《文心雕龙》中的重要一篇,近代以来引起了学者的极大关注。据《文心雕龙学分类索引》统计,截至 2005 年相关论文就高达 115 篇①。检索知网,2005 年至今有关《辨骚》的论文就达 140 篇左右,这还不包括那些龙学著作中的相关论述。《辨骚》可以说是《文心雕龙》中争议最多的一篇。争议主要围绕以下几个问题展开:一、《辨骚》篇的归属问题;二、"四异"有无贬义的问题;三、刘勰对屈原作品浪漫主义特色的认识和评价问题;四、《辨骚》的宗旨问题;五、"博徒"的词性问题等等。② 客观而言,争论使一些问题得到了澄清,比如对《辨骚》篇的归属问题学界获得了比较一致的认识,认为它属于《文心雕龙》的"文之枢纽",而非"文体论";使一些问题得到了深化,比如对《辨骚》中的"谲怪"、"奇"、"夸诞"、"博徒"等概念的理解等等。但是,时至今日学界对《辨骚》篇中的一些争议焦点仍然没有给出令人信服的解释。这既与《辨骚》篇自身结构的复杂有关,也与研究者没有准确把握《辨骚》的行文逻辑有关。本文希望在前人研究成果的基础上,通过梳理《辨骚》篇的行文逻辑疏解《辨骚》篇的争议焦点,加深对《辨骚》篇的认识。

## 一、刘勰"辨骚"的逻辑起点

要想准确理解《辨骚》先要理解《辨骚》在《文心雕龙》中的地位。刘勰在《文心雕龙·序志》中云:"盖文心之作也,本乎道,师乎圣,体乎经,酌乎纬,变乎骚,文之枢纽,亦云极矣。"③很明显,刘勰是将《辨骚》与《原道》、《征圣》、《宗经》、《正纬》视为《文心雕龙》的"文之枢纽"的重要组成部分加以论述的④。因此,要理解《辨骚》就要先理解"文

---

① 戚良德《文心雕龙学分类索引》,上海古籍出版社,2005 年,第 146—157 页。
② 学界梳理过有关《文心雕龙·辨骚》篇的争议焦点,参见杨明照主编《文心雕龙学综览》,上海书店出版社,1995 年,第 148—153 页;周振甫主编《文心雕龙辞典》,中华书局,1996 年,第 586—590 页;叶汝骏《20 世纪以来〈文心雕龙·辨骚〉研究综述》,《山西大同大学学报(社会科学版)》,2016 年第 3 期。
③ 本文所引《文心雕龙》原文,皆出自范文澜《文心雕龙注》,人民文学出版社,1958 年。
④ 范文澜等由于没有意识到《辨骚》与《文心雕龙》的"文之枢纽"之间的逻辑关系,而将《辨骚》篇视为论述骚体文学的文体论,显然不符合事实。经过段熙仲的《〈文心雕龙·辨骚〉的从新认识》(《光明日报》,1961 年 12 月 17 日)、王运熙的《刘勰为何把〈辨骚〉列入"文之枢纽"》(《光明日报》,1964 年 8 月 23 日)等文的辩驳,这一问题已经基本澄清。

之枢纽"在《文心雕龙》中的地位。那么,刘勰为什么要在《文心雕龙》中设置"文之枢纽"呢？这与《文心雕龙》的写作目的和价值旨趣密切相关。首先,刘勰写作《文心雕龙》的主要目的是为了纠正当时文坛创作"文体解散,辞人爱奇,言贵浮诡,饰羽尚画,文绣鞶帨,离本弥甚,将遂讹滥"(《序志》)的弊病。其次,当时的"论文"著作虽然很多,比如曹丕的《典论·论文》、曹植的《与杨德祖书》、陆机的《文赋》、挚虞的《文章流别论》、李充的《翰林论》等等。但是在刘勰看来这些著作都存在一定的局限,"魏典密而不周,陈书辩而无当,应论华而疏略,陆赋巧而碎乱,《流别》精而少功,《翰林》浅而寡要"。这些著作的根本缺陷是"未能振叶以寻根,观澜而索源"、"不述先哲之诰,无益后生之虑",就是没有论述圣哲经典对于文学创作的重要意义。于是,《文心雕龙》就设置"文之枢纽"论述圣哲经典对于文学创作的重要意义,这是《文心雕龙》与之前的文论著作最显著的区别。

虽然"文之枢纽"主要是论述圣哲经典对于当代文学创作的意义,但是立论的角度却略有差异。正如刘永济所言:"五篇之中,前三篇揭示论文要旨,于义属正。后二篇抉择真伪同异,于义属负。"①这本是非常好的见解,但是由于刘先生没有意识到"文之枢纽"的立足点是当代的文学创作,所以得出"文之枢纽"五篇同属"翼圣尊经"的错误结论,这就违背了刘勰的本意。"文之枢纽"中的《原道》、《征圣》、《宗经》是正面论述道、圣、经对于文学创作的意义②,这容易理解。《正纬》与《辨骚》情况特殊一些,需要略加阐释。

汉代以后,纬书"配经"而行,刘勰提倡"宗经"自然要辨别纬书与经书的异同,否则容易发生淆乱。刘勰按经验纬,发现纬书整体上是违背经的精神的。但是纬书并非一无是处,其中的"牺、农、轩、皞之

---

① 刘永济《文心雕龙校释》,中华书局,2007年,第11页。
② 高宏洲《"理想之文"的寻求——〈文心雕龙〉"文之枢纽"新探》,《江西社会科学》,2011年第4期。

源,山渎钟律之要,白鱼赤乌之符,黄银紫玉之瑞,事丰奇伟,辞富膏腴","无益经典,而有助文章"。因此,刘勰提出对待纬书的恰当态度是"芟夷谲诡,糅其雕蔚",删除纬书中谲怪、诡异的部分,吸取其中有助于文章写作的辞采。

以《离骚》为代表的《楚辞》是《诗经》之后兴起的伟大文学作品,但是汉人对此却有不同的看法。淮南王刘安在叙《离骚传》中,说:"《国风》好色而不淫,《小雅》怨诽而不乱,若《离骚》者,可谓兼之矣。蝉蜕浊秽之中,浮游尘埃之外,皭然泥而不滓。惟此志也,虽与日月争光可也。"既肯定了《离骚》"好色而不淫"、"怨诽而不乱"的感情基调,又肯定了屈原高洁的人格。班固对刘安的评价不予认可,认为言过其实。在《汉书·离骚序》中,班固一方面批评屈原"露才扬己、忿怼沉江"的行为不符合《诗经》中明哲保身的圣训;另一方面又说《离骚》的"多称昆仑冥婚、宓妃虚无之语,皆非法度之政,经义所载"。在《楚辞章句序》中,王逸对班固的观点进行了针锋相对的反驳。首先,王逸以为屈原"履忠被谮,忧悲愁思","依诗人之义,而作《离骚》",符合《诗经》上以讽谏君王,下以抒发郁闷以自慰的创作精神。其次,在王逸看来,人臣的大义是"以忠正为高,以伏节为贤"。屈原"膺忠贞之质,体清洁之性,直如砥矢,言若丹青,进不隐其谋,退不顾其命"属于"绝世之行,俊彦之英"。班固批评屈原"露才扬己"、"亏其高明,而损其清洁者"是不对的。第三,王逸列举《离骚》中的句子证明《离骚》是"依经立义"的。最后,王逸认为屈原"智盛言博、才多识远",所以去世以后名儒博达之士写作辞赋的时候"莫不拟则其仪表,祖式其模范,取其要妙,窃其华藻"。《离骚》可谓是"金相玉质,百世无匹,名垂罔极,永不刊灭者也"。除此之外,汉宣帝和扬雄也认为《离骚》符合《诗经》的精神。

以上是汉人对《楚辞》的基本认识。整体而言,刘安、王逸、汉宣帝、扬雄"举以方经",认为《楚辞》符合经的精神,对屈原和《楚辞》做出了肯定性的评价;班固认为屈原和《楚辞》在某些方面不符合经,做出了否定性的评价。尽管一褒一贬,但是都以经作为评价《楚辞》的准绳。那么,《楚辞》到底符合不符合经呢？这是摆在刘勰面前的一桩公案。刘勰提倡"宗经",自然要辨析清楚《楚辞》与经的异同,否则会发生淆乱,这是刘勰"辨骚"的逻辑起点。

## 二、"四异"有无贬义

在刘勰看来,以刘安、王逸代表的肯定派与班固代表的否定派都不够客观、公允,他们"褒贬任声,抑扬过实",属于"鉴而弗精,玩而未核者"。因此,为了做出客观、公允的评价,刘勰对《楚辞》和经进行了详细的比对。通过比对,刘勰发现《楚辞》与经有四同四异。"四同"表现在《楚辞》的"陈尧、舜的耿介,称汤、武之祗敬"符合经的典诰之体,"讥桀、纣之猖披,伤羿、浇之颠陨"符合经的规讽之旨,"虬龙以喻君子,云霓以譬谗邪"符合经的比兴之义,"每一顾而掩涕,叹君门之九重"符合经的忠怨之辞。"四异"表现在《楚辞》的"托云龙,说迂怪,丰隆求宓妃,鸩鸟媒娀女"属诡异之辞,"康回倾地,夷羿弹日,木夫九首,土伯三目"属谲怪之谈,"依彭咸之遗则,从子胥以自适"属狷狭之志,"士女杂坐,乱而不分,指以为乐,娱酒不废,沉湎日夜,举以为欢"属荒淫之意。

学者对刘勰用经衡量《楚辞》得出"四同四异"的结论没有什么争议,争议集中在刘勰的"四异"对《楚辞》有无贬义。王运熙、王元化、马宏山、张长青、牟世金、石家宜、卢盛江、李定广等学者认为刘勰对《楚辞》有贬义[①]。毕万忱、周振甫、韩潮初、张少康、韩泉欣、李金坤等

---

① 参见王运熙《刘勰为何把〈辨骚〉列入"文之枢纽"》(《光明日报》,1964 年 8 月 23 日);王元化《〈辨骚篇〉应归入〈文心雕龙〉总论》(《文心雕龙讲疏》,上海三联书店,2012 年,第 212 页);马宏山《〈文心雕龙·辨骚〉质疑》(《文史哲》,1979 年第 1 期);张长青、张会恩《刘勰"辨骚"真谛及其他》(《四川师院学报(社会科学版)》,1980 年第 4 期);牟世金《文心雕龙研究》(人民文学出版社,1995 年,第 201 页);石家宜《"变乎骚"是探得〈辨骚〉真义的钥匙》(《文心雕龙系统观》,江苏古籍出版社,2001 年,第 131—134 页);卢盛江《〈文心雕龙·辨骚〉辨析》(《古代文学理论研究　第七辑》,上海古籍出版社,1982 年);李定广、赵厚均《试论刘勰对楚辞的矛盾评价》(《江淮论坛》,2002 年第 3 期)。

学者认为刘勰对《楚辞》没有贬义①，将"四异"视为刘勰对楚辞的变、浪漫主义、独创性等特点的概括。

笔者认为刘勰对《楚辞》是有贬义的。首先，诡异之辞、谲怪之谈、狷狭之志、荒淫之意都是明显带有贬义的词②，刘勰怎么会用明显带有贬义的词表达褒义呢？其次，刘勰的评价是建立在对刘安、王逸、汉宣帝、扬雄的肯定与班固的否定的不满之上的，既然对肯定、否定都不满，必然得出折衷的看法，"折衷"也是刘勰撰写《文心雕龙》的指导原则，这就意味着刘勰只能得出有褒有贬的结论，"四同"是褒，"四异"必然有贬义，否则不是雷同于刘安、王逸、汉宣帝、扬雄的看法吗？如果那样刘勰怎么能够批评他们"褒贬任声，抑扬过实"呢？第三，说刘勰对《楚辞》有贬义，并不意味着对《楚辞》是全部否定，而是在整体肯定基础上的部分否定。对比"四同"、"四异"，可以发现，"四同"是根本性的，"四异"是局部性的。这从刘勰所举的例子中能够看出来，"四同"着眼于《楚辞》的体、旨、义、词等大的方面，"四异"着眼于《楚辞》的词、谈、志、意等局部问题。虽然"四同"、"四异"在数目上相同，但是两者所占的比重是非常悬殊的③。

---

① 参见毕万忱、李淼《刘勰对屈原作品浪漫主义特色的评价》(《吉林大学学报(社会科学版)》，1979 年第 6 期)；周振甫《谈刘勰的"变乎骚"》(《古代文学理论研究 第二辑》，上海古籍出版社，1980 年)；韩瑞初《〈辨骚〉新识——从博徒、四异谈到该篇的篇旨和归属》(《中州学刊》，1987 年第 6 期)；张少康《刘勰及其〈文心雕龙〉研究》(北京大学出版社，2010 年，第 73 页)；韩泉欣《〈文心雕龙·辨骚〉读解刍议》(《文心雕龙研究 第六辑》，学苑出版社，2005 年，第 168 页)；李金坤《〈辨骚篇〉"博徒"、"四异"正诠》(《文学遗产》，2004 年第 1 期)。

② 卢盛江、刘凌等对此做过详细的考辩，参见卢盛江《〈文心雕龙·辨骚〉辨析》(《古代文学理论研究 第七辑》，上海古籍出版社，1982 年)；刘凌《学术规范与"博徒"、"四异"释义纷争》(《古代文化视野中的文心雕龙》，吉林大学出版社，2010 年，第 96 页)。

③ 张志岳《〈文心雕龙·辨骚〉篇发微》曾指出："由于经典是被看作尽善尽美的原则来论述的，所以可以用为衡量文学作品的标准。凡是好的作品，主要总是能符合这个标准的；但具体的好作品，总不能象原则那样十全十美，或多或少总会有些出入的地方，屈原作品在和经典比较之下所出现的四异，正是属于这类性质的。"(《文学评论丛刊 第三辑》，中国社会科学出版社，1979 年)这是非常好的解释，但是由于作者没有区分否定与肯定的对象的不同，从而得出"上文所否定的，到了下文，却都基本上得到肯定了"的 (转下页)

那么,刘勰对《楚辞》的指摘是否合理呢? 一些学者之所以认为刘勰对《楚辞》没有贬义是因为在他们看来,《楚辞》是伟大的,通达的刘勰怎么会抹杀《楚辞》的巨大成就呢①? 即使一些认为有贬义的研究者也将此视为刘勰的"宗经"思想所致。事实果真如此吗? 答案是否定的。刘勰对《楚辞》的批评主要包括两个方面。诡异之辞和谲怪之谈可以看作是对《楚辞》的语言和思想有所不满,狷狭之志和荒淫之意可以看作是对屈原的人格提出批评。今人多以浪漫主义或者神话传说来肯定《楚辞》的诡异之辞和谲怪之谈,批评刘勰不能理解《楚辞》的浪漫主义。② 其实,这样的批评是不恰当的。因为《楚辞》不是按照浪漫主义的原则创作的,千年之前的刘勰更不可能按照西方现代浪漫主义的标准来衡量《楚辞》。众所周知,刘勰最欣赏的人物是孔子,而孔子是明确反对"怪、力、乱、神"(《论语·述而》)的。从《文心雕龙》可以看出,刘勰是比较理性的。比较理性的刘勰对《楚辞》中的"托云龙,说迂怪,丰隆求宓妃,鸩鸟媒娀女"、"康回倾地、夷羿彃日,木夫九首,土伯三目"等有所批评不是很正常吗? 至少在刘勰看来,《楚辞》可以写的更理性一些,不可以吗? 刘勰是在经受过汉代儒家意识形态的洗礼以后写作《文心雕龙》的,他自己又是儒家意识形态的积极倡导者,他对屈原的荒淫之意有所不满不是很自然吗? 刘勰所推崇的理想人物是孔子,孔子最欣赏的是中庸型人格③,刘勰对屈原的狷狭人格有所不满不是很自然吗? 今人多以以身殉国的爱国

---

(接上页)结论,这就不仅使原来的矛盾没有得到相应的解决,而且引起了新的矛盾,遭到了许多学者的批评。卢盛江《〈文心雕龙·辨骚〉辨析》也指出,"同于风雅者"四事在《离骚》中是贯串全篇,"异乎经典者"的四事,"狷狭之志"、"荒淫之意"是个别的,"诡异之辞""谲怪之谈"出现较多,但也没有贯串全篇。

① 韩湖初《文心雕龙·辨骚篇"四异"辨析》,《鲁东大学学报(哲学社会科学版)》,2010 年第 2 期。

② 相关争论见杨明照主编《文心雕龙学综览》,上海书店出版社,1995 年,第 150—152 页。

③ 《论语·子路》记载:"子曰:不得中行而与之,必也狂狷乎。狂者进取,狷者有所不为也。"明显表露出狂者和狷者是逊于"中行"的。

主义来褒扬屈原,殊不知以这一点来批评刘勰同样是不恰当的。① 刘勰批评屈原的狷狭之志主要是对屈原自沉汨罗江的行为不予认同。其实,这涉及到士人如何处世的问题。至少在原始儒者孔孟那里,在一个无道的社会一个智者是没有必要以身殉道的。因为在他们看来,在"强非其人"的环境下,臣子以身殉道不仅于事无补,而且会异化自己的生命。这也不是苟且偷生,而是不做无意义的牺牲。屈原就是明证,他的死并没有引起楚怀王和楚襄王的回心转意,也没有挽救楚国灭亡的命运。刘勰和班固要屈原"明哲保身"、"全身远害"绝不是要屈原做"不倒翁",而是出于对屈原生命的热爱。在真正的儒者看来,屈原的自杀是不可理解的了。② 我想在这一点上刘勰不是屈原的知音,也不可能是屈原的知音。相比较而言,王逸的解释就保守的多了。他只要求尽臣子之义,而不顾君王的现实情况,其中不乏希望君王理解臣子的良苦用心,但是单方面的忠义要求必然消解士人对君王的独立性。在中国古代,这两种思想一直争论不断,因为这不仅是一个理论问题,而且关系到士人如何抉择的实践问题。我想在这个问题上很难取得一致的意见。奇怪的是,近代以来学者对屈原的自杀行为却做出一致性的肯定。这未必是正常现象。因为有的人只是借屈原的自杀来表达一种高洁的品格和爱国的情怀,已经不能落实于实行了。学问一旦不能实行,就会出现言过其实的现象。这不应该引起学者的反思吗?

在我看来,刘勰是根据他对圣人经典的精神的理解来批评《楚辞》的,尽管他对经典的理解进行了理想化,但是有一点应该是确定的,那就是刘勰对屈原的批评是认真的,而不是像周振甫先生所说的

---

① 曹善春在《以身殉国何言"狷侠"——试论刘勰对屈原抱恨投渊的评价》(《咸宁师专学报》,1984年第1期)一文中,用孔子的"杀身以成仁"来反驳刘勰的批评,其实没有说服力,因为事实是,遍干诸侯而不遇的孔子并没有选择自杀,而且明确主张"天下有道则见,无道则隐"(《论语·微子》),"邦有道,则仕;邦无道,则可卷而怀之"(《论语·卫灵公》)。

② 李春青教授曾结合先秦诸子对屈原自杀的原因做过精彩的分析,参见《乌托邦与诗——中国古代士人文化与文学价值观》,北京师范大学出版社,1995年,第200—205页。

那样："刘勰有的话是装门面的,有的话是真心的。"①实践也证明,《文心雕龙》践行了刘勰对《楚辞》的批评,没有诡异之辞、谲怪之谈、狷狭之志和荒淫之意。我想在这一点上研究者可以不同意刘勰对《楚辞》的看法,但是不能曲解刘勰的原意以就我。

## 三、如何理解先贬后褒

如果"四异"有贬义,那如何解释刘勰对《楚辞》"观其骨鲠所树,肌肤所附,虽取镕经意,亦自铸伟辞……故能气往轹古,辞来切今,惊采绝艳,难与并能矣"的赞美呢?许多研究者正是不能理解这一点,从而得出了刘勰自相矛盾的结论。② 事实果真如此吗?答案是否定的。问题出在研究者没有充分把握刘勰的论述逻辑。

刘勰比较完《楚辞》与经的异同之后,进行了一个总结,说:"固知楚辞者,体宪于三代,而风杂于战国,乃雅颂之博徒,而词赋之英杰也。"这句话至关重要。首先,这是对《楚辞》的整体定位,"体宪于三代"是对《楚辞》继承经典精神的肯定,"风杂于战国"是对《楚辞》沾染战国风气的认识。正因为《楚辞》沾染了战国的风气,所以说它是"雅颂之博徒,而词赋之英杰"。"雅颂之博徒"否定了《楚辞》作为经的地位③,"词赋之英杰"是刘勰赋予《楚辞》的历史地位。"词赋之英杰"尤

---

① 周振甫《试论刘勰的宗经、辨骚问题》,《苏州大学学报(哲学社会科学版)》,1983年第 2 期。

② 王元化《文心雕龙讲疏》(上海古籍出版社,1992 年,第 212 页);李欣复《〈辨骚〉与"变乎骚"——兼谈刘勰文艺思想的矛盾》(《中州学刊》,1982 年第 6 期);石家宜《"变乎骚"是探得〈辨骚〉真义的钥匙》(《文心雕龙系统观》,江苏古籍出版社,2001 年,第 131—134页);成玚《重评〈文心雕龙·辨骚〉》(《中国文学研究》,1990 年第 3 期);卢永璘《刘勰称得上屈原的"知音"吗——〈文心雕龙·辨骚〉析疑》(《文心雕龙研究 第六辑》,学苑出版社,2005 年);李定广、赵厚均《试论刘勰对楚辞的矛盾评价》(《江淮论坛》,2002 年第 3 期)等皆主此说。

③ 大多数学者将这里的"博徒"理解为具有贬义的"赌博,人之贱者",将"雅颂之博徒"理解为"比起雅颂来显得卑微",这是符合刘勰原意的。韩湖初《〈辨骚〉新识——从博徒、四异谈到该篇的篇旨》(《中州学刊》,1987 年第 6 期)、李金坤《〈辨骚篇〉"博徒"、"四异"正诠》(《文学遗产》,2004 年第 1 期)等文将这里的"博徒"解释为具有褒义的"博 (转下页)

能传达出刘勰对《楚辞》的评价。非常巧的是,刘勰在《诠赋》中也将荀子、宋玉、枚乘、司马相如、贾谊、王褒、班固、张衡、扬雄、毛延寿的赋称为"辞赋之英杰"。这一用语的相同尤能凸显刘勰对《楚辞》的定位。其次,这句话具有承上启下的作用。承上是指这是对前面辨别骚与经的异同的回应,启下是指下面的论述将过渡到"词赋之英杰"。接着刘勰就分析了《楚辞》作为"词赋之英杰"表现在哪些方面。《楚辞》作为"词赋之英杰"最突出地表现在它"虽取镕经意,亦自铸伟辞",具体表现在《离骚》、《九章》的"朗丽以哀志",《九歌》、《九辩》的"绮靡以伤情",《远游》、《天问》的"瑰诡而慧巧",《招魂》、《招隐》的"耀艳而深华",《卜居》的放言之志,《渔父》的独往之才。刘勰认为这是《楚辞》能够"气往轹古,辞来切今,惊采绝艳,难与并能矣"的重要原因。

由此可见,刘勰对《楚辞》的贬义是与尽善尽美的经相比得出的,对《楚辞》的赞扬是从"词赋之英杰"的角度而言的。两者的角度不同,所以前贬后褒。① 而且,如前所述,"前贬"不是对《楚辞》的整体性否定,而是对其瑕疵的指摘;"后褒"并不意味着刘勰对《楚辞》没有微词,就像刘勰称荀子、宋玉、枚乘、司马相如、贾谊、王褒、班固、张衡、

---

(接上页)通诸艺、能言善辩之士"和"博雅通达的传人",缺乏说服力。李定广《求新先须求真——就〈辨骚〉"博徒"、"四异"新解问题与李金坤先生商榷》(《汕头大学学报(人文社会科学版)》,2005 年第 2 期)、刘凌《学术规范与"博徒"、"四异"释义纷争》(《古代文化视野中的文心雕龙》,吉林大学出版社,2010 年,第 96 页)对此做过有力的驳斥,可参看。魏然《读〈文心雕龙·辨骚〉》(《枣庄师专学报》,1984 年第 1 期)指出,刘勰"辨骚"的目的是为了辨明《离骚》等楚辞作品不能和儒家作品等量齐观,这是有道理的,但这并非最终目的,最终目的是如何正确地对待楚辞。董运庭的《论〈离骚〉称"经"与刘勰〈辨骚〉》(《重庆师范大学学报(哲学社会科学版)》,2006 年第 3 期)也指出刘勰否定了《楚辞》的经典地位,该文的局限是认为刘勰"辨骚"是为《楚辞》开启了重新寻找价值认同和价值定位的内在诉求,这完全违背了《辨骚》依经论骚的事实。

① 张长青、张会恩《刘勰"辨骚"真谛及其他》(《四川师院学报(社会科学版)》,1980年第 4 期)提到刘勰论述角度的不同,但是将这种不同理解为"前者主要是从屈原作品的思想内容来说的,后者主要是从屈原作品的艺术特征和艺术风格来说的"。这既割裂了思想内容与艺术形式的辩证统一,也没有揭示两者论述角度的实质性差异。

扬雄、毛延寿的赋为"辞赋之英杰",但对他们的赋有所不满一样①。这里的褒是在剥离掉《楚辞》的经典地位以后对其在词赋上的巨大成就的肯定。两者并不矛盾。一些研究者由于没有意识到刘勰论述角度的转变,得出刘勰自相矛盾的结论是不符合事实的。

## 四、《辨骚》的主旨

对经与骚异同的辨析,使一些学者认为《辨骚》的目的是为了"翼圣尊经"②或者"崇经抑骚"③,或者认为是楚辞论④。这些理解都不够准确。如前所述,刘勰《辨骚》的根本目的是为了解决当代文学创作的弊病,所以《辨骚》的落脚点必然落在当代文学创作如何对待《楚辞》上⑤。事实也是这样。刘勰论述完《楚辞》的巨大成就后,分析了

---

① 比如《诠赋》说宋玉的赋"实始淫丽",《才略》批评司马相如"洞入夸艳"、"理不胜辞"、"文丽用寡",《程器》批评扬雄、司马相如"有文无质",《情采》说"昔诗人什篇,为情而造文;辞人赋颂,为文而造情。……为情者要约而写真,为文者淫丽而泛滥。……远弃《风》、《雅》,近师辞赋,故体情之制日疏,逐文之篇愈盛",等等。

② 刘永济《文心雕龙校释》,中华书局,2007 年,第 11 页;王更生《文心雕龙研究》,台北文史哲出版社,1989 年,第 290 页。

③ 敏泽《中国文学理论批评史》,人民文学出版社,1981 年,第 190 页;魏然《读〈文心雕龙·辨骚〉》,《枣庄师专学报》,1984 年第 1 期。

④ 牟世金《文心雕龙研究》,人民文学出版社,1995 年,第 196 页;郭晋稀《文心雕龙注译》,甘肃人民出版社,1982 年,第 43 页;赵仲邑《文心雕龙译注》,漓江出版社,1982 年,第 44 页。

⑤ 马宏山在《〈文心雕龙·辨骚〉质疑》(《文史哲》,1979 年第 1 期)、《论〈文心雕龙〉的纲》(《中国社会科学》,1980 年第 4 期)中指出,《辨骚》的主旨是为了指导后世作家如何"效骚命篇",这本是非常深刻的见解,但是由于马先生坚持刘勰是"以佛统儒,佛儒合一"论者,导致其洞见大打折扣。同时,马先生将"凭轼以倚《雅》、《颂》,悬辔以驭楚篇,酌奇而不失其真,玩华而不坠其实"理解为"如果谁要按照刘勰所提出的'凭轼以倚《雅》、《颂》,悬辔以驭楚篇'的原则和'酌奇'、'玩华'的作法去'效《骚》命篇',那势必只能写出在形式上装点一些新奇,而在内容上是纯粹儒家经典思想的作品,即诗必孔丘之旨归,赋乃儒家之义疏这种'辞趣一拱'的东西罢了,那么文学还能有什么'推陈出新'呢?"这样的解释完全不符合刘勰的原意。孙蓉蓉《"宗经"还是"重文"——刘勰〈文心雕龙·辨骚〉篇辨析》(《古代文学理论研究 第二十一辑》,华东师范大学出版社,2003 年)认为《辨骚》篇的主旨不是"宗经",而是"重文",这是有道理的,但是认为刘勰的《宗经》是"装点门面"却是没有根据的,刘勰的"宗经"是为了发掘经典中有助于文学创作的思想。

《楚辞》产生的广泛影响，云："自《九怀》以下，遽蹑其迹……是以枚、贾追风以入丽，马、扬沿波而得奇，其衣被词人，非一代也。"但这些影响是否都是正面的呢？答案是否定的。不同的学习者关注《楚辞》的不同部分，"才高者菀其鸿裁，中巧者猎其艳辞，吟讽者衔其山川，童蒙者拾其香草"，才华高的人学习《楚辞》宏大的体裁，中等才华的人猎取《楚辞》华丽的辞采，吟咏讽诵者衔取《楚辞》中描绘的山川，童蒙者拾取《楚辞》中的香草。在刘勰看来，这些都不是学习《楚辞》的正确方法，这是后世逐奇、玩华等文弊产生的重要原因。《序志》云："文体解散，辞人爱奇，言贵浮诡，饰羽尚画，文绣鞶帨，离本弥甚，将遂讹滥。"《定势》云："是以模经为式者，自入典雅之懿；效骚命篇者，必归艳逸之华。"《宗经》云："建言修辞，鲜克宗经，是以楚艳汉侈，流弊不还。"针对于此，刘勰提出对待《楚辞》的正确态度是："凭轼以倚《雅》、《颂》，悬辔以驭楚篇，酌奇而不失其真，玩华而不坠其实。"就是用经的精神驾驭《楚辞》，酌取它的奇异之处而不丢失其正，玩味它的华美文辞而不坠落其坚实的内容。[①] "凭轼以倚《雅》、《颂》，悬辔以驭楚篇"是刘勰确立的对待《楚辞》的总原则，"酌奇而不失其真，玩华而不坠其实"是学习《楚辞》的具体方法。"凭轼以倚《雅》、《颂》，悬辔以驭楚篇"显然是针对过去"远弃风雅，近师辞赋"（《情采》）的创作倾向而言的，"酌奇而不失其真，玩华而不坠其实"显然是针对后世学习《楚辞》而出现"酌奇而失真"、"玩华而坠实"的现象而发的。综合起来看，刘勰的这一方法是非常全面的，"倚经驭骚"既贯彻了他"宗经"为文的创作原则，又能避免片面"效骚命篇"产生的艳逸之病；"酌奇而不失其真，玩华而不坠其实"既肯定了对楚辞奇异、华丽之处的汲取，又扬弃了"酌奇而失真"、"玩华而坠实"的偏颇，是非常辩证的。在刘勰看来，如果能够做到这一点，就可以轻松地驾驭辞采和驱遣情致

---

① 这里的"其"显然代指《楚辞》，但戚良德《文心雕龙校注通译》（上海古籍出版社，2008年，第53页）、张国庆、涂光社《〈文心雕龙〉集校、集释、直译》（中国社会科学出版社，2015年，第90页）都将其翻译为《诗经》和经典，不知何故。

了,也就不需要向司马相如、王褒等汉代的辞赋家乞求灵感和恩宠了。

其实,《序志》中的"变乎骚"也能帮助我们理解《辨骚》的主旨。"变乎骚"是什么意思呢? 学者对此有不同的理解。王运熙、马宏山等学者认为这里的"变"是变化、变更的意思,就是扬弃《楚辞》的谲怪、夸诞等弊病。① 周振甫、张少康等先生认为这里的"变"是从《楚辞》中研究文学的新变之道。② 笔者认为这两种观点都不够全面。"变乎骚"至少包括两层意思,一是从消极方面来说,就是"扬弃"《楚辞》中的"四异",这是前一种理解的贡献,也是刘勰辨别"四异"的目的;二是从积极方面来说,就是变化《楚辞》,使其成为当代文学创作的重要资源。其中当然包括《楚辞》变化经典的成功经验,但是又不限于此。"酌奇而不失其真,玩华而不坠其实"明确主张酌取《楚辞》的奇、正、华、实,包含的内容是多方面的。这里的"酌"和"玩"绝不是指对《楚辞》的简单模拟和剽窃,而是《通变》中讲的,通过"斟酌乎质文之间,櫽括乎雅俗之际",使《楚辞》的精华当代化,实现《楚辞》的当代意义。一些学者之所以难以理解"变乎骚"的真谛,一个重要原因是他们将《序志》中的"本乎道,师乎圣,体乎经,酌乎纬,变乎骚"和《文心雕龙》中的《原道》、《征圣》、《宗经》、《正纬》、《辨骚》简单地等同起来。这样做显然不够严谨。正如蔡印明的《〈文心雕龙·辨骚〉析疑》所说,《原道》、《征圣》、《宗经》、《正纬》、《辨骚》概括的是文章的标题,表明的是文章的外部现象;"本乎道,师乎圣,体乎经,酌乎纬,变乎骚"反映的是文章的内在联系,也就是每一篇的中心思想和主题③。两者的论述角度存在一定的差异,并不完全相同。蔡先生是较早地意识到《辨骚》篇贯彻着标题的"辨"和主题的"变"两条线索,但是由

---

① 参见王运熙《刘勰为何把〈辨骚〉列入"文之枢纽"》(《光明日报》,1964 年 8 月 23 日),马宏山《〈文心雕龙·辨骚〉质疑》(《文史哲》,1979 年第 1 期)。

② 参见周振甫《谈刘勰的"变乎骚"》(《古代文学理论研究 第二辑》,上海古籍出版社,1980 年);张少康《刘勰及其〈文心雕龙〉研究》(北京大学出版社,2010 年,第 73 页)。

③ 齐鲁书社编《文心雕龙学刊·第一辑》,齐鲁书社,1983 年,第 203 页。

于他认为"四异"对《楚辞》没有贬义就使标题的"辨"失去了落脚点；同时,将"变乎骚"理解为总结、吸取楚辞新变中的经验,也就窄化了"变"的丰富内涵,从而失去了准确把握《辨骚》篇主旨的机会。

　　相比较而言,还是王运熙先生的"酌骚"说比较符合《辨骚》的主旨。他说:"《辨骚》实际上是酌骚。在对骚赋与'五经'进行具体比较、剖析其同异之后,刘勰认为在不违背'五经'雅正文风的前提下,应当尽量酌取楚辞的奇辞丽采,做到奇正相参,华实并茂。"①由于王先生没有对《辨骚》中的争议焦点予以详尽的阐释,使得这一说法没有获得广泛的认可。本文正是在疏解《辨骚》篇的争议焦点的基础上,澄明刘勰《辨骚》的主旨。

　　在笔者看来,《辨骚》的逻辑是这样的:先辨别《楚辞》的历史地位,然后提出对待《楚辞》的正确方法。这两者是辩证统一的。只有先辨析清楚《楚辞》的历史地位才能确定对待它的正确方法,只有懂得了对待《楚辞》的正确方法,辨析《楚辞》与经的异同才有了着落。换言之,"辨"是"变"的前提和基础,"变"是"辨"的目的和归宿。刘勰的论述逻辑非常严谨,并不存在什么矛盾,所谓的矛盾是研究者在不达刘勰的行文逻辑的情况下进行的主观推论,并不符合事实。

（人民文学出版社古典文学编辑室）

---

　　① 王运熙《〈文心雕龙〉的宗旨、结构和基本思想》,《复旦学报》,1981 年第 1 期。

# 试论"象"与文之起源关系

## ——以《文心雕龙》之《原道》篇为例

刘爱丽

**内容摘要**：道乃万物之母，道生天生地，天垂"象"，地含"章"，这些"象"或"章"，自然形成"天地之文"。乃至一切自然万物，因具有外在的形态美，而本身便蕴含了"文"。在此，"形文"产生的过程昭然若揭，道生万物，有物便有象，有象乃有文。"人文"同样与"象"关系紧密，其产生亦离不开对天地万物之"象"的仿效，是圣人"象天地，效鬼神"的结果。显而易见，"道"、"象"关系十分密切，"文"之起源与二者不无关联。

**关键词**："道"；"象"；"形文"；"人文"

# Discussion on the Relationship between Natural Image and the Origin of the Article
## — Taking The Literary Mind and the "Yuandao" in *Carving of Dragons*

**Liu Aili**

**Abstract**：Tao is Source of all things and gave birth to the haven and the earth. The sky shows celestial phenomena and the earth has "Zhang". These celestial phenomena and "Zhang" form "Wen" of heaven and earth naturally. And all of nature，because of the external form of beauty，and itself contains "Wen". Hereon，"XingWen" production process is obvious. Tao gave birth to natural things，natural beings has an natural image，and the natural image is the "Wen". At the same time，the humanities culture and the natural image is closely related，It cannot be produced without the imitation of the image of the universe. It is the result that Saint imitate heaven and earth，even learn from Ghosts and gods. Obviously，the relationship between the Tao and the natural image is very close and the origin of the "Wen" is strongly associated with them.

**Keywords**：Tao；natural image；"XingWen"；the humanities culture

高诱在《淮南子注》中对"原道"的解释为：原，本也。本道根真，包裹天地，以历万物，故曰"原道"，因以题篇。[①] 与此相类，《文心雕龙》的"原道"也是"本道根真"，旨在探究文之起源。刘勰《文心雕龙·序志》说："盖《文心》之作也，本乎道，师乎圣，体乎经，酌乎纬，变乎骚，文之枢纽，亦云极矣。"[②]然而刘勰在对文进行"振叶以寻根，观澜而索源"[③]的同时，还有意识地引入了"象"这一内涵，并结合"道"来一起阐释了文的起源及其发展历程。

## 一、《原道》之"象"

"象"具有多层含义，刘勰对"象"也情有独钟，让它多次出现在《文心雕龙》中。据笔者统计，除去《论说》篇中文人"郭象"的"象"字，"象"在文中出现了二十八次，涵盖十八个篇章。"象"在文中分别出现的次数是：《原道》、《征圣》、《书记》各三次；《神思》、《情采》、《比

---

① 张双棣《淮南子校释》，北京大学出版社，2013 年，第 2 页。
② 刘勰著，范文澜注《文心雕龙注》，人民文学出版社，1958 年，第 727 页。
③ 刘勰著，范文澜注《文心雕龙注》，人民文学出版社，1958 年，第 726 页。

兴》、《隐秀》各两次；《宗经》、《诠赋》、《谐隐》、《诏策》、《通变》、《事类》、《练字》、《养气》、《物色》、《才略》及《知音》各一次。在诸多"象"中，其含义也不尽相同，有作为名词的物象、卦象、《象》辞、意象、形象、方法之意；也有作为动词的体现与描摹之意；另外还有作为修辞手法的比喻等意。《原道》三"象"出处如下：

1. 文之为德也大矣，与天地并生者何哉？夫玄黄色杂，方圆体分，日月叠璧，以垂丽天之象；山川焕绮，以铺理地之形；此盖道之文也。①

2. 人文之元，肇自太极，幽赞神明，《易》象惟先。庖牺画其始，仲尼翼其终。而《乾》、《坤》两位，独制《文言》，言之文也，天地之心哉！若乃河图孕乎《八卦》，洛书韫乎《九畴》，玉版金镂之实，丹文绿牒之华，谁其尸之，亦神理而已。②

3. 取象乎《河》、《洛》，问数乎蓍龟，观天文以极变，察人文以成化。③

第一处文字居于《原道》开篇，意在论述"形文"与"象"的关系。根据文意此处的"象"解释为"物象"。在《文心雕龙》中，"神用象通，情变所孕"④(《神思》)，"席卷以方志固，凡斯切象，皆比义也"⑤(《比兴》)，"纷哉万象，劳矣千想"⑥(《养气》)，"流连万象之际，沉吟视听之区"⑦中的"象"都是"物象"的意思。在此处文字中，刘勰认为"文"是与"天地并生"的，有了天地，就有天地之象（或形），而天地之象（或形）就是天地之"文"（纹）。

---

① 刘勰著，范文澜注《文心雕龙注》，人民文学出版社，1958年，第1页。
② 刘勰著，范文澜注《文心雕龙注》，人民文学出版社，1958年，第2页。
③ 刘勰著，范文澜注《文心雕龙注》，人民文学出版社，1958年，第3页。
④ 刘勰著，范文澜注《文心雕龙注》，人民文学出版社，1958年，第495页。
⑤ 刘勰著，范文澜注《文心雕龙注》，人民文学出版社，1958年，第601页。
⑥ 刘勰著，范文澜注《文心雕龙注》，人民文学出版社，1958年，第647页。
⑦ 刘勰著，范文澜注《文心雕龙注》，人民文学出版社，1958年，第693页。

第二处文字居于《原道》第二段的开篇,意在论述"人文"与"象"的关系。在此,"象"是"卦象"的意思。其他诸如"四象精义以曲隐"①(《征圣》),"取象于夬,贵在明决而已"②(《书记》),"赜象穷白,贵乎反本"③(《情采》),"夫隐之为体,义生文外,秘响傍通,伏采潜发,譬爻象之变互体,川渎之韫珠玉也。故互体变爻,而化成四象"④(《隐秀》)中的"象"都是"卦象"的意思。在此,刘勰提出,八卦是庖牺效法《河图》⑤而作("若乃河图孕乎《八卦》")。众所周知,最早的人文是《易》象,而八卦是《易》象最初的表现形式。意思再明白不过,刘勰旨在告诉人们最早的人文八卦源自于对神秘自然现象《河图》的效仿。一言以蔽之,人文的产生也是效法自然万象的结果。

第三处文字出现在《原道》第三段,在此,"象",即"效法"的意思。在《文心雕龙·宗经》中:"故象天地,效鬼神,参物序,制人纪"中的"象"也取效法之意。"取象乎《河》、《洛》"与第二处文字"若乃河图孕乎《八卦》,洛书韫乎《九畴》"相照应,都是说八卦是效法《河图》而作,而《九畴》是效法《洛书》而来。显然,此处文字再次强调了"人文"的产生离不开对自然万象的效法。

且看第一处是"以垂丽天之象"中的"象",其意思是"物象",在《文心雕龙》中,取"物象"之意的"象"计有五个;第二处"《易》象惟先"中的"象"取"卦象"之意,在全文中具有此意的"象"有六个;第三处"取象乎《河》、《洛》"的"象"是"效法"的意思,在全文中,具有此意的"象"有两个;综合而言,取"物象"、"卦象"、"效法"之意的"象"共有13个,占《文心雕龙》"象"总数(28个)将近一半,由此可见刘勰对"物

---

① 刘勰著,范文澜注《文心雕龙注》,人民文学出版社,1958年,第16页。
② 刘勰著,范文澜注《文心雕龙注》,人民文学出版社,1958年,第455页。
③ 刘勰著,范文澜注《文心雕龙注》,人民文学出版社,1958年,第538页。
④ 刘勰著,范文澜注《文心雕龙注》,人民文学出版社,1958年,第632页。
⑤ 《河图》、《洛书》有些神秘,王充《论衡·自然》:"河出图,洛出书,……此皆自然也。夫天安得以笔墨为图书乎? 天道自然,故图书自成。"(王充《论衡》,上海古籍出版社,1990年,第176页)可见,王充认为《河图》、《洛书》是自然的产物,属于自然现象。笔者借鉴王充的观点,在此也把《河图》、《洛书》看作一种神秘的自然现象。

象"以及"取象"的熟悉程度非同一般。

另外,结合"象"的具体语境来分析,第一处论述的是"形文"与"象"的关系,旨在告诉人们"形文"与自然物象难脱关系;第二处、第三处论述的是"人文"与"象"的关系,刘勰通过易《象》产生原因的阐释,意在说明"人文"的产生也离不开对自然万象的效仿或模拟。

通过以上分析,我们可以得知,"象"对于《原道》意义十分重大,涉及到"文"之起源问题。笔者认为,在追溯文之起源时,一方面不能离开"道"来谈"文",另一方面,也不能离开"象"来谈"文"。以下笔者结合《原道》篇,详细论述"文"之起源与发展及其与"道"、"象"的关系。

## 二、"形文"的产生与"象"

刘勰在《原道》中将文分为"自然之文"与"人文","自然之文"又分为"形文"与"声文"。"声文"主要指自然界发出的声响,如"林籁结响,调如竽瑟;泉石激韵,和若球锽"①等;"形文"则侧重于自然万物呈现的形态美,天有美丽景"象",因有"天"文:"夫玄黄色杂,方圆体分,日月叠璧,以垂丽天之象"②;地有绮丽外"形",故有地"文":"山川焕绮,以铺理地之形"③;不光是天地,自然万物都有其外在形态美,因此自然万物都有"文":"傍及万品,动植皆文"④。那"形文"的产生过程是怎样的呢?刘勰开宗明义地指出"形文"是与天地"并生"的,那天地是怎么来的? 当然天地是由道生成的,道"先天地生","为天下母"。老子曰:

> 有物混成先天地生,寂兮寥兮,独立不改。周行而不殆。可以为天下母。吾不知其名,字之曰道。⑤

老子又说:

---

① ② ③ ④   刘勰著,范文澜注《文心雕龙注》,人民文学出版社,1958年,第1页。
⑤   王弼注《老子注》,中华书局,1978年,第14页。

道生一，一生二，二生三，三生万物。①

刘勰继承老子的说法，把"丽天之象"与"理地之形"称为"道之文"，意即这些天象与地形都是道的纹章（或体现），显然道生天地的思想不言而喻。"道"为天地之根，万物之母。宇宙万物都是由"道"生成，在世界形成之初，天地未分，尚处于一片混沌状态，即刘勰所谓的"玄黄色杂"。《周易·坤·文言》曰："夫玄黄者，天地之杂也"②，后天地从"玄黄色杂"的混沌状态中逐渐分离出来，各自为天为地。《文子·十守》云：

老子曰：天地未形，窈窈冥冥，浑而为一，寂然清澄。重浊为地，精微为天。③

王充在《论衡·谈天》中也说：

说《易》者曰："元气未分，混沌为一。"儒书又言："溟涬濛澒，气未分之类也。及其分离，清者为天，浊者为地。"④

"重浊为地，精微为天"以及"清者为天，浊者为地"都是指天地的分离并最终形成，即刘勰所说的"方圆体分"。"道"生宇宙万物时，总是先生天地，次生万物。刘勰继承了此说法，他先说天地之形成，后说万物之诞生；先说天地之文，次说"万品"、"动植"等文。且看"天地"之文：

夫玄黄色杂，方圆体分，日月叠璧，以垂丽天之象；山川焕绮，以铺理地之形：此盖道之文也。

刘勰把天地摆脱混沌状态之后，各自显现出的天容（丽天之象）与地貌（理地之形）称为"道之文"。《周易·系辞上》有"在天成象，在

---

① 王弼注《老子注》，中华书局，1978年，第26页。

② 王弼注，孔颖达疏《周易正义》，《十三经注疏》，北京大学出版社，2000年，第39页。

③ 辛妍著，杜道坚注《文子》，上海古籍出版社，1989年，第17页。

④ 王充《论衡》，上海古籍出版社，1990年，第107页。

地成形"①以及"仰以观于天文,俯以察于地理。"②之说。《正义》曰:"'仰以观于天文,俯以察于地理'者,天有悬象而成文章,故称文也,地有山川原隰,各有条理,故称理也。③在此,刘勰所谓的"文"即"纹"。《周易·系辞下》曰:"物相杂,故曰文。"④《礼记·乐记》曰:"五色成文而不乱。"⑤《释名》对"文"的解释为:"文,文也,会集众彩以成锦绣。会集众字以成辞义,如文绣然也。"⑥许慎在《说文解字》曰:"文,错画也。象交文。今字作纹。"⑦段玉裁对"文:错画也"作了注释:"错,当作逪。逪画者,逪道之画也。"⑧由此可知,"文"取"纹"意,本指物体所具有的纵横交错的纹饰。《周易正义》曰:"天有悬象而成文章,故称文也。"⑨此处的"文章"亦可写作"纹章",因此称为"文"。这时,我们再去理解刘勰所说的"丽天之象"与"理地之形"就是"道之文"就容易多了。刘勰的意思是说,在道生天地之后,天地自然呈现出的纹饰,就像天地的美丽"文采",因此说天地本身就蕴含着"文"(纹),加之天地万物均由"道"所生,因此称为"道之文"。换言之,则是"天象"与"地形"都是"道"的纹络彰显,故曰"道之文(纹)"。在此,刘勰影射了这样的关系,"道"中有"象"与"文"(纹)的存在,"道"是"象"的根源,"象"与"文"是"道"的具体表现形式。

以天地为由头,刘勰进而引申到整个自然界,并认为一切自然万物都是含有"文"(纹)的,他说:

---

① 王弼注,孔颖达疏《周易正义》,《十三经注疏》,北京大学出版社,2000年,第303页。

② 王弼注,孔颖达疏《周易正义》,《十三经注疏》,北京大学出版社,2000年,第312页。

③⑨ 王弼注,孔颖达疏《周易正义》,《十三经注疏》,北京大学出版社,2000年,第313页。

④ 王弼注,孔颖达疏《周易正义》,《十三经注疏》,北京大学出版社,2000年,第375页。

⑤ 郑玄注,孔颖达疏《礼记正义》,《十三经注疏》,北京大学出版社,2000年,第1293页。

⑥ 刘熙《释名》,中华书局,1985年,第51页。

⑦⑧ 许慎撰,段玉裁注《说文解字注》,上海古籍出版社,1981年,第425页。

> 傍及万品，动植皆文：龙凤以藻绘呈瑞，虎豹以炳蔚凝
> 姿，云霞雕色，有逾画工之妙；草木贲华，无待锦匠之奇。

纵观自然万物，"龙凤"的羽翼有彩色的花纹，"虎豹"的皮毛有斑斓的纹理，云霞有美妙的色彩，草木有瑰丽的花朵……自然外物都具有外在的"纹饰"之美，因此也有"文"。这正如陆侃如、牟世金所指出的："他认为日月山川、龙凤虎豹、云霞草木，从物到人，都是有其物必有其形，有其形则有其自然形成之美。这种自然美，刘勰叫做'道之文'。"①詹瑛也持类似的观点，他在《文心雕龙义证》中对"道之文"评注道：

> 刘永济《文心雕龙原道篇释义》："'文'之本训为迳道，故凡经纬错综者，皆曰文，而经纬错综之物，必繁缛而可观。故凡华采铺萘者，亦曰文。惟其如此，故大而天地山川，小而禽鱼草木，精而人纪物序，粗而花落鸟啼，各有节文，不相凌乱者，皆自然之文也。然则道也，自然也，文也，皆弥纶万品而无外，条贯群生而靡遗者也。"这里所谓"道之文"，即天地之文，亦即自然之文。这是说：以上这些现象都是大自然的美丽的文采。②

总之，刘勰"文"起源于道的思想，是对老子道生万物思想的继承。刘勰所揭示的"形文"产生过程也即天地万物生成过程。道衍生万物后，世界最初处于"玄黄色杂"的混沌状态，接着由混沌而分离开来，即"方圆体分"，最后天地各自呈象（或形）："丽天之象"与"理地之形"，这时天地就有了文，是为"形文"。显然，刘勰突出强调了"象"与"文"的关系，自然因具美丽景象而自成文章，即刘勰所说的"故形立则章成矣"③。在此，"刘勰很技巧地利用'文'这个字的多义性，以强

---

① 陆侃如、牟世金《文心雕龙译注》，齐鲁书社，1995年，第95页。
② 詹瑛《文心雕龙义证》，上海古籍出版社，1989年，第4页。
③ "章"与"文同，均指错综复杂的花纹或色彩，《周礼·考工记》曰：画绩之事……青与赤谓之文，赤与白谓之章。"

调文学与其他形式或纹饰间的模拟"①。

## 三、"人文"的产生与"象"

"人文"是指表现人类心灵的文学。人是"人文"的核心要素,"人文"必然离不开人的参与。这一点,刘勰最清楚不过,他用这样的文字论述"人文"的产生过程:

> 仰观吐曜,俯察含章,高卑定位,故两仪既生矣。惟人参之,性灵所钟,是谓三才。为五行之秀,实天地之心,心生而言立,言立而文明,自然之道也。②

"人文"产生于有了天地与人类之后,天地业已形成("两仪既生"),人仿效天地("惟人参之"),从而创造了"人文"("心生而言立,言立而文明")在此,笔者把"惟人参之"的"参"理解为"仿效",即"惟人参之"就是仿效天地的意思。笔者理由如下:

扬雄曰:"言,心声也;书,心画也。"③是说言语能体现人的心声,文字能体现人的心志。刘勰则曰人乃"天地之心",即是说人是天地意志的体现。刘勰还认为"人文"的产生是"心生而言立,言立而文明"的过程。在这里,"心"最能说明问题。王元化早已意识到"心"的重要性,他说:"在刘勰的文学起源论中,'心'这一概念是最根本的主导因素。从'心生而言立,言立而文明'这个基本命题来看,他认为"文"产生于'心'。"④"文"产生于"心",那是凭空产生的吗?当然不是,应是受物的触动使然。音乐便是由"物触"、"心生"而来,《礼记·乐记》曰:"凡音之起,由人心生也。人心之动,物使之然也。"⑤刘勰

---

① 刘若愚著,杜国清译《中国文学理论》,江苏教育出版社,2006 年,第 30 页。
② 刘勰著,范文澜注《文心雕龙注》,人民文学出版社,1958 年,第 1 页。
③ 扬雄《法言》,中华书局,1985 年,第 14 页。
④ 王元化《文心雕龙讲疏》,上海古籍出版社,1992 年,第 62 页。
⑤ 郑玄注,孔颖达疏《礼记正义》,《十三经注疏》,北京大学出版社,2000 年,第 1251 页。

曰:"物色之动,心亦摇焉"①(《物色》)事实上,一切文学艺术都是在心与物的交汇碰撞中产生的。刘勰所谓"心生而言立,言立而文明"应暗含了物使"心生"这一内涵。而根据"心生而言立,言立而文明"的位置在"为五行之秀,实天地之心"之后,可以得知,令人"心生"的物不是别的,正是"天地"。刘勰的意思再明白不过,人是"天地之心",因受到天地的触动,于是仿效天地而谋篇作文,"人文"由此产生。罗宗强先生就认为"人文"是仿效"天地"而来,他在《释"惟人参之"》指出:"彦和谓天地有文,人参文,人亦有文,故《赞》谓:'天文斯观,民胥以效。'这'天文斯观、民胥以效',乃是彦和论天文、人文之基本观点,人文乃仿效天文而来,是则论述天地有文采之后,论人亦有文,仿效的意义自亦不言而在其中。这样,'惟人参之'就存在着另一种解释,即:人仿效天地。"②

仿效天地,其实就是效法天地之象,《系辞上》曰:"圣人有以见天下之赜,而拟诸其形容,象其物宜,是故谓之象。"③"拟诸其形容,象其物宜"简言之"观物取象",即通过观察自然物象,模拟其形体与相貌,从而喻示其中的道理。这是一种凭借直觉思维从整体上直观掌握事物的方式,"使得古人在不离形相的思考中,使自觉认识实现对有形之迹的超越"④。根据传说,包牺氏创造八卦图时采用的便是这一法则:

> 古者包牺氏之王天下也,仰则观象于天,俯则观法于地,观鸟兽之文,与地之宜,近取诸身,远取诸物,于是始作八卦,以通神明之德,以类万物之情。⑤

---

① 刘勰著,范文澜注《文心雕龙注》,人民文学出版社,1958年,第693页。

② 罗宗强《释"惟人参之"》,《国学研究 第四卷》,北京大学出版社,1997年,第261页。

③ 王弼注,孔颖达疏《周易正义》,《十三经注疏》,北京大学出版社,2000年,第323页。

④ 汪涌豪《中国文学批评范畴及体系》,复旦大学出版社,2007年,第549页。

⑤ 王弼注,孔颖达疏《周易正义》,《十三经注疏》,北京大学出版社,2000年,第350—351页。

包牺氏统治天下时，效天法地，并细心观察鸟兽等物象，模拟其外在形态，最终完成八卦图。而刘勰则认为，八卦图的产生是伏羲氏①效法河图而作，即"河图孕乎《八卦》，洛书韫乎《九畴》"②，"取象乎《河》《洛》，问数乎蓍龟"③。

八卦是伏羲氏根据《河图》抑或是观天法地（仰则观象于天，俯则观法于地），说法不一，但二者均是"观物取象"思想的体现。因为尽管《河图》《洛书》有几分神秘，仍是一种自然现象。由此可见，八卦起源论的两种说法异调同旨，均强调了八卦的产生是效法自然、"观物取象"的结果。

不仅是最早的"人文"八卦图，事实上，刘勰认为儒家经典大多是孔子等圣人通过仔细观察天地自然万物的变化法则，用心模拟，精心创作而来：

> 取象乎《河》《洛》，问数乎蓍龟，观天文以极变，察人文以成化。④（《原道》）

> 经也者……故象天地，效鬼神，参物序，制人纪。洞性灵之奥区，极文章之骨髓者也。⑤（《宗经》）

王夫之也认为象无处不在，无处不有，六经便是圣人模拟自然万象而作："乃盈天下而皆象矣。《诗》之比、兴，《书》之政事，《春秋》之名分，《礼》之仪，《乐》之律，莫非象也。"⑥章学诚也指出："象之所包广矣，非徒《易》而已，六艺莫不兼之。"⑦由此看来，象对文的产生具有非同寻常的意义，儒家经典作品便与象密切相关，这正如朱人求在《儒家文化哲学研究》中指出的："'象'就是'文化意象'，它源于天地万物

---

① 伏羲氏即包牺氏。
② 刘勰著，范文澜注《文心雕龙注》，人民文学出版社，1958年，第2页。
③ 刘勰著，范文澜注《文心雕龙注》，人民文学出版社，1958年，第3页。
④ 刘勰著，范文澜注《文心雕龙注》，人民文学出版社，1958年，第2—3页。
⑤ 刘勰著，范文澜注《文心雕龙注》，人民文学出版社，1958年，第21页。
⑥ 陈玉森、陈宪猷撰《周易外传镜诠》，中华书局，2000年，第833页。
⑦ 章学诚著，叶瑛校注《文史通义校注·易教下》，中华书局，1994年，第18页。

人间万象,是每一个具体的心灵都能感知的现实存在,但圣人能有效地发掘出其中的'意义母题',并使它抽象为'文化意象',抽象为一种文化的'理想型式',六经的内容正是这些'文化意象'的结晶。"①

# 四、结语

由以上可知,刘勰在《原道》篇详细地论述了文之起源过程,并很好地阐释了"道"、"象"、"文"三者之间的关系。

显然,刘勰所谓的"道"非儒家之道,而是老庄的自然之"道"。"道"作为万物之根源,它通过阴阳的交替作用而衍生万物。天地最初是"青黄色杂"的混沌状态,最后清气冉冉上升是为天,浊气缓缓下沉是为地。天地各自呈现出的"丽天之象"与"理地之形"就是天地之文(纹)。在此,刘勰论述了"形文"的起源过程,即道生天地,天地呈象,呈现出的美丽景象即是文(纹)。简言之,则是道中有"象","道"中有文。刘勰"道中有象"的思想仍可从老子之道中找到答案,老子曰:"道之为物,惟恍惟惚。惚兮恍兮,其中有象;恍兮惚兮,其中有物。"②老子认为道无形无状,如惚如恍,让人难以把握,却可以通过具体实在的"象"或物表现出来。刘勰沿袭了老子的这一观点,他认为,无形的道通过有形的自然万象显示出来的便是大自然美丽的纹彰,因此称作道之文(纹),也即"形文"。"人文"是在"形文"基础上发展而来的,它是效法"形文"(也即自然物象)的结果。

综合而言,在《原道》文中,刘勰结合道、象、文三者的关系清晰的论述了文的发展历程:道化生万物,万物呈现出美丽之象,这些美丽之象是为"形文",圣人仿效"形文"而创造出"人文"。简言之,则是道生天地,天地呈象(形文),观物取象(人文)。刘勰把文的根源追溯到"道",不仅是在追溯文的起源,也是在追溯宇宙的起源,这正如徐正英在《刘勰文学起源论发微》中所指出的:"'道'产生了宇宙天地,宇

---

① 朱人求《儒家文化哲学研究》,安徽人民出版社,2008 年,第 23 页。
② 王弼《老子注》,中华书局,1978 年,第 12 页。

宙天地的文采亦随其产生而产生,所以文采既是宇宙天地的外部表现形式,它又和宇宙天地一起共同构成了'道'的外部表现形式。这样,刘勰实际上是把宇宙起源论和文学起源论打通了。"①

　　总之,"道"是"文"的起点,"象"是连接"道"与"文"的桥梁。刘勰在深刻把握"象"与"文"关系的基础上,为我们详细而全面地追溯了"文"之起源与发展历程。笔者认为,在整个文学发展史上,就对"道"、"象"、"文"关系的准确把握与全面揭示而言,刘勰具有首创之功!

　　　　　　　　　　　　　　　　　（首都师范大学文学院）

---

　　① 徐正英《刘勰文学起源论发微》,俞绍初、陈飞主编《中州学术论集·古代文学卷》,中华书局,2000年,第42页。

# 韩愈古文观与养气、因时

严寿澂

**内容摘要**：中唐古文运动,始自韩愈。所谓古文,如吕思勉所谓,乃以古人文法说今人之话,实为文言中官话,其要在一"雅"字。古文非口头语,学古文,讽诵之功为不可少。讽诵者,欲求得古文神气者也,韩愈故主养气。后世古文家所谓因声以求气者,厥因在此。且愈之倡古文,旨在儒学复兴。故其所谓养气,须有儒家集义工夫。发而为文,则须见一己之性情,须有益于时世。所谓因时,所谓明道经世者,此也。

**关键词**：韩愈;古文;养气;集义工夫;因时;因声求气

# Han Yu's View of *Guwen*: The Cultivation of *Qi* and the Characterization of the Times

Yan Shou-cheng

**Abstract**: The so-called *guwen*, which flourished in the mid-Tang, with Han Yu as its pioneer, is in fact to express contemporary contents in the way the ancient writers spoke. Its essence is correctness and elegance. Inasmuch as *guwen* is not an oral language, it is necessary to read aloud with expression in order to grasp its esprit (*qi*). Hence, Han Yu advocates the cultivation of *qi*. It is why the later day *guwen* writers emphasize the importance of seeking the *qi* through sound. Moreover, the mid-Tang advocators of *guwen* want to revive the Confucian esprit; therefore in their view the cultivation of *qi* implies the efforts of the accumulation of righteous deeds. In writing a piece of *guwen* one must express his own inner feelings to characterize the times and benefit the world.

**Keywords**: Han Yu; *guwen*; the cultivation of *qi*; the accumulation of righteous deeds; the characterization of the times; seeking the *qi* through sound

## 一、古文体例与性质

中国文化在中唐有一大转折,举足轻重的人物便是韩退之(愈)。《新唐书·韩愈传》云:

> 每言文章自汉司马相如、太史公、刘向、扬雄后,作者不世出;故愈深探本元,卓然树立,成一家言。其《原道》《原性》《师说》等数十篇,皆奥衍闳深,与孟轲、扬雄相表里,而佐佑六经云。至它文,造端置辞,要皆不袭蹈前人者……赞曰:当其所得,粹然一出于正,刊落陈言,横鹜别驱,汪洋大肆,要之无抵牾圣人者。

史学大家陈寅恪撰有《论韩愈》一文,对此更作阐释,"以证明昌黎在唐代文化史上之特殊地位",列举六点:"一曰:建立道统,证明传授之远流""二曰:直指人伦,扫除章句之繁琐。""三曰:排斥佛老,匡救政俗之弊害。""四曰:呵诋释迦,申明夷夏之大防。""五曰:改进文体,广受宣传之效用。""六曰:奖掖后进,期望学说之流传。"要而言之,

"退之者,唐代文化学术史上承先启后转旧为新关捩点之人物也"。①

清末冯梦华(煦)以为,"三代之法,至秦而一变";"自秦而后,至唐又一变",治术、学术皆然:"古无所谓道学也,自唐昌黎韩氏出,《原道》、《原性》诸篇,上承邹鲁,下开赵宋诸儒";"文一而已,无所谓骈散也,亦自韩氏出,别为古文"。②(按:所言甚谛,早在内藤湖南提出唐宋变革论之前。)改进文体,确立古文的地位,正是退之在文学上最大的贡献。苏东坡(轼)《潮州韩文公庙碑》所谓"文起八代之衰",正是指此而言。

有关古文的特色与意义,以及韩愈在文学史上之地位,近世另一史学大家吕诚之(思勉)有精辟的论述:"中国文学,大致可分四期:第一期断自西周以前,第二期自东周至西汉,第三期自东汉至南北朝,第四期自隋唐至清。第五期属诸自今以后矣。"先生以为:

> 各国文学之发达,韵文皆先于散文。吾国亦然。最古之书,传于后者,大抵整齐而有韵。其无韵者,亦简质少助字。此盖古人言语、思想,均不甚发达,故其书词意多浑涵。有其时简牍用少,学问多由口耳相传,故多为简短协韵之句,以便诵习也。文以语言为本,诗以歌谣为本,韵文与诗,相似而实不同。

此等"整齐简质之文,节短而韵长,词少而意多",正是第一期文学的特色。其文字"非不美","然思想发达,则苦其不足尽意","于是流畅之散文兴焉"。其时"盖在东周之拭,至西汉而极"。③ 是为第二期之文学。

此期之"文字,与口语极相近。今日读之,只觉其古茂可爱。然在当时,则颇嫌其冗蔓"。既觉冗蔓。便思改进,,改进之方,则是"渐加以修饰"。"修饰之道有二:(一)于词类,择其足以引起美感者用

---

① 陈寅恪《金明馆丛稿初编·论韩愈》,上海古籍出版社,1980年,第285—297页。

② 冯煦《蒿庵随笔》,民国16年蒋氏榜刻本,卷一,页十下至页十三上。

③ 吕思勉《宋代文学》,《文学与文选四种》,上海古籍出版社,2010年,第3—4页。

之；（二）于句法求其整齐。"此风气"始于西汉之末造，而盛于东京。魏、晋以降，扇而弥甚。遂至专尚藻饰，务为排偶，与口语相去日远"。① 是为第三期之文学。

"文字与口语日远，浸至不能达意，必有所以拯其弊者，于是古文兴焉。"然而古文并非"一蹴而几"，最初"与藻绘之文并行者"，有所谓笔。"笔虽不避俚俗，然辞句整齐，声调啴缓，实仍不脱当时修饰之风。"而且"文贵典雅，久已相沿成习，以通俗之笔，施之高文典册"，必为时人所不喜。然而以藻绘之文，施之高文典册，亦有人"嫌其体制之不称"。"于是有欲模仿古人者焉，遗其神而取其貌"，如北周苏绰之《大诰》。此类文字"貌效古人，其于轻佻浮薄之弊则去矣，而其不能达意，则实与藻绘之文同"，乃可笑弥甚之优孟衣冠。"逮韩、柳出，用古人之文法（第二期散文之法），以达今人之意思。今人之言语，有可易以古语者，则译之以求其雅。其不能易者，则即不改以存其真。如是，则俚俗与藻绘之病皆除。文之适用于此时者，莫此体若矣，此古文之兴，所以为中国文学界一大事也。"②

退之《南阳樊绍述墓志铭》有曰："文从字顺各识职。""惟古于词必己出，降而不能乃剽贼。"此文颂扬樊宗师（字绍述），其实也是他的夫子自道。③《答刘正父书》则曰：

> 或问：为文宜何师？必谨对曰：宜师古圣贤人。曰：古圣贤人所为书具存，辞皆不同，宜何师？必谨对曰：师其意，不师其辞。又问曰：文宜易宜难？必谨对曰：无难易，惟其是尔。如是而已，非固开其为此，而禁其为彼也。

结论是："若圣人之道不用文则已，用则必尚其能者；能者非他，能自树立，不因循者是也。"④

---

① 吕思勉《宋代文学》，《文学与文选四种》，第 4 页。
② 吕思勉《宋代文学》，《文学与文选四种》，第 4—5 页。
③ 马其昶校注，马茂元整理《韩昌黎文集校注》卷七，上海古籍出版社，1986 年，第542 页。
④ 《韩昌黎文集校注》卷三，第 207 页。

以上两段话,要义有二:一是师古人不是亦步亦趋,而是"师其意",此即吕诚之所谓"用古人之文法,以达今人之意思"。二是为文不论难易,"惟其是尔"。所谓惟其是,正是《送孟东野序》的宗旨:善鸣其时,时代不同,鸣者自亦有异,亦即作文章须恰到好处,切于时用。

清代嘉、道间学者吴仲伦(德旋)对此阐发道:

> 昔者韩退之之论文也,曰:"无难易,惟其是耳。"如何而后谓之是:前后布置不失序,吐词雅醇不芜,即是矣。非欲务以艰深为尚也,而其近于躁率者必去之;非欲务以流便为尚也,而其近于晦涩者必去之,是即所谓吐词雅醇不芜也。[①]

"吐词雅醇不芜"一语,道出了古文之所以为古文的根本。

吕诚之又有《古文观止评讲录》,由其弟子黄永年笔录[②],指出古文之有别于其他散文,主要在一"雅"字:

> 此项文字只是散文而已,何以特称为古文? 散文系专就形式而言之,不能表示其在散文中特殊之性质,故特称为古文。(此项文字专就其非骈之性质而言之,本可称为散文,习惯上亦皆如此称之。)

> 然则所谓古文者,性质如何? 论古文者最要之义,在雅俗之别(亦称雅郑)。必先能雅,然后有好坏可说,如其不雅,则只算范围以外,无从评论其好坏,故雅俗为古文与非古文之界限。

> 所谓雅者何也? 雅者,正也,即正确之义。同时亦含有

---

① 引自沈粹芬、黄人等辑《国朝文汇》乙集卷五十八,宣统二年国学扶轮社刊,页五上。

② 黄永年序谓:"1942、1943 年之交,吕诚之(思勉)先生执教苏州中学常州分校,尝为年等高中二年级学生讲授国文课,所持本为世俗通行《古文观止》,取其选钞无法,美恶杂陈也。精义卓识,务去陈说,通儒论文,亦非词章小家得拟万一耳。旧日笔记,犹存箧笥,引粗事理董,勒成两卷,排比先后,一从讲述次序。中多先生板书,年所遵录。亦有先生口说,年所笔受……"(《学术集林》卷三,上海远东出版社,1995 年,第 35 页)按:引文中之明显误字径改。

现在心理学上所谓文雅之义，即于实用之外，尚能使人起美感，至少不使人起恶感。说话有优美及鄙俗，亦由此而分。雅与古不必一致，但相合之时颇多。其故：(1)古语之不雅者已被淘汰，存者多系较雅者。(2)即其不雅者，因其已与语言分离，吾人觉其不雅不如语言之甚。(3)吾人使用古语时，可择其较雅者而用之。

又申述说：

再者，因古文体例之谨严，一时代一地方之古语被其淘汰者不少，如六朝人俦语、宋明人语录中语是也。故谓古文专门保存死语言者，亦系外行语，一部分古语乃颇受彼之淘汰而成为死语耳。以此义言之，古文可谓文言中之官话，他种文言，则犹文言中之方言也。率此义以为文，则其文字能使后来之人易解。因其一时代一地方之言语少，所用者皆最通行之语，犹之说官话者听之易懂也。故古文者有使前人后人接近之益，犹之官话有时各地方之人接近之益，古文者，时间上之官话也。[1]

按：论古文之特色，从无如此透彻明白者。

吴仲伦有《初月楼古人绪论》，揭出古文五忌："古文之体，忌小说，忌语录，忌诗话，忌时文(按：即八股文)，忌尺牍。此五者不去，非古文也。"其着眼处正是古文体例必须谨严。

古文体例谨严，既须避免骈文之藻绘，又不可沾染小说、语录等的俚俗。清初桐城派古文家方望溪(苞)，于是提出"义法"的主张。"义法"二字，出于《史记·十二诸侯年表序》论孔子作《春秋》："上讫隐，下至哀公之获麟，约其文辞，治其繁重，以制义法。王道备，人事浃。"望溪《又书货殖传后》曰："《春秋》之制义法，自太史公发之，而后之深于文者亦具焉。义即《易》之所谓'言有物'也。法即《易》之所谓

---

① 《学术集林》卷三，上海远东出版社，1995年，第65—66页。

'言有序'也。义以为经而法纬之，然后为成体之文。"①简言之，一是言之有物，二是体例谨严。

中唐时古文的兴起，实为儒学复兴运动之一环。退之《题〈欧阳生〉哀辞后》曰："愈之为古文，岂独取其句读不类于今者邪？思古人而不得见，学古道则欲兼通其辞；通其辞者，本志乎古道者也。"②所谓志乎古道，正是指儒学复兴。陈寅恪所谓"建立道统"、"直指人伦"、"排斥佛老"云云；《新唐书·韩愈传·赞》所谓"当其所得，粹然一出于正，刊落陈言，横鹜别驱，汪洋大肆，要之无抵牾圣人者"，亦即指此。儒学复兴运动，本是针对时势而起。故退之自谓："抵排异端，攘斥佛老，补苴罅漏，张皇幽眇；寻坠绪之茫茫，独旁搜而远绍，障百川而东之，回狂澜于既倒。"③《送孟东野序》所谓"惟其是"，正是恰到好处，切于时用，乃其古文观中应有之义。

桐城派古文名家梅伯言（曾亮）因此揭橥"因时"一义，以为此乃文章第一要旨：

> 惟窃以为文章之事莫大乎因时。立吾言于此，虽其事之至微，物之甚小，而一时朝野之风俗好尚，皆可因吾言而见之。使为文于唐贞元、元和时，读着不知其为贞元、元和人，不可也；为文于宋嘉祐、元祐时，读者不知其为嘉祐、元祐人，不可也。韩子曰："惟陈言之务去。"岂独其词之不可袭哉。夫古今之理势，固有大同者矣。其为运会所移，人事所推演，而变异日新者，不可穷极也。执古今之同而概其异，虽于词无所假者，其言亦已陈矣。阁下前任剧邑，治悍民，不尚黄老；今官督粮道，乃尚黄老；此持权合变者也。文之随时而变者，亦如是耳。④

做官治事，须因时因地而采取不同措施。同理，立言作文，亦当具

---

① 刘季高校点《方苞集》卷二，上海古籍出版社，2008年，第58页。

② 《韩昌黎文集校注》卷五，第304—305页。

③ 《进学解》，《韩昌黎文集校注》卷一，第45页。

④ 《答朱丹木书》，《柏枧山房文集》卷二，咸丰六年杨氏海源阁刻本，页十七。

时代性，否则即使文辞由己出，仍是陈言而已。前述退之所谓文"无难易，惟其是尔"，经由梅伯言这一番发挥，可谓义无余蕴了。

## 二、养气与文章神气

退之《进学解》有曰："先生之于文，可谓闳其中而肆其外矣。"[①]"闳中肆外"四字，可说是退之论为文的纲宗之言：一指蕴于内的修养，一指发于外的表现。所谓闳其中，即是养气的工夫，本于孟子"集义"之说。所谓肆其外，其枢纽是"不平则鸣"（《送孟东野序》："大凡物不得其平则鸣。"[②]），所本者为《礼记·乐记》"心感物而动"及"声与政通"之说。内外贯通，便能达到气盛而言宜的境界。《答尉迟生书》有曰：

> 夫所谓文者，必有诸其中，是故君子慎其实；实之美恶，其发也不掩：本深而末茂，形大而声宏，行峻而言厉，心醇而气和；昭晰者无疑，优游者有余；体不备不可以为成人，辞不足不可以为成文。[③]

此一境界，正是退之为文所祈向的"气盛而言宜"。

《答李翊书》对此，有全面的论述。首先须知，韩愈所谓气，有两层含义：一指修养，一指文章气势。修养则包括道德与学问两方面。养气须勿忘，勿助长，水到渠成之后，学识道德一时俱得。于是载笔而成文，即能"言之长短与声之高下者皆宜"。这学文养气的过程，大致可分为下述四个阶段：

> 一、立志："始者非三代两汉之书不敢观，非圣人之志不敢存，处若忘，行若遗，俨乎其若思，茫乎其若迷。"

> 二、集义："无望其速成，无诱于势利，养其根而俟其实，加其膏而希其光。根之茂者其实遂，膏之沃者其光晔；

---

① 《韩昌黎文集校注》卷一，第46页。
② 《韩昌黎文集校注》卷四，第232页。
③ 《韩昌黎文集校注》卷二，第145页。

仁义之人，其言蔼如也。"

三、充沛："当其取于心而注于手也，汩汩然来矣。其观于人也，笑之则以为喜，誉之则以为忧，以其犹有人之说者存也。如是者亦有年，然后浩乎其沛然矣。"

四、持养："行之乎仁义之途，游之乎《诗》、《书》之源，无迷其途，无绝其源，终吾身而已矣。"

以上所说，乃是文学创作之初的养气之功："气，水也；言，浮物也。水大而物之浮者大小毕浮，气之与言犹是也，气盛则言之短长与声之高下者皆宜。"①其气既盛，其言必纵肆而适宜，是即所谓"闳其中而肆其外"。

如何谓之"肆其外"？具见于《送高闲上人序》与《送孟东野序》。《送高闲上人序》自草圣张旭论及高闲的书法，云：

往时张旭善草书，不治他技，喜怒窘穷，忧悲思慕，酣醉无聊不平，有动于中，必于草书焉发之……天地事物之变，可喜可愕，一寓于书：故旭之书，变动犹鬼神，不可端倪。以此终其身，而名后世。今闲之于草书，有旭之心哉？不得其心，而逐其迹，未见其能旭也。为旭有道，利害必明，无遗锱铢。情炎于中，利欲斗进，有得有丧，勃然不释，然后一决于书，而后旭可几也。今闲师浮图氏，一死生，解外胶。是其为心，必泊然无所起；其于世，必淡然无所嗜：泊与淡相遭，颓堕委靡，溃败不可收拾，则其于书，得无象之然乎？②

马通伯（其昶）按曰："韩公本意，但谓人必有不平之心，郁积之久而后发之，则其气勇决而伎必精。今高闲既无是心，则其为伎，宜其溃败委靡而不能奇；但恐其善幻多伎，则不可知耳。"③易言之，真情实感郁于中，不吐不快，其气必勇决；勇决之气兼精湛之伎，名世之作于是乎

---

① 《韩昌黎文集校注》卷三，第169—171页。
② 《韩昌黎文集校注》卷四，第270—271页。
③ 《韩昌黎文集校注》卷四，第272页。

出矣。由此便有"不平则鸣"之说。《送孟东野序》开首即曰:

> 大凡物不得其平则鸣:草木之无声,风挠之鸣;水之无声,风荡之鸣。其跃也或激之,其趋也或梗之,其沸也或炙之;金石之无声,或击之鸣。人之于言也亦然:有不得已者而后言,其歌也有思,其哭也有怀,凡出乎口而为声者,其皆有不平者乎![1]

纵观此序全文,可知所谓不平,并非仅指牢骚不平之气,而是内心对外物的真情实感。以退之之见,艺术出于真情感,而浮图氏对一切外物淡然泊然,无喜怒,无哀乐,如此无情,又何来艺术?《乐记》云:"声音之道与政通",《送孟东野序》即据此而发挥:最能表达一个时代之特性者,便是所谓善鸣者。前述梅伯言《答朱丹木书》所谓"文章之道莫大乎因时",正是发挥此意。

真情实感郁勃于中,不能自已,即能"气盛"。后世古文家特别重视"气",原因正在于此。文章气盛,方能生动。若无真情实感,则犹如清人方植之(东树)所谓,"有形无气":"又有一种器物,有形无气,虽亦供世用,而不可以例诗文。诗文者,生气也,若满纸如剪丝、雕刻无生气。乃应试馆阁体耳,于作家无分。"植之又曰:"气之精者为神。必至能神,方能不朽,而衣被后世。彼伪者,非气骨轻浮,即腐败臭秽而无灵气者也。"[2]故桐城派古文家刘海峰(大櫆)《论文偶记》云:"行文之道,神为主,气辅之。"又曰:"神者,文家之宝。文章最要气盛,然无神以主之,则气无所附,荡乎不知其所归也。神者气之主,气者神之用。神只是气之精处。"[3]

对于文章神气,吕诚之先生有精辟的解释:

> 文字的文学价值,于何定之呢? 其最重要的条件为神

---

① 《韩昌黎文集校注》卷四,第 233 页。

② 方东树著,汪绍楹校点《昭昧詹言》卷一第七二、七三则,人民文学出版社,1984年,第 25 页。

③ 刘大櫆《论文偶记》第三、七则,《论文偶记 初月楼古文绪论 春觉斋论文》,人民文学出版社,1998 年,第 3、4 页。

气。神气二字,似乎空洞,然但知分析字法、句法、篇法以求之,而不能领会其神气,则必致走入歧途。因为文学是活物,正如说话然,会说话的人,固然字句都有斟酌,次序亦排列得极好,然决非单是如此,话就可以算说得好的,我们要学,必须体会其于此之外,更包括着姿势、声调、心理状态等种种条件的一个总相,此即所谓神气。说话到神气能好时,其余的条件,自然无有不好。所以要学习说话的人,只须在此点上注意,而文字亦然。①

文言仅限于书面,并不用于口头,而古文又是文言中的官话,体例谨严,要把握其神气,惟有取前人佳作,反复讽诵,以求得其种种条件的一个总相。因此,桐城派古文大家姚惜抱(鼐)《与陈硕士书》云:"诗、古文要从声音证入。不知声音,总为门外汉耳。"②刘海峰则曰:"音节高则神气必高,音节下则神气必下,故音节为神气之迹。"③

时代稍后的古文家张廉卿(裕钊)对此,论述更为精详,揭出"因声以求气"之说,曰:

> 文以意为主,而辞欲能副其意,气欲能举其辞。譬之车然,意为之御,辞为之载,而气则所以行也。欲学古人之文,其始在因声以求气。得其气,则意与辞往往因之而并显,而法不外是矣。是故契其一而其余可以绪引也。盖曰意曰辞曰气曰法,之数者,非判然自为一事,常乘乎其机而绲同以凝于一,惟其妙之一出于自然而已。自然者,无意于是,而莫不备至;动皆中乎其节,而莫或知其然……夫作者之亡也久矣,而吾欲求至乎其域,则务通乎其微。以其无意为之而吾莫不至也,故必讽诵之深且久,使吾之与古人欣合于无间。然后能深契自然之妙,而究极其能事……吾所求于古

---

① 《论大学国文系散文教学之法》,《吕思勉论学丛稿》,上海古籍出版社,2006年,第624页。

② 引自姚永朴《文学研究法》卷三"声色",黄山书社,1989年,第133页。

③ 刘大櫆《论文偶记》第一四则,第6页。

人者，由气而通其意，以及其辞与法，而喻乎其深。及吾所
自为文，则一以意为主，而辞气与法，胥从之矣。[1]
对韩退之古文传统的阐发，可谓深切着明，揭示无余了。

气之上尚有"神"。退之《送高闲上人序》开首即曰："苟可以寓其
巧智，使机应于心，不挫于气，则神完而守固，虽外物至，不胶于心。"[2]
中国思想中所谓"神"，如钱默存（锺书）所指出，有两重含义：

> "养神"之"神"，乃《庄子·在宥》篇："无摇汝精，神将守
> 形"之"神"，绝圣弃智，天君不动。至《庄子·天下》篇："天
> 地并，神明往"之"神"，并非无思无虑，不见不闻，乃超越思
> 虑见闻，别证妙境而契胜谛。《易》所谓"精义入神"，《孟子》
> 所谓"大而圣，圣而神"，《孔丛子》所谓"心之精神谓之圣"，
> 皆指此言。[3]

按：正因"天君不动"，故能"精义入神"，一为体为本，一为用为末；亦
即惟有"神完守固"，方能"机应于心"。

桐城姚仲实（永朴）对"神完而守固"一节，旁征博引，阐发详
尽，曰：

> 惜抱先生《古文辞类纂》评之云："机应于心，故物不胶
> 于心；不挫于气，故神完守固。韩公此言，本自状所得于文
> 事者，然以之论道亦然。"曾文正公《日记》云："机应于心，熟
> 极之候也，《庄子·养生主》之说也；不挫于物，自慊之候也，
> 《孟子·养气》章之说也。不挫于物者，体也，道也，本也；机
> 应于心者，用也，技也，末也。韩子之于文，技也，进乎道
> 矣。"又云："机者，无心遇之，偶然触之，姚惜抱谓'文王、周
> 公系《易》、《象》辞、《爻》辞，其取象亦偶触于其机。假令易
> 一日而为之，其机之所触少变，则其辞之取象亦少异也，'余

---

① 《答吴至甫书》，《濂亭文集》卷四，光绪八年苏州查氏木渐斋刻本，页三上至页四
上。
② 《韩昌黎文集校注》卷四，第269页。
③ 钱锺书《谈艺录》，中华书局，1984年，第43页。

尝叹为知言。神者人功与天机相凑泊……而文正于神之

外，更及于机，盖水到而渠乃成，机熟而神乃旺也。①

《答李翊书》论养气，又曰："吾又惧其杂也，迎而距之，平心而察之，其皆醇也，而后肆焉。""水到而渠乃成，机熟而神乃旺"，正是"醇而后肆"的绝好注脚。康熙间李榕村（光地）论韩文，有云："惟韩文公会作直文章，以所见道理足，本色已深厚。"②依儒家标准，所谓所见道理足，本色深厚，正是"醇"；而放笔直干即能作文章，则所谓"肆"也。

更须指出：儒、道二家皆主养气，然有其同异。《文心雕龙》所谓养气，大体上还是道家一路，即《史记·太史公自序》所谓"以虚无为本，因循为用"，重在"爱精"。此所谓精，即"精神"或"精气"，亦即《管子·心术下》所谓心中之心（"心之中又有心焉"），乃生命之本，亦为心智之本。如《淮南子·俶真》所谓："神者，智之渊也，渊清则智明矣。智者，心之府也，智公则心平矣。"

此一路所主张的治心或养气之要，在于固守此"精"或"神"。固守之方，则在"爱"与"养"。《淮南子·俶真》又云："事其神者神去之，休其神者神居之。"《庄子·缮性》曰："缮性于俗学，以求复其初；滑欲于俗思，以求致其明；谓之蔽蒙之民。古之治道者，以恬养知。生而无以知为也，谓之以知养恬。知与恬交相养，而和理出其性。"锺钟山（泰）解释道："'缮'为补缮。性本无缺，有复之而已，何须于补？曰'缮性'，斯其为俗学可知矣……'治道'犹言为道。'恬'即《天道篇》'虚静恬淡'之恬，从上'复其初''初'字出。人性之初，本虚静恬淡，故《乐记》亦言'人生而静'也。'知'从'致其明''明'字出……'生而无以知为'者，'生'读如性，谓任其性之自然，用知与不用知同，故曰'无以知为'也。"③《文心调龙·养气》所谓"玄神宜宝，素气资养"，正是将此义用于论文。

---

① 《文学研究法》卷三"神理"，第 112 页。

② 《榕村语录》卷二十九"诗文一"，清道光九年刊本。

③ 锺泰《庄子发微》，上海古籍出版社，2002 年，第 353—354 页。

儒家对此,并无异议。《孟子·尽心下》:"孟子曰:'养心莫善于寡欲。'"正是指此。然而儒家的养气理论,在此更进一步。《孟子·告子上》:

> 虽存乎人者,岂无仁义之心哉? ……其日夜之所思,平旦之气,其好恶与人相近也几希,则其旦昼之所为,有梏亡者矣。梏之反复,则夜气不足以存;夜气不足以存,则其违禽兽不远矣……故曰:得其养,无物不长;苟失其养,无物不消。孔子曰:"操则存,舍则亡;出入无时,莫知其乡。"其心之谓与。

所谓仁义之心,所谓夜气,即是"性善"之性。孟子以为,凡人皆有"四端",即恻隐、羞恶、辞让、是非(以恻隐之心为主),此即性善说的根据。人之所以异于禽兽,正在于有此"四端"。然而这仅是"端"而已,若不加培养,极易失去。故曰:"人之异于禽兽者几希,庶民去之,君子存之。"(《孟子·离娄下》)要保此善端不失,必须予以培养扩充。此即所谓养气。养气之方,则在"集义"。

《孟子·公孙丑上》载孟子的问答:

> 曰:"我知言,我善养我浩然之气。""敢问何谓浩然之气?"曰:"难言也。其为气也,至大至刚,以直养而无害,则塞于天地之间。其为气也,配义与道,无是,馁也。是集义所生者,非义袭而取之也。行有不慊于心,则馁矣……必有事焉,心勿忘,勿助长也。"

又《离娄下》:

> 徐子曰:"仲尼亟称于水,曰'水哉水哉!'何取于水也?"孟子曰:"源泉混混,不舍昼夜。盈科而后进,放乎四海。有本者如是,是之取尔。苟为无本,七八月之间雨集,沟浍皆盈;其涸也,可立而待也。"

所谓集义,不是知识问题,而是道德实践问题,所以不能单靠知性的认识,非躬行实践不可。此一实践过程则是漫长的,须日积月累,然后水到渠成。总之,孟子养气说的要旨是:在不断集义的过程中,向前扩充本身所固有的善端；而道家爱精说的要旨，则是在"损之又损"（今本《老子》第四八章："为学日益，为道日损，损之又损，以至于无为。"）的逆反过程中，恢复清明的本心。

韩退之"闳中肆外"的古文理论，其根基正是这儒家集义养气之说。后世古文家常喜绾合儒学（甚或程朱理学，如桐城派诸家)）与文学，其源即在于此。

# 三、性情与因时

退之《荆潭唱和诗序》曰："夫和平之音淡薄，而愁思之声要妙；讙愉之辞难工，而穷苦之言易好也。是故文章之作，恒发于羁旅草野；至若王公贵人气满志得，非性能而好之，则不暇以为。"[①]这段话有三个含义，即：（一）文章攸关时世，（二）为文出于性情，（三）凡佳作必出自真情实感。

依儒家之说，人性虽同，发而为情，则各各有异。《白虎通·性情》篇云："性者阳之施，情者阴之化也。人禀阴阳气而生，故内怀五性六情。情者，静也；性者，生也。此人所禀六气以生者也。"姚仲实就此说道：

> 夫人性内函，而外着为情。其同焉者，性也；其不同焉者，情也。惟情有不同，斯感物而动，性亦不能不各有所偏。故刚柔缓急，胥于文章见之。苟不能见其性情，虽有文章，伪焉而已。《文心雕龙·情采》篇云："……昔诗人什篇，为情而造文；辞人赋颂，为文而造情，……夫桃李不言而成蹊，有实存也；男子树兰而不芳，无其情也。夫以草木之微，依情得实；况乎文章，述志为本，言与志反，文岂足征？"斯言也，真搔着痒处矣。近世益都赵秋谷（执信）《谈龙录》云："文章宜有人在。"吾邑方植之《昭昧詹言》云："诗中须有我。"意正相同。

---

① 《韩昌黎文集校注》卷四，第262—263页。

要言之，"盖既为文学家，必独有资禀，独有时世，独有遭际，着之于辞，彼此必不能相似。"①《送孟东野序》所列举的"善鸣者"，其资禀，其时世，其遭际各各不同，发而为鸣声，彼此之间自不能相似。

人的性情各有所偏，着为文章，自亦有所偏胜。姚惜抱阴阳刚柔的二分法，最为切当。其言曰："鼐闻天地之道，阴阳刚柔而已。文者，天地之精英，而为阴阳刚柔之发也……且夫阴阳刚柔，其本二端，造物者糅而气有多寡进绌，则品次亿万，以至于不可穷，万物生焉。故曰：'一阴一阳之为道。'夫文之多变，亦若是已。"②嗣后曾涤生（国藩）更进一步："析而为太阳、太阴、少阳、少阴四象，以气势为太阳之类，趣味为少阳之类，识度为太阴之类，清韵为少阴之类。""尝选文以实之。"③

《新唐书·柳宗元传》："韩愈评其文曰：'雄深雅健，似司马子长，崔、蔡不足多也。'""雄深雅健"四字，退之文境正似之。张廉卿有曰：

> 夫文章之道，莫要于雅健。欲为健而厉之已甚，则或近俗；而务为自然，又或弱而不能振。古之为文者，若左邱明、庄周、荀卿、司马迁、韩愈之徒，沛然出之，言厉而气雄。然无有一言一字之强附而致之者也，措焉而皆得其所安。文惟此境最难，知其难也，而以意默参于二者之交，有机焉以寓其间；此固非朝暮所能企，而亦非口所能道。治之久而一旦悠然自得于心，是则其至焉耳。至之之道无他，广获而精导，熟讽而湛思；舍此则未有可以速化而袭取之者也。④

"醇而后肆"的工夫，"雄深雅健"的文境，这段话深得其中三昧，可谓金针度人。

退之《答崔立之书》自述屡次应礼部及吏部试的经历，而后自述

---

① 《文学研究法》卷三"性情"，第95—96页。

② 姚鼐《惜抱轩文集》卷六，姚鼐著，刘季高标校《惜抱轩诗文集》，上海古籍出版社，1992年，第93—94页。

③ 《文学研究法》卷四"刚柔"，第47—48页。

④ 《答刘生书》，《镰亭文集》卷四，页六。

其志向道：

> 夫所谓博学者，岂今之所谓者乎？所谓宏辞者，岂今之
> 所谓者乎？诚使古之豪杰之士若屈原、孟轲、司马迁、相如、
> 扬雄之徒进于是选，必知其怀惭乃不自进而已耳；设使与夫
> 今之善进取者竞于蒙昧之中，仆必知其辱焉。然彼五子者，
> 且使生于今之世，其道虽不显于天下，其自负何如哉！故凡
> 仆之汲汲于进者，其小得盖欲以具裘葛、养穷孤，其大得盖
> 欲以同吾之所乐于人耳；其他可否自计已熟，诚不待人而
> 后知。

更指出：方今天下风俗尚未醇，边境尚未靖，自己"潜究其得失"，欲
致之于君相，"上希卿大夫之位"，下犹或能治理一方，"若都不可得，
犹将耕于宽闲之野，钓于寂寞之滨，求国家之遗事，考贤人哲士之终
始，作唐之一经，垂之于无穷，诛奸谀于既死，发潜德之幽光：二者将
必有一焉"。[①] 按：如此自述志向，不说虚假的门面话，真可谓"己欲
立而立人，己欲达而达人"（《论语·雍也》）的极好诠解，的是仁者之
言。又可见退之心目中的因时，不仅是如前述梅伯言所说，因吾言而
见时代，更是针砭时代，对治其疾患，即所谓经世。

吕诚之先生论文学批评之标准，曰："孔子曰：'道二，仁与不仁而
已矣。'斯言也，实评判一切事物之标准也。"指出："人生而有乐群之
性；故凡有利于其群者，众必同善之；善之，斯好之矣。有害于其群
者，必同不善之；不善之，斯恶之矣。好恶，美恶之原也；利害，好恶之
本也。"因此，论文学最为简单直截之标准，便是"仁"。更申述说：

> 盖人之于人也，有其欣然欲乐利之无穷之心；而人之性
> 质不同，其所处之地位亦异。处乎得为之位，若其性质勇往
> 直前者，则发为事业，大有补于斯民。古来圣君、贤相、名
> 将、良吏、师儒皆是，是为积极之仁。处乎不得为之位，若其
> 性质狷介，不能与世同流者，则退然自处，但以所谓不合作

---

① 《韩昌黎文集校注》卷三，第167—168页。

者,减杀世界之共业,而冀世人之一悟焉,是为消极之仁。凡高人隐士,无闻于时,无称于后者属之。两者,其所以为仁不同,而其为仁则一。以是性质发为文章,则分为阴阳、刚柔两端。贾、晁之文,属于前者;王、孟之诗,属于后者。举此一隅,余可三反。①

按:论文学标准至为精辟。韩退之的为人为文及古文观,正是积极之仁的典型。故大段抄录此文,以作本文结束。

(新加坡南洋理工大学国立教育学院)

---

① 《文学批评之标准》,原载《中国语文学研究》(1935),收入《吕思勉论学丛稿》,第533—534页。

# 庄元臣文章学思想述论[*]

## 孙宗美

**内容提要**：庄元臣是明代后期重要的文章学家之一，其文法理论研究涵盖论体文和八股时文两大领域。出于古文与时文相对照的视野，庄元臣论论体文首重立意，次以章法、句法、字法，论八股时文则重"格"而次以"意"，充分显示出对古文与时文行文差异的体认。庄元臣所论时文"格"、"调"不同于明代复古派之"格调"论，其涵义主要是指文章意脉的安排布置，而非形式上的结构问题。庄元臣倡导文为"心声"、文贵"自然"的理念，同时又认为"法不可不知"，他运用历史发展眼光辩证地协调了"自然"与法度的关系。

**关键词**：庄元臣；文法；格调；自然

---

&ast; 本文为教育部人文社会科学研究青年基金项目"明代文话与明代文章学"（14YJC751037）、中国博士后科学基金面上资助项目"明代文话与文章学"（2016M591625）阶段性成果。

# On the Prose Theory of Zhuang Yuan-Chen

## Sun Zong-mei

**Abstract**: Zhuang Yuan-Chen was one of the most important prose scholars in the late Ming Dynasty. His writing rules theory covers both the argumentative prose and the eight-part essay. In view of the contrast between the ancient-style prose and the eight-part essay, Zhuang Yuan-Chen discussed the establishment of the theme first, followed by the composition, syntactics, and wording. When he talked about the eight-part essay, he emphasized *ge* (arrangement) and then *yi* (concept) to fully show the differences between the ancient-style prose and the eight-part essay. Zhuang Yuan-Chen's *ge* (arrangement) and *diao* (assignment and adjustment) differs from the Ming Dynasty Retro School's theory of *gediao*. Its meaning mainly refers to the arrangement of the ideographs of the articles rather than the structural problems of the form. Zhuang Yuan-Chen advocated that the literary writings are the voice of mind and a natural course. At the same time, he also considered that rules of writing must be known. He used his historical perspective to dialectically coordinate the relationship between *ziran* (naturalness) and rules.

**Keywords**: Zhuang Yuan-Chen; rules of writing; *gediao*; *ziran* (naturalness)

庄元臣(1560—1609),字忠甫,号方壶子,吴江(今属江苏)人,明代后期重要的文章学家之一。庄元臣所撰《论学须知》、《行文须知》和《文诀》三部文话著作均为《历代文话》所收录①。《论学须知》、《行文须知》属于原创性理论著作,融审美标准于文法,论说缜密,自成体

---

① 王水照编《历代文话》,复旦大学出版社,2007年,第2207—2294页。《历代文话》所录《论学须知》、《行文须知》和《文诀》三著均属稀见传本,据北京国家图书馆清永言斋钞本《庄忠甫杂著》录入。凡出自三著的引文,均只随文标注著作名,不再出注。

系;《文诀》为随笔杂记,亦识见不凡。在多以资料辑录选编为主的明代文话中,这三部著作在理论性和系统性方面均独树一帜。值得注意的是,《论学须知》虽示论体文之法,却也有以之为"制义之金针"的意图;《为学须知》论时文作法却标举"平淡、精神、圆融",又是以古文风格统摄时文的做法。同一位论者兼论古文和时文之法,其间对古文、时文布局谋篇之法的论述颇有可观之处,堪称明代"以古文法入时文"或"以时文法映照古文"的经典案例。此外,作为明代文话中显著的崇苏派,庄元臣深折于苏文的艺术魅力,"生平最喜玩者,尤在眉山父子,动引苏文为证据",但其研究尚未引起苏学研究者重视。本文以庄氏三部文话著作为中心,探讨其文章学特色与贡献。

# 一、论论体文文法

"论"作为一种文体,一般属于古文范畴,起于"述经叙理"(《文心雕龙·论说》),其内容是通过议论的方式说理。自唐代开始,论体文成为科举考试的主要文体,如策、论最先出现于进士科考试。其后,北宋熙宁四年(1071)王安石变法对科举制度进行改革,经义取代诗赋和帖经墨义成为科举考试主要科目,进一步扩大了论体文的队伍。明清时代的八股文亦是论的一种,即是由经义演变而来,其破题、承题、起讲等是论的形式。庄元臣《论学须知》以"论"为题,从立意、章法、句法、字法四个方面探讨论体文作法。从上述角度来看,《论学须知》所论论体文法,实与八股时文之法相通或者说可为时文写作所参照,也与科举时代议论性文体写作的广泛性和适用性相呼应。当中,成就和特色突出者为立意论和章法论。

## (一)立意欲婉而高

所谓"立意",即确立文章的中心思想。文"以意为主"、"立意为先"是中国古代文章学的基本思想和优良传统。庄元臣继承了这种传统并有所申发。他重视文章的立意,强调意的重要地位,并借用古代兵法视角指出"意者,大将也","意为一篇之纲纪,机局待之以布置,词章待之以发遣,如大将建旗鼓,而三军之士,臂挥颔招,奔走如意也,故曰意为大将"①。因此,"意"是全篇的纲领和灵魂,文章的内容安排、思路线索、结构布局都听从"意"的指挥,如陆机《文赋》所谓"意司契而为匠"是也。

"立意欲婉而高"是庄元臣立意论的核心。"婉"即是文意当含蓄婉转,不可直露,"高"则是指文章主题思想超拔,不囿于常见、俗见。因此,"意"有六忌:

> 随众是非,如矮人看场者,谓之庸;务奇而毁夷誉跖者谓之悖;求备而不近人情者,谓之迂;言不合理者谓之稚;铺张伟丽而漫无指归者,谓之浮;集怪字,采涩句,以文饰其短浅者,谓之陋。

与立意之高妙相应,文章之"意"须与圣贤之道和人情事理相合,忌平庸、浅陋、分散。

对于如何立意,庄元臣列出了十五种方法:拗题立意、拗俗立意、轻题立意、题外寻意、就题立意、借题寓意、设难以尽意、牵客以伴主、抑扬以发意、深文以畅意、借形以影意、臆度以生意、转折以透意、引事以证意、引喻以明意,各法均以苏文为范加以说明。以上诸法实则贯彻了意"婉"而"高"的主张。"婉"表现在除就题立意、引事以证意、引喻以明意外,其余各法均以技巧为主,包括寄寓、主客问答、衬托、抑扬、转折等。尽管开门见山、直陈其意也是文章创作的常见手法,但中国传统的作文审美标准还是以含蓄婉转为主。所以,《论学须知》其后论章法大忌之一就是"直词陈意","寡枝叶而窘波澜"。为避免文意直露,就需要采取多元手法以丰富文意的呈现,同时还有助于意的畅达。同时,十五种立意法中,追求意之奇绝高妙者居多,分别从打破题旨、别于俗见角度入手,追求别出手眼、出人意表的效果,如拗题立意、拗俗立意、轻题立意、题外寻意。

随着科举命题作文的出现,文章学家注意到文章认题的重要性

---

① 古代兵法和术语对文学批评的影响,学界较早已有研究关注,如吴承学《古代兵法与文学批评》,《文学遗产》,1998 年第 6 期。

并对认题方法作出精确解说。宋代陈傅良《论诀》："凡作论之要,莫先于体认题意。故见题目,必详观其出处上下文,及细玩其题中有要紧字,方可立意。盖看上下文则识其本原,而立意不差;知其要切字,则方可就上面着功夫。此最作论之关键也。"①事实上,认题与立意本是两个略有先后、各有侧重但又紧密相关的创作思维过程。但古人最初作文本无认题之需,《论学须知》主论古文文法,也没有论述认题之法。但就"拗题立意"、"轻题立意"、"题外寻意"、"就题立意"而言,此四法实则暗含了以认题为前提,据题立意的思路。这既反映了庄元臣以古文法说时文之思想倾向,也符合创作的实际情况。

### (二)章法欲圆而神

章法属于行文范畴,涉及文章"脉络"、"开阖"、"布置"。庄元臣所论章法侧重于文章的谋篇布局、起承转合和过接,以所谓"开阖"为主。"章法者,首尾相应,脉络钩连,形圆而势动,节短而机藏,如阵之出奇无穷也,故曰章法为阵势。"这种认识总体上较为宏观,关乎一篇文章的整体脉络和走势。

北宋黄庭坚虽以诗名世,但已移诗法为文法,多次提及文章"脉络"、"首尾"、"开阖"等概念。《答洪驹父书(二)》云:"凡作一文,皆须有宗有趣,终始关键,有开有阖,如四渎虽纳百川,或汇而为广泽,汪洋千里,要自发源注海耳。"②以往论家谈行文往往多方论及,论述细密,唯庄元臣专重"开阖",实则抓住了文章布局的关键。他说:"大抵章法之所贵者开阖,而开阖之所贵者圆融。有全篇之大开阖,有段落之小开阖。大开阖则大圆成,小开阖则小圆成。""开"之大意指文章思想的起讲和铺陈,即所谓"放"、"张";"阖"则是指文意的收束,即所谓"收"、"翕"。对论体文而言,从引论到论证,再到结论,既是行文常规路径,也是必经之途。一张一翕、开阖相济、收放相生,恰对应行文

---

① 陈傅良撰,方逢辰批点《蛟蜂批点止斋论祖·论诀》,《四库全书存目丛书》集部第20册,齐鲁书社,1997年,第4页。

② 黄庭坚著,刘琳、李勇先、王蓉贵校点《黄庭坚全集》正集卷一八,四川大学出版社,2001年,第474页。

过程中论证与结论兼具的辩证步骤,而从审美文化上讲,则体现了宇宙万物生生不息的生命运化特点。故以"开阖"二字归纳文章布局要义,不仅符合论体文之内部结构肌理和写作之自然规律,也符合中国古典艺术以生机为运的审美倾向。由此,"直词陈意"、"烦言无纪"、"步武大方"、"凑接不密"、"知翕而不知张"、"知张而不知翕"就成为章法之大忌:

> 直词陈意,则寡枝叶而窘波澜;烦言无纪,则乱部队而重间架。步武大方,则板俗可厌;凑接不密,则瘢痕历然。知翕而不知张,如缚翼而不能飞;知张而不知翕者,如漏卮而不可注。

在此基础上,庄元臣分列"欲言而不言"法(对应"大开阖"),"收放相生之法"(对应"小开阖"),"遮藏头面之法"和"参差布置之法"(对应"圆成")四目;前二者是就文章布局而言,后二者则是针对段落起首结尾和过接而言。各目又下设颇具可操作性之诸法,构建起一个系统全面的章法体系。

综合来看,庄氏所谓"章法"以"开阖"自足为表现,以"圆融"自然为标准。"圆"是中国古典美学的重要元范畴之一,以之为核心又衍生出系列相关审美概念,如圆美、圆转、圆融、圆活等。"圆"的原初涵义与作为宇宙之元的"太极"有关,反映了中国人一气运化、充满圆融的宇宙意识和生命情调。[①] 当这种宇宙意识和生命情调投射于文章创作领域,便成就了至法无法的自然创作理想,以"圆"为核心的文章审美标准也应运而生。作为篇章结构审美标准的"圆",其内涵丰富多元,主要的涵义有完整、自足、灵活、自然。如《文心雕龙·定势》曰:"圆者规体,其势也自转;方者矩形,其势也自安:文章体势,如斯而已。"此处,"圆"意味着文章体势的流动变化,正如庄元臣谓"形圆而势动"。《论学须知》通篇出现数个以"圆"为中心的范畴:"圆融"、

---

① 朱良志《论中国艺术论中的"圆"》,《安徽师范大学学报(人文社会科学版)》,1994年第4期。

"圆成"、"圆转"、"圆活"、"圆巧"、"圆明"。"圆融"是衡量章法高下的审美标准，"圆成"意指全篇之"大开阖"和段落之"小开阖"的自然完满，"圆转"、"圆活"、"圆巧"、"圆明"则用于对字法的审美要求。庄元臣对"圆"的重视，突出地表现出他在文章形式层面对生命自然美学的自觉追求。

## 二、论时文之"格""调"

明清时文以八股文为主，是科举考试的主要文体。作为一种高度程式化的文章体裁，八股文具有十分严格的行文要求。尽管其问世之后即因程式化颇受诟病，但在国家选拔人才和士人晋身仕途之需的现实推动下，研究八股文的程式作法仍然是明清两代文章学领域经久不衰的活动。

与《论学须知》以兵法论文法不同，《行文须知》以造屋室为喻论时文之作，首举"格"、"意"、"词"、"调"四端为时文行文之要：

> 大凡行文，有意、格、词、调。格者如屋之间架，间架定，然后可以作室；格定，然后可以成文。格有翕张，有步骤，有奇正，有伸缩，有呼吸，有起伏。
>
> 文之有意者，如屋之有材，间架既定，必须材备，乃可作室。格既定，必须意到，乃可成文。
>
> 文之有调，如室之有隔节段落。造室者，间架既定，然又须隔节段落，极其委曲，然后室不空旷直突，所谓复道曲房也。为文者，格式既定，意思既到，又须遣调有法，使一股之中，前后有伦，呼应有势，起伏有情，开阖有节，乃臻妙境。
>
> 文之有词，如室之彩绘，彩绘施，则满室绚烂，词藻工，则叠篇光彩。文多有意同，而一则灿然增色，一则黯然无光，词有工与不工也。

论论体文法首以"立意"，论时文法则首以"格"，这清晰反映了庄元臣对古文和时文行文差异的体认。庄氏认为时文之"格""调"重于"意"："大抵新其意，不若务新其格调。格调新而售者什九，意新而售者什一。"(《行文须知》)对于一般古文而言,文章的布局体势固然重要,但相比于"意"则是次要的。故陈傅良《论诀》有言:"凡论以立意为先,造语次之。如立意高妙,而遣辞不工,未害为佳论;苟立意未善,而文如浑金璞玉,亦为无补矣。故前辈作论,每先于体认题意者,盖欲其立意之当也。立意既当,造语复工,则万选万中矣。"①而对于时文来说,一方面,以经书文句命题作文的形式和敷陈经书大义的内容要求决定了作者必须"依经立义",不可能在"意"上做太多文章;另一方面,相对固定的题目与形式结构,又意味着作者要在竞争激烈的文场中体现自己的手眼高低,必须在"定"式中追求"无定"之格。焦循说得很明确:"古文以意,时文以形。舍意而论形,则无古文;舍形而讲意,则无时文。"②庄氏论时文首以"格"次之以"意",其缘由在此。以下着重论述他的"格""调"论。

"格调"是明代文学批评中最具时代特色的范畴之一。"格调"说起于高棅,成于李东阳,盛于前后七子,主要是就诗歌而言。明人以"格调"品诗,注重的是诗歌内在气韵与外在艺术形式的妙合无垠,如李东阳云"眼主格,耳主声"(《麓堂诗话》)。但庄元臣的"格调"说却不同于以往任何一家的论述。他创造性地将"格"、"调"运用于时文文法理论。《行文须知》所谓"格"、"调"与《论学须知》中有关"章法"的内容存在部分对应的关系。换言之,庄元臣所论时文"格"、"调"在某些地方近似于论体文(古文)之"章法"。所谓"格"为"屋之间架",即谋篇布局,但并不是指形式上的结构问题,而是"意"之表达和论证的安排布置。因为对于八股文而言,固定的程式不允许作者在结构上有任何自主性,必须按照破题、承题、起讲、提头、虚股、中股、后股、束股的体例进行写作。所以,庄元臣所说的"格"实际上是在八股文意理脉络安排上做文章。他一一罗列了二十七种八股文"格":题板

---

① 陈傅良撰,方逢辰批点《蛟蜂批点止斋论祖·论诀》,第4页。
② 焦循《时文说二》,《雕菰集》,见《丛书集成初编》,中华书局,1985年,第154—155页。

者可使之活;题繁者可使之简;题杂者可使之清;题素者可使之整;详略断续,初无定局,曲折变化,任乎其人;欲大雅,不欲纤巧;欲片段,不欲琐碎;脱化而不失之疏漏;正大而不失之板俗;新而不失之幻;洁而不失之枯;平而不失之腐;断中有续;正中有奇;题直处有把关手;题曲处有偷关手;题空处有弄丸手;题丛处有解牛手;题暗处有点眼手;题活处有缚虎手;题突处有堑山手;题缺处有埋谷手;题连处有破竹手;枝干相生,连连绵绵;浓淡相匀,郁郁嫣嫣;正反相承,覆覆翩翩;详略相因,隐隐显显。其中,有十三种"格"均根据题目情况选择设置,针对不同的题目给与不同的论述思路。这符合命题应试作文的实际。因此,在庄元臣这里,"认题"已不仅仅只是为了立意,更重要的是据题而用"格"。此外,其余各"格"则根据体势、风格等方面的审美标准来设置,如详略断续无定式,强调文章体势思理脉络的随机与多元;还有大雅、脱化、正大、新、洁等等。

"格"针对全篇意脉而言,其涵义已如前所述;"调"则针对一股内部意脉关系,其涵义有两端:

> 今之不知文者,谓调即是词,词即为调,误矣。"调"字有二义:有遣调之义,有和调之义。遣调者,如大将行兵,士卒器械,既已精利,又须调拨诸帅,某为先锋,某为后应,某为仗对,某为诱卒,使其多而不杂,散而有纪,乃为名将。为文亦然。一股已立,又须布置,何意为起,何意为承,何意为转,何意为合,使曲而不突,紧而不懈,腴而不瘠,匀而不复,乃为佳器。和调者,如庖人烹味,尝其酸咸辛辣,使皆适口,而无偏浓之味。为文亦然。一股之中,相其起承转合,气缓处促之使捷,意晦处刮之使明,句滞处琢之使溜,机窘处衍之使开。词太硬者调以温和,意太露者调之一蕴藉。此皆调之作用,故有意虽浅而不觉其淡,词虽清而不嫌其单者,其调法善也。有意愈多而反觉其杂,词虽华而反厌其浮者,其调法不善也。

庄氏所说"调"之二义,以义判音,第一义之"调"读作 diào,指处理一股之内意脉之起承转合的关系;第二义之"调"则读作 tiáo,指从气运缓急、文意明晦等方面调整一股之意与词,使其呈现适宜和谐的状态。对于这种每股文字均刻意经营起承转合关系的做法,前人已颇多诉病。王夫之云:"起承转收以论诗,用教幕客作应酬则可。其或可者,八句自为一首尾也。塾师乃以此作经义法,一篇之中,四起四收,非藏虫相衔成青竹蛇而何?"①高塘《论文集钞·文法集说》云:"今则长比排偶,以股为起承转收,多犯四橛之病,与前后神气不贯。"王夫之、高塘都认为,如果每股都追求起承转收,终会导致文章气韵不通的僵化之病。八股文体例结构原本固定,若再于其中极致追求意脉处理之模式法则,必然使八股文写作愈加走向机械模拟之途而终归消沉。因此,庄元臣论八股文全篇之"格"尚为可取,而论每股内部之"遣调"与"和调"则失于机械和琐碎。当然,若从指导士子揣摩学习的角度来看,明代大部分论八股文程式作法的著作都有此情形。

从总体上讲,庄元臣的"格调"论准确地抓住了古文与时文一重"立意"一重"格调"的区别,是在时文与古文相比较对照的视野下得到的研究发现。相关理论不仅丰富了明代"格调"论的内涵,也在一定程度上提升了时文理论的水平。

## 三、文贵"自然"与"法不可不知"的辩证

在中国文学史上,自文学立法之后,"法"与"自然"的复杂辩证关系就存在了。一方面,文人感物抒怀,莫非自然;另一方面,创作者安章宅句,务期弗逆于法度。"自然"与"法度"这两个看似异质的观念却可以并行不悖地存在于法已建立之后的诗文艺术世界。无论是"法"的支持者还是反叛者,在创作中都离不开"法"来思考问题。这种"法"与"自然"的辩证关系在庄元臣的文章学思想中得到了较为典型的体现。

庄元臣对文章创作的本质和最高境界有着十分明确的看法,认

---

① 王夫之著,戴鸿森笺注《姜斋诗话笺注》,人民文学出版社,1981 年,第 81 页。

为文为"心声",文贵"自然"。他在《论学须知》开篇即说：

> 夫文,心声也。意积于心而声冲于口,如泉之必达,如
> 火之必热,如疾痛之必鸣号,不待思之而后得也。然虽不思
> 而性灵之所抒泄,天真之所吐露,自有伦有次,有文有理,斐
> 然可观,不待饰之而后工也。……故夫知造化圣人之文者,
> 始可以论文矣。盖造化不求观,圣人不求名,皆本乎自然而
> 发乎不得已,故其文独至也。

这段话的涵义有两个方面：其一,文为心声,是"性灵"与"天真"的抒
泄与吐露；其二,文贵自然,不待"思"与"饰",造化之文与圣人之文皆
"本乎自然而发乎不得已",故"其文独至"。庄元臣论为文贵"自然",
其根源当与道家思想有关[①],而最直接的根源则是苏氏父子的相关
言论。

如前所述,庄元臣倾心于苏家父兄的为学风范和创作才华,不仅
在著述中多处称引苏氏父子的言论,更以苏文为典范分析文法。《论
学须知》专辟一章"论苏文当熟",以示对苏文的喜爱与重视。在随笔
体文话著作《文诀》中,庄元臣又引用了苏轼《南行集序》论为文"充满
郁勃而见于外"和"有所不能自已而作"的内容并表示赞赏。[②] 事实
上,苏轼之父苏洵在《仲兄字文甫说》中早以"风水相遭"之喻论作文
"自然"之理。[③] 他认为,"天下之至文",应当如同风行水上,"无意乎
相求,不期而相遭,而文生焉。"尽管这种以自然为文学创作最高境界

---

① 道家思想对庄元臣影响十分明显,杨达荣先生曾撰文对此有所论析。参见杨达荣
《〈叔苴子〉以道融儒佛的思想特色》,《广西师范大学学报(哲学社会科学版)》,1987 年第 3
期。

② 《文诀》第七条:"苏子瞻《南行集序》云:'昔之为文者,非能为之为工,乃不能不为
之为工也。山川之有云,草木之有华实,充满郁勃而见于外,夫虽欲无有,其可得耶? 自少
闻亲君之论文,以为古之圣人,有所不能自已而作者。故轼与弟辙为文至多,而未尝敢有
作文之意。'观苏家父子之论文如此,其与秘其饾钉帖括,父子兄弟私相宝授,以为文章捷
径者,岂不远哉! 虽三苏才具过人,自足拔世,要之学问头颅指途示之功,不可诬也。"

③ 苏洵《仲兄字文甫说》,曾枣庄、刘琳主编《全宋文》第二十二册,巴蜀书社,1992
年,第 157 页。

的思想并非创论,但苏洵用生动形象的比喻加以阐论,深入浅出,对后世影响极大。苏家父子对庄元臣的影响可见一斑。

然而,自相矛盾的情况似乎出现了:一方面认为只有"不思""不饰"、"本乎自然而发乎不得已"方能为至文,另一方面又重视文章作法,系统总结了古文和时文文法体系①。当然,事实并非如此。庄元臣在阐述了为文贵"自然"的观点后,紧接着承认了文之"方术"从无到有逐渐兴起的历史事实:"文章自《孟子》而下,即已挟方术而著书"。(《论学须知》引)在他的心目中,只有自然造化之文和孔子、老子之书能当"至文"之名,其后的文章或"庶几圣人之津吻",或"文愈灿而体愈漓",其原因全在于"至文不思而此以思,至文不饰而此以饰。缘思而得者,意之靡也。缘饰而工者,词之淫也。"由此他得出《典》《谟》而下无文章,《六经》以后无著述"的论断。但是,"时运"、"气运"是文学发展的外部决定性力量。时运推移,文章创作的风气也会随着变化。《叔苴子》云:"文章关乎气运,非文章能转移气运也,乃气运移而文章随之"。(《叔苴子·内篇卷五》)因此,随着时代的演进,古今"风会"不同,古之为文者病于"思"与"饰",而今之为文者则病于"不能思""不能饰"。文章创作不得不从纯任"自然"逐渐走向探寻"思之方"与"饰之术"的新天地。庄元臣很清楚地看到文学发展过程中法度与技巧诞生的必然和历史事实。

承认了"法"的客观必然,就得面对"自然"与"法"的关系问题。对此,庄元臣在《文诀》第三十三条有专门的论述:

> 凡作诗文,不可强作,须其含意怀情,郁积充发,如水满而欲决,如抱冤而欲诉,然后取制作之法,为之经济置,取渔猎之词,为之铺张粉饰,不刻意而文已成矣。……虽然,法不可不知,而词不可不富也。夫法不知,则不伤于错杂,必

---

① 《庄忠甫杂著》中三部集中论文的著作《论学须知》、《行文须知》和《文诀》均与文法有关,除论古文作法的《论学须知》、论时文作法的《行文须知》外,《文诀》半数以上条例也为文章作法。

伤于径直,无禽张驰骤之势。词不富,则或窘于重复,或俭
于朴素,无璀璨陆离之观。譬之于纨帛,意者,丝也;法者,
机杼也;词者,彩色也。有丝而无机杼,则帛不成;有机杼而
无彩色,则帛不绚。……故求之心以蓄其意,参之名家以悟
其法,博之典籍以集其词,然后于艺文之道,思过半矣。

也许是庄氏意识到自己强调"不刻意"为文很可能会带来对"法"的冲击和质疑,因此特意阐说了"法"的重要性。他指出,主体情意郁积充发在先,制作之法采纳在后,二者不仅不相冲突,反有各安其位,相互促进协调的作用。换句话说,当法度建立以后,所谓"不刻意"之"自然"为有"法"之"自然",所谓"法"则是感物吟志莫非自然之后有效整理文字的必要手段。"法"与"自然"的关系在庄元臣这里得到了辩证的调和。这样一来,庄元臣不仅保持了为文尚"自然"的主张,也为自己研寻系统作文之法的行为找到了充分的依据。

(华东师范大学中文系　华南农业大学人文与法学学院)

# 二十世纪以来国内对日本
# 白居易诗学的研究[*]

聂改凤　查清华

**内容摘要**：白居易作为日本文坛最具影响力的中国诗人，对日本文学和文化产生过重大影响。二十世纪七八十年代开始，国内学者才真正对日本白居易研究进行深入考察，虽起步较晚，但至今成果丰硕，涵盖白集在日本的版本、校勘、辑佚、考证及传播、接受和影响等方面。日本学者多从自身理解和需要出发，对白居易诗进行选择性阐发和借鉴，这就使得白居易诗的接受带上日本的民族文化特色，从而丰富了唐诗学的意义。

**关键词**：日本；白居易；诗学；接受学

---

　　*　本文为上海市哲社规划项目《日本唐诗书目汇录》(编号：2017BWY006)、上海市高峰学科中国语言文学(B类)建设成果。

# Domestic Researches on Bai Juyi Poetics in Japan since the 20th Century

## Nie Gaifeng　Zha Qinghua

**Abstract**：As the most influential Chinese poet in Japanese literary world，Bai Juyi has a significant impact on Japanese literature and culture. Domestic scholars formally conducted an in-depth examination of Japanese scholars studies about Bai Juyi，since the seventies and eighties of the 20th century. Although starting late，it has achieved many fruitful achievements so far，in the aspects of *Bai Shi Wen Ji*'s version，collation，compilation，research and dissemination，acceptance and influence in Japan. From their own understanding and needs，many Japanese scholars conduct selective interpretation and reference on Bai Juyi's poems. So the acceptance of Bai Juyi's poems has the national cultural characteristics of Japan，thus enriching the significance of Tang poetics.

**Keywords**：Japan；Bai Juyi；poetics；acceptance；study

　　白居易在世时，他的诗就已通过各种途径传播到日本，深受日本文人喜爱。正如黄遵宪诗所言："几人溯汉魏根源，唐宋以还格尚存。难怪鸡林贾争市，白香山外数随园。"①的确，从平安朝传入到近世日本社会对白诗的受容从未中辍。但因为历史原因，国内关于白居易诗歌在日本的传播及接受的相关研究起步较晚。二十世纪四十年代后期，岑仲勉先生曾撰《论〈白氏长庆集〉源流并评东洋本〈白集〉》等文，较早论及日本流传的白集版本情况。而我国学者关注白居易文学在东亚文化圈中的历史地位并进而考量它与日本古代文学的相互关联，则大约开始于二十世纪的七十年代末期至八十

---

① 黄遵宪著，钟叔河注《日本杂事诗广注》，湖南人民出版社，1981年，第127页。

年代初。①此后，随着中日文化交流的推进和东亚汉学研究的展开，国内学界对白居易诗歌在日本的传播与接受有了更为深入的研究，成果颇丰。

一

白居易具有强烈的传播意识，他在创作的同时还积极进行着作品的推广传播。有效的传播手段使白诗在国内形成被接受的热潮，由此波及周边国家，特别是与唐土交往密切的日本。

关于白居易诗的传入时间多有讨论。会昌五年（845）白居易自为《白氏长庆集后序》，曾提及其诗集已传入日本、新罗。但由于现有资料不足，关于白诗传入时间的上限，学界至今意见不一。1981 年严绍璗发表《一代之诗伯　万叶之文匠——白居易诗歌与日本古代文学》一文，根据日本《国史略》所引《江谈抄》关于嵯峨天皇与文臣小野篁谈论白居易《春江》一诗的轶事，认为白居易生前二十多年，《白氏长庆集》尚在编纂过程中，其诗就已传入日本宫廷。②关于《江谈抄》中的这则材料，曾多次被学者用来说明白诗传入日本的情况。但蹇长春对此提出质疑：嵯峨天皇的这则轶事发生在弘仁元年，即唐宪宗元和五年（810）；而白居易《春江》一诗作于忠州刺史任上的次年，即元和十五年（820），时间上存在矛盾，因此他认为不能将这则材料视为历史证据。③1984 年严绍璗《白居易文学在日本中古韵文史上的地位和意义》文中还提及日本正史《文德实录》中关于白诗传入的记载，日本承和五年（838）即唐文宗开成三年，藤原岳守检查中国

①　严绍璗《序》，隽雪艳《文化的重写——日本古典中的白居易形象》，清华大学出版社，2010 年，第 5—6 页。

②　严绍璗《一代之诗伯　万叶之文匠——白居易诗歌与日本古代文学》，《文史知识》，1981 年第 1 期。

③　蹇长春《白居易评传》，南京大学出版社，2002 年，第 557 页。

商船，获《元白诗笔》（元稹、白居易二人诗文集）奏上。① 正史中首次记载白集的传入，这应是考证白诗传入日本的较为可信的材料。

关于白诗传入的途径与过程也有探讨。唐代中日之间交往频繁，日本官方曾多次派遣唐使、学问僧以及留学生来唐学习。他们中的很多人都曾将唐诗抄写带回日本，这其中就包括白居易的诗集。白居易诗集前后经过多次编集，因而其传入日本也是一个陆续完成的过程。曹汾《两地闻名追慕多，遗文何日不讴歌——白居易的诗歌在日本》就涉及这一问题。从承和五年（838）《文德实录》中所载《元白诗笔》，到承和十一年（844）圆仁和尚从长安带回日本的《白家诗集》，僧侣慧萼抄写的南禅院《白氏文集》，承和十四年（847）带回日本，以及其他来唐留学生都对白诗的东传做出过贡献，再到宽平年间（889—897）由藤原佐世编的《日本国见在书目》中对《白氏文集》、《白氏长庆集》的记载，为我们了解白诗传入日本的大致情况提供了参考。② 陈翀通过对保存于金泽文库旧抄本中的慧萼跋语的分析，考察了慧萼抄本的传入经过。③

如何强化白诗传播的手段，主要集中在读法上的加注训点以及具体传播形式上的诗媒意识、佳句摘取和诗歌选编。谢思炜《白居易集综论》专门讨论了白诗在日本的训点情况，认为在一条天皇时期（986—1011）开始对白诗加注训点，为女性学者甚至更多不太懂汉文的日本读者提供了方便，白集因之流播更广。④ 文艳蓉将白居易诗歌的具体传播方式归纳为三类：作为诗媒、借助佳句和选编作品。⑤

---

① 严绍璗《白居易文学在日本中古韵文史上的地位和意义》，《北京大学学报》，1984年第2期。

② 曹汾《两地闻名追慕多，遗文何日不讴歌——白居易的诗歌在日本》，《唐代文学论丛》，陕西人民出版社，1982年，第320页。

③ 陈翀《慧萼及其东传日本的苏州南禅院本〈白氏文集〉——会昌四年识语解读》，《白居易研究年报》第9号，日本勉诚出版社，2008年，第123—144页。

④ 谢思炜《白居易集综论》，中国社会科学出版社，1997年。

⑤ 文艳蓉《白居易生平与创作实证研究》，上海古籍出版社，2016年。

# 二

日本学者在白居易诗的文献整理和开发方面的情形及得失,国内学者进行了梳理研究,主要集中于版本、校勘、辑佚、考证等方面。

学界最早关注到日本流传白诗版本约在二十世纪三四十年代。岑仲勉《论〈白氏长庆集〉源流并评东洋本〈白集〉》一文,对东洋本即那波道圆本进行详细考证,指出那波本存在的种种弊端,认为马元调本优于那波本。最后指出那波本削注之弊是其最大的缺点。① 该文在详述那波本存在的弊端的同时,不免对那波本的价值有所忽视。另外岑仲勉对于白集金泽文库本亦有考证,《从金泽图录白集影页中所见》校记部分将金泽本与马元调本、东林寺本相较,指出在编次、文字上的异同;校后语部分根据影页金泽本各卷后记所抄写的时间,认为该本所属应为南宋抄本,并且因字体与今本相校存在讹误,从而认为该本并没有"特善之处"。②

直到二十世纪八九十年代学界开始关注到日本的古抄本。1988年隽雪艳发表《关于日本现存〈白氏文集〉旧抄本》,择要概括旧抄本情况,并通过《长恨歌》与《琵琶行》二例说明旧抄本的文献学价值。③ 之后,较为全面关注到《白氏文集》在日本流传版本情况的是谢思炜的《白居易集综论》,上编第二部分对日本古抄本《白氏文集》的版本源流做了专门性论述,价值颇高。④

进入二十一世纪,随着研究的进一步深入,学界对白集版本的探讨也更加全面,较有代表性的论述是文艳蓉的《日本白集版本源流综

---

① 岑仲勉《论〈白氏长庆集〉源流并评东洋本〈白集〉》,《岑仲勉史学论文集》,中华书局,1990年,第72页。原载《历史语言研究所集刊9》,1947年。

② 岑仲勉《从金泽图录白集影页中所见》,《岑仲勉史学论文集》,中华书局,1990年,第254页。原载《历史语言研究所集刊12》,1947年。

③ 隽雪艳《关于日本现存〈白氏文集〉旧抄本》,《文化的重写——日本古典中的白居易形象》,清华大学出版社,2010年。

④ 谢思炜《白居易集综论》,中国社会科学出版社,1997年。

论》，该文从《白氏文集》大集本、单行本、白集选本三大块对日本现存白集版本进行系统梳理。① 对于《长恨歌》单行本的专门研究，有胡可先等《论〈长恨歌〉的序与传》，对于《长恨歌》原作是否有序问题进行专门探讨。认为《长恨歌》原作有序，传入日本得以保存。在中国因陈鸿《长恨歌传》叙述详细，置于《长恨歌》之前，原有的《长恨歌序》遂逐渐散失。因而认为序与诗是一体的，传与诗是分离的。此外，文章还对《长恨歌》两个流传系统即《白氏文集》的总体性流传和单独抄本流传作了说明。②

关于日本白集校勘问题的探讨，目前较具代表性的论述是谢思炜的《日本古抄本〈白氏文集〉的源流及校勘价值》③，认为日本古抄本《白氏文集》一定程度上保存了旧抄本的若干文本。该文并就日本学者已经发表的成果，择要举例说明这些抄本在篇目及编次的校勘、书写格式的校勘、异文的校勘上的文献学价值。

学界对于日传白诗辑佚方面的研究数量不多，但质量颇高，影响甚大。二十世纪八十年代初，白诗辑佚问题就受到学者关注，严绍璗发表的《日本〈千载佳句〉白居易诗佚句辑稿》，具有开创之功。严先生取《千载佳句》所收 507 首白诗，与《全唐诗·白居易卷》及《白居易集》比勘，共辑得二集未收录白氏诗题 20 种，诗句 25 联。每条所辑佚文后均加按语，扼要说明创作时间、背景或诗句内容等。④ 朱金城《白居易诗集笺校》在此基础上结合日本学者的研究成果，增补部分白诗佚句，编入《外集卷·诗文补遗》。⑤ 九十年代，陈尚君辑校《全唐诗补编·全唐诗续拾》⑥，根据日本东京大学抄本《千载佳句》辑补白氏部分诗题和联句。陈翀认为大江维时编撰《千载佳句》时所用的白

---

① 文艳蓉《日本白集版本源流综论》，《文献季刊》，2010 年第 3 期。
② 胡可先、文艳蓉《论〈长恨歌〉的序与传》，《社会科学战线》，2008 年第 5 期。
③ 谢思炜《白居易集综论》，中国社会科学出版社，1997 年。
④ 严绍璗《日本〈千载佳句〉白居易诗佚句辑稿》，《文史》第 23 辑，1984 年。
⑤ 朱金城《白居易集笺校》，上海古籍出版社，1988 年。
⑥ 陈尚君《全唐诗补编》，中华书局，1992 年。

诗底本应是慧萼抄本,而与现存诸本相校,慧萼抄本载有不少白诗佚句。因而他还在《江谈抄》等日本平安古文献对于慧萼抄本的部分记载中辑得一些散佚白诗。① 这些都是关于日传白诗辑佚方面的标志性研究成果。

关于白集考证的研究亦成果卓著。在白诗辑佚研究的基础上,谢思炜对《千载佳句》所载白居易佚诗进行论考,认为部分佚诗误署作者或其确切性尚存疑问②。陈翀《慧萼东传〈白氏文集〉及普陀洛迦开山考》是关于慧萼所抄《白氏文集》的考证③,他还对从《江谈抄》中辑出的白诗佚文加以考证推测,认为这些佚诗及《长恨歌》原序很有可能是在两宋时期从《白氏文集》卷十二中脱离出来。④

对日本所传《白氏文集》进行全面考察的是孙猛的《日本国见在书目录详考》,对藤原佐世《日本国见在书目录》所著录的“白氏文集七十卷”进行考证,认为藤原佐世著录的应是会昌二年(842)成书的《白氏文集》七十卷本;对白集在日本的流布情况以及日本现存旧抄本的系统进行考索;并列出中日两国现存善本、刊本、校注本、日语译注本和优秀的研究成果等,为学者提供了详细的文献信息。⑤

# 三

白居易诗歌在平安朝独享尊位,至五山和江户时期逐渐减弱。郭洁梅《白居易与平安朝文学》⑥、肖瑞峰《白居易与日本平安朝诗

① 陈翀《新校〈白居易传〉及〈白氏文集〉佚文汇考——以日本中世古文献为中心》,《文学遗产》,2010 年第 6 期。

② 谢思炜《〈千载佳句〉所载白居易佚诗考辨——兼论中唐的歌传配合创作》,隽雪艳、高松寿夫主编《白居易与日本古代文学》,北京大学出版社,2012 年。

③ 陈翀《慧萼东传〈白氏文集〉及普陀洛迦开山考》,《浙江大学学报》,2010 年第 5 期。

④ 陈翀《新校〈白居易传〉及〈白氏文集〉佚文汇考——以日本中世古文献为中心》,《文学遗产》,2010 年第 6 期。

⑤ 孙猛《日本国见在书目录详考》,上海古籍出版社,2015 年,第 1985—1995 页。

⑥ 郭洁梅《白居易与平安朝文学》,《文学遗产》,1991 年第 4 期。

坛》①、宋再新《千年唐诗缘——唐诗在日本》②、潘怡良《日本平安时代白诗受容论稿》③都关注白诗在平安朝的受容状况。而张哲俊《都市研究：京都的都门与杨柳——五山诗人与王维、白居易的关系》，则从都市研究的新视角看五山文学对白居易诗的受容④；刘芳亮《大沼枕山对白居易诗歌的接受》就大沼枕山个人诗文创作入手，从侧面展示江户后期诗坛对白居易诗歌的接受⑤。此外，文艳蓉《白居易生平与创作实证研究》第六章从平安、五山、江户时期三个阶段依次论述白诗在日本的受容情况。⑥

　　日本学者多能从日本文学创作的需要出发，对白诗进行选择性阐发和借鉴，这就使得白诗的受容带上了日本的民族文化特色。

　　认可白居易后期知足保和、修身养性、独善其身的人生态度，是日本平安时代知识阶层喜爱白居易诗作的原因之一。他们的生活及政治态度与白居易后期的中隐、闲适思想相关联。⑦ 对此问题加以总结性研究的是严绍璗，他注意到不同阶层的日本读者对白居易诗有各异的审美取向，认为"平安时代不同阶层的知识分子均从白诗当中找到了自己所需要的成分"。上层官僚欣赏的是白居易晚年风流倜傥的欢娱生活及诗作，中下层贵族更关注于白诗中人生问题的思考，以寻求精神与物质的安慰。而白居易很多描摹唐代宫廷女性的作品及其对女性生活的同情与理解，则吸引着日本贵族女性。⑧

　　日本民族追求自然美以及物哀的思维和审美方式，与白居易的感伤、闲适诗所表现的感情色彩也相似。詹志和就认为，白居易的诗

---

　　① 肖瑞峰《白居易与日本平安朝诗坛》，《传统文化与现代化》，1998 年第 4 期。
　　② 宋再新《千年唐诗缘——唐诗在日本》，宁夏人民出版社，2005 年。
　　③ 潘怡良《日本平安时代白诗受容论稿》，吉林大学硕士学位论文，2009 年。
　　④ 见隽雪艳、高松寿夫主编《白居易与日本古代文学》，北京大学出版社，2012 年。
　　⑤ 刘芳亮《大沼枕山对白居易诗歌的接受》，《信阳师范学院学报》，2011 年第 1 期。
　　⑥ 文艳蓉《白居易生平与创作实证研究》，上海古籍出版社，2016 年。
　　⑦ 袁获涌《白居易作品在日本》，《唐都学刊》1996 年第 3 期；姚亚玲《白居易和日本平安朝文学》，《日语知识》，2003 年第 1 期。
　　⑧ 严绍璗《中日古代文学交流史稿》，福建教育出版社，2016 年。

作与日本文学具有相似的美学品格,因此才在日本备受欢迎,从而也影响了日本文学感伤风格的形成,并与日本原有唯美风格相融合,形成中古日本文学的主导风格。① 多数研究都从白诗悲剧主题与日本物哀文学所表现情感的一致性角度进行阐释,如吴芳龄认为《平家物语》侧重对《长恨歌》后半部展现的悲剧爱情故事和悲剧主题的借鉴,就与日本物哀的文学传统相关。②

　　相似的政治环境也会导致审美意识的趋同。邱博从社会学的角度探究白居易受容的政治因素:白居易处于唐朝由盛转衰的特殊历史阶段,而平安朝天皇权力逐渐旁落,武士家族势力渐趋崛起,贵族阶层走向衰微,贵族文人不免感到某种失落感,所以白居易诗作中的伤感情绪容易引起日本天皇和贵族产生情感共鸣,而其诗歌中的闲适思想又给日本贵族文人带去精神慰藉。中国传统诗学特别强调诗教传统,强调诗歌的政教伦理价值。但是日本的诗歌观更重个人感受,文学与政治相对疏离。该文还提到日本学者神田秀夫的观点:"白乐天的诗是考虑到'政治价值'的,是很自然的事。但对日本人来说,诗和政治却是没有什么缘分的。"③

　　与政治的疏离也表现在女性作家群对白诗的接受方面。刘隽一认为,平安时期的女性文人受自身温柔娴静性格的限制,追求自我的小世界,这决定了她们不可能接受白居易反映社会政治题材的讽喻诗,而只能局限于闲适和感伤之作。④ 陈建梅则认为,白居易新乐府诗中部分描写后宫女子凄惨遭遇的讽喻诗,表达了对女性生活的同情与理解,吸引着日本贵族女性。而这种接受与日本当时的一夫多

---

①　詹志和《中国诗人白居易与日本文学中的唯美、感伤风格》,《文艺研究》,1992 年第 4 期。

②　吴芳龄《绵绵长恨,也哀也美——试论〈平家物语〉对〈长恨歌〉的借鉴》,《福建师范大学学报》,2003 年第 5 期。

③　转引自邱博《巧借他山石——日本平安文学对白居易感伤诗的承袭》,《齐齐哈尔大学学报》,2006 年第 5 期。

④　刘隽一《白居易讽喻诗在日本平安时期的传播》,《世界文学评论》,2011 年第 1 期。

妻的婚姻状态下的贵族女性群体爱情伤感体验有关，所以实际主要是情感因素的借鉴，而较少关注于讽喻主题。①

此外，白居易作品数量多、取材广，具有"文学事典兼辞典性质"，语言表达又平易浅切、通俗易懂，文化创作符合大众的接受水平，即使翻译后也便于理解和接受，从形式、格调上都符合了日本文人学习汉诗的各方需求。② 而日本平安时代朝廷在选拔官员时曾增加写作汉诗的科目，天皇和贵族文人都是白诗的爱好者，这种状态下白诗在社会上的风行则成为一种必然。③

# 四

日本学者金子彦二郎曾谓："若撇开《白氏文集》论及平安时代初期以后的我国的文学，恐怕终究难以把握其真实的状况及其奥义，并且鉴赏和批评也难期正鹄。"④日本的文学作品——包括汉诗、和歌、物语、谣曲等各种体裁，都渗透了白居易文学的痕迹。二十世纪以来学术界对白诗影响学研究的探讨，也主要集中在这些方面。

日本汉文学发展中的变革——白诗对平安朝汉诗诗风的改变。曹汾的《唐代中日文学艺术交流》，较早提及《白氏文集》的流传彻底改变平安朝的诗风。⑤ 严绍璗对此一问题展开并深化，指出白诗的传入引起日本汉文学发展的变革，在日本中古韵文史上意义巨大。⑥ 其后严先生又发表《白居易文学在日本中古韵文史上的地位和意义》，具体论述日本汉诗对白诗的三种具体模拟形态，由对白诗模拟程度

---

① 陈建梅《〈源氏物语〉中脱离困境的引导——三首白氏讽谕诗的异国阐释》，《通化师范学院学报》，2015年第5期。

② 曹汾《唐代中日文学艺术交流》，《西北大学学报》，1979年第1期。

③ 巍然、毓方《白诗在日本》，《人民日报》，1980年7月15日。

④ 转引自隽雪艳《文化的重写：日本古典中的白居易形象》，清华大学出版社，2010年，第13—14页。

⑤ 曹汾《唐代中日文学艺术交流》，《西北大学学报》，1979年第1期。

⑥ 严绍璗《一代之诗伯 万叶之文匠——白居易诗歌与日本古代文学》，《文史知识》，1981年第1期。

的不断加深见出白诗对日本汉诗逐步深化的影响力；该文首次论及平安时代汉诗与日本民族文学"相生"的关系，否定某些研究家认为的汉诗与和歌"相克说"，日本文学有其自身的民族性。① 胡洁《白诗和平安文学的女性形象》则论及白居易诗作中描写女性人生的作品对日本汉诗产生的影响②。

日本民族文学的首次大发展——对物语、和歌等的影响。关于这一方面的整体性研究成果，七十年代出现了刘德有的《白居易在日本——中日文化交流史话》，论及白居易诗歌对日本民族文学创作的影响③，然未及展开。曹汾认为奈良至平安初期汉文学占据统治地位，日本民族文学几乎到了空白期，而平安中期以后，受白集影响民族文学开始迅速发展，物语、和歌、散文均取得一定成就。④ 高文汉《道真文学与白居易诗歌》论述菅原道真的汉诗对白居易讽喻诗的借鉴和吸收⑤，范闽仙《〈和汉朗咏集〉中的白居易诗句》研究日本汉诗对白居易诗歌的受容情况⑥。刘小俊《古典和歌对白居易诗歌借鉴一例》，以白居易表现悠然自在情感的某一闲适诗为例，与日本表现悲伤情感的和歌比较，认为和歌虽在表面的构思和用词上借鉴了白居易诗句，但本质上表达的主题和心境却与白居易的诗句不同。说明和歌在借鉴白诗时多数无视原诗主题，受容时具有恣意性和实用主义的特点⑦。

在整体性研究之外，还有不少学者就某一类著作如何具体受白诗影响展开研究，其中关注最多、研究成果最为集中的是关于白居易《长恨歌》对《源氏物语》的影响。如林文月《〈长恨歌〉与〈长恨歌传〉

---

① 严绍璗《白居易文学在日本中古韵文史上的地位和意义》，《北京大学学报》，1984年第2期。
② 胡洁《白诗和平安文学的女性形象》，《日语学习与研究》，2008年第6期。
③ 刘德有《白居易在日本——中日文化交流史话》，《光明日报》，1978年8月13日。
④ 曹汾《两地闻名追慕多，遗文何日不讴歌——白居易的诗歌在日本》，《唐代文学论丛》，陕西人民出版社，1982年。
⑤ 高文汉《道真文学与白居易诗歌》，《文史哲》，2008年第6期。
⑥ 范闽仙《〈和汉朗咏集〉中的白居易诗句》，《福建外语》季刊，1995年第1—2期。
⑦ 刘小俊《古典和歌对白居易诗歌借鉴一例》，《日语学习与研究》，2003年第3期。

对〈源氏物语〉的影响》①,何寅、裴依近《白居易和〈源氏物语〉》②,王椒《〈源氏物语〉与〈白氏文集〉》③,高志忠《白居易与〈源氏物语〉》④,叶渭渠,唐月梅《中国文学与〈源氏物语〉——以白氏及其〈长恨歌〉的影响为中心》⑤,周相录《〈长恨歌〉研究》论述了〈长恨歌〉在日本的流传与影响⑥。此外,许明注意到被贬时期的白居易和物语《须磨》卷中的源氏形象的相似性,认为在被贬缘由、贬后心境,甚至于用品、衣物等方面,《须磨》卷都有对谪贬江州时白居易形象的吸收借鉴⑦。还有学者关注到白诗对随笔类作品《枕草子》的影响⑧。

　　白居易晚年崇尚佛教,并一贯奉行"狂言绮语观",对崇佛的日本人及日本文学产生很大影响。刘瑞芝认为白居易的"狂言绮语观"作为一种重要的文艺思潮,解决了日本对白诗文化的推崇与佛教信仰之间的矛盾,使得日本人在文学追求与佛教信仰的矛盾中得到统一,促进了日本文学的发展。⑨

　　大多数的研究者都注意到白居易对日本文学的正面影响,却较少谈及负面影响。肖瑞峰《白居易与日本平安朝诗坛》,探讨了白诗对日本文学影响的得与失。其中"失"的一面归结为二,一是平安朝学白而未得其正,二是艺术上存在言繁语冗的弊端⑩。

　　① 林文月《〈长恨歌〉与〈长恨歌传〉对〈源氏物语〉的影响》,《台北现代文学》44,1971年。

　　② 何寅、裴依近《白居易和〈源氏物语〉》,《中国比较文学》,1985年第1期。

　　③ 王椒《〈源氏物语〉与〈白氏文集〉》,赵乐甡主编《中日比较文学研究》,吉林大学出版社,1990年,第41—54页。

　　④ 高志忠《白居易与〈源氏物语〉》,《日本研究》,1993年第2期。

　　⑤ 叶渭渠、唐月梅《中国文学与〈源氏物语〉——以白氏及其〈长恨歌〉的影响为中心》,《中国比较文学》,1997年第3期。

　　⑥ 周相录《〈长恨歌〉研究》,巴蜀书社,2003年。

　　⑦ 许明《司马青衫湿几许,无限愁容迁须磨——谈谪贬时期的白居易对〈源氏物语·须磨卷〉的影响》,《殷都学刊》,2001年第2期。

　　⑧ 李传坤《试论白居易文学对〈枕草子〉的影响》,《外国文学研究》,2006年第5期。

　　⑨ 刘瑞芝《论白居易的狂言绮语观在日本文学史上的影响》,《外国文学研究》,2005年第3期。

　　⑩ 肖瑞峰《白居易与日本平安朝诗坛》,《传统文化与现代化》,1998年第4期。

综上所述,关于白居易诗歌在日本的传入、流播、影响以及现存版本,特别是日本汉诗、和歌和小说等对白诗的受容等的研究都取得丰厚成果。亦有越来越多的学者关注日本国内的白诗研究。如马歌东注意到日本诗话中对白诗的品评,发现自平安朝以后,对白居易褒贬不一,评论趋向多样化,但创建不多①;蒋寅撰有《20 世纪海外唐代文学研究一瞥》一文,涉及日本白居易文学的研究现状②;王兆鹏撰《20 世纪日本唐代文学研究成果量的发展变化》,对二十世纪日本唐代文学研究的成果分战前、战后两个时期进行比较研究,亦涉及白居易作品③。此外,还出现一批译著。王文亮、黄玮等将花房英树所著《白居易》一书翻译出版④,马歌东《日本白居易研究论文选》翻译日本白居易研究论文 8 篇⑤,刘维治对日本学者川合康三的《从词语繁复看唐代文学中的白居易》进行翻译⑥,隽雪艳、高松寿夫主编《白居易与日本古代文学》收录翻译山中悠希、阵野英则等十多位日本学者的研究论文⑦。但总体上看,主要集中于白居易的少数名篇,研究范围还有待拓展;且多采用比较文学的角度,对日本学者有关白诗的内在意义和艺术性能的阐发尚嫌不够。至于从选、编、注、解、评、论、译、作各种接受方式综合考察白居易诗的受容情形,以及系统梳理日本各个时期白居易诗学的演变轨迹及其理论特色,则尚存较大的研究空间,有待学者继续开掘。

(上海师范大学人文与传播学院)

---

　　① 马歌东《白居易研究在日本》,《日本白居易研究论文选》,三秦出版社,1995 年。
　　② 蒋寅《20 世纪海外唐代文学研究一瞥》,《求索》,2001 年第 5 期。
　　③ 王兆鹏《20 世纪日本唐代文学研究成果量的发展变化》,《社会科学战线》,2015 年第 5 期。
　　④ 花房英树《白居易》,王文亮、黄玮译,北京社会科学文献出版社,1991 年。
　　⑤ 马歌东《日本白居易研究论文选》,三秦出版社,1995 年。
　　⑥ 刘维治《元白研究》第三部分,人民教育出版社,1999 年。
　　⑦ 隽雪艳、高松寿夫主编《白居易与日本古代文学》,北京大学出版社,2012 年。

# 初唐送别诗的地域结构及其
# 与文学之关系研究

## 王 莉

**内容提要：** 由于初唐送别诗的诗题和诗歌内容大多表明或暗示了创作地点与行人所至地点，故而通过定量分析以及文本细读的方法，寻绎出初唐送别诗中行人移动时空的分布规律及其与文学之关系显得尤为必要。就初唐送别诗的地域结构特征而言，关中、河南（山东之二）、巴蜀三地为初唐送别诗中行人往来最多的三地。由于长安、洛阳在初唐的特殊地位，使得初唐送别诗中出入关中、河南（山东之二）的人员大多是朝官和地方官。而他们各自不同的分别动因及其身份特征，又深刻影响了诗作的艺术构思与诗歌风格。与此同时，初唐送别诗中的文士入地方的动因，不仅与初唐的时代风貌相契合，而且也从侧面反映了地域的发展状况。

**关键词：** 初唐送别诗；地域结构；文体特征；身份特征；分别动因

# A Study on the Regional Structure of the Early Tang's Farewell Poems and Its Literary Relations

## Wang Li

**Abstract**: Because the title and poetry content of the early Tang Dynasty's farewell poems mostly indicated or implied creative place of the poem and destination of the pedestrian, so to find out, through quantitative analysis and textual analysis, the distribution of the farewell poems in pedestrian movement and the relationship between literature and space is necessary. In the case of the regional structure of the early Tang Dynasty's farewell poems, Guanzhong and Henan as well as Sichuan are the places where pedestrian come and go frequently. Because of there, Changan and Luoyang, special status in the early Tang Dynasty, government officials and local officials are the most important component of the pedestrian that go and come to Guanzhong and Henan. And their different separate motivation and identifying features have a profound impact on the artistic conception of poetry and poetry style. At the same time, the motivation that the scholar head for, not only fit with the spirit of the times in the early Tang Dynasty, but also reflected the development of the region from another perspective.

**Keywords**: the early Tang Dynasty's farewell poems; the regional structure; stylistic features; identifying features; separate motivation

## 一、初唐送别诗地域结构概述

就唐代的送别诗研究来说,以往学者大多把研究视野锁定在通论唐代送别诗,专论盛唐、中晚唐送别诗与单个作家的送别诗上,而较少关注到初唐送别诗。与此同时,初唐送别诗研究数量不仅非常有限,而且多集中于"初唐四杰"、"沈宋"、陈子昂等一流诗人诗作的研究,缺乏整体性、系统性观照。这就说明,初唐送别诗研究还有众多有待开掘的领域和视角。由于初唐送别诗的诗题和诗歌内容大多表明或暗示了创作地点与行人所至地点,因此针对初唐送别诗的这一文学现象,本文力图寻绎出初唐送别诗中行人移动时空的分布规律及其与文学之关系。

关于唐代文化区域的划分,大略说来,有南方和北方两大文化区域。但在唐代具体的地域文化分区上,各家将之与自身研究对象相关联,故往往各持己见、各说不一。张伟然《唐人心目中的文化区域及地理意象》一文站在唐人的角度力求真实地反映唐代人感觉中的文化区,对唐代文化区域的研究并非简单以文化特征的空间分布为划分标准,而是以唐人对区域的体认为判断依据,并在将唐代的空间分布范围分为边疆和内部区域分而论之的情况下,将唐代内部区域细分为关中、河东、河北(山东之一)、河南(山东之二)、巴蜀、荆湘、江淮七大区域。[①] 故而,本文即大体以此为准,将初唐送别诗的地域主要分为边疆两大区域和内部七大区域来加以考述。同时,在兼顾到初唐送别诗中的边疆地域主要为唐朝的南部边疆岭南和北部边疆的实际情况,以及初唐送别诗中行人目的地亦有至外蕃现象,拟具体分关中、河东、河北(山东之一)、河南(山东之二)、巴蜀、荆湘、江淮、岭南、北部边塞、外蕃十大区域来探析初唐送别诗的地域分布格局。

对初唐送别诗的地域考述可分为两个层次,一是送别地考述,再一是行人目的地考述。由于初唐送别诗的诗题和诗歌内容大多表明或暗示了创作地点与行人所至地点,因而这就使得对初唐送别诗的地域考述具有了可操作性。具体而言,本文对初唐送别诗创作地点与诗中行人至所的统计主要有三个出发点:其一,初唐送别诗在制题上,通常的格式是《送××之(归、还、赴、入、使、游、适、任)××地

---

① 张伟然《唐人心目中的文化区域及地理意象》,李孝聪主编《唐代地域结构与运作空间》,上海辞书出版社,2003年,第307—412页。

(官职、郡望)》与《××地送别》两种模式,这些诗题直观反映了初唐送别诗的地域。其二,初唐送别诗在制题上通常也会连带交代饯行对象的身份、饯行原因,并且对行人的郡望、官职、行第皆一一写明。因而,即便诗题没有明确揭示地域信息,我们将诗题的这些附加信息与其他背景材料相参照,亦能对行人所至地点进行考订。其三,初唐送别诗一般都会对分别地、经行地、目的地风物、人文作一番描述,这些特定地域文化意象亦可反映地域信息。基于此,通过对《全唐诗》中250首初唐送别诗的地域考察①,检得创作地点明确的共有179首111人次,行人至所明确的共197首132人次。那么,初唐送别诗中的送别地点和目的地主要分布在唐代的哪些地域,其分布又有怎样的规律和特定内涵呢?兹将初唐送别诗中地域信息详列于下:

表一　初唐送别诗的地域结构

| | 送别地（人次） | 所占比例 | 目的地（人次） | 所占比例 | 总计（人次） | 所占比例 |
|---|---|---|---|---|---|---|
| 关中 | 47 | 42.34% | 22 | 16.67% | 69 | 28.40% |
| 河南（山东之二） | 21 | 18.92% | 27 | 20.45% | 48 | 19.75% |
| 巴蜀 | 18 | 16.22% | 21 | 15.91% | 39 | 16.05% |
| 江淮 | 7 | 6.31% | 16 | 12.12% | 23 | 9.47% |
| 北部边塞 | 2 | 1.80% | 17 | 12.88% | 19 | 7.82% |
| 岭南 | 9 | 8.11% | 7 | 5.30% | 16 | 6.58% |
| 荆湘 | 4 | 3.60% | 9 | 6.82% | 13 | 5.35% |
| 外蕃 | 0 | 0.00% | 7 | 5.30% | 7 | 2.88% |

---

① 此处统计所据版本为《全唐诗》增订重印本(中华书局编辑部点校,中华书局,1999年)。与此同时,依《全唐诗重出误收考》、《全唐诗人名考证》及学界研究成果,已公认为误收者,则不在此统计数据内。另外,本书所引《全唐诗》皆据《全唐诗》增订重印版。

|  | 送别地（人次） | 所占比例 | 目的地（人次） | 所占比例 | 总计（人次） | 所占比例 |
|---|---|---|---|---|---|---|
| 河北（山东之一） | 2 | 1.80% | 2 | 1.52% | 4 | 1.65% |
| 河东 | 1 | 0.90% | 4 | 3.03% | 5 | 2.06% |

　　据表一可知,初唐送别诗中行人往来于关中的数量占绝对优势地位,河南(山东之二)和巴蜀分别排在第二、第三位,分别为48人次和39人次,两地相差无几。关中、河南(山东之二)、巴蜀三地为初唐送别诗中行人往来最多的三地。单从创作地点来看,关中的诗作亦占绝对优势;河南(山东之二)和巴蜀分别排在第二、第三位,分别为21人次和18人次,两地仅仅相差3人次。由此可见,初唐送别诗的创作地点主要集中在关中、河南(山东之二)、巴蜀三地。其他地域如岭南、江淮、荆湘、北部边塞、河北(山东之一)、河东等六大区域的初唐送别诗创作则相对零星有限。又,从初唐送别诗中行人目的地来讲,居于前三位的为河南(山东之二)、关中、巴蜀三地,分别为27人次、22人次、21人次。河南(山东之二)、关中、巴蜀三地亦是初唐送别诗中行人目的地最密集的地区。同时,北部边塞以17人次、江淮以16人次亦可称得上行人常至之所,成为初唐送别诗中行人目的地的次一级地区。而初唐送别诗中行人至岭南、荆湘、河北(山东之一)、河东、外蕃五大区域的行迹则相对稀疏。

　　下面,就从简单介绍本文唐代地域分区范围入手,[①]并结合某地域的送别诗创作数据统计,以对初唐送别诗的地域分布作一系统的考述。

---

　　① 按,由于本文唐代地域划分主要参考的是张伟然先生《唐人心目中的文化区域及地理意象》一文,故下文关于各分区的地理范围、各地域文化特征皆主要本自张伟然先生此文。

## （一）关中

关中,在唐代的地域范围:东起崤山、函谷关,西迄陇山,南界秦岭,北抵黄河,以现在的区域划分来讲,为陕西省秦岭以北地区及甘肃、宁夏两省的东部地区。关中的地域文化归属为秦文化,其具体特征比较突出的有三点:其一是游侠之风;其二是重功利;其三是人口流动频繁。关中作为"秦中自古帝王州"之所在,"积千余年之神英,而黄河上游,遂为全国之北辰,仁人名子之所经营,枭雄桀黠之所挽夺,莫不在于此土。取精多,用物宏,故至唐而犹极盛焉"①。关中共计 69 人次往来,其中 47 人次离开 22 人次进入,在全国各大区域中居于首位。据初步统计,这些人群主要分布在京兆府及京畿附近的州县。

## （二）河南（山东之二）

该区域的地理范围为:以黄河为北界,淮水为南界,西抵崤山、函谷关,东至于海。其大体相当于今河南、山东两省及苏北、皖北部分地区。本区西部为中原大地,为"中原文化";东部为齐鲁大地,为"齐鲁文化"。这一地区多帝乡,多京邑,经济基础雄厚,历史文化悠久,文化家族众多,为中国传统文化的发源地和核心区域。② 同时,河南(山东之二)的洛阳,在初唐的地位颇为特别。据表一统计,河南(山东之二)共计 48 人次往来,比关中地区 69 人次略少,但因洛阳的特殊地位,使其仍居第二位。与此同时,我们注意到初唐送别诗中离开河南(山东之二)的人次虽远低于关中,但进入该地区的人次却比关中地区的多 5 人次。这虽与河南(山东之二)地域范围较关中更为广阔有关联,但也在一定程度上说明了该地域在唐代的特殊地位。

## （三）巴蜀

巴蜀指的是大巴山及其以西地区。其北、西、南界分别为秦岭、

---

① 转引自张仲裁《唐五代文人入蜀考论》,中国社会科学出版社,2013 年,第 61—62 页。按,本文关于唐代各分区的地理范围、各地域文化特征部分参考了张仲裁先生之论述。

② 参考张仲裁《唐五代文人入蜀考论》,第 63 页。

西山、大渡河及长江干流。据表一统计,初唐送别诗中出入巴蜀的人次计39,仅排在关中、河南(山东之二)之后,位居第三。同时,创作地为巴蜀的诗作共24首18人次,目的地为巴蜀的诗作共22首21人次。但该地区送别诗的创作群体却主要赖于"初唐四杰"和陈子昂等人,使得巴蜀地区送别诗的创作繁盛具有了特殊性。初唐以巴蜀为创作地的送别诗以及送行人入蜀皆主要是由"初唐四杰"和陈子昂完成的:"初唐四杰"共创作了14首送别诗,共进行了9人次的饯别;陈子昂共创作了7首送别诗,共进行了6人次的饯别。合而观之,"初唐四杰"和陈子昂共在巴蜀进行了15人次的送别,占巴蜀送别人次的5/6;共创作了21首送别诗,占在巴蜀创作送别诗的7/8。与此同时,行人至所为蜀地的诗作亦主要是出自"初唐四杰"和陈子昂之手:"初唐四杰"共创作了14首送人入蜀诗作,占初唐送人入蜀诗作的7/11;送别人次共计14人次,占初唐送别诗中行人至所为蜀地的7/11。

## (四)江淮、荆湘、河北(山东之一)、河东

江淮,其地域内部可以划分为淮南、江西与江南三个地域。其中江南、淮南为以扬、苏、湖、杭诸州为核心的长江下游地区,其文化归属为吴越文化。从表一数据统计来看,江淮地区在初唐送别诗中成为行人往来的第四集中地,进入该地域的人员占16人次,略低于亦属南方地区巴蜀的21人次,但远远高于进入荆湘的9人次。与此同时,以江淮为创作地的送别诗仅6首7人次,其分别为:宋之问在越州长史任上于越州镜湖所作别诗《湖中别鉴上人》,以及他自越州长史贬钦州时留别"王长史"时所作《渡吴江别王长史》诗。王勃于白下驿送"唐少府"还乡的送别诗作《白下驿饯唐少府》;骆宾王于吴地送"费六"还乡时所作《送费六还蜀》诗。另外一首他在青田所作的送别诗《送王明府参选赋得鹤》,则可能作于诗人贬临海丞时。韦述在广陵"宋员外"与"郑舍人"时,创作的送别诗《广陵送别宋员外佐越郑舍人还京》。可见,初唐送别诗中以江淮为创作地者,主要取决于宋之问、王勃、骆宾王、韦述四人。

荆湘,地处长江中游,其南界岭南,西邻黔中并以大巴山与巴蜀

交界,大体对应现在的湖北、湖南两省。其文化归属为楚。从表一数据统计来看,初唐送别诗中往来于荆湘的人员仅 13 人次。其中,荆湘地区的送别诗仅 4 首 4 人次,其中宋之问共 2 首 2 人次,一为他自越州长史流放钦州时所作的《宋公宅送宁谏议》诗,一为他在襄阳所作的《汉江宴别》诗。另外两首,一为荆湘本土作家孟浩然的《送张子容进士赴举》诗;一为严巑赴凉州都督司马逸客幕府时在楚地留别之作《别宋侍御》诗。

河北(山东之一),其地域范围为西自太行山,东至海,南界大河,北临塞。又张伟然先生在划分唐代文化区域时,已将河北(山东之一)中的幽州、定州以北的地方归为边地[①],故而本文的讨论的河北(山东之一)则不包括幽并在内及其以北地区,而将这些地域归为边塞。从表一数据统计来看,往来于河北(山东之一)的人员仅 4 人次,在河北创作的送别诗仅骆宾王的《于易水送人》与麹崇裕的《送司功入京》[②];再者,进入该地域的也仅 2 人次,且进入的地点皆在该地域的南部:一者为赴任相州刺史任[③],一者为赴沧州游宦[④]。

河东,其地域范围为太行山以西,黄河以东,对应唐代的河东道,今天的山西省。其地域内部的南部和北部亦有较大地域差异,自太原以北,唐人视之如塞外;而晋南则文教颇为发达。[⑤] 但我们注意到,初唐送别诗中行人往来于这一地区的人次却仅 5 人次。其中以河东为创作地的初唐送别诗仅 1 首,是为王绩应征时留别泰州故人所作

---

①　张伟然先生云:"自并州以北,在唐人心目中都已是边地。并州的地位与幽州相仿,唐人普遍认为该地已经进胡。"张伟然《唐人心目中的文化区域及地理意象》,第 320—321 页。

②　题下注云:"崇裕为冀州参军,尝有司功入京,以诗送之云云。司功曰:'大才士,先生谁是?'曰:'吴儿博士教此声韵。'司功曰:'师明弟子哲。'"见《全唐诗》卷八六九,增订本,中华书局,1999 年,第 9914 页。

③　由张大安同题诗《奉和别越王》"离襟怆睢苑,分途指邺城"句中之"邺城"(按,邺城,唐属相州),故刘祎之、李敬玄、张大安三人所作《奉和别越王》同题应制诗皆送越王赴任相州刺史之作。详参彭庆生《初唐诗歌系年考》,北京大学出版社,2012 年,第 145 页。

④　李峤《送崔主簿赴沧州》诗,见《全唐诗》卷五八,第 695 页。

⑤　张伟然《唐人心目中的文化区域及地理意象》,第 341 页。

《被举应征别乡中故人》诗。①

## （五）北方边塞、岭南、外蕃

北方边塞：东北的边界在辽水；自辽水往西，幽并两州以北的地方在唐人心目中已是边地；从河套到贺兰山一带，以黄河为凭据；贺兰山以南，陇山以西率为边塞。据表一，初唐送别诗中赴边从戎的共计 17 人次，位居行人目的地排行榜的前列。其中在北方边塞创作的送别诗仅 2 首 2 人次，且皆为陈子昂万岁通天元年随军东征契丹时所作诗。一为在蓟城送崔融应召赴都时所作《登蓟城西北楼送崔著作融入都》诗；一为在蓟丘楼送"贾兵曹"奉公出使时所作《登蓟丘楼送贾兵曹入都》诗。

岭南，这里的"岭"指的是今天的南岭。从表一数据统计来看，在岭南创作的送别诗共计 11 首 9 人次，以岭南为目的地的送别诗共计 9 首 7 人次。与此同时，岭南送别诗主要是宋之问、张说贬谪岭南时期的创作。具体而言：宋之问自越州长史贬钦州时，在端州留别作《端州别袁侍郎》诗；张说贬钦州期间在岭南创作了 10 首送别、留赠诗。而进入岭南地区的人员亦多为遭贬之人，初唐送别诗中共计 7 人次进入岭南，其中 5 人次为逐臣，2 人次为赴任之官员。与此同时，初唐送别诗中往来于吐蕃、突厥、党项等外蕃的仅 7 人次，且这些出入外蕃的人员其身份都较特殊，或为和亲之公主及其扈从人员或为奉公出使人员。

综上所述，关中与河南（山东之二）这两个地域为行人往来最集中的区域。因为关中和河南（山东之二）分别是唐朝西京长安、东都洛阳所在地，往来于长安和洛阳的行人以及两地的诗作拉动了两地的地域分布比例。以统计数据而论，关中共计 69 人次往来，其中 47 人次离开 22 人次进入。以长安而论，共计 41 人次离开长安，占 41/

---

① 傅璇琮、陶敏《唐五代文学编年史·初盛唐卷》云："《唐大诏令集》卷一〇二武德五年三月有《京官及总管刺史举人诏》，绩当为本州岛（泰州）刺史所举。"（辽海出版社，1998年，第 20 页）

47 的绝对强势地位;14 人次进入长安,以 14/22 占优势地位。初唐送别诗中往来于洛阳的共计 31 人次,其中 16 人次进入洛阳,以河南(山东之二)为准,洛阳地区的进入人次以 16/27 占优势地位。易言之,初唐送别诗中往来于关中、河南(山东之二)的行人主要为出入京洛的群体。

## 二、初唐送别诗中行人入京洛考

唐代的政治中心,以两京为体,是为西京长安与东都洛阳,故而本文即以"京洛"指代长安和洛阳两地。下面拟主要从别者身份、入京洛动因、诗歌风格等方面,具体对初唐送别诗中行人入京洛的诗作,加以整理分析。

### (一)入京洛群体的身份特征

文人士子以及平民百姓生活的社会化、复杂化、多样化,不仅使得送别诗作大量产生,理应使得送别诗的表现范围更为广阔。但通过对初唐送别诗中行人出入地点为京洛诗作的整理分析发现,初唐送别诗中出入京洛的群体身份则比较单一化,具体而言:初唐送别诗中行人有 57 人为离开京洛者,能考据出饯别时行人明确社会身份的有 54 人:地方官 30 人,其中 5 人为自朝廷流贬赴任之地方官员;朝官 20 人,僧道 3 人,落第士子 1 人。再看,进入京洛群体的社会身份特征,初唐送别诗中有 28 人进入京洛者,能考据出饯别时行人明确社会身份的有 28 人:其中地方官 11 人,其中逐臣 4 人;朝官 10 人;庶人 7 人。综上所述,初唐送别诗中出入京洛的人员大多是朝官和地方官。这既说明京洛在官员活动中的地位,也在一定程度上反映了官员特别是朝官作为诗歌主要写作对象的文化垄断地位。

同时,从数据统计来看,出入京洛群体中地方官员数量处于绝对强势地位。这是由于唐朝科举制和铨选制的确立和完善,使得大批举子和待选官吏从全国各地赴京应举参选,通过铨选的举子和待选官员,便从京洛出发赴任地方官职。相对于数以千万计奔竞于科考入仕之途的士人,科举取士的名额是相当有限的。傅璇琮先生在《唐代科举与文学》中描绘了唐朝落第举子觅举和客居生活的艰辛与困窘，并指出："我们还应当看到那时举子的大部分是落第的，由于他们是科场的失败者，有些人考了十几年、几十年，可能终于无成，因此关于他们的情况，就很少记载。"①又，依照唐代铨选制度，六品以下文武官，在升入五品官以前，每一任秩满后即自动罢官，于岁末集于京师参加吏部铨选，量才授官。秩满失职的官员又像未登第前那样变成一介平民，四处奔走，重新开始觅举入仕之路。但是落第士子和秩满失职官员这两个大量往来于京洛的文学群体，在初唐送别诗中却绝少被书写到。就落第士子来说，初唐送别诗中仅有两首反映了落第士子的生活面貌。这两首诗歌为陈子昂落第归蜀时所作的两首留别诗：《落第西还别刘祭酒高明府》《落第西还别魏四憬》。至盛唐，送别诗中才出现了较多送落第士子的诗歌。

### （二）入京洛群体的动因与别诗风格

初唐送别诗中除去 7 人次不知入京洛原因之外，可以考知具体入京洛动因者共有 25 人次。对进入京洛动因进行比对辨析后，可列出赴任、还乡、宦游、赴举、奉公出使、应召、其他共计 7 类微观的入京洛动因。其中 4 人次赴任；4 人次游历，其中 3 人次宦游，1 人次游学；4 人次奉公出使，其中有 3 人次为出使归朝；3 人次应召；2 人次赴举；2 人次还乡；2 人次参选。还有 4 人次为其他类别的公私行役，考虑到这 4 类皆仅 1 人次，故不再单列其类。不同的分别动因往往意味着迥异的心态特征，这势必会对诗歌的情感基调与创作风格以及采用的艺术构思产生一定的影响。

首先，来看送人入京洛赴任诗。由于长安为举国上下的权力中心所在，能够任职京城，理应是士人的入仕理想。而洛阳作为唐王朝的陪都，在初唐的高宗和武后朝一度是帝王理事之地，由此可见洛阳在初唐的政治地位颇为特别。自显庆二年，高宗初幸洛阳，"手诏改

---

① 傅璇琮《唐代科举与文学》，陕西人民出版社，1986 年，第 447—448 页。

洛阳宫为东都,洛州官员阶品并准雍州"①,初唐时期洛阳官员的阶品与京师长安所在地雍州的一样。因此,送人入京洛赴任的别诗的情感基调多是或明朗昂扬,或雍容典雅,或简淡疏阔的。同时,正如其他送人赴地方赴任诗一样,不少送人赴京洛任职诗中亦有对行人政绩的展望和期许的内容。如景龙三年李适、李乂、沈佺期、徐彦伯等11人送唐永昌赴任洛阳令时,从《全唐诗》中所收12首送诗来看,除崔日用、阎朝隐、徐坚等人所写诗稍显低沉之外,其他8人所作9首诗作的情感基调都是明朗疏阔的。同时,李乂、沈佺期的七绝同题诗《饯唐永昌》中的后二句皆为对唐永昌赴任后政绩的展望。又如沈佺期《饯唐郎中洛阳令》诗,首联称赏唐永昌的才能,颔联破题点明别意,颈联描摹筵饯场景,尾联嘱托行人为政之暇,要想念老朋友"我"。整首诗歌皆无伤别之情,虽然是送别旧友,但因友人是前往东都洛阳任职,故而别诗的内在情感是简淡疏阔的。再如苏颋为洛阳令时,宋之问的《送合宫苏明府颋》诗,全诗概为对苏颋的赞美与政绩的期许之辞,且用典工整精妙;同送者还有张说,其诗《送苏合宫颋》亦重在表达对苏颋的推赞和政绩殷切期盼之情。

　　游历,由于其目的的不同其内部又有区分。因京洛政治地位的原因,《全唐诗》中所收初唐送别诗中属赴京洛游历的行人,皆是带有一定的政治功利目的,而并非出于简单的游山玩水的观赏目的。唐人登第前,大多士子都经历了漫长的干谒过程,然而登第还只是取得了入仕资格,之后必须通过吏部的关试,才能步入仕途。又依照唐代职官制度,六品以下文武百官,每一任秩满后即自动罢官,亦须赴京师参加吏部的铨选,通过考核者才能继续作官。如此说来,唐代士子登第前后或是"守选"之时都免不了长期在京洛旅宦奔走的人生体验。他们背井离乡进入权力角逐的中心,旅食的辛酸,加之谋仕的艰难,这些都会在行人心中激起万千心绪。基于此,这些共通的情感体验使得送人赴京洛游历或行人远赴京洛旅宦留别故友的诗作,其情

　　① 刘昫《旧唐书·本纪第四·高宗上》卷四,中华书局,2012年,第77页。

感基调则大多是低沉的。一般来说,行人赴京洛游宦时所作的留别诗里,既有与乡曲故人分别的不舍,亦有远行之人明心见志的豪言壮语。如调露元年(679)陈子昂第一次东入咸京游学时,留别蜀中友人写下的《春夜别友人二首》。离蜀前夕,诗人与乡中挚友通宵叙别,并在诗中絮絮不休地抒发内心的离忧,云:"离堂思琴瑟,别路绕山川"、"对此芳樽夜,离忧怅有余"。既然是初入京洛旅宦的士子,总免不了对自身前途的展望,陈子昂在诗中便以司马相如自期,慷慨直陈内心的抱负:"怀君欲何赠,愿上大臣书。"①而当他经历过官场的宦海浮沉后,再次于长寿三年(694)返东都旅宦时,在其留别诗《遂州南江别乡曲故人》中,诗人不禁反省自己的仕进选择,诗中"平生亦何恨,夙昔在林丘"的诘问,明确传达了他在出处之间的复杂心绪。由于唐朝用人制度的重内轻外,士人普遍形成了一种对京职与京中生活的无限向往心理。因此,在这些送人赴京洛旅宦的诗中,送人远行之人往往会结合自身境况,或将自己的失意之情融入别情中,或对行人表露歆羡之意。如骆宾王因仕途受挫,闲居齐鲁时送"尹大"旅宦而创作的《秋日送尹大赴京并序》中,诗人将自身境况与行人两相比照,"挂瓢余隐舜,负鼎尔干汤"②,由此徒增穷途之慨。而杜审言在《泛舟送郑卿入京》中,开篇即云:"帝座蓬莱殿,恩追社稷臣。长安遥向日,宗伯正乘春"③,对赴京旅宦的"郑卿"不无歆羡之意。

送使者入京洛的别诗中,大都不在申述别意,而是借入京洛的使者向当朝统治者或权贵传达自己的心志,由是这些诗作一般都具有政治目的性和交往功能。倘若送行人处于失意窘迫,甚或是迁谪的境地,那么他们所作的送使者入京洛诗里,往往冀以诗代笺,希望把自己身处荒远之地的悲惨遭际以及自身热切地报国之志传达给朝廷。正是因此之故,这些诗作的情感基调也大多是凄怨哀苦的。如,

---

① 陈子昂《春夜别友人二首》,《全唐诗》卷八四,第903页。
② 骆宾王《秋日送尹大赴京并序》,《全唐诗》卷七八,第843页。
③ 杜审言《泛舟送郑卿入京》,《全唐诗》卷六二,第735页。

张说贬谪岭南期间所作的送使者归朝诗,《岭南送使》与《南中送北使二首》,诗人于此二首诗中都是先陈述谪居自己的悲惨处境,然后表明写诗的目的,或云"南中不可问,书此示京畿"①,或云"逢君入乡县,传我念京周"②。再如神功元年(697),陈子昂随武攸宜东征契丹而不得重用、壮志难酬之际,饱受孤寂悲愤、痛苦不堪的折磨,继而转向隐隐的期盼。当此之时,因"贾兵曹"出使洛阳时,便写下《登蓟丘楼送贾兵曹入都》一诗:

> 东山宿昔意,北征非我心。孤负平生愿,感涕下沾襟。
> 暮登蓟楼上,永望燕山岑。辽海方漫漫,胡沙飞且深。峨眉
> 杳如梦,仙子曷由寻。击剑起叹息,白日忽西沉。闻君洛阳
> 使,因子寄南音。③

诗歌的题旨在于倾诉诗人归隐的意趣,自己奔赴北征前线背离早前学道求仙的志向,现在"燕山岑"、"辽海方漫漫",想要归隐而不得。因而,便拜托归洛阳的使者"寄南音",向帝王转达他心念归隐的想法。就整首诗歌而观之,竟无只言词组涉及到与使者之间的别离之情,反而是充满了诗人报国无门的悲愤和求隐不得的苦闷之音。

应召还京洛,不管是因升迁转入京洛任职,还是结束贬谪生涯而被召回朝,或是应朝廷征召人才,皆是可喜可贺之事。因而,这些诗作的情感基调理应是明朗的。此类诗歌中,最为典型的应该是那些逐臣被朝回京之际,所创作的留别贬地友人的诗歌。典型者如张说被贬钦州,神龙元年(705)春中宗召其回京之时,留别友人的诗作《南中别陈七李十》:

> 二年共游处,一旦各西东。请君聊驻马,看我转征蓬。
> 画鹢愁南海,离驹思北风。何时似春雁,双入上林中。④

诗人虽以"征蓬"、"离驹"、"画鹢"等漂泊意象自喻,暗喻自己贬谪岭

---

① 张说《岭南送使》,《全唐诗》卷八七,第 946 页。
② 张说《南中送北使二首》,《全唐诗》卷八八,第 966 页。
③ 陈子昂《登蓟丘楼送贾兵曹入都》,《全唐诗》卷八四,第 905 页。
④ 张说《南中别陈七李十》,《全唐诗》卷八七,第 946 页。

南之际的羁旅愁思。但当诗人即将踏上征途与朋友分别时,并没有伤别哀切之言行,而是嘱咐送行之人"驻马"、"看我转征蓬",诗人将策马扬鞭奔赴朝廷。与此同时,诗歌还于尾联以"春燕"设喻,既是对友人的勉励,亦是用此明丽欢快的形象来自喻。因此,整首诗歌的情感基调仍是轻快明朗的。

唐承隋制,推行科举,科举入仕参政成为士人实现其人生理想的最基本的途径。经济空前繁荣,国力强盛的唐代,唐人的功名进取心更强,热衷于科考便成为一种重要的社会现象。唐代科举项目众多,就其重要性来说,秀才、明法、开元礼、道举等科都比不过进士、明经和制科。① 又,初唐洛阳因缘其特殊的政治地位,因而也与科举活动休戚相关。② 因此,进入京洛的行人有很大一部分是参加科举考试,或是参选的士子,故而唐诗中涌现出众多送人赴举、参选的别诗。徐松《登科记考》"别录"下,收集了不少送人赴举诗。"而徐松所收集的,不过是极少的一部分,有些诗人一生要送许多人赴举,如果连文章一起算上,差不多所有诗人都有关于自己赴举、送他人赴举的作品。这些诗(文),不仅能够反映出送者和被送者之间的关系、感情,而且也能反映出科举的一些状况和当时的社会生活。"③古代文士对科举总是异常敏感的,送人赴举之时亦会触动他们的心弦。若送行之人是未及第的士子,那么在他们的送人赴举诗中,常常是将自身与行人对举比照,在祝愿远行之人的同时又不免自怜自叹。刘希夷的《饯李秀才赴举》中,远行之人的境遇是鹏程万里:"鸿鹄振羽翮,翻飞如帝乡。朝鸣集银树,暝宿下金塘。"而此时诗人不禁反观自身的境况,不免自怜自伤起来,慨叹道:"自怜穷浦雁,岁岁不随阳。"④再如,

---

① 关于唐代科举制度的科目,参看傅璇琮《唐代科举与文学》第二章"总论唐代取士各科",第23—41页。

② 关于唐代洛阳的科举活动,详见郭绍林《唐五代洛阳的科举活动与河洛文化的地位》,《洛阳大学学报》,2001年第1期。

③ 陈飞《唐诗与科举》,漓江出版社,1996年,第111页。

④ 刘希夷《饯李秀才赴举》,《全唐诗》卷八三,第885页。

孟浩然未及第之前送张子容赴进士举的诗中,亦有此类比照写法:"茂林予偃息,乔木尔飞翻。"①以上两首诗歌的情感基调,因之诗人自身私人情感的注入,而稍显凄怨惆怅。但也有例外者,如可能作于骆宾王闲居齐鲁时期的《送王明府参选赋得鹤》②,诗文借咏鹤来称赏"王明府"才识学养的不同凡响,继而预祝行人"清响会闻天"③,此番能够青云得志。诗歌借"青田之鹤"对王明府明赞暗喻,构想巧妙,寓意隽永,情感真挚殷切、明朗激越。

综上所述,京洛由于其中央集权的政治体制及其从属的选举制的向心作用,对全国上下的士人阶层产生了巨大的向心作用。与此同时,唐王朝通过科举、铨选、命官、迁贬等手段将广大士子的命运钳制着:忽而把他们聚拢到中央,倏尔又把他们遣散到四方。初唐的中下层士人几乎都长期处于应举、赴选、赴任、出使、宦游、觐省、流贬、漫游、访友等公私行役之中。而这些不同的分别动因,又会投射到文人士子的离别诗中,并深刻影响了诗作的艺术构思与诗歌风格。

## 三、初唐送别诗中文士入地方考论

### (一)文士入地方动因概况及其特征分析

据对初唐文士入地方的考证,就其进入某地的动因而论,可列出赴任、奉公出使、流贬、漫游、还乡、征戍、和蕃、投龙共计八类微观的入地方动因。

1. 初唐送别诗中文士入地方的动因,除了还乡动因另当别论外,主要集中在赴任、征戍、奉公出使、流贬、漫游几类。这一现象,正和初唐的时代风貌相契合。

首先,"赴任"一类,与初唐的职官制度有着千丝万缕的关联。据《旧唐书·职官志一》记载:"有唐已来,出身入仕者,著令有秀才、明

---

① 孟浩然《送张子容进士赴举》(一作《赴进士举》),《全唐诗》卷一六〇,第1642页。
② 杨柳、骆祥发《骆宾王评传》:"这样大体也可以间接推测出骆宾王《送王明府参选赋得鹤》诗的创作年代当为县居齐、鲁阶段。"(北京出版社,1987年,第281页)
③ 骆宾王《送王明府参选赋得鹤》,《全唐诗》卷七八,第844页。

经、进士、明法、书算。其次以流外入流。若以门资入仕，则先授亲、勋、翊卫，六番随文武简入选例。又有斋郎、品子、勋官及五等封爵、屯官之属，亦有番第，许同拣选。"①可见，初唐之世入仕途径就有科举、杂色入流与门荫入仕几大类。初唐李唐王室为了团结各地区各方面的人才而广开仕途、广纳文士，一大批各种各样出身的文士进入各级官府。② 由此说来，初唐有众多送行人赴地方官府的送别诗，则是情理之中的事。同时，或出于这些诗作中的行人身份为官员的原因，使得这类诗较送落第士子、失败选人的诗作，更多的被传播、保留下来了。

其次，"征戍"一类，与唐王朝自建立初期，外患屡起的国情以及巩固边防的军事目的有关。初唐时期，史有记载的重大对外战争连续不断：武德七年(624)，突厥逼进幽州；贞观四年(630)，唐王朝灭东突厥；贞观九年(635)，唐军击败吐谷浑；贞观十四年(640)，唐王朝灭高昌；显庆二年(657)，灭西突厥；咸亨元年(670)，吐蕃击破唐军，陷安西四镇；……万岁通天元年(696)、二年(697)，契丹攻陷营州，继而进攻幽州；久视元年(700)，吐蕃进攻凉州，等等。尤其是北方的突厥，西方的吐蕃这两大部族，对唐王朝造成较大的威胁，致使唐王朝处于"东据复西敌"(崔湜《塞垣行》)的境地。③ 同时，由于唐朝采取众多取士之道，广大寒士除了以科举作为进身之阶外，从军护边立功边塞，以军功入仕亦是不错的选择。从而，初唐送别诗中有为数不少的送人赴边从戎的诗作。

其三，"奉公出使"的频繁，与唐朝中央对地方官府的监察制度联系紧密。在封建王朝的中央集权体制，为分察百寮，巡视州县，除了承袭前制专设监察机构外，唐初还于各道设按察史。京中的郎官、御史、大理寺评事等频繁出使地方。又据《唐国史补》卷下："开元已前，

---

①　刘昫《旧唐书·职官一》，卷四十二，第 1804 页。

②　参吴宗国《唐代科举制度研究》，辽宁大学出版社，1997 年，第 12—13 页。

③　此处关于初唐的边塞战争，主要参考杨恩成《初唐边塞诗的时代特征》，《陕西师大学报(哲学社会科学版)》，1985 年第 2 期。

有事于外则命使臣,否则止。自置八节度、十采访,始有坐而为使,其后名号益广。大抵生于置兵,盛于兴利,普于衔命,于是为使则重,为官则轻。"①这就说明,有唐一代使者具有较高的社会政治地位。同样,可能是出于使者身份特征原因,使得这类诗作不仅数量众多,亦得到了较好的传播与保存。

其四,"流贬"类,与封建君主专制制度以及初唐颇为动荡的政局有关。"初唐是唐代政治风云颇为激荡的时期。从武德九年(626)李世民玄武门之变……到神龙元年(705)中宗复辟的短短八十年间,历经五帝和多次重大政治事件。每一次政局动荡都会有一批臣子遭贬,而在武则天执政时表现尤为突出。"②封建社会的官员,大多数人都有过遭遇贬谪的经历。正如赵冬曦在上疏中说的那样:"今则不然,京职之不称者,乃左为外任;大邑之负累者,乃降为小邑;近官之不能者,乃迁为远官。"③缘于此,初唐送别诗中便不乏送友人赴贬地的诗作。

其五,"漫游"类。有唐一代文士或为科举功名,从而广泛交游、干谒社会名流;或为增长个人的学识阅历,而去热情拥抱祖国的大好河川。基于此,漫游成为一时风气。所以,送人漫游诗是为初唐送别诗的重要组成部分。

2. 政治、经济、文化发达的地区不仅进入人次更多,而且进入动因亦更为丰富多样。就以上七大本土地域而言,巴蜀、江淮两地属政治、经济、文化发展程度较高的地区;荆湘次之;北方边塞、岭南、河东、河北(山东之一)则最此之。因此,巴蜀、江淮两地的进入人次分占总人次的1/4与1/5的强势地位,而且进入动因亦颇为多样化。但是,同是行人常至之所的北方边塞地区,却并不属文化强势地区。这是因为此地的行人进入动因与巴蜀、江淮两地相比,不仅更为单一

---

① 李肇《唐国史补·因话录》卷下,上海古籍出版社,1983年,第53页。
② 尚永亮《唐五代逐臣与贬谪文学研究》,武汉大学出版社,2007年,第123页。
③ 王溥《唐会要·刺史上》卷六十八,上海古籍出版社,1991年,第1418页。

化,而且主要集中在"征戍"一类。"征戍"类动因以 15/17 的绝对优势份额,拉动了此地的行人进入总数。荆湘,作为政治、经济、文化地位较巴蜀、江淮次之的地区,其进入总人次虽远低于北方边塞地区,但其行人进入动因类型亦较为丰富且分布均衡。再者,岭南、河东、河北(山东之一)三大地域,他们作为政治、经济、文化地位比较弱势的地区,其进入总人次既相对稀少,同时行人的进入动因类型亦甚单一。较为突出的是岭南地区,其进入人次总计仅为 7 人次,且行人的进入动因亦仅为"流贬"一类。

其一,巴蜀地区。巴蜀地区从西晋至隋朝,期间内部征战不断,使得蜀中经济文化陷入了长期的凋敝阶段。直到入唐以后,由于统治者对巴蜀军事战略地位的重视以及蜀地物产丰饶的认识,入蜀的交通得到改善,使得巴蜀不再是与外界近乎隔绝的闭塞边地。因此,出使巴蜀人员之多应该是不揣多论的。同时,由于唐代推行地方官本籍回避制度,并承续了流贬官员于边地的历史传统[1],在客观上促进了巴蜀地域的文士往来以及文化的交流。从而出现了"自古诗人皆入蜀"自初唐始的现象。[2] 所以,入蜀动因中赴任、漫游类占了很大比重。而"流贬"这一入蜀动因,却并没有在初唐送别诗中得到体现。再者,巴蜀作为中国道教的发祥地之一,其宗教文化氛围格外浓厚,诸多闻名天下的道士高僧来此地漫游、投龙。

其二,江淮地区。江淮是典型的南方水乡,这里交通便利,自然环境优越,虽然远离政治中心,但物产丰富,经济繁荣。孟浩然则有诗句称"山水寻吴越,风尘厌洛京"[3],吴越的山水是失意文人最好的心灵慰藉。严耕望先生在谈到江南的地域文化时云:"江左人文蔚

---

① 据尚永亮先生统计:"初唐时期,贬官人次较多的,北方主要为河南道(36)、河东道(35),南方则主要是岭南道(163)、剑南道(58)。"参尚永亮《唐五代逐臣与贬谪文学研究》,第 51 页。

② 林静《初唐文士入蜀现象与诗歌关系研究》,北京大学博士学位论文,2013 年。

③ 孟浩然《自洛之越》,《全唐诗》卷一六〇,第 1655 页。

盛,超过北方,南朝已然,于唐尤盛。"①江西,在唐为江南西道东部区域,此地虽然襟带江湖,交通位置便利,但在一般北方人的心中,此地仍属于偏远地区。就整体而观之,江淮地区虽然距政治中心较远,但由于其得天独厚的自然和人文条件,使得这一地区成为初唐文士、僧道等仕宦、漫游较集中的地区。

其三,荆湘地区。虽然楚地文学在屈原和楚辞时曾一度辉煌灿烂,但"唐代前期,此地的人文环境颇受轻蔑","唐人普遍认为湘中之地已稍嫌偏远"。② 这正与初唐送别诗中进入荆湘的行人总数相符。同时,至此地漫游、奉公出使的人员,与巴蜀、江淮地区相比,亦相去甚远,明显属于政治、经济、文化次一级的地区。

其四,北方边塞地区。北方边塞地区的经济、文化与内地自是不能相提并论的。但是此地域却有着颇为重要的政治、军事地位,是维护国家繁荣安定、和谐统一的首要战略地域。因此,朝廷肯定会频繁向此地派遣派备边、护边、从军人员。再者,初唐士人追求建功立业的事功时代心态以及普遍具有的爱国之情,亦使得众多士人奔赴北方边塞地区奋勇沙场。

其五,岭南、河东、河北(山东之一)。至于岭南的地域文化,则为中华文化的南界,"岭南为'异域'、'荒服'或者'遐荒',几乎已成为当时人的常识"。"以至当时度岭的人往往产生一种'去国'的情绪。"③故而,岭南作为文化弱势区,来往于此地的人员亦相当有限。与此同时,岭南一地还是初唐时期朝廷流贬文士、官员的常所,尚永亮先生在唐五代"贬官之时期于地域分布的定量分析"中说:"至如初唐至太宗、高宗、武后、中宗诸朝,贬地已以岭南为主;盛唐玄宗一朝,贬赴岭南者高达 71 人次,遥遥领先于其他地域。"④而初唐送别诗中行人进

---

① 严耕望《唐代人文地理》,《严耕望史学论文集》,上海古籍出版社,2009 年,第 1450 页。

② 张伟然《唐人心目中的文化区域及地理意象》,第 363 页。

③ 张伟然《唐人心目中的文化区域及地理意象》,第 317 页。

④ 尚永亮《唐五代逐臣与贬谪文学研究》,第 54—55 页。

入岭南的动因类型,正深刻地反映了这一历史现象。河东,其地文化归属,时人普遍将其归为晋文化。由于其北临塞,故而河东最引人瞩目的文化特色是其人尚武尚勇精神。河东在初唐的地位,正如秦王李世民表中所称:"太原王业所基,国之根本;河东富实,京邑所资;若举而弃之,臣窃愤恨。"①就河东的交通而言,蒲州—太原一线虽然是关中通往北方外蕃及河北诸镇的交通要道;就经济实力来讲,由于河东人在经济方面颇具进取心,所以其地亦较富实。但是,我们注意到,初唐送别诗中进入该地域的行人却颇为稀少。这在一定程度上,也说明仅以初唐送别诗作为审视地域政治、经济、文化的局限性。河北(山东之一)北部的文化归属为燕赵,其南部地区的文化归属为魏。这一地域的文化深受游牧文化和儒家文化的双重影响,形成了引人注目的直至耿介、任气尚侠的风气。初唐由于高宗和武后时,东北有与高丽、百济、新罗、契丹、奚的战争,北方有与突厥的战争。因而,河北(山东之一)这一靠近北方边塞的地域,文教难以立足,一般人也很少往来于此地。

## (二) 文士入地方诗的地域文化色彩

元人方回于王维《送梓州李使君》诗后,云:"风土诗,多因送人之官及远行,指言其方所习俗之异,清新隽永,唐人如此者极多。"②可见,古人早已注意到了唐人送别诗中,部分送别诗着力描绘行人征途、所至地自然风光、风土习俗的现象。笔者通过细读初唐送别诗文本,发现诗人在创作某些送别诗时,在艺术手法上往往倾向于运用远行之人所至地的历史文化典故;在内容上则或设想送别对象的征行情形、行旅路线,或勾勒行人所至地的自然风光、人文地理与民风土俗。如送人入边塞从戎诗,诗歌或多着笔墨于边塞的战事情况、边塞风光,或以历史上立下赫赫军功的武将期之。举如陈子昂的四首送人赴边塞从戎诗:

---

① 司马光《资治通鉴·唐纪三》卷一八十七"高祖武德二年",中华书局,2013年。
② 李庆甲《瀛奎律髓汇评》卷四,上海古籍出版社,1986年,第153页。

### 送别出塞

平生闻高义，书剑百夫雄。言登青云去，非此白头翁。
胡兵屯塞下，汉骑属—作入云中。君为白马将，腰佩骍角弓。
单于不敢射，天子伫深功。蜀山余方隐，良会何时同。①

### 送魏大从军

匈奴犹未灭，魏绛复从戎。怅别三河道，言追六郡雄。
雁山横代北，狐塞接云中。勿使燕然上，惟留汉将功—作独
有汉臣功。②

### 送著作佐郎崔融等从梁王东征

金天方肃杀，白露始专征。王师非乐战，之子慎佳兵。
海气侵南部，边风扫北平。莫卖卢龙塞，归邀麟阁名。③

### 和陆明府赠将军重出塞

忽闻天上将，关塞重横行。始返楼兰国，还向朔方城。
黄金装战马，白羽集神兵。星月开天阵，山川列地营。晚风
吹画角，春色耀飞旌。宁知班定远，犹—作独是一书生。④

在这四首送人赴边塞诗中，《送别出塞》和《送魏大从军》皆交代了行
人远赴边塞从戎时的战事情况：一者缘于"胡兵屯塞下"，一者基于
"匈奴犹未灭"。而诗作中更多的是借描摹边塞特有的物象，如"孤
塞"、高山、险关、"海气"、"边风"、"画角"，展现出边塞酷烈的地理环
境与肆虐的自然力量，渲染出一种荒寒、悲壮的情感氛围，从而与远
赴边塞的英勇无畏、刚健有为的昂扬气势相映照。同时，陈子昂的这
四首送人赴边塞的诗歌，皆倾向于用在历史上立下汗马功劳的武将，
来比拟、激励送别对象。具体而言：如在《送别出塞》中，诗人即以善

---

① 陈子昂《送别出塞》，《全唐诗》卷八三，第897页。
② 陈子昂《送魏大从军》，《全唐诗》卷八四，第902页。
③ 陈子昂《送著作佐郎崔融等从梁王东征》，《全唐诗》卷八四，第904页。
④ 陈子昂《和陆明府赠将军重出塞》，《全唐诗》卷八四，第909页。

战的"白马将军"庞德①，来喻指赴边塞之人。在《和陆明府赠将军重出塞》中，诗人用善于用兵的"天上将"周亚夫，夸赞"陆明府"的神武智勇；尾联又以投笔从戎的班超，平寇立功，终乃封建定远侯的故实，鼓励诗人要对自己立功边塞的事业充满信心。再者《送魏大从军》，首联起笔暗用西汉骠骑将军霍去病"匈奴未灭，无以为家"的典故②，赞誉"魏大"以天下为己任的胸怀。次句活用魏绛以和戎之策消除边患的典故，并结合当前外敌进犯的境况，说明"魏大"从军出战是出于抵御外敌的爱国行为。尾联以东汉名将车骑将军窦宪"勒名燕然"的典故③，激励"魏大"奋勇杀敌，建立不朽武功。而在《送著作佐郎崔融等从梁王东征》中，诗人结合当时东征原委以及部分边将贪功邀赏、穷兵黩武的现象，遂巧用"不卖卢龙"和"麟阁"的典故④，期望崔融等人能像田畴那样淡泊名利、轻功弃赏。

然而将这些送人入地方诗整体而观之时，就会发现当这些送人入地方的诗歌中涉及地域文化时，则往往集中于某地域具有地标性的景观，这样就容易形成模式化的套路。如送人入荆湘诗，则言云梦泽与洞庭水。如沈佺期送严凝出使荆湘时言："七泽云梦林，三湘洞庭水"⑤；苏颋送"李使君"前往郢州赴任时，云："楚有章华台，遥遥云梦泽"。又如送人赴巴蜀诗，则常写蜀道的艰危、九折阪的险峻。言蜀道者，如卢照邻《送郑司参入蜀》："潘年三十外，蜀道五千中"⑥；杨

---

① 魏收《魏书·庞德传》："(庞德)常乘白马，羽军谓之白马将军，皆惮之。"《三国志》卷十八《魏书·庞德传》，中华书局，1982年，第546页。

② 司马迁《史记·卫将军骠骑列传》："骠骑视之，对曰：'匈奴未灭，无以家为也。'"《史记》卷一百一十一《卫将军骠骑列传》，中华书局，2013年，第3534页。

③ 范晔《后汉书·和帝纪》载，永元元年，车骑将军窦宪"与北匈奴战于稽落山，大破之，追至私渠比鞮海，窦宪遂登燕然山，刻石勒功而还"。《后汉书·和帝纪》卷四，中华书局，1965年，第168页。

④ 魏收《魏书·田畴传》载，曹操北征乌丸，田畴献策，最终大败乌丸。而论功行赏之际，却说："岂可卖卢龙之塞，以易赏禄哉？纵国私畴，畴独不愧于心乎？"《三国志》卷十一《魏书·田畴传》，第344页。

⑤ 沈佺期《别侍御严凝》，《全唐诗》卷九五，第1018页。

⑥ 卢照邻《送郑司参入蜀》，《全唐诗》卷四二，第529页。

炯《送梓州周司功》:"别后风清夜,思君蜀路难"①;宋之问《送田道士使蜀投龙》:"蜀门峰势断,巴字水形连"与《送杨六望赴金水》:"借问梁山道,崚岑几万重"②,等等。言九折阪者,如骆宾王《送费六还蜀》:"万行流别泪,九折切惊魂",其《饯郑安阳入蜀》亦云:"彭山折阪外,井络少城隈。"③同时,"金雁碧鸡"作为蜀中的历史典故,亦常被写入诗中。如宋之问《送赵司马赴蜀州》:"桥寒金雁落,林曙碧鸡飞"④;陈子昂《送殷大入蜀》:"禺山金碧路,此地绕英灵"⑤。

　　然而,需要指出的是,并不是所有送人赴地方的诗歌中都会有地域文化色彩。如刘希夷的《送友人之新丰》、卢照邻的《送二兄入蜀》、张九龄《送苏主簿赴偃师》等,这些诗作皆仅着笔墨于别地之景、别时之情上,除了诗题外,几乎没有送别对象前往之地任何信息。同时,就某些具有地域文化色彩的送别诗而言,诗中关于远行之人所到地域的描绘亦只是点到则止,众多送人赴地方诗只是将离别地与送别地的标志性景观相对举,但是并没有铺叙开来写。初唐送别诗中,除了送人赴巴蜀、北方边塞两地的送别诗具有较浓厚的地域文化特色外,送行人入荆湘、江淮、河北(山东之一)、河东等地区的送别诗中的地域文化色彩则不甚明显。另一方面,从具有地域文化色彩的诗歌数量而言,巴蜀、北方边塞两地的亦远超出其他地域的。总体而言,初唐送别诗中的地域文化色彩还是较淡的,在这些诗歌中很少看到连篇累牍的应景式送别诗。而那种在虽以送别为题,却在诗中大量地展现地域景观、风土习俗,强化写景的送别诗,则在中唐以后成为

---

　　① 杨炯《送梓州周司功》,《全唐诗》卷五〇,第617页。
　　② 宋之问《送田道士使蜀投龙》《送杨六望赴金水》,分见《全唐诗》卷五二、卷五三,第639、651页。
　　③ 骆宾王《送费六还蜀》《饯郑安阳入蜀》,分见《全唐诗》卷七八、卷七九,第843、858页。
　　④ 宋之问《送赵司马赴蜀州》,《全唐诗》卷五二,第639页。
　　⑤ 陈子昂《送殷大入蜀》,《全唐诗》卷八四,第902页。

一种重要的创作倾向。[①]

# 四、结语

由于初唐送别诗的诗题和诗歌内容大多表明或暗示了创作地点与行人所至地点，这就说明初唐送别诗中隐含着重要的地域信息。笔者通过对初唐送别诗送别地与目的地的地域考述，发现：其一，关中、河南（山东之二）、巴蜀三地为初唐送别诗中行人往来最多的三地。而往来于江淮、北部边塞、岭南、荆湘、外蕃、河北（山东之一）、河东七大区域的行人，则相对来说比较稀少。其二，初唐地方性送别诗的创作，主要得益于一个或几个作家的创作。其三，京洛由于其中央集权的政治体制及其从属的选举制的向心作用，对全国上下的士人阶层产生了巨大的向心作用。因而，京洛成为初唐送别诗中行人分布最集中的地点。然而，尽管进入京洛的群体理应是复杂化、多样化的，但是初唐送别诗中出入京洛的群体大多是朝官和地方官。继而，本文从初唐送别诗中行人移动的时空分布规律和特点出发，进一步挖掘了行人进入京洛和地方的动因与身份差异，及其在诗歌创作上的投射。

（四川大学俗文化研究所）

---

① 李德辉《唐宋时期馆驿制度及其与文学之关系研究》，人民文学出版社，2008 年，第 304 页。

# 诗骚风情，韩孟先导

## ——中唐过渡期诗人刘言史诗歌的文学源流[*]

### 沈文凡　杨辰宇

**内容提要**：中唐是唐王朝风雨巨变的转型期，对于文学来讲，也是重要的过渡阶段。作为过渡期的诗人刘言史，其诗歌在文学渊源上，上承"诗"、"骚"，在创作实践中有意识地从《诗经》、楚辞中汲取养料，下启韩孟，与韩孟集团(尤其孟郊)渊源深厚，刘言史终其一生，虽然未能明确提出具体的理论主张，但在创作层面上，仍可看出其承前启后的践行轨迹，被后世严羽标榜为旗帜，为中唐诗风的求新变异，掀起风潮一隅。

**关键词**：文学渊源；韩孟诗派；转型；风潮

---

　　\* 基金项目：国家社会科学基金项目"《全唐诗》创作接受史文献缉考"(14BZW082)。

# Shi & Sao's Charm, Han & Meng's Guide
## — The Literary Origin of Liu Yanshi's Poetry in the Middle Tang Dynasty

**Shen Wenfan**    **Yang Chenyu**

**Abstract:** The middle Tang Dynasty was a turning point for the whole Tang Dynasty. It had the same meaning for the Chinese literature. As a poet, Liu Yanshi was living in the special period. His poetry had colorful writing background and source. He inherited classical tradition as *Shi Jing* and *Li Sao*. He absorbed their nutrient actively. He inspired Meng Jiao and Han Yu. And he had a destiny that tied their organization's people together. Duiring his whole life, Liu Yanshi had not presented the explicit proposition. But his works had rich significance. He was touted by Yan Yu, a future critic, as the banner of theory. He was a signal for poetic style changing in the middle Tang Dynasty.

**Keywords:** literary origin; Han Meng School of Poetry; transition; tide

　　唐代中期山河巨变、风雨飘摇,王朝统治经历了建国以来的最严峻考验——安史之乱。诗人们的心态也在历经着变化,刘言史正是其中之一,其诗风"美丽恢赡"(《刘枣强碑》)①。严羽《沧浪诗话》说:"大历以后,我所深取者:李长吉、柳子厚、刘言史、权德舆、李涉、李益耳。"②对其作为一名转型期诗人的承前引后文学源流的分析,并于中观视野下对其定位,有助于审视这场文学革命之先导。

---

① 皮日休《皮子文薮》,上海古籍出版社,1981 年,第 39 页。
② 郭绍虞《沧浪诗话校笺》,人民文学出版社,1961 年,第 68 页。

## 一、与《诗经》、"楚骚"的文学渊源：内涵精神、语料及修辞

### （一）与《诗经》的文学渊源

《诗经》是我国汉族文学史上最早的一部诗歌总集，其取材的丰富和对现实主义的实践对后代的文学创作，尤其诗歌创作产生了深远且重要的影响，刘言史的诗歌即对此继承。从渊源发展上，《诗经》在西汉时被尊为儒家经典，被儒家奉为"五经"之一，而早在孔子确立其经学价值的同时，亦认识到它本身具有的文学价值和博物价值，到了汉代，"经学"和文学又互有阐释与启发①，到刘勰的文学批评专著《文心雕龙》，就《诗经》在文学方面的创作经验作出了充分的总结②。到了唐代，诗人们更是在诗歌理论与创作实践中继续有意识地从《诗经》当中汲取养料，如对现实主义的继承，唐代的杜甫、白居易等均有"现实主义"代表作留世，后者更直接提出"文章合为时而著，歌诗合为事而作"的理论标举。

刘言史主要活动于盛唐已落、中唐渐兴的建中、贞元年间，从时间上看处于上述二人之间，虽然未能明确提出具体的理论主张，但在创作层面上，仍可看出其承前引后的践行轨迹，如他的《题王况故居》中所作描述"儿女犹居旧贫处"，"尘满空床屋见天"，一笔勾勒出安史之乱后洛阳城中下层贫民萧条、破败的惨淡生活。类似创作还有《北原情三首》、《卖花谣》等，可谓承接"国风"以来"饥者歌其食，劳者歌其事"的写实传统，与《诗经》的"现实主义"创作经验存在着重要渊源。

在取材方面，刘言史的诗歌也深受《诗经》影响。《诗经》在题材

---

① 当代学者已注意到《诗经》身上"经学"与"文学"兼备的价值联系，如在汉代经学与文学视域下，对二者共同关注度较高的女性、山水、虹蜺、音乐、田猎等意象相互联系与比较。（参见侯文学《汉代经学与文学》，人民出版社，2010年）

② 据统计，在《文心雕龙》的50篇文章中，有38篇（占总篇数的四分之三）相关篇目分别对《诗经》作出过不同程度的评述。（卓支中《刘勰对〈诗经〉的评论》，《怀化师专社会科学学报》，1989年第2期）

上关涉劳动与爱情、战争与徭役、压迫与反抗、风俗与婚姻、祭祖与宴会,甚至天象、地貌、动物、植物等各个方面,审视刘言史的诗歌取材,可以看出与《诗经》渊源的互相回应,如反映战争与徭役的《苦妇词》,反映丧葬习俗的《桂江逢王使君旅榇归》,反映祭祀活动的《嘉兴社日》,反映宴饮奉酬的《上巳日陪襄阳李尚书宴光风亭》等等。在诗句的描写中,对天气、地貌、动物、植物等亦多有关照,对气象信息有所反映的,如"地偏毛瘴近,山毒火威饶"(《广州王园寺伏日即事寄北中亲友》),对地理环境有所描摹的,如"碛净山高见极边,孤烽引上一条烟"(《赋蕃子牧马》),对动物、植物有所涉猎的,"坠枝伤翠羽,萎叶惜红蕉"(《广州王园寺伏日即事寄北中亲友》),等等。在此,从创作上溯源,可以看到诗人与《诗经》主题间的一脉相承。

在语料方面,刘言史的很多作品也可看出从《诗经》中吸取给养。如《立秋》诗:"兹晨戒流火,商飙早已惊。"这里的"戒"通"届",有"至、到"的意思。源于《诗·商颂·烈祖》:"亦有和羹,既戒既平。"毛传:"戒,至。"陈奂传疏:"《传》训戒为至者,言神灵之来至也。"[①]而"流火"一词,源于《诗·豳风·七月》"七月流火,九月授衣"[②],既借指农历七月暑气渐退而秋之将至之时。其他还如:"百夫伐鼓锦臂新"(《观绳伎》),"伐"乃敲击意,《诗·小雅·钟鼓》有云:"鼓钟伐鼛,淮有三洲。""闲逐维私向武城,北风青雀片时行"(《送人随姊夫任云安令》),源自《诗·卫风·硕人》:"邢侯之姨,谭公维私。"毛传:"姊妹之夫曰私。"[③]可见,刘言史诗歌中的很多语汇,直接取自于《诗经》的语料资源库。

除了直接取用,对《诗经》语料的化用、转用或引申使用在刘言史的作品中也常常出现。如《偶题》诗云:"迟日新妆游冶娘,盈盈彩艇白莲塘。"这里的"迟日"指"春日",源自《诗·豳风·七月》:"春日迟

---

① 陈奂《诗毛氏传疏》卷三十,商务印书馆,1933年,第7册,第68页。
① 陈奂《诗毛氏传疏》卷三十,商务印书馆,1933年,第7册,第68页。
② 陈奂《诗毛氏传疏》卷十五,商务印书馆,1933年,第3册,第71页。
③ 陈奂《诗毛氏传疏》卷五,商务印书馆,1933年,第2册,第26页。

迟。"再如刘言史《初下东周赠孟郊》有云:"修文返正风,刊字齐古今",当中的"正风"①所指,即《诗经》"国风"之中的《周南》、《召南》,陆德明《经典释文》:"国者,总谓十五国,风者,诸侯之诗。从《关雎》至《驺虞》二十五篇谓之正风。"②《诗大序》:"至于王道衰,礼仪废,政教失,国异政,家殊俗,而变风变雅作矣;孔颖达疏:"王道衰,诸侯有变风,王道盛,诸侯有正风。"③这里,诗人将文思拉回至先秦时代,企图借由"修文"与"刊字"两个举动回归至当初的礼乐文明,而这正与如今"安史之乱"后的混乱世风形成鲜明对比。在此,结合上孔颖达的注疏,不难发现,这里的"正风"可与盛唐之际,王道兴盛之时产生的诗歌对应,而安史一乱,王道中陷,面对藩镇割据严重、人民流离失所的中唐政治格局,多数诗人口中所吟咏的诗歌已属于"变风",这里既透漏出诗人对目前社会现状的不满,又反映出诗人对当前诗坛风气的不满,但又由于现实条件所拘而难以做出根本性改变,故只能寄予"修文"、"刊字"等理想性行为,表达出个人于乱世之中对太平通达之世的向往。

以上可以看出,《诗经》作为中国古代早期的一部诗歌总集,其丰富的叙事展现出周初至春秋黄河中下游及汉水流域劳动人民的劳

---

① 搜索《全唐诗》语料,"止风"一词单独使用指代《诗经》中"国风"目前所见仅刘言史一例,多数"正风"二字出现均被拆离义项与其他语素搭配表示其他意义,其中以"自然现象"居多,如李端《留别柳中庸》:"江海正风波,相逢在何处。"(卷二八四)元稹《寄胡灵之》:"今宵正风雨,空宅楚江边。"(卷四〇九)杜牧《独酌》:"窗外正风雪,拥炉开酒缸。"(卷五二一)储嗣宗《送人归故园》:"野路正风雪,还乡犹布衣。"(卷五九四)李涉《山中五无奈何》:"柴门正风雨,千向千回出。"(卷八八三)其他如赵嘏《春酿》:"春酿正风流,梨花莫问愁。"(卷五五〇)白居易《梦得相过援琴命酒因弹秋思偶咏所怀兼寄继之待价二相府》:"我正风前弄秋思,君应天上听云韶。"(卷四五七)当中,皎然《陪颜使君饯宣谕萧常侍》中一句"文皆正风俗"(卷八一九)意思较接近刘诗,但细细体察可发现,"正"在此为动词,"风"与后字"俗"结成词组"风俗",被"正"这一动作修饰,故与刘言史的"正风"之意不同。就此或可见刘言史向《诗经》的取材化用之功。(本文所涉《全唐诗》文本,参见中华书局编辑部点校《全唐诗(增订本)》,中华书局,1999年)

② 陆德明《经典释文》上册,上海古籍出版社,2013年,第5页。

③ 霍松林《古代文论名篇详注》,上海古籍出版社,2001年,第39页。

作、婚恋、生活等各方面情况,是周代社会的一面镜子,其开启的现实主义先河为后代诗人树立了典范,诞生于诗国高潮时代的杜甫、白居易正是承此传统,自觉实践,并进一步发展、夯实与此相关的理论,推动了"新乐府运动"等一系列思潮。而刘言史正是诞生在盛唐初没,运动方兴的过渡时段①,因此,在他的诗作内容里,虽无明晰的理论建树,但仍可探索到承接《诗经》文学而来反映民生、民俗等社会现实方面的自觉创作实践。另外,《诗经》本身拥有的丰富素材和语料宝库为后代诗人提供了宝贵的创作经验,刘言史的诗歌中,从题材涉猎到语料择取,可以看出与《诗经》关系的紧密相连,因此,刘言史"美丽恢赡"诗风的形成,与《诗经》的文学传统悬系着重要的不解之缘。

（二）与楚辞的文学渊源

在刘言史的诗歌作品中,除了对《诗经》传统的继承与发挥,还能看出他从楚辞中汲取营养的痕迹,尤其对《离骚》以来浪漫主义情怀的吸取。《离骚》是带有楚地特色的文学作品,曾被追认为是中国浪漫主义的先河,其描写山水多灵异华赡,咏史怀古多附锦丽传奇,刘言史的诗歌中不乏继承这一特色,例如他的《潇湘游》,除展现潇湘之地高歌深峡的地域特色外,亦将娥皇女英的凄美传说融于其中,使整部诗歌富含深厚的文化底蕴。《泊花石浦》"杜鹃啼断回家梦",以杜鹃意象入诗,联想蜀帝杜宇的传说,更添一层迷离色彩。再如他的节日赞歌《七夕歌》:

> 星寥寥兮月细轮,佳期可想兮不可亲。云衣香薄妆态新,彩軿悠悠度天津。玉幌相逢夜将极,妖红惨黛生愁色。寂寞低容入旧机,歇着金梭思往夕。人间不见因谁知,万家闺艳求此时。碧空露重彩盘湿,花上乞得蜘蛛丝。

七夕向来是诗人们爱咏善咏的题材之一,从汉代开始便不乏对此题

---

① 吴怀东说:"实际上,新乐府运动作为一种思潮甚至一个诗歌活动早在盛唐后期就已开始……但是,自从白居易、元稹的加入,原来局限于文学领域的一股思潮才真正演变为一个声势浩大、引人注目的诗歌乃至政治运动。"(吴怀东《唐诗流派通论》,新华出版社,2004年,第266页)

材的吟颂,如《古诗十九首·其十》:"迢迢牵牛星,皎皎河汉女。"到了唐代,权德舆、徐凝等人均有《七夕》诗歌留世,五代后唐杨璞的《七夕》诗有云:"年年乞与人间巧,不道人间巧已多。"而到了宋代,秦观的一首《鹊桥仙》一时闻名而传颂不已。至若明清,有关七夕的题材依旧亘久不衰,如汤显祖《七夕醉答君东》、姚燮《韩庄闸舟中七夕》等。而在这里,诗人采用古体歌行来吟咏"七夕",首句的一"寥"、一"细"点出星月情状,"寥"是疏朗的意思,"细"表示弦月如钩,由此营造出一幕月明星稀的天际背景,遥想鹊桥佳期,仙女以云为衣,彩车越银河,相逢恐迟急,而人间的万千少女亦待此时,趁月色陈几瓜果,欲网喜子以乞巧。作者以生动笔法将天上仙女的唯恐之心与人间女子的乞巧之心连成一片,借用神话传说烘托出浓重的节日氛围,展现出中唐时期日常百姓家的民俗生活。作者于诗歌想象中天马行空,既是触物生感,又是自觉继承《离骚》以来浪漫主义诗赋的传统。

此外,有学者指出"对屈骚传统的自觉继承"是贬谪文学体裁的精神实质。① 由于屈原个人怀才不遇、错遭贬谪的身世经历②,中国古代的文人,尤其是遭受贬谪境遇的文人,常常会不自觉地向这位古代的贤者寻求精神共鸣,并在其文学创作中或多或少释放出这种"共鸣"讯号,如杜甫《赠裴南部》:"独醒时所嫉,群小谤能深。"柳宗元的《对贺者》:"柳子以罪贬柳州……庸讵吾之浩浩非……尤者乎?""这种'窜逐'心理与屈骚具有天然联系,因为屈骚也是在'窜逐'的状态中完成的,由于遭际和心态的相似,历代的逐臣们对屈原均有高度一致的认同。在他们的心目中,楚辞中那行吟泽畔、慷慨悲歌的诗人形象,既代表了一种可以追随效法的精神人格,又是一种可以努力达至的作品意境,于是对屈骚的自觉继承和发扬光大,在中唐逐臣的文学

---

① 马自力《中唐文人之社会角色与文学活动——以职事的考察为中心》,《诗心、文心与士心——中国古代诗文研究举隅》,社会科学文献出版社,2013年,第344页。

② 司马迁《报任安书》云:"盖西伯拘而演《周易》;仲尼厄而作《春秋》;屈原放逐,乃赋《离骚》;左丘失明,厥有《国语》;……大抵圣贤发愤之所为作也。"

作品中,占有重要的地位。"①安史之乱后,中唐的政治格局多陷于混乱之中,且党争的兴起又使无数仁人志士遭受着"壮志难酬"、履遭贬谪的境遇,因此,他们自觉在屈骚中寻找一种精神寄托从而想从混沌的局面中保持一点人格的自我清醒,于是在他们的作品中也就自觉流露出某种程度上对屈骚作品的追随、模仿。

品察刘言史的诗歌作品,如《春游曲》等,可见他也曾为仕京中,但后遇事遭贬②,曾自叹"得罪除名谪海头"(《偶题二首·其二》),从此与政治中心渐行渐远,因此,在他的一生感慨中,其在诗歌表达上也有着向屈骚精神的自觉靠拢,如其《林中独醒》,这首诗的诗题颇值得品读,"独醒"二字在这里其实隐含着"双关"之意,既是刻画出自己于此时此刻的精神状态,即虽置身于"瓢樽酒器"之中,头脑却已清醒,又以"独醒"二字作为媒契,与古代的贤人形成精神对接,《楚辞·渔父》:"屈原曰:'举世皆浊我独清,众人皆醉我独醒,是以见放!'"由此,诗人亦感慨到自己的身世,同是"是以见放"的"天涯沦落人",同有"举世皆浊"而我"独醒"的违和之感,诗人援引故实,对现实的混沌状态作出讽刺,同时又为个人的贬谪境遇寻求到精神寄托,既是对"屈骚"传统的自觉继承,亦为后代"贬谪文学"的发展丰富了创作经验。

在语料方面,刘言史同样在《离骚》及其他《楚辞》作品中积极地取材、借鉴。如上文诗中的"彩轺悠悠度天津"(《七夕歌》)。"天津",《楚辞·离骚》曰:"朝发轫于天津兮,夕余至乎西极。"王逸注:"天津,东极箕斗之间,汉津也。"这里指"银河","如今汉地诸经本,自过流沙远背来。"(《病僧二首·其一》)《楚辞·离骚》有云:"忽吾行此流沙兮,遵赤水而容与。"从其他楚辞作品中借鉴的,如"云衣香薄妆态新"(《七夕歌》)。"云衣",渊自《楚辞》刘向《九叹·远逝》:"游清灵之飒

① 马自力《中唐文人之社会角色与文学活动——以职事的考察为中心》,《诗心、文心与士心——中国古代诗文研究举隅》,社会科学文献出版社,2013年,第345页。
② 商隶君《刘言史生平考》,《渤海学刊》,1988年第2期。

庚兮,服云衣之披披。"王逸注:"上游清冥清凉之处,披服云气而通神明也。"这里意为"云气"。又如:"商风动叶初,萧索一贫居。"(《立秋日》)《楚辞》东方朔《七谏·沉江》:"商风肃而害生,百草育而不长。"这里指秋风、西风的意思。"重肩接立三四层,著屐背行仍应节。"(《观绳伎》)《楚辞·招魂》有云:"工祝招君,背行先些。"这里指背身却行。"华发离披卧满头,暗虫衰草入乡愁。"(《病中客散复言怀》)《楚辞·九辨》:"白露既下百草兮,奄离披此梧楸。""离披",这里指分散的样子。"铭旌下官道,葬舆去辚辚。"(《北原情三首》)《楚辞·九歌·大司命》曰:"乘龙兮辚辚,高驰兮冲天。""辚辚"指车声。可见,在遣词造句上,诗人也在自觉地向《离骚》及其他楚辞作品中积极地吸取艺术营养,从而锻造出丰富多彩的瑰丽意象和深远醇厚的文化意蕴。

诚然,作者如今的作品已散佚大半,但从现存作品中与《诗经》、"楚骚"作品之间关系连接的紧密程度来看,或许这种援引概率也绝非巧合,从"优胜劣汰"的角度来论析,或许正是因为这些作品中与《诗经》、楚骚等经典作品文学渊源关系的紧密,使它们冥冥中更易被后代读者所接受、被流传。当然,每首诗歌本身的艺术造诣也应放在考量范围之内,但诗人对上古经典积极巧妙的援引、化用、吸收、巧融,对其作品终能打造出"恢赡"魅力无疑是重要的一方助力,由此,可看出刘言史的现存诗歌与《诗经》、楚骚之间具有重要的文学渊源。

## 二、与韩孟派系的渊源:以诗立言、重视古体、审丑意识

韩孟诗派是中唐贞元、元和、长庆时期约四、五十年间的一个流派,诗源远绍屈骚,中承汉魏齐梁,近效李杜。核心人物是韩愈、孟郊,代表人物有卢仝、李贺、贾岛,此外还有刘言史、张碧、刘叉、马异、欧阳詹、皇甫湜等人。① 吴怀东在《唐诗流派通论》中认为,作家被视作同一流派或群体主要出于两个因素:"或者身份,作家主体的相似

---

① 房日晰《李贺诗派及余波》,《文学遗产》,2000 年第 3 期。

性如地域文化、社会身份、家族文化、政治运动、社会交往、文人聚散等;或者作品,诗歌创作的相似性如文学观念、创作题材、艺术技巧、诗歌风格等。"①以此类推,从上文来看,从作家的主体身份上,韩孟诗派的几个代表人物,如韩愈、孟郊、卢仝、李贺、贾岛等人,或生长环境,或郡望里籍,地域上多集中在中原地区②,因此,受北方文化熏陶较深,而刘言史的故乡河北邯郸亦正处于这一地域范围内,故为他们之间的彼此靠拢、交往创造了背景条件。

另外,和宋代拥有自觉理论抑或"社团型"的文学派别相比,唐代的"流派"尚处于较为松散的状态,但较前代已有所发展,即已不仅仅是由最高统治者或权贵要臣统领组织下的"文人集团",而是渐渐由士人本着相近的审美爱好与创作风格彼此自发地相交与靠拢。中国古代的文人集团向前可追溯至曹魏建安时代,著名者如"建安七子"等,"同题共咏"即是他们集结的方式之一,如曹植与刘桢唱和的《斗鸡篇》等,对后代产生重要影响③。初唐时期由于受六朝以来文化影响较深,大的诗歌群体仍围绕统治者阶层或其附近为核心,因此产生了"宫廷诗派"等身份意味浓厚的诗歌流派,诗人个性舒展有限,盛唐时期则是一段诗人们彰显个性与特色的黄金期,但也因此,诗人们大多"各自为政",并无太多的自觉意识去组集"诗派",反而多数因着相近的"创作题材"而被后人归集在一起,如"田园诗派"、"边塞诗派"等。

---

① 吴怀东《唐诗流派通论》,新华出版社,2004 年,第 45 页。
② 根据周勋初主编《唐诗大辞典(修订本)》(凤凰出版社,2003 年),另参考华忱之、喻学才校注《孟郊诗集校注》(人民文学出版社,1995 年)、齐文榜校注《贾岛集校注》(人民文学出版社,2011 年)等书:韩愈,河南河阳(今河南孟州)人,郡望昌黎;孟郊,湖州武康(今浙江德清)人,郡望平昌(今山东商河县西北);卢仝,范阳(今河北涿州)人;李贺,河南福昌(今河南宜阳)人;贾岛,范阳(今河北涿州)人。其他非代表成员来源则较复杂,如刘叉,河朔(今河北一带)人;欧阳詹,泉州晋江(今福建南安)人;皇甫湜,睦州新安(今浙江淳安)人。
③ "曹植等人同题共咏,并且以身边玩赏之物入诗的创作,对后世相似背景下的咏物诗创作产生了重要影响。"(于志鹏《宋前咏物诗发展史》,山东大学博士学位论文,2005 年)

到了中唐时期，这种情况则发生了改变①，由于时代氛围的紧张重新压抑了诗人们个性的舒展，更多的诗人将对诗艺的锻炼转向诗思的内审，他们因为相同的思想信念或价值判断走到了一起。如果说上文提到的"创作题材、艺术技巧、诗歌风格"等方面是诗派形成的外缘性基础，那到了中唐时期，相似的人生观及价值判断在此逐渐成为缘系一个诗派更为有力的凝结核心，也因此较之前代，元白等人最终可形成自己的独立口号，甚至发展成一运动思潮，为后代"诗社"的形成埋下基础。而韩孟诗派的一缕众人亦是在暗暗之中，在思想上相互启发，冥冥中践行着某一价值标准，终成为中唐时期影响颇大的一方流派。② 而刘言史在韩孟诗派之中，年纪较大，是韩孟诗派当中的初期人物，体察其诗歌，虽与具体的代表性人物表达有殊，但仍能看出二者相互联系的重要渊源，甚至某些特点可视为韩孟一派的先行旗帜③。

（一）以诗立言

儒家三不朽中"立言"乃尚贤之事，而让自己所创诗歌流传百世无疑是"立言"表现的一种，韩孟诗派很多人都嗜诗成癖，如孟郊《吊卢殷》："有文死更香，无文生亦腥"，将生死悬挂于诗。贾岛《戏赠友人》："一日不作诗，心源如废井"（《长江集》卷三），将诗看作日常所需。刘言史所创诗歌据记载数量不菲，《刘枣强碑》称其"所有歌诗千

---

① 吴怀东指出："中唐这种文学流派是此前出自无意识的审美爱好与创作作风相近之文学流派的发展，也是宋代以来之具有自觉的理论、社团型的文学流派的萌芽。"（吴怀东《唐诗流派通论》，新华出版社，2004 年，第 44 页）

② 吴怀东指出："有唐三百年诗歌流派形态是发展演变的，不可以一概而论。"（吴怀东《唐诗流派通论》，新华出版社，2004 年，第 44 页）正如从唐初"宫廷诗派"的一家独大到中唐以后的流派纷呈，这当中是存在一种流动变化的。因此我们在审视唐朝每一诗歌流派在不同时期的发展，包括处于每一流派不同成长阶段的个人诗风及特色的发展，也需保持一个动态的观察眼光。

③ 贾晋华在研究"韩孟集团"时指出："所谓韩孟诗派，其风格特征实际上经历了从贞元到元和的漫长发展过程，并非一蹴而就。"（贾晋华《论韩孟集团》，《唐代文学研究　第五辑》，1994 年，第 402—414 页）

首"①,《新唐书·艺文志》载:"刘言史歌诗六卷"②,《宋史·艺文志·七》载:"刘言史,诗十卷"③,元辛文房《唐才子传》载其:"有歌诗六卷"④,诚然今日所存其作品仅 78 首,但考察其内容涵盖,从讽喻朝政到关注民生、从交友互酬到临行别赠、从暗参佛理到小酌闲情,题材众多,主旨各异,可见其亦将作诗融入于生活的各个方面,以诗立言,以诗表情。

### (二)形式上较重视古体

赵翼《瓯北诗话》卷三指出:"盖才力雄厚,惟古诗足以姿其驰骤;束于格式声病,即难展其所长。"⑤韩孟诗派有意脱离大历诗风,寻求创新,故在诗体选择上重古轻今,不以声律和谐的近体着世,而是回归古体,以孟郊为例,其现存《孟东野诗集》的 511 篇诗歌全为古体。其他代表人物如韩愈、卢仝、刘叉、李贺等人的作品中,也以创作古体为主,这点从其诗歌结集的命名上即可看出,如《新唐书·艺文志》著录《李长吉歌诗》四卷。刘言史因现存作品已散佚大半,难窥"千首"原貌,但兹《刘枣强碑》"歌诗千首","自贺外,世莫得比",《新唐书·艺文志》:"歌诗六卷"等评录,结合其现存作品,如《七夕歌》、《放萤怨》、《潇湘游》、《春过赵墟》、《葛巾歌》、《春游曲》等,确有古体存世,且占一定比例,其艺术手法醇熟,不像犊牛之作,可揣测其之前应有习作。韩孟诗派意欲开古承今,另辟蹊径,故其选择了古体的形式以争取更大的空间施展其才情,刘言史作为其初期阶段人物,排查其诗,尤其古体创作,亦能看出由大历向贞元诗风的过渡痕迹,对古体的习作尝试是以渊系韩孟。

### (三)对主观意识的凸显及审"丑"观念

李肇《唐国史补》云:"元和以后,歌行则学流荡于张籍,诗章则学

---

① 皮日休《皮子文薮》,上海古籍出版社,1981 年,第 38 页。
②③ 傅璇琮《唐才子传校笺》第 2 册,中华书局,1989 年,第 257 页。
④ 辛文房《唐才子传》,台湾商务印书馆,1975 年,第 226 页。
⑤ 赵翼《瓯北诗话》,人民文学出版社,1963 年,第 34 页。

矫激于孟郊。"①"矫"有违反常态之意,贞元、元和时期的主流文学风尚是京城诗风,代表是以"典丽清雅"为名的大历诗风及其延续。因主流风尚与科举联系密切,故为求上榜,不少士人举子为投考官所好,所著多是一些空有形式的律诗或赋体诗。这种按套路出牌的治诗法使诗歌的发展常拘郦于一种固有模式而难有创新。韩孟诗派正是力求打破这层拘束,其重主观,尚怪奇,打破了传统的尚雅之风,甚至背逆了《诗经》以来"雅颂"传统的"哀而不伤"。以代表人物孟郊为例,其将背离主流诗风的"矫"态可谓在当时环境下发挥到极致,尤其丧子失母后,他在诗歌中,更无所顾忌地任由主观情感发泄出自身的"悲凉"之恸,并多次苦吟自身的"病"、"老"、"衰"态,让人读来如闻在耳,去"雅颂"渐远,这些直接影响了与其交好的刘言史②,尤其其后期所作诗歌,更能看出类"郊"式对自身主观情感及意识有所放大的非"不伤"式流露。

以"病"字为例,在孟郊的诗中,曾多次直接冷叹自己的"病身"窘况,如《卧病》:"贫病诚可羞,故床无新裘。""冷气入疮痛,夜来痛如何。"可见并无遮掩,直书贫痛。孟郊以"组诗"著名,而在其著名的"组诗"创作中,诗人更是毫无顾忌地将"病"苦一书再书,如他的《秋怀十五首》,"冷露滴梦破,峭风梳骨寒。席上印病文,肠中转愁盘"(《秋怀十五首·其二》),"老骨坐亦惊,病力所尚微"(《秋怀十五首·其三》),"霜气入病骨,老人身生冰。衰毛暗相刺,冷痛不可胜"(《秋怀十五首·其十三》)③,可见不仅写"病",还对自身敏感的主观意识进行了放大。

---

① 李肇《唐国史补》卷下,上海古籍出版社,1979年,第57页。

② 孟郊在得知刘言史去世消息后,有诗远悼,《哭刘言史》:"诗人业孤峭,饿死良已多","洛岸远相吊,洒泪双滂沱",另有《送淡公》云:"卢殷刘言史,饿死君已噫。"可见挚友情深。而在此前,刘言史亦有《初下东周赠孟郊》、《与孟郊洛北野泉上煎茶》等诗,可见二人交好。

③ 华忱之、喻学才《孟郊诗集校注》,人民文学出版社,1995年,第159—162页。

比较刘言史现存的 78 首作品中，"病"字亦多为所用①来抒怀主
观情感，如：

《苦妇词》：穷荒夷教卑，骨肉病弃捐。

《放萤怨》：那将寂寞老病身，更就微虫借光影。

《扶病春亭》：强梳稀发著纶巾，舍杖空行试病身。

《病僧二首》其一：竺国乡程算不回，病中衣锡遍浮埃。

其二：空林衰病卧多时，白发从成数寸丝。

《病中客散复（一作后）言怀》：华发离披卧满头，暗虫
衰草入乡愁。

《偶题二首》其一：金榜荣名俱失尽，病身为庶更投魑。

《嘉兴社日》：消渴天涯寄病身，临邛知我是何人。

《弼公院问病》欲令居士身无病，直待众生苦尽时。

《代胡僧留别》：此地缘疏语未通，归时老病去无穷。

上述各句或各题以"病"字入诗，某些是描述他人，但更多是形容自
身，可见其对自身的敏感审视。

除了"病"态，诗人也多次在诗中关注"老"态。如有感慨自身的
《立秋日》："老性容茶少，羸肌与簟疏。"《放萤怨》："那将寂寞老病身，
更就微虫借光影。"体现出自己的晚年萧索之貌。《山中喜崔补阙见
寻》中"山妻老大不羞人"句虽然在字面上是说"伴侣"年纪已大，但按
一般的夫妻年纪匹配，其在暗指自己也已步入老年。而《玉京词》"未
知樵客终何得，归后无家是看棋"，虽然没有直言"老"字，但"樵客"一
词取自《述异记》中东晋王质"观棋"回家后旧时故人不复重见的典
故，其实抒发的亦是作者对自身老之将至或已至而韶华难寻的悲凉
感慨。其实，这种人寿有年的意识自汉末以来就不时浮现在士人们
的思想中，如曹操的《龟虽寿》，虽然以"自励"结尾，但已经看到此类
意识的萌生。到了韩、孟，则常常将这种感慨抒发在自身的"今昔对

---

① 据笔者统计，刘言史现存的 78 首作品中，仅提到"病"字的诗句就有 9 首，约占总
数九分之一，且有 4 首直接在题目中体现。

比"中,如孟郊《秋怀十五首·其一》:"去壮暂如剪,来衰纷似织。"这种追往忆昔的表现其实正是对如今自身状况的敏感,刘言史的诗歌中亦透漏出这种意识,如《赠童尼》中:"旧时艳质如明玉,今日空心是冷灰",喻示自己"青葱"已逝,"华暮"之至的苍老状态。与前人相同,亦是抒发出"韶华难追"的人生感慨,但不同的是,作者在这里已更直观地审视自身,侧重对自己主体意识状态地摹写,而非"逝者如斯夫"般的寄喻自然了。

除了对自身审视,即使对他人、他物的观察,"老"也成为作者审美范围内常出现的一类对象,从这点上也可看出其与孟郊接近的审美观。如《山寺看樱桃花题僧壁》中的对象"老僧",《桂江中题香顶台》中的对象同样是"老僧",《惜花》中:"年少共怜含露色,老人偏惜委尘红。"则进一步落实"老"者的主角身份,即使代人为作,诗人的视域亦延伸至老态,如《代胡僧留别》:"归时老病去无穷。"而赠人诗歌,则因其"老"为贵,如《初下东周赠孟郊》:"鹤老身更印",历来人们常以"年轻""健壮"为美,故在诗歌中也多以此为吟咏主角,而"老"、"病"在一般人眼中常常是"丑"、"颓废"的,故在以"雅""丽"盛行的主流文化里这一类对象是多不被选择入诗的,何况成为主角,而刘言史创作上的这种变化正体现出诗到中唐,韩孟诗派力求逐"新"的审美观。

严羽在作诗主张中提倡:"诗者,吟咏情性也。"(《沧浪诗话·诗辩》)①刘言史在创作中不避老、丑、不拘风雅,可谓"情性"书写,与江西诗派的才学为诗相比,是性情的"直致"②。秉此,或许是其雀屏中选始因之一。

通过论述,可以看到,刘言史同孟郊一样,曾多番在作品中无所顾忌地抒发"伤老"、"恸病"之感,这种对自我意识的主观强调与审美

---

① 郭绍虞《沧浪诗话校笺》,人民文学出版社,1961年,第26页。

② 彭国忠指出:"'直致'是中国古代诗学批评中的客观存在,它与含蓄有对立的一面,但同时具有互补性。"(彭国忠《中国诗学批评中的"直致"论》,《文学遗产》,2011年第3期)

观念的变化与大历以来讲求"清雅"及《诗经》"哀而不伤"的"雅颂"之风已迥然相异。借用沈德潜对孟郊诗的评语:"孟东野诗,从《风》、《骚》中出,特意象孤峻。"①故其与《雅》相去有距,刘言史受其影响,结合自身经历②,此类作品亦与"雅"非同道,由此可见,刘言史在此协同韩孟一道,尤其回应了孟郊身上的"矫"道,就此一同将中唐诗风向着求新变异之路上牵引,为后来的诗歌风潮先掀一隅。

（吉林大学文学院）

---

① 沈德潜《说诗晬语》卷上,人民文学出版社,1979 年,第 207 页。
② 王世贞《艺苑卮言》卷八谈到"诗能穷人"时,于"其四"将刘言史归入"偃蹇"诗人,其云:"孟郊、公乘亿、温宪、刘言史、潘贲之徒,老困名扬,仅得一,或方镇一辟,憔悴以死。"可见其经历颠沛。(罗仲鼎《艺苑卮言校注》,齐鲁书社,1992 年,第 400 页)

# 宋代文学批评中的诗词互证与辨体思想<sup>*</sup>

## 韩立平

**内容摘要**：诗词互证、以诗证词、以词证诗的方法在宋代文学批评中普遍展开，涉及文本校勘、本事探索、作者辨正、生平考订等诸项内容。伴随着词在宋代的诗化进程，此种批评实践昭示了宋人对词由遣兴娱宾逐渐向纪实功能转向的自觉体认。同时，诗与词的"不言之辨"（薛季宣）仍为宋人所强调，词的诗化不等于与诗同化，词对内部世界的偏重而相对弱化外部世界，仍是不争的诗词之别。诗与词的张力，正显示了宋人辨体思想的切实与慎密。

**关键词**：宋代文学；诗词互证；辨体思想

  ＊ 本文为教育部人文社会科学研究青年基金"宋代诗学与词学的交互影响与建构"（13YJC751013）、上海市哲学社会科学规划青年基金"诗词互动与宋型文化研究"（2012EWY001）成果。

# The Mutual Proof and Genres Distinguishing between Poems and Ci in Song Dynasty Literary Criticism

## Han Liping

**Abstract**: The mutual proof between Poems and Ci appear in Song Dynasty literary, including collation and textual research. It shows conscious understanding of Ci's function transformation. Meanwhile, the difference about Poems and Ci is still emphasized, which shows the discretion and reality of Song Dynasty literary thoughts.

**Keywords**: Song Dynasty literary; the mutual proof between Poems and Ci; genres distinguishing

## 一、宋人诗词互证的展开

诗词同评、诗词互证是宋代文学批评中的普遍现象,其所折射出的思维方式与理论视野颇具启发性。诗、词两种文类在宋代皆达到空前的创作繁荣,从而为文学批评提供了取之不尽的材料。宋人诗词同评、互证之所以能顺利展开,以下两层原因较为关键:

第一、诗词在形制上的相似,便于宋人将其并置一处以比较品评。如《杨柳枝》、《浪淘沙》、《采莲子》、《竹枝》就体段音律而言,几与七言绝句无甚差异,《纥那曲》之与五绝、《瑞鹧鸪》之与七律亦如是。宋人当时即对诗与词之辨别发生困惑,如《湘山野录》载:

> 初申国长公主为尼,掖庭嫔御随出家三十余人,诏两禁送于寺,赐斋馔,传宣各令作诗送,惟陈文僖公彭年诗尚有记者,云:"尽出花钿散宝津,云鬟初剪向残春。因惊风烛难留世,遂作池莲不染身。贝叶乍翻疑轴锦,梵声才学误梁尘。从兹艳质归空后,湘浦应无解佩人。"或云作诗之说恐

非,好事者能于《鹧鸪天》曲声歌之。①

又如《诗话总龟》载:

> 陕郊有唐昭宗诗曰:"何处有英雄,迎归大内中?"又曰:
> "纥干山头冻杀雀,何不飞去生处乐?"读之令人变色。昭宗
> 在河东作《菩萨蛮》云:"登楼延望秦宫殿,茫茫不见双飞燕。
> 渭水一条流,千山与万邱。　　野烟生碧树,陌上行人去。
> 何处有英雄,迎归大内中?"今云诗,未知孰是。②

第二、创作中的诗词同赋、同咏,直接导致批评中的诗词同评、互证。
宋代较多涌现出全才型的作家,身兼诗人与词人,经常以诗、词赋咏
同一主题,或在同一种情境下既作诗复填词,为诗词同评提供了直接
的材料。如《齐东野语》载:

> 陆放翁在蜀日,有所盼,尝赋诗云:"碧玉当年未破瓜,
> 学成歌舞入侯家。如今憔悴蓬窗底,飞上青天妒落花。"出
> 蜀后,每怀旧游,多见之赋咏,有云:"鞭珠弹忆春游,万里桥
> 东畔画楼。梦倩晓风吹不断,书凭春雁寄无由。镜中颜鬓
> 今如此,席上宾朋好在否?箧有吴笺三百个,拟将细字写春
> 愁。"又云:"裘马清狂锦水滨,是繁华地作闲人。金壶投箭
> 消长日,翠袖传杯领好春。幽鸟语随歌处拍,落花铺作舞时
> 茵。悠然自适君知否?身与浮名孰重轻。"又尝以此诗櫽括作
> 《风入松》云:"十年裘马锦江滨。酒隐红尘。黄金选胜莺花
> 海,倚疏狂、驱使青春。弄笛鱼龙尽出,题诗风月俱新。
>
> 自怜华发满纱巾。犹是官身。凤楼曾记当年语,问浮名、
> 何似身亲。欲写吴笺说与,这回真个闲人。"前辈风流雅韵,
> 犹可想见也。③

周密将三首诗(《无题》、《无题》、《醉题》)和一首词(《风入松》)放在一

---

① 文莹《湘山野录》卷下,中华书局,1984 年,第 58 页。
② 阮阅《诗话总龟》卷四四,人民文学出版社,1987 年,第 418 页。
③ 周密《齐东野语》卷十五,中华书局,1983 年,第 283 页。

起进行批评,指出陆游对于同一主题的反复赋咏。而周密之所以能得出这一结论,当是缘于对诗词意旨的解读及相似意象的捕捉,如"裘马"、"锦江"、"吴笺"、"闲人"等。此种创作现象并非陆游特例,而是宋人的普遍情况,如苏轼有《和子由送将官梁左藏仲通》、《送将官梁左藏赴莫州》与《浣溪沙·彭门送梁左藏》、《祭常山回小猎》与《江城子·密州出猎》、《中秋月寄子由三首》与《水调歌头·丙辰中秋欢饮达旦大醉作此篇兼怀子由》等,秦观有《别程公辟给事》与《满庭芳》(山抹微云)、《金明池》与《西城宴集元祐三年三月上巳诏赐馆阁官花酒以中浣日游金明池琼林苑又会于国夫人园会者二十有六人二首》等①,皆为诗词同赋同咏。又如《能改斋漫录》记载了黄庭坚的同题诗词:

> 豫章先生在当涂,赠小妓杨姝弹琴送酒寄《好事近》云:"一弄醒心弦,情在两山斜叠。弹到古人愁处,有真珠承睫。
> 使君来去本无心,休泪界红颊。自恨老人愦酒,负十分金叶。"故集中有《赠弹琴妓杨姝》(按:山谷集原题作《太平州作》)绝句云:"千古人心指下传,杨姝闲处更婵娟。不知心向谁边切,弹作南风欲断弦。"②

匪独苏轼、秦观、黄庭坚、陆游这些大家如此,一般中小作家也存在诗词同赋同咏的创作习惯。如赵令畤《侯鲭录》卷二载:"晁次膺薄游南京,尝作词云:'花前月下堪垂泪,水边楼上总关心。'后过其家,已与客饮,复作诗曰:'去日玉刀封断恨,见来金斗熨愁眉。黄昏饮散歌阑后,懊恼水边楼上时。'"③洪迈《夷坚支志》己卷第八"富池庙诗词"条也记载了李泳以诗、词同赋卷雪楼:"大江富池口,隶兴国军,有甘宁将军庙……其前大楼七间尤伟壮,郡守周少隐采东坡词语,扁为'卷雪'。每潮涨时,石柱半插入水。方三伏中,登望江面万顷,群山环

---

① 对苏轼、秦观同题同赋诗词的比较,可参见王水照《从苏轼、秦观词看诗与词的分合趋向——兼论苏此革新和传统的关系》,《复旦学报》,1988年第1期。
② 吴曾《能改斋漫录》卷十七,中华书局,1960年,第487页。
③ 赵令畤《侯鲭录》卷二,中华书局,2002年,第59页。

合,清风不断。子永作诗曰:'卷雪楼前万里江,乱峰卓列森旗枪。上有甘公古祠宇,节制洪流掌风雨。甘公一去踰千年,至今忠义犹凛然。我来再拜揽尘迹斜,阳白鸟横苍烟初。'题梁间时,本云'英威凛然',如有人掣其肘者,乃改为'忠义'。又赋望月《水调歌》云:'危楼云雨上,其下水扶天。群山四合,飞动寒翠落檐前。尽是秋清阑槛,一笑波翻涛怒,雪阵卷苍烟。炎暑去无迹,清驶久翩翩。　　夜将阑,人欲静,月初圆。素娥弄影,光射空际渺婵娟。不用濯缨垂钓,唤取龙公仙驾,耕此万琼田。横笛望中起,吾意已超然。'"①

宋代诗词同评的内容主要涉及文本考证、文体辨析、创作原理三个层次。文本层面的诗词互证最为基础,也最为重要,主要通过以下几个层次展开:

## (一)文本校勘

宋人填词多喜化用前人诗句,故以前人诗句尤其是唐诗作为校勘宋词的依据,便不失为一种合理的方法。台湾学者王伟勇先生在这方面颇多建树,有《试论唐诗对校勘宋词之重要性》、《唐诗校勘北宋词示例》等论文。② 然此种校勘之法,早在宋代就已经出现,陈鹄《耆旧续闻》卷九载唐诗校勘宋词二例:

> 梅词《汉宫春》,人皆以为李汉老作,非也,乃晁叔用赠土逐客之作。王甫,一作仲甫,为翰林,权直内宿,有宫娥新得幸,仲甫应制赋词云:"黄金殿里。烛影双龙戏。劝得官家真个醉,进酒犹呼万岁。　　锦袍舞彻凉州,君恩与整搔头。一夜御前宣唤,六宫多少人愁。"翌旦宣仁太后闻之,语宰相曰:"岂有馆阁儒臣,应制作狎词耶?"既而弹章罢,然馆中同僚相约祖饯,及期无一至者,独叔用一人而已。因作梅词赠别云:"无情燕子,怕春寒、轻失花期。"正谓此尔。又云:"问玉堂何处似,茅舍疏篱。"指翰苑之玉堂,《苕溪丛话》

---

① 洪迈《夷坚志》三志己卷第八,中华书局,1981年,第1366页。
② 参见王伟勇《词学专题研究》,台北文史哲出版社,2003年。

却引唐人诗："白玉堂前一树梅,今朝忽见数枝开。"谓人闲之玉堂,盖未知此作也。又:"伤心故人去后,零落清诗。"今之歌者类云"冷落",不知用杜子美《酬高适》诗:"自从蜀中人日作,不意清诗久零落。"盖零字与泠字同音,人但见泠字去一点为冷字,遂云冷落,不知出此耳。

余尝见《本事曲》、《鱼游春水》词云:因开汴河,得一碑石,刻此词,以为唐人所作,云:"嫩草初抽碧玉簪,绿柳轻拂黄金毯。"此盖用唐人诗:"杨柳黄金毯,梧桐碧玉枝。"今人不知出处,乃作"黄金蕊"或"黄金缕"。又如周美成《西河》词:"赏心东畔淮水",今作"伤心"。如此之类甚多。①

## (二) 本事探索

周密《浩然斋雅谈》载:

> 刘过改之尝游富沙,与友人吴仲平饮于吴所欢吴盼儿家。尝赋词赠之,所谓:"云一窝。玉一梭。淡淡衫儿薄薄罗。轻颦双黛蛾。"盼遂属意改之,吴愤甚,挟刃刺之,误伤其妓,遂悉系有司。时吴居父为帅,改之以启上之云:"韩擒虎在门,顾丽华而难恋。陶朱公有意,与西子以偕来。"居父遂释之。然自是不复合矣。改之有"春风重到凭阑处,肠断妆楼不忍登",盖为此耳。②

刘过因赋词赠妓而与吴仲平不合,这一本事被周密用来笺证刘过《感旧》诗,采用了诗词互证的方法。又陆友仁《研北杂志》记姜夔与小红情事,亦属此类:

> 小红,顺阳公即青衣也,有色艺。顺阳公之请老,姜尧章诣之。一日,授简征新声,尧章制《暗香》、《疏影》两曲,公使二妓肄习之,音节清婉。尧章归吴兴,公寻以小红赠之。其夕大雪,过垂虹,赋诗曰:"自琢新词韵最娇,小红低唱我

---

① 陈鹄《西塘集耆旧续闻》卷九,中华书局,2002年,第382—383页。
② 周密《浩然斋雅谈》卷下,中华书局,2010年,第49页。

吹箫。曲终过尽松陵路，回首烟波十里桥。"尧章每喜自度曲，吟洞箫，小红辄歌而和之。①

诗词批评中的互证更多指向作品的内容，还涉及到名物学、风俗学等方面。如吕祖谦《东莱先生诗律武库》考察了东坡诗、词中皆出现的"倒挂子"：

> 岭南多珍禽，有倒挂子，绿衣红喙，如鹦鹉而小，自海东来，非尘埃间物也。坡《梅花》诗有"绿衣倒挂扶桑暾"，又其词亦云"倒挂绿毛幺凤"，即此也。②

又《苕溪渔隐丛话》后集卷三七引《复斋漫录》云：

> 临川距城南一里，有观曰"魏坛"，盖魏夫人经游之地，具诸颜鲁公之碑，以故诸女真嗣绪不绝，然而守戒者鲜矣。陈虚中崇宁间守临川，为诗曰："夫人在兮若冰雪，夫人去兮仙踪灭。可惜如今学道人，罗裙带上同心结。"洪觉范尝作长短句赠一女真云："十指嫩抽春笋，纤纤玉软红柔。人前欲展强娇羞。微露云衣霓袖。　　最好洞天春晚，黄庭卷罢清幽。凡心无计奈闲愁。试捻花枝频嗅。"③

此则笔记引用了陈虚中诗与释惠洪《西江月》词，以互证临川"魏坛"女真之"守戒者鲜"，可考知宋代地方风俗。

### （三）作者辨正

陈善《扪虱新话》下集卷一：

> 予尝疑山谷小词中有《和僧惠洪〈西江月〉》一首云："日侧金盆堕影，雁回醉墨当空。君诗秀绝两园葱。想见衲衣寒拥。　　蚁穴梦回人世，杨花蹑踪风中。莫将社燕等飞鸿，处处春山翠重。"意其非山谷作。后人见洪载于《冷斋夜话》，遂编入山谷集中。据《夜话》载，洪与山谷往返语话甚

---

① 陆友仁《研北杂志》卷下，民国景明宝颜堂秘籍本。
② 吕祖谦《东莱先生诗律武库》后集卷八，康熙己未洞庭东山郑氏校刊本。
③ 胡仔《苕溪渔隐丛话》后集卷三七，人民文学出版社，1962年，第296页。

详,而集中不应不见。此词亦不类山谷,真赝作也。后读曾公所编《皇宋百家诗选》,乃云:"惠洪多诞,《夜话》中数事皆妄。洪尝诈学山谷作赠洪诗云:'韵胜不减秦少游,气爽绝类徐师川。'师川见其体制,绝似山谷,喜曰:'此真舅氏诗也。'遂收置《豫章集》中。"然予观此诗全篇,亦不似山谷体制,以此益知其在妄。①

陈善欲证明黄庭坚《西江月》(月侧金盆堕水)为赝作,除了从风格上判定"不类"山谷作品外,复从曾慥《皇宋百家诗选》载惠洪曾伪造山谷赠诗之事,以诗证词,增强说服力,这是以诗词互证的方法进行作品辨伪。又如周紫芝《竹坡诗话》:

大梁罗叔共为余言:顷在建康士人家,见王荆公亲写小词一纸,其家藏之甚珍。其词云:"留春不住,费尽莺儿语。满地残红宫锦污,昨夜南园风雨。 小怜初上琵琶。晓来思绕天涯。不肯画堂朱户,东风自在杨花。"荆公平生不作是语而有此,何也?仪真沈彦述谓余言:荆公诗如"繁绿万枝红一点,动人春色不须多","春色恼人眠不得,月移花影上阑干"等篇皆平甫诗,非荆公诗也。沈乃元龙家婿,故尝见之耳。叔共所见,未必非平甫词也。②

此条笔记则以王安国(字平甫)诗歌曾阑入王安石集,以推论此阕《清平乐》或亦为平甫所作,用类推法进行诗词互证。

### (四)生平考订

通过诗词互证以考订、觇知作者生平仕履,是宋代诗词批评中最具思想意义的。北宋苏轼诗词兼擅,创作了大量同题同赋之诗词,在同一人生阶段中所作的诗词,其意象、语汇、风格往往颇为相近。宋人在考订苏轼生平行时,诗词已作为同等材料来对待。如王质《东坡

① 陈善《扪虱新话》下集卷一"释惠洪词",《丛书集成初编》本,商务印书馆,1939年,第54页。
② 周紫芝《竹坡诗话》,何文焕辑《历代诗话》,中华书局,1981年,第343页。

先生祠堂记》排比东坡诗词以证其仕履行踪：

> 先生以元丰七年别黄，见诗"桑下岂无三宿恋，尊前聊为一身归"者；见词"好在堂前杨柳，应念我，莫剪柔柯"者是，今载集。杨元素起为富川，闻先生自黄移汝，欲顺大江，逆西江适筠，见子由，令富川弟子员李翔要先生道富川，《满庭芳》序所谓"会李仲览，自江南来者"是，今藏下雉李氏。先生自临皋渡武昌，见诗"清风度水月衔山"者是，今载集；见词"高安更过几重山"者是，今藏磁湖陈氏。先生至富川，见诗"吾曹总为长江老"者是，今传富川；见词"绿槐高柳咽新蝉"者是，今载集，且藏下雉李氏。先生自富川趣高安，与元素浓醉解别，不及石田，已暮，见诗"惟见孤萤自开阖"者是，今载集；见词"过湖携手屡沾襟"者是，今传富川……先生去齐安，以四月一日至富川，以七日去，以十日至庐山，以十五日至高安，以五月一日去，以十一日至吴楚、梁宋、河朔、交广，又十七年，不必考，亦不忍考，吁！[①]

除了先列诗、后列词的次序差异外，苏轼创作的诗词在王质的文学批评中几无差别，具有相等的重要性。这一方面反映苏轼以诗为词，拉近了词与诗的距离，使词同样具备记述、展现现实人生的功能；另一方面也说明此种创作现象已引起工质等宋人的注意，宋人已对词由遣兴娱宾向纪实功能转向有了自觉体认，因而得以充分利用词这一文体所承载的信息。

## 二、以诗证词：诗词不言之辨

文学作品被用作文献考证材料时，与诗相较，词显得有些相形见绌。这有两方面原因：第一、诗之传统远较词为悠长，诗高古而词卑近，故重诗而轻词；第二、诗之写实纪事功能远较词为强大，故易以系

---

① 王质《雪山集》卷七《东坡先生祠堂记》，《宋集珍本丛刊》第 61 册影印《清孔氏微波榭钞本》，线装书局，2004 年，第 611 页。

年系日，词侧重内心隐曲以道不能自遣之怀，有要眇迷离之致，外部信息较少，故往往难以坐实。诗的体性外向而词的体性内向。职是之故，宋代诗词批评更多采用的是以诗证词。以下我们通过宋人对《香奁集》的考证，来考察以诗证词所蕴含的思想意义。

韩偓以诗名于五代干戈之际，李商隐曾以"雏凤清于老凤声"誉之，著有《韩翰林集》与《香奁集》。然《香奁集》作者一说为后晋宰相和凝，沈括《梦溪笔谈》卷十六首倡此说：

> 和鲁公凝有艳词一编，名《香奁集》。凝后贵，乃嫁其名为韩偓，今世传韩偓《香奁集》，乃凝所为也。凝生平著述分为《演纶》、《游艺》、《孝悌》、《疑狱》、《香奁》、《籝金》六集、自为《游艺集》序云："予有《香奁》、《籝金》二集，不行于世。"凝在政府，避议论，讳其名，又欲后人知，故于《游艺集》序实之，此凝之意也。予在秀州，其曾孙和惇家藏诸书，皆鲁公旧物，末有印记，甚完。①

宋人对沈括之说多有辨正，《苕溪渔隐丛话》前集卷二三引陈正敏《遁斋闲览》云：

> 《笔谈》谓《香奁集》乃和凝所为，后人嫁其名于韩偓，误矣。唐吴融诗集中，有《和韩致元侍郎无题》二首，与《香奁集》中《无题》韵正同，偓叙中亦具载其事。又尝见偓亲书诗一卷，其《裛娜》、《多情》、《春尽》等诗多在卷中。偓词致婉丽，非凝言。余有《香奁集》，不行于世。凝好为小词，洎作相，专令人收拾焚毁。然凝之《香奁集》乃浮艳小词，所谓不行于世，欲自掩耳，安得便以今《香奁集》为凝作也②

陈正敏的辨正有两个证据：一是由吴融同韵唱和诗之标题以证原诗作者，二是将韩偓亲书诗卷真迹与《香奁集》中作品对照。陈正敏还

---

① 沈括撰，胡道静校注《新校正梦溪笔谈》卷十六，中华书局，1957年，第 166 页。

② 胡仔《苕溪渔隐丛话》前集卷二三，人民文学出版社，1982年，第 154 页。"非凝言"以下疑有脱文，宋曾慥《类说》卷四七引《遁斋闲览》作："非凝能及。凝言"，则文从字顺矣。此条又见于清郑方坤《五代诗话》卷六，云据《石林集》。

从文体风格上辨析,偓所作为诗歌,词致婉丽;凝所作为小词,风格浮艳。

韩偓早期诗歌绮丽纤巧,形神风貌本就与晚唐词风相近,有"香奁体"之号。(《沧浪诗话》:"香奁体:韩偓之诗皆裾裙脂粉之语。")单就此类风格的诗歌而言,确实难以辨别其与词之界限,进而判定作者归属。但《香奁集》今存一百余首(《全唐诗》本收一○五首、吴汝纶评注本一一七首),即使风格绮靡纤弱,然其间毕竟有与词绝不相混之特性在,有诗词"不言之辨",可以供考索之用,南宋人薛季宣(1134—1173)已注意及此,其《香奁集叙》云:

> 韩偓《香奁集》二卷,蜀本诗一百一篇;京本诗赋二篇,诗一百七篇,曲词二章;秘阁本同,亡诗十篇。三家篇什相糅莒,差次不伦,以雠比除复重,定著赋、诗、曲、词一百十二,以朱墨辨,阁、京本皆已刊正可传。

> 偓字致尧,唐翰林学士承旨。朱全忠颛命,以偓行礼为简傲,放外以死,事见唐传。曰字致光者,讹也。偓为诗有情致,形容能出人意表,有集二卷,其一此书。晋相和凝亦尝著《香奁集》,皆委巷艳词,猥亵不可示儿。时已有曲子相公之号。沈括《笔谈》著论,乃以是为凝书。陈正敏为辨之,设二事以验:谓《吴融集》有《和致光无题诗》二,与《香奁》诗韵正同,而此集序中正载其事,一也;向尝于偓裔埛所见偓亲书所作诗卷,其《袅娜》、《春尽》、《多情》等篇,多出卷中,二也。偓富才情,词致婉丽,固非凝及,而《北梦琐言》载凝小词布于汴洛,作相之后收拾焚毁,则凝之集乃浮艳小词,安得遂以《香奁》为凝作?走谓正敏辩得矣。传称凝尝自刊已集为板本,而特谓《香奁集》不行于时。行不行在凝,则此集为可知也。

> 况诗与词曲固有不言之辨。其诗有岐下作者,而凝未尝在岐。《江表志》:王延彬子继士与偓子寅亮幼日通家,寅亮母尼,即荐福院讲筵偶见又别者也,今诗亦在此什,则

斯集也为偓语可不疑。①

薛季宣此叙包含三方面内容：第一、提供南宋中期韩偓《香奁集》版本情况。就晚唐词坛而言，韩偓之影响实远不及和凝，《花间集》收录和凝词达二十首，而无一首韩偓词。《尊前集》收录和凝词七首，收录韩偓词仅二首。王国维《唐五代二十一家词辑》之《香奁词》录十三首，除《尊前集》所录《浣溪沙》二首以及《全唐诗》所录《生查子》一首外，其余十首则取自《香奁集》中的歌诗。施蛰存先生《读韩偓词札记》则定其中八首为词：《生查子》二首（《懒卸头》、《五更》）、《谪仙怨》三首（《六言三首》）、《玉楼春》一首（《意绪》）。② 据薛季宣此叙，则南宋中期《香奁集》中仅存"曲词二章"，此二章或即《尊前集》所收《浣溪沙》二首。因此，对于韩偓作品诗、词归属问题，宋人此叙为我们提供了参照。

第二、转述陈正敏对沈括的辩驳，将其概括为"二事"。

第三、薛季宣提出自己的辨正依据。"歧下作"即《辛酉岁冬十一月随驾幸岐下作》："曳裾谈笑殿西头，忽听征铙从冕旒。凤盖行时移紫气，鸾旗驻处认皇州。晓题御服颁群吏，夜发宫嫔诏列侯。雨露涵濡三百载，不知谁拟杀身酬。"据《新唐书》："及（崔）胤召朱全忠讨（韩）全诲，汴兵将至，（韩）偓劝胤督（李）茂贞还卫卒。又劝表暴内臣罪，因诛全诲等；若茂贞不如诏，即许全忠入朝。未及用，而全诲等已劫帝西幸。偓夜追及鄠，见帝恸哭。至凤翔，迁兵部侍郎，进承旨。"③此诗今不见于《香奁集》，而见于《全唐诗》、《韩翰林集》。又《荐福院讲筵偶见又别者》："见时浓日午，别处暮钟残。景色疑春尽，襟怀似酒阑。两情含眷恋，一饷致辛酸。夜静长廊下，难寻屐齿看。"此诗今存于《香奁集》，亦为艳情诗，风格与晚唐小词相类，但薛季宣把握住了它与词的区别性特征：诗题。诗题中透露的信息，正与《江表志》

---

① 曾枣庄、刘琳主编《全宋文》第 257 册，上海辞书出版社、安徽教育出版社，2006年，第 313 页。

② 施蛰存《读韩偓词札记》，《中华文史论丛》1979 年第 4 辑，第 273—282 页。

③ 《新唐书》卷一八三《韩偓列传》，中华书局，1975 年，第 5388 页。

中所载相吻合。薛季宣特别强调"此什"，则《荐福院讲筵偶见又别者》即见于宋本《香奁集》，而《辛酉岁冬十一月随驾幸岐下作》当为薛季宣从《香奁集》以外韩偓诗中选取一首，以为论据。这两首诗的共同点，即在于能与史料所载韩偓之生平行踪相吻合，薛季宣所用乃诗史互证之法。

"诗与词曲固有不言之辨"，这是薛季宣正面提出自己的考辨方法。此"不言之辨"，指出了诗与词之间的区别性特征。这些特征，固然包括诗、词在体性风貌上可能存在的诸多不同。而最重要之处，薛季宣此处所欲强调的正在于诗承载着更为丰富和明晰的外部信息，可用以与相关史料进行互证，而词偏重内部世界，其对外部世界的写实纪事功能相对逊色。薛季宣对于《香奁集》归属权的辨正极有说服力，如果他只举出《歧下作》一首，则仍不能论证《香奁集》的归属权，因此诗在《香奁集》之外；他更举出了《香奁集》中的《荐福院讲筵偶见又别者》，此诗即在集中，若此诗可证明为韩偓作，则《香奁集》中其他区别性特征较弱或"不言之辨"不甚明晰的诗作，亦当为韩偓所作也。

## 三、以词证诗：词亦为诗谶也

诗之信息量虽常较词为丰富，但也不是没有相反的情况。吴曾《能改斋漫录》便提供了一例：

> 豫章寓荆州，除吏部郎中，再辞，得请守当涂。已一年，方到官，七日而罢，又数日乃去。其诗云："欧倩腰支柳一涡，大梅催拍小梅歌。舞余细点梨花雨，奈此当涂风月何？"盖欧、梅，当涂官妓也。李之仪云："人之幸不幸，欧梅偶见录于豫章，遂为不朽之传，与杜诗黄四娘何异？"然豫章又有《木兰花令》叙云："庭坚假守当涂，故人庾元镇穷巷读书，不出入州县，因作此以劝庾酒云：庾郎三九常安乐。便有万钱无处着。徐熙小鸭水边花，明月清风都占却。　　朱颜老尽心如昨。万事休休休莫莫。尊前见在不饶人，欧舞梅

歌君更酌。"自注云："欧梅，当涂二妓也。"①

吴曾所举黄庭坚诗，原题为《太平州作二首》其一，原句为"小梅催拍大梅歌"，吴曾误记为"大梅催拍小梅歌"，史容注曰："黄尝有家藏山谷真迹，前一首题云《戏作观舞绝句奉呈功甫兄》。"②山谷原诗未注明欧、梅为何人，然山谷《木兰花令》恰有自注说明，故吴曾引来以词证诗。

另一以词证诗的典型事例，见于胡仔《苕溪渔隐丛话》前集卷四〇：

> 《王直方诗话》云：东坡在定武作《松醪赋》有云："遂从此而入海，渺翻天之云涛。"盖自定再谪惠州，自惠而迁昌化，人以为语谶。秦少游绍圣间请外，以校勘为杭倅，方至楚泗间，有诗云："平生逋欠僧坊睡，准拟如今处处还。"诗成之明日，以言者落职，监处州酒，好事者以为诗谶。陈无已赋《高轩过》诗云："老知书画真有益，却悔岁月来无多"之句，不数月遂卒，或以为诗谶。苕溪渔隐曰：人之得失生死自有定数，岂容前逃？乌得以谶言之。何不达理如此！乃庸俗之论也。如东坡自黄移汝，别雪堂邻里，有词云："百年强半少，来日苦无多。"盖用退之诗："年皆过半百，来日苦无多"之语。然东坡自此脱谪籍，登禁从，累帅方面。晚虽南迁，亦几二十年乃薨。则"来日苦无多"之语，何为不成谶耶？③

胡仔所引词为苏轼《满庭芳》（归去来兮吾归何处），原句为"百年强半，来日苦无多"。此阕元丰七年（1084）作于黄州，苏轼时年四十九岁，前有小序云："元丰七年四月一日，余将去黄移汝，留别雪堂邻里二三君子。会李仲览自江东来别，遂书以遗之。"元丰七年，诏移汝州

---

① 吴曾《能改斋漫录》卷十七下，第 499 页。

② 黄庭坚撰，任渊、史容、史季温注《黄庭坚诗集注·山谷外集诗注》卷十七，中华书局，2003 年，第 1400 页。

③ 胡仔《苕溪渔隐丛话》前集卷四〇，第 275 页。

团练副使;八年,复朝奉郎、知登州;元祐元年,由起居舍人迁中书舍人,再迁翰林学士、知制诰;元祐四年以后,知杭州、颍州、扬州、定州等。此即所谓"登禁从,累帅方面",苏轼卒于建中靖国元年(1101),上距黄州作此词时,尚有十七年。胡仔以东坡此词,证明语谶、诗谶之说的荒谬性。与此例相似的是范公偁《过庭录》:"李清臣邦直平生罕作词,唯晚年赴大名道中,作一词云:'去年曾宿黄陵浦,鼓角秋风,海鹤辽东。回首红尘一梦中。'竟死不返,亦为诗谶也。"①无论胡仔之不信谶与范公偁之信谶,词与诗已几乎被等同视之。词"亦为诗谶也"这一判断,反映了词由晚唐五代以来,经北宋文人士大夫染指其间,词与诗的距离被拉近了,词摆脱了传统观念的局限,承载了更多外在的人生信息,词与诗一样具备了言志、纪实乃至类似"诗谶"的预言功能。词的诗化进程,正是宋人诗词互证得以展开的前提。

综上所论,诗词互证、以诗证词、以词证诗的方法在宋代文学批评中普遍展开,涉及文本校勘、本事探索、作者辨正、生平考订等诸项内容。伴随着词在宋代的诗化进程,此种批评实践昭示了宋人对词由遣兴娱宾逐渐向纪实功能转向的自觉体认。同时,诗与词的"不言之辨"(薛季宣)仍为宋人所强调,词的诗化不等于与诗同化,词对内部世界的偏重而相对弱化外部世界,仍是不争的诗词之别。诗与词的张力,正显示了宋人辨体思想的切实与慎密。

## 附录:宋人"以诗纪词"文献梳理

吴曾《能改斋漫录》卷十六云:"贺方回为《青云案》词,山谷尤爱之,故作小诗以纪其事。"古人有以诗纪事之传统,亦有以诗纪词传统。宋人辑有《唐诗纪事》,清人厉鹗亦辑有《宋诗纪事》等著作。诗歌所纪之事中,有一类专与词人或词作有关,开出后代论词绝句传统。故有必要对宋人以诗纪词作一梳理,以见宋词对于宋诗一种影响。宋诗对宋词的此种再次书写,出于多种原因,或纪述词人之本

---

① 范公偁《过庭录》,孔凡礼点校,中华书局,2002 年,第 372 页。

事,或对词作予以批评,或化用词中语句,助于词之雅化、流播与经典化,显示了词这一文体的地位逐渐提高。

1. 聂冠卿《多丽》:"想人生,美景良辰堪惜。问其间赏心乐事,就中难是并得。况东城风台沁苑,泛晴波浅照金碧。露洗华桐,烟霏丝柳,绿阴摇曳,荡春一色。画堂迥,玉簪琼佩,高会尽词客。清欢久,重燃绛蜡,别就瑶席。　有翩若惊鸿体态,暮为行雨标格。逞朱唇缓歌妖丽,似听流莺乱花隔。慢舞萦回,娇鬟低亸,腰肢纤细困无力。忍分散,彩云归后,何处更寻觅?休辞醉,明月好花,莫漫轻掷。"

蔡襄《客有至自京师言诸公春间多会于元伯园池因念昔游辄形篇咏》:"绿渠春水走潺湲,画阁峰峦映碧鲜。酒令已行金盏侧,乐声初急翠裙圆。清游胜事传京下,《多丽》新词到海边。曾是樽前沉醉客,天涯回望重依然。"

(《能改斋漫录》卷十六:"翰林学士聂冠卿尝于李良定公席上赋《多丽》词。蔡君谟时知泉州,寄良定公书云:'新传《多丽》词,述宴游之娱,使病夫举首增叹耳。又近者有客至自京师,言诸公春日多会于元伯园池,因念昔游,辄形篇咏。'按:蔡襄此首七律乃回忆之作,其'绿渠春水'四句当受聂冠卿'露洗华桐,烟霏丝柳'数句影响而作,是为改词为诗。)

2. 柳永《望海潮》:"东南形胜,三吴都会,钱塘自古繁华。烟柳画桥,风帘翠幕,参差十万人家。云树绕堤沙。怒涛卷霜雪,天堑无涯。市列珠玑,户盈罗绮竞豪奢。　重湖叠巘清佳。有三秋桂子,十里荷花。羌笛弄晴,菱歌泛夜,嬉嬉钓叟莲娃。千骑拥高牙。乘醉听箫鼓,吟赏烟霞。异日图将好景,归去凤池夸。"

谢驿《杭州》:"谁把杭州曲子讴,荷花十里桂三秋。那知卉木无情物,牵动长江万里愁。"

罗大经《和谢处厚》:"杀胡快剑是清讴,牛渚依然一片秋。却恨荷花留玉辇,竟忘烟柳汴宫愁。"

（《鹤林玉露》卷一："孙何帅钱塘，柳耆卿作《望江潮》词赠之。此词流播，金主亮闻歌，欣然有慕于三秋桂子，十里荷花，遂起投鞭渡江之志。近时谢处厚诗云云。余谓此词虽牵动长江之愁，然卒为海陵被杀之媒，未足恨也。至于荷艳桂香，妆点湖山之清丽，使士夫流连于歌舞嬉游之乐，遂忘中原，是则深可恨耳。因和其诗云云。"按：此二首绝句可谓较早的论词绝句，论词亦论史。）

3. 韩缜《凤箫吟》："锁离愁，连绵无际，来时陌上初薰。绣帏人念远，暗垂珠露，泣送征轮。长亭长在眼，更重重远水孤云。但望极楼高，尽日目断王孙。　　消魂。池塘别后，曾行处，绿妒轻裙。恁时携素手，乱花飞絮里，缓步香茵。朱颜空自改，向年年，芳草长新。遍绿野，嬉游醉眼，莫负青春。"

刘攽《寄韩玉汝待制》其二："嫖姚不复顾家为，谁谓东山久未归。卷耳幸容携婉娈，皇华何啻有光辉。"

（《石林诗话》卷上："元丰初，虏人来议地界。韩丞相名缜，自枢密院都承旨出分画。玉汝有爱妾刘氏，将行，剧饮通夕，且作乐府词留别。翌日，神宗已密知，忽中批步军司遣兵为搬家追送之。玉汝初莫测所因，久之方知其自乐府发也。盖上以恩泽待下，虽闺门之私，亦恤之如此。故中外士大夫，无不乐尽其力。刘贡父玉汝姻党，即作小诗寄之以戏云云。玉汝之词，由此亦遂盛传于天下。"《乐府纪闻》："韩缜有爱姬能词，韩奉使时，姬作《蝶恋花》送之云：'香作风光浓着露，正恁双栖，又遣分飞去。密诉东君应不许。泪波一洒奴衷素。'神宗知之，遣使送行。刘贡父赠以诗：'卷耳幸容留婉娈，皇华何啻有光辉。'玉汝莫测中旨何自而出，后乃知姬人别曲传入内庭也。韩亦有词云云。此《凤箫吟》咏芳草以留别，与《兰陵王》咏柳以叙别同意。后人竟以芳草为调名，则失凤箫吟原唱意矣。"此中有比兴寄托在，刘攽之诗增加了韩缜词在"中外士大夫"之间的影响，诗同样有助于词之流播,只是受众面略有不同而已。)

4. 贺铸《青玉案》:"凌波不过横塘路。但目送、芳尘去。锦瑟华
所谁与度。月桥花院,琐窗朱户。只有春知处。      飞云冉冉蘅皋
暮。彩笔新题断肠句。若问闲情都几许。一川烟草,满城风絮。梅
子黄时雨。"

黄庭坚《寄贺方回》:"少游醉卧古藤下,谁与愁眉唱一杯。解作
江南断肠句,只今惟有贺方回。"

(《贺铸传》:"建中靖国间,黄鲁直自黔中还,得其'江南
梅子'之句,以为似谢玄晖。"《中吴纪闻》:"有小筑在盘门之
南十余里,地名横塘,方回往来其间,尝作《青玉案》词,山谷
有诗云:'解道江南断肠句,只今唯有贺方回。'其为前辈推
重如此。"《能改斋漫录》卷六:"贺方回为《青玉案》词,山谷
尤爱之,故作小诗以纪其本事。")

5. 沈蔚《天仙子》:"景物因人成胜概。满目更无尘可碍。等闲
帘幕小栏干,衣未解。心先快。明月清风如有待。      谁信门前车
马隘。别是人间闲世界。坐中无物不清凉,山一带。水一脉,流水白
云长自在。"

胡仔《咏苕溪水阁》:"三间水阁贾耘老,一首佳词沈会宗。无限
当时好风月,如今总属绩溪翁。"

(《苕溪渔隐丛话》前集卷五九:"贾耘老旧有水阁在苕
溪之上,景物清旷,东坡作守时屡过之,题诗画竹于壁间。
沈会宗又为赋小词云云。其后水阁屡易主,今已摧毁久矣,
遗址正与余水阁相近,同在一岸,景物悉如会宗之词,故余
尝有鄙句云云。")

6. 王观《卜算子·送鲍浩然之浙东》:"水是眼波横,山是眉峰
聚。欲问行人去那边,眉眼盈盈处。      才始送春归,又送君归去。
若到江东赶上春,千万和春住。"

韩驹《送葛亚卿欲行不一过仆》:"吾庐偪仄门三尺,惭愧春风巧
相觅。叩关惟许葛王孙,有时藉草倾余沥。汝不如南池主人车载客,

红旗皂盖行远陌。又不如东郭公子柳藏门，青娥绿髪坐开樽。是身牢落终何为，人不汝嫌汝自嗤。伸眉一笑能几时，忽闻春尽王孙归。春风欲尽犹有情，飘英堕絮俱伤神。王孙未归迹已扫，秣马膏车何太早。明日一杯愁送春，后日一杯愁送君。君应万里随春去，若到桃源记归路。"

> （《苕溪渔隐丛话》后集卷三九引《复斋漫录》云："王逐客送鲍浩然之浙东长短句云云。韩子苍在海陵送葛亚卿，用其意以为诗，断章云：'明日一杯愁送春，后日一杯愁送君。君应万里随春去，若到桃源记归路。'"《能改斋漫录》卷十六记此二首作品，加按语曰："诗词意同。"《能改斋漫录》卷十七记韩驹"一双飞上万年枝"用冯延巳"飞上万年枝。"）

7. 林逋《点绛唇》："金谷年年，乱生春色谁为主？余花落处。满地和烟雨。　　又离歌，一阕长亭暮。王孙去。萋萋无数。南北东西路。"

张先《过和靖隐居》："湖山隐后家空在，烟雨词亡草自青。"

> （严有翼《艺苑雌黄》："张子野过和靖隐居有诗一联云：'湖山隐后家空在，烟雨词亡草自青。'注云：'先生常著《春草曲》，有"满地和烟雨"之语，今亡其全篇。'余按：杨元素《本事曲》有《点绛唇》一阕，乃和靖草词，云云。"）

8. 苏轼《八声甘州·寄参寥子》："有情风、万里卷潮来，无情送潮归。问钱塘江上，西兴浦口，几度斜晖。不用思量今古，俯仰昔人非。谁似东坡老，白首忘机。　　记取西湖西畔，正暮山好处，空翠烟霏。算诗人相得，如我与君稀。约他年、东还海道，愿谢公、雅志莫相违。西州路，不应回首，为我沾衣。"

陈师道《寄送定州苏尚书》："初闻简策侍前旒，又见衣冠送作州。北府时清惟可饮，西山气爽更宜秋。功名不朽聊通袖，海道无违具一舟。枉读平生三万卷，貂蝉当复自兜鍪。"

> （葛立方《韵语阳秋》卷十一：东坡以侍读为礼部尚书，时正得志之秋，而陈无己寄其诗乃云："经目向来须老手，有

怀何必到壶头。遥知丹地开黄卷,解记清波泛白鸥。"是劝其早休也。洎坡知定州,时事变矣,又为诗劝之曰:"功名不朽聊通袖,海道无违具一舟。"坡未能用其语,而已有南迁绝海之谶矣。所谓"海道无违具一舟"者,盖用坡所作《八声甘州》"约他年东还海道,愿谢公、雅志莫相违"之意以动公,而不知二句皆成谶也。《苕溪渔隐丛话》后集卷三九:"东坡别参寥长短句云云,其词石刻后东坡自题云:元祐六年三月六日。余以《东坡先生年谱》考之,元祐四年知杭州,六年召为翰林学士承旨,则长短句盖此时作也。自后复守颍,徙扬,入长礼曹,出师定武,至绍圣元年,方南迁岭表,建中靖国元年北归,至常乃薨,凡十一载,则世俗成谶之论安可信邪?")

9. 苏轼《贺新郎》:"乳燕飞华屋,悄无人、桐阴转午,晚凉新浴。手弄生绡白团扇,扇手一时似玉。渐困倚、孤眠清熟。帘外谁来推绣户?枉教人梦断瑶台曲。又却是,风敲竹。　　石榴半吐红巾蹙,待浮花浪蕊都尽,伴君幽独。秾艳一枝细看取,芳心千重似束。又恐被、西风惊绿。若待得君来向此,花前对酒不忍触。共粉泪、两簌簌。"

项安世《送春诗》:"堕红一片已堪疑,吹到杨花事可知。借问春归谁与伴,泪痕都付石榴枝。"

（项安世《项氏家说》卷八:"苏公'乳燕飞华屋'之词,兴寄最深,有《离骚经》之遗法,盖以兴君臣遇合之难。一篇之中,殆不止三致意焉。'瑶台之梦',主恩之难常也;'幽独之情',臣心之不变也;'恐西风之惊绿',忧谗之深也;'冀君来而共泣',忠爱之至也。其首尾布置,全类《邶·柏舟》。或者不察其意,多疑末章专赋石榴,似与上章不属,而不知此篇意最融贯也。余又谓'枝上柳绵吹渐少,天涯何处无芳草',此意亦深切。余在会稽尝作《送春诗》曰:'堕红一片已堪疑,吹到杨花事可知。借问春归谁与伴,泪痕都付石榴枝。'盖兼用两词之意,书生此念,千载一辙也。")

10. 苏轼《卜算子》缺月挂疏桐,漏断人初静。时见幽人独往来,缥缈孤鸿影。 惊起却回头,有恨无人省。拣尽寒枝不肯栖,枫落吴江冷。

张耒《题东坡卜算子后》:"空江月明鱼龙眠,月中孤鸿影翩翩。有人清吟立江边,葛巾藜杖眼窥天。""夜凉月堕幽虫急,鸿影翘沙衣露湿。仙人采诗作步虚,玉皇饮之碧琳腴。"

（张耒自注:"苏先生责居黄州,尝作《卜算子》云:'缺月挂疏桐,漏断人初静。时见幽人独往来,缥缈孤鸿影。惊起却回头,有恨无人省。拣尽寒枝不肯栖,寂寞沙洲冷。'因题此诗。"《能改斋漫录》卷十六载之)

11. 晁端礼《绿头鸭》:"锦堂深,兽炉轻喷沉烟。紫檀槽、金泥花面,美人斜抱当筵。挂罗绶、素肌莹玉,近鸾翅、云鬟梳蝉。玉笋轻拢,龙香细抹,凤凰飞出四条弦。碎牙板、烦襟消尽,秋飞满庭轩。今宵月,依稀向人,欲斗婵娟。

变新声、能翻往事,眼前风景依然。路漫漫、汉妃出塞,夜悄悄、商妇移船。马上愁思,江边怨感,分明都向曲中传。困无力、劝人金盏,须要倒垂莲。拚沉醉,身世恍然,一梦游仙。"

张表臣《琵琶》:"白鸽潜来入紫槽,朱鸾飞去唤青霄。江边塞上情何限,瀛府霓裳曲再调。漫道灵妃鼓瑶瑟,虚传仙子弄云璈。小怜破得春风恨,何似今宵月正高。曰:'诗亦不恶。"

（张表臣《珊瑚钩诗话》卷三:"客有献李卫公以古木者,云:'有异。'公命剖之,作琵琶槽,自然其文成白鸽。予尝语晁次膺曰:公《绿头鸭》琵琶词诚妙绝,盖自'晓风残月'之后,始有'移船出塞'之曲。然某亦曾有一诗。'公曰:'云何?'曰:'白鸽潜来入紫槽,朱鸾飞去唤青霄。江边塞上情何限,瀛府霓裳曲再调。漫道灵妃鼓瑶瑟,虚传仙子弄云璈。小怜破得春风恨,何似今宵月正高。曰:'诗亦不恶。'")

（华东师范大学中文系）

# 论宋代诗学语境下的"体制为先"说

## ——兼与宋代文章学、明代诗学比较

徐　涛

**内容提要**：宋代诗学提出的"体制为先"说，是根植于宋代诗学语境下的；宋代文章学、明代诗学虽也有"体制为先"的说法，但却与宋代诗学具有不同的文学主张。宋代文章学的"体制为先"是注重文体的创作规矩与体制规范。而宋代诗学的"体制为先"则蕴含着从"辨体制"、"备体制"到"自成一家"的诗学理想，以及由对"当代"诗坛的批评反思进而提出"向上一路"的诗学选择。明代诗学的"体制为先"，其实质是重视诗体规矩，这与宋代文章学的精神接近，而与宋代诗学大异其趣。

**关键词**："体制为先"；宋代诗学；宋代文章学；明代诗学

# The Research on the Concept of Tizhi(体制) First in the Poetics of Song Dynasty — Comparing with the Articlology of Song Dynasty and the Poetics of Ming Dynasty

**Xu Tao**

**Abstract**：The concept of Tizhi(体制)First in the poetics of Song Dynasty is based on the poetics background. So even though the concept is also in the articlology of Song Dynasty, which is different from each other. In the articlology of Song Dynasty, Tizhi(体制)First means compling with the article writing rules. While in the poetics of Song Dynasty, Tizhi(体制)First means distinguishing the styles of writings, mastering the styles and being excitingly spare and unassisted when writing. Sometimes, it also means emulating the best examples in history of poetry, in order to criticizing the contemporary poetry. In the poetics of Ming Dynasty, Tizhi(体制)First also means compling with the writing rules, which is the same as in the articlology of Song Dynasty, and different from in the poetics of Song Dynasty.

**Keywords**：the concept of Tizhi(体制)First；the poetics of Song Dynasty；the articlology of Song Dynasty；the poetics of Ming Dynasty

郭绍虞先生在注释《沧浪诗话》"诗体"部分时说："论诗辨体亦是宋人风气。"①"体"或曰"体制"，的确是宋人诗论的一个重要话题，南宋时甚至出现了诗"以体制为先"（亦可曰"先体制而后工拙"、"先要识体制"等）的论调，如张戒《岁寒堂诗话》云："论诗文当以文体为先，

---

① 郭绍虞校释《沧浪诗话校释》，人民文学出版社，1983年，第98页。

警策为后"①；朱熹也说："欲漱六艺之芳润……须先识得古今体制、雅俗向背"(《答巩仲至》)②；严羽《沧浪诗话》云："辨家数如辨苍白，方可言诗"③，其《答出继叔临安吴景仙书》一文亦明确提出："作诗正须辨尽诸家体制"④。其实强调"体制为先"的不仅仅是诗学，宋代文章学"先体制"的要求甚至更着先鞭，王安石评文章就"常先体制而后文之工拙"⑤；南宋倪思云："文章以体制为先，精工次之，失其体制，虽浮声切响，抽黄对白，极其精工，不可谓之文矣"⑥；而编选过《文章正宗》的真德秀亦说："表章工夫，最宜用力，先要识体制"⑦，这些议论似乎恰与诗学遥相呼应。

有的学者注意到了这一现象，如任竞泽《宋人诗话之辨体批评及文体文献学价值》(《学术论坛》，2014 年第 3 期)就将"先体制而后文之工拙"作为宋人"辨体批评"的重要内容之一加以讨论，而他的《"文章以体制为先"的辨体论源流》(《求索》，2016 年第 5 期)则对其源流进行了系统梳理，指出宋代王安石、张戒、朱熹、严羽、倪思、真德秀等共同缔造的诗、文"体制为先"说，意味着这一文学主张的成熟和定型，继承并发扬此说的元明清则是其繁荣和总结期；汪泓《明代诗学"体制为先"观念之内涵及其流变》(《江西社会科学》，2007 年第 5 期)一文亦将宋、明两代诗学的"体制为先"说进行了渊源上的联系。这些研究诚然各具价值，但其中似乎还有一些问题值得深入探讨：其一，宋人的"体制"概念究竟是什么？其二，有些学者将宋代文章学的

---

① 张戒《岁寒堂诗话》卷上，丁福保辑《历代诗话续编》，中华书局，2006 年，第 459 页。

② 朱熹《晦庵先生朱文公文集》卷六四，朱杰人等主编《朱子全书》，上海古籍出版社、安徽教育出版社，2002 年，第 3095—3096 页。

③ 《沧浪诗话校释》，第 136 页。

④ 《沧浪诗话校释》，第 252 页。

⑤ 事见黄庭坚《书王元之竹楼记后》，《豫章黄先生文集》卷二六，《四部丛刊初编》本。

⑥ 引自王应麟纂《玉海》卷二〇二《辞学指南》，江苏古籍出版社、上海书店，1987 年，第 3692 页。

⑦ 引自《玉海》卷二〇三《辞学指南》，第 3705 页。

"先体制而后工拙"与宋代诗学的"体制为先"视为相近的文学主张，事实果真如此么？其三，宋代诗学"体制为先"的真正文学主张是什么？其四，后世诗学如明代诗学的"体制为先"说又是否是宋代诗学"体制为先"的理论延续？本文即围绕着这几个问题展开。

## 一、宋人的"体制"概念

宋人所说的"体制"，有时也简称为"体"。这是一个极为复杂的概念，具有极大的包含性与模糊性，吴承学在《中国古代文体学研究·绪论》中说："'体'兼有作品的具体形式与抽象本体之意，是形而下与形而上的有机结合；既有体裁或文体类别之义，又有体性、体貌之义；既可指具体章法结构与表现形式，又可指文章或文学之本体。"①

如果简单罗列一下宋人对"体制"或"体"的讨论，就可发现上面几种"体"的含义，宋人几乎均已涉及：

陈师道《后山诗话》："黄鲁直云：'……杜之诗法，韩之文法也。诗文各有体，韩以文为诗，杜以诗为文，故不工尔。'"②（按：文体类别之"体"）

张表臣《珊瑚钩诗话》："……苏李而上，高简古澹谓之古；沈宋而下，法律精切谓之律：此诗之语众体也。……客有问古今体制之不一者，劳于应答，乃著之篇以示焉。"③（按：体裁、体类之"体"）

韩驹《室中语》："坐客论鲁直诗体致新巧……客举鲁直题子瞻伯时画竹石牛图诗云：'石吾甚爱之，勿使牛砺角。牛砺角尚可，牛斗残我竹。'如此体制甚新。"④（按：章法结构之"体"）

① 吴承学《中国古代文体学研究·绪论》，人民出版社，2011年，第3页。
② 陈师道《后山诗话》，何文焕辑《历代诗话》，中华书局，2004年，第303页。
③ 张表臣《珊瑚钩诗话》卷三，《历代诗话》，第475—476页。
④ 引自魏庆之编《诗人玉屑》卷八，中华书局，2007年，第251页。

吴沆《环溪诗话》："山谷除拗体似杜而外，以物为人一体，最可法。"①（按：表现形式之"体"）

　　欧阳修《六一诗话》："圣俞、子美齐名于一时，而二家诗体特异。子美笔力豪隽，以超迈横绝为奇；圣俞覃思精微，以深远闲淡为意。各极其长，虽善论者不能优劣也。"②（按：体貌之"体"）

由此可见宋代诗学所谓的"体制"，是一个范畴极广、几乎贯通诗"体"各个层面的诗学概念。实际上南宋中后期的诗评家已经开始尝试着对"体制"进行总结了，严羽《沧浪诗话》"诗体"部分，就基本囊括了宋人对"体制"各个层面的划分，因此有人批评严羽分类混乱："严羽所谓'体'，继承了前代的用法，兼有体裁和风格体制两方面的涵义，甚至加入句法章法的内容，因而多有淆乱，逻辑上不很周密。"③其实《沧浪诗话》正是在宋人的"体制"观念下容纳各种诗"体"的。

　　值得注意的是，既然宋人"体制"概念的本身即具有极大的"包含性"与"模糊性"，那么，在此基础上的"体制为先"说，尤其是诗学与文章学各自提出的"体制为先"说，又是否体现了内容一致的文学主张呢？要弄清这一问题，就必须回到它们各自的语境当中。

## 二、宋代文章学的"先体制而后工拙" 与宋代诗学的"体制为先"

　　黄庭坚《书王元之竹楼记后》载："或传王荆公称《竹楼记》胜欧阳公《醉翁亭记》。或曰，此非荆公之言也。某以谓荆公出此言，未失也。荆公评文章，常先体制而后文之工拙，盖尝观苏子瞻《醉白堂记》，戏曰：'文词虽极工，然不是《醉白堂记》，乃是韩白优劣论耳。'以此考之，优《竹楼记》而劣《醉翁亭记》，是荆公之言不疑也。"④王安石

---

① 吴沆《环溪诗话》卷中，中华书局，1988年，第133页。
② 欧阳修《六一诗话》，《历代诗话》，第267页。
③ 郭英德《中国古典文学研究史》，中华书局，1995年，第377页。
④ 《豫章黄先生文集》卷二六，《四部丛刊初编》本。

提出文章"先体制而后工拙"的背景,是批评欧阳修《醉翁亭记》和苏轼《醉白堂记》打破了"记"这种文体类别本身的体制规定与创作规范。众所周知,文体分类是中国古代文章学的重要内容,而分类的意义正是要明确各类文体的体裁、体式、体貌、功能等本质规定性,即确定其体制规范;宋人的特点是善于"破体为文",作文章常常打破文体规范,尤其是像欧、苏这样的"大手笔",更是规矩缚不住者,故《醉翁亭记》本应为"记"而采用"赋"体①,《醉白堂记》亦应为"记"而采用"论"体,因此招致了王安石的批评。有意思的是,王安石本人也未必完全做到了"以体制为先",据说东坡在得知荆公的批评后,立刻"反唇相讥":"不若介甫《虔州学记》,乃学校策耳"②,可见"破体为文"对宋人文章创作实践的影响。但从理论层面上看,王安石却的确是这场"体制"之争的胜利者。黄庭坚转述王说,显是拥护荆公之论;陈师道《后山诗话》有"退之作记,记其事尔;今之记乃论也"③的言论,似亦"微讽"东坡《醉白堂记》之类;至于南宋的诗话、笔记、类书、文章选集等,转述荆公之言的亦数量甚夥④,这恐怕与南宋科举制艺之文越来越趋于程式化,故宋人对文章创作越来越讲究体制规范有关。总之,王安石论文章"先体制而后文之工拙",就是强调各种文体自有其体制规定与创作规范,文章写作首先应遵守这些规范,其次才是发挥创造力求其精工;直到南宋后期真德秀言"表章工夫,最宜用力,先要识体制"⑤,仍是在强调先要把握住表章文体的体制规范。

　　宋代诗学"体制为先"说又产生在怎样的语境下?且看张戒《岁

----

　　① 参见《后山诗话》"少游谓《醉翁亭记》亦用赋体",《历代诗话》,第 309 页。

　　② 参见蔡絛《西清诗话》卷中,张伯伟编校《稀见本宋人诗话四种》,江苏古籍出版社,2002 年,第 206 页。

　　③ 《后山诗话》,《历代诗话》,第 309 页。

　　④ 按:宋人文献引用王安石"先体制而后文之工拙"之言的,有胡仔编《苕溪渔隐丛话》后集卷一九、陈鹄《耆旧续闻》卷一〇、王正德《余师录》卷二、潘自牧编《记纂渊海》卷一六七、严羽《沧浪诗话》"诗法"、祝穆编《事文类聚》别集卷五、魏庆之编《诗人玉屑》卷一、王霆震编《古文集成前集》卷一〇,等等。

　　⑤ 引自《玉海》卷二〇三《辞学指南》,第 3705 页。

寒堂诗话》所言:"论诗文当以文体为先,警策为后"①,乍看上去就是荆公评文章"常先体制而后文之工拙"的翻版,但张戒接着说道:"若但取其警策而已,则'枫落吴江冷',岂足以定优劣? 孟浩然'微云淡河汉,疏雨滴梧桐'之句,东野集中未必有也。然使浩然当退之大敌,如《城南联句》,亦必困矣。子瞻云:'浩然诗如内库法酒,即是上尊之规模,但欠酒才尔。'此论尽之。"②原来他所谓的"以文体为先,警策为后",是说诗歌应先求雄杰恢宏之"体"(这里主要是就风格体貌而言);至于锻炼字句的"警策"之工,则并非权衡诗作优劣的关键——这应当是针对当时重句法的江西诗派所发。不难看出,这和以遵守文体规范的文章学"先体制而后工拙"说,真可谓"风马牛不相及"了。严羽也曾引用王安石语以证"体制"之重要③,但他的真正意思是"辨家数如辨苍白,方可言诗"④,"辨家数"就是辨诸家之"体制",因此严羽的"体制为先"就是先要识得各家诗人的体貌风格特质,其间还隐含有辨别高下的意思;《沧浪诗话》"诗辩"中所谓的"作诗正须辨尽诸家体制,然后不为旁门所惑","自谓有一日之长,于古今体制,若辨苍素,甚者望而知之"⑤,亦正是此意。这显然也与王安石"先体制而后工拙"的意思无涉,而与朱熹的说法更为相近:"来喻所云欲漱六艺之芳润,以求真澹,此诚极至之论,然恐亦须先识得古今体制、雅俗向背,仍更洗涤得尽肠胃间夙生荤血脂膏,然后此语方有所措。"(《答巩仲至》)⑥可见朱熹认为的"体制为先",也是以"辨体制"、"识古今"为诗学之要的意思。

由此可见,同是言"体制为先",在宋代文章学语境和在诗学语境中导向的文学主张却并不相同:在文章学,这一观念与文体分类密切相关,不同文类各有其文体规范,"体制为先"就是要遵守各自的体

---

① 《岁寒堂诗话》卷上,《历代诗话续编》,第 459 页。
② 《岁寒堂诗话》卷上,《历代诗话续编》,第 459—460 页。
③④ 《沧浪诗话校释》,第 136 页。
⑤ 《答出继叔临安吴景仙书》,《沧浪诗话校释》,第 252 页。
⑥ 《晦庵先生朱文公文集》卷六四,《朱子全书》,第 3095—3096 页。

制规范;而诗学中的"体制为先"则与宋人的诗史认知乃至其背后蕴含的诗学选择紧紧联系在一起,二者表述虽同,实则大异其趣。当然,本文更感兴趣的是宋代诗学的"体制为先"说,作为一种文学主张的实际意义是什么。

## 三、宋代诗学"体制为先"说的文学主张

面对源远流长的诗史,应该如何把握它的发展流脉与嬗递演变?宋人提供的方法之一就是分"体"。《沧浪诗话》"诗体"中的"以时而论"与"以人而论"部分,实际就是以"体"为纲,将整个诗史脉络看作诗人、诗派与时代之体的组合,所谓"元和体"、"元祐体"、"江西宗派体"、"少陵体"、"东坡体"等,每一"体"都代表着该诗人、该诗派或该时代独特的体貌特征与风格特质,而诗史正是由一个个这样的独特之"体"组成的;既然如此,想要掌握诗史的发展轨迹,就必须如严羽所说的要先"辨尽诸家体制"。不过,宋人"辨体制"之目的,还不仅是对诸家体貌的"辨苍素"这么简单,而是要求由诗史认知进一步落实为创作实践,即由"辨体制"进而做到"备体制"。

宋人的师法典范是杜甫,杜诗被称为"集大成",其实"集大成"还有含义相近的另一种说法,那就是"备众体":

老杜于诗学,世以为前无古人,后无来者……至老杜体格无所不备,斯周诗以来老杜所以为独步也。(郭思《瑶溪集》)[1]

古诗有六义,风刺其一耳,老杜所以独雄百世者,其意趣全古之六义,而其格律又备后世之众体。(方回《跋许万松诗》)[2]

可见"备众体"就是诗歌"体制"意义上的"集大成"。既然杜诗乃诸家之渊薮、众体之汇流,那么学诗又怎能不以老杜为师,学杜诗又怎能

---

① 郭思《瑶溪集》,郭绍虞辑《宋诗话辑佚》,中华书局,1980年,第532页。
② 方回《桐江集》卷四,阮元辑《宛委别藏》,江苏古籍出版社,1988年,第286页。

不学其"备众体"呢？

实际上，宋人对本朝诗人的评价，也往往以能否"备体制"作为重要的衡量标准。对于在两宋诗坛影响甚巨的黄庭坚与江西诗派，吕本中《江西诗社宗派图》评道："唐自李杜之出，焜耀一世，后之言诗者，皆莫能及。……惟豫章始大出而力振之，抑扬反复，尽兼众体，而后学者同作并和，虽体制或异，要皆所传者一。"①这隐然是一种"诗统"说，将黄庭坚上承李杜（其实主要还是杜甫），因为山谷诗同样达到了"抑扬反复，尽兼众体"的"备体制"、"集大成"。也有人并不同意此论，胡仔《苕溪渔隐丛话》就在辑录吕本中之言后辩道："余窃谓豫章自出机杼，别成一家，清新奇巧，是其所长，若言'抑扬反覆，尽兼众体'，则非也。"②不过宋人中支持并发挥吕氏说的更大有人在：

> 杜陵之出……诗家为之中兴。自此以来，作者相望，至豫章而益大肆其力，包含欲无外，搜抉欲无秘，体制通古今，思致极幽眇……由是江西遂以诗社名天下。（陆九渊《与程帅书》）③

> 国初诗人……至六一坡公，巍然为大家数，学者宗焉。然二公亦各极其天才笔力之所至而已，非必锻炼勤苦而成也。豫章稍后出，会萃百家句律之长，究极历代体制之变，搜猎奇书，穿穴异闻，作为古律，自成一家，虽只字半句不轻出，遂为本朝诗家宗祖，在禅学中比得达磨，不易之论也。（刘克庄《江西诗派小序》）④

这里不拟对两派评黄之论予以评价，值得关注的是宋人对"备众体"与"自成一家"之关系的看法。"自成一家"是宋人诗学的终极追求，吕本中、陆九渊、刘克庄认为山谷诗的"自成一家"、开宗立派，正是"体制通古今"、"究极历代体制之变"的结果；而胡仔谓山谷还未能

---

① 引自胡仔编《苕溪渔隐丛话》前集卷四八，人民文学出版社，1962年，第327页。
② 《苕溪渔隐丛话》前集卷四八，第328页。
③ 《全宋文》第271册，上海辞书出版社、安徽教育出版社，2006年，第330—331页。
④ 刘克庄《江西诗派小序》，《历代诗话续编》，第478页。

做到"尽兼众体",故对他的评价是"别成一家"而非"自成一家",可见在胡氏看来,真正能达到"自成一家"之境的,实亦必须是"尽兼众体"者。吴可《藏海诗话》对此说得最清楚:"如贯穿出入诸家之诗,与诸体俱化,便自成一家,而诸体俱备。若只守一家,则无变态,虽千百首,皆只一体耳。"①方回《跋仇仁近诗集》也说:"然则诗不可不自成一家,亦不可不备众体。"②可见在绝大多数宋人看来,"备众体"与"自成一家"实乃一而二、二而一的问题,不备众体不足以自成一家,而自成一家亦须先备众体,兼而能化,入而能出,则其体大成矣。

由此,宋代诗学"体制为先"的实际意义,就是要求诗人在通晓诗史源流、"辨尽诸家体制"的基础上,还能"究极历代体制之变",即"诗备众体",而这一切的最终目标正是为达到"自成一家"的诗学境界。换句话说,"体制为先"实含有诗学方法论的意味,它指向宋人"自成一家"的诗学理想,而实现这一目标的必要条件是"通诗史"、"备体制",所以要"体制为先",于是诗人的自我树立就与整个诗史传统紧密联系在了一起。

如果说由"辨体制"、"备众体"到"自成一体"的"体制为先",显示的是宋人普遍的诗学理想与要求,那么在另一种语境下的"体制为先"说,则还与宋人对宋诗的发展与反思密切相关。先看下面这些议论:

> 国朝诸人诗为一等,唐人诗为一等,六朝诗为一等,陶阮、建安七子、两汉为一等,《风》、《骚》为一等,学者须以次参究,盈科而后进,可也。(张戒《岁寒堂诗话》)③

> 古今之诗凡有三变。盖自书传所记,虞夏以来,下及魏晋,自为一等;自晋宋间颜谢以后,下及唐初,自为一等;自沈宋以后,定著律诗,下及今日,又为一等。然自唐初以前,

① 吴可《藏海诗话》,《历代诗话续编》,第333页。
② 《桐江集》卷四,第299页。
③ 《岁寒堂诗话》卷上,《历代诗话续编》,第451页。

其为诗者固有高下而法犹未变。至律诗出,而后诗之与发始皆大变。以至今日,益巧益密,而无复古人之风矣。(朱熹《答巩仲至》)①

禅家者流,乘有小大,宗有南北,道有邪正;学者须从最上乘、具正法眼,悟第一义。若小乘禅,声闻辟支果,皆非正也。论诗如论禅:汉魏晋与盛唐之诗,则第一义也。大历以还之诗,则小乘禅也,已落第二义矣。晚唐之诗,则声闻辟支果也。学汉魏晋与盛唐诗者,临济下也。学大历以还之诗者,曹洞下也。(严羽《沧浪诗话》)②

张戒、朱熹、严羽均将诗史划分为不同的历史阶段,而各个时段的诗史又是分"等次"的;这"诗史分等"观念的背后,实际关乎着张、朱、严等人对"当代"诗坛的批评。

先是张戒对苏、黄与江西诗派发难:"自汉魏以来,诗妙于子建,成于李杜,而坏于苏黄","苏黄用事押韵之工,乃诗人中一害。"③朱熹亦将矛头指向苏、黄:"苏、黄只是今人诗。苏才豪,然一滚说尽无余意。黄费安排。"④他又说:"律诗则如王维、韦应物辈,亦自有萧散之趣,未至如今日之细碎卑冗,无余味也。"⑤则是暗讽当时学习贾岛、姚合的四灵之辈;严羽明确宣称以江西诗派为针砭对象:"仆之《诗辨》,乃断千百年公案,诚惊世绝俗之谈,至当归一之论,其间说江西诗病,真取心肝刽子手。"⑥而他打击的实还包括风靡当时的四灵与江湖体:"近世赵紫芝翁灵舒辈,独喜贾岛姚合之诗,稍稍复就清苦之风;江湖诗人多效其体,一时自谓之唐宗;不知止入声闻辟支之果,岂盛唐诸

① 《晦庵先生朱文公文集》卷六四,《朱子全书》,第 3095 页。
② 《沧浪诗话校释》,第 11 页。
③ 《岁寒堂诗话》卷上,《历代诗话续编》,第 455、452 页。
④ 黎靖德编《朱子语类》卷一四〇,中华书局,1986 年,第 3324 页。
⑤ 《答巩仲至》,《晦庵先生朱文公文集》卷六四,《朱子全书》,第 3095 页。
⑥ 《答出继叔临安吴景仙书》,《沧浪诗话校释》,第 252 页。

公大乘正法眼者哉。"①乃至"宋诗"的整体特质也成了严羽批评的对象:"近代诸公乃作奇特解会,遂以文字为诗,以才学为诗,以议论为诗。夫岂不工,终非古人之诗也。"②既然"当代"诗坛乃至以苏、黄为典型的"宋诗"都不足为法,那么学诗就应该以古为师;而诗史源远流长,不同历史阶段的风格、体貌亦各自不同,学古当然也须有次第先后,于是便有了"诗史分等"之说。在宋人的诗学概念中,不同历史阶段的诗史体貌之不同,亦即它们的"体制"不同,于是学古的次第先后问题,也就成了"以何等体制为先"的问题。

这样,"体制为先"说就凸显出宋人纠正"当代"诗坛风气、辨识古今体制而取法乎上的诗学意义了。张戒主张作诗起点要高,不学今人学古人,否则只能是"屋下架屋,愈见其小",故此"后有作者出,必欲与李杜争衡,当复从汉魏诗中出尔"③;朱熹指出:"须先识得古今体制、雅俗乡背……近世诗人,正缘不曾透得此关,而规规于近局,故其所就皆不满人意"④,而"透得此关"的关键就是他提出的诗史三变三等说,为此他还提出了具体的诗学步骤:"故尝妄欲抄取经史诸书所载韵语,下及《文选》汉魏古词,以尽乎郭景纯、陶渊明之所作,自为一编,而附于三百篇、《楚辞》之后,以为诗之根本准则。又于其下二等中择其近于古者,各为一编,以为之羽翼舆卫。其不合者,则悉去之,不使其接于吾之耳目,而入于吾之胸次。要使方寸之中,无一字世俗语言意思,则其为诗不期于高远而自高远矣"⑤;"以禅喻诗"的严羽更如"当头棒喝"般的提出:"夫学诗者以识为主:入门须正,立志须高;以汉魏晋盛唐为师,不作开元天宝以下人物。"⑥

这种"诗史分等"、"取法乎上"的诗学旨趣,是不是与宋人"备众

---

① 《沧浪诗话校释》,第27页。
② 《沧浪诗话校释》,第26页。
③ 《岁寒堂诗话》卷上,《历代诗话续编》,第452页。
④⑤ 《答巩仲至》,《晦庵先生朱文公文集》卷六四,《朱子全书》,第3095—3096页。
⑥ 《沧浪诗话校释》,第1页。

体"的诗学要求相互抵牾呢？观朱熹所论，他的诗学目标是魏晋以前古诗，此乃"诗之根本准则"，但他不反对以晋宋以下诗乃至唐之律诗作为"羽翼舆卫"，甚至也并不一概排斥他曾否定的"宋诗"。严羽的"以汉魏晋盛唐为师，不作开元天宝以下人物"也是在层层"参透"诸段诗史后得出的结论："试取汉魏之诗而熟参之，次取晋宋之诗而熟参之，次取南北朝之诗而熟参之，次取沈宋王杨卢骆陈拾遗之诗而熟参之，次取开元天宝诸家之诗而熟参之，次独取李杜二公之诗而熟参之，又取大历十才子之诗而熟参之，又取元和之诗而熟参之，又尽取晚唐诸家之诗而熟参之，又取本朝苏黄以下诸家之诗而熟参之，其真是非自有不能隐者。"①由此可见，讲求"取法乎上"并不反对"备众体"，而是对"备众体"的进一步要求，即从"众体"中选择"入门正"、"立志高"者是也；更何况，无论是"取法乎上"还是"备众体"，最终目的都还是为了达到"自成一家"的诗学境界。

综上所述，宋代诗学的"体制为先"说，实际包含着宋人的诗史认知（"辨体制"）、创作实践的要求（"备众体"），以及最终的诗学目标（"自成一家"）。当诗评者将"当代"诗坛也纳入"辨体制"的诗史认知中从而得出今不如古的结论时，便进一步在"备众体"的创作实践中提出"向上一路"的诗学要求，但追求"自成一家"的诗学目标仍是不变的。这才是宋代诗学"体制为先"说的文学主张与诗学意义之所在。

## 四、宋代诗学与明代诗学"体制为先"说的比较

宋代诗学"体制为先"是根植于宋代诗学语境下的，其特殊性还可以通过与后世诗学的比较来显现。

有的研究者认为，明代诗学"体制为先"说就是继承宋代诗学而

---

① 《沧浪诗话校释》，第12页。

来①,但问题是,明代诗学"体制为先"的实际主张是什么? 为此可以举明人"诗体学"集大成之作的《诗源辩体》为例②。首先,在作者许学夷看来,诗歌之"体制"实即指作诗的"规矩":"有宗中郎而诋予者,曰:'诗在境会之偶谐……'予谓:此论妙绝,在唐止是孟襄阳、崔司勋境界,然苟不先乎规矩,则野狐外道矣。规矩者,体制、声调之谓也。"③可见体制、声调等创作"规矩",比诗人"境会偶谐"更加重要,因为无"规矩"便堕入"野狐外道",便不成其为"诗",故要强调"以体制为先"。这就难怪《诗源辩体》又辩驳了"先性情而后体格"的说法:"吴复《序》云:'诗先性情而后体格。……'予谓:《国风》体制既定,故专论性情,即所谓认性、认神也。学汉魏而下,不先体制而先性情,所以去古日远耳。"④如此看来,许学夷也不是不重性情,而是强调"论性情"要在"体制既定"的前提下进行,换句话说,还是要先掌握作诗的规矩、体制,其次才谈得上"认性"、"认神"。许氏特别指出了"学汉魏而下"诗的"先体制"的重要性,是因为汉魏以后为诗体渐分时期,如古体与律体,而古、律又可细分为五古、七古、五律、七律、五绝、七绝等等,每一类诗体都有其体制规矩,故此《诗源辩体》又说:"诗文俱以体制为主,唐末语虽纤巧,而律体则未尝亡;梁陈以后,古体既失,而律体未成,两无所归,断乎不可为法"⑤,"诗,先体制而后工拙。王、卢、骆七言古,偶俪虽工,而调犹未纯,语犹未畅,实不得为正宗,此自然之理,不易之论"⑥。古体、律体各有其本质规定性,体制声调不纯的便非正宗,可见"以体制为主"、"先体制而后工拙",就是严守各种

---

① 参见汪泓《明代诗学"体制为先"观念之内涵及其流变》,《江西社会科学》,2007 年第 5 期。
② 有学者指出,《诗源辨体》出现了七次"先体制"的理论表述,而且出现的时代位置和频次都有深意,参见任竞泽《许学夷〈诗源辨体〉的辨体理论体系——兼论其辨体论的开拓意义和文献价值》,《甘肃社会科学》,2015 年第 3 期。
③ 许学夷《诗源辨体》卷三四,人民文学出版社,1987 年,第 323 页。
④ 《诗源辨体》后集纂要卷一,第 393 页。
⑤ 《诗源辨体》卷一一,第 137 页。
⑥ 《诗源辨体》卷一一,第 142 页。

诗体的体制规范。不难发现,明代诗学的"体制为先"说,又再次回到了"先体制而后工拙"这个宋代文章学曾屡次提及的话题,只不过讨论的对象是诗歌体制而非文章体制,而其指向的文学主张竟也如出一辙,正如以上对《诗源辩体》的分析,明代诗学所谓的"以体制为先",实际也就意味着"以各种诗体符合其自身本质规定性的创作规范为先"。

这显然又与明代诗学的特殊语境有关,宋代文章学的"先体制而后工拙"是与文体分类观念联系在一起的,而明代又恰恰是"诗体论"兴盛之际,其成熟的标志就是对中国古代各种诗体的体裁分类更加严格细致,并且对各类体裁诗体的体制规范、典型范式有了更进一步的研究,由此就不难理解明代诗学的"体制为先"说为何是指向诗体规范的了。这样,强调诗体规范的明代诗学"体制为先"说,自然就与宋代诗学的"体制为先"产生了文学主张与诗学意义上的差异,其中比较重要的有以下两点:

其一,由于明人"体制为先"说强调的是诗体规矩,对诗人而言属于外部的客体规范,故容易与诗人主体内部的"性情"发生矛盾,遂产生出"以体制为先"还是"以性情为先"的理论之争,并贯穿于明代诗学始终:"'体制为先'与'性情为先'之理论交锋,明初已显端倪,明中后期演变得更为激烈。"①反观宋人"体制为先"说,其诗学意义乃是一种诗学方法论,并不涉及主客内外之分,故"体制"与"性情"并不是对立的两极,有学者指出:"在南宋朱熹、严羽那里重体制规范与诗歌言志吟咏性情并非对立而言"(按:着重号为笔者所加)②,其实宋代诗学的"体制为先"恰恰不是"重体制规范"的意思,自然没有"体制"与"性情"何者为先的矛盾。

其二,明人强调诗体规范的最终结果,是"更侧重于强调某种凌驾于具体创作之上的具有普遍意义的标准与典范,这种标准与典范首先建立在一个理论的假设上,即任何一种文学体裁都有过某种最典范的创作阶段,这一阶段该体裁的创作具有整齐划一的时代风格,

---

①② 汪泓《明代诗学"体制为先"观念之内涵及其流变》,《江西社会科学》,2007年第5期。

而这一风格则是超越时代的典型范本,成为后世创作必须师法遵循的楷模。"①也就是说,这是一种极度严格的当行本色论,明白了这一点,便可理解明人的这类论调:"作古诗先须辨体,无论两汉难至,苦心模仿,时隔一尘。即为建安,不可堕落六朝一语。为三谢,纵极排丽,不可杂入唐音。小诗欲作王韦,长篇欲作老杜,便应全用其体。第不可羊质虎皮,虎头蛇尾。"②学一种诗体就要像一种诗体,不可杂入他体,不难看出,这种"体制为先"的特点就是追求体格、音调的单纯性与审美风格的一元性。而宋人的"体制为先"说,尽管也指出了"向上一路"的诗学要求,也有"最上乘"、"第一义"等说法,但毕竟没有将"向上一路"的诗歌作为唯一的诗学典范,因此最终保持了"兼备体制"的诗学品质。对比宋、明两代诗歌,明诗因模仿唐诗而沦为"唐样",宋诗则以"备众体"的会通化成而开唐变唐,自成一家面貌,形成了与唐诗双峰并峙的局面,这其间的关捩,似正可从宋人、明人"体制为先"说的不同义旨管窥一斑。

本文以宋代诗学为中心,兼顾考察了宋代文章学及明代诗学的"体制为先"说,可见虽然同是提出了"体制为先",但它们实际指向的文学主张却并不相同;尤其同属于诗学领域,明代诗学的"体制为先"在精神上主要继承了宋代文章学而非宋代诗学,不过这也恰恰反衬出宋代诗学"体制为先"说的独特之处。最后想要说明的是,任何一种文学概念,它的表述形式或渊源有自、或前后相继,理清其来龙去脉自然十分重要,但想要真正理解其真义,就只有也只能是回到它实在发生的历史语境当中。

(南京大学文学院)

---

① 邓新跃《明代前中期诗学辨体理论研究》,上海古籍出版社,2007年,第2页。
② 王世懋《艺圃撷余》,《历代诗话》,第775页。

# 论何汶《竹庄诗话》的诗学思想

冯晓玉

**内容摘要**：何汶的《竹庄诗话》成书于宋宁宗开禧二年（1206），是南宋中期重要的诗话汇编之作。从《竹庄诗话》所推崇的诗人、偏好的诗体以及重视的时段来看，何汶在对江西诗学的批判与承继、古体与律体的论争和唐诗与宋诗的优劣等问题上，皆表现出了较为通达的诗学观。何汶以学杜为宗旨继承并修正江西诗学，既围绕法的原理展开诸多思考，也对字法、句法、章法、用事等具体技巧进行了探讨。《竹庄诗话》兼收汉魏古诗和唐代律诗，旨在消解诗坛上的古律高下之争，并以晚唐绝句矫正江西末流之弊，为南宋中期诗人提供诗学载体。针对当时批评家们的黜宋论调，何汶较早地对唐宋诗均给予高度评价，既具备历史总结特色，也带有个人诗学色彩。

**关键词**：何汶；《竹庄诗话》；江西诗学；诗选

# Study on the Poetic Theory of *Bamboo Village Poetry Talks* Written by He Wen

**Feng Xiaoyu**

**Abstract:** He Wen's *Bamboo Village Poetry Talks* completed in 1206, which is an important compilation of poetry talks in the Mid Southern Song Dynasty. Through analyzing the respected poets, preferred verses and value periods showed in *Bamboo Village Poetry Talks*, the author pointed out that He Wen held a more sensible view of poetry with the aspects of inheritance and modified the Jiangxi poetics, the disputes between ancient poetry and regulated verse, the quality about Tang and Song poetry. He Wen inherited and corrected Jiangxi poetics with the purpose of learning Du Fu. It not only carried out a lot of thinking around the principle of poetic technique, but also discussed the specific skills such as the word, sentence, verse and allusion. The ancient poetry and regulated verse were both selected into *Bamboo Village Poetry Talks* to resolve the controversy about advantages and disadvantages of the two. Besides, correcting the abuse of Jiangxi poetry decadent schools with the quatrain in late Tang Dynasty, He Wen offered a new format for poets at that time. According to the denouncement about Song poetry, He Wen gave high regards for both Tang and Song poetry, which illustrated the characteristics of historical summary and the personal poetic color as well.

**Keywords:** He Wen; *Bamboo Village Poetry Talks*; Jiangxi Poetic Theory; anthology

何汶①(1164—1221),字子泰,处州龙泉(今浙江丽水)人。由太

---

① 由于《宋史》无传,何汶生平向来湮没不彰,学界研究甚罕,幸上海图书馆藏有四种何氏家谱,其中清光绪五年(1879)木活字本《清源何氏玉雪宗谱》较为完整地记载了何汶的家世资料,本文所撰何汶生平即据此谱。

学登庆元丙辰(1196)进士,授南康簿,丁忧起复后任德安府教授,嘉定八年(1215)知汀州府清流县事。何汶无诗文流传,其著作今仅见《竹庄诗话》二十四卷。是书"名为诗评,实为总集"①,不仅汇辑史、子、集部多种文献中的论诗之语,并且选取了自两汉至宋南渡之初二百余位诗人八百多首诗歌。这种附诗作于诗话之后的编排体例,在一定程度上弥补了前代汇编诗话有评无诗的缺陷②,故钱曾谓其:"遍集古今诗评、杂录,其说于前,而以全诗附于后,使观者即其所评与原诗互相考证,可见作者之意旨,并可知论者之是非,乃诗话之绝佳者。"③编者通过对诗话和诗作的择取与辑录,将自己的审美趣味和诗学思想融入其中,尽管汇编的是他人之言,但却是一种艺术再创造活动,从而使诗话与诗作获得了理论价值。因此,通过对《竹庄诗话》诗学思想的考察与分析,可以看出南宋中期的批评家如何对前代汇编诗话进行改良,既有利于把握南渡诗话向晚宋诗话的转变过程,也有助于我们对宋代诗学内在精神的演变与趋向进行深入研究。

## 一、以杜为宗:对江西诗法的修正

《竹庄诗话》二十四卷,在以时为序的编目中,两汉至六代诗占两卷,共计一百六十四首,涉及诗人三十二位。唐诗占四卷,收李白、杜甫、韩愈和柳宗元四人,宋诗占二卷,收欧阳修、王安石、苏轼黄庭坚四人,"杂编""方外""空门""闺秀"诸卷又间收唐宋诗作,共选录

---

①③　钱曾撰,管庭芬、章钰校证《钱遵王读书敏求记校证》卷四下,中华书局,1990年,第227页。

②　南宋以来的汇编诗话或以事分门(《诗话总龟》),或因人为序(《苕溪渔隐丛话》),为诗人免去了亲自搜集诗材的过程,提供逸事典故,以资辞藻之用,然其弊在于分类琐屑,且诗作与诗评不能相互比观。计有功《唐诗纪事》每目列小传、作品、事迹等项,将唐代诗人资料依项安置,结撰成书,开创了诗歌与诗话兼收的编纂体制,但其所载诗论甚少,且多不言出处,更偏向选集的性质。其后,旧题蔡传《历代吟谱》亦同时汇编诗评与诗作,所引诗作或为全篇,或为残句,主要是为了汇辑诗料,以便初学查阅,而非研讨诗法技巧或阐发诗学主张,理论色彩不强。继《竹庄诗话》后,蔡正孙《诗林广记》也采取了相似的编纂体例,对后世影响深远。

二百三十五位诗人八百六十六首诗歌,现将《竹庄诗话》选诗在五首以上的诗人及诗作、诗评列表如下:

**表一　《竹庄诗话》选诗五首以上诗人、诗作、诗评表**

| 诗人 \ 朝代 | 两汉建安六代 | | 诗人 \ 朝代 | 唐 | | 诗人 \ 朝代 | 宋 | |
|---|---|---|---|---|---|---|---|---|
| | 诗作 | 诗评 | | 诗作 | 诗评 | | 诗作 | 诗评 |
| 曹　植 | 9 | 3 | 杜　甫 | 114 | 41 | 苏　轼 | 30 | 18 |
| 阮　籍 | 17 | 3 | 李　白 | 18 | 14 | 黄庭坚 | 29 | 20 |
| 陆　机 | 12 | 2 | 王　维 | 7 | 3 | 王安石 | 25 | 19 |
| 郭　璞 | 7 | 2 | 韩　愈 | 46 | 22 | 卢　秉 | 12 | 3 |
| 谢灵运 | 19 | 2 | 刘禹锡 | 26 | 6 | 欧阳修 | 6 | 8 |
| 谢　朓 | 8 | 2 | 柳宗元 | 17 | 13 | 郑　獬 | 6 | 2 |
| 陶渊明 | 15 | 16 | 韦应物 | 12 | 6 | 郑文宝 | 5 | 3 |
| | | | 白居易 | 9 | 3 | 花蕊夫人 | 5 | 2 |
| | | | 张　祜 | 5 | 6 | | | |
| | | | 徐　凝 | 5 | 1 | | | |
| | | | 杜　牧 | 13 | 9 | | | |
| | | | 郑　遨 | 12 | 1 | | | |

由上表可见,何汶于汉魏六朝选谢灵运诗最多,次为阮籍和陶渊明。在卷次安排上,何汶于唐诗并举李、杜、韩、柳四家,于宋诗则尊欧、王、苏、韩四家,在入选诗人中,杜诗以一百一十四首的数量远超其他诗家,位列第一。宋代诗歌发展基本上是一个不断选择师法对象,寻找诗学典范的过程,最终在社会背景条件与诗歌自身发展规律的双重影响下,确定以杜甫为最高诗学典范[①]。关于宋人之所以选择杜甫为诗法对象的原因,可以大致归纳为两个方面:一是杜甫忠君

---

① 参张伯伟《典范之形成:东亚文学中的杜诗》,《中国社会科学》,2012 年第 9 期。

爱国的情怀符合宋代士大夫的价值取向,如《竹庄诗话》卷十三引《潘子真诗话》云:"山谷尝谓予言:'老杜虽在流落颠沛,未尝一日不在本朝,故善陈时事,句律精深,超古作者,忠义之气,激发而然。'"①反映了宋人对杜甫人格精神的崇敬。二是相较于李白的天才横放,杜诗在艺术技巧上更加有法可循,如《竹庄诗话》卷一引《后山诗话》曰:"学诗当以子美为师,有规矩,故可学。"这是从诗歌审美艺术的角度,肯定杜甫的诗学地位。可以说,整个宋代诗坛都是以尊杜、学杜、注杜、评杜为其风尚的。

关于以杜诗为法的宋代诗学,前人所论颇多,笔者兹不赘述,仅从何汶的诗学观出发,探讨其推崇杜甫的原因。宋代诗话的发展与江西诗派有着密切的联系,对江西诗学的继承和批判,是贯穿宋代诗话诗学思想的主导命题②。江西诗派以学杜为宗旨,在诗本层面注重学问涵养,在诗用层面强调诗法技巧,涉及到炼字、声律、用事、对仗等多方面内容,这些问题都在宋代诗话中展开了广泛而细致的讨论。南渡以来,由于江西诗派末流弊端的日益凸显,诗话作者在继承江西诗学的同时,也试图对其进行救弊补偏,将北宋后期围绕江西诗学所展开的探讨与论争继续深化,同时也加强了自身的理论批判性质。因此,以学杜为宗旨继承并修正江西诗学,是何汶推崇杜甫的根本原因,《竹庄诗话》卷五引苕溪渔隐语云:"近时学诗者,率宗江西,然殊不知江西本亦学少陵者也。故陈无己曰:'豫章之学博矣,而法于少陵,故其诗近之。'今少陵之诗,后生少年不复过目,抑亦失江西之意乎!江西平日语学者为诗旨趣,亦独宗少陵一人而已。余为是说,盖欲学诗者师少陵,友江西,则两得之矣。"一方面继承了江西诗派的主要理论,另一方面又对其进行了部分修正,体现出以何汶为代表的南宋批评家们不拘定法、融会变通的诗学思想。具体而言,《竹庄诗话》

---

① 本文所引《竹庄诗话》均据何汶撰,常振国、绛云点校《竹庄诗话》,中华书局,1984年。以下不再标注。

② 参见刘德重《宋代诗话与江西诗派》,《上海大学学报》,1996年第6期;易闻晓《黄庭坚诗学与宋人诗话的论诗取向》,《文学遗产》,2008年第4期。

对江西诗法的探讨大体涵盖三个方面：

一是学古与新变的理论主张。黄庭坚评李伯时画谓"领略古法生新奇"①，即学习古人之法而能变化出新，最后自成一家。《竹庄诗话》卷首"讲论"伊始便引《复斋漫录》云："学诗须是熟看古人诗，求其用心处，盖一语一句不苟作也。如此看了，须是自家下笔要追及之，不问追及与不及，但只是当如此学，久之自有个道理。若今人不学不看古人做诗样子，便要与古人齐名，恐无此道理。陈无己云：'学诗如学仙，将至骨自换。'此语得之。"模仿古人不是简单的复古或是模拟到逼真的地步，而以此为诗学门径，最终目的是超越常流，拔于时流之上，取得可与古人媲美的艺术成就。同卷引《王直方诗话》云："朱景文云：'诗人必自成一家，然后传不朽。若体规画圆，准矩作方，终为人臣仆。'故山谷诗云：'文章最忌随人后。'又云：'自成一家始逼真。'真不易之论。""自成一家"正是江西诗学学古理论的最终目标。然而古人难学，何汶提出的解决方法是"勤读书而多为之"，其引《许彦周诗话》云："季父仲山在扬州时，事东坡先生。闻其教人作诗曰：'熟读《毛诗·国风》与《离骚》，曲折尽在是矣。'仆尝以谓此语太高，后年齿益长，乃知东坡之善诱人也。"这种通过学古而自然上升的过程，实际上也是宋代文人共同的诗学路径。

二是对"法"的原理的探讨。江西诗派在理论和创作上都体现出重视法度的倾向，其内涵既包括在理论上围绕法度问题展开的诸多思考，也包括在实践中对字法、句法、章法、用事等具体要素的探讨。《竹庄诗话》引山谷语云："诗文不可凿空强作，待境而生，便自工尔。每作一篇，定立大意。长篇须曲折三致意，乃可成章。"而"近世江西之学者"，囿于定法，"虽左规右矩，不遗余力，而往往不知出此，故百尺竿头，不能更进一步"②。可见何汶能够认识到黄庭坚所谓的"法"

---

① 黄庭坚《次韵子瞻和子由观韩干马因论伯时画天马》，见黄庭坚撰，任渊、史容、史季温注，黄宝华点校《山谷诗集注》卷七，上海古籍出版社，2003年，第167页。

② 吕本中《与曾吉甫论诗第二帖》，见胡仔纂集，廖德明校点《苕溪渔隐丛话》前集卷四九，人民文学出版社，1962年，第333页。

不是死法,"法"的应用是变化多端的,故同卷又引《与曾吉甫论诗帖》云:"楚词、杜、黄固法度所在,然不若遍考精取,悉为吾用,则姿态横出,不窘一律矣。"正是继吕本中"活法"①说后,对江西诗学的修正和补充。

三是对具体法则的分析。兹略举几例,如关于字法,《诗话》卷一引《吕氏童蒙训》云:"老杜云:'新诗改罢自长吟。'文字频改,工夫自出。近世欧公作文,先贴于壁,时加审定,有终篇不留一字者。"关于句法,卷二十四引《诗学禁脔》云:"错综句法,不错综则不成文章。平直叙之,则曰'鹦鹉啄余红稻粒,凤凰栖老碧梧枝',而用红稻碧梧于上者,错综之也。"关于章法,卷五引《潜溪诗眼》云:"山谷言文章必谨布置。每见后学,多告以《原道》命意曲折。"关于用事,卷九引《冷斋夜话》云:"用事琢句贵在言其用,而不言其名。"何汶所采前人诗评,都是主张在继承江西诗学的同时,提倡掌握分寸,避免片面,以矫正江西末流声韵拗戾、词语艰涩的弊端。

## 二 兼重古律:对古律之争的调和

宋室南渡以来,江西末流渐成偃蹇,许多诗人遂起而矫正其弊,在诗坛上形成两种主要的诗学取向:一是尊汉魏传统,故以古体纠之;一是崇唐诗传统,故以律体纠之。前者如朱熹,认为"至律诗出,而后诗之与法,始皆大变,以至今日,益巧益密,而无复古人之风矣"②;后者如叶适,称许汉魏古诗"多发兴高远之言,少验物切近之实"③,而自唐律兴起之后,"古诗废矣"④。针对南宋诗坛的古律之争,刘克庄所言较确:"近世诗学有二:嗜古者宗《选》,缚律者宗

---

① "活法"说见于吕本中《夏均父集序》:"规矩备具,而能出于规矩之外,变化不测,而亦不背于规矩也。"见刘克庄《后村先生大全集》卷九五引,四部丛刊本。
② 朱熹《答巩仲至》第四书,《晦庵先生朱文公文集》卷六十四,朱杰人、严佐之、刘永翔主编《朱子全书》第二十三册,上海古籍出版社、安徽教育出版社,2002年,第3095页。
③ 叶适《徐道晖墓志铭》,《水心集》卷十,清文渊阁四库全书本。
④ 叶适《习学记言序目》卷四十七,中华书局,1977年,第705页。

唐。"①这两种诗学取向之间既紧张又融合,涉及对古、律诗体和汉、唐传统的价值评判。② 从诗作择选上来看,《竹庄诗话》兼收古体诗和近体诗,从诗话辑录上来看,何汶对不同诗体的作法都有细致的探讨,可见其态度是古律兼重的,旨在消解诗坛上汉魏古诗与唐代律诗的高下之争。

何汶肯定诗学汉魏的重要性,认为两汉建安是宋代诗学师法的重要源头,《竹庄诗话》卷二引《吕氏童蒙训》云:"大概学诗须以《三百篇》、楚词及汉、魏间人诗为主,方见古人好处,自无齐、梁间绮靡气味也。"尊古体者特重《文选》之学,何汶亦主张学诗当从《选》学入。宋初《选》学极盛,神宗熙宁(1068—1077)、元丰(1078—1085)之后,《选》学逐渐荒废,王应麟《困学纪闻》卷一七所述甚明:"李善精于《文选》,为注解,因以讲授,谓云《文选》学。少陵有诗云:'续儿诵《文选》。'又训其子:'熟精《文选》理。'盖《选》学自成一家。江南进士试'天鸡弄和风'诗,以《尔雅》天鸡有二,问之主司,其精如此。故曰'《文选》烂,秀才半。'熙、丰之后,而《选》学废矣。"③穆克宏先生分析《选》学渐废的原因,可能与王安石变法废除诗赋考试有关,同时指出"学习诗赋写作的人,仍不可不读《文选》"④。《竹庄诗话》为何汶任德安府教授时所撰⑤,而教授一职主要为"以经术行义训导诸生,掌其课试主事,而纠正不如规者"⑥,即教导诸生创作诗歌、提升理论素养,因此《竹庄诗话》自然专意《文选》,以便学子按图索骥、学习诗艺,其卷一引《雪浪斋日记》云:"昔人有言:'《文选》烂,秀才半。'正为《文选》

---

① 刘克庄《后村先生大全集》卷九十七"宋希仁诗",四部丛刊本。

② 张健《尊古与崇律:对南宋后期两种诗学取向的历史考察》,《北京大学学报》,2009年第6期。

③ 王应麟撰,翁元圻注,栾保群、田松青、吕宗力校点《困学纪闻》(全校本)卷一七"评文",上海古籍出版社,2008年,第325页。

④ 穆克宏《〈文选〉对后世的影响》,《福建论坛》,1996年第3期。

⑤ 方回《桐江集》卷七《竹庄备全诗话考》载:"《竹庄备全诗话》二十七卷,开禧二年丙寅,处州人新德安府教授何汶所集也。"见方回撰,阮元辑《桐江集》卷七,《宛委别藏》本,江苏古籍出版社,1988年,第440页。

⑥ 《宋史》卷一六七,中华书局,1977年,第3976页。

中事多,可作本领尔。余谓欲知文章之要,当熟看《文选》。盖选中自三代涉战国、秦、汉、晋、魏、六朝以来文字皆有,在古则浑厚在近则华丽也。"因此,《竹庄诗话》重视《文选》,与何汶的编纂意旨有很大的关系,学子们要想通过写诗作文步入仕途,便不可不熟读《文选》。

尊古贬律者对唐诗的评判,以其继承《选》体的程度为衡量标准,朱熹《跋病翁先生诗》曰:"李、杜、韩、柳,初亦皆学《选》诗者,然杜、韩变多,而柳、李变少,变不可学,而不变可学,故自其变者而学之,不若自其不变者而学之,乃鲁男子学柳下惠之意也。呜呼,学者其毋惑于'不烦绳削'之说,而轻为放肆以自欺也哉!"①李白与柳宗元继承《选》体者多,故其诗好且可学,杜甫、韩愈不合《选》体法度而自成家法,黄庭坚所谓"不烦绳削而自合"的无法之境,正是朱熹所否定并批评的。何汶受山谷诗学影响为深,认为杜、韩二人与《文选》一脉相承,《竹庄诗话》卷一引《瑶溪集》云:"有说杜子美教其子曰:'熟精《文选》理。'《文选》之尚,不爱奇乎? 今人不为诗则已,苟为诗,则《文选》不可不熟也。《文选》是文章家祖,自两汉而下,至魏、晋、宋、齐,精者采萃成编,则为文者乌得不尚《文选》也。老杜大率宗法《文选》,旁罗曲探,咀嚼为我语。"卷七又引樊汝霖言曰:"《秋怀诗》十一首,《文选》体也。唐人最重《文选》学,公以六经之文为诸儒倡,《文选》弗论也。而公诗如'自许连城价'、'傍砌看红药'、'眼穿长讶双鱼断'之句,皆取诸《文选》,此诗亦往往有其体。"同时,何汶指出唐诗之妙,正因其能出《文选》之变,其引《渔隐丛话》云:"律诗之作,用字平侧,世固有定体,众共守之。然不若时用变体,如兵之出奇,变化无穷,以惊世骇目。如老杜云云,此绝句律诗之变体也。东坡尝用此变体作诗云云。又有七言律诗,至第三句便失拈,落平侧,亦别是一体。唐人用此甚多,但今人少用耳。如老杜云云,严武云云,韦应物云云,此三诗起头用侧声。老杜云云,韦应物云云,此二诗起韵用平声,故第三句亦用平声。

①　朱熹《跋病翁先生诗》,《晦庵先生朱文公文集》卷八十四,《朱子全书》第二十四册,第 3968 页。

凡此,皆律诗之变体,学者不可不知。"可见,何汶认识到古体和律体
仅是体制有所不同,二者并无本质上的优劣之分,且唐律后出转精,
正是因为韩、杜诸人从《选》入而又能出于《选》,这既是对江西诗派
"至法无法"诗学思想的继承,又开宋末方回"古诗以汉魏晋为宗"、
"律诗以唐人为宗"①理论的先声。

当然,何汶在继承江西诗法对律体予以肯定的同时,也对江西末
流七言律诗的浮肥流易之风加以矫正,这主要体现在他对中晚唐诗
作的选录上。从《竹庄诗话》"杂编"对唐诗的选取来看,何汶选中唐
诗人最多,晚唐次之,盛唐第三,初唐最少;入选诗歌也以中唐为最
多,盛唐因入选杜诗一百一十四首而紧随其后,晚唐第三,初唐依旧
最少。可见,何汶在标举杜诗之外,还特重中晚唐诗,这体现了南宋
中期以来,诗学主题开始由江西诗派的学杜转而效法中晚唐。宋南
渡之初,江西后学便显示出学唐以调节和补充江西诗法的倾向。在
这一诗学背景下,以尤、杨、范、陆为代表的中兴诗人重视唐诗、推崇
近体。《竹庄诗话》反映了这一诗坛风气和诗学思潮,我们不妨对除
韩、柳外,《竹庄诗话》选诗在五首以上的唐人诗体进行统计:

表二　《竹庄诗话》选诗五首以上的唐人诗体表

| 诗体＼诗人 | 古诗3 | | 律诗28 | | 绝句56 | |
|---|---|---|---|---|---|---|
| | 五古 0 | 七古 3 | 五律 14 | 七律 14 | 五绝 20 | 七绝 36 |
| 刘禹锡 | | 1 | | 1 | 9 | 15 |
| 韦应物 | | | 5 | 2 | 3 | 2 |
| 白居易 | | 2 | | | 3 | 4 |
| 张祜 | | | 3 | | | 5 |
| 徐凝 | | | | 5 | | |
| 杜牧 | | | 2 | 1 | | 10 |
| 郑遨 | | | 4 | 1 | 3 | 9 |

---

① 方回《桐江集》卷一《汪斗山识悔吟稿序》,《宛委别藏》本,江苏古籍出版社,1988
年,第56页。

通过上表可以发现,在中唐诗人中,何汶选刘禹锡诗最多,共计二十六首,其中绝句二十四首,数量远超其他古体和律诗;所选晚唐诗人仅杜牧与郑遨诗超过五首,其中牧诗十三首,除两首五律,一首七律外,余皆七绝;遨诗十二首,其中三首五绝,九首七绝。总体而言,《竹庄诗话》所收中晚唐诗体以绝句为主,共五十六首,七绝尤多,有三十六首;律诗次之,计二十八首;古诗最少,仅录三首。杜牧与郑遨皆擅绝句,《全唐诗》卷八五五收郑遨诗十七首,其中四首五律,一首七律,三首五绝,九首七绝。南宋中期以来,学晚唐的诗人渐多,正如钱锺书先生所说:"南宋诗流之不墨守江西派者,莫不濡染晚唐。"①晚唐诗歌的体裁主要是七绝和五律,而绝句作为最小的诗歌单位,短小精悍且自然流动,在立意、炼字、用事、对仗等诗法技巧中,谋篇布局的意义显得尤为重要和突出。如果说在江西末流笼罩的刻削枯涩、狭窄局促的诗坛风气下,单凭汉魏古诗来纠正律体还显得较为缺乏力度的话,那么何汶对绝句的提倡则为南宋中期诗人创作提供了一个绝佳的载体。

## 三、宗唐祧宋:对黜宋论调的反拨

南宋诗学除了古律之辨外,还有唐诗与宋诗之争的问题。宋诗是发展前代诗歌,尤其是变化唐诗而来的。但由于唐诗成就在前,所以宋人比较唐、宋诗时,多持宗唐黜宋之论,如张戒《岁寒堂诗话》曰:"国朝诸人诗为一等,唐人诗为一等,六朝诗为一等,陶、阮、建安七子、两汉为一等,《风》、《骚》为一等。学者须以次参究,盈科而后进,可也。"②严羽《沧浪诗话》亦曰:"近代诸公乃作奇特解会,遂以文字为诗,以才学为诗,以议论为诗⋯⋯诗而至此,可谓一厄也。"③二人贬宋尊唐的论调基本一致,并在南宋诗坛上相当流行。成书于开禧二年

---

① 钱锺书《谈艺录》,中华书局,1984年,第124页。
② 张戒《岁寒堂诗话》,《历代诗话续编》,中华书局,1983年,第451页。
③ 严羽撰,郭绍虞校释《沧浪诗话校释》,人民文学出版社,1961年,第24页。

(1206)的《竹庄诗话》,是较早对唐宋诗均给予高度评价的诗话著作,体现了何汶对本朝诗歌成就的肯定和地位的认同,下表为何汶所选唐宋诗人与诗作数量对照:

### 表三 《竹庄诗话》所选唐宋诗人诗作数量表

| 朝代 | | 诗人数 | 诗歌数 | 选 录 情 况 |
|---|---|---|---|---|
| 唐 | 初唐 | 7 | 8 | 宋之问(2);杜审言(1);沈佺期(1);郭元振(1);贺遂亮(1);韩思彦(1);王无兢(1) |
| | 盛唐 | 14 | 158 | 杜甫(114);李白(18);孟浩然(4);王维(7);贾至(3);严武(2);岑参(2);王昌龄(2);丘丹(1);崔颢(1);裴迪(1)常建(1);李颀(1);王缙(1) |
| | 中唐 | 41 | 176 | 韩愈(46);刘禹锡(26);柳宗元(17);韦应物(12);白居易(9);张祜(5);徐凝(5);李贺(4);钱起(4);窦巩(3);耿湋(3);陈羽(3);元稹(3);张籍(2);卢仝(2);刘叉(2);司空曙(2);长孙佐辅(2);戎昱(2);武元衡(2);裴度(2);王建(1);李益(1);卢纶(1)刘长卿(1);施肩吾(1);章八元(1);鲍溶(1);沈传师(1);唐扶(1);刘商(1);杨衡(1);窦常(1);于鹄(1);顾况(1);胡令能(1);李端①(1);裴璘(1);窦庠(1);李约(1);王叡②(1) |
| | 晚唐 | 38 | 72 | 杜牧(13);郑遨[徵君]③(12);李商隐(2);韦庄(2);许浑(2);陆龟蒙(2);裴说(2);韩偓(2);廖凝(2);薛能(2);李山甫(2);李远 |

---

① 《竹庄诗话》误作"李端白"。范摅《云溪友议》载:"白居易除忠州刺史,自峡沿流赴郡。时秭归县繁知一闻居易将过巫山,先于神女祠粉壁大书此诗。居易睹之,怅然,邀知一至,……刘郎中禹锡,三年理白帝,欲作一诗于此,怯而不为。罢郡经过,悉去诗板千余首,但留沈佺期、王无竞、皇甫冉、李端四章而已。……与知一同济,卒不赋诗。"

② 《全唐诗》卷五〇五作"王睿",其小传曰:"王睿,元和后诗人。"

③ 《竹庄诗话》卷十五作"郑遨",卷二十作"郑徵君",系一人。

续 表

| 朝代 | 诗人数 | 诗歌数 | 选录情况 |
| --- | --- | --- | --- |
| | | | (2);刘禹昭(2);方干(1);郑嵎(1);秦韬玉(1);杜荀鹤(1);赵嘏(1)李绅(1);聂夷中(1);张令问(1);徐仲雅(1);罗邺(1);张瀛(1);路洵美(1);王毂(1);崔橹(1);孟迟(1);吴融(1);王驾(1);雍陶(1);严恽(1);程贺(1);刘象(1);张迥(1);丁武陵(1);张滨(1);汪遵①(1) |
| 宋 | 69 | 202 | 苏轼(30);黄庭坚(29);王安石(25);卢秉(12);欧阳修(6);郑獬(6);郑文宝(5);陈彦生(4);许彦国(4);陈与义(4);沈括(4);张耒(3);俞紫芝(3);林懿成(3);李师中(2);夏竦(2);米芾(2);徐积(2);韩驹(2);谢无逸(2);苏伯固(2);谭知柔(2);晏殊(2);杨轩(2);王观(2);刑居实(2);苏辙(2);杜俨(1);司马池(1);江公著(1);张在(1);陈执中(1);苏舜钦(1);王安国(1);王珪(1);苏颂(1);邓润甫(1);蒋之奇(1);梁君贶(1);陈子高(1);周知微(1);吴可(1);朱松(1);刘季孙(1);王公韶(1);吕公著(1);关注(1);贺铸(1);寇国宝(1);左鄯(1);李方叔(1);王淇(1);葛敏修(1);陈辅(1);朱敦儒(1);刘无言(1);何揩之(1);姚宏(1);晁补之(1);刘子先(1);张公庠(1);藤元发(1);邵雍(1);石延年(1);陈文惠(1);张文定(1);杨正伦(1);杜裳(1)②;方泽(1)③ |

① 《竹庄诗话》误作"江遵"。《崇文总目》卷五别集类四著录:"汪遵《咏史诗》一卷。"《唐才子传》卷八《汪遵》条云:"有集今传。"当指此《咏史诗》集。

② 按,杜裳当为杜常。陈尚君《〈全唐诗〉误收诗考》考证杜常为"宋及宋以后人因事迹失考而误作唐人收入者"。见《唐代文学丛考》,中国社会科学出版社,1997年,第19—21页。

③ 陈尚君《〈全唐诗〉误收诗考》考证方泽为"宋及宋以后人因事迹失考而误作唐人收入者"。见《唐代文学丛考》,中国社会科学出版社,1997年,第24页。

经统计可知,不计"方外"、"空门"、"闺秀"和"警句"四部分,《竹庄诗话》入选诗人凡二百零一人,其中唐人一百人,占总数的百分之五十,宋人六十九人,占总数的百分之三十四;入选诗歌六百一十六首,其中唐诗四百一十四首,占总数的百分之六十七,宋诗二百零二首,占总数的百分之三十三。尽管所选作者和作品的比重,唐代超过了宋朝,但这并非由于何汶宗唐黜宋,而是其选录的宋诗仅至南渡前后,时间上比唐朝少了一百余年,所以选录数量少于唐诗在情理之中。

在立目方式上,《竹庄诗话》汲取了前代诗话汇编以时为序、因人系论的成果,在时代上以本朝诗歌与汉魏及唐相接,体现了何汶远崇汉魏、宗唐祧宋的诗学取向。"杂编"卷六引《黄鲁直传赞》,从诗歌演变的角度充分肯定了宋诗的成就与地位:"自李、杜没而诗律衰,唐末以及五季,虽有比兴自名者,然格下气弱,无以议为也。宋兴,杨文公始以文章莅盟,然至为诗,专以李义山为宗,以渔猎掇拾为博,以俪花斗叶为工,号称'西昆体'。嫣然华靡,而气骨安存?嘉祐以来,欧阳公称太白为绝唱,王文公推少陵为高作,而诗格大变。高风之所扇,作者间出,班班可述矣。"宋诗从欧阳修尊李白,王安石尊杜甫起开始新变,期间追随欧、王二人参与变革诗风者更历历可数,揭示出宋诗与唐诗的渊源关系,体现了发展的诗歌史观。

另外,《竹庄诗话》辑录前人论诗之语,常将唐人与宋人进行对比,指出二者的承递演变,并且认为宋人亦有超越唐人之作,可与之媲美。论沿袭如卷九引《苕溪渔隐丛话》曰:"余观东坡自南迁以后诗,全类子美夔州以后诗,至所谓'老而严'者也。"卷十引《韵语阳秋》曰:"黔南十绝,七篇全用乐天《花下》、《对酒》、《渭川旧居》、《东城》、《寻春》、《西楼》、《委顺》、《竹窗》等诗,余三篇用其诗略点化而已。"论革新如卷九引《荆公语录》曰:"欧阳公自韩吏部以来未有也,辞如刘向,诗如韩愈,而功妙过之。"同卷引《诗事》曰:"李义山《袜》诗云……荆公作《月夕》诗云云,因旧而语意俱新矣。"正如清吴之振《宋诗钞·

序》所云:"宋人之诗,变化于唐,而出其所自得,皮毛落尽,精神独存。"①这种精神正是宋人在不断选择诗法对象的过程中,寻求创新以自成一家的精神。李、杜、韩、柳远绍风骚,近祖建安,欧、王、苏、黄则能变化于唐,后出转精,何汶的这种认识在南宋中期诗坛是难能可贵的。

再次,《竹庄诗话》不仅选录了欧、王、苏、黄等诗坛巨擘之作,施肩吾、章八元、张公庠、藤元发等大量不著名的诗家也在其列,这说明何汶除了关注开启一代诗风、奠定宋诗地位的北宋四家,还比较重视那些对宋代产生一定影响的诗人与诗作。如卢秉(? —1092)今存诗十三首②,《竹庄诗话》即录其诗十二首。《题传舍》一诗下引《珊瑚钩诗话》云:"卢秉侍郎,尝作江南郡缘,于传舍中题诗云云,王荆公见而称之,立荐于朝,不数年登载贰卿。"《西溪丛语》云:"此诗脍炙人口,乃德清人卢政议诗。更有一绝云云。"卢秉能知名当世,一方面是因其题壁诗脍炙人口,另一方面则是由于受到了名流巨公的赏识而官运亨通,"登载贰卿"。宋人效法卢秉以期风云际会、飞黄腾达者当不在少数,《竹庄诗话》选录其诗教导诸生,部分原因在此。从何汶所选卢秉诗,可以窥见宋代诗歌题壁传播的方式,体现出宋人题壁与观瞻的风尚③。

综上所述,《竹庄诗话》以学杜为宗旨,对江西诗学中学古与新变的关系、诗法的原理及构成诗法的各个要素都进行了比较深入的探讨,意在矫正江西末流拗戾艰涩的弊端,回归"师少陵,友江西"的本质。何汶将汉魏至南渡的诗歌皆纳入其诗学体系中,兼重古诗和律体,亦不菲薄唐音或宋调,有助于南宋中期诗人认识古诗与律体的体

---

① 吴之振等选编,管庭芬、蒋光煦补编《宋诗钞·序》,中华书局,1986年。

② 《全宋诗》录卢秉诗十三首,其中十二首即引自《竹庄诗话》,另一首为《题扬州山光寺》,引自宋沈遘《沈氏三先生集·西溪文集》卷二。见北京大学古文献研究所编《全宋诗》,北京大学出版社,1998年,第8330—8331页。

③ 宋代诗词的题壁传播,可参看王兆鹏《宋代诗词的题壁传播》,《文学遗产》,2010年第1期。

制与风格,并把握汉魏至宋诗歌发展的主要脉络。明确《竹庄诗话》的诗学理论,无疑有助于我们深入了解南宋中期汇编诗话的价值,进而透视宋代诗学的进路。

（南京大学文学院）

# 词史"尊体"说检讨

张再林

**内容摘要**：词在产生之初,原本是在酒筵歌席间用以娱宾遣兴的一种工具,品位甚低。但另一方面,从不同角度推尊词体的言论也始终伴随着词的发展历史。苏轼最早从"诗词一律"和发生论的角度推尊词体。在其影响下,黄庭坚、张未等苏门文人论词大都能不拘"艳科"、"小道"的传统观念。元代的刘将孙从抒写人的真实情性的角度而将词与诗文相提并论。清代的阳羡词派从本体论的角度确立尊体观念,浙西词派从功能论的角度尊崇词体,常州词派则主要从比兴寄托和创作论的角度,力图达到确立词的独立地位的目的。此后,王国维以"境界"为词的本质,重视词体超功利的审美价值,使词体真正摆脱了"小道"的地位。而随着胡适以新文化的观点、新的方法来研究词学,发现和赋予了词体的文学史新价值,从而开启了词学的现代化历程,中国词史进程中的尊体说也由此完成了其理论进程。

**关键词**：词史;尊体;检讨

# A Review of the Respecting
# Theory of Ci Poetry

**Zhang Zailin**

**Abstract**: The Ci Poetry at the beginning, which was a tool to amusement at the banquet song at very low grade. But on the other hand, The theory of respecting Ci from the different angle was always accompanied by the development of Ci's history. Su Shi from the earliest "Poetry and Ci unity" and the angle of the occurrence theory to respect Ci poetry, under its influence, Su Shi's students such as Huang Tingjian and Zhang Lei didn't regardless of traditional ideas and didn't reard Ci as "an amorous discipline" or "small principle". In Yuan Dynasty, Liu Jiangsun compared Ci with poems and prose from the angle of expressing people's true disposition. In Qing Dynasty, Yangxian Ci School established the respecting Ci concept from the angle of ontology. Zhexi Ci School respected Ci from the function perspective. Changzhou Ci School tried to establish the independent position of Ci from the analogy and creation theory. Thereafter, Wang Guowei took the "realm" as the essence of Ci , and paid attention to the aesthetic value of the super utilitarian, so that Ci really got rid of the "small principle" status. With Hu Shi's view of new culture and new approach to study Ci, discovering and endowing the new value of the literary history of Ci, thus opening the process of modernization of Ci poetry, the theory of respecting in the process of Chinese history of Ci has also completed its theoretical process.

**Keywords**: the history of Ci; the theory of respecting of Ci; review

　　我们知道,词在产生之初,原本是在酒筵歌席间用以侑酒佐欢、娱宾遣兴的一种工具,其"身份"和"地位"是远不能和诗、文相提并论的。但另一方面,在词的发展历史进程中,从不同角度推尊词体的言论也比较多见,可以说与词的发展历史相始终。检讨词史进程中有关"尊体"的理论,对于我们更好地理解和把握词史、词风的发展嬗变历程不无积极意义。

一

在词史进程中,最早表现出明显的尊体意识并在实践中大力加以倡扬的,应该是苏轼。苏轼之前的词坛,基本上未能摆脱"词为艳科"的牢笼,词体只是适应应歌之需和抒写男女之情的工具,词品甚卑。欧阳修《归田录》卷二说钱惟演"平生惟好读书,坐则读经史,卧则读小说,上厕欲阅小词"。这则记载非常形象地反映了当时词体不受人们重视的地位。而欧阳修本人虽倡导了诗文革新运动,但填词却犹袭晚唐五代之风,依然抱着"敢陈薄伎,聊佐清欢"①的游戏态度。

苏轼虽有时也称词为"诗余"、"余技",但其实却并非贬义。苏轼的文艺思想是一个完整的理论系统,其有关诗、文、书、画的见解都可通之于词。如他曾说过"诗画本一律"②,把书、画皆称为"诗之余":"(文)与可诗文不能尽,溢而为书,变而为画,皆诗之余。"③在他看来,词与书法、绘画、诗歌一样,都是人们的精神产品,其本身并不存在高低贵贱之分。他对词也是从"诗词本一律",以诗为标尺来衡量词的得失高下的,这是苏轼论词的一个显著特点。如他曾说蔡承禧的词乃"古人长短句诗也"④,认为张先的词"盖《诗》之裔"⑤,评价陈慥词"句句警拔,此诗人之雄,非小词也"⑥。不难看出,这些言论都是以诗为参照的。

苏轼推尊词体的另一面,就是贬斥当时风行的柳永的浮艳之词。

---

① 欧阳修《西湖念语》,唐圭璋编《全宋词》,中华书局,1999年,第153—154页。
② 苏轼《书鄢陵王主簿所画折枝二首》其一,孔凡礼点校《苏轼文集》卷五十五,中华书局,1999年,第1662页。
③ 张世南撰,张茂鹏点校《游宦纪闻》卷二,中华书局,1997年,第18页。
④ 苏轼《与蔡景繁书》,《苏轼文集》卷五十五,中华书局,1999年,第1662页。
⑤ 苏轼《祭张子野文》,《苏轼文集》卷六十三,中华书局,1999年,第1943页。
⑥ 苏轼《与陈季常书》,《苏轼文集》卷五十三,中华书局,1999年,第1569页。

据曾慥《高斋诗话》记载：

> 少游自会稽入都，见东坡。东坡曰："不意别后，公却学柳七作词！"少游曰："某虽无学，亦不如是。"东坡曰："'销魂，当此际'，非柳七语乎？"

另据俞文豹《吹剑续录》载：

> 东坡在玉堂，有幕士善讴。因问："我词比柳词何如？"对曰："柳郎中词，只好十七八女孩儿，执红牙拍板，唱'大江东去'。"公为之绝倒。

而对自己的词，苏轼的评价是："虽无柳七郎风味，亦自是一家。"①

苏轼改革花间、柳永以来的浮艳词风，在词中融入文人士大夫的志趣修养、学识襟抱，以词抒情言志，赋予了词新的面貌。所以，苏轼的以诗论词，在当时就有推尊词体，提高词品，改革词风，扩大词境的重大意义。对于这一点，前人已有指出。如胡寅谓："词曲者，古乐府之末造也……及眉山苏氏一洗绮罗香泽之态，摆脱绸缪宛转之度，使人登高望远，举首高歌，而逸怀浩气，超然乎尘垢之外。于是《花间》为皂隶，而柳氏（永）为舆台矣。"②王灼云："东坡先生非心醉于音律者，偶尔作歌，指出向上一路，新天下耳目，弄笔者始知自振。"③而龙榆生先生则更为明确地指出：苏轼"于词体拓展至极端博大时，进而为内容上之革新与充实，至不惜牺牲曲律，恣其心意之所欲言，词体至此益尊。"④

应该看到，苏轼的推尊词体是建立在"诗词一律"和发生论的理念的基础之上的。其不顾词体的"本色"，把词作为诗来写的结果，是使得词的"形象"和功能发生部分"质变"，"身份"和"地位"得以大大

---

① 苏轼《与鲜于子骏书》，《苏轼文集》卷五十三，中华书局，1999 年，第 1560 页。

① 苏轼《与鲜于子骏书》，《苏轼文集》卷五十三，中华书局，1999 年，第 1560 页。
② 胡寅《题酒边词》，毛晋辑《宋六十名家词》，上海古籍出版社，1989 年。
③ 王灼《碧鸡漫志》卷二，唐圭璋编《词话丛编》，中华书局，1996 年，第 85 页。
④ 龙榆生《东坡乐府综论》，《龙榆生词学论文集》，上海古籍出版社，1997 年，第 254 页。

提高的同时，客观上也使得词"距民间歌曲日远"①，其面貌日益与诗相近，甚至有泯灭自身独立性的危险。或许正是因为看到了这一点，李清照才讥讽苏轼的词为"句读不葺之诗尔"②。这是词史"尊体"理论中的一个"悖论"现象。但无论怎样，都不应低估苏轼"尊体"理论与实践的积极意义。只有在苏轼之后，词与诗一样成为人们抒情言志的工具乃至呐喊抗争的武器才有了可能。

在苏轼的影响下，苏门文人论词大都能不拘"艳科"、"小道"的传统观念，表现出比较明显的"尊体"意识。如黄庭坚在《小山词序》中，把晏几道的一些言情之作，上附宋玉《高唐赋》、曹植《洛神赋》，而撇开五代以来的艳词传统，这与苏轼以词上接"古人长短句"如出一辙。黄庭坚评苏轼《卜算子》（缺月挂疏桐）云"语意高妙，似非吃烟火食人语。非胸中有万卷书，笔下无一点尘俗气，孰能至此？"也是将词看作是与诗一样表现文人真实性情的工具。而黄庭坚本人的词作也敢于超越世俗偏见，打通诗词界限。如其《浣溪沙》（新妇矶头眉黛愁）词就得到了苏轼的高度评价："鲁直作此词，清新婉丽。问其得意处，自言以水光山色，替却玉肌花貌。此乃真得渔父家风也。"③苏轼称赞黄庭坚咏渔父的《浣溪沙》词不写"玉肌花貌"而写"水光山色"，在题材内容上突破了"艳科"樊篱，认为其词深得古人《渔父词》之真传。再如张耒在《东山词序》中，言贺铸作词是"满心而发，肆口而成，虽欲已焉而不得者"，意思同《毛诗序》所说的"情动于中而形于言"一样，强调词是人的情性的自然流露。它对词的产生和创作赋予了合乎儒家诗教的理论上的承认。因此这篇词序具有比较庄重的理论色彩，几乎是把论词与宋儒习用的论道、论性的话头联系在一起了。

不过，关于词的"尊体"问题并未从此"一劳永逸"地得到解决。

---

① 龙榆生《东坡乐府综论》，《龙榆生词学论文集》，上海古籍出版社，1997年，第254页。

② 胡仔纂集，廖德明校点《苕溪渔隐丛话》后集卷三十三，人民文学出版社，1981年，第254页。

③ 苏轼《跋黔安居士渔父词》，《苏轼文集》卷六十八，中华书局，1999年，第2157页。

此后,轻视词体的观念依然普遍存在,同时在另一方面,从不同角度推尊词体的言论也"不绝如缕",始终伴随着词史的发展进程。

## 二

词的创作,至元、明而中衰。陈廷焯甚至认为:"词至于明,而词亡矣。"[①]吴梅先生也认为:"论词至明代,可谓中衰之期。"[②]创作既衰,理论亦难有突出的建树。这一时期有关词的尊体理论,只有刘将孙的以"情性"论词值得关注。

刘将孙是南宋末年著名词人刘辰翁之子,他把"重情性"的要求提到了重要词学理论原则的高度,他在《胡以实诗词序》中言:

> 文章之初,惟诗耳,诗之变为乐府。尝笑谈文者鄙诗为文章之小技,以词为巷陌之风流,概不知本末至此。余谓诗入对偶,特近体不得不尔。发乎情性,浅深疏密,各自极其中之所欲言。若必两两而并,花红柳绿,江山水石,斤斤为格律,此岂复有性情哉? 至于词,又特以涂歌俚下为近情,不知诗词与文同一机轴。[③]

可见,刘将孙是从抒写人们真实情性的角度而将词与诗文相提并论的。不过,拘限于整个时代的学术氛围,刘将孙的以"情性"论词影响并不很大。真正影响深远的推尊词体的言论,出现在清代。

经历了金、元、明的沉寂之后,词学在清代开始复兴。清代文人对此是有明确的认识的。康熙二十五年(1686),蒋景祁编选清初人词选《瑶华集》时称:"国家文教蔚兴,词为特盛……词选盛行,直省十五国,多有作者。"嘉庆七年(1802),王昶编《国朝词综》时亦称:"方今人文辈出,词学亦盛于往时。"清代的词学复兴包括词的创作繁荣和理论成就两个方面。

---

①　陈廷焯撰,杜维沫校点《白雨斋词话》卷三,人民文学出版社,1998 年,第 57 页。
②　吴梅《词学通论》,华东师范大学出版社,1997 年,第 139 页。
③　王筱云等《中国古典文学名著分类集成》,百花文艺出版社,1994 年,第 198 页。

清代词学的复兴,有其特定的历史文化背景。简要而言,清代词学的复兴,词体观念的转变,"在其深层意义上是反映了当时汉族士人隐密而特殊的政治意图。他们试图以词这种含蕴的文学样式来曲折而巧妙地表达清朝统治下的复杂的思想感情,发现唯有词体是最理想的形式,于是在新的文化条件下改造并利用了它。"①近世很多词学家都曾指出过这一点。如龙榆生先生言:

> 三百年来,屡经剧变,文坛豪杰之士,所有幽忧愤悱缠绵芳洁之情,不能无所寄托,乃复取沉晦已久之词体,而相习用之,风气既开,兹学遂呈中兴之象。②

与此相适应,清人推尊词体的言论也可谓"此伏彼起",蔚为大观。

在清代,较早将家国兴亡之感融入尊体之论并产生较大影响的是陈维崧。陈维崧字其年,号迦陵,是明末"四公子"之一陈贞慧之子。明亡时,陈维崧年方弱冠,自此家道衰落,客游四方。康熙十八年(1679),应荐试博学鸿词科,授翰林院检讨。其《胡海楼全集》中存词三十卷,凡1600余首,用调460,词作之丰,为历代词人所仅见。陈维崧的词学主张,处处渗透着他对所处时代的深刻感受。蒋景祁《陈检讨词钞·序》记述了陈维崧的创作道路:

> 其年先生幼工诗歌……迨倦游广陵归,遂弃诗不作……磊砢抑塞之意,一发之于词。诸生平所诵习经史百家古文奇字,一一于词见之,如是者近十年,自名曰《迦陵词》。③

这说明陈维崧的词的确是别有怀抱的。陈维崧还编选了《今词苑》,专录"上下一十余载"的佳制。其《词选序》(一名《今词苑序》)可以看作是阳羡开派树帜的宣言和理论纲领。

从本体论的角度确立尊体观念,是《词选序》的要旨,也是陈维崧词学观的核心所在。其理论的基点是:"天之生才不尽,文章之体格

---

① 谢桃坊《中国词学史》,巴蜀书社,2002年,第209页。
② 龙榆生《近三百年名家词选·后记》,上海古籍出版社,1998年,第225页。
③ 尤振中等《清词纪事会评》,黄山书社,1995年,第138页。

亦不尽",其理论的结论是:"为经为史,曰诗曰词,闭门造车,谅无异辙也","选词所以存词,其即所以存经存史"。这样的言论就从根本上动摇并否定了"词乃小道"的传统观念。而这也是清初词学批评中针对明词的衰颓之势而发的针砭之一。陈维崧的其他词学观念皆是围绕此而发,大要有二:一是主张言为心声,反对因袭模仿;二是推崇气势魄力,不事偏狭追求。其《曹实庵咏物词序》中云:

> 天若有情,天宁不老;石如无恨,石岂能言……溯夫皇始以来,代有不平之事……事皆磊砢以魁奇,兴自颠狂而感激。槌床绝叫,蛟螭夭矫于脑中;踞案横书,蝌蚪盘旋于腕下。谁能郁郁,长束缚于七言四韵之间?对此茫茫,姑放浪于减字偷声之下。①

陈维崧着重要在词中表现的,是家国之恨,兴亡之感,即所谓"代有不平之事。"他并且还认为,词在表现不平恨事和复杂深沉的历史感方面,具有特殊的艺术力量,提供了比近体诗更宜发挥盘旋的驰骋天地,即所谓"谁能郁郁,长束缚于七言四韵之间?对此茫茫,姑放浪于减字偷声之下"。与此相应,陈维崧推崇有骨力、有气势的雄浑苍茫的词风,强调抒情写恨中寄亡国之思,以扭转"词为艳科"的习见,也就是势所必然的事了。陈维崧构筑了阳羡派词学观念的理论框架,其追随者有任绳隗、徐喈凤、蒋景祁等人。

继阳羡词派之后,浙西词派在推动词学复兴、推尊词体方面发挥了更为积极的作用和影响。浙西词派是一个以浙西词人为主的清初词人群体,兴起于康熙朝,以康熙十七年(1678)《词综》的编集问世为标志,至乾隆以后渐趋于衰微,历时约百余年,几乎与"康乾盛世"相始终。浙西词派的创始者为曹溶,主要词人有朱彝尊、厉鹗、郭麐、项鸿祚、吴锡麟等。这一派词人在创作实践上有很大成就,但没有专门的词学著述,也没有专门的词话,他们注重编选词集以体现其美学主张,多在词选凡例和词集序跋里表述词学见解。尽管如此,浙西词派

---

① 陈维崧《陈迦陵文集》卷七,台湾商务印书馆,1965年。

的词学理论仍是较为鲜明和有特色的,在当时产生了巨大的影响。推动了清代词学的复兴。这一词派的尊体理论主要体现在其领袖人物朱彝尊和汪森的词论上。

朱彝尊虽仍然用了"诗余"的概念,但认为诗词分流以后,二者的体性有别,社会功能不同,因而诗与词的作用是互补的关系,可以并存,而不可偏废,其《紫云词序》中有云:

> 词者,诗之余,然其流既分,不可复合……昌黎子曰:欢愉之言难工,愁苦之言易好,斯亦善言诗矣。至于词或不然,大都欢愉之辞工者十九,而言愁苦者十一焉耳。故诗际兵戈傺扰,流离琐尾,而作者愈工;词则宜于宴嬉逸乐,以歌咏太平,此学士大夫并存焉而不废也。①

朱彝尊虽仍使用了"诗余"这个概念,但其本意是认为词具有诗所不及的特殊功能,故词与诗应"并存焉而不废也"。而浙西词派的另一重要人物汪森则不再使用"诗余"的说法,径直认为词与诗同源,"自有诗而长短句即寓焉……谓诗降为词,以词为诗之余,殆非通论矣"②。

阳羡词派和浙西词派的尊体言论虽然也在当时产生了很大的影响,但它们毕竟还没有跳出中国古代传统文论的框架。而真正使传统的推尊词体理论带上近代学术色彩的,是常州词派的理论。

清嘉庆二年(1797),张惠言的《词选》问世,标志了常州词派的兴起。此后直至我国现代新文化运动之前,常州词派的理论基本上占据了近代词学界。正如近世词学家徐珂所言:"浙派乾嘉间而益敝,张皋文(惠言)起而改革之,其弟翰风(琦)和之,振北宋名家之绪,阐意内言外之旨,而常州词派成。别裁伪体,上接风骚,赋手文心,开倚声家未有之境。襟抱学问喷薄而出,以沉着纯厚为宗旨,而斯道始昌。"③这一时期中国的社会性质和学术思想都发生了极为深刻的变

---

① 朱彝尊《曝书亭集》卷四十,四部丛刊本。
② 汪森《词综序》,民辉校点《词综》,岳麓书社,1996年,第1页。
③ 徐珂《清代词学概论》,大东书局,1926年,第7页。

化,而词学的发展也受到中国近代学术思潮的影响,无论在理论上还是在方法上都有新的开拓,而且也带有了一些近代学术色彩。

张惠言,字皋文,号茗柯,与其弟张琦(字翰风)自幼苦读经书,受《易》学,14岁时为童子师。张惠言是清代《易》学三大家之一,是今经文学派的提倡者,同时又是一位古文家,主张以古文合于古道。他一生不作诗,但有《诗甍赋》论诗,略云:"吾闻《诗》之为教分,政用达而使专。何古人之尔雅分,今唯绣乎幌鞶!"清楚地表明了其重视诗歌政治教化作用的观点。从这里我们可以约略窥见其经学观和文学观在词学理论建构中的痕迹。

张惠言在《词选序》中,全面阐述了他的词学主张,而尊崇词体是其中最富有特色的部分,他说:

> 词者,盖出于唐之诗人,采乐府之音以制新律,因系其词,故曰词。传曰:意内而言外谓之词。其缘情造端,兴于微言,以相感动。极命风谣里巷男女哀乐,以道贤人君子幽约怨悱不能自言之情,低徊要眇以喻其致。盖《诗》之比兴、变风之义,骚人之歌,则近之矣。①

张惠言借用汉代文字学家许慎《说文解字》中"词语"之"词"的释义来解释"诗词"之"词":"意内言外谓之词"。显然,"词语"之"词"与"诗词"之"词"是完全不同的概念,张惠言这样引古训来解释是别有深意的,他力图从本体论的角度来说明:创作主体内在的"意"不是直接表达出来的,当于表达形式(语言)之外去求得,即言外之意。这是张惠言词学理论的基本出发点,他由此沿用古代儒家的诗教说以进一步说明词体的特点和功能,以达到"尊词体"的目的。可以看出,张惠言并没有像苏轼那样提出从内容题材方面革新词体的主张,而主要是力图加深作品的立意,增强作品的思想内涵。故谭献曾总结说,学常州词派,"当求其用意深隽处"②。张惠言正是试图从加深作品立意

---

① 张惠言《词选》卷首,中华书局,1957年。
② 谭献《复堂词话》,唐圭璋编《词话丛编》,中华书局,1996年,第4009页。

的角度,把词从"诗余"的观念中彻底解放出来,以达到确立词的独立地位的目的。

张惠言"尊词体"的主要手段是"崇比兴"。张惠言所说的"比兴变风之义",既指讽谕美刺的功利要求,又指含蓄委婉的美学要求,是二者的统一。张惠言以儒家诗教作为自己的理论基础,以汉儒的论《诗》之旨,转而论词,把词学理论移植于复古主义诗论的土壤之中。但他所理解的比兴寄托过于机械、狭隘,带有浓厚的经学色彩,讲究"贯串比附"、"深沉解剥"。如其阐释欧阳修《蝶恋花》云:

> "庭院深深",闺中既已邃远也;"楼高不见",哲王又不悟也。"章台""游冶",小人之径;"雨横风狂",政令暴急也;"乱红飞去",斥逐者非一人而已。

他的结论是:"殆为韩(琦)范(仲淹)作乎?"①这几近于痴人说梦。再如张惠言笺释苏轼《卜算子》词时引宋鲖阳居士言曰:

> 缺月,刺明微也;漏断,暗时也;幽人,不得志也;独往来,无助也;惊鸿,贤人不安也。

清初王士祯早已嘲笑鲖阳居士的解释是"村夫子强作解事,令人欲呕"②。而张惠言对这种割裂、肢解整体意境的解释居然照搬,可见其用治经方法理解文学作品思路的迂执和荒谬。故王国维云:"固哉,皋文之为词也!飞卿《菩萨蛮》、永叔《蝶恋花》、子瞻《卜算子》,皆兴到之作,有何命意?皆被皋文深文罗织。"③但张惠言注重发掘词的思想政治意蕴,引导读者重视词体的社会功能,这在历代选家中是一个创举,对改变词坛的俳谐之风和蔓延阐缓之习有相当的积极意义。清末词学家张尔田在《彊村遗书序》中概括张惠言词论的要义说:"张皋文氏起,原诗人忠爱悱恻,不淫不伤之旨,《国风》十五导其归,《离骚》廿五表其挈,剪撷孔翠,澡瀹性灵,崇比兴,区正变,而后倚声者人

---

① 张惠言《词选》卷一,中华书局,1957年。
② 王士祯《花草蒙拾》,唐圭璋编《词话丛编》,中华书局,1996年,第678页。
③ 王国维著,佛雏校辑《新订〈人间词话〉 广〈人间词话〉》,华东师范大学出版社,1996年,第93页。

知尊体。"唐圭璋先生亦言:"自常州派起,盛尊词体,谓词上与诗、骚同风。"①由此可知,张惠言的"尊词体",实际上是以儒家诗教为基础,以《风》、《骚》为典范,从而把词学移植到儒家论《诗》之旨和治经之法上。

如前所述,张惠言的词论有很大的局限性和缺陷,经过周济的修正和发展,常州派的词论才趋于完善,并影响渐大。周济字保绪,号介存,一号止庵。他于嘉庆九年(1804)从董士锡切磋词学。董是张惠言的外甥兼女婿,曾亲受张的教诲。因此周济的词学理论亦受张惠言影响。但周济并不以接受和解释张氏的理论为满足,而是一位勇于自立的创新者。周济自负经世之才,练习骑射,喜言兵家,广交江淮豪士,为人豪放无度。淮南诸商曾集资数万金,托周济往淮北办盐,而他则用以买妓养士,酣醉歌舞,用尽资财。47岁时再专致于学业,词学著述有《介存斋论词杂著》、《宋四家词选》等。从周济的生活道路与治学途径来看,他与朱彝尊等文人和张惠言等经师迥然不同,是主张经世致用之学的。其经济怀抱未能实现,便寄托于论史、论词,因而其词论体现了史学家高瞻远瞩的眼光和经世学家关注社会现实的意识,故其词论虽从常州派出,却又大大超越了常州派。

张惠言的词论说是以经学为本位的,其"尊词体",是立足于比兴之义,上攀风、骚,而周济之尊体则是植根现实,要求在词中融汇进更多的时代精神和社会心理。使词的研究从经学复归到文学的本位上来,从词本身的艺术特性出发,用艺术审美的眼光来总结词的创作和批评。基于此,周济提出了著名的"词史"说:

> 诗有史,词亦有史,庶乎自树一帜矣。若乃离别怀思,
> 感士不遇,陈陈相因,唾渖互拾,便思高揖温韦,不亦耻乎!②

周济从个人经历出发联系清代中期衰乱的社会现实,要求词人真实地表达在社会现实中所感受到的种种隐患和国家盛衰的征兆,并将

---

① 唐圭璋《词学论丛》,上海古籍出版社,1986年,第863—864页。
② 周济撰,顾学颉校点《介存斋论词杂著》,人民文学出版社,1998年,第4页。

这些感受经过深思熟虑之后表达出来,这样创作出来的词便打上了鲜明的时代烙印。周济的"词史"说反映了鸦片战争前夕,中国士人的社会忧患意识和历史责任感,比张惠言的词体观念进步得多,常州词派的理论因此而得到完善和丰富,并对近代词学极盛局面的形成有着积极的促进作用。正如近世词学家陈匪石先生所言:"自周氏书出而张氏之学益显。百余年词径之开辟,可谓周氏导之。"①周济也因此而成为中国近代词学史上第一个最有成就的词学理论家。

三

1908 年,王国维的《人间词话》开始在《国粹学报》上连载。这是中国传统词学走向终结和开始新变的一个标志。与此同时,词史"尊体"说也呈现出了崭新的面貌。

王国维的《人间词话》既不同于诸多将作法与赏析相结合,侧重于具体艺术的传统词话,也不同于侧重在思想内容与艺术技巧相结合、以提高词的意格、品位等的诸多言论,它超越了传统的"知人论世"的道德评判及社会学批评这一层次,又非仅停留于艺术鉴赏、探求法度的旧有传统,而是直接将词学批评推上了艺术美学、哲学的新高度,其标志就在于"境界说"的提出。

"境界说"是王国维在《人间词话》中阐述得最系统、最完整的探求文艺本质的一种理论。它认为:文艺之所以为文艺,就是因为其"有境界"。王国维这样解释境界:

> 境非独谓景物也,喜怒哀乐亦人心中之一境界。故能写真景物、真感情者,谓之有境界,否则谓之无境界。②

这就是说,客观上某种特定的景物,或主观上某种特定的情意,都是现实生活中的境界,可以分别称之为"物境"和"心境"。但这还不是艺术的境界,"能写真景物、真感情者",才是"有境界"。王国维认为

---

① 陈匪石撰,钟振振校点《宋词举(外三种)》,江苏古籍出版社,2002 年,第 202 页。

② 王国维著,佛雏校辑《新订〈人间词话〉 广〈人间词话〉》,第 80 页。

其"境界说"是艺术的探本之论：

> 言"气质"，言"格律"，言"神韵"，不如言"境界"。"境界"，本也；"气质""格律""神韵"，末也。有"境界"，而三者随之矣。①

> 沧浪（严羽）所谓"兴趣"，阮亭（王士禛）所谓"神韵"，犹不过道其面目，不若鄙人拈出"境界"二字为探其本也。②

而他评词也是以此为标准：

> 词以境界为最上，有境界则自成高格，自有名句。五代北宋之词所以独绝者在此。③

"境界说"的目的是要探究艺术审美的诞生与构成之秘，寻求政治、人伦、功利之外的艺术美。以此为基点，王国维提出了"造境"与"写境"，"有我之境"与"无我之境"、"客观之诗人"与"主观之诗人"，"诗人之境界"与"常人之境界"，"入乎其内"与"出乎其外"，"政治家之言"与"诗人之言"等等一系列令人耳目一新的范畴。并且，王国维还同时对"境界说"的其他一些问题，如境界之生命（真切自然），境界之种类（理想与写实、大境与小境），境界之主、客体（诗人、宇宙人生），境界之媒体（语言），境界之演变（时代运会），境界之创新（承借与开拓），境界之传受（读者鉴赏与批评）等等，都作了精辟的论述。

"境界说"以其超政治、超功利的纯艺术精神，表现出对传统词论的大胆变革。在此之前的"尊体说"，或借助儒家传统诗教以求"尊体"，或重在发掘词之艺术技巧与政治内涵的结合。而"境界说"却表现出与政治、功利主动离异的精神。因此，可以说，"境界说"的出现，标志着旧的批评传统的结束，新的批评标准正在建立。在王国维的"境界"说体系的观念下，词的本质第一次被真正地揭示出来。王国维以"境界"为词的本质，重视词体超功利的审美价值，使词体真正摆脱了"小道"地位。

---

①② 王国维著，佛雏校辑《新订〈人间词话〉 广〈人间词话〉》，第81页。
③ 王国维著，佛雏校辑《新订〈人间词话〉 广〈人间词话〉》，第78页。

在王国维之后,胡适以新文化的观点、新的方法以及白话的表述方式来研究词学,具有鲜明的时代特色,在词学界产生了广泛的影响,"唤起了词学研究的一个新时代"①。

1928年,胡适出版了《白话文学史》。胡适在书中继承和发展了王国维词为"一代之文学"的观点,认为"古文传统史"的文学是"死文学",不能代表一个时代之文学,只有"白话文学"才是"活文学",才是代表一个时代的文学,而词即是代表有宋一代的"活文学"、"白话文学"。但胡适的这部《白话文学史》只出了上卷,写到中唐诗歌为止,并未论及词的历史。他关于词的基本看法在其《词选》中表达了出来。胡适在《词选·序》中明确宣称:"我的《词选》就代表我对于词的历史的见解。"②他将词看作是代表一个时代精神的文学,是活的文学,从而将其看作是中国白话文学的渊源之一。这样,从新文学建设的角度而言,词被赋予了新的价值,达到了尊崇词体的目的。

胡适的《词选》共选录唐宋词人作品共351首,主要是选取那些自然真实而近于白话的小令。例如,向镐是南宋的小词人,却受到胡适的特别推崇,原因在于"他的词明白流畅,多有纯粹白话的词"③。选录朱敦儒的词十八首,都是如"一个小园儿、两三亩地"(《感皇恩》)、"世事短如春梦,人情薄似秋云。不须计较苦劳心,万事原来有命"(《西江月》)之类的一读就懂、入口即消的作品。相反,对一些不符合其审美标准的词人则给予非常苛刻的批评。如批评王沂孙的词说:"我们细看今本《碧山词》,实在不足取。咏物诸词至多不过是晦涩的灯谜,没有文学价值。"④这就使得历代为人贬斥的"白话词"的地位剧升,打破了传统的词史观念。《词选》是词学史上第一部表现新文学观点的词选本。它以新诗的行式排列,对某些语辞作了简明注释,关于词人的评介则是用新文学革命运动以来通用的白话文体,所

---

① 谢桃坊《中国词学史》,巴蜀书社,2002年,第485页。
② 胡适《词选·序》,河北人民出版社,1999年,第2页。
③ 胡适《词选》,河北人民出版社,1999年,第161页。
④ 胡适《词选》,河北人民出版社,1999年,第308页。

表现的词学观点也很新颖。

胡适将词作为时代文学，又从"白话文学"、"活文学"、"平民文学"等观念出发，发现和赋予了词体文学的文学史新价值，进一步尊崇词体，从而开启了词学的现代化历程——而中国词史进程中的尊体说也由此完成了其理论进程。

（广西师范学院文学院）

# 钱斐仲对浙西词派的继承与突破<sup>*</sup>

## 滕小艳

**内容摘要**：钱斐仲的《雨花庵词话》是继李清照《词论》之后我国古代第二部由女性创作的词学批评著作，意义非常。钱斐仲继承了浙西词派的词学思想：推崇姜张，主导清空，提倡高雅和正。同时，她的词论亦有创见：一是质疑万树、批评朱彝尊改苏轼词，倡导为佳句可不协律的宏通词学观；二是批评朱彝尊用典堆砌，强调用典之浑化和虚字之妙用；三是突出情衷有别，追求迷离惝恍的抒情手法。《雨花庵词话》的意义在于揭示清中叶社会文化的转型；表现女性创作的自觉和女性对文学理论进行系统阐述的尝试；反映了清中叶后女性追求个性的觉醒。

**关键词**：钱斐仲；《雨花庵词话》；浙西词派；清空

* 项目基金：广西中青年教师基础能力提升项目"钱斐仲词学思想研究"（编号：2018KY0312）。

# Inheritance and Breakthrough: Qian Feizhong and Zhexi Ci School's Ci Theory

**Teng Xiaoyan**

**Abstract:** Qian Feizhong's *Yu Hua An Ci Hua*, which is of great significance, is the second book about the theory of Ci which written by women in our country. Qian Feizhong inherited of Zhexi Ci School's Ci theory: reverencing Jiang Kui and Zhang Yan, advocating the Ci style of clearing and emptiness, encourage legance and positive. At the same time, she also has innovation about Ci theory. One is to question Wan Shu's music theory, criticize Zhu Yizun to change Su Shi's Ci, advocate breaking the rhythm for the good sentence sometimes. The second is to criticize Zhu Yizun, who use the allusion too much in Ci and lack of natural, emphasizing using allusion properly and naturally. The third is to highlight the difference between emotion and licentious, pursuit the lyric methods of bewildered. There are three meanings of *Yu Hua An Ci Hua*. First, it reveals the transformation of social culture in Mid-Qing dynasty. Then it indicates the attempt of women to sum up the literary theory. Finally, it reflects the awakening of women's pursuit of individuality in the late Qing dynasty.

**Keywords:** Qian Feizhong; *Yu Hua An Ci Hua*; Zhexi Ci School; clearing and emptiness

钱斐仲（1809—？）又字餐霞，号雨花女史，浙江秀水（今嘉兴）人。嘉庆十四年（1809）生，卒年尚不确定。其词标注时间最晚者为"庚申七夕"，戚士元于同治七年（1868）刊刻《雨花庵词话》，张鹿仙题辞《高阳台》"恨悠悠，凤去台空，箫谱重修"句下注："女史殁后，哲夫曼亭学博为刊词稿。"由此可推其卒年应在咸丰十年庚申（1860）后，同治七年戊辰（1868）前。

钱斐仲的词学思想主要凝聚于《雨花庵词话》,该词话是继李清照《词论》后,我国古代第二部由女性创作的词学批评著作,意义非常。谭献评曰:"秀水女士钱餐霞《雨花庵诗余》,予借观,洗炼婉约,得宋人流别,附词话亦殊朗诣。"①然而,目前学界对钱斐仲的研究成果屈指可数。陶运清《钱斐仲〈雨花庵诗余〉及〈雨花庵词话〉版本述略》系统介绍钱斐仲作品的版本情况②,《雨花庵词话》现有同治七年戊辰(1868)刻本、《词学季刊》本、《词话丛编》本三个版本,陶文还对《词学季刊》本和《词话丛编》本的异同作详细阐释。陈文平的《论钱斐仲〈雨花庵词〉》着重对《雨花庵词》进行剖析③,认为作者受浙西词派的影响,词风清雅幽妍,语言精琢凝炼,《雨花庵词话》疏朗精到,直陈词坛得失,惜其研究核心并非《雨花庵词话》。邓红梅《女性词史》抓住钱斐仲词学浙派的特点,从抒情、造境、构思、语言等方面对其词作细致的解析。对《雨花庵词话》的价值,邓红梅分三要点概括了钱斐仲对"明清时代词坛上不良习气的意见"④,但并未作细致分析。严迪昌《清词史》第五编《清代妇女词史略》,评论道:"词坛上巾帼群体的形成期在清朝。清词的史称'中兴',不能轻忽女性作家所作出的努力,一代清词之得以如此绚丽多采,女词人们是与有功焉的。"⑤并在余论中说:"应该着重一提嘉兴的钱餐霞",一针见血地指出钱斐仲词学主张的核心——以姜夔、张炎为圭臬,提倡清空雅正词风,推崇厉鹗,"最令人注目的是她一再批评了乡先贤朱彝尊"⑥。对《雨花庵词话》作了总体评价并赋予一定文学史意义,惜未深入论述。

　　综上可知,学界对钱斐仲的研究,目前已从三方面进行:一是版

　　①　谭献《复堂词话》,人民文学出版社,1959年,第41页。
　　②　陶运清《钱斐仲〈雨花庵诗余〉及〈雨花庵词话〉版本述略》,《西南交通大学学报(社会科学版)》,2015年第3期,第12—15页。
　　③　陈文平《论钱斐仲〈雨花庵词〉》,《内江师范学院学报》,2009年第1期。
　　④　邓红梅《女性词史》,山东教育出版社,2000年,第376页。
　　⑤　严迪昌《清词史》,江苏古籍出版社,1990年,第539页。
　　⑥　严迪昌《清词史》,第560页。

本研究;二是词作研究;三是词作和词论相结合的概述式的社会价值判断,但尚未有以《雨花庵词话》为中心的钱斐仲词学思想研究成果。《雨花庵词话》篇幅短小精悍,只有短短十二则,但涉略内容较为广泛,从词律、词调、鉴赏法、风格论、创作论等,不一而足。钱斐仲"善画工诗,皆力追古人,无闺房儿女态。中年尤专力于词,祖玉田、白石,独尚清真。不为豪放语,亦不蹈近时尖新之弊"①。虽然现存资料并未直接表明她师承浙西词派,但通观《雨花庵词话》后不难发现,其词学思想与浙西词派一脉相承。

## 一、钱斐仲对浙派词学思想的继承

嘉庆初年,浙西词派专在声律格调上着力,流弊益甚,常州词人张惠言欲挽此颓风,强调比兴寄托,反琐屑钉饾之习,攻无病呻吟之作,顺势取代了浙西词派词坛盟主的地位。钱斐仲主要生活在嘉道咸年间,其时,词坛渐以常州词派为宗,但她的词学思想却带有明显的浙西词派痕迹。

### (一)推崇姜张,倡导清雅

"清"是钱斐仲词学思想主导范畴,包括"清气"、"清空"、"清高"等,细究内涵,可说皆围绕南宋张炎、姜夔的词学特色而申发。其《雨花庵词论》道:

> 乐笑翁词,清空一气,转折随手,不为调缚。丽不杂,淡不泛,斯为圣乎。余谈古人词,惟心折于张、姜两家而已。②

"清空"这一词学范畴为张炎首创③,其言姜夔词"不惟清空,又且骚雅,读之使人神观飞越"④。他的论述为后人激赏,直至清代,仍不断

---

① 金鸿佺《西堂行》,钱斐仲《雨花庵诗余》,同治七年刻本。
② 钱斐仲《雨花庵词话》,同治七年刻本。后所引钱斐仲语皆出此书,不再出注。
③ 张炎《词源》,唐圭璋编《词话丛编》,中华书局,2005年,第259页。《词源》曰:"词要清空,不要质实,清空则古雅峭拔,质实则凝涩晦昧。姜白石词如野云孤飞,去留无迹。吴梦窗词如七宝楼台,眩人眼目,碎拆下来,不成片段。"
④ 张炎《词源》,《词话丛编》,第259页。

被演绎。沈祥龙《论词随笔》曰:"词宜清空……清者,不染尘埃之谓;空者,不著色相之谓。清则丽,空则灵,如月之曙,如气之秋。"①基本都是遵循张炎的思想脉络而来。

壮大"清空"声势、让后世词人将"姜张"奉为词坛圭臬者,为开浙西词派宗风的朱彝尊。刘永济言:"清空之论,发自玉田,至秀水朱竹垞氏病清初词人专奉《草堂》,乃选《词综》,以退《草堂》,而崇姜张,以清空雅正为主,风气为之一变,是曰浙派。"②浙西词派论词标榜南宋,推崇姜夔、张炎,认为姜、张词风醇雅,风格清空,为时代所宜。朱彝尊明确指出:"姜尧章氏最为杰出"③,"词以雅为尚"④,强调词"必崇尔雅,斥淫哇,极其能事,则亦足以宣昭六义,鼓吹元音"⑤,"善言词者,假闺房儿女之言,通之于《离骚》、变《雅》之义"⑥。厉鹗继承朱彝尊的衣钵,强化张炎在词坛的地位,其《论词绝句》云:"玉田秀笔溯清空,净洗花香意匠中。羡杀时人唤春水,源流故自寄闲翁。"⑦出于相似的词学理念,钱斐仲对厉鹗极为推崇:

> 本朝词家,我推樊榭。佳叶虽不多,而清高精炼,自是能手。

"清高"导源于张炎的"清空","精炼"又与张炎批驳的"质实"相对,钱斐仲青睐于厉鹗境淡意远、格高韵清的词风,甚至将他推举为本朝第一。厉鹗是浙西词派发展史上一位具有承前启后意义的理论家和实践家,他融合"清"与"正",形成"清雅"范畴理论,强调"词……非纬之以雅,鲜有不与波俱靡,而失其正者矣"⑧,"缠缠而不失其正"⑨。厉

---

① 沈祥龙《论词随笔》,《词话丛编》,第4054页。
② 刘永济《词论》,上海古籍出版社,1981年,第65页。
③ 朱彝尊《词综·发凡》,朱彝尊、汪森编《词综》,上海古籍出版社,2014年,第4页。
④ 朱彝尊《乐府雅词跋》,《曝书亭集》卷第四十三,四部丛刊本。
⑤ 朱彝尊《静惕堂词序》,陈乃乾编《清名家词》,上海书店,1982年,第73页。
⑥ 朱彝尊《陈纬云红盐词序》,《曝书亭集》卷第四十。
⑦ 厉鹗《论词绝句》,厉鹗著,董兆熊注,陈九思标校《樊榭山房集》,上海古籍出版社,1992年,第512页。
⑧⑨ 厉鹗《群雅词集序》,《樊榭山房集》,第755页。

鹗将浙西词派源头追至同乡周邦彦，突出叶韵守律思想与雅正观念，此外，他推崇《绝妙好词》，并与查为仁为之作笺，推动清雅词风。① 综观浙派，"竹垞开其端，樊榭振其绪，频伽畅其风"②。对张炎词学思想的褒奖和对厉鹗的推崇，鲜明地反映出钱斐仲词学思想中的浙派痕迹。

**（二）批评柳永，突出词曲界限，强调高雅隽永**

在对张先和柳永二人的态度上，钱斐仲对朱彝尊、厉鹗的词学观念有所取舍，表现出强烈的主观色彩。

朱彝尊最为推崇南宋词，但对于北宋小令亦是钟爱："南唐北宋惟小令为工，若慢词，至南宋始极其变。"③张先词以小令为佳，《词综》收其词三十首（朱彝尊选二十七首，汪森补三首），为北宋词人之冠，虽不全是小令，亦见朱彝尊对张先之喜爱。柳永词入选亦不少，共二十一首。词史上对柳永其人其词的评价，历来毁誉参半。赞赏者称其间出佳句，声律谐美④，痛批者用"野狐涎之毒"⑤、"病于无韵"⑥等语评价柳永。《词综》"柳永"条下，朱彝尊引用了晁无咎、李端叔等人对柳永词的评价，褒贬相杂，朱彝尊未直接点评。按照《词综》以雅为宗的编选标准、意为扭转有明以来的俚俗词风的选词目的大致可知，朱彝尊对柳永的部分词持肯定态度。《群雅集序》云："宋之初，太宗通晓音律……仁宗于禁中度曲时，则有若柳永；徽宗以大晟名乐时则有若周邦彦……"⑦由此推断，柳永词协韵守律的特点暗合朱彝尊严守词律、注重声情的审美追求，因而得到了认同。厉鹗作词、论词主张格雅韵清、精炼妍洁，浅白尘俗的柳词自然不入其"法眼"，他在《论

---

① 参张兵、王小恒《厉鹗与浙西词派词学理论的构建》，《西北大学学报（社会科学版）》，2007 年第 5 期。

② 蒋敦复《芬陀利室词话》，《词话丛编》，第 3636 页。

③ 朱彝尊《书东田词卷后》，《曝书亭集》卷五十三。

④ 李清照在《词论》中称其《乐章集》"协音律"，但也说其"词语尘下"。

⑤⑥ 王灼《碧鸡漫志》，《词话丛编》，第 83 页。

⑦ 朱彝尊《群雅集序》，《曝书亭集》卷四十。

词绝句》中曾云："张柳词名枉并驱,格高韵胜属西吴。"①即已表明其不喜柳永词风。

《雨花庵词话》共十二则,有两则专门针对柳永。在对柳永的负面批评中,可窥钱斐仲严守词曲界限、提倡含蓄隽永、高雅和正、清气充沛等词学观。其云:

> 柳词与曲,相去不能以寸。且有一个意或二三见,或四五见者,最为可厌。其为词无非舞馆魂迷,歌楼肠断,无一毫清气。

> 柳七词中,美景良辰、风流怜惜等字,十调九见。即如《雨淋铃》一阕,只"今宵酒醒"一句脍炙人口,实亦无甚好处。张、柳齐名,秦、黄并誉,冤哉。

对柳永的批评,钱斐仲一方面继承了传统的词学批评观,一方面掺入了明显的个人喜好。归结起来,钱斐仲对柳永的批评包含几方面:

1. 词曲分界不明。

钱斐仲言柳永词词曲界限不明,具有曲子的意味。对柳永词"词曲"分界的问题,历来论者不多。晚清陈锐(1869—1922)持有与钱斐仲相左的态度,其言:

> 词源于诗,而流为曲。如柳三变,纯乎其为词矣乎。②

在陈锐看来,词源于诗,曲源于词,稍有不慎,易于流变,唯有柳永,能够划清词曲界限,把握词体特性,纯粹地进行词创作。同时,陈锐将南唐词人、柳永、辛弃疾等的词风类比为诗歌史上之建安、古乐府、鲍照等,他对柳永似有偏爱,言:"词如诗,可模拟得也。南唐诸家,回肠荡气,绝类建安。柳屯田不着笔墨,似古乐府……"③在他眼里,柳永词为"当行本色",陈锐所认为的"纯"与钱斐仲"不能以寸"的观点形成鲜明对比。总体而言,尽管柳词描摹风月之作居多,但大体能体现

---

① 厉鹗《论词绝句》,《樊榭山房集》,第510页。
② 陈锐《袌碧斋词话》,《词话丛编》,第4197页。
③ 陈锐《袌碧斋词话》,《词话丛编》,第4196页。

词体婉约的"本色当行",钱斐仲对柳永的不满,既源于自身倡雅而柳词尘下的矛盾对立,也源于其对柳永薄于操行的不满,她对柳永的评价带有较强的主观色彩。

2. 缺乏含蓄隽永。

钱斐仲倾向于凝练的表达法,因而称赞厉鹗词"精炼",而批评柳词表意拖沓、累赘。对此,沈雄亦有评论,《古今词话·词品》下卷引宋征璧语曰:

> 词家之旨,妙在离合,语不离则调不变宕,情不合则绪不连贯。每见柳永,句句联合,意过久许,笔犹未休,此是其病。①

宋征璧以为作词的要旨在于处理好语言和情感的"离合"关系,语言要不黏滞,语气方可起伏变化;情感要集中、凝聚,方能连贯。柳词的弊病在于语句黏合、表意拖沓,缺乏一气呵成之感。文学批评史一贯认为,文学大家能用精炼的语言表达多重情感,诗情超脱于文字之外,皎然《诗式》云:"两重意已上,皆文外之旨。若遇高手如康乐公,览而察之,但见情性,不见文字,盖诗道之极也。"②钱斐仲批判柳词"且有一个意或二三见,或四五见者",点明柳词以立言为本,非以立意为宗,与传统上追求"味外之味"、"言外之意"的审美取向背道而驰。

3. 清雅不足。

钱斐仲对柳词格调的批评,不仅关涉其歌楼舞馆的题材,还与其人品相关。在传统文学批评中,若"文人无行",其作品格调亦低。宋胡仔《苕溪渔隐丛话》卷二引《艺苑雌黄》云:

> 柳三变字景庄,一名永,字耆卿,喜作小词,然薄于操行。……呜呼,小有才而无德以将之,亦士君子之所宜戒也。柳之《乐章》,人多称之。然大概非羁旅穷愁之词,则闺

---

① 沈雄《古今词话》,《词话丛编》,第850页。

② 皎然著,李壮鹰校注《诗式校注》,人民文学出版社,2010年,第42页。

门淫媟之语。若以欧阳永叔、晏叔原、苏子瞻、黄鲁直、张子野、秦少游辈较之，万万相辽。彼其所以传名者，直以言多近俗，俗子易悦故也。①

这段话充斥着以"德行"评判作品水平高低的道学意味。柳永"薄于操行"而仕途不畅，失意后"无复检约"，放荡不羁，终身沉沦。他潦倒的人生被用作反面教材，警戒文人才华与德行要匹配，甚至要以德行驾驭才华，才符合君子行径。

事实上，从宋代起，文人大规模地参与词创作加快了词的雅化进程，适应民间需求、词风浅近直白的柳永词背离崇雅的文人范式，几乎受到一边倒的评判，也有了苏轼批评秦观学柳郎词②、晏殊鄙视柳永③等趣闻。《艺苑雌黄》的作者严有翼认为柳词之所以流行甚广，乃因其词"俗"，为民间所爱之故。严有翼所说的"俗"，不是"通俗易懂"之意，他主要指道德、价值判断上的"俗"，即低下、尘俗、品格不雅。邓廷桢亦有类似的论断："《乐章集》中，冶游之作居其半，率皆轻浮猥媟，取誉筝琶。"④江顺诒云："词之坏，坏于秦、黄、周、柳之淫靡。"⑤沈义父《乐府指迷》言其词："未免有鄙俗语。"⑥可见，"雅奏"都无，是柳词公认的弊端。钱斐仲词论中的"舞馆魂迷"、"歌楼肠断"等语，皆指向柳词"鄙俗"的特性。令钱斐仲心折的张炎对柳咏亦颇有微词，其《词源》卷下云："康、柳词亦自批风抹月中来，风月二字，在我发挥，二

---

① 胡仔《苕溪渔隐丛话》后集卷三十九，人民文学出版社，1962年，第319页。

② 沈雄《古今词话·词话》上卷引《高斋诗话》曰：少游自会稽入都，见东坡。东坡曰："不意别后，却学柳七作词。"少游曰："某虽无学，亦不至是。"东坡曰："销魂当此际，非柳七词乎？"少游惭服。（《词话丛编》，第772页）

③ 张舜民《画墁录》载：柳三变既以词忤仁宗，吏部不敢改官，三变不能堪，诣政府。晏公曰："贤俊作曲子么？"三变曰："只如相公亦作曲子。"公曰："殊虽作曲子，不曾道：'针线慵拈伴伊坐。'"柳遂退。

④ 邓廷桢《双砚斋词话》，《词话丛编》，第2528页。

⑤ 江顺诒辑，宗山参订《词学集成》卷五，《词话丛编》，第3270页。云："陶篁村自序云：'倚声之作，莫盛于宋，亦莫衰于宋。尝惜秦、黄、周、柳之才，徒以绮语柔情，竞夸艳冶。从而效之者加厉焉。遂使郑卫之音，泛滥于六七百年，而雅奏几乎绝矣。'"

⑥ 沈义父《乐府指迷》，《词话丛编》，第278页。

公则为风月所使耳。"①此论涉及创作主动性与被动性的关系问题,认为作家应在创作中有的放矢、把控情绪,不为情感所牵引。"为风月所使",即是被流俗所左右,属于被动抒情,钱斐仲认为柳永即属于此类,情既不雅,抒发亦失当。

4. 张柳不当齐名。

钱斐仲不欣赏柳永其人其词,因而否定词史上将"张柳"并提的说法。其云:

> 柳七词中,美景良辰、风流怜惜等字,十调九见。即如《雨淋铃》一阕,只"今宵酒醒"一句脍炙人口,实亦无甚好处。张、柳齐名,秦、黄并誉,冤哉。

张柳并举之争,词史亦未定论。前文引《艺苑雌黄》,其作者严有翼直言张、柳二人"相差辽远",不可同日而语。沈雄《古今词话·词话》上卷引晁无咎语:"子野、耆卿齐名,而时以子野不及耆卿者。子野韵高,是耆卿所乏处。"②同卷引蔡伯世语曰:"子野词胜乎情,耆卿情胜乎词。"③晁无咎以为张先更胜柳永一筹,蔡伯世则认为二人各有所长、不分高下。《西圃词说》引陈眉公语:"幽思曲想,张、柳之词工矣,然其失则俗而腻也。"田同之评曰:"斯为词论之至公。"④尽管众说纷纭,但钱斐仲显然更倾向于令她服膺的厉鹗对张柳齐名的不满态度。厉鹗《论词绝句》云:"张柳词名枉并驱,格高韵胜属西吴。可人风絮堕无影,低唱浅斟能道无?"⑤"格高韵胜"之语承晁无咎而来,张词、柳词之高低,在厉鹗眼里,是分明不过的了。尽管后人如冯煦等亦为柳永辩护⑥,但以厉鹗在词界的名气和影响力,张优于柳的看法几乎成为当时的主流思想。基于对柳永人品的不满,钱斐仲不顾柳词"协

---

① 张炎《词源》,《词话丛编》,第 267 页。

②③ 沈雄《古今词话》,《词话丛编》,第 766 页。

④ 田同之《西圃词说》,《词话丛编》,第 1456 页。

⑤ 厉鹗《论词绝句》,《樊榭山房文集》,第 510 页。

⑥ 冯煦《论词绝句》,《蒿庵类稿》卷七,民国 2 年刻本。冯煦《论词绝句》其四:"晓风残月剧凄清,三影郎中浪得名。却怪西湖老居士,强将子野冠耆卿。"

律"、"自有唐人妙境"①等长处,全盘否定柳永,反对张柳并论,其主观色彩之明显,是其词论的不足之处。

## 二、钱斐仲对浙派词学思想的突破

钱斐仲继承了浙西词派尚清空、醇雅、精炼的词学思想,但她的词律观、词情观等自有新见。她虽"心折"于张炎,却非盲从,亦有自己的辨析,如"玉田云:'词有一二警句,便通首看得起'",钱斐仲认为"此言诚是,然亦须通首衬得过,若有一句落腔,一句不妥,瑕瑜互见,非尽美之作矣"。她对朱彝尊妄改苏词、朱彝尊咏物词用典凝滞、抒情直白等弊端的批评,显示出了女性的文化自信和独立意识。

### (一)质疑万树,提倡为作佳句偶不协律的宏通声律论

张炎在《词源》中明确了严守词律的要求:"词之作必须合律。"②朱彝尊论词提倡醇雅",即包含了词作要"合音律"的审美取向。词之音合律,则词之调雅,他赞赏"姜夔审音尤精"③。厉鹗将周邦彦纳入浙西词派理论体系构建,即着眼于周邦彦在词律上的精深造诣:"律吕谐协,为倚声家所宗"④,他还赞赏吴尺凫"掐谱寻声,不失刌制"⑤,曾言"去上双声仔细论,荆溪万树得专门。欲呼南渡诸公起,韵本重雕箓斐轩"⑥。"箓斐轩韵本"指《箓斐轩词林要韵》,又称《词林韵释》,厉鹗认为《箓斐轩词林要韵》所作不佳,因而期望如张炎、姜夔般善于审声度律、精于乐理之人来修订、重刊。钱斐仲亦云:"余以为箓斐轩韵本太宽,只宜制曲,不可作词。如"不"字,作平则可,"合"字作平,韵书无之,不可也。"她认为《箓斐轩词林要韵》韵脚太宽、舛误甚多,

① 彭孙遹《金粟词话》,《词话丛编》,第723页。
② 张炎《词源》,《词话丛编》,第255页。
③ 朱彝尊《群雅集序》,《曝书亭集》卷四十。
④⑤ 厉鹗《吴尺凫玲珑帘词序》,《樊榭山房文集》,第754页。
⑥ 厉鹗《论词绝句》,《樊榭山房文集》,第514页。诗下注云:"近时宜兴万红友《词律》严去、上二声之辨,本宋沈伯时《乐府指迷》。余曾见绍兴二年刊箓斐轩《词林要韵》一册,分东、红、帮、阳等十九韵,亦有上、去、入三声作平声者。"

不当作为填词的参考。于此,钱斐仲与厉鹗达成了共识。但钱斐仲并不认同厉鹗以为万树得声律之旨的观点,她说:

> 而万红友独遵之,故其著词律,注仄作平甚多。更可怪者,通首押仄,而曰可作平声读。然则通首用上去入作成一词,曰但读入声作平,自然协调,可乎?此惑之甚者也。况一体而有平有仄,其长短句读虽同,其平仄音节迥别,红友特未查尔。

她认为,万树的《词林正韵》沿袭了《菉斐轩词林要韵》的观点,因而平仄审查失当,韵律不够准确,并非词韵佳作。虽严守声韵词律,但在佳句和合律之间,她更倾向于为佳句而不协律,表现出灵活变通的词学观。

朱彝尊在《词综》中评判苏轼《念奴娇·赤壁怀古》音韵格律的举动即遭到钱斐仲的反对。《词综》录此词作:"大江东去,浪声沉,千古风流人物。故垒西边,人道是:三国孙吴赤壁。乱石崩云,惊涛掠岸,卷起千堆雪。江山如画,一时多少豪杰。　遥想公瑾当年,小乔初嫁了,雄姿英发。羽扇纶巾,谈笑间、樯橹灰飞烟灭。故国神游,多情应是,笑我生华发。人间如寄,一尊还酹江月。"①文后按语云:

> 他本"浪声沉"作"浪淘尽",与调未协。"孙吴"作"周郎"犯下公瑾字。"崩云"作"穿空","掠岸"作"拍岸",又"多情应是、笑我生华发"作"多情应、笑我早生华发",益非。今从《容斋随笔》所载黄鲁直手书本更正。至于"小乔初嫁"宜句绝,"了"字属下句乃合。

朱彝尊从音律的角度评判苏轼词句,对此,钱斐仲不以为然,其言:

> 坡公才大,词多豪放,不肯剪裁就范,故其不协律处甚多,然又何伤其为佳叶。而《词综》论其《赤壁怀古》,"浪淘尽"当作"浪声沉",余以为毫厘千里矣。知词者,请再三诵之自见也。夫起句是赤壁,接以"浪涛尽"三字,便入怀古,

---

① 朱彝尊、汪森编《词综》卷六,第80页。

使千古风流人物，直跃出来。若"浪声沉"，则与下句不相贯
串矣。至于"小乔初嫁了"，"了"字属下，更不成语。"多情
应笑"作"多情应是"，亦未妥。不如存其旧为佳也。

钱斐仲从词境、词意的整体性来批驳朱彝尊，认为朱彝尊所录版本，
破坏了原有的意境和情感，反不甚佳。关于苏轼词作的音律问题，历
来为人所关注。李清照《词论》言苏轼词"然皆句读不葺之诗尔"，"不
协音律"[①]，苏轼弟子陈师道亦指摘其病，言其"要非本色"[②]。钱斐仲
不囿于传统词论的束缚，且敢对曾经的词坛领袖朱彝尊提出批评，表
现出独立的思考能力和不迷信权威的品格，这是其词论的可贵之处。

　　在具有灵活变通的词律观的同时，钱斐仲还对"自明代而下好改
旧词调为新名的词坛流风不满"[③]，其云："今人作词，好巧立名式，古
人亦或有之，此最无谓。盖虽极小之词，未有不可摘二三字为名者，
而彼作某，此作某，不徒迷人，亦以自迷。况知之者一望而知，不知者
本是不知，即使人人信以为另有词调矣，于作者有何益处，有何趣处
乎。"她认为一个词调有多种名称，不仅造成词调的混乱和众人的困
惑，亦无趣味，因而反对这一"无妄"的做法。

### （二）批评竹垞，强调用典之浑化与虚字之妙用

　　同样是推崇姜张、提倡"清雅"，但钱斐仲对浙西词派领袖、自己
的同乡朱彝尊并不"买账"，除了反对其妄改苏轼词，她还指出朱彝尊
标榜自己作词以张炎为宗的说法与事实不符，批评其作词用典堆砌
之病，其言：

　　　　吾乡朱竹垞先生自题其词曰："不师黄九，不师秦七，倚
　　新声、玉田差近。"余窃以为未然。玉田词清高灵变，先生富
　　于典籍，未免堆砌。咏物之作，尤觉故实多而旨趣少。咏物
　　之题，不能不用故实。然须运化无迹，而以虚字呼唤之，方

　①　李清照《词论》，胡仔《苕溪渔隐丛话》后集卷三三，第254页。
　②　陈师道《后山诗话》，何文焕辑《历代诗话》，中华书局，1981年，第309页。
　③　邓红梅《女性词史》，第376页。

为妙手。

"不师黄九,不师秦七,倚新声,玉田差近"来自朱彝尊《解佩令·自题词集》①,黄庭坚词朗硬,秦观词纤丽,"专主情致",朱彝尊自言自己的创作风格与这两位北宋名家不同,而与张炎相似。钱斐仲指出张炎词以旷远之笔,造空灵之境,而朱彝尊词用典频繁,有堆砌典故之嫌,属于"质实",与玉田并非"差近"。随后,钱斐仲以咏物词为例,阐述创作中的"用典"问题。她认为咏物作品,若典故多则趣味减;若不用典,亦不妥当。咏物词需用典而浑化自然、不着痕迹。咏物词还要善用虚字,使文字不滞于典故。虚字是构成词境清空的重要手段,而姜夔正擅于此法,"虚字能使语意转折灵活,流走自如,而又传神入微,且能避免平铺直叙的缺点,在这方面,白石词是有着独到的造诣。"②钱斐仲大胆指出朱彝尊词作的不足,既可窥见其对姜张二人及其词风的推崇,又表现出其不盲从的独思能力。

事实上,厉鹗亦不免用典堆砌之病,谢章铤《赌棋山庄词话》卷九言:"至国朝小长芦出,始创为征典之作,继之者樊榭山房。长芦腹笥浩博,樊榭又熟于说部,无处展布,借此以抒其丛杂。"③徐珂试析浙西词派流为"饾饤派"的原因时说:"鹗词宗彝尊,而数用新事,世多未见,故重其富,后生效之,每以捃摭为工,后遂浸淫,而及于大江南北,然钞撮堆砌,言节顿挫之妙,未免荡然。"④但钱斐仲缺少谢、徐历时性的批评观,一味尊崇厉鹗,批判朱彝尊,对厉、朱相同的不足,一则批评,一则不提,主观性明显。

## (三)情衷有别,追求迷离惝恍的抒情手法

关于词情,朱彝尊早年言词为不得志时"所宜寄情"⑤,注重抒发

---

① 朱彝尊《解佩令·自题词集》:"十年磨剑,五陵结客,把平生涕泪都飘尽。老去填词,一半是、空中传恨。几曾围、燕钗蝉鬓?　　不师秦七,不师黄九,倚新声、玉田差近。落拓江湖,且分付、歌筵红粉。料封侯、白头无分。"

② 唐圭璋《论姜白石及其词》,《南京师范学院学报》,1962 年第 3 期。

③ 谢章铤《赌棋山庄词话》,《词话丛编》,第 3443 页。

④ 徐珂《近词丛话》,《词话丛编》,第 4223 页。

⑤ 朱彝尊《陈纬云红盐词序》,《曝书亭集》卷第四十。

飘零落拓之悲；而晚年因为际遇之变，则曰词"宜于宴嬉逸乐"、"歌咏太平"①，总体而言都是着眼于词的功能。对于"情"这一本体，朱彝尊没有详细的叙介，厉鹗也只是轻描淡写了一句"闲情何碍写云蓝，淡处翻浓我未谙。"②钱斐仲对词"情"情有独钟，"生平耽吟咏，每诵古人言情之什，辄歌哭以当之"③。她对情的含义、情的状态亦有清晰的阐述：强调情亵有别，提倡迷离惝恍的抒情方式。

明王世贞《艺苑卮言》云："即词号称诗余，然而诗人不为也。何者，其婉娈而近情也，足以移情而夺嗜。其柔靡而近俗也，诗嗫缓而就之，而不知其下也。之诗而词，非词也。之词而诗，非诗也。"④他抓住"诗余"之名立论，指出诗人难以为词的原因在于词的艺术审美本质为"婉娈而近情"，诗词的细微差异若不能清晰界定，容易陷入诗不是诗、词不类词的创作困境。创作要严别诗词界限，掌控"情"的抒发模式。钱斐仲通过"情"与"亵"概念的不同，强调适度抒情：

> 言情之作易于亵，其实情与亵，判然两途，而人每流情入亵。余以为好为亵语者，不足与言情。

何为"亵"？钱斐仲并未详述，但从同代其他词论中，可寻得吉光片羽。贺裳《皱水轩词筌》论康与之云："词虽宜於艳冶，亦不可流于秽亵。吾极喜康与之《满庭芳·寒夜》一阕，真所谓乐而不淫。且虽填辞小技，亦兼词令议论叙事三者之妙。"⑤淫亵、秽亵，"亵"均含有轻慢、低俗、不庄之意，与"雅正"相对。艳而不亵、丽而不亵，同时又包含强调程度的意味，因而钱斐仲担忧若不能掌控情感之抒发，则"流情入亵"。张炎《词源》亦有相似的论述，其云："词欲雅而正，志之所之，一为情所役，则失其雅正之音。耆卿、伯可不必论，虽美成亦有所

---

① 朱彝尊《紫云词序》，《曝书亭集》卷第四十。
② 厉鹗《论词绝句》，《樊榭山房文集》，第514页。
③ 戚士元《雨花庵词话跋》，《雨花庵词话》，同治七年刻本。
④ 王世贞《艺苑卮言》，《词话丛编》，第385页。
⑤ 贺裳《皱水轩词筌》，《词话丛编》，第698页。

不免。"①"役"字生动表明,文人创作应处于"主动"状态,驾驭情感的走向、浓薄;若人被情感所驱使,其词则失去雅正格调。钱斐仲所说的"情"是"执中"的情、高雅的情,她直言,好抒低俗情感之人,并不知"情"之真谛。

情不可亵,情当如何言说? 钱斐仲追求的是"迷离倘况"的抒情法。其言:

> 迷离惝况,若近若远、若隐若见,此善言情者也。若忒煞头头尾尾说来,不为合作。竹垞先生《静志居词》,未免此病。

言情,要"迷离惝况"方为擅长,什么是"迷离惝况",钱斐仲并未细说,只以"若近若远、若隐若见"作解。纵观清代词史,与"迷离"、"惝恍"相关的论断不少。贺裳《皱水轩词筌》"景中含情"条云:

> 凡写迷离之况者,止须述景,如"小窗斜日到芭蕉,半床斜月疏钟后",不言愁而愁自见。因思韩致光"空楼雁一声,远屏灯半灭",已足色悲凉,何必又赘"眉山正愁绝"耶。觉首篇"时复见残灯,和烟坠金穗",如此结句,更自含情无限。②

贺裳意在表明,写景之作,语在写景,意在写人。作者要蕴浓郁之情于笔端,而借景婉约曲折出之,扑朔迷离、实实虚虚,给人的意识自由发挥的余地。陈廷焯评黄之隽(字石牧)词云:"《唐堂词》二卷,亦多幽怨之音……惨戚惨凄,迷离惝恍,非深于情者,不能道只字。"③况周颐评空同词,说其"喜炼字","花雾涨冥冥。欲雨还晴"(《浪淘沙·别意》)二句"能融景入情,得迷离惝恍之妙"。④ 可见,"迷离惝恍"多用于描述情感的表达效果,注重于审美者的情感体验。它指虚实相间、融情入境、情景相生的创作手法,追求情感表达的委婉、虚无、朦胧之

---

① 张炎《词源》,《词话丛编》,第 266 页。
② 贺裳《皱水轩词筌》,《词话丛编》,第 708 页。
③ 陈廷焯《白雨斋词话》,《词话丛编》,第 3954 页。
④ 况周颐《蕙风词话》,《词话丛编》,第 4445 页。

美,让读者通过品味字面的实景,获得蕴含其中的深情。钱斐仲说其"若近若远、若隐若见",即指以模糊不清的状态,去激发读者的想象空间,提升其审美意趣。沈谦论"填词结句"云:"填词结句,或以动荡见奇,或以迷离称隽,着一实语,败矣。"①钱斐仲所言"若忒煞头头尾尾说来,不为合作",即沈谦所说的"实语"。秉持这一观点,她批评朱彝尊《静志居词》过于实在,缺乏朦胧之美。钱斐仲对"情"的雅正、朦胧之美的推崇,"既反映了自李清照以来,对于男性词史言情写景难避'尘下'的积习,女性词人所具有的主体反应立场,也特别表明自清代中期以来,艺术修养较高的女性词人们,对于词的内容美和品格美的自觉总结。"②

## 三、钱斐仲《雨花庵词话》的文学史意义

《雨花庵词话》在继承传统词论的基础上,敢于对当下词坛积弊、既定词论进行揭露和反驳,其文学史意义主要体现在:

1. 揭示清中叶特别是乾嘉道年间社会文化的转型

清中叶后,尽管社会中还存在阻挠女性创作的落后势力,但清代女性创作的繁荣景象势不可挡,出现文坛巾帼群体。大部分闺秀依仗家族的财力与藏书之盛,接受文化熏陶,继而进行创作;精英阶层的部分家庭,也以家有才女为为家族增光的资本,袁枚、陈文述等男性文人还招收女弟子,鼓励女性创作;此外,随着出版行业的发展,男性文人编撰了大量的女性作品总集和别集,例如《随园女弟子诗集》、《碧城仙馆女弟子诗》、汪启淑《撷芳集》等,女性文学作品得到更好的保存和传播。总体而言,较之前代,社会给予女性绝无仅有的包容姿态,在"女子无才便是德"的道德桎梏中,为女性开辟了通道,尽管过程迂回曲折,但总体的社会文化环境是较为宽容的。这宽宥的社会环境为钱斐仲"工诗善画"、"专力于词"等文化修养的塑造提供了必

---

① 沈谦《填词杂说》,《词话丛编》,第 633 页。
② 邓红梅《女性词史》,第 377 页。

需的前提条件。

2. 表现女性创作的自觉和女性对文学理论进行系统阐述的尝试

尽管部分女性仍囿于"内言不出阃"的祖训，但女性因创作所引起的"才名追求"更为明显，女性创作更为自觉。乾嘉时期的骆绮兰通过拜袁枚、王文治、王昶等名人为师、邀请公卿贵族为之题词或题画、与男女文人交游唱和等途径，自觉提高声名。更重要的是，社会对女性教育的宽容，促进女性编撰意识和理论总结意识的萌芽和提升，汪端编《明三十家诗选》，恽珠辑《国朝闺秀正始集》、《国朝闺秀正始续集》，即为表现之一。此外，女性也尝试以诗话的形式阐释文学观点，熊琏撰《澹仙诗话》，与钱斐仲同时代的沈善宝编《名媛诗话》，女性的批评意识和理论主张得到或隐或显地体现。"嘉道年间的女性诗学走向成熟，成为清代女性批评的全盛时期。"①这一氛围也为钱斐仲《雨花庵词话》的产生奠定了现实基础。《雨花庵词话》短小精悍，但却不同于沈善宝等人零散式的点评，而是更加符合清代文学理论集大成的现状，更具思辨性和系统系。尤为突出的是，熊琏、沈善宝等女性更倾向于诗评或者诗词混评，而《雨花庵词话》以词论为主，有的放矢。

3. 反映了清中叶后女性追求个性的觉醒

钱斐仲《雨花庵词话》是继李清照《词论》后中国古代现存的女性词学批评作品，它具有鲜明的词学主张和个人情感，对词坛上陈陈相因的词论进行批驳，敢于指出清代浙西词派领袖朱彝尊的词论弊端，否定权威，具有较强的反思能力和自我意识，尽管篇幅短小，羽翼尚不丰满，但亦是女性词学批评史上的进步。

邓红梅的《女性词史》高度概括《雨花庵词话》对当时词坛的意义："第一，她对自明代而下好改旧词调为新名的词坛流风不满，以为无所增益，徒乱人眼目；第二，她对万树《词律》设韵太宽和强作解事

---

① 聂欣晗《清嘉道年间女性的诗学研究》，世界图书出版公司，2012年，第31页。

不满;第三,她对浙派大师朱彝尊咏物词堆垛故实,不能运化无迹不满,对他言情词叙情头尾周详、能尽不能留的毛病也表示遗憾。"①钱斐仲语言直白、犀利、大胆,连她的丈夫也为之捏汗。戚士元《雨花庵词话跋》云:"余既刊其词稿,复检得词话一种,附录卷末。……右十二条中,未免持论有偏执处,恐不为填词家所许。"②对此,严迪昌评曰:"她的丈夫戚士元……倒显得未免冬烘头巾味太浓。"③他认为钱斐仲"'不习铅华',力求摆落脂粉气,应该不简单化地视为只是服饰美容方面的细节,是漫长的封建礼法束缚下的妇女有所新追求的某种征兆。不徒以容颜悦人,与不甘于人身依附,在那个时代里有一定的深层联系"④。他对钱斐仲的总结性的评论,代表了女性发展历程中的进步,即身为女性,在漫长的男性话语权统治的"词艺上放胆而言","透出了女作家们开始在个性追求、自我表现方面大跨一步的信息的"⑤。

# 四、余论

钱斐仲主要生活于嘉道咸年间,而早在嘉庆二年(1797),张惠言已经编成《词选》,标志常州词派的兴起。从地理位置来说,秀水与嘉兴相距不远,在常州词派主盟词坛的情况下,钱斐仲论词仍以浙西词派为宗,是因朱彝尊与其同为秀水人而亲缘的关系,还是为家学所致?钱斐仲词学渊源为何?限于目前有限的存现资料,此问题还待进一步研究。

钱斐仲的词学思想是在对前人的批判和继承上形成的,她论词奉姜张词为圭臬,其词论多遵循张炎的《词源》,并有所发挥,钱斐仲论词以"清"、"雅"为主,提倡严守词律、造语表意精炼,提倡情感表达要迷离惝恍,使用典故要浑化无迹。在这一理论指导下,她通过对柳

---

① 邓红梅《女性词史》,第 367 页。
② 戚士元《雨花庵词话跋》,《雨花庵词话》,同治七年刻本。
③⑤ 严迪昌《清词史》,第 560 页。
④ 严迪昌《清词史》,第 560—561 页。

永、苏轼、朱彝尊、厉鹗等人的褒贬来完成词学思想的构建。她批判柳永词低俗、词曲不分、表意重复、重立言轻不立意等弊端,对于继承和发扬张炎词学理论主张的朱彝尊、厉鹗,钱斐仲具有较为宏通的批评精神,她敢于指出朱彝尊用典堆砌、情感表达过于直白的缺点,否认朱彝尊自言"倚新声、玉田差近"的说法。尽管她强调严守词律,但又具有灵活的词学观念,即在创作佳句的过程中可以适当放宽条件,为此,她批判朱彝尊对苏轼《念奴娇·赤壁怀古》的评价。对于契合张炎词学主张、融入"清"、"正"等思想以完善浙派词学主张的厉鹗,钱斐仲奉为"本朝第一"。对于柳永词,因与其信奉的"清"、"雅"相离甚远,且因柳永"薄于德行"等因素,即使是词史上给予高度评价的作品,钱斐仲亦全盘否定,这是她过于主观的缘故,亦是其词学思想的短板与不足。

（华东师范大学　广西科技大学）

# 论包荣翰对陈廷焯词学的
# 继承与背离

## 张海涛

**内容摘要**：包荣翰是晚清著名词学家陈廷焯的外甥暨学生，可谓陈氏词学唯一嫡系传人。他在理论上推本《风》、《骚》，鼓吹"沉郁"，崇尚苏、辛，体现出对陈氏词学观念的继承。而在具体创作上，包荣翰填写了大量艳词、叫嚣词以及应酬无聊的作品，违背了陈廷焯"作词之法，首贵沉郁"的创作宗旨。他也有一些实践"沉郁说"的作品，但往往徒具比兴之貌，缺乏忠爱之情，这就与陈氏词学的精神内核相背离。通过考察包荣翰对陈廷焯词学的接受情况，我们一方面能够看出陈氏词学存在着实践困境，另一方面可以得知师弟承传在陈廷焯词学传衍过程中所起到的作用十分有限。

**关键词**：包荣翰；陈廷焯；沉郁说

# A Comment on the Bao Ronghan's Inheritance and Deviation to Chen Tingzhuo's Ci-poetry Theory

## Zhang Haitao

**Abstract**：Bao Ronghan was Chen Tingzhuo's nephew and disciple. Chen was a famous theory critic in late Qing Dynasty and Bao was only a descendant of his ci-poetry. In theory Bao took *Guo Feng* and *Li Sao* as the basis，advocated "Chen Yu"，praised highly Su Shi and Xin Qiji's Ci which reflects his inheritance to Chen's Ci-poetry concept. In the aspect of creation Bao wrote a lot of amorous Ci，rough Ci and humdrum ones which disobeyed Chen's creative purposes. He also had some works that practiced theory of "Chen Yu" but they were seemingly harmonious against the spiritual essence of Chen's Ci-poetry. By examining Bao Ronghan's reception to Chen Tingzhuo's Ci-poetry we can see that Chen's Ci-poetry is hard to be practice，and inheritance from elders played a minor role in the course of Chen's Ci-poetry spread.

**Keywords**：Bao Ronghan；Chen Tingzhuo；theory of "Chen Yu"

　　陈廷焯是晚清重要的词学家。从 19 世纪末至今,学界关于他的研究成果非常丰富。一般来说,专人研究除了聚焦本人外,还应上探其源,下察其流。就陈廷焯词学而言,现有研究主要集中在其词学本身及理论渊源方面,对其词学的流播、传衍较少关注。① 因此,本文选取陈廷焯弟子包荣翰这一视角,借以管窥陈氏词学在后世的接受情况。

　　包荣翰(1863—1927),字素人,一作树人。原籍镇江丹徒,寓居

---

　　① 陈廷焯词学的研究状况,详参拙文《陈廷焯研究综述》,《中国韵文学刊》,2016 年第 1 期。

扬州。晚清岁贡生①。他早年生活在扬州,中年后常在外奔波,辗转于芜湖、安庆以及江浙一带。包荣翰是清末民初扬州著名文学团体冶春后社的成员②,有诗词文传世③。词集名《包素人词集》④,包括《醉眠芳草诗余》、《红灯白纻词》和《倚盾鼻词草》。《醉眠芳草诗余》所收多清雅和婉之作,凡144首。《红灯白纻词》所录乃男欢女爱、旖旎多情的艳词,计98首,另附其妻李氏寄外词1首。至于《倚盾鼻词草》,则多激昂慷慨之篇,凡122首。经统计,三部词集总共存词364首,采用多达115种词牌。包荣翰填词作品多,择调广,反映出他对倚声之道的浸淫与熟稔,而其词学导师便是陈廷焯。

## 一、理论的继承

包荣翰是陈廷焯的外甥暨学生。在诸多及门弟子中,绝大多数人仅从陈廷焯习举子之业,惟有包荣翰一并继承了陈氏的词学。

陈廷焯去世后两年,在陈父铁峰先生的指导下,包荣翰与同学许正诗、许棠诗、王宗炎、陈兆煌、陈凤章诸人一起整理出版了《白雨斋词话》、《白雨斋词存》、《白雨斋诗钞》⑤。今《词存》和《诗钞》中均有署名"受业甥包荣翰"的评语。与其他门人子侄辈不同,包荣翰的评语不仅数量最多(《词存》13条,《诗钞》3条),而且基本出于自己之手。以《白雨斋词存》中的13条评语为例,仅有评〔菩萨蛮〕二首为隐括陈氏的自评,其余皆为包氏自撰。这与他人大量割裂、概括陈廷焯自评

---

① 张玉藻、翁有成修,高觐昌等纂《民国续丹徒县志》,《中国地方志集成·江苏府县志辑30》,江苏古籍出版社,1991年,第623页。

② 董玉书《芜城怀旧录》附有《冶春后社人名表》,包荣翰在列。

③ 诗有《断肠诗一百首》,华东师范大学图书馆藏民国铅印本。又有《水云轩诗钞》、《遗砚斋诗存》以及集外诗若干,天津图书馆藏民国间抄本。文仅存《祭落花文》、《顺受篇》、《刘母周太夫人开七寿序》三篇,皆见于天津图书馆所藏抄本。

④ 南开大学图书馆藏民国间抄本,本文所引包氏词作即据此。

⑤ 《白雨斋词存》、《白雨斋诗钞》是陈廷焯诗词集,附于光绪二十年刻本《白雨斋词话》后。《白雨斋词存》录词46首,词后多有评语,署名者有王夔立、包荣翰、王耕心、王宗炎、许正诗、陈兆煌、陈凤章、许棠诗等。《白雨斋诗钞》录诗82首,后缀评语,主要出自高寿昌,间有包荣翰、王耕心之言。

而据为己有的现象形成了鲜明的对比。可见包荣翰于倚声一道绝非外行，而是深有体会的。在《白雨斋词话跋》中，包荣翰深情回忆起陈廷焯传授他词学的经过：

> 荣翰自束发受业于亦峰舅氏，亲承指受者有年。乙亥岁，补弟子员，旋食廪饩。舅氏喜荣为可造，由是举业外，兼课诗词杂艺，时得闻其绪论。①

乙亥为光绪元年(1875)，13岁的包荣翰成为一名廪生，当时陈廷焯也只有23岁。陈氏认为包氏天资聪颖，学有余力，故除辅导其举子业外，还给他开设了一些诗词杂艺的"选修课"。就是从那时起，陈廷焯开始亲授包荣翰学词。而从现存包氏的词论来看，他也绝对称得上是陈氏词学的嫡传。理由有四：

其一，包荣翰准确把握住陈廷焯词学的本原并倍加推崇。他评《白雨斋词话》说："一本温柔敦厚，以上溯《国风》、《离骚》之旨，可谓发前人之所未发，俾后学奉为圭臬，卓卓乎词学之正宗矣。"②本诸《风》、《骚》，温厚为体，这是陈廷焯后期词学的理论基石。包氏深明此意并大力鼓吹，可见对陈氏词学的准确理解和强烈认同。其《题绣春馆词》一诗也说："风骚根底压南唐，北海琴樽共一囊。"③包氏以"风骚根底"赞许李丙荣词，益见他在词学本原上与陈廷焯的一脉相承。

其二，包荣翰大量运用陈廷焯词学的核心范畴评论词作。如评陈氏《水调歌头》三首："右调三章，沉郁忠厚，一往情深，却是有感而发。"④即以"沉郁"、"忠厚"立论。再如评陈氏《买陂塘》："感时伤世，意苦思深，有欲言难言之隐，所以为深，所以为厚。"⑤又评其《蝶恋花》

---

①② 包荣翰《白雨斋词话跋》，陈廷焯撰，孙克强主编，孙克强等辑校《白雨斋词话全编》，中华书局，2013年，第1341页。

③ 集外诗，见天津图书馆藏民间抄本。

④ 陈廷焯《白雨斋词存》，《清代诗文集汇编》第777册，上海古籍出版社，2010年，第45页。

⑤ 《白雨斋词存》，《清代诗文集汇编》第777册，第46页。

四章云:"气味深厚,耐人咀嚼。"①即以"深厚"评词。"沉郁"、"忠厚"、"深厚"等皆为陈廷焯词学的核心范畴。包荣翰以之评价陈氏词作,虽有溢美之嫌,但可看出他对陈廷焯词学的深刻接受。

其三,在推举词人上包荣翰与陈廷焯保持一致。包氏《挽李亚白先生》其三云:"再拜读公词,苏辛得真气。"(《水云轩诗钞》)可知苏、辛词在包荣翰心中具有崇高的地位。又其《城南行》云:"城南有处士,自名邋遢子。……默探文字灵,直抉丹青秘。词效苏与辛,诗学杜与李。"(《遗砚斋诗存》)包氏就住在扬州城南卸甲桥,所谓城南处士显然是"夫子自道"。"词效苏与辛"直接表明他对苏、辛词的无上推崇。而东坡、稼轩正是陈廷焯词学中的典范作家。《白雨斋词话》卷八说:"苏、辛自是正声,人苦学不到耳。"②很明显,包氏推崇苏、辛乃陈氏之师法。

其四,陈廷焯生前即认为包荣翰得其词学真谛。包荣翰回忆说:"曾记昔时舅氏以近作四章邮寄见示,证词境之一变,至今思之,犹觉泫然。"③可知陈氏改投常派后,曾将自己的新作寄给包氏看,那么包氏是如何理解的呢?《白雨斋词话》中恰好有一例子,陈廷焯录出己作后同时附有包荣翰的评语:

> 词云:"采采芙蓉秋已暮。一夜西风,吹折江头树。欲寄相思怜尺素,雁声凄断衡阳浦。　　赠我明珠还记否。试拨鹍弦,更欲从君诉。蝶雨梨云浑莫据,梦魂长绕南塘路。"余甥包荣翰云:"采采芙蓉,日暮途远之感。西风折树,言所如辄阻也。欲寄相思,情不能忘。雁声凄断,书无可达。明珠忆赠,旧事关心。鹍弦更诉,不忍薄待其人。雨云无据,明知诉必无功。梦魂长绕,意虽不达,情总不断也。可以观,可以怨,郁之至,厚之至,词至是,乃蔑以加矣。"④

---

①③　《白雨斋词存》,《清代诗文集汇编》第 777 册,第 50 页。

②　《白雨斋词话》卷八,《白雨斋词话全编》,第 1300 页。

④　《白雨斋词话》卷六,《白雨斋词话全编》,第 1259—1260 页。

陈氏此《蝶恋花》词,乃是其"沉郁说"的一次创作实践。通篇用"写怨夫思妇之怀,寓孽子孤臣之感"①的比兴模式,以寄托自己怀才不遇却忠爱不渝的感情。包荣翰深谙陈廷焯词心,并未将此词等闲视作艳体,而是逐句探得其托意所在。特别是"可以观,可以怨,郁之至,厚之至"的评价,完全抓住了"沉郁说"的怨慕之情、比兴之笔、忠厚之旨这三大要素。陈氏表面上对包氏评论未置可否,但实有首肯与赞许。显然,在陈廷焯看来,包荣翰已经领悟到"沉郁说"的精髓。

正如清末词人林葆恒所云:"素人为陈廷焯之甥,从廷焯学词,颇有心得。"②包荣翰继承了陈廷焯的词学观念,可谓"沉郁说"的嫡系传人。不过,这仅仅局限在理论的层面。

## 二、创作的背离

区分正变是陈廷焯词学的一个基本观念。所谓词中正声,就是"沉郁",要以比兴的方式寄托忠爱的感情。除此之外皆属变体、别调。为了接续张惠言、庄棫的"复古"使命,陈廷焯规定只能填写正声,不得染指变体。包荣翰虽然得到陈氏词学真传,却严重违背了这一创作宗旨。

《白雨斋词话》卷一云:"作词之法,首贵沉郁。"③又说:"词则舍沉郁之外,更无以为词。"④陈廷焯在创作上专主"沉郁",排斥所有其他类型的作品。身为陈氏词学的嫡传,包荣翰自然深谙此意。可是纵览包氏词集,我们发现他非但没有严格践行此说,反而写了不少为陈廷焯所深恶的淫词、鄙词和游词。

首先来看艳词,包荣翰自谓:"我亦当年狂杜牧,算三生、花月情犹寄。"⑤包氏钟情于风花雪月,屡屡将美女与爱情写入词中,以至哀

① 《白雨斋词话》卷一,《白雨斋词话全编》,第 1165 页。
② 林葆恒编,张璋整理《词综补遗》,上海古籍出版社,2005 年,第 1134 页。
③④ 《白雨斋词话》卷一,《白雨斋词话全编》,第 1164 页。
⑤ 《金缕曲·竹西怀古八章·廿四桥》,见《倚盾鼻词草》卷上。

为专集。按照陈氏对艳词的分类①，包氏的艳词既言情，又体物，可谓诸种皆备。如言情类闺襜之作中，《浣溪沙·闺夜四首》为凭空泛设。而《满江红·车中书所见二首》，乃是其艳遇的一次记录，带有实指的意味。再如赠妓词，则有《菩萨蛮·庚寅春二月寓让卿弟处观歌姬演夜剧》与《浪淘沙·过浔阳里有感》。至于体物类艳词，更是蔚然大观。我们知道，以《沁园春》一调题咏女性身体各个部位，乃是体物类艳词的经典模式。包荣翰沿袭了这一套路，但在选题上化实为虚，分咏"美人睡"、"美人忆"、"美人浴"和"美人叹"，以达到推陈出新的目的。与直接咏美相比，包荣翰更加偏好描摹女性用品或与女性相关的事物。如以《东坡引》咏湘帘、藤枕、凉蓆、裙带、牙梳、红抹胸、铜锁、手帕、绣鞋、粉幞、帐钩，以《蝶恋花》咏照衣镜、梳妆台、靧面盆、画眉笔、刷牙粉、梳头油、铜手炉、聚头扇，以《南歌子》咏虾须帘、龙涎香、蝉翼笺、守宫砂，等等。总的来说，包氏虽难比董以宁、朱彝尊等前辈刻画之精微、传情之风趣，但他挖空心思结撰新题，也在一定程度上拓宽了体物类艳词的题材范围。包荣翰大量创作艳词，这已经是对师说的违背，更何况他还有一些轻薄乃至淫邪的描写。如《偷声木兰花》写一闺秀，有"媚眼惺忪。斜睬檀郎一笑中"②之句。毫无端庄闺秀的仪态，正是陈廷焯痛斥的"将婉娈风流，写成轻薄不堪女子"③一路。而像"好梦初回罗帐里，香肌亲贴枕函边。莫教辜负已凉天"④这样的句子，更是丽而淫矣，已然近乎淫词了。

其次来看豪放之作。张之纯序包荣翰词集云："昔吾家其锦氏曰：词有两派，一以豪迈为主，一以清空为主。读《倚盾鼻词草》，何其豪迈也！"豪迈正是《倚盾鼻词草》的主导风格。我们说，陈廷焯肯

---

① 陈廷焯将艳词分为言情和体物两大类。言情类再分为闺襜之作和赠妓之作。闺襜之作又分为泛设和实指。拙文《陈廷焯的艳词理论及其在词学史上的意义》对此有详论，发表于《中国韵文学刊》2017 年第 4 期。

② 《偷声木兰花》(困人天气浓于酒)，见《红灯白纻词》卷上。

③ 《白雨斋词话》卷六，《白雨斋词话全编》，第 1261 页。

④ 《浣溪沙》(小立芳阶倦未眠)，见《红灯白纻词》卷上。

定稼轩词那样纳"沉郁"于豪放之中,反对直截道破、一览无余的作品。而包氏的豪放词恰恰主要是后者。且看这首《稍遍·庚子秋,送李芷仙归安丰。时有言津沽已复者,疑信交并,感而赋此》:

> 满地干戈,君向何归,拔剑为君舞。叹乾坤、到处是疮痍。萧萧蛮烟瘴雨,闻说到、三军横飞血肉。而今以战为儿戏。又说到岩疆,蓦然失守,北望欷歔而已。千里万里羽书驰。听鼙鼓无声声又起。虎豹当关,腥风怒卷,獶人以噬。
>
> 叹无定河边,黄沙满目成邱垒。洒遍征夫泪。梦魂惊春闺里。引领望天涯,其存其没,妻孥儿女谁为语。想汉将营前,胡笳互动,呜咽陇头寒水。况兵家胜败本无常,算未必江淮可宴安,又时闻烽烟起矣。和戎更非良策,只仰天浩叹。掀髯怒叱椎床,大叫拍手,高谈吾志。吾将老矣事糟邱。亦人生不得已耳。(《倚盾鼻词草》卷上)

此词背景为光绪庚子年(1900)八国联军入侵北京,慈禧太后带着光绪帝仓皇西狩,神州大地烽烟弥漫。包氏以送别友人起兴,抒发自己对于时局的悲愤。他特意选用《稍遍》这一慢词长调,将中原干戈、边疆失守、江淮不保、和议难成等情事一一道来。结尾处"掀髯怒叱椎床,大叫拍手,高谈吾志"几句更是怒发冲冠、击碎唾壶,不留丝毫余地。全词纯用赋笔直书,乃是典型的慷慨发越之作。《白雨斋词话》说:"赵以夫《龙山会·九日》云:'西北最关情,漫遥指、东徐南楚。黯销魂,斜阳冉冉,雁声悲苦。'感时之作,但说得太显,不耐寻味,金氏所谓鄙词也。"[①]《龙山会》与《稍遍》均为感时伤事,论浅显程度,后者更是有过之而无不及。赵词若为鄙词,则包词无疑是鄙词之极者。

最后来看咏物词。包荣翰说:"日日诗狂兼酒渴,辟芳园、爱植花如绣。"[②]包氏在扬州城南有一别墅——半亩园,手植花木其间[③]。他

---

① 《白雨斋词话》卷十,《白雨斋词话全编》,第 1327—1328 页。
② 《金缕曲·谢〈断肠诗〉诸公和作》,见《倚盾鼻词草》卷下。
③ 《念奴娇》(小园半亩)词序,见《醉眠芳草诗余》卷下。

喜爱花草,客居他乡时,每每剪取数枝作小窗清供,以慰孤寂。故集中咏花草旁及禽鸟者颇多。其中固有因花起兴、睹物思人的寄情之篇,然亦不乏辞胜于情的作品。如《醉眠芳草诗余》卷下接连有《解语花·菜花》、《陌上花·芦花》、《东风第一枝·藕花》、《沁园春·李花》,争奇斗巧之意十分明显。又《疏影·咏白燕》词序云:"此题于诗词集中屡见之,终嫌空泛。因拈此题,填《疏影》调,较前人稍加点缀耳。"(《醉眠芳草诗余》卷下)更直接道出点缀修饰以求胜于人的创作目的。而陈氏认为:"咏物词不得呆写正面,纵极工巧,终无关于兴、观、群、怨之旨。"①包词咏物正犯此弊。除咏物词外,包氏的"辞极其工,意极其巧"②,还体现在他的和韵词与回文词。陈廷焯说:"回文、集句、叠韵之类,皆是词中下乘。有志于古者,断不可以此居奇。"③坚决排斥这类文字游戏。并特别强调:"最下莫如回文,断不可效尤也。"④而包荣翰不仅有"和胡壶山词九首用原调"这样的叠韵之作,而且还创作了《菩萨蛮·回纹体二首》。总之,包氏集中应酬无聊的作品不在少数,这显然与本诸性情的陈氏词学背道而驰。

包荣翰填写了大量陈廷焯所谓的变体别调乃至词中下乘,表现出对师说的强烈背离。但需要注意的是,包氏并未完全放弃正声的创作,其词集中不乏着意效法"沉郁"的作品。

## 三、在继承中背离——包荣翰的"沉郁说"实践

包荣翰填词取径较宽,既填写了许多变体、别调,又试图将"沉郁说"付诸实践。重要的是,他的确具备创作"沉郁"之词的主客观条件。

与陈廷焯类似,包荣翰也是一个满怀忠爱的士人。他在《顺受篇》中说:"死之中有生理者,虽死不得谓之死,死或愈于生。所谓忠

---

① 《词则辑评·大雅集》卷六,《白雨斋词话全编》,第792页。
② 《别调集序》,《白雨斋词话全编》,第1023页。
③④ 《白雨斋词话》卷七,《白雨斋词话全编》,第1271页。

臣烈士,孝子慈孙,贞夫节妇是也。"在包氏的头脑中,"君君,臣臣,父父,子子"的伦理纲常仍然根深蒂固。除了本性忠爱外,他的人生遭逢也是最适合"沉郁"意境生发的土壤。包荣翰很早便成为清朝廪生,但在功名上却始终未能更进一步。中年后奔走他乡,身世之飘零怅触于怀。加之他所生活的清末民初,乃是一个战火频仍、天下鼎革的时代。其词集中就记录有 1900 年八国联军侵华战争、1908 年 11 月安庆马炮营起义、1911 至 1912 年的辛亥革命、1915 年的袁世凯称帝以及由此引发的讨袁战争。感伤时事俨然成为包词的一大主题。包荣翰既有忠爱之心,又有足以激发、承载这份忠爱的身世之感和家国之悲,可谓完全具备"沉郁"的创作基础。接下来我们就看一看他有合于"沉郁说"的作品——《虞美人》:

> 千回百转相思字。梦也无从记。愁痕和泪上眉弯。忍向万花深处看春山。　　暮云直隔三千里。尺素无双鲤。水晶帘外月初斜。莫对断肠时节怨年华。(《醉眠芳草诗余》卷上)

此词编排在《多丽·鸠江即景》之后,可知作于芜湖。通篇代言,出以女子口吻。千回百转,更无好梦,则相思之深;万花开遍,泪眼忍看,则哀愁之至;暮云遥隔,锦书难托,则情不能达;水晶帘外,玲珑望月,则终无怨怼。表面上看,该词就是写女子伤春怀人。而包荣翰置诸《醉眠芳草诗余》而非《红灯白纻词》,可知不当作艳词看。时包氏已届中年,复初至芜湖。不遇之感与飘零之愁交织在一起,胥于词中发之,而采用的乃是以男女喻君臣的比兴手法。词中曰"愁痕和泪",曰"梦也无从记",是其哀怨之处;而"相思字""莫对断肠时节怨年华",又归诸思慕之意。包氏此词怨慕幽思,归于忠厚,与上文所引陈氏《蝶恋花》同一机杼,也达到"沉郁"的境界。而"千回百转"、"万花深处"、"三千里"云云,力量极大,感情极深,在艺术感染力方面犹有出蓝之胜。

　　这首《虞美人》是包荣翰对"沉郁"最为完美的诠释,堪称形神俱似。然而,这也是仅有的一次。随着时间的推移,包氏的心态发生了变化,他的"沉郁说"实践也走入貌合神离的境地。如《醉眠芳草诗余》卷下的一组联章词《调笑转踏》,当写于辛亥年(1911)秋,距《虞美人》之作已经过去了五年。词有小序:

> 盖闻荃兰芳草,歌灵均讬讽之辞;云雨巫山,咏宋玉寓言之赋。写中年之哀乐,丝竹皆悲;讬素志于帷房,梦魂长绕。予生也晚,恨不逢时。酒阑人散之余,夜雨秋灯之夕。爱赋小词八章,不过效平子工愁,悲徐娘易老云尔。

包氏回顾了《楚辞》香草美人的寄托传统,明确表示自己这八首词也是"讬素志于帷房",即规模"沉郁说"。对于这组词,我们无暇逐句分析,仅概述其各章大意。首章女子深居幽闺,懵懂无知;次章女子内美修能,倾城倾国;三章女子情窦初开;四章男女定情;五章男女离别;六章女子相思年年,颜色憔悴;七章郎心难测,女子悔却当时;八章美人迟暮,徒留懊恼。通过叙写一个天生丽质的女子被意中人抛却以至孤独终老,包氏寄寓了自己的怀才不遇之感。乍一看,这与《虞美人》如出一辙。然而细细体味,两者间有个非常重要的区别。《虞美人》结以"莫对断肠时节怨年华",即终是爱君,是为忠厚,是为沉郁。而《调笑转踏》末两章曰"悔却当时轻诺",曰"都是一番懊恼",落脚在悔恨与怨怼。如此一来,怨恨之情就盖过了思慕之意。词中忠爱缠绵的因素一旦弱化,则"沉郁"的程度就会大打折扣。之所以会出现这种变化,归根结底在于包荣翰的心态。前文已经说过,包荣翰原本是满怀忠爱的。纵使面对京城陷落、皇帝西逃的庚子事变,他对清王朝仍有"王孙此行慎勿忘,会当收京还帝乡"[①]的期待和"二百年来世业,定看驱除犲虎,遍地种桃花"[②]的信心。而接下来的十年,国难益深,国是日非。包荣翰眼中的时局从"乾坤正多事"[③],变为"世

---

① 《哀王孙·庚子九月作》,见《水云轩诗钞》。

② 《水调歌头·自义和团之变,燕云失守,江淮戒严,感而赋此》,见《倚盾鼻词草》卷上。

③ 《秋怀》其二,见《水云轩诗钞》。

事而今已乱丝"①，直至"况今大陆世界已沉沦"②，可谓每况愈下。身处"乾坤已破金瓯缺"③，包荣翰不仅才华难施、碌碌终老，而且"苟全性命乱世里。可容吾、安处庐里"④，连最基本的生存权利都时时受到威胁。正如《调笑转踏》序所说："予生也晚，恨不逢时。"对于这个时代，他心存怨恨；对于这个时代的统治者——"君"，他也不再抱有任何幻想。因此，与《虞美人》相比，《调笑转踏》"怨"多而"慕"少，"沉郁"之意远不及前者。

写于 1912 年春的《渡江云·壬子春日登金山妙高台》同样是一首徒有其表的"沉郁"之作。时清帝退位，民国成立。在江山易主的巨变下，包荣翰登上镇江金山寺妙高台，凭栏远眺，感慨万千，写下这首词：

> 江山刚梦醒，倚栏吊古，尘海变沧桑。抚高台百尺，烟水萧萧，北望暮云长。芦沙渔鼓，风景换、多少凄凉。只剩得、一襟遗恨，搔首问穹苍。　　心伤。飘萍贴水，断梗随风，叹浮踪飘荡。遮莫是、愁添平子，鬓减潘郎。桃花燕子皆无恙，对东风、说甚兴亡。登临望，高城一片斜阳。（《倚盾鼻词草》卷下）

江山梦醒，点出春天之节序。而变化的不仅是四时之景，更有人事的沧海桑田，此观"尘海"句可知。"北望暮云长"，隐然暗指京城故国。冬去春来，原本令人欣喜，却云"风景换、多少凄凉"，则是愁人眼中景象。"只剩得"三句，与《诗经·王风·黍离》"悠悠苍天，此何人哉"同一感慨，故国之思蔼然言外。下片自伤老大漂泊，"桃花燕子"三句再回挽兴亡之感。结以高城斜阳，此中有多少无奈、多少惋惜。包氏这首词运用比兴以及欲语复咽的手法将对于满清王朝的一丝怀恋含蓄深沉地表达出来。其《和杨毅人书怀》其二云："王粲登楼悲故国，中

---

① 《戊申暮秋登大观亭谒余忠宣公墓寄怀放歌》，见《水云轩诗钞》。
② 《借张剑虹游留园》，见《水云轩诗钞》。
③ 《贺新郎·书感》，见《倚盾鼻词草》卷上。
④ 《西河·用王潜斋韵》，见《倚盾鼻词草》卷上。

仙感世寄新词。"(《遗砚斋诗存》)显然,包荣翰以感伤时事、沉郁忠厚的碧山词自拟。事实上,包词与王词不可同日而语。王沂孙对南宋的忠爱,可谓一往情深、矢志不渝。包荣翰则不同,此时此刻的他对清廷、国君的忠爱已经十分有限了。同一年,包荣翰作有《挽李吟白先生绝句十二首》,末一首自注:"先生常与予言,我等皆亡国遗民。"(《水云轩诗钞》)李吟白自许为遗民,那包荣翰呢?包氏《探春慢·壬子除夕》自注云:"国步方移,指辛亥光复,宣统退位,改建共和。"(《醉眠芳草诗余》卷下)以"光复"指称辛亥革命,这足以见出他对共和制的拥护。当清朝成为历史,包荣翰只不过本能地发出一声悼叹,内心更多的是一份同情,而非遗民泣血般的忠贞。故同是感时伤事出之以"沉郁",王沂孙词与包词的深浅厚薄有着天壤之别。当包荣翰失去"忠君爱国"这一《风》、《骚》根柢,那么所谓的"沉郁"便成为比兴的空壳。他表面上步趋"沉郁说",实际已与陈廷焯词学的精神内核渐行渐远。

从包荣翰主观角度上讲,《虞美人》、《调笑转踏》、《渡江云》皆是他对"沉郁说"的自觉践行。而事实上,他在继承中走向对陈氏词学的背离,尽管这种背离连他自己都没有意识到。这或许正应了陈廷焯那句话:"沉郁二字,不可强求也。"[1]

## 四、结语

包荣翰是陈廷焯的嫡传弟子,对以"沉郁说"为代表的陈氏词学有着准确的认识和细腻的体悟。考察他对于陈氏词学的接受,虽属个案,却具有一定的代表性。通过前文论述,我们可以得出以下两点结论:第一,陈廷焯词学存在着实践困境。陈氏提出正变观与"沉郁说",他自己的词作"所存不过己卯后数十阕,大旨归于忠厚,不敢有背《风》、《骚》之旨"[2],力求将理论与实践统一起来。而《别调集序》

---

① 《白雨斋词话》卷四,《白雨斋词话全编》,第 1229 页。
② 《白雨斋词话》卷六,《白雨斋词话全编》,第 1255 页。

云："人情不能无所寄，而又不能使天下同出一途。大雅不多见，而繁声于是乎作矣。"①词史的经验告诉陈廷焯，将所有人的创作都引入"沉郁"一路是不现实的，或者说是非常困难的。包荣翰大量填写变体别调，正是这种困难的体现。即使包氏有心按照"沉郁说"进行创作，也会受制于性情的变化而有真伪厚薄之别，这已经不是理论、技巧所能解决的问题。此乃陈氏词学的又一实践困境。第二，师弟承传对陈廷焯词学的后世流播作用有限。所谓听其言而观其行，与词论相比，词作更能反映一个人的真实想法。在包荣翰的词学思想中，我们可以清楚地看到陈廷焯词学的浓重痕迹。但关键在于，包氏并不愿拘囿于"沉郁说"的条框，去完成陈氏的"复古"大业。词体在他心中仍是一种随心所欲的文学体裁。从这个意义上讲，包荣翰与陈廷焯词学是"离"大于"合"的。这或许可以解释为什么现存包氏诗、词、文中，没有任何关于陈廷焯的记述。可以说，除了早年刊行《白雨斋词话》，评点《白雨斋词存》外，包荣翰再未对陈廷焯词学做进一步的传播和阐发。因此，与晚近其他词学名家相比，"师承"在陈廷焯词学传衍过程中所起到的作用实在是太小了。

（天津中医药大学文化与健康传播学院）

---

① 《别调集序》，《白雨斋词话全编》，第1023页。

# 疾病诗学与金逸的诗意书写<sup>*</sup>

## 赵厚均　万一方

**内容摘要**：疾病是人体难以避免的生理反应，却给人带来丰富的情感体验，在《诗经》中就已进入诗人的视野。经由汉魏六朝的发展，疾病书写日趋普遍，并形成了"生命的升华"和"生命的贬值"之诗学二柄，成为诗歌的重要主题。明清时期，闺秀因文学创作的兴盛，也涉足疾病书写，金逸是其间较为突出的一位。她体弱善病，曾真切感受到疾病带来的痛苦，身体消瘦、畏寒、生活起居不便、生活计划被改变等种种情形在诗歌中都得以呈现；面对疾病，诗人也并不是一味地抱怨和退缩，沉浸在痛苦之中，而是用敏感和细腻的心灵去观照身边的一切，笔下也因之情灵摇荡，展现其独特的诗思。

**关键词**：疾病；二柄诗学；金逸；性灵

* 本文为国家社科基金青年项目"历代女性总集叙录及文献整理"（13CZW052）中期成果。

# Disease Poetics and Jin Yi's Poetic Writing

Zhao Houjun    Wan Yifang

**Abstract**: Disease is a physiological reaction that nobody can avoid, but it also brings rich emotional experience to the patient. It has entered the poet's the field of vision as early as in *The book of song*. Through the development from the Han to the Six Dynasties, disease writing had become more and more common, forming the poetic dualism of 'sublimation of life' and 'devaluation of life'. It had become an important theme of poetry. In Ming and Qing Dynasties, as women writing flourished, ladies also involved in disease writing, Jin Yi is one of the more prominent one. She was sick and had real feelings of illness, so she wroteall of these in her poems like weight loss, chills, inconveniences in her daily life and changes in her life plan because of disease problems. Faced with the disease, the poet did not blindly complain and retreat, immersing in the pain, but observed all around through her sensitive and delicate soul. Her poems also became emotional and showed the unique poetry from her experience.

**Keywords**: Disease; dualism of poetry; Jin Yi; spirituality

疾病作为生命历程中常有的状态,给人带来病痛甚至死亡,从而催生丰富的情感体验,这种体验往往是创作的源泉。在中国古代文学的长河中,有许多作家书写了自己的病患体验,明清时期大量闺秀作家也参与其间,金逸因其善病和多才,显得尤为突出。

## 一、疾病的书写传统

苏珊·桑塔格认为:"疾病是通过身体说出的话,是一种用来戏剧性地表达内心情状的语言：是一种自我表达。"①锐感深思的诗人们偏爱倾听这"身体说出的话"，并付诸于笔端。对疾病的书写，很早就进入文学创作的领域。在《诗经》里，曾两次提到头疼，"愿言思伯，甘心首疾"（《伯兮》），写对爱人的浓郁的思念，哪怕引起头疼也心甘情愿；"心之忧矣，疢如疾首"（《小弁》），则是写内心的忧伤，以致烦热而头疼。同一"首疾"，表达出两种矛盾的感受，犹如钱锺书先生所说的"比喻之二柄"，后世对疾病的感受也呈现出两种相反的态度。当然，在《诗经》中，这两处"首疾"并不是诗人所要描写的对象。同样，枚乘的《七发》作为汉赋的名篇，他从楚太子的疾病入手，引入吴客为其治疗疾病，铺陈音乐、饮食、车马、宫宛、田猎以及观涛等场面，最后以要言妙道令楚太子汗出而愈，疾病也只是作赋的由头。魏晋以来，这种状况有了改变，疾病已成为作家笔下正面描写的对象。刘桢《赠五官中郎将诗》其二云："余婴沉痼疾，窜身清漳滨。自夏涉玄冬，弥旷十余旬。常恐游岱宗，不复见故人。"写自己缠绵病榻半年，担忧就此物故的心理，当然，疾病在这里也还是引子，该诗主要描写的是病后与友朋的相聚以及离别之情。真正的开山之作是西晋挚虞的《疾愈赋》：

> 余体气不和，饮食渐损，旬有余日，众疾并除。馈食纤纤而日鲜，体貌廉廉而转损。校朝夕其未殊，验朔望而减本。形容消而憔悴，体质愈而狼狈。内忧深而虑远，乃量餐而度带。讲和缓之余论，寻越人之遗方。考异同以求中，稽众术而简良。会异端于妙门，乃归奇于涉壅。惟兹药之攸造，宝明中之窅坚。丸以三七为剂，服以四献为程。势终朝而始发，景未仄而身轻。食信宿而异量，体涉旬而告平。②

---

① 苏珊·桑塔格《疾病的隐喻》，程巍译，上海译文出版社，2003年，第41页。
② 《艺文类聚》卷七十五。该卷还有袁子野的《卧疾赋》、梁简文帝萧纲《卧疾诗》、《喜疾瘳诗》，刘孝威《和简文帝卧疾诗》，以及朱超道《岁晚沉疴诗》。为我们保留了早期关于疾病的作品。

此赋从因生病而减少食量导致身体消瘦、形容憔悴写起,中间集中写服药治疗的情况,最后写服药获奇效:"势终朝而始发,景未仄而身轻。食信宿而异量,体涉旬而告平。"由于《艺文类聚》选录文章和赋作往往是节选,此赋或许并非全文。即便如此,该赋描述了生病、治病到病愈的整个过程,是目前所知的对疾病主题正面描写的最早篇章。梁代裴子野有《卧疾赋》:"旅闺禁以永久,迫衰老而殷忧,无筋力以为礼,聊卧疾以来休。是时冻雨洒尘,凉阴满室,风索索而傍起,云霏霏而四密。尔乃高歌莫和,旨酒时倾。洗然尚想,何虑何营。"则谈到卧疾休息的畅快心情。疾病可以让人暂时从繁冗的事务中解脱出来,进入无虑无求的自在生活状态,后世一些关于疾病的作品也常常从这个角度着手。

刘宋时期的山水诗人谢灵运在作品中经常提及生病,"药饵情所止,衰疾忽在斯"(《游南亭》)、"辞满岂多秩,谢病不待年"(《还旧园作见颜范二中书》)、"积痾谢生虑,寡欲罕所阙"(《邻里相送方山》)。这大概和他身体确实欠佳有关。[①] 谢灵运常常言及卧疾带来的闲暇,"余枕疾务寡,颇多暇日"(《辨宗论》)、"抱疾就闲,顺从性情,敢率所乐,而以作赋"(《山居赋序》);卧疾需要疗养,从而拥有难得的清静,"拙疾相倚薄,还得静者便"(《过始宁墅》)、"卧病云高心,爱闲宜静处"(《初至都》)。闲暇与清静,成就了诗赋的创作,"卧疾丰暇豫,翰墨时间作"(《斋中读书》)。于是我们才能够读到与疾病有关的千古名篇《登池上楼》。诗中名句"池塘生春草,园柳变鸣禽",乃是其在"狗禄反穷海,卧痾对空林。衾枕昧节候,褰开暂窥临"所见之景。围绕该句有非常丰富的解读,宋人田承君云:"'池塘生春草',盖是病起忽然见此为可喜而能道之,所以为贵。"[②]胡晓明先生认为田氏开启了

---

① 关于谢灵运疾病的讨论,可参见陈桥生《病患意识与谢灵运的山水诗》,《文学遗产》,1997年第3期;丁红旗《东晋南朝谢氏家族病史与道教信仰》,《宗教学研究》,2006年第3期。

② 阮阅《诗话总龟》卷八,四部丛刊影明嘉靖本。

以"疾病复苏心理投射作用"来阐释该句蕴含的主观情感。① 景与情的巧妙融汇，以致康乐自谓"此语有神助"②。《登池上楼》的创作与疾病复苏的喜悦心情有密切的关系，其内容实际上就是挚虞《疾愈赋》的诗化表达。只不过谢灵运敏锐地把握住了时代风会之演进，在其间加入了山水描写的内容。从其诗赋中大量的关于疾病的书写，我们可以说谢灵运是第一位成功开创疾病诗学的文人。

无独有偶，与谢灵运同为"元嘉三大家"之一的著名诗人鲍照，因为一次重病，创作了《松柏篇》。其序云："余患脚上气四十余日，知旧先借《傅玄集》，以余病剧，遂见还。开袠，适见乐府诗《龟鹤篇》③，于危病中见长逝词，恻然酸怀抱。如此重病，弥时不差，呼吸乏喘，举目悲矣。火药间阙而拟之。"诗从患病治疗写起，"谅无畴昔时，百病起尽期。志士惜牛刀，忍勉自疗治。倾家行药事，颠沛去迎医。徒备火石苦，奄至不得辞。"虽然备受火石兼攻之苦，可是却并无疗效，"龟龄安可获，岱宗限已迫。睿圣不得留，为善何所益。舍此赤县居，就彼黄垆宅。永离九原亲，长与三辰隔。"终至与世长辞。接下大半篇幅集中刻画悬想辞世后遗恨无穷的凄苦无奈之情，将患病的痛苦体验描绘得入木三分，令人侧目。此外，如《登云阳九里埭》："宿心不复归，流年抱衰疾。既成云雨人，悲绪终不一。徒忆江南声，空录齐后瑟。方绝紫弦思，岂见绕梁日。"《园中秋散》："负疾固无豫，晨衿怅已单。气交蓬门疏，风数园草残。荒墟半晚色，幽庭怜夕寒。既悲月户清，复切夜虫酸。流枕商声苦，骚杀年志阑。临歌不知调，发兴谁与欢。觉结弦上情，岂孤林下弹。"对疾病的书写都笼罩着浓郁的悲情。

① 胡晓明《蓝蛇之首尾与诗学之古今》，《学术研究》，2015 年第 10 期。胡先生认为"池塘"句包含了比钱锺书先生所说的"比喻之二柄"含义更为丰富的"同一文本中的二柄诗学"，并从"自然无奇与神助"、"景与情"、"喜与悲"三个方面进行细致分析，可参看。

② 钟嵘《诗品》"谢惠连"条引《谢氏家录》，曹旭《诗品集注》，上海古籍出版社，2011 年，第 372 页。

③ 傅玄之《龟鹤篇》原诗已不存，魏明安、赵以武认为《北堂书钞》中残存的几段《挽歌》，或即是《龟鹤篇》的遗文。见《傅玄评传》，南京大学出版社，1996 年，第 349—351 页。

这与谢灵运笔下对于疾病的感受是相反的体验,两人一起构建了疾病诗学之"二柄"。即,一方面,疾病可以让人从繁杂的事务中暂时脱身,有闲暇从事阅读和写作;疾病固然会给人带来烦恼,但大病初愈又往往让人喜不自禁。另一方面,疾病既会给身体带来痛苦,妨碍病人从事某些活动,甚至是与世隔绝;又会令人面对死亡的威胁,在精神上带来极大的压力。德国学者维拉·波兰特认为:"两种互相矛盾的观点总是和疾病这个事实同时出现,亦即生命的升华和生命的贬值;两种观点也出现在文学表现中。……疾病可以成为一种升华生活的、超越现实的、使个人品格和认识能力得到发展的状态。有人有时甚至会完全不现实地把疾病理想化。……疾病削弱病人,限制他,使他失去活动能力,减少他和周围世界正常的交往,使他日暮途穷而不得不依靠他人。疾病导致病人产生软弱、畏葸、厌恶、异化和悲世的情绪,导致精神和肉体的衰败并把病人隔绝在一个无望的世界里。"①"生命的升华"和"生命的贬值",即是疾病诗学之二柄。

在谢朓集中也给我们提供了疾病诗学之二柄的示例。《在郡卧病呈沈尚书》云:"淮阳股肱守,高卧犹在兹。况复南山曲,何异幽栖时。连阴盛农节,笭笨聚东葘。高阁常昼掩,荒阶少净辞。珍簟清夏室,轻扇动凉飔。嘉鲂聊可荐,绿蚁方独持。夏李沉朱实,秋藕折轻丝。良辰竟何许,夙昔梦佳期。坐啸徒可积,为邦岁已期。弦歌终莫取,抚枕今自嗤。"写其因病得以从"净辞"中解脱出来,高阁昼掩,凉飔微动,感受夏日里的清凉和享用美食。谢朓《和王长史卧病》附录了王秀之的《卧疾叙意》:"贞悔不少期,福极固难豫。疾药虽一途,遂以千百虑。景仄念徂龄,带缓每危曙。循躬既已兹,况复岁将暮。层水日夜多,飞云密如雾。归鸿互断绝,宿鸟莫能去。辍我丘中瑟,良由一嗟故。隐沦迹有违,宰官功未树。何用搅余情,恨恨此故路。言岂劳者歌,且曰幽人赋。"则是书写疾病带来的种种忧虑,因太阳偏西

① 维拉·波兰特《文学与疾病——比较文学研究的一个方面》,《文艺研究》,1986 年第 1 期。

而顾念逝去的光阴；因衣带渐宽而担忧即将到来的黎明。层水、飞云、归鸿、宿鸟，种种意象都略显灰暗，内心充塞着无尽的恨意。两首诗对疾病的刻画，呈现出相互矛盾的感受。

齐梁以来，对疾病的书写篇章日富，如江淹《卧疾怨别刘长史》、刘孝绰《秋雨卧疾》、庾信《卧疾穷愁》、王胄《卧疾闽越述净名意》等；唐宋诗人中，杜甫、白居易、苏轼、陆游都有数量不菲的关于疾病的诗作，不一一例举。① 后来方回在《瀛奎律髓》中特地专列"疾病"一类，并作序云："疾病呻吟之人所必有也。白乐天有云：'刘公干卧病漳浦，谢康乐卧病临川，咸有篇章。'盖娱忧纾怨，是以见士君子之操焉。"②疾病书写已成为文学创作的一个重要主题。

至迟在唐代，女性就已涉足疾病的书写。薛涛《段相国游武担寺病不能从题寄》："消瘦翻堪见令公，落花无那恨东风。侬心犹道青春在，羞看飞蓬石镜中。"李冶《湖上卧病喜陆鸿渐至》："昔去繁霜月，今来苦雾时。相逢仍卧病，欲语泪先垂。强劝陶家酒，还吟谢客诗。偶然成一醉，此外更何之。"着眼点均在疾病带来的不便。不过，女性有关疾病书写的兴盛，还得等到明末清初女性文学的蓬勃发展之后。方秀洁教授曾利用"明清妇女著作"数据库③对数十种女性别集和总集进行统计分析，发现女性对疾病题材有强烈的兴趣。她认为："晚明以降，与疾病体验相关的诗作经常被收录到女性别集中。这些诗作的反复收录同样证明了对这一题材的兴趣在总体上得到了增强，

---

① 有关唐宋诸大家疾病书写的研究成果甚多，可参看程校花《论杜甫的疾病诗及其文学史意义》(《太原大学学报》，2010 年第 4 期)；蒙祖富《论疾病与白居易诗歌的关系》(《贵阳学院学报》，2012 年第 4 期)；袁君煊《白居易病中诗研究》(广西师范大学硕士论文，2010 年)；张子川《苏轼涉病诗研究》(江西师范大学硕士论文，2014 年)；黄林蒙《陆游疾病诗论析》(《安庆师范学院学报》，2015 年第 1 期)，等等。

② 李庆甲《瀛奎律髓汇评》卷四十四，上海古籍出版社，2005 年，第 1575 页。

③ 该库最初是由方秀洁教授利用哈佛燕京图书馆所藏的明清妇女著作建立的，后与中国国家图书馆、中山大学图书馆、华东师范大学图书馆、北京大学图书馆等单位进行合作，收录女性著作已达 300 余种。随着项目的推进，数量还会不断增加。数据库网址为：http://digital.library.mcgill.ca/mingqing/chinese/index.php。

也说明女性对疾病的感受成为她们日常生活中重要的生理、心理以及文学经验。显然，患病成为她们一生中不时进行描述的一种体验。"①这种病患体验，又接续上疾病书写的传统，成为女性创作中较为常见的主题，尤以金逸的创作为最。

## 二、金逸之善病与其诗作

金逸(1769—1794)，字纤纤，江苏长洲(今苏州)人。适同里陈基。著《瘦吟楼诗稿》。② 其诗才为吴门闺秀之首，袁枚云："当是时，吴门多闺秀，如沈散花、汪玉轸、江碧岑等俱能诗，俱推纤纤为'祭酒'。"③她曾拜袁枚为师，为袁枚女弟子之翘楚，"时江左女士瓣香随园，称都讲者二十余人，无出纤纤右者"。奈何红颜薄命，金逸"体弱善病，居恒忽忽，抱不永年之戚"④。年仅二十五即病卒。袁枚因叹曰："余阅世久，每见女子有才者，不祥；兼貌者，更不祥；有才貌而所适与相当者，尤大不祥。纤纤兼此三不祥而欲久居人世也，不亦难乎？"⑤金逸乃成为才命相妨的典型。

在金逸短短二十五年的生命里，病魔常伴左右，正如她在《上随园夫子书》中言："药铛经卷，消永昼之生涯；病竖诗魔，作终宵之伴侣。"⑥其《与王琼书》亦云："无端览古，种得愁根，可奈耽吟，酿成病体。以三生之有怨，遂二竖之告灾。得药为缘，五夜炉烟聚碧；与花长别，一天阶雨埋红。问相如之抱疴，自夏徂秋；类袁子之高眠，匪朝

---

① 《书写与疾病——明清女性诗歌中的"女性情境"》，见方秀洁、魏爱莲编《跨越闺门：明清女性作家论》，北京大学出版社，2014年，第25—26页。

② 《瘦吟楼诗稿》最初由"陈雪卿、杨蕊渊、李佩金三女史捐资为刻"，因板存京师，刷印不便，后由陈基继室梅卿王室"卖画百幅，重付剞劂"。两版均刻于嘉庆间。初版由杨芳灿撰序，李元塨撰跋，陈文述撰小传，袁枚撰墓志铭，王文治撰序。再版删除李跋，由陈基于开篇撰识语，说明再版缘由。诸家序跋顺序也有调整。其所收诗作在卷三、卷四比初版略多，故下文所引除李跋外均出自再版之《诗稿》。

③ 袁枚《墓志铭》，见《瘦吟楼诗稿》，清嘉庆刻本。

④ 陈文述《小传》，见《瘦吟楼诗稿》。

⑤ 袁枚《墓志铭》，见《瘦吟楼诗稿》。

⑥ 袁枚《随园女弟子诗选》卷二，清嘉庆刻本。

伊夕。"①姑且不论"览古"、"耽吟"是否真是导致其愁病的根源②,疾病确实如影随形般伴随金逸走完其生命历程。因为常年病弱,金逸身材瘦削纤细,因而得字"纤纤"。③ 其体弱善病,在时人的诗作中屡屡被提到。"生本工愁偏善病,性因绝慧自多情"④、"自怜瘦骨偏宜病,天遣多情只合愁"⑤、"想象书难竟,缠绵病不支"⑥。至于她的善病与创作的关系,亦有人言及,如郭麐《竹士兄见过出纤纤夫人病中答诗及见题近稿一首同韵奉酬》:"赖有诗篇能过日,不然病骨奈三年。……又为吴侬诗半册,挑灯废尽昨宵眠。"吴嵩梁《敬询纤纤夫人之病即简竹士》:"丽词如锦字钩银,扶病书成墨未匀。"⑦病中不废写诗,写诗又支撑其度过病中难捱的岁月,金逸之善病与其诗名均为时人所熟知。

维拉·波兰特在讨论病人和社会的关系时指出:"病人在患病时向社会谋取他在健康时得不到的权利,社会又反过来解除病人在正常的健康情况下作为社会一员必须履行的义务。"的确,疾病可以给人带来难得的闲暇时光,刺激诗人的创作热情,诚如谢灵运所云:"卧疾丰暇豫,翰墨时间作"(《斋中读书》)。对女性诗人来说,偶尔小病,也可以从中馈、刺绣等事务中脱身,从事自己喜欢的吟咏之事。在闺

---

① 王琼《爱兰诗钞》附,任兆麟辑《吴中女士诗钞》,清乾隆五十四年刻本。
② 这种观点在清代较为常见。如,江珠"喜博览载籍,晨夕不倦,卒以此致疾"(归懋仪《小维摩诗稿序》);李心敬,"初,家严以先慈(指李心敬)工吟致疾,没时才二十九龄"(归懋仪《致陈云伯大令书》,《绣余五续草》,稿本);归懋仪《次简田先生韵》:"耽吟原自误,病骨已难支。"(《绣余五续草》)
③ 金逸《闺中杂咏》其六云:"绣院微风不隔帘,瘦来小字称纤纤。"又,劳若华《青门引·题瘦吟楼砚》:"绿窗人静绣帘深,春寒病起,小字纤纤称。"《绿萼仙居吟稿》,稿本。
④ 魏燮均《题随园女弟子金纤纤瘦吟楼诗卷》,《九梅村诗集》卷二,清光绪元年红杏山庄刻本。
⑤ 陈文述《读吴门女史金纤纤逸瘦吟楼遗诗》,《颐道堂集》外集卷六,清道光刻本。
⑥ 张问陶《题刘松岚所藏纤纤士女金逸瘦吟楼诗帖》,《船山诗草》补遗卷四,清道光二十九年刻本。
⑦ 均见《随园女弟子诗选》卷二附和作。

秀诗集中时常见到这样的句子："昼漏每从闲处永,新诗反向病中添"①;"病魔欲去尚低恹,书卷纵横尘满奁。开尽好花花未绣,新诗赢得篋中添"②;"久病因循诗脱稿,初寒检点絮装衣"③;"蜡烛灰心缘饮恨,病闲不恶赖敲诗"④;"抱疾未妨书卷乐,爱闲喜谢稻粱谋"⑤。本来令人烦恼的疾病,反而成了诗歌创作的催化剂。⑥ 金逸也不例外,在诗集中常常写到自己在病中读书作诗:"人间那有痴于我⑦,病到无聊转读书"(《酬朱铁门茂才见赠之作》);"怜君性不因人热,笑我诗还带病敲"(《呈竹士》);"丸药消摩聊复尔,镂冰裁雪愧纷纷"(《有感二首答袁征君湘湄即次见寄元韵》)。这一方面促成了诗人的高产;另一方面也导致其有关疾病的作品非常多。据笔者统计,在《瘦吟楼诗稿》收录的 295 首诗作中,共有 62 首直接提到"病"字⑧,3 首提到"疾"字,15 首提到"药"字。其中 3 首"疾"字均与"药"字重复出现,可忽略;15 首"药"字有 8 首与"病"重复出现。去除重复,与疾病有关的诗作达到了 69 首,占其全部诗歌的 23%。平均不到 5 首诗作中就有一首与疾病相关。无论是以"小维摩"名其诗集的江珠,还是被方秀洁教授作为典型个案讨论的甘立媃,与疾病有关的诗作之数量和比例都无法与金逸相比。汪玉珍《为陈竹士题纤纤夫人遗诗卷》云:"传来遗卷索题词,满纸凄凉下笔迟。那更荀郎含泪说,篇篇都是病中

---

① 庄盘珠《病起》,《秋水轩集》卷一,清光绪二年思补楼刻本。

② 陈蕴莲《病中》,《信芳阁诗草》卷一,清咸丰九年刻本。

③ 鲍之兰《初冬感怀》,《起云阁诗钞》卷一,清光绪间刻本。

④ 江珠《婴疾月余夜苦不寐因吟二律》,《小维摩诗稿》,清嘉庆十六年刻本。

⑤ 江珠《余素善病,今秋复遘奇疾,昼夜不寐,得粒则呕,如是不食不寐已百有余日矣,而行坐如常,若无疾苦者,戏成二律,聊以自广》,《小维摩诗稿》,清嘉庆十六年刻本。

⑥ 当然除了病中难得的空闲之外,百无聊赖所带来的专心致志,病中的愁闷和敏感,疾病复苏的欣喜等等皆可以促进诗歌的创作。这种疾病的诗歌发生学在此不展开详论。方秀洁《书写与疾病——明清女性诗歌中的"女性情境"》文末略有论及,参看《跨越闺门:明清女性作家论》,第 45—47 页。

⑦ "人间"句化用冯小青的名句"人间亦有痴于我"(《无题》)。

⑧ 诗题与诗作均提到时,不重复计算。

诗。"①"篇篇都是病中诗"固然有些夸张,不过在闺秀诗人中对患病体验的书写热情确实是无人能出其右。其名诗集为"瘦吟楼",亦含有因病消瘦而仍热衷吟诗之意,可谓名副其实。

## 三、金逸对疾病的双重书写

金逸关于疾病的诗作数量众多,尤以《病中述怀》最为集中地体现她对疾病的所思所想。该诗收录于《瘦吟楼诗集》卷一,是其诗集中第三首关于疾病的诗作,属早年之作。诗前有小序:"余三载来,愁病缠绵,今年春夏交尤甚,濒危者数四矣。赖佛力得不死,淹卧无聊,万绪萦触,偶作诗一章,恻楚自怜,工拙在所不计也。"清楚地交代了写作此诗的背景和缘由。诗歌即围绕"万绪萦触"展开,按其内容大致可分六节:第一节以白云之去住无心论世间之衰荣变化;第二节略述生平及于归后与丈夫的鸾凤和鸣;第三节笔锋陡转,"安知造化理,欢忧互相降。"切入疾病的主题,并描写其症状:"朝寒若履冰,暮热陷火炕。鬼气聚药炉,宵行缘绡帐。欲言不出声,格格喉咙藏。肠断眼泪枯,气噤神魂忘。"作者在这里并未明确指出自己所患的是哪种病,不过,由其忽寒忽热的表现,可以推想是严重的疟疾。该病寒热间作,发冷时,发抖打颤;发热时,气促抽搐,皆不便言语,与"欲言不出声,格格喉咙藏"的症状亦相符。疟疾带来巨大的痛苦,以致肠断眼枯气噤神忘,濒临死亡的边缘。第四节笔锋又一转,写奇迹般地痊愈:"灵风卷地来,幡幢俨仙仗。杨枝洒甘露,恍惚慈云飏。渐觉四体轻,耳目披烟瘴。回顾绕床人,不信犹生向。"作者在诗前小序中写道"赖佛力得不死",又在《上随园夫子书》中说自己依靠"经卷"消磨病中时光,其《十月初二日夜灯下联句即用是日竹士横塘晚眺韵》亦云"久病半依经卷活",又据王琼《暮春寄和金仙仙病起有怀原韵》"遥知病后焚香坐,一卷黄庭悟化机"②,可见作者是信仰宗教的。作者没

---

① 《宜秋小院诗钞》卷一,清嘉庆刻本。
② 《爱兰诗钞》,《吴中女士诗钞》附。

有把病体的痊愈归功于药石之力，而是认为自己因为受到神明的庇护才能重新好起来。作者以"灵风"、"幡幢"、"杨枝"、"甘露"种种有关宗教的事物入诗，正可以体现作者对于宗教信仰的虔诚之心。"憔悴见儿夫，中心转怏怏。为述病时态，悲喜交难量。由此得稍苏，清虚辟肺脏。晚晴帘半垂，粥茗劳馈饷。偶检案头书，旧本若新觌。妙绪悦妍搜，群疑绝依傍。"写病苏后向丈夫诉说病中状态，以及吃粥、读书的愉悦。第五节写大病初愈的诗人忽闻仆妇因夫染病的惊啼而感喟其不能勘破生死荣辱。末节阐发天地无私、万物齐平之理，以"去去夕阳沉，寻梦围屏障。何处卖花声，凉风生古巷"作结。作者又回到了现实世界中，夕阳西下，卖花声声，凉风穿过古巷，曾经的"万绪萦触"复归于平静。整首诗以说理起，中间从自己的生平写到经历的一次重病，接以九死一生之后的悲欣交集的心情，又从仆妇之事转入说理，再回到现实生活作结。三、四节为全诗的主体，写生病及病愈，类似于挚虞的《疾愈赋》，而铺叙与抒情皆突过之。无论是诗歌的篇幅，还是描摹疾病的详尽，该诗在女性疾病书写中皆无俦匹。

金逸另一集中书写疾病的作品是《闺中杂咏》组诗，该诗共十八首，与疾病有关的四首，全录如下：

> 绣院微风不隔帘，瘦来小字称纤纤。分明只有相思骨，
> 一著春寒病要添。（其六）

> 东风二十四番寒，芍药朝来已向残。病里绣帘开不得，
> 拾将残朵当春看。（其十）

> 坐愁烧烛到深更，魂尽无销病又生。几点散来听不得，
> 林风吹雨做秋声。（其十二）

> 西风瘦柳柳无绵，病累愁磨负少年。输与关心小蝴蝶，
> 一庭凉露抱花眠。（其十三）

十八首诗从春天写到秋冬，最后两首又回到春天，这四首关于疾病的诗作则春、秋天各占一半。其六写的是早春，诗人抱病已久，形销骨立，竟以"纤纤"为小字，末句"一著春寒病要添"道出了金逸对疾病的诚惶诚恐；其十写的是暮春，芍药已残春归去，诗人却因病错过赏花，

只能"拾将残朵当春看",安慰自己失望的情绪;其十二写秋夜抱病倾听林间之风雨声,"魂销无尽";其十三写不堪病累,对西风摧折杨柳已不关心,不如小蝴蝶冒寒护花。四首诗的主题都集中在刻画疾病带来的无奈,相比其他女性的闺中吟咏之作多是儿女情态或春兴秋感之类的主题,金逸的确对疾病书写有着浓厚的兴趣。当然,这和其善病密切相关,疾病本就是其闺中生活的重要组成部分,"久病"、"病骨"、"病魔"等在金逸诗作中曾多次出现,亦可见一斑。

前文曾言及疾病在文学中的表现呈现出二柄的特征,在金逸的笔下,也不例外。由于常年久病,疾病给她的身体带来很大的伤害,变得弱不禁风;卧病在床,行动不便,既错过良辰美景,又对其人际交往也造成妨碍,这些在她的笔下都有所表现。疾病带来最直接的影响就是身体的消瘦:"心灰久病拈针懒,眉讳新愁只镜知。约略听他双燕语,腰肢减瘦比来时。"(《一梧斋与竹士夜话》)"世上有情春似梦,病来无睡夜如年。活依经卷愁难忏,修到梅花瘦可怜。"(《得郭君频伽赠诗并读近一册赋此答之》)"杨柳瘦腰肢,难描病起时。"(《秋词》)身体的消瘦又导致病躯不能耐寒。《闺中杂咏》其六云:"绣院微风不隔帘,瘦来小字称纤纤。分明只有相思骨,一著春寒病要添。"《晓起即事》云:"忍将小病累亲忧,为问亲安强下楼。渐觉晓寒禁不得,急将帘放再梳头。"《枕上偶成》云:"病骨支离望晓难,迟迟待月下阑干。一帘剩梦虫声里,秋影芭蕉不耐寒。"《寄湘女史遣婢讯疾口占报之》其一云:"累君枨触暗销魂,病骨支离渍泪痕。昨夜绣衾寒似铁,麝兰熏遍不曾温。"尤其秋日的新寒更令她不堪忍受,"病畏新寒张晓幔,瘦拈旧线改秋衣。"(《秋日有怀碧云》)"偶缠薄病亲调药,骤觉新寒教唤裳。"(《与醉茗家姊别后颇无意绪感旧述怀得七律十六韵》)"贫无长物偿花债,冷怪秋风寻病人。"(《静绿轩夜话同竹士作》)美国学者图姆斯认为:

> 在病患体验中,活生生的空间特性发生了变化。通常,躯体运动会不断地拓展空间,从而使人能自由地改变其位置并且接近客体。病患和虚弱则产生了一种向心力,将患

者固定在此地。……病患不仅造成活生生的空间感的特性的破坏，还导致了时间体验的改变。正如活生生的空间感是由外在的距离感、目的和意图所规定的一样，时间也不是体现为一种静态的现在，而是体现为一种向着未来的运动状态。正常情况下，我们或多或少是根据与未来的可能性有关的特定目标在现在时段活动。生病时，这些目标似乎突然间与自己不相干或者超出能力范围。他会发现自己已被束缚于此时此地的要求，界定在现在时刻，无法有效地规划将来时段。的确，生活计划可能不得不被束之高阁或加以修改甚至完全放弃。[1]

这段话很精辟地分析了疾病给患者带来时间和空间的约束，以致正常的生活计划也被迫改变。对金逸而言，疾病给生活起居的确带来显著的影响，因为久病，诗人懒于梳妆："鹦鹉不知人病久，朝朝楼上唤梳妆。"（《补和一首》）因为多病，茶酒等已抛却，云山已久违："茶酒抛多病，云山待放舟。"（《静绿轩晚坐》）疾病也羁绊了诗人出游的步伐，《东塔院秋眺》云："寻秋重礼慈悲佛，笑我依然愁病身。……牡丹开过蔷薇落，前度来游是暮春。"《无计》云："生涯拼久病，清瘦到新诗。……一春惟静卧，花落不曾知。"《寄湘女史遣婢讯疾口占报之》云："病剧懒将春事问，小窗清供只梅花。"以致她发出"病觉负春多"（《化朝》）的感慨。[2] 因为善病，诗人正常的人际交往也受到妨碍，如乾隆壬子（1792），诸女士于吴门蒋氏绣谷园宴集赋诗，送袁枚返金陵，金逸即因病不得与会："未得追随诸博士，入春愁病尽春慵。"（《壬

---

① 图姆斯《病患的意义：医生和病人不同观点的现象学探讨》，邱鸿钟等译，青岛出版社，2000年，第79—80页。

② 此类吟咏，在其他闺秀有关疾病的诗作中也较为常见。如孙佩兰《戊申除夕》："病中底是负芳辰，寂寞深闺不问春。"（《吟翠楼诗稿》）汪清《春日病起》："零落莺花小院中，一年芳事负春风。"（《求福居诗钞》）史筠《春闺卧病》："半春多病负花朝，未向花前杯酒浇。"（《萝月轩诗集》卷七）龄文《春暮病中作》："九十春光又暮春，一春孤负是芳辰。"（《絮香吟馆小草》）王韵梅《春暮病起》："一病缠绵忘岁月，百花开落到蔷薇。"（恽珠《国朝闺秀正始集》）

子五月十四日诸女士宴集绣谷园赋诗送袁简斋先生归金陵逸方病甚不得与会辱承周沣兰金湘芷两女史见属率成二章奉教》其一)竟至临终还引以为憾:"吾与先生一见已足千秋,所惴惴而悲者,闻先生来,即具门状,招十三女,都讲作诗,会于蒋园。画诺者已九人,而吾竟不得执笔为诸弟子,此一憾也。"①因其善病,诗人的病情常常是友朋关注的焦点,其诗集中亦常有回复友人询疾之作。如《寄湘女史遣婢讯疾口占报之》、《频伽伯生两君复用前韵赐答讯病感而有作再叠原韵》、《次韵兰雪讯病之作》等等。可是,由于病重,往往赠诗、报书也会被耽误,如其所云:"相思劳慰问,久病报书迟。"(《代简答闺中诸子》)疾病是诗人生命中不能承受之重负。

　　疾病给金逸带来极大的痛苦和身体上的戕害,并最终夺去她年轻的生命,但如上文所述,疾病于诗人创作又有一定的正面意义。面对疾病,诗人并不是一味地抱怨和退缩,沉浸在痛苦之中,而是用敏感和细腻的心灵去观照身边的一切,笔下也因之情灵摇荡,展现其独特的诗思。《病中忆海棠》云:"高林覆绿阴,燕去兰闺静。午梦醒茶香,春寒瘦帘影。海棠开未开,抱病情耿耿。何当折一枝,伴我吟魂冷。"病中午睡,诗人犹牵挂春寒中的海棠"开未开",并期望折枝相伴;《病起》云:"碧梧移影上林扉,西院无人晓日微。病起名香焚不得,花阴小立当薰衣。"疾病初愈,诗人即于清晨在西园赏花,意图用花香熏衣来弥补"病起名香焚不得"的遗憾。《月夜》云:"积水一庭白,梨花寒不寒。东风扶病魂,遍绕雕阑干。烟明苔渍晕,露重林生澜。罗袂薄如此,抚琴还一弹。"又《绿窗》云:"绿窗午倦放帘钩,小榻堆书当枕头。落雁有情呼旧侣,宝奁无赖鉴新愁。花房风子晴留梦,竹院琪声冷带秋。驹隙年华容易度,西风扶病强登楼。"无论在迟迟春日里,还是瑟瑟秋风中,诗人强扶病体,去欣赏大自然的美景:或梨花绽放,月凉如水;或雁声嘹唳,竹影婆娑,因为她深知"驹隙年华容易度"的道理,何况自己又经常疾病缠身,更应珍惜眼前的一切。

---

① 袁枚《墓志铭》,见《瘦吟楼诗稿》。

"嘱郎莫放东风入,留得瓶花慰病人。"(《立夏日作》)春去夏来,百花凋零,诗人希望屋中的瓶花能够继续绽放,与病中的自己相伴相依:"木樨不是因寒勒,有意迟开待病人。"(《晓起桂花下作》)①秋风萧瑟,桂花因寒而推迟了花期,诗人却认为这是桂花因为自己生病而有意为之。人惜花,花怜人,"我见青山多妩媚,料青山见我应如是"(辛弃疾《贺新郎》),诗人与花情意相通了。"天地有情容我病"(《晓窗偶成示竹士》),在金逸看来,原本是造化弄人的疾病,反而是上天多情的眷顾。因此,即使是重病缠身,她仍然能够营造出诗意的世界。《寄湘女史遣婢讯疾口占报之》:"东风尖峭幔周遮,棋局丛残又品茶。病剧懒将春事问,小窗清供只梅花。"东风尖峭,春信已至,尽管诗人因病剧而"懒将春事问",小窗清供中犹有梅花为伴。金逸对梅花有着特殊的喜好,《烟陇探梅》云:"问春消息往来频,瘦影横斜曲涧滨。冷杀冻云残雪路,万梅花著一诗人。"在初春冻云残雪的肃杀环境下,诗人问春探梅,竟置身于花海之中:"万梅花著一诗人",这与其闺友汪玉珍的名句"万梅花拥一柴门"(《频伽水村图》)②有异曲同工之妙。金逸病重时恰遇吴嵩梁以《拜梅图》求题:"埋骨青山后望奢,种梅千树当生涯。孤坟三尺能来否,记取诗魂是此花。"(《病甚题兰雪拜梅图》)这也成为了她的绝笔。③她期待自己的诗魂能幻化成梅花,被朋友长久地铭记。由骆绮兰的诗句"留得梅花千树在,年年春雨吊诗魂"④来看,金逸实现了愿望。以病中富于诗意的抒写,金逸走完了自己栖居人间的旅程。

---

① 可参看汪清《春日病起》:"海棠亦有怜侬意,故自迟迟不放红。"(《求福居诗钞》)

② 汪玉珍(1758—1809),字宜秋,吴江人。著《宜秋小院诗钞》。其集中与金逸多有唱和。宜秋为郭麐题《水村图》为一时韵事,多有载录。陈康祺《郎潜纪闻二笔》卷十六云:"郭频伽名麐,吴江才人,尝以《水村图》索人题咏,同县女士汪玉轸题之云:'深闺未识诗人宅,昨夜分明梦水村。却与图中浑不似,万梅花拥一柴门。'频伽乃倩奚铁生补为《万梅花拥一柴门图》以代前轴,亦可谓风流好事矣。"

③ 据吴兰雪挽诗自注,见《晚晴簃诗汇》卷一百八十六"金逸"条《诗话》。

④ 《吴门陈竹士以其亡室金孺人手书诗幅见赠题后五首孺人名逸字纤纤诗才冠绝一时今春病卒》,《听秋轩诗集》卷三,清嘉庆刻本。

方秀洁教授认为:"大多数情况下,当女性用诗来书写自己患病时的身体或精神状态,她们书写的是真实的而非虚构的生活体验。换言之,与其说将疾病当作一种修辞意象,不如说借助模仿性元素,这些诗留下了个人经历的轨迹,尽管对疾病性质的表达受制于妇仪和文学再现所要求的婉转用词与结构方式。抒发在病中的所思所感,与将诗歌视为自我表现的正统观念正相一致。"①诗歌是用以自我表现的工具,在《瘦吟楼诗集》中留存的大量关于疾病的诗作,正是金逸个人短暂生命中真实的生活体验。在金逸的诗中,她将自己塑造成一位多愁善感的病弱女子,敏感纤弱,哀婉动人,对生活充满热情,却又因病骨支离而错过了诸多美好的事物。她的诗才在病中成长,她的诗情因病而更显深刻,她特殊的人生经历带给她不同的人生体验,而这种体验赋予了她的诗作一种别样的纤细柔美。② 疾病带来的痛苦,常常被她的点睛妙笔转化成诗意的世界。她也成为禀承袁枚性灵诗学的女中翘楚。李元垲云:"缠绵悱恻,温厚和平,寒潭古月,不足为其清也;晨霞暮云,不足为其超也;嚼蕊吹花,不足为其韵也;歌离吊梦,不足为其凄也;婴云小海,鸿衣羽裳,不足为其空灵幽渺也。"③其诗作呈现出的幽渺凄清之境,与其体弱善病而书写性灵关系密切。

(华东师范大学中文系;厦门大学中文系)

---

① 方秀洁《书写与疾病——明清女性诗歌中的"女性情境"》,《跨越闺门:明清女性作家论》,第 34 页。

② 钟慧玲曾细致分析金逸多病和忧愁善感在创作中的呈现及其诗歌的风格,可参看《清代女诗人研究》,台北里仁书局,2000 年,第 316—337 页。

③ 《瘦吟楼诗集跋》,《瘦吟楼诗集》,清嘉庆中初刊本。

# 诗词中的"秦镜"意象[*]

## 时润民

**内容摘要**：远在中国殷商时期,青铜镜即已被铸造成功。早期的镜之意象,首先是以"鉴"的概念存在的,并经由先秦著述赋予其特殊的所谓"镜鉴"内涵雏形。这一特点在后来的《西京杂记》中被进一步演绎为"秦王照胆镜"的传奇故事,从而催生出独特的"秦镜"意象内涵。由此固定而成的"秦镜"典故,在诗歌的世界中被诗人广泛使用和发挥,形成此一意象的三大典型属性：其一,物质层面的珍宝属性,作为奇异之物的"秦镜",被诗人频频用于表征人物的外在风华与内在才情。其二,精神层面的情志属性,"秦镜"及"秦台镜"、"照胆镜"等词化为"洞察"性"明鉴"意义的文学意象群,广泛"镜鉴"出诗人笔下心中一种清明、真诚与高贵的人心和品质。其三,历史层面的象征属性,"秦镜"在唐诗中被塑造为象征王朝兴衰和世事变迁的具历史维度意义之物,并在其后的宋元明清诗词中被普遍用作怀古的素材。同时,"秦镜"意

    \* 本文为清华大学顾问教授王纲怀所主持的清华大学"秦镜文化研究"课题成果之一,并收入王纲怀教授编撰的《秦镜文化研究》一书中,将由上海书画出版社出版。

象在文学史的发展过程中也存在被干扰与歧化的现象,对此需作正确分辨与厘清。

**关键词**：镜鉴；秦镜；照胆；意象；诗词

# The Imagery of "Qin Jing" in Chinese Classical Poems

**Reggie Sun**

**Abstract**：In ancient China，"Jing"（"mirror"）represented the meaning of "reference". This concept developed in *Xijing Zaji* to a new word "Qin Jing"（"Zhao Dan"）. Then in Chinese Classical Poems，poets used the imagery of "Qin Jing" for simile，lyricism and metaphor. There also existed some interference options that need to be identified.

**Keywords**：reference；"Qin Jing"；"Zhao Dan"；imagery；Chinese Classical Poems

　　据研究,世界范围镜子的历史,最早可追溯至公元前七八千年,现今土耳其恰塔尔休于遗址和中国云南丽江地区的古文化遗址都曾出土过石制的镜子。另外,美索不达米亚(今伊拉克)和古埃及以抛光铜制镜；又稍晚在中美洲和南美洲,也有用抛光石材制造的镜子。与此同时,中国殷商时代的先民则铸造出了青铜镜。本文即试从中国古代"镜鉴"意象的产生为切入点,论述分析其所衍生的"秦镜"意象在中国古典诗歌中的含义与演变。并附"秦镜"、"照胆镜"之历代诗词详表。

## 一、先秦著作中的镜之意象雏形

　　殷商时期,中国奴隶制社会初期正处于青铜器时代,人们在青铜冶铸实践中,认识了合金成分、性能和用途之间的关系,并能人工控制铜、锡、铅等金属配比。《考工记》中记载"金有六齐",即合金的六种配比。其中最后一齐:"金,锡半,谓之鉴燧之齐。""鉴"即是镜。许慎《说文解字》曰:"镜,景也。从金竟声。"段玉裁注云:"景者,光也。金有光可照物谓之镜。此以叠韵为训也。镜亦曰鉴。"

中国古代人们以水照影,后又以铜盆盛水照影,故将盛水的铜器称为"鉴"。约在秦汉时期,因为镜子普及,鉴的功用便逐渐被镜取代。于是鉴即与镜同义。而在此前的先秦著作中,提到的均是古人"鉴于水",如:

> 人无于水监,当于民监。(《尚书·酒诰》,"监"通"鉴")
>
> 王其盍亦鉴于人,无鉴于水。(《国语·吴语》)
>
> 人莫鉴于流水,而鉴于止水。唯止能止众止。(《庄子·德充符》)

《尚书》与《国语》中的话,均意为要求为政者不要以水为镜,而是要以人为镜,时时对照、检查,反省为政之得失。由此更有"照水鉴人"意义之阐释与申发:

> 古者有语曰:君子不镜于水而镜于人。镜于水,见面之容;镜于人,则知吉与凶。(《墨子·非攻》)
>
> 古之人目短于自见,故以镜观面;智短于自知,故以道正己。(《韩非子·观行》)

以上记载,发展为后来"以人为鉴"、"以人为镜"之"镜鉴"成语,指将别人的成败得失作为自己的鉴戒。即如现今广为熟知的《新唐书·魏徵传》故实:"徵薨,上自制碑文并为书石。谓侍臣曰:人以铜为鉴,可正衣冠;以古为鉴,可知兴替;以人为鉴,可明得失。朕尝保此三鉴以防己过。今魏徵逝,朕亡一鉴矣。"

正所谓"夫明镜所以察形,往古者所以知今"(《孔子家语·观周》),"镜鉴"早期意象中蕴含的以"鉴形照影"引申的隐喻,由此在中国文史传统中开出脉络。

## 二、"秦镜"意象的初登场

虽然在"镜鉴"的早期意象中，早有"鉴人"、"鉴己"等的譬喻成分存在，并逐渐发展为由"镜鉴"功用之"表"（"鉴于水"的"照形"）而及其"里"（"鉴于人"的"防过"）的具有查察吉凶、过失等内涵的"照心"之意，但明确宣扬"镜"具有洞彻人之内心的奇特力量的文字，最早见于《西京杂记》中记载的如下故事：

> 高祖初入咸阳宫，周行库府，金玉珍宝不可称言，其尤惊异者有青玉五枝灯，高七尺五寸，作蟠螭以口衔灯。灯燃。……有方镜广四尺、高五尺九寸、表里有明。人直来照之，影则倒见（现）。以手扪心而来，则见肠胃五脏，历然无碍。人有疾病在内则掩心而照之，则知病之所在。又女子有邪心，则胆张心动，秦始皇常以照宫人，胆张心动者则杀之。

《西京杂记》是现存较早的杂载西汉轶事传闻的笔记小说，所谓"西京"，就是指西汉都城长安。虽然，保存在其中的许多史料，对研究西汉历史具有重要意义。可是由于其书篇幅短小精悍，写作风格清秀隽永，诙谐幽默，描写细腻，在人物塑造、语言运用等方面特点鲜明，故而尽管其中记载了大量王侯将相、文人儒士的事迹，但是其中很有一部分只能认为是具有"奇闻异事"特质的传奇故事而已。审慎考察上述这段有关"秦镜"的记载，完全没有科学依据，当然也不例外。

不过，《西京杂记》问世，标志着"逸事体"小说已由中国传统的经、史二类的附庸脱颖而出，且可以称得上是流传广泛、影响深远的一部笔记小说，因而对后世作品产生了很大影响，在中国文学史上具有较重要的地位。"秦镜"的意象，也便借由《西京杂记》这一"舞台"的艺术化叙事，始成为后世中国文史传统，尤其是古典诗词中相当重要的一个典故。中国国家博物馆研究员霍宏伟先生指出："这段故事流传久远，影响至深，甚至被作为铭文，铸于隋唐铜镜之上。无论是'赏得秦王镜，判不惜千金。非关欲照胆，特是自明心'，还是'阿房照胆,仁寿悬宫'、'销兵汉殿,照胆秦宫',镜铭中的'秦王镜'、'阿房照胆'、'照胆秦宫'等词句,都是这一传奇故事的浓缩。"(霍宏伟《以史为鉴》,《鉴若长河》序言,生活・读书・新知三联书店,2017年)

自汉晋时期开始,就已出现如《北堂书钞》引晋傅玄《镜铭》"人徒鉴于镜,止于见形,鉴人可以见情"这样意指洞照人之内情的含义的铭文,但所谓"炼冶铜华清而明,以之为镜而宜文章"(汉"宜文章"镜铭),可以"见情"、"宜文章"的具有文学史意义的"镜"之意象大量产生,却是自唐诗中的"秦镜"而始的。

## 三、唐诗中的"秦镜"韵味与"照胆"内涵

对于《西京杂记》中"首见"的奇异的秦王镜,原文后面的记载说:"高祖悉封闭以待项羽,羽并将以东,后不知所在。"其云刘邦闭库封门,等待项羽到来,后项羽将府库中的一众珍宝包括这面极大的镜子全部南运楚地。秦王宝镜的意象,自此在后世的文字中开始被不断演绎。尤其到了唐代,曾一度有绘声绘色记叙其下落的说法:"舞溪古岸石窟有方镜,径丈余,照人五藏(通'脏')。秦始皇号为照骨宝,在无劳县境山。"此段文字出自《酉阳杂俎・卷十物异》,虽然这其中有讹误,因为"照骨宝"的命名,原并非是指秦王镜,而是同样出自《西京杂记》所载的戚夫人指环:"戚姬以百炼金为彄环,照见指骨。"(卷一)但不可否认的是,秦镜意象的大量出现,正是在中国古典文学的唐诗"高原"之中。

仔细考察唐诗中出现有关的"秦镜"意象,主要可分为以下两类。

其一,"秦镜"意象的含义,仅处于典故最表层的一层意思,即作为奇异之物而深藏的"秦镜"的宝物之属性,多被诗人用于表征人的外在风华与内在才情:

秦镜无人拭,一片埋雾月。(元稹《谕宝二首》其二)

方寸抱秦镜,声名传楚材。(刘长卿《硖石遇雨宴前主簿从兄子英宅》)

何辞向物开秦镜,却使他人得楚弓。(刘长卿《避地江

东留别淮南使院诸公》）

　　且喜礼闱秦镜在，还将妍丑付春官。（刘长卿《温汤客舍》）

　　诠材秉秦镜，典乐去齐竽。（刘禹锡《奉和吏部杨尚书太常李卿二相公策免后即事述怀赠答十韵》）

　　河水自浊济自清，仙台蛾眉秦镜明。（张南容《静女歌》）

　　一振声华入紫薇，三开秦镜照春闱。（蒯希逸《和主司王起》）

在唐诗中，刘长卿似乎尤其偏爱"秦镜"意象，在诗中作过多次表达。《唐才子传》称其"清才冠世，颇凌浮俗，性刚，多忤权门，故两逢迁斥，人悉冤之"，不知这是否就是其诗中借"秦镜"以喻人喻事的原因。但"秦镜"意象在唐诗中，确实借由诗歌的强大抒情功能，开辟出了前所未有的相关意象词汇的聚合性效应。

　　其二，由"秦镜"意象典故阐释出的深层含义，在唐诗中表现为：秦家镜、秦明镜、秦台镜等延伸意象集合的聚落群。在这一层面上，单纯指向宝物属性的"秦镜"意象，首先逐渐深入并转化成具有"洞察"性"明鉴"特质的秦之明镜，"秦"作为典故中的指向性特征，"镜鉴"出诗人心中笔下的清明、真诚与高贵：

　　心托秦明镜，才非楚白珩。（刘禹锡《历阳书事七十韵》）

　　梁狱书因上，秦台镜欲临。独醒时所娸，群小谤能深。（杜甫《赠裴南部闻袁判官自来欲有按问》）

　　宝镜凌曙开，含虚净如水。独悬秦台上，万象清光里。（刘长卿《杂咏八首上礼部李侍郎》）

此外，出典中除了"秦"之指向特征以外的奇异物性本身，也已在文学史中逐步转化为特定的语词形象，定格在了如照胆、照胆清、照胆镜的名称之上，自庾信《镜赋》所谓"镜乃照胆照心，难逢难值"之后，在唐诗中再次呈现，提醒人们，"秦镜"之为典，深意乃在"照胆"，乃在可

鉴人心与品质,二者互为注脚:

　　艺业为君重,名位为君轻。玉琴知调苦,宝镜对胆清。
(张说《蜀路二首》其二)

　　照胆常悬镜,窥天自戴盆。(杜牧《昔事文皇帝三十二韵》)

　　玉壶冰始结,循吏政初成。既有虚心鉴,还如照胆清。
瑶池惭洞澈,金镜让澄明。(卢纶《清如玉壶冰》)

　　若道人心变,从渠照胆看。(张文成《游仙窟诗·扬州
青铜镜留与十娘》)

更有甚者,因"秦镜"意象的广播与深入,唐诗中出现不少专题"咏镜"
之诗。如无名氏(一作李益)《府试古镜》:"旧是秦时镜,今来古匣
中。……应祥知道泰,监物觉神通。肝胆诚难隐,妍媸信易穷。幸居
君子室,长愿免尘蒙。"张说《咏镜》:"宝镜如明月,出自秦宫样。……
常恐君不察,匣中委清量。积翳掩菱花,虚心蔽尘状。倘蒙罗袖拂,
光生玉台上。"在诗中,"秦镜"意象的展示,囊括了宝物的第一层物象
属性与功用的第二层隐喻属性,虽只题为咏镜,实则即专指"秦镜"。
与此同时,专咏"秦镜"的主题诗,自也理所当然出现在唐诗的巨幅画
卷中:

　　楼上秦时镜,千秋独有名。菱花寒不落,冰质夏长清。
龙在形难掩,人来胆易呈。升台宜远照,开匣乍藏明。皎色
新磨出,圆规旧铸成。愁容如可鉴,当欲拂尘缨。(张佐
《秦镜》)

　　万古秦时镜,从来抱至精。依台月自吐,在匣水常清。
烂烂金光发,澄澄物象生。云天皆洞鉴,表里尽虚明。但见
人窥胆,全胜响应声。妍媸定可识,何处更逃情。(独孤绶
《秦镜》)

此外,"秦镜"在唐诗中还进而延展到历史维度的层面,以象征兴衰变
迁,如李白"秦人失金镜,汉祖升紫极"(《商山四皓》)。"秦镜"之成于
唐诗,可谓殆无疑义。

## 四、宋诗中的"秦镜"字面及"见性"新变

宋诗之不同于唐诗处,在其理趣。唐诗之浑然天成,物象现实而真切,人人俱可捕捉,而宋诗则参渗义理而玄淡,故其亲和略欠,不及唐诗天真自然。淡极而"深",不重兴象,宋诗变革,从"秦镜"意象在其中之发展与新变亦可见一斑。

唐诗以"秦镜"之物象,表现多层之感性,韵味较浓;至于宋诗,"秦镜"则首先淡化为单一性的"表层"化概念,即"秦镜"之内涵,凝滞于字面,仅突出其照彻之能与时代之维。前者,或固化成为用典而用典,如"蜀锦卷帏妆院落,秦宫开镜照池塘"(邓深《木芙蓉》),"风急汉弦断,雨多秦镜昏"(李焘《客怀》),"秦镜"意象在其中很难说具有浓厚而深沉的意味,更多只是形式上的一种表达;或承唐诗已开出的用典意义,象征"照胆"之表里澄澈,照见人心之清明通透,譬如"吏逢照胆新磨镜,事似屠牛已善刀"(刘敞《送曹辅奉议福建转运判官》),"岂徒丰狱吹毛利,兼有秦台照胆明"(司马光《留别东郡诸僚友》),"每嗟许国酬身晚,忽觉余光照胆寒"(李廌《镜屏诗二首》其一);或者更转换为说理诗之附庸,如叶味道《照胆台》:"一水磨铜镜面寒,人心蔽锢可谁观。诸君顾影清潭里,私曲分明见肺肝。"朱熹《克己》:"宝鉴当年照胆寒,向来埋没太无端。只今垢尽明全见,还得当年宝鉴看。"后者,则亦不过似前述李白之诗,用佐怀古论史之感慨而已,如:"青门聚瓜客,曾是故侯身。金镜失秦家,中原骇烟焚。"(刘弇《感寓二十首》)即使是少数的专题咏镜诗,如王镃《秦镜》,也受宋诗说理特征之影响而成为变调:"色带金铜眩怪青,照人心胆已曾灵。铸时便有山东影,不使秦皇见乱形。"由此,可以说唐诗开出的烂漫"秦镜"光泽,在宋诗中则趋于暗淡。

不过,宋诗之于"秦镜"意象,仍有一独出之贡献,即禅理哲思之"改造"。与唐诗中多所透露的情感、精神之恬静与饱满相异。宋人审美取向之宗尚,由其所持之人生哲学决定,故宋诗每多议论、说理径出者,同时亦多参悟佛理之僧诗。及于"秦镜"意象,宋代僧诗亦存

多篇,其中显见者为"明心见性"之禅宗思想,此即所谓宋诗"秦镜"之新变,如"朦朦雾色辨何分,混然不落秦时镜"(释义青《五位颂》其二),"自从打破秦时镜,总是花开腊月莲"(释慧空《喜温首座至》其二),"猕猴对秦镜,一一总没尾"(释慧空《书知微偈後》),"蒙师点出秦时镜,照见父母未生时"(释警玄《偈》)。所谓:"赵州狗子无佛性,当空掘出秦时镜。光明浑不见星儿,上下四维俱彻映。"(释了演《颂古三首》其二)"秦镜"于其中所照见者,非惟人之本性,更已形而上为哲学层面之"佛性"。

## 五、辽金元明清诗词中的"秦镜"符号

唐宋诗以外,于辽金元明清诗词中,"秦镜"意象仍得以继承延续,并且由于诗人总数、诗歌总量递增,"秦镜"的相关抒写,出现得也并不算少。然而,或许正是因为唐诗的抒情与宋诗的理趣,乃是中国古典诗歌艺术高原中两座难以逾越的高峰,所以在辽金元明清这段历史时空中,诗歌中的"秦镜"意象,不但并未产生新的实质性的突破表达与呈现,相反的,"秦镜"仿佛越来越简易固化为一个"符号",迎来送往的诗人们,在"秦镜"中寻求的"诗意",集中到某种意义上所谓的浩茫的"历史沉重感"。在他们笔下,"秦镜"二字的洞彻清华已然让位于自秦始的封建社会历史,所代表的是一个王朝的背影。如:"镜背先秦书,八字环中央。读之三叹息,此日何时光?"(金元好问《学东坡移居八首》其二);"剑锁血华空楚舞,镜埋香骨失秦妆"(元钱惟善《故宫春望次平禹成韵》);"汉宫休竞学,秦镜莫重临"(明贝琼《拟香奁八咏·其一·黛眉翠色》);"轮满开秦镜,弦斜倚汉弓"(明徐𤊹《关山月》);"秦镜尘昏莽钱缺,幸未磨穿劲于铁"(清永瑢《长生无极汉瓦砚歌》);"我有秦时镜,窈窕龙鸾痕。我有汉宫玉,触手犹生温"(清龚自珍《自春徂秋偶有所触拉杂书之漫不诠次得十五首》其四),等等。"秦镜"在其中或独自承担"历史叙事"的功用;又或与汉代的某一物象并举,表现王朝兴替与历史演变。与此类似,在辽金元明清诗词中留存的不少专题咏镜甚至专

咏"秦镜"的篇什,其用意也并未超出以物质的秦镜而怀古伤今的范畴,此不赘述。

不过,同样在此期诗歌中,"照胆镜"仍然被赋予了其本源的照心鉴胆喻意,且相对而言,数量较单纯使用"秦镜"意象的更多。诗人们更多的是以"照胆"结合"秦镜",来抒写他们心中的清辉光彩。在单一的"秦镜"越来越固化为一个历史符号的同时,"照胆镜"代替了唐宋诗中的"秦镜",行使了传播典故的原初意义的功用。这一方面的诗词例子较多,且意义便于理解,在此也便不做辞费了。

值得一提的是,在辽金元明清诗词中,"秦镜"的符号化,虽然是以"鉴往"而"感今"为其代表的,但却又不仅仅以此单一的"历史认知"结构为其全部。由于"秦镜"典故在《西京杂记》中另还包括了宫女的形象,因而,在唐宋之后的诗人们的刻画下,"秦镜"又衍生并符号化为与宫娥相融合的情感抒发结构。如:"宫女焚香别殿中,秦娥揽镜妆台里"(元周巽《芙蓉行》);"青镜暗调秦女鬓,素丝新入汉臣冠"(明邓云霄《悲秋十八咏·其十·秋蝉》);"越罗敢忘君前赐,秦鬓新添镜里霜"(明江源《次丘苏州宫词二首》其二);"月疑秦地镜,云忆汉宫衣"(胡应麟《明妃曲》);"夜凉月出仙人掌,恰似秦宫照镜时"(明胡奎《题毛女》);"秦王宫里青铜镜。能照妾胸方寸影。安得神针。绣出思君一片心"(清丁澎《偷声木兰花·怨情》);"眼波便是秦台镜,照彻狂生一寸心"(清孙原湘《纪遇》其一);"明眸两剪如秦镜,那用笺书表至诚"(清孙原湘《可恨辞八首》其四)等。在这些描摹中,"秦镜"的整体意象结构,已然被分解为了"秦女"与"秦镜"的复合式意象结构,可谓是诗人们对原初典故的再加工。当然,这不妨也可以说是另一种对"秦镜"的"符号化",并且成为唐宋诗之外的一大"秦镜"意义典型。

## 六、余论:"秦"、"镜"的语词分割与意象重组

正如唐宋诗之后的"秦镜"意象尚且存在分野,虽然"秦镜"的原

典本是以"秦王之镜"作为其不可分割的统一体,但由于古汉语以单音节字为基本属性的特点,所以"秦镜"意象在文学史视野关照下又存在语词分割与意象重组之事实。如果将"秦镜"分割为"秦"与"镜"的组构因素,就能够在诗歌发展的历史中,清晰地看到一直存在的他解的意象与含义——尤以"秦嘉镜"与"秦楼镜"为主。

典出汉诗与《艺文类聚》的秦嘉寄妇诗书,因了其中含有寄镜的主体情节,使用于诗词,往往同样被省称为"秦镜"。诗词中这一意象以宋词为多:"问甚时说与,佳音密耗,寄将秦镜,偷换韩香"(周邦彦《风流子》);"楼高望远,应将秦镜,多照施鞶"(史达祖《眼儿媚》);"秦镜满。素娥未肯,分秋一半"(吴文英《玉漏迟》);"韩香犹在,秦镜空圆"(陈允平《选冠子》);"空对秦镜尚缺,暗结回肠寸"(陈允平《丁香结》);"暗尘锁、孤鸾秦镜缺"(陈允平《浪淘沙慢》)等。除了因与"韩"、"施"之姓氏对仗而可达成鉴别以外,亦需从全文之主题与内涵作把握。又,古人以诗为言志、词为言情,置诸此一"秦镜"之辨,可谓信然。

至于"秦楼"之典,原指《列仙传》秦穆公女弄玉所居,后亦渐阑入汉乐府秦罗敷故事,本皆与"镜"无关,然中国古典诗词之用典,手法绝非凝滞,往往有逾越原典之发挥与联想,是故联系"秦楼女"与"镜",使入诗词,勾勒描摹,"秦"、"镜"结合,自唐诗已有线索可循:"相向秦楼镜,分飞碣石鸿"(武元衡《八月十五夜锦楼望月得中字》),后则更屡见不鲜:"秦楼旧镜掩明月,咸阳目送双飞鸿"(元明杨维桢《毛女》);"秦女楼中妆镜寂,王孙道上相思忆"(明朱阳仲《杨花篇》);"玉箫吹断秦楼曲,赢得红颜镜里灰"(明张引元《和母燕子楼诗》);"焉得秦楼镜,涣然开素襟"(清李瑞征《古意》),此皆可谓"秦镜"之"变格"。

综上,本文初步厘清诗词中的"秦镜"意象,为深入研究秦镜文化抛砖引玉。

(华东师范大学出版社)

**"秦镜"、"照胆镜"之历代诗词详表**

| 年代 | 作者 | 篇　名 | 相　关　词　句 |
|---|---|---|---|
| 唐 | 元　稹 | 谕宝二首 其二 | 秦镜无人拭，一片埋雾月。 |
| | 司空曙 | 故郭婉仪挽歌 | 一日辞秦镜，千秋别汉宫。 |
| | 刘长卿 | 避地江东留别淮南使院诸公 | 何辞向物开秦镜，却使他人得楚弓。 |
| | 刘长卿 | 温汤客舍 | 且喜礼闱秦镜在，还将妍丑付春官。 |
| | 刘长卿 | 陕石遇雨宴前主簿从兄兄子英宅 | 方寸抱秦镜，声名传楚材。 |
| | 刘长卿 | 杂咏八首上礼部李侍郎 | 宝镜凌曙开，含虚净如水。独悬兹台上，万象清光里。 |
| | 刘禹锡 | 奉和吏部杨尚书太常李卿二相公策免后即事述怀赠答十韵 | 诠材秉秦镜，典乐去齐竽。 |
| | 刘禹锡 | 历阳书事七十韵 | 心托秦明镜，才非楚白珩。 |
| | 张　佐 | 秦镜 | 楼上秦时镜，千秋独有名。菱花寒不落，冰质夏长清。龙在形难掩，人来胆易呈。升官宜远照，开匣乍藏明。皎色新磨出，圆规旧铸成。愁容如可鉴，当欲拂尘缨。 |
| | 张南容 | 静女歌 | 河水自浊济自清，仙台婥眉秦镜明。 |
| | 李　白 | 商山四皓 | 秦人失金镜，汉祖升紫极。 |
| | 李　白 | 宴陶家亭子 | 池开照胆镜，林吐破颜花。 |

| 年代 | 作者 | 篇　名 | 相　关　词　句 |
|---|---|---|---|
| 唐 | 杜甫 | 赠裴南部闻袁判官自来欲有按问 | 梁狱书因上，秦台镜欲临。独醒时所嫉，群小游能深。 |
| | 杜牧 | 送牛相出镇襄州 | 德业悬秦镜，威声隐楚郊。 |
| | 杜牧 | 昔事文皇帝三十二韵 | 照胆常悬镜，窥天自戴盆。 |
| | 独孤绶 | 秦镜 | 万古秦时镜，从来抱至精。依台月自吐，在匣水常清。烂烂金光发，澄澄物象生。云天皆洞鉴，表里尽虚明。但见人氛胆，妍媸定可识，全胜响应声，何处更逃情。 |
| | 徐夤 | 咏怀 | 借取秦宫台上镜，为时开照汉妖狐。 |
| | 钱起 | 送钟评事应宏词下第东归 | 蛾眉不入秦台镜，鹄羽还惊宋国风。 |
| | 蒯希逸 | 和主司王起 | 一振声华入紫薇，三千秦镜照春闱。 |
| | 无名氏（一作李益） | 府试古镜 | 旧是秦时镜，今来古匣中。龙盘初挂月，凤舞欲生风。石黛曾留殿，朱光适在宫。应祥知道泰，监物觉神通。肝胆诚难隐，妍媸信易穷。辛居君子室，长愿免尘蒙。 |
| | 张说 | 咏镜 | 宝镜如明月，出自秦宫样。隐起双蟠龙，衔珠俨相向。常恐君不察，匣中委清量。积翳掩菱花，虚心蔽尘状。倘蒙罗袖拂，光生玉台上。 |

| 年代 | 作者 | 篇　　名 | 相　关　词　句 |
|---|---|---|---|
| 唐 | 张　说 | 蜀路二首　其二 | 艺业为君重，名位为君轻。玉琴知调苦，宝镜对胆清。 |
| | 李商隐 | 破镜 | 玉匣清光不复持，菱花散乱月轮亏。秦台一照山鸡后，便是孤鸾罢舞时。 |
| | 薛　逢 | 老去也 | 匣中旧镜照胆明，昔曾见我髭未生。 |
| | 卢　纶 | 清如玉壶冰 | 玉壶冰始结，循吏政初成。既有虚心鉴，还如照胆清。瑶池断洞澈，金镜让澄明。 |
| | 张文恭 | 佳人照镜 | 倦采蘼芜叶，贪怜照胆明。 |
| | 张文成 | 游仙窟诗·扬州青铜镜留与十娘 | 若道人心变，从渠照胆看。 |
| | 王　毂 | 秦镜 | 色带金铜眩怪青，照人心胆已曾灵。铸时便有山东影，不使秦皇见乱形。 |
| 宋 | 邓　深 | 木芙蓉 | 蜀锦卷帏收院落，秦宫开镜照池塘。 |
| | 刘　弇 | 感寓二十首　其十二 | 金镜失秦家，中原啄烟炱。 |
| | 李　燔 | 客怀　其三 | 风急汉弦断，雨多秦镜昏。 |
| | 叶味道 | 照胆台 | 一水磨铜镜面寒，人心蔽锢可谁观。诸君顾影清覃里，私曲分明见肺肝。 |

| 年代 | 作者 | 篇　名 | 相　关　词　句 |
|---|---|---|---|
| 宋 | 司马光 | 留别东郡诸僚友 | 岂徒丰狱吹毛利,兼有秦台照胆明。 |
| | 刘　放 | 送曹辅奉议福建转运判官 | 更逢照胆新磨镜,事似屠牛已善刀。 |
| | 朱　熹 | 克己 | 宝鉴当年照胆寒,向来埋没太无端。祇今垢尽明全见,还得当年宝鉴看。 |
| | 李　鬵 | 镜屏诗二首　其一 | 每嗟许国酬身晚,忽觉余光照胆寒。 |
| | 杨万里 | 送吉州通判赵德辉上印赴阙 | 太守镜照胆,通守渊涵空。 |
| | 蒲寿宬 | 题瀑布图后 | 默携照胆镜,历历见情憀。 |
| | 释了演 | 颂古三首　其二 | 赵州狗子无佛性,当空掘出秦时镜。光明洞不见星星儿,上下四维俱彻映。 |
| | 释义青 | 五位颂　其二 | 朦朦雾色辨何分,混然不落秦时镜。 |
| | 释慧空 | 喜温首座至　其二 | 自从打破秦时镜,总是花开腊月莲。 |
| | 释慧空 | 书知微偈后 | 猢猴对秦镜,一一总没尾。 |
| | 释警玄 | 偈 | 蒙师点出秦时镜,照见父母未生时。 |
| | 史达祖 | 点绛唇·六月十四夜 | 可怜谁寡,偏没秦台鉴。 |

| 年代 | 作者 | 篇名 | 相关词句 |
|---|---|---|---|
| 金 | 元好问 | 学东坡移居八首 其二 | 镜背先秦书，八字环中央。读之三叹息，此日何时光？ |
| 元 | 周巽 | 芙蓉行 | 宫女焚香别殿中，秦娥拢镜妆台里。 |
| | 周巽 | 盘龙随镜隐 | 尘匣初开处，镜中龙影翻。剑飞秋水底，月出碧云端。绝色愁花妩，清光照胆寒。一从君去后，横向玉台看。 |
| | 钱惟善 | 故宫春望次平禹成韵 | 剑锁血华空楚舞，镜里香青失秦妆。 |
| | 于立 | 次韵鉴中人咏 其五 鉴湖 | 我爱鉴湖水，明如照胆铜。 |
| | 宋无 | 妾薄命 | 红绡拭镜照胆明，还疑姜貌非倾城。 |
| | 耶律铸 | 登燕都长松岛故基 | 可是浪悬秦照胆，不知谁玩汉吹毛。 |
| | 耶律铸 | 宫怨 | 照胆光芒殊未歇，守宫颜色若为消。 |
| | 耶律铸 | 采荷调 | 拟荷如宝镜，不能照胆知肝肠。 |
| | 柯九思 | 中秋醉后偶作 | 初若照胆镜，飞上天一壁。 |
| | 戴良 | 秦镜歌 | 玉之荣，石之英，光莹岂若秋金精。秋金之精铸镜成，良工锡以银华名。银华颜色如精雪，携向秦宫叹奇绝。珊瑚台上吐菱花，执珠匣中生明月。夜筹已竭晓寿终，宫女对之难为容。云鬟被首黛渝色，我貌如心不堪饰。早知鉴心如鉴貌，汉兵敢犯咸阳道。咸阳宫阙团团立，秦镜团团空殿中立，至今鬼母夜深泣。 |

续表

| 年代 | 作者 | 篇名 | 相关词句 |
|---|---|---|---|
| 元 | 黄玠 | 赠相士王云崃 | 君不见秦时照胆镜,光辉团团似明月。明月自缺还自圆,此镜一失三千年。 |
| | 杨维桢 | 香奁八咏 其二 月签匀面 | 一片清光照胆寒,玉容满镜掩飞鸾。 |
| | 刘基 | 次韵和石末公月蚀见寄 | 百炼精铜才照胆,连城白璧底生瑕。 |
| | 刘基 | 古镜词 | 百炼青铜曾照胆,千年土蚀萍花黯。想得玄宫初闭时,金精夜哭黄鸟悲。盘龙隐见自有神,神物已肯长湮沦。愿借嫦娥照华发,将与嫦娥照华发。 |
| 明 | 王恭 | 钱林一鉴负谴赴京师 | 明当抵京邑,秦台镜高悬。 |
| | 王恭 | 哭亡友陈一 | 梁狱书徒上,秦台镜亦非。 |
| | 王恭 | 古镜 | 妾有蟠龙镜,秦王在时见。绣涩隐菱花,苍苍蚀虫象。浮云漠太清,孤月沉秋练。从此知妾心,何由见君面。 |
| | 贝琼 | 拟香奁八咏 其一 黛眉颦色 | 汉宫林竞学,秦镜黄重临。 |
| | 邓云霄 | 悲秋十八咏 其十 秋蝉 | 青镜暗调秦女鬓,素丝新入臣冠。 |
| | 邓云霄 | 和陈古民镜里镜花二首 其二 | 漫道照容还照胆,谁怜分影不分香。 |

| 年代 | 作者 | 篇　名 | 相　关　词　句 |
|---|---|---|---|
| 明 | 邓云霄 | 拟古宫词一百首　其三十二 | 不畏秦台能照胆,却疑明月是依家。 |
| | 邓云霄 | 古方镜 | 阴阳鼓大炉,水火相交煽。化为双飞镜,照人大千遍。虚室自生白,毫光若空。泠泠望若空,心胆了可见。非由魏国宫,岂出秦王殿。虽无妆七宝,只有冰一片。对此问形影,幻真谁复辨。 |
| | 江源 | 饮丘苏州宫词二首　其三 | 越罗敢忘君前赐,秦鬓新添镜里精。 |
| | 李贤 | 和陶诗　杂诗十二首　其三 | 安得秦时镜,为我照衷肠。 |
| | 胡应麟 | 明妃曲 | 月疑秦地镜,云忆汉宫衣。 |
| | 胡应麟 | 贞吉以秦镜并短歌见贻赋此奉答 | 莫夸照胆秦宫镜,一对蛾眉客自愁。 |
| | 胡应麟 | 赋得盈盈楼上女 | 照胆秦宫镜,含情蜀国弦。 |
| | 胡奎 | 题毛女 | 夜凉月出仙人掌,恰似秦台照镜时。 |
| | 夏原吉 | 禁系省咎与傅生 | 宁知卞玉青蝇污,扰羞秦台宝镜悬。 |
| | 徐熥 | 关山月 | 轮满开秦镜,弦斜倚汉弓。 |
| | 梁有谦 | 闻警柬唐寅仲、张仪仲、何幼超、曾人倩四子 | 鬓短懒窥秦女镜,力歌愁揽楚人弓。 |
| | 董其昌 | 读寒山子诗漫题十二绝　其十一 | 请君自对秦宫镜,两道眉毛历历孤。 |

| 年代 | 作者 | 篇　　名 | 相　关　词　句 |
|---|---|---|---|
| | 董其昌 | 题璇源张郡侯却金舆颂册 | 即看华表含愁意，正是秦宫照胆时。 |
| | 屈大均 | 人日追哭孟王 | 镜留秦地月，衣灭汉宫香。 |
| | 毛钰龙 | 镜 | 样出秦宫制，团团宝月回。虚空开物象，心迹远尘埃。 |
| | 梁有誉 | 咏镜 | 神工铸金液，扬彩秦王宫。菱花秋不落，冰魄照临空。 |
| | 顾璘 | 剑池歌送李司法赴苏州 | 秦镜光明照人胆，汉网疏阔流余恩。 |
| | 区大相 | 金镜篇 | 共道写形归汉苑，何论照胆出秦宫。本图鉴古亦鉴今，讵云照面不照心。 |
| 明 | 王世贞 | 戏为江左变体　其一 | 秦镜照胆那无苦，汉酒消愁怨不消。 |
| | 王世贞 | 古乐府杂题二十绝　其五　贾佩兰出为段孺妻 | 空怜透指金匾美，不及秦家照胆铜。 |
| | 王世贞 | 明月篇 | 千年羿嫔长生药，百炼秦王照胆铜。 |
| | 王世贞 | 骞乐 | 百泽扬州水，秦王照胆铜。欢今心意变，不将持赠侬。 |
| | 王彦泓 | 日日 | 无由披膈教君见，想煞秦宫照胆铜。 |
| | 王偁 | 陆氏山池 | 谁甩照胆镜，中有洗心泉。 |
| | 李之世 | 王侯德政咏　其五　肺石平反 | 秦镜高悬照胆明，圜扉风静不闻声。 |

| 年代 | 作者 | 篇　名 | 相　关　词　句 |
|---|---|---|---|
| 清 | 曹溶 | 霓裳中序第一·咏镜 | 古意何年读秦篆。余的的、水心清泫。 |
| | 丁澎 | 偷声木兰花·怨情 | 秦王宫里青铜镜。能照妾胸方寸影。 |
| | 永瑢 | 长生无极汉瓦砚歌 | 秦镜尘昏茅钱缺,辛未磨劳劲寸铁。 |
| | 孙原湘 | 纪遇 其一 | 眼波便是秦台镜,照彻狂生一寸心。 |
| | 孙原湘 | 可根醉八首 其四 | 明眸两剪如秦镜,那用笺书表至诚。 |
| | 杨芳灿 | 沁园春(对月高歌) | 吾衰矣,渐容销秦镜,鬓点吴霜。 |
| | 陈方藻 | 清平乐·镜 | 寒光皎洁。认取秦时月。 |
| | 苏穆 | 大酺·秋柳 | 婵娟凭高也,更分明付与、秦台妆镜。 |
| | 龚自珍 | 自春徂秋偶有所触拉杂书之慢不诠次得十五首 其四 | 我有秦时镜,彩疣龙驾痕。我有汉宫玉,触手犹生温。 |
| | 朱为弼 | 古镜篇 | 嚅唅夜泣秦宫月,野火金虬出泉窟。 |
| | 席佩兰 | 古镜 | 一片秦时月,清光万古新。对君原是我,知尔闷多人。 |
| | 袁机 | 镜 | 我有秦宫镜,清光欲上天。近看秦花独立,远望月孤悬。 |
| | 陶瓼 | 古镜 | 先秦遗篆在,想象出深宫。明月不生处,清光与时同。 |
| | 许燕珍 | 古镜 | 肝胆照见秦女愁,又惊山鬼魍魉啾啾。 |

| 年代 | 作者 | 篇名 | 相关词句 |
|---|---|---|---|
| 清 | 王季珠 | 秦镜 | 坐视扶苏骨肉离，逐臣心地辣无疑。秦廷如果悬明镜，照胆应先照李斯。 |
| | 戴亨 | 古镜 | 宝镜今何古，秦台照胆余。积尘浑不觉，秋水失真如。 |
| | 王士禛 | 秦镜词为袁松篱作 | 荧荧古镜双盘龙，剥落泥沙露光彩。守宫注臂镜照胆，流传本出咸阳宫。当年秦并六国时，秦时明月至今在，后宫闭置千双眉。三十六年君不知。美人钟鼓散如烟，华阴道上逢山鬼。辒辌东来收天下兵，十二金人初铸成。忆昔大收天下兵，还令余事作径鉴。太乙下视蛟龙惊，刘兴巍巍向仓卒。秦镜悬照胆寒，不照长城多白骨。金干秋如一发。 |
| | 袁潘 | 咏镜 | 阿房宫中星万点，荧荧绮户秋波澄。当年对此知何人，香销腻玉愁云掩。照胆铸成粉黛悲。骊山未毕重瞳人，咸阳三月青磷氛。自从埋照归东海，苔封水浸寒光在。泼出窗前皎月生，那知朝市浮云改。绛气连朝曙太清，一泓秋水淡空明。红颜阅历知多少，霜髦怜予亦有情。 |

| 年代 | 作者 | 篇名 | 相关词句 |
|---|---|---|---|
| 清 | 周尔墉 | 秦镜歌 | 金人十二销戈戟，合欢铸出团栾璧。团栾如月色如霜，阿房曾照银河夕。秦山勒石虽万世，镐池别有神仙眷。可怜徐市楼船去，飞燕年年视六合，虎视六合人长眠。虽携百炼照胆去，不还不如镜青双飞燕。神仙海上应相见。骊山山下锅三泉，虎视六合人长眠。银蚕金雀皆幽穴，含光同作照胆去，难从身后照生前。土花碧点鹦鹉斑。绣晕红生杜鹃血。何时同地市到人间，牧儿一炬功何烈。滴水蟾蜍睡徒仿佛。黄金河梁别，土花碧点鹦鹉斑。秦地山河已劫灰，云烟过眼徒仿佛。黄金凫雁皆磨泐，一片寒冰冻不开。祖龙不能自镜在三古，碎铜零乃令此镜今日犹尘埃。鸣呼帝王之镜在三古，碎铜零瓦终成灰。后人得此转快心，发奁自胜珍璜璈。伴以晋砖著作研，位置美儿辉窗户。同向萧斋叙古欢，摩挲气作长虹吐。 |

# 民国时期的两个古代文论选选本

## 刘文勇

**内容摘要**：中国古代文论选的选本当然以郭绍虞先生二十世纪六十年代和七十年代末八十年代初的选本最为学界所知，但是它却不是中国古代文论选选本的草创。在二十世纪三十年代，已经就有两个中国古代文论选的选本了，这就是李华卿的《中国历代文学理论》和叶楚伧主编、王焕镳编注、胡伦清校订的《中国文学批评论文集》。这两个选本编选方面有若干的不同，在古代文论选选本史上不能被遗忘。

**关键词**：民国时期；古代文论选；选本

## Two Ancient Literary Selections
## in the Republic of China

### Liu wenyong

**Abstract**：The selected works of ancient Chinese literary theory is of course familiar to Mr. Guo shaoyu since the 1960s, but it is not the earliest compilation of ancient Chinese literary theory. In the 1930s, already have two anthology of ancient Chinese literary theory, which is Chinese literary theory In the past dynasties edited by Li Huaqing and Essays on Chinese literary criticism edited by Ye Chucang. There are some differences in the selection of these two Selected works, They cannot be forgotten in the anthology history of ancient literary theory.

**Keywords**：during the period of the Republic of China；ancient literary theory；selected works

　　民国时期对"诗文评"的国故整理除了在思想上整理出中国文学批评史这类著作之外，与中国文学批评史相关联的一个整理成就是对历代论文之作的文献整理，这方面的情况今日学界似乎不大熟悉，故而今日有必要略作介绍，以具体而微地呈现中国古代文论现代整理与研究的细节与真实状貌。

　　今日学人大多只知道郭绍虞先生于二十世纪六十年代有主编《中国历代文论选》的工作与贡献（1978 年后又进行了修订重编），而且还有人以为这是别人此前完全没有做过的工作。其实，这一结论下得太过于仓促了。殊不知，在二十世纪三十年代就有了两部中国历代文论选的本子了，已经有人作过这方面的草创工作。这两部文论选，一部是李华卿的《中国历代文学理论》，该书 1934 年 9 月初版，另外一部是叶楚伧主编、王焕镳编注、胡伦清校订的《中国文学批评论文集》，该书 1936 年 7 月初版，1937 年 3 月二版。

　　李华卿《中国历代文学理论》书前有一个序，作者自称该书"是一部加以相当精密的选择的中国历代的许多人们对于文学之见解与理论的辑集"，但同时作者又声称"这十万字左右的辑集"远远没有"达到'完善'之境域"，只是"尚不失为案头上一本参考的东西"而已。据作者李华卿先生说，如果读者期待"更详尽与完美的关于中国历代文学理论的文献"，那么请期待于姜亮夫先生，作者提前给大家透露了一个大消息，说"姜亮夫先生将有百万言的整理之劳作问世"。而对于自己所编选的这部古代文学理论文献的"辑集"，作者坦言"因篇幅之限制，致使许多'诗话''词话'等精采的理论未能编入"，作者认为这是"颇令人怅然而又没有办法的一回事"。① 从这些透露的消息看，姜亮夫先生早就有编写一部百万字的中国历代文论选的计划，只是不知道为何后来竟然没有把这一项工作完成，从而在二十世纪六十年代变换到由郭绍虞先生来主持来完成这一项目的工作了。该书虽然从篇幅上说不能与二十世纪六十年代完成的《中国历代文论选》四卷本相比，但初创的贡献是不可磨灭的。其选文的优点缺点均足以成为后人的借鉴。由于是早期的中国历代文论选，所以有必要把该书具体选文篇目作一个陈列，以见其梗概：

周：《论语》节录。

汉：《汉书艺文志序》节录（班固），《关雎序》（卫宏），《楚辞章句序》（王逸），《论衡·自纪》篇（王充），《诗谱序》（郑玄）。

魏：《典论·论文》（曹丕）。

晋：《三都赋序》（皇甫谧），《文赋》、《文章流别》——论诗赋（陆机、挚虞）。

六朝：《雕虫论》（裴子野），《宋书·谢灵运传论》（沈约），《诗品序》（钟嵘），《文心雕龙》——《明诗》、《乐府》、《诠赋》、《论说》、《总术》（刘彦和），《南齐书·文学传论》（萧子显），《文选序》（萧统），《颜氏家训·文章篇》（颜之推）。

隋：《上高祖革文华书》（李谔）

唐：《隋书·文学传序》（魏征），《文章论》（李德裕），《史通》——《载文》、《二体》（刘知几），《答李翊书》（韩愈），《与元九书》（白居易），《杜工部墓志铭序》节录（元稹），《诗品》（司空图）。

宋：《伊川击壤集序》（邵雍），《书梅圣俞诗后》（欧阳修），《答谢民师书》（苏轼）《胡宗元诗集序》（黄庭坚），《离骚新序》（晁补之），《诗集传序》（朱熹），《乐府诗集序》（李孝

① 李华卿《中国历代文学理论》"序"，神州国光社，1934 年 9 月初版。

光),《跋黄瀛甫拟陶诗》(真德秀),《正声序论》(郑樵)

元:《论乐府主声》(吴莱),《十二月乐词引》(孟昉)。

明:《答章秀才论诗书》(宋濂),《文章辨体》——《辨诗》、《辨骚赋》(吴讷),《文体明辨序》(徐师曾),《诗体明辨序》(沈骐),《诗赋群书备考》——《论诗乐》、《论赋》(袁黄),《元曲选序》(臧晋叔),《东川子诗序》(唐顺之),《论文》上、下(袁伯修),《雪涛阁集序》(袁中郎),《诗归序》(钟伯敬)。

清:《五七言诗选序》(姜震英),《诗集自序》(陈祖范),《七十家赋钞序》、《诗选序》(张惠言),《文理》(章学诚),【《日出人行》(李白)】《文史通义·诗教》上、下(章实斋),《文言说》(阮元),《与阮芸台宫保论文书》(刘开),《读诗说》上(刘开),《古文辞类纂序》(姚鼐),《复鲁絜非书》(姚鼐),《湖南文征序》、《欧阳生文集序》、《复陈右铭太守书》(曾国藩),《与筱岑论文派书》(吴敏树),《人境庐诗草自序》(黄遵宪),《人间词话》节录、《元剧之文章》、《红楼梦评论》(王国维),《小说与群治之关系》(梁启超),《致蔡孑民书》(林纾)

附录:《覆林琴南书》(蔡元培)

合计大约七十五篇选文,这样一个规模,选文的精当确实是关键,从其选文可以看出,这与郭绍虞先生二十世纪后半叶主编的选文六十六篇的《中国历代文论选》一卷本规模不相上下,但二者选文确实有不少差异。但鉴于李先生的选本是现代以来早期的中国历代文论选本,所以还是应该给予其应有的赞扬。当然,如果把郭先生主编的《中国历代文论选》四卷本与李华卿编写的《中国历代文学理论》比较的话,确实可以说郭先生的书后来居上,规模和注释解说方面皆胜于李先生的选本。本书选文中出现了一个不该出现的状况,那就是李白的诗歌《日出人行》居然出现在选文中,而且还是出现在清代部分,这可是本书的"自杀性事件"。

叶楚伦主编、王焕镳编注、胡伦清校订的《中国文学批评论文集》则在李华卿先生的选本之后出现,从其主事者分为"主编"、"编注"、

"校订"来看,确乎要比李先生的考虑要周详一些了,但是选文篇数却少于李华卿先生的选本,只有五十多篇,为比较的方便,此处也不厌其烦的把叶楚伧主编、王焕镳编注、胡伦清校订的《中国文学批评论文集》的选文篇目罗列出来:

《诗序》(卜商)

《史记·司马相如传赞》(司马迁)

《法言·问神》篇节录(扬雄)

《论衡·书解》篇节录(王充)

《汉书·司马迁传赞》(班固)

《汉书·艺文志·诗赋略序》(班固)

《典论·论文》(魏文帝)

《与杨德祖书》(曹植)

《文赋》并序(陆机)

《抱朴子》外篇《辞义》(葛洪)

《雕虫论》并序(裴子野)

《陶靖节集序》(萧统)

《诫当阳公大心书》(梁简文帝)

《文心雕龙·情采》(刘勰)

《颜氏家训·文章》节录(颜之推)

《史通·言语》(刘知几)

《史通·浮词》(刘知几)

《史通·叙事》(刘知几)

《答杨中丞书》(柳冕)

《答李翊书》(韩愈)

《杨评事文集后序》(柳宗元)

《答韦中立论师道书》(柳宗元)

《答李生书》(皇甫湜)

《答王载言书》(李翱)

《与元九书》(白居易)

《与王霖秀才书》(孙樵)

《答吴充秀才书》(欧阳修)

《南齐书目录序》(曾巩)

《宗兄字文甫说》(苏洵)

《上人书》(王安石)

《答谢民师书》(苏轼)

《答李推官书》节录(张耒)

《文说·赠王生黼》(宋濂)

《空同子瞽说》节录(苏伯衡)

《董中峰侍郎文集序》(唐顺之)

《日知录》论文九则(顾炎武)

《文濲序》(魏禧)

《与任王谷书》(侯方域)

《与魏叔子书》(邵长蘅)

《答陈霭公书》(汪琬)

《答申谦居书》(方苞)

《论文偶记》六则(刘大櫆)

《骚赋论》上(程廷祚)

《骚赋论》中(程廷祚)

《骚赋论》下(程廷祚)

《复家渔门论古文书》(程廷祚)【备注：原文把"程廷祚"写成了"程延祚"，今改正】

《文史通义·诗教》上(章学诚)

《文史通义·诗教》下(章学诚)

《复鲁絜非书》(姚鼐)

《答李璠玉书》(朱仕琇)

《大云山房文稿初集自序》节录(恽敬)

《四六丛话》后序(阮元)

《送周荇农南归序》(曾国藩)

《湖南文征序》（曾国藩）

《家训》四则（曾国藩）

从所选篇目可以看出，二者交叉部分其实不多，各有自己的编选理念，就本书而言，编者在"序言"中简略地叙述了中国古代文学批评的情况，并对选择文章方面作了约略的说明，编者以为中国虽然文学特别发达但是"论文的专著却极不发达"，仅仅"只有刘勰《文心雕龙》，是一部有系统有价值的名著"，余则"如刘知几《史通》，章学诚《文史通义》，虽颇有精采，但重在史学方面，不是专门论文"，再则就"散佚不传"、"不能窥其全豹"，再次的其他各论文之书又是"抒发个人的心得，随手札记，散而不该，遍而不全"，总之，在作者看来均"不能和《文心雕龙》相提并论"。由此而作者归纳对传统文论的观察说："可见中国文家，向来是不喜欢做大部的书，来议论文章的。"鉴于这种情况，所以选择历代的文学批评的文章，就显得比较的困难与特别："所以他们对于文学的意见，只有在写信给朋友，或是做诗文集序跋等文的时候，尽量地发抒讨论。"也因此而现在要研究古人的文学见解"除了从各家文集里，搜罗些断简零篇，更没有好的方法。"也就是说，编者虽然编辑了这本《中国文学批评论文集》的书，但在他们看来，究竟还是属于"断简零篇"，也就是说不够系统了，不够专门了。虽然古人无意于在论文方面做得够专门与专业，但合观确乎讨论的问题还是很多，"有的讨论文学的界说，有的讨论文学的起源，有的讨论文学的内容，——感情，思想——至于文章的体裁，流别，标准，作法……等等，也随在可以发现他们研究的结果"，虽然编者列出了古人论文的各方面内容，但是编者却在选编本书时候"没有把他分类"①而编辑出来，分类而研究留给读者自己去进行。

从编者的"序言"中还可以看出编辑该书还有现实意图，一则针对的是那些"毫未研究文学的人，学会了一些门面话，便也依草附木，

---

① 叶楚伧主编，王焕镳编注，胡伦清校订《中国文学批评论文集》"序言"，正中书局，1936年7月初版，1937年3月二版。

摇旗呐喊"的现象,一则针对的是受新思潮影响而来的那些新现象,编者认为传统文学批评的论文者"受儒家的思想影响最深",故而坚持"美善合一"的文学原则,而编者认为"'美善合一'是我国的优点,应当继续效法保存的",但是现实中却有一股反叛传统这一原则的思潮,"现在有一般人,发生厌倦的心理,又因他能束缚行为,不能任意放纵,感觉极端的不便,所以要把他推翻,另用浪漫派来代替。"对于这些现象,编者特别的不认可,在这些编者看来"古人的学说,何曾动摇得分毫",所以编者期待青年读者能够从这个选本中"晓得前人论文的本来面目"①从而改变"将他一笔抹杀"的时代心态。从这些言论可以看出编者的良苦用心,还是力图在反传统大潮中为历代论文的思想辩护而为保存国粹作出一些努力和贡献。

李华卿的《中国历代文学理论》和叶楚伧主编、王焕镳编注、胡伦清校订的《中国文学批评论文集》两书合观,李华卿先生的《中国历代文学理论》一书标有明确的朝代名称而按朝代编辑排列,而叶楚伧主编、王焕镳编注、胡伦清校订的《中国文学批评论文集》虽然也是按朝代编辑排列,却没有标出各朝代的名称。如果具体到各个时代选文方面去观察,则可发现二者的编选理念与观点上的区别。

先秦选文方面,李华卿先生选本(下皆称"李本")是"《论语》节录",而叶楚伧先生选本(下皆称"叶本")的选文是《诗序》,标出的作者是卜商,卜商即是子夏,所以叶本编者定位《诗序》为春秋时代的文献了。李本把《关雎序》放在汉代并列出其作者为"卫宏",既然认定《诗序》是汉代卫宏所作,而先秦论诗的代表当然另有其人,李先生选择《论语》作为代表先秦论诗的作品也在情理之中,但二者先秦选文均未选《尚书》和《左传》中任何关于诗言志说方面的文字,不能不说是一个缺陷。至于汉代选文,李本选了五篇,叶本也选录了五篇,李本的《汉书艺文志序》与叶本的《汉书·艺文志·诗赋略序》虽所列名

① 叶楚伧主编,王焕镳编注,胡伦清校订《中国文学批评论文集》"序言",正中书局,1936年7月初版,1937年3月二版。

称不同,选文内容实际上完全相同,二者选文篇数相同,但选文有异,二者都选录王充的文章但选文亦异,李本未选录扬雄的文章而叶本有收录,李本把《关雎序》放入汉代而不是先秦,说明在《诗序》作者问题上与叶本的编者观点不同。就汉代而言,两个选本其实各有偏至,选文合在一起就比较完备一些了。三国的曹魏时代文采繁盛,论文之作也屡出,后世史家大多以为此一时期为中国文评的真正开始,两个选本均选择了《典论·论文》(曹丕),这是既有的共识的延续也是现实的共识,只是叶本除了选入《典论·论文》(魏文帝)外,又把《与杨德祖书》(曹植)选入其中,就曹魏时代而言,叶本更完备一些。晋代选文方面,李本选文三篇,而叶本选入两篇,选文共同者为陆机《文赋》,其余则异,异者合在一起就更好一些。六朝选文方面,李本选录总计十一篇,叶本仅仅选了五篇,二者选文共同者仅有裴子野的《雕虫论》和颜之推的《颜氏家训·文章》篇,从全面性而言,当然李本胜过叶本,钟嵘《诗品序》与萧统《文选序》叶本居然没有选入,这更是比较大的不足了。就刘勰《文心雕龙》二者选文而言,李本选入了五篇,可见其重视程度,而重视的重心似乎又是《文心雕龙》中的"论文叙笔"的传统所谓"文体"部分,而叶本选录的则是《文心雕龙·情采》篇,重视的是《文心雕龙》中的"文术"方面。至于隋代部分,李本选了《上高祖革文华书》(李谔)一篇,叶本则无,李本胜叶本。唐代部分李本选文共计八篇,叶本选文总计十一篇,韩愈的《答李翊书》与白居易的《与元九书》两个选本均选入,两个选本均重视刘知几《史通》,各自选入了两篇与三篇,单个作者选文数量最多,只是二书选文具体篇章不同而已。李本中没有选入柳宗元任何论文之作,似乎是一个局限,叶本选择的论古文方面的作品比较多,是其选文的一个特点,而对唐代诗论则有所忽略,没有选入司空图的《诗品》则是其重大不足。宋代选文方面李本选入共计九篇,叶本选录五篇,相同的选文仅有苏轼的《答谢民师书》,从反映宋代论文全面性观察,当然还是李本胜出,叶本重心似乎只在宋代古文家的论文方面,对于理学家的论文言论与宋代诗论则基本上没有反映。元代选文李本有《论乐府主声》(吴莱)和《十二月乐词引》(孟昉)两篇,叶本则无,也可谓李本胜过叶本。明代选文李本选录总共十三篇,叶本仅选录了三篇,选文无相同者,显然后者阙略过多不足以反映明代的文评的基本面貌,李本似乎选录文体论著作方面的文章较多,是其在该期选文方面的一个特点。清代选文方面,李本选文总计二十一篇,叶本选文共计二十篇,选文规模相当,但选文相同者仅有姚鼐的《复鲁絜非书》与曾国藩的《湖南文征序》两篇,选文差异如此之大,但估计双方都认为自己选文反映了清代文评的基本情况,实际上互异的部分组合起来才能见出清代文评的基本面貌。这两个选本,选文互异的情况确实占据了主流,这为后人再继续进行这类工作提供了经验教训,也为后人去集成而编辑出更全面的"文论选"提供了基础。

李先生的《中国历代文学理论》只有选文,无任何注释与解说,这确乎是一个局限或者缺点,但编者也许认为这些古文论文章本无文字方面的障碍而不予以注释和解说,也不是完全没有可能。而叶楚伧主编、王焕镳编注、胡伦清校订的《中国文学批评论文集》每篇选文后有"传略"、"结构大旨"、"注释"三个部分对选文进行解读解说,这是后者比前者方便读者的地方。前者《中国历代文学理论》在文字方面也若干问题,选文第一篇《〈论语〉节录》中就赫然看见几处绝对不应该出现的问题,把"君子以文会友"的"友"字弄成了"有"字,把"文质彬彬,然后君子"弄成了"文质彬彬,然而君子",本来应该是"鲤趋而过庭。曰:'学诗乎'"却在文中弄成了"鲤趋而过庭。曰:'诗学乎'",本来应该是"多识于鸟兽草木之名"却弄成了"多识于鸟兽之名"[1],第一篇是任何一本书的门面,是读者触目可见的地方,错漏之处却在该书中出现如此频繁,确实不应该。后者《中国文学批评论文集》既有"主编"又有"编注"者,还有"校订"者,在文献的准确性方面确实是大大地高于前者。

两个选本虽然有若干的不同,但是却有一个重要的共同点,就是

---

[1] 李华卿《中国历代文学理论》,神州国光社,1934 年 9 月初版,第 1—2 页。

他们的"文论选"基本上可以算是诗论、文论的选本,词论和赋论比较少,小说论、戏剧论甚少或者没有,李华卿先生选本中只有王国维《红楼梦评论》和梁启超的《小说与群治之关系》两篇,戏剧论方面仅仅只有臧晋叔的《元曲选序》和王国维先生的《元剧之文章》两篇,叶楚伧主编、王焕镳编注、胡伦清校订的《中国文学批评论文集》选本中的小说戏剧论为零,而这反映了即使民国时期,在中国古代文论领域中诗文评论还是占据绝对主流,小说戏剧论还处于绝对的边缘地位,这与当时写作出来的《中国文学批评史》的情况大体相似。而改变这一选文情况的则是郭绍虞先生在二十世纪后半叶主持编辑的《中国历代文论选》了,从二十世纪六十年代出版的郭绍虞先生主编的三卷本《中国历代文论选》到二十世纪七十年代末八十年代初出版的郭绍虞先生主编的四卷本《中国历代文论选》,可以看出这一明显的变化,三卷本中已经对小说论、戏剧论方面加以了重视,在"前言"前的一个说明中就有这样的文字:"刘大杰参加校订并担任小说、戏曲方面编写工作。"①这说明是把小说论、戏曲论作为专题让专人负责在作选文方面的工作了,而四卷本的"前言"中又说:"由三卷增为四卷,而增加最多的又是小说、戏剧、民歌等方面的理论。"②可以看出,在三卷本基础上又对小说论、戏剧论方面的选文增加了选文数量。

选本也是时代风气的体现,从这几个中国古代文论选本就可以看出这一点。奇怪的是,郭绍虞先生的文论选选本作为后来居上者,在其"前言"、"例言"中从来没有看见对此前有过的相关选本的交待与介绍。上面介绍的两个古代文论选本,出版地均在上海,郭先生1942年后长期在上海大夏大学、之江大学、光华大学、同济大学等大学中文系任教授,按理对上海出版界出版过的古代文论或者古代文学批评领域中的著作应该知情才是。《中国历代文学理论》的编者李

---

① 郭绍虞主编《中国历代文论选》上册,中华书局上海编辑所,1962年。

② 郭绍虞主编、王文生副主编《中国历代文论选》第一册"前言",上海古籍出版社,1979年。

华卿先生的简历不详,《中国文学批评论文集》的主编者叶楚伧先生是二十世纪二三十年代的高官名流,出任过江苏省政府主席、国民党中央党部宣传部长、秘书长、中央政治会议秘书长,1935年出任过国民政府立法院副院长,而该书的编注者王焕镳先生即王驾吾先生,1936年在浙江大学任教,该书校订者胡伦清先生北京大学中文系毕业,民国时期也曾经在浙江大学任教,对于这些人郭绍虞先生按理应该是知道了解的,对他们主编或者编注校订的古代文论选本,按理应该知情,如果知道相关情况而不在古代文论新选本的"前言"或"后记"中作一些介绍,恐怕有一些不为人知的内情存在,或者是政治上避嫌的原因,或者是其他原因,总之,郭绍虞先生完全不知情的情况是很难的。再说,李华卿先生在其编辑的书中"前言"提到原来打算撰写百万言的"更详尽与完美的关于中国历代文学理论的文献"的姜亮夫先生也是学界著名专家,二十世纪六十年代也健在而且在杭州大学中文系任教,王焕镳先生、胡伦清先生此一时期也在杭州大学任教,为何郭绍虞先生编辑《中国历代文论选》时候没有邀请这些曾经编辑过古代文论选的学者参与,但却邀请了杭州大学的夏承焘先生参加,也邀请了苏州大学的钱仲联先生参加,钱仲联先生曾经在伪中央大学任教过,还和汪精卫有诗词来往,郭绍虞先生反而在政治上的不避嫌,这其中的原因也不明白。总之,在郭绍虞先生的《中国历代文论选》前,早就有过古代文论选的选本了,这是历史的事实,对于只看见过郭绍虞先生主编的选本的读者而言,如果因此就以为郭先生的《中国历代文论选》是草创性的工作了,那就其实不然了,故而拣出民国时期的两个古代文论选本介绍给学界以澄清中国古代文论选选本的历史脉络与情况。

**附记:**

民国时期除了以上两部正式出版的中国古代文论选本外,其实还有朱自清先生所编的《诗文评钞》,据朱自清先生全集整理者朱乔森先生说该《诗文评钞》并非朱自清先生"本人的著作",仅仅是朱自清先生在清华大学中文系教书时候所用所编的"教材或教学参考材料"①而已。其最早编辑年份今不详,大约是在1936年左右。《诗文评钞》分"编年目录"与"分类目录",就其编年目录而言,所选文章有54篇,具体篇目如下:

> 《诗大序》,郑玄《诗谱序》,魏文帝《典论·论文》,葛洪《抱朴子·钧世》,梁昭明太子《文选序》,沈约《宋书·谢灵运传论》,钟嵘《诗品序》,刘勰《文心雕龙·神思》、《文心雕龙·情采》、《文心雕龙·声律》、《文心雕龙·丽辞》、《文心雕龙·比兴》、《文心雕龙·事类》、《文心雕龙·知音》,刘知几《史通·模拟》,韩愈《答李翊书》,李翱《答王载言书》,白居易《与元九书》,司空图《二十四诗品》,《旧唐书·杨炯传》(一节),沈括《梦溪笔谈》(一节),《周子通书·文辞》,严羽《沧浪诗话·诗辩》(二节),高棅《唐诗品汇·总叙》,李东阳《怀麓堂诗话》(三节),李梦阳《驳何氏论文书》,茅坤《唐宋八大家文钞·总叙》,袁中道《宋元诗序》,陶望龄《拟与友人论文书》,金喟《水浒传·序三》,顾炎武《日知录·文辞欺人》、《日知录·文人模仿之病》,陈祚明《采菽堂古诗选·凡例》(二节),王士禛《唐贤三昧集序》、《古诗平仄论》,朱彝尊《寄查德尹编修书》,方苞《代古文约选序例》,沈德潜《唐诗别裁集·凡例》,袁枚《答沈大宗伯论诗书》,《四库全书总目·诗文评叙》,章学诚《文史通义·诗教》上、《文史通义·质性》、《文史通义·文理》,姚鼐《复鲁絜非书》,汪中《述学·释三九》上中下,张惠言《词选叙》,周济《宋四家词选·目录序论》,焦循《易余龠录》(一节),翁方纲《格调论》上下、《神韵论》下,阮元《书梁昭明太子文选序后》,阮福《文笔对》,曾国藩《与刘孟容书》,章炳麟《国故论衡·文学总略》。

而"分类目录"是把"编年目录"中的所有文章按类重新编辑而已,以

---

① 朱乔森编《朱自清全集》第12卷,江苏教育出版社,1998年,第411页。

"论比兴等十三目"、"论模拟等十目"、"论文笔等八目"、"论声病等八目"、"论神气等四目"、"论品藻等十三目"这些子目进行归类,总计细目有五十七个,但具体细目名称现在的《朱自清全集》第十二卷中未看见,不敢妄言。由于本人所见朱自清先生的《诗文评钞》是今人排印本,未见朱自清先生《诗文评钞》原稿或原稿影印本,故而此处不宜多论,只能略加介绍而附于文后,以备读者诸君进一步查考。

(四川大学中文系)

# 梁漱溟、熊十力从生命论至文艺观的分歧*

## 王守雪

　　**内容摘要**：梁漱溟早年以"直觉"论述生命的特征，但随后加以扬弃，思想学术发生了重要转变。转而以"无私的感情"提示人生修养的目标和方法，弘扬"中国人的理性"。他认为生命是一个通过修养达到自觉的过程，只有不断汰杂去执，方能洞见宇宙本体；但生命本身不具有本体的意义。在这一点上，他与熊十力发生了重要的分歧，熊十力认为生命乃"一真之流行"，即流行即主宰，体用不二，生命具有本体的意义。二者呈现超越"五四"精神的两种思路。梁漱溟从"无私的感情"抽引出来的文艺思想，将文艺引向"高明"之境，对新文艺出现的重重弊端，痛下针砭，并指示价值的方向。熊十力对于"五四"新文化顺势承受而加以超越，其生命的文学观，展现人性的广阔视野。对于新文艺显示出来的单一"现代"价值观、功利主义等等，具有对症治疗、强化肌体的意义。

　　* 基金项目：国家社科基金一般项目"近代文化保守主义学术系统与中国文论建设研究"(项目编号：15BZW118)

**关键词**：现代新儒家；梁漱溟；熊十力；生命；
理性；文艺思想

# Divergence on Views between Liang Shuming and Xiong Shili from Life Philosophy to Literature and Art

## Wang Shouxue

**Abstract**：Liang Shuming expounded the feature of life with the idea of *intuition* on his early years while he developed and discarded some aspects of this theory later thus it brings a vital change to his own thoughts and academic views. He shifted his former ideas to *unselfish emotion* which can be used to imply the target and means of cultivation of life and carry forward *the Chinese rationality*. He considered life as a process of reaching consciousness to see the true nature of universe through self-improvement and the unceasing elimination from distractions and wrong obsessions. However, he didn't think the life itself contains the ontological meaning which is opposite from Xiong Shili who regards life as a pure perfection running through daily life by its own inner fragments, specifically, life is embodied in every moments and that counts the most during the process; the ontology and the methodology share the identity; life itself contains the ontological meaning. Those two thoughts transcended *the spirit of the May Fourth Movement* and presented two brand new paths. Liang Shuming, giving sharp criticism against all sorts of shortcomings arising from *the Chinese new literature and art*, revealing the correct orientation of the true value, extracted his literary thoughts from *the unselfish emotion* which brings Chinese literature and art to *detachment state*. Xiong Shili, taking advantage of the opportunity of the *May 4th New Culture Movement*, inherited *the new culture* and transcended it. His views of life of literature reveal a broad horizon on humanity and it does good to overcome the shortcomings, that is, the unitary value, utilitarianism and others shown from *the Chinese new literature and art*. Moreover, his views prompt and enrich the contents of *the Chinese new literature and art*.

**Keywords:** contemporary Neo-Confucianism; Liang Shuming; Xiong Shili; Life Philosophy; rationality; literary thought

　　梁漱溟(1893—1988)与熊十力(1885—1968),常被称为现代新儒家思潮早期的代表人物,加上马一浮称为"三圣"①。三人之学博大精深,难见涯涘,讨论者颇不乏人,能继之而起"接着讲"并开出学术新境界者首推熊十力一脉。熊十力的三大弟子——唐君毅、牟宗三、徐复观皆成就卓越,在港台有大批再传弟子,硕果累累。然而,近一个时期,关于"中国儒学前途"的问题,颇有"心性儒学"与"政治儒学"之争,进而有"大陆新儒家"与"港台新儒家"之目,有人提出:"中国儒家的未来,也许更多是回到梁漱溟,而非牟宗三。"②这里虽然没有将梁漱溟和熊十力加以对列,但隐然包含他们代表的两个系统。两人在生前交往颇深,学问见解也有不少分歧,特别是梁漱溟著《读熊著各书书后》,对熊先生的批评甚为激烈;又选录《熊著选粹》,指示"先生之学固自有其真价值不容抹杀";晚年书写一系列相关回忆文章,谈二人学术因缘,关于"现代新儒学"思潮发生展开的曲折,亦可概见。两人之学,到底属于一个系统,还是两个不同的系统?本文拟从两人之生命观切入,以窥其学术归趣之差异,并进而探索二者文艺思想对于建设中国文化的资源价值。

---

　　① 王汝华《"知变化之道者"的三种视角——由梁漱溟、熊十力、马一浮的易学观点切入》,《孔子研究》,2014年第5期;郭齐勇《现代三圣:梁漱溟、熊十力与马一浮》,《光明日报》,2015年4月30日第11版。
　　② 刘悦笛《评估"心性儒学"与"政治儒学"之争——兼论中国儒学的前途》,《学术争鸣》,2015年第5期。

# 一、梁漱溟、熊十力对生命哲学的扬弃

论梁漱溟、熊十力者,常常以梁著《东西文化及其哲学》(1921 年成书)、熊著《新唯识论》(1932 年成书)作为其最重要的代表性著作,也作为现代新儒学的开山之作。二著皆以儒学、佛学的法相唯识学及西方生命哲学为基础,而以重建道德的形上学为旨归。特别是生命哲学的输入,对于中国儒学向现代新儒学的转变具有极为重要的意义。[①] 学界阐述现代新儒家的文化观及文艺观,往往也是以其"生命论"为基点的。[②] 然而,值得注意的是,梁漱溟对自著的《东西文化及其哲学》这本书,并不坚持。在出版的第二年所写的《第三版自序》中,已颇有"悔悟"之意:其一是以"直觉"、"理智"来解释《中庸》"极高明而道中庸"所谓"双的路",云"孔子一任直觉","及明代而阳明先生兴,始祛穷理于外之弊而归本直觉——他叫良知。"其二是关于书中的中心观点:"(一)西洋生活是直觉运用理智的;(二)中国生活是理智运用直觉的;(三)印度生活是理智运用现量的。"梁漱溟"愿意一概取消","请大家不要引用他或讨论他"[③]。《第八版自序》又云:"其后所悔更多,不只是于某处晓得有错误,而是觉悟得根本有一种不对。于是在十五年春间即函请商务印书馆停版不印。"附录 1926 年所作《人心与人生自序》云:"从前那本《东西文化及其哲学》原是讨论人生问题,而归结到孔子之人生态度的。自然关于孔子思想的解说为其间一大重要部分,而自今看去,其间错误乃最多。根本的错误约有两点。其一:便是没把孔子的心理学认清,而滥以时下盛谈本能一派的

---

① 程潮《生命哲学的输入及其对现代新儒家的影响》,《嘉应大学学报》,1995 年第 2 期。

② 张毅《儒家文艺美学——从原始儒家到现代新儒家》(南开大学出版社,2004 年),末二章"现代新儒家的文化观及文艺观"、"现代新儒家的生命哲学和美学"以"人生哲学、生命哲学"作为现代新儒家文艺美学的基础。

③ 《梁漱溟全集》第一卷,山东人民出版社,1989 年,第 321—323 页。第 485 页下编者注云:著者曾于此加注云:"此下一大段话,由于当时对于人类心理认识不足,以致言词糊涂到可笑可耻地步。1975 年老叟自批。"

心理学为依据,去解释孔学上的观念和道理;因此通盘皆错。……"①

梁漱溟一再表示要"取消"《东西文化及其哲学》一书中的重要观点,告诫人们不能作为讨论他的依据,但还是一再被人引用,并作为讨论初期现代新儒家的代表性著作,这是值得注意并探究的。首先,梁漱溟为什么要收回自己的观点?其次,他有什么新见可作为自己修订旧作的核心观点?梁漱溟对此二问题皆有交待,但因过于简练而不太容易引起人们的注意。关于前者,最大的要点是梁漱溟对于生命哲学改变了自己的看法,或者说放弃了以"直觉"解释儒家哲学的种种努力。在《东西文化及其哲学》里,他认定柏格森走的是"直觉"一路,罗素走的是舍去经验的"理智"一路,而佛家由"现量"去"我执"、"法执",直证"真如"本体——便是"形而上学"一路了。认定柏格森坚持的"直觉"是与孔子哲学相应的,代表了当时世界文化应有的价值方向;罗素于本能、理智之外又标举"灵性",则代表西方文化的反省,由一味的主智路线转而向东方文化的学习和吸取;至于印度佛教文化,虽可见体,但"去执"对于眼下的多数中国人面临的弱肉强食境域来说,不但不能解决问题,而且从效果上可能更助长中国之乱,所以佛教的"机运"是遥远未到的。梁漱溟对生命哲学态度的明显转变应始于1926年初,此际偕北京大学诸生每星期五会于卫西琴的住所举行讨论之会。卫西琴是德国人,民国初年来到中国,从事教育学、心理学的研究,自谓自己的学问与孔子相契合。卫西琴讥讽当时流行的"心理学"为"身理学",强调人的精神力量,人的精神力量则来自于"人心"。他把人的"身体力量"称作"感觉力",而将人心的力量称作"精神力",人心的精神力量应该是身体力量的"解放",指向"创造"。这样的分别,可能针对的不仅仅是生命哲学,但生命哲学本能与直觉的含混之处应该在他的批判之列。梁漱溟此际对罗素有了更高的认识,认为卫西琴"与罗素开导人的创造冲动减低人的占有冲

---

① 《梁漱溟全集》第一卷,山东人民出版社,1989年,第328—329页。

动之论相合"①,对罗素标举的"灵性"说重新加以开掘,并实现了思想的重要转变:放弃"直觉"说,转而弘扬"中国人的理性"②。从此,"中国式的理性主义"成为梁漱溟思想的核心。

熊十力创"体用合一"之论,心通乎本体是其反复申说的根本大义。《新唯识论》文言文本《明宗》云:"今造此论,为欲悟诸究玄学者,今知实体非是离自心外在境界,及非知识所行境界,唯是反求实证相应故。"③后来语体文本解释说:"本体非是离我的心而外在者,因为大全(大全,即为本体)不碍显现为一切分,而每一分又各都是大全的。……各人的宇宙,都是大全的整体的直接显现,不可说大全是超脱于各人的宇宙之上而独在的。"④在熊十力的哲学思想中,"心"、"生命"、"仁"等皆具有本体的意义,在本体的意义上,是可以彼此替换的范畴。

> 聪明觉了者,心也。此心乃体物而不遗,(心非即是本体。然以此心毕竟不化于物故,故亦可说心即本体耳。体物云者,言此心即是一切物的实体,而无有一物得遗之以成其为物者也。)⑤是以主乎耳目等物而运乎声色等物。……浑然全体,即流行即主宰,是乃所谓生命也。(或问生命一词定义如何?余曰:此等名词,其所表诠是全体的,势不能为之下定义。然吾人若能认识自家固有的心,即是识得自家的生命,除了此心便无生命可说也。至世俗言生命者,是否认识自心,则吾不之知也。)宇宙只此生命发现,人生只此

---

① 梁漱溟《介绍卫中先生的学说》,《梁漱溟全集》第四卷,山东人民出版社,1989 年,第 811 页。

② 关于梁漱溟思想的转变,已有学者进行了一定的研究,参考陈永杰《早期现代新儒家直觉观考察——以梁漱溟、冯友兰、熊十力、贺麟为例》,华东师范大学博士学位论文,2009 年。但由于重在论述其"直觉观"及其连贯性,对于其转变的历史轨迹和新变意义并未深究。

③ 熊十力《新唯识论》,中华书局,1985 年,第 43 页。

④ 熊十力《新唯识论》,中华书局,1985 年,第 247 页。

⑤ 以下所引熊十力著作片断的圆括号内容皆为熊十力原注。

生命活动。其发现、其活动，一本诸盛大真实而行乎其不得不然，初非有所为而然。①

人的个体生命是否具有本体的意义，是熊十力与梁漱溟"生命观"的分歧所在。梁漱溟早年坚持生命的"直觉"，认为其通于孔子的人生哲学；后来舍弃"直觉"说，着力阐发中国文化中的"理性主义"，虽一直伴随着生命哲学的影响，但他从来都不认为个体生命具有"本体"的意义。熊十力"吾人真性，即是宇宙真体"②，虽大致承接宋明理学的观点，然而，他将宋明理学的人生观翻为本体论③，为了强调宇宙真体之整全，以"一"概之，引道、佛之语以佐证，意指更加繁复。关于证会的"工夫"亦略显神秘，此中蕴含诸多现代哲学的意义。

## 二、"无私的感情"：生命的理性化修养

梁漱溟论述生命的特性，认为人的生命"可以通"天地宇宙。所谓"可以通"，只是一种可能性，是一种可能的人生体验。古人先贤可能有这种体认，但似乎只是一种极高的圣贤境界，常人殊不易得。这是宋明理学的讲法，这只是人生观的讲法，没有本体论的意义。梁漱溟指出：

> 生命本性要通不要隔，事实上本来亦一切浑然为一体而非二。吾人生命直与宇宙同体，空间时间俱都无限。古人"天地万物一体"之观念，盖本于其亲切体认及此而来。④

> 当人类从动物式本能解放出来，便得豁然开朗，通向宇宙大生命的浑全无对去，其生命活动主于不断地向上争取灵活、争取自由，非必出于更有所为而活动；因它不再是两

---

① 熊十力《新唯识论》，中华书局，1985年，第102页。
② 熊十力《十力语要》，中华书局，1996年，"印行十力丛书记"第3页。
③ 陈永杰《早期现代新儒家直觉观考察——以梁漱溟、冯友兰、熊十力、贺麟为例》，华东师范大学博士学位论文，2009年，第80页，引述李泽厚观点。
④ 梁漱溟《人心与人生》，《梁漱溟全集》第三卷，山东人民出版社，1990年，第572页。

大问题的机械工具，虽则仍必有所资借于图存与传种。……原初伴随本能恒必因依乎利害得失的感情，恰以发展理智必造乎无所为的冷静而后得其用，乃廓然转化而现为此无私的感情。指出其现前事例，即见于人心是则是，非则非，有不容自昧自欺者在。具此无私的感情，是人类之所以伟大；而人心之有自觉，则为此无私的感情之所寄焉。①

梁漱溟以"自觉"作为人心的根本特征，认为生命的本性在于"通"，可与宇宙联通一体，无所阻隔。至于说生命由"发展理智"而趋于"冷静"；感情恒依托本能，经发展理智而产生"无私的感情"，则是梁先生创造性的论述。"无私的感情"之说，乃梁漱溟引自罗素而加以发展。在《东西文化及其哲学》中，梁漱溟就提到罗素论三种生活——本能、理智、灵性："灵性生活以无私的感情为中心，宗教道德却属于这一面，艺术则起于本能的生活而提高到灵性里去的。"②1923年发表《对于罗素之不满》云："别标灵性于理智本能之外；以宗教为灵性生活。不察看或以为宗教得此便有根据。吾意宗教自有立脚处，殊不有赖于此；而此灵性云者翻恐在心理上无其根据耳。质言之，吾雅疑其臆造也。"③梁漱溟当时不满罗素对柏格森的批评，转而对罗素的"灵性"之说表示质疑。然而，若干年之后，梁漱溟在《中国文化要义》（始作于1942年，1949年出版）、《人心与人生》（1924年立意写作，1984年出版），皆以"无私的感情"来论述"中国人的理性"，成为其思想的发光点。细绎其意义，应有两个要点：其一是情感性。此虽称"理性"，然而乃是一种"情理"，由生命而来，原必伴随本能，后虽离开本能，亦往往不能脱去生动的、人文的色彩；从这一特点来说，此理性区别于西方的理性传统，区别于认识论意义的理性，显示出"中国性"的特

---

① 梁漱溟《人心与人生》，《梁漱溟全集》第三卷，山东人民出版社，1990年，第581页。

② 《梁漱溟全集》第一卷，山东人民出版社，1989年，第509—510页。

③ 梁漱溟《对于罗素之不满》，《梁漱溟全集》第四卷，山东人民出版社，1989年，第652页。

点。其二是理智性。此理性乃是"发展理智"而来,必脱尽本能、趋于冷静无私而后得。这一点显示出对西方文化的一种吸纳,在梁漱溟看来,"发展理智"就是认识客观事物之理,理智是从本能到达理性的必由之路。从这一点上来说,梁漱溟补足了罗素"灵性"先天具有、来路不明的缺陷,显示出整合中西文化的创造性。

梁漱溟在《人心与人生》一书中曾专列一节"理性与理智之关系",指示理性的内涵是"代表那从动物式本能解放出来的人心之情意方面"。① 又云:"理智者人心之妙用,理性者人心之美德。后者为体,前者为用。"②复总结云:"从生物进化史上看,原不过要走通理智这条路者,然积量变而为质变,其结果竟于此开出了理性这一美德。人类之所贵于物类者在此焉。世俗但见人类理智之优越,辄认以为人类特征之所在。而不知理性为体,理智为用,体者本也,用者末也;固未若以理性为人类特征之得当。"③值得注意的是,"理智"是心理学上的概念,理性是哲学上本体论的概念或认识论的概念,但梁漱溟所用"理性"仍指向人生论,既不是本体论概念,更不是认识论意义的"理性"。理智与理性如何能构成"体用"的关系? 沿着理智的道路一定可以达到理性吗? 细审梁先生论理智与理性的关系,可以发现,他之所以强调理智之大用,乃在于理智具有反本能的倾向,本能净尽,理性之真体自然显露。他以巴甫洛夫心理学说为根据,认为本能、理智之差异,在于生物体的构造不同,本能活动紧接于生理机能,十分靠近身体,所感知的好像只是一个点;理智活动主要关系于大脑,较远于身体,所感知的好像一个面;前者是集中的,后者则大大放宽放远去,便有广大的空间,因此理智对生命的维护力更加全面,因此更

---

① 梁漱溟《人心与人生》,《梁漱溟全集》第三卷,山东人民出版社,1990年,第600页。

② 梁漱溟《人心与人生》,《梁漱溟全集》第三卷,山东人民出版社,1990年,第603页。

③ 梁漱溟《人心与人生》,《梁漱溟全集》第三卷,山东人民出版社,1990年,第606页。

代表生命的本质。这样论说似乎有些牵强。切不说过分放大理智的作用会造成严重的后果,工具理性、科学理性的泛滥应与之相关。不过,梁先生话语落点重在"反本能"一端。他认为人生的两大问题"个体生存、种族繁衍"皆因本能而起,以理智反本能,便有从根本上解决问题之可能,人类生命以此可能实现极灵活、极自由的本来境界,与宇宙生命通为一体。

梁漱溟《人心与人生》专列第十九章"略谈文学艺术之属",其中指出:

> 文学艺术总属人世间事,似乎其所贵亦有真之一义。然其真者,谓其真切动人感情也。真切动人感情斯谓之美,而感情则是从身达心,往复身心之间的。此与科学上哲学上所求之真固不同也。

又云:

> 身心之间固可以有很大距离,那便有一种感情离身体颇远而联属于心。联属于心云者,即指说那些意境甚高的文艺作品,感召高尚深微的心情,彻达乎人类生命深处,提高了人们的精神品德。此如陶渊明的诗……。如此其例多不胜举,总皆由人心广大通乎宇宙本体。[1]

梁漱溟将一般意义上的文学艺术定位于"人世间",而一般世人的"感情"牵于身体的本能,远于"人心",不能破除知障,所以"真"非世人想像所及。然而,有一般意义的层面,亦有超越一般意义的层面,当感情远离身体而联属于"心",那么就有可能"通乎宇宙本体",达到"真",产生超越一般意义层面的文学艺术。

梁漱溟先生承认文学艺术皆建立在感情之上,但感情常因依乎本能,本能又是通向宇宙本体的最大障碍。

> 本能活动无不伴有其相应之感情冲动以俱来。例如斗

---

[1] 梁漱溟《人心与人生》,《梁漱溟全集》第三卷,山东人民出版社,1990年,第733—737页。

争与愤怒相俱,逃避与惊恐相俱,……然而一切感情冲动皆足为理智之碍。理智恒必在感情冲动屏除之下——换言之,即必心气宁静——乃得其尽用。于是一分之理智发展,即屏去一分之感情冲动而入于一分之宁静;同时对于两大问题亦即解脱得一分之自由。继续发展下去,由量变达于质变,人类生命卒乃根本发生变化,从而突破了两大问题之局限。[①]

梁漱溟虽然论及文学艺术各个体类,包括诗歌、词曲、小说、戏剧、电影、音乐、绘画、舞蹈、雕塑、建筑等等,指出他们作用于人的深浅之不同,然而基本归之为"引诱人的兴味,召致人的美感";"引发人们兴奋豪情,具有刺激美感、快感之力";"引人嬉笑,使人堕泪悲泣"。[②] 并认为艺术技巧"要靠本能,视乎天资之所近,殆有不学不虑者"[③]。这里值得注意的是,他对一般意义上的文学艺术立足的"感情"提出了警示,文艺虽然因依于"感情",从"身"出发,但这只是原始起点,其追求的方向在于"以身达心",追求"无私的感情",也就是脱离了本能的感情。

梁漱溟论文艺最大的贡献在指出了文艺的高标,那就是"意境甚高"的文艺作品,使文艺的价值得以实现,这就是基于"无私的感情"、"内蕴自觉的感情"之上的文艺作品。他认为,这种感情沅离身体而联属于心:"然在人类生命中随个体之成长,随文化之进展,理智、理性渐次升起而本能势力则下降,或受到约束。理智、理性是从反本能的倾向发展而来的,其特征在内蕴自觉有以反省回想,不徒然向外活

---

① 梁漱溟《人心与人生》,《梁漱溟全集》第三卷,山东人民出版社,1990 年,第 569—570 页。

② 梁漱溟《人心与人生》,《梁漱溟全集》第三卷,山东人民出版社,1990 年,第 735—736 页。

③ 梁漱溟《人心与人生》,《梁漱溟全集》第三卷,山东人民出版社,1990 年,第 736 页。

动而已。……那便有一种感情离身体颇远而联属于心。"①他举例证："陶渊明的诗,倪云林的画,恬淡悠闲,超旷出尘;又如云冈石窟,龙门造像,静穆柔和,耐人寻味;或如欧洲中世建筑仿古罗马式哥特式大教堂,外高耸而内闳深,气象庄严,使人气敛神肃,起恭起敬,引向神秘出世之思。"②所举例子确实具有超凡脱俗的艺术品格,成就可谓卓越。然而,所举作品也不尽只是脱俗、出世,其中也不乏生机盎然的人间意味。比如陶渊明的诗,静穆之中自有热情猛志,背后有深厚的社会生活感受,这是古往今来的共识。所以,梁先生也许是以一种超越的心境读陶渊明的诗,以超越的视角欣赏倪云林的画,所以使丰富多彩的艺术作品呈现出某一方面超越的意味。梁漱溟强调文艺中的"无私的感情",指向文艺的"高明"之境,对五四以来的"狂飙突进"的文艺强调激情、强调冲动的主流价值观点是一种对症治疗。

## 三、"一真之流行":生命的整体义

熊十力以构建本体论著称,他对文学艺术的见解亦可纳入其本体论的系统之中。比如其《与张季同》曾针对来信中"画境与真境"论曰:

> 现实世界与造物世界,不可并为一谈。何谓现实世界?即吾人在实际生活一切执着的心相是已。如说窗前有棵树,这一棵树在吾人意计中是与其他的东西互相分离而固定的,这样分离而固定的东西决不是事物的本相,只吾人意计中一种执着的心相而已。……至于事物的本相,本非可以意想计度而亲得之者。……李君所谓"造物世界",当是指事物的本相而言,此即实理显现,法尔完全,(法尔犹言自然。)本来圆满。吾人必须荡除执着,悟得此理,方乃于万象

① 梁漱溟《人心与人生》,《梁漱溟全集》第三卷,山东人民出版社,1990年,第736—737页。
② 梁漱溟《人心与人生》,《梁漱溟全集》第三卷,山东人民出版社,1990年,第737页。

见真实,于形色识天性,于器得道,于物游玄。如此,便超脱现实世界,而体合造物世界。虽无妨顺俗,说有个体的东西,而实不执着有个体相,并共相之相亦复不执,荡然泯一切执,更何缺陷可言?总之,真正画家必其深造乎理,而不缚于所谓现实世界,不以物观物,善于物得理,故其下笔,微妙入神,工侔造化也。岂唯画家?诗人不到此境,亦不足言诗。①

这里有三个问题:第一,何为"真境"?来信中将"现实世界"等同于"造物世界"理解为"真境",熊十力加以辨析,"真"非所谓的"现实"而是"实理显现",亦即万物实体,即本体。第二,艺术家"工侔造化",即艺术世界通于万物实体,亦即心通宇宙本体。第三,艺术家的心灵如何才能通乎宇宙本体呢?必须荡除执着,超越现实。此处所讲,似乎颇有道禅思想的意味,然而将洞见实体说成"实理显现",仍是宋明理学的归趣。

熊十力论文,切近人的生命而发,而生命的真性发露,亦是本体的显现。熊十力曾论中国文学:

文学所以抒写人生思想,内实则感真。感真故发之自然,自然故美也。孔子定三百篇为文学之宗,其论《诗》之辞,皆深妙绝伦,见于《论语》。孟子亦善言《诗》。三百篇皆直抒性情,无有矫揉造作,情深而文明,如天地自然之美,一真之流行故耳。及楚《骚》出,乃变为宏博恣肆,然其真自不漓,故可尚也。汉以下,乃有模拟字句,揣习声律者,其中情遂已稍衰。又《骚》之流变,而为赋颂及骈体文等。汉赋,辞极典雅,而无思理可言,缺其质矣。六代人诗,与其骈文,华而失真,日趋靡薄。不囿于时,而独有千古者,其唯陶令之诗耶?唐人诗,虽经心造语,而自有浑成意味,所以可贵。晚唐颇趋险涩,稍失纤小,唯浑成与平易,方是广大气象耳。

① 熊十力《十力语要》,中华书局,1996年,第8—9页。

然较以后来宋诗,犹自远过。若夫小说、词曲、戏剧,唐以下代有作者,其短长非此所及论。然核其流别,要属词章之科。盖以广义言词章,本即文学,非仅以骈四骊六名词章也。或曰:韩愈以后之古文,非词章欤? 曰:此亦词章家之枝流。人情不能无酬酢,称情而抒怀,即事而纪实,诚亦有可贵者。唯传、状、铭、赞、书、序等品,恣为浮词谄语,自坏心术。又或标题立论,而浅薄无据,空疏无理,猥以论名,果何所当? 韩愈苏轼之徒,皆不学无知,虽擅末技,要是大雅所讳。①

熊十力通观历史上伟大之文学,可贵之文学,端在"一真之流行"。"一真"是本体义,"流行"是作用义,"吾人自性即是万有实体"②。体用不二,在熊十力的学术系统中实居中心之地位。虽然熊十力先生讲本体之多义,在不同的层面随处提点,对儒道释各家乃至西方文化讲本体的意义博采多取,梁漱溟晚年批评他最严厉的亦在本体论之驳杂。③ 然而,总体来看,贯通来看,熊十力讲本体论还是他最大的成就,特别是本体"恒转"之义,得之于《周易》"生生不息"的大义:"吾少时读《老子》,至"天地不仁,以万物为刍狗",慨然遐想,以谓世间无情有情,动植灵蠢,只是一场惨剧。是谁造化,何不把他遏绝? 及读佛书,此种意思时在怀抱。迄中年以后,重玩《大易》,始悟生生不息真机,本无所为,实不容已。无所为者,德之盛也;不容已者,化之神也。由此,故于流行识性。一切物相,不容取着;一切惨剧,本来清静。吾人唯反己思诚,与物各正。尽性其至矣,性不可逆也。"这里他道出"自流行识性"体认本体的过程,也是他一直强调的体用不二,即用显体的基本思想。体认是心灵活动,更是实践活动,因为整体上是本体的流行,心与物皆是活跃的展现。文学活动可以就是"流行"的一种

① 熊十力《十力语要》,中华书局,1996 年,第 213 页。
② 熊十力《十力语要》,中华书局,1996 年,第 340—341 页。
③ 《梁漱溟全集》第七卷,山东人民出版社,1993 年,第 757—773 页。

具体呈现。这里似乎忽略了文学创作的复杂性，说得很简单，其实应该注意话语重心，只有忽略文学创作的复杂环节与过程，才能显示文学的本根所在。既然是"流行"、"展现"，其中就可以包涵文学创作的种种复杂。既然是大化流行，这里不排除知识、物质、理智、感情、本能，什么都不排除，是整体的宇宙，整体的生命，有无限的包容，自然界、历史、现实、社会人生，一切皆可以包容。"自流行识性"可以看出熊十力在本体论上取径的宽阔，较之梁漱溟取径"无私的感情"建立的人生论有所不同。

本体刚健，在作用上呈现为生生不息，这是熊十力对本体最大的体认。他批评道家与佛家：

> 二氏以虚寂言本体。老氏在宇宙论方面之见地，则从其本体虚静之证解，而以为宇宙只是任运，无所谓健动也，故曰："用之不勤。"佛氏在宇宙论方面之见地，则从其本体寂静之证解，而以为五蕴皆空，唯欲泯宇宙万象，而归于诸至寂之涅槃。老释二家之人生观，从其本体论、宇宙论之异，而其人生态度，一归于致守静，一归于出世。故其流极，至于颓废或虚伪，而人道大苦矣。儒者于本体，深证见为刚健或生化，故其宇宙观只觉万有皆本体刚健之发，即万有皆变动不居，生生不已，活泼泼地，无非刚健之德之流行也。[1]

熊十力以真性言体，领会把握的却是生命的力量。此生生不已的生命力量，当然不是纯生理性的，而是具有精神力量的内核；但也不是纯粹是"精神的"，精神若没有生理的基础，往往异变为语言的空壳。他对中国文学史诸现象的批评，可以看出他对文学生命精神的重视，所以可以将他的文学思想概括为"生命的文学观"。

熊十力对韩愈批评颇为严厉，似乎有失公允，然而须透过晚清近代的文学史，才能有所理解。

> 韩愈文章，古今称其气势，愈之得名在是。然文章有气

---

[1]　熊十力《十力语要》，中华书局，1996年，第338—339页。

势可见,是其雄奇处,亦是其细小处也。……作文固不易,
衡文益复难。文章之气势浩衍,雄奇苍郁,有本于天,有本
于人。本于天者,精力强盛,赋于生初故也。本于人者,复
分诚伪。诚者,集义成养浩然之气,其文则字字朴实,不动
声色,六经《语》、《孟》是也。或字字虚灵,神奇谲变,不可方
物,《庄》、《骚》是也。伪者,缺乏诚心,或知求诚为贵而未能
克己,血气盛而其词足以逞。……韩愈之流是也,此习伪
者也。①

> 韩愈之徒,思理短浅,适比牧竖,杂文薄有气势,妄自惊
> 宠,后来迂儒小生,无知逐臭,更相崇尚,始开古文之宗,单
> 篇酈制,竞冒论名。②

平心而论,韩愈文章不可简单斥为"伪",也不乏生命力量,然而熊先
生为什么如此严厉呢?简言之,这是对古文运动以下桐城派末流的
批评,责其徒而攻其师。桐城派以"三祖"(方苞、刘大櫆、姚鼐)相倡,
然而上溯到唐宋古文,刘大櫆论文主张:"行文之道,神为主,气辅
之。""神气者,文之最精处也;音节者,文之稍粗处也;字句者,文之最
粗处也。然论文而至于字句,则文之能事尽矣。盖音节者,神气之迹
也;字句者,音节之矩也。神气不可见,于音节见之;音节无可准,以
字句准之。"(刘大櫆《论文偶记》)虽然强调神气,然而更强调"神气"
之"迹",强调学习者要从音节字句中把握"神气"。至姚鼐,更是将其
作为文学的金科玉律,主张沿粗而寻精。如果作为指导初学作文者
的入门方法,亦可能有一定的道理。然而如果仅局限于此,却是迷失
了文学真正源泉,文学真正的大本大源来自生活的人生体验。韩愈
亦曾说过:"行之乎仁义之途,游之乎《诗》、《书》之源。"(韩愈《答李翊
书》)但是,论文时却仅强调气与言的关系,对气的源头语焉不详,熊
十力斥之"思理短浅"大约与此相关。桐城派更是过于强调从文学的

---

① 熊十力《十力语要》,中华书局,1996 年,第 298—299 页。
② 熊十力《十力语要》,中华书局,1996 年,第 424 页。

"粗"——音节字句着手,忽视了文学的本源。后生学子,也许终身在文章的音节字句中游转,至死不得突破,致使文学精神丧失殆尽,作为导师的"宗祖",确实难辞其咎。

其实,如果细绎熊十力对于文学的见解,可以发现,他并不是从根本上反对文学的"气",也不是从根本上反对桐城派的文论,相反,其"一真之流行"的内涵,正是生命之气;对桐城派"沿粗而寻精"的文学主张亦颇有领会。熊十力肯定孟子,肯定屈原,认同其作品的生命之气,认为他们的作品是元气淋漓,大气流行,浩浩荡荡,无迹可寻。而他反对的,是秉于个体的"骄盈"之气,是浅薄空疏的"才气"之逞。他曾写信与其侄非武,严加训导:"吾教汝课外暂将《曾文正公集》、《资治通鉴》各买一套,苦心攻读。……通其文字,解其义理,则于持身涉世之常经,审事察变之弘轨,皆可以资兴发矣。现在之世事,根据过去之世事演变得来,不能鉴古,何足知今?凡古代大人物之精神,流露于其著作中,后人读古书,而默会古代大人物之精神,则于不知不觉之间,感怀兴起,力求向上,不甘暴弃。而以与小人禽兽为伍者,为最痛心事。使心胸开拓,魄力伟大,日用间事事是精心毅力流行,则已追古代伟大人物,而与之为一矣。吾最恨汝好修饰,柔弱委靡,成女人模样。"[①]这里值得注意的是:第一、古人之精神气度,可于文字中得,乃是桐城派文论的逻辑起点,熊先生于此是深有领会并加以认同的。第二、阔大的心胸、伟大的魄力,精心毅力流行于世事间,是熊十力对于生命精神内涵在人生观层面的极好解释,于此亦可窥知他对于"神气"具体理解,与桐城派的抽象空洞的理解是不同的。第三、他特别推出曾国藩作为楷模,曾国藩恰恰就是桐城派的重要继承者与改造者,曾氏之文学思想,自桐城派入而不以桐城派出,特将姚鼐"义理、考据、词章"所概学术之三科增加"经济"一目,以矫正其空疏僵化,熊十力于此是深加认同的。他曾经比较曾国藩与王阳明,认为王阳明的才、力、智、德皆大于曾,但是,就其成就来说,效果却不

---

① 熊十力《十力语要》,中华书局,1996年,第428页。

一样："阳明之神智,其措诸事业者固有余,但其精神所注,终在此不在彼,故其承学之士皆趋于心学,甚至流为狂禅,卒无留心实用之学者。若乃涤生,《三十二圣哲画像记》以义理、考据、经济、词章四科并重,其为学规模具于此,其精神所注亦具见于此。虽四科并重,而自己力之所及终贵乎专。涤生于经济,盖用功尤勤。……故其成就者众,足以康济一时……"①于此可以看出熊十力学术的归趣所在,他对曾国藩"经济"一目的重视,可以理解他的本体论为何向"作用义"展开;也可以发现他反对桐城派"不学无知"、"浅薄无据"、"空疏无理"、"浮词诡语"的理由所在,可以领会他"一真之流行"的文学观的丰富义蕴。

## 四、结语：超越"五四"的两种思路

梁漱溟标举"无私的感情",熊十力标举"一真之流行",皆是从生命论出发的,皆立足于中国文化的大本大源,对西方文化融汇吸收,皆是对"五四"文化思想的超越,只是他们的超越思路并不完全相同。

面对新文化运动的冲击,梁漱溟另辟蹊径。在他的思想系统中,"生命"不具有本体的意义,他以"中国式"的"直觉",反对"理智",反对西方文化的科学主义;以理智反对人身上的物性,反对西方文化纵容人的"意欲",从而彰明"中国人的理性"。这种以"情理"为基础的人生思想,强调人性的自觉、反省、灵明,具有救治"工具理性"的重要意义。他从"无私的感情"抽引出来的文艺思想,将文艺引向"高明"之境,对"五四"新文学在"狂飙突进"精神下扭曲出现的重重弊端,诸如欲望、暴力、色情的泛滥,痛下针砭,并指示价值的方向。然而,梁漱溟的思想理论的归趣具有较重的佛学意味,多借重佛学的资源。反意欲,反本能,超越西方,是他学术事业的主要线索。对于古圣先贤,梁漱溟继承的是传统儒学的实践精神,一生为解决两大问题:中国的问题、人生的问题,百折不挠,真如孔子一样一生奔走,精进不已。

---

① 熊十力《十力语要》,中华书局,1996年,第199页。

熊十力对于"五四"新文化吸纳扬弃,对于西方文化的精髓,有一种顺势承受的意味;对于中西文化,确有融通再造的意义。在他的思想中,生命是一个整体,其即流行即主宰的本体论,对丰富的生命现象是一个大的包容。其生命的文学观,指向人性展现的广阔视野,具有较大的理论开口。从文学的生命精神出发,生命力量、生命意义、社会生活、自然之美、宇宙精神,皆可以得到开掘。熊十力基于"一真之流行"开掘出来的文艺思想,对于五四新文学显示出来的单一"现代"价值观、功利主义等等,是一种"强身健体"的丰富滋养。对于古圣先贤,熊十力继承的是儒家的启蒙精神,一生造论,弘道不已。

梁、熊二先生皆是中国近代思想史上最重要的文化保守主义者,他们皆具有强烈的现代批判精神,对于中国文化,他们皆是有力的护持者。从人生标志性成就来看,两人所成就的皆是儒家的事业。儒家的大传统是内圣外王,强调政教合一,两人皆能切实践履并有真切的体认;至于由生命观产生的分歧,乃是在批判吸收西方文化时不同的着眼点所致。

（湖北师范大学文学院）

# 《鬼谷子》的修辞哲学及其现代价值[*]

## 丁云亮

**内容摘要**：《鬼谷子》是先秦时期的重要经典，也是纵横家第一部经验和理论著作，在古代思想文化史上占有独特的位置。在历史传承过程中，因其实用主义伦理学、拘执于名利权谋的生命观，也备受争议。它以游说术为核心议题，通过对言语交际、公共外交策略的解析，形成了一套自成体系的政治思想和道德哲学，尤其在游说修辞术的本体论、方法论及效果论诸维度，有着独到的阐发和特殊的理解。这些口头传播艺术和实用性论说技巧，对于技术逻辑主导的现代社会，依然具有多方面的实践价值。

**关键词**：《鬼谷子》；修辞哲学；游说术；价值功能

---

＊ 本文系国家社会科学基金重大项目"中国特色社会主义新闻传播理论的构建"（2015MZD018）阶段性成果。

# The Rhetoric Philosophy of *Gui gu zi* and Its Modern Value

## Ding Yunliang

**Abstract**: *Gui Gu Zi* is an important classic in the pre-Qin period, and also the first experience and theoretical work of the strategists, which occupies a unique position in the history of ancient thought and culture. In the process of historical inheritance, because of its pragmatism ethics, seriously to fame and fortune Machiavellian life view, also is controversial. It uses canvassing tactics as the core issue. Through the analysis of verbal communication and public diplomacy strategies, it has formed a set of self-contained political thought and moral philosophy, especially in the ontology, methodology and effect of canvassing tactics, which has unique elucidation and special understanding. These oral arts and practicality argument skills still have many practical values for the modern society dominated by the technological logic.

**Keywords**: *Gui Gu Zi*; philosophy of rhetoric; canvassing tactics; value function

先秦时期,是礼崩乐坏的时代,也是诸子文化蓬勃兴起的时代。随着周王朝走向衰败、颓危,政治主体的权威渐次丧失,社会越来越陷入混乱、无序状态。所谓"争地以战,杀人盈野;争城以战,杀人盈城"(《孟子·离娄下》),正是那个时代的写照。残酷的国家、政治斗争,既带来政局的动荡不安,也因对人才的需求激发了众多士人厕身仕宦、施展抱负的梦想,并形成"诸子百家"之盛。作为纵横家的鼻祖和经典,鬼谷子其人其书,便是这一历史语境下的产物。与儒家、道家、法家等显学不同,《鬼谷子》一书蕴含的实用主义伦理学、拘执于名利权谋的生命观,使之一直作为褒贬不一的文献流传后世。唐人陈子昂《感遇》其十一诗赞曰"囊括经世道,遗身在白云";柳宗元则讥其"险螯峭薄,妄言乱世"(《辨鬼谷子》)。时至现代,人们对古文化的梳理,已逐渐脱离"经世奇谋"一途,更多挖掘其在现代社会的多维发展与"致用"方略,使《鬼谷子》的历史价值获得新的发现。今人陈蒲清曾综括了《鬼谷子》四方面贡献,包括对纵横游说之术的理论总结、提出独树一帜的哲学政治思想、开创中国的游说修辞术以及影响其他思想流派和知识领域的认知实践等。① 从实际应用层面看,它业已成为当代政治、军事、文化、外交、管理不同行业、学科的重要知识资源。本文试图通过探讨《鬼谷子》修辞哲学的思想内涵和丰富意蕴,发掘其独具的理论意义和实践价值。

## 一、修辞学视野中的《鬼谷子》

人们普遍认为,人类的修辞行为同语言的应用活动同步发生、发展,是"社会关系中的人"最基本的才能和天赋。修辞艺术无论作为劝服技巧还是言说力量,在人类社会的交际、交往及文化传承活动中,都占据显著位置,进而使得修辞学也成为人类最为古老的学问和知识领域。语言符号的使用和演化,不止是社会历史环境的产物,还是媒介技术环境的表征;经由口耳相传、印刷出版到网络媒体,科学技术的演进不仅改变了人类的物质、精神生活,也重塑了语言符号的表达技术和传播形式。从历史发展的角度看,修辞技艺大体上包含双重价值属性,也可以按其在知识习得、文化传承中主导性质,划分为两个阶段。在古希腊社会,口头辩论、公共演讲之风的盛行,激发了公众对口语传播的重视,修辞学被定义为寻找"有效说服的方法",修辞术主要作为"说服的表现技术",担负起实用功能;而书面语言的发明、兴盛,尤其是印刷技术的出现,带来了超越讲述、歌咏、表演呈现方式以及极具个人化色彩的文学创作的流行,修辞学则成为"艺术的表现技术",其担负的是审美功能。② 这两种既相互矛盾又相互补

---

① 陈蒲清译注《鬼谷子·导言》,岳麓书社,2016年,第2页。
② 佐藤信夫《修辞感觉》,重庆大学出版社,2012年,第8页。

充的修辞观念、路径，构成了传统修辞学科的整体面貌，也绘制了宏观修辞史繁复驳杂的图景。

长久以来，西方一些学者基于中国文化的特殊性，譬如讲究情感、直觉和神秘主义，认为中国甚至东方古代"没有修辞传统"，或者如杰米·墨菲所称的"没有证据表明西方之外还有什么修辞学思想"①。撇开欧美学者一贯的"西方中心主义"政治立场和价值观的话，这一论断如果不是出于有意的偏见，便是来自无意的误读；对于今天全球性的跨语际交流及多元文化观念汇通，不啻是一种阻碍和损害。这种观点在国内也有一定市场，有学者从西方修辞学因应民主政制的源流出发，认为古希腊修辞学本质上是"一种政治理论"，"我国古学的确没有'修辞学［术］'这门学问，因为我国古代没有出现民主政制"②。以偏狭的西方知识标准和话语体系，衡量中国古典时期的学术理论，既容易拉大文化、文明的裂隙，也会遮掩另类思想对人类历史作出的贡献。更何况，近、现代中国教育模式初创时期，都普遍接纳、融合了西方人文社会科学的知识范式和科目类型；在国家语言转型和现代化的进程中，包括哲学、诗学、语言学等在内的几乎所有学科，都存在外来学科的框架结构、知识话语和教学机制的影响、渗透，它们既区别于西式"古典学"研究，也同中国"修身、践履"学统有着明显的方法论差异。

中国修辞学在其演进、发展过程中，确乎有着不同的哲学精神和文化意蕴。《周易》有言："修辞立其诚，所以居业也"（《易·乾·文言》）。"诚"即真诚、诚实；"内则立其诚，内外相成，则有功业可居"（孔颖达注疏），这种"言""人"合一，对言说主体的德性原则的强调，一直是后世诸多文艺家、修辞家奉行的话语实践信条。直至晚清时代，刘熙载在评论杜甫诗歌表达技巧时认为："只'有''无'二字足以

<hr />

① 大卫·弗兰克《问题修辞和修辞问题：建构全球修辞学》，《江淮论坛》，2012 年第 3 期。

② 刘小枫编《古希腊修辞学与民主政制》"编者前言"，华东师范大学出版社，2015年，第 1 页。

评之：有者，但见性情气骨也；无者，不见语言文字也。"①在中国的文艺修辞传统中，语言符号经常被作为实用性的工具、载体看待，真正需要呈现、理解的是"道理、情意、志向"等主观的题旨，这也导致了在修辞美学趣味上，对"文质彬彬"形态和整体修辞效果的追求。现代修辞学家，虽已从观念上逐渐拓展了修辞意识、修辞技术的应用范围，修辞被认定为"就是调整或适用语辞"②，既包括书面语言又包括口头语言；但受制于制度环境和业已遗留下来的人文"惯习"，学术界谈论的修辞、修辞史，"主要是文艺性的"③，而对实用性修辞、尤其是论说性口语修辞的关注较少，甚至游离于主流修辞学研究之外。

中国修辞学独特的精神传统和审美旨趣、与正统显学修辞理论和实践的疏离，以及"小夫蛇鼠之智"、"学士大夫宜唾去不道"（宋濂《鬼谷子辨》）的差评，使得《鬼谷子》在修辞学史上的地位一直不高。周振甫的《中国修辞学史》，将先秦两汉列为中国修辞学的"开创期"，诸子中以儒家学派先祖孔子起始，纵横家列有专节，但所论乃苏秦、张仪之修辞特色，认为战国策士游说君主"有一番揣摩的工夫"，"这种揣摩工夫也有修辞在内"④。陈光磊、王俊衡的《中国修辞学通史》，有"纵横家的修辞思想"一章，他们在书中明确指出，"纵横家的修辞思想主要集中体现于《鬼谷子》"，针对历代学人对其取悦人君"辩术"的指责，以"修辞本身并不一定负荷政治道德，其形式内容是独立的"，作了一些反思性的辩护。⑤ 从当代修辞学观念特别是二十世纪的"修辞转向"看，"修辞"已不再停留于修饰语词、巧用辞格、形成风格特征的浅表意涵，而是通过各种话语和符号使用、生成意义、进行劝服的艺术和学问；修辞学在政治、外交、商业推广等公共生活、社会

① 徐中玉、萧华荣校点《刘熙载论艺六种》，巴蜀书社，1990年，第60页。
② 陈望道《修辞学发凡》，上海教育出版社，1997年，第1页。
③ 周振甫《中国修辞学史》，商务印书馆，1999年，第7页。
④ 周振甫《中国修辞学史》，第37页。
⑤ 陈光磊、王俊衡《中国修辞学通史（先秦两汉魏晋南北朝卷）》，吉林教育出版社，1998年，第134页。

传播领域起着越来越大的作用,《鬼谷子》的修辞学说更显示出特殊的、可资借鉴的意义。

## 二、《鬼谷子》的修辞哲学思想

《鬼谷子》是迄今所能看到的第一部纵横家的经验和理论著作,具有综合、吸纳百家学说又"独出机杼"的特征;和先秦时期流传下来的其他诸子著作一样,超越了现代文体学划定的阈限,以简洁、格言式的言谈、记录,传递出深奥、玄虚的知识和哲理,包含的思想内容极为丰富、复杂、多元,其中道家学派中推崇"统御道术"、"通权达变"的黄老学说,是其游说、论辩之术的哲学基底。同时,作为"一家之言",著者的思想学说,又具备思维逻辑上的整一性、连贯性,其哲学倾向、价值体系又有迹可循。从修辞哲学角度考察,它有着自身关于话语、话语使用及话语传播的本体论、认识论、方法论和效果论,尤其"显示了中国古典实用主义所达到的高度"[①],"对先秦时期的文艺理论的发展,以及策士的辞令之美"也产生了较大的影响[②]。

### (一)"捭阖之道":修辞本体论

语言是思想的直接现实,人类依靠语言文字的表达和固化,意识、信息、知识才得以传递,并为"他者"熟悉、了解。在语言的使用、调适亦即修辞的过程中,社会性的交流、交往、交换转换为物质性存在,也使人与人间的"精神交往"成为可能;不止如此,借助语言的表述、修正乃至建构功能,既提供给人们一个实在的世界,又通过心智、思维活动构筑观念的世界,抑或说"第二个世界"。这个观念世界"反过来影响着人们对实际世界的理解,甚至真的在改变实际世界的状态"[③]。在古典文献里,所谓"必也正名乎"(《论语·子路》)、"辞之辑矣,民之协矣;辞之绎矣,民之莫矣"(《诗·大雅·板》)等名与实、言

---

① 许富宏《〈鬼谷子〉的哲学思想》,《南通大学学报(社会科学版)》,2007 年第 6 期。
② 许富宏《〈鬼谷子〉研究》,上海古籍出版社,2008 年,第 236 页。
③ 葛兆光《中国思想史》(第一卷),复旦大学出版社,2001 年,第 188 页。

辞与民情之间相互关系的认识、判断，都是古人对语言的意义表征实践、社会协调功能的高度重视和哲理思索。

作为特殊历史环境下的产物，《鬼谷子》也重"语辞"，并以圣人为标准。开篇便明言："圣人之在天地间也，为众生之先，观阴阳之开阖以名命物；知存亡之门户，筹策万类之终始，达人心之理，见变化之朕焉，而守司其门户。"①圣人能够把握万物、洞悉人心、预知时变和掌管兴衰，成为芸芸众生的先知先觉者，关键在于"观阴阳之开阖以名命物"。阴阳乃古代哲学重要范畴，指结构、创造万物之二气，它们通过相互对立又相辅相成的辩证运动，得以成物。在鬼谷子看来，圣人不仅应知晓事物的阴阳构成，更重要的是，在对事物辨别、命名时，需要深入理解其间的"捭阖之道"。"捭阖"即开合，属于天地之道，变化无穷。但鬼谷子似乎无意于独立探究宇宙的本源、万物的关系，而是转向实用性的游说之术。他说，"捭阖者，道之大化，说之变也"（《捭阖第一》）；开启闭合，是自然界的普遍规律，是宇宙的根本法度，它还是变化多端的游说活动的原则。因为游说者面对的对象不同，必须预先审察对方的变化，以恰切的言辞予以应对；所以，"说之者，说之也；说之者，资之也。饰言者，假之也；假之者，益损也"（《权篇第九》）。游说者要想说服对方，就必须修饰、借用言辞，运用话语修辞的技巧和艺术，努力达到事先期待的说服效果。

已有学者指出过，中国的修辞哲学和西方修辞哲学不同，它既不是关于修辞行为与修辞所依托的语言问题的一般修辞理论，也不是偏重于修辞哲学所具有的方法的性质即实际使用，而是"兼容两者的'泛修辞哲学'"，往往将具体修辞现象的分析与抽象的哲学概括相结合，形成独特的话语体系。② 这在《鬼谷子》的修辞哲学思想中，体现

---

① 许富宏《鬼谷子集校集注·捭阖第一》，中华书局，2008年，第2页。本文后引原著内容，皆以此书为范本，只夹注篇名，不再详列页码。

② 吴礼权《中国修辞哲学论略》，《云南师范大学学报（哲学社会科学版）》，1997年第4期。作者在文中辨析了"修辞哲学"的概念，区分出"修辞的哲学"和"修辞学的哲学"两种意涵，以说明修辞学家们对修辞哲学的不同理解，界标出修辞哲学发展的两个分支。

得极为鲜明。尽管"为众生之先"的圣人,"自古至今,其道一也",他们的言行符合阴阳变化的自然法则,言说者"由夫道德、仁义、礼乐、忠信、计谋,先取诗书,混说损益,议论去就"(《内揵第三》),依圣人之道,行立言之术;但"阴道而阳取"(《谋篇第十》)的实用主义修辞观,以及后续纵横家们"权事制宜,受命而不受辞"(《汉书·艺文志》)的行为通例,意味着圣人之道只是应合纵横捭阖之术的典范,真正的"假借损益诸法",还是要根据"世无常贵,事无常师"(《忤合第六》)、变动不居的当前功利目的来定。因之,鬼谷子的修辞哲学在修辞本体论、认识论方面,具有交互性甚至同一性倾向,修辞的生成机制、发展动因和其认知功能、社会价值融为一体。

### (二)"揣情饰言":修辞方法论

《周易》有云:"易者,象也。"易象是对自然之象的效法;在语言文字的发明、创造以及艺术化的表达和书写中,易象观念带来"言—象—意"之间长久的矛盾又依恃关系。《鬼谷子》论游说之术,也讲"象"。《反应第二》里说:"言有象,事有比;其有象比,以观其次。"萧登福注曰:"象,谓在言谈时以某类事物来象征所要谈论的事物,使事理能更清晰。比,谓推比、推理。"[①]这涉及到现代修辞学中的象征、比拟等修辞手法问题。在儒家文化传播学说中,主张"不学诗,无以言"(《论语·季氏》),"诗"乃"引譬连类"之物,多用起兴比喻,但最终强调的是"其言也约而达,微而臧,罕譬而喻,可谓继志矣"(《礼记·学记》),诗人或歌者主体之"情感、意绪、志向",处于话语修辞的核心地位,并且直接决定了语言的使用和风格特征。而《鬼谷子》所要求的具象化、譬喻化语言的应用,目的是为了达到"以无形求有声,其钓语合事,得人实也"(《反应第二》)。在面对面的话语权力交换、博弈中,通过诱导性言辞,让对方真实的情况、状态自然地敞开和呈现出来。

在内容相对稳定的文本中,阅读者对"义旨"的理解和阐释,有一个从"言"到"意"的感知过程,修辞者创制的语辞结构直接制约着接

---

① 许富宏《鬼谷子集校集注》,中华书局,2008 年,第 27 页。

受者的想象空间;对于游说者而言,互动性的话语方式、情境性的修辞关系,导致语辞的组织、构建成为一个从"意"到"言"的反向运动。关于"象比",道藏本注曰,"应理既出,故能言有象,事有比。前事既有象比,更当观其次,令得自尽"。"应理"、"象比"、"其次"(对方的反应)三者的共时性存在,意味着人际对话场域中的变幻莫测的态势。现代学者陈望道说过:"修辞以适应题旨情境为第一义,不应是仅仅语辞的修饰,更不应是离开情意的修饰。"①《鬼谷子》的修辞方法论,极为关切言语使用的环境。社会情境有大有小,《揣篇第七》云:"故计国事者,则当审权量;说人主,则当审揣情;谋虑情欲,必出于此。"谋划国家大事的人,要仔细衡量各方权势实力;想说服君主的人,要周密揣测他的真实感情。在文艺修辞层面,如中国诗文中谈论抒情、言志之类,都属于创作主体一己思绪,而论辩、游说活动所揣之"情",恰恰是指所要说服的、对方的思想感情。所以,鬼谷子强调,"揣情饰言成文章,而后论之也"。能否利用好揣摩之术,修饰言辞进行论说,直接关系到游说的成败。

　　《鬼谷子》的游说修辞术,不止强调揣摩、忖度时运、君主的情势或感情,还在更加广泛的范围内揭示语言使用的技巧。如何说服人,既包括具体而微的对个人内在精神心理的审察,还涉及外在状貌的物态性分析,以及内外混融形成的人格特性的考量。《揣篇第七》云:"夫情变与内者,形见于外",内心的起伏,会显露于外表。《中经》篇云:"见行为容,象体为貌者,谓爻(交)为之生也。可以影响形容,象貌而得之也。"即是说,通过声响、形状、容貌了解一个人,确定怎样与之交流;对于格调、品性不同的人,需要采用相应的话语方式和修辞策略。在《权篇第九》里,著者详细列出五种辞令类型:"曰病、曰恐、曰忧、曰怒、曰喜。病者,感衰气而不神也;恐者,肠绝而无主也;忧者,闭塞而不泄也;怒者,妄动而不治也;喜者,宣散而无要也。"对于游说者来说,五种应对的言辞技术都要掌握,"五者有一,必失中和而

---

　　① 陈望道《修辞学发凡》,上海教育出版社,1997年,第11页。

不平畅"①。《鬼谷子》还说:"此五者,精则用之,利则行之";一旦精通、熟悉这五种辞令,知己知彼,随机应变,无论遇到聪明人还是愚笨人、高贵人还是低贱人、富有人还是贫穷人,等等,"不失其类,故事不乱"。

## (三)"籀和制人":修辞效果论

中国古典修辞哲学,"认为所有的话语都具有说教的功能,强调文化的价值,提供模仿的范式,鼓励正确的态度与行为"②。先秦时期,许多重要的智者和士人之所以立言、为文、讲学,都基于"文"——包括诗歌在内所有修饰过的作品,具有"美教化、移风俗"(《诗·周南·关雎序》)的话语效用。《论语·宪问》中,子路问君子之道,回答由"修己"、"安人"推及至"安百姓",说明"在士人修道有成承担起了价值理性后","应以天下为念推己及人教化天下,使天下归仁"。③ 同时,儒家先贤们也清楚地认识到,"言之无文,行而不远"(《左传·襄公二十五年》);没有言辞的调度、修饰,思想就难以流播,遑论产生更大的社会效果。作为战国游说之风的创始者,孔子历时十数年周游列国,"足见他传播自己政治理想的决心以及对游说方式的重视"④。客观地说,虽然孔子自诩"述而不作,信而好古",但他的游说活动还是以自我体察的"道"(社会理想和政治主张)为基底,本着广泛传播"道"、劝服他人接受"道"的目的进行实践的,其论辩话语和修辞哲学集中体现了"名正言顺"、兴礼安邦的价值旨归。这与鬼谷子的实用主义修辞效果论,有着明显不同。

人类的言语活动,既有个人性的一面,又有社会性的一面;"个人性"意味着话语生产的灵活性、能动性,带有日常化和情景化的特征,"社会性"表明个人对语言符号的选择乃至同非语言符号共时态使

---

① 陶弘景言,见许富宏《鬼谷子集校集注》,中华书局,2008 年,第 141 页。

② 温科学《中国传统修辞学是话语研究——西方人眼中的中国修辞学(之二)》,《修辞学习》,2002 年第 5 期。

③ 刘文勇《为天下而教化:儒家教化说之精神再探讨》,《西南大学学报(社会科学版)》,2007 年第 4 期。

④ 杨柏岭《孔子的文化传播实践及现代意义》,《学术界》,2016 年第 12 期。

用,必然受制于特定的规则和某些既存的"惯习",其社会效果的产生,因言语环境、修辞策略的不同而显出差异。《权篇第九》说:"故口者,几关也,所以闭情意也。""口"这个机关,是用来锁闭情意的,它和耳朵、眼睛协调配合,表征着人的心理、态度,若能"利道而动"、"观要得理",就可能事半功倍,取得好的说服效果。对修辞效果的重视,是鬼谷子修辞哲学核心内容之一,也是其实用性游说修辞术的终极指向。"人之情,出言则欲听,举事则欲成",意谓说出话来总希望有人听从,做什么事总希望能够成功。可见,《鬼谷子》的修辞哲学,不是一种纯思辨的抽象理论,而是关于言语修辞艺术的经验概括和应用原则,是以传播效果为评价标准的,体现的是个人性的技术与情境性的关系的统一。

在《飞箝第五》中,对于游说的目标说得更为直接、明确,为了通达世情人心、辅助国君治理天下,需要使用"飞箝之术",即"引钩箝之辞,飞而箝之"。飞,是制造声誉;箝,是挟制。"用之于人,则量智能、权财力,料气势,为之枢机。以迎之随之,以箝和之,以意宣之,此飞箝之缀也"。按照萧登福的释义,"飞箝,是运用言辞技巧,替对方造作声誉,为他宣传,以此来赢取对方竭诚的感激,而后再以各种技巧来箝制他,使他为我们所用"①。换言之,所谓的"飞箝之术",其实就是用空泛夸饰的言辞,换来实在的好处,通过引诱劝服的话语,达到牵制他人的目的,最终使"我"和"他"二者不只结交,还能获取"可箝而从"、"可箝而横"、"虽覆能复,不失其度",自己始终处于主动地位的效果。这种"通于心术"、"空往实来"的权谋修辞学,在先秦时期并非鬼谷子一家。韩非子《说难》里说过,"凡说之务,在知饰所说之所矜,而灭其所耻","欲内相存之言,则必以美名明之,而微见其合于私利也";要善于洞悉君王的心理,尽量往好的方面转义、辨说,若能逐渐抵达"直指是非以饰其身,以此相持,此说之成也"。同样面对君王进行言辞说服,韩非子力图用"避讳""婉转"手法规劝对象,体现了"法

---

① 许富宏《鬼谷子集校集注》,中华书局,2008年,第77页。

术势"三者交合的一面。鬼谷子则认为,君主与臣民相互之间都可以使用"飞箝之术",彼此是对等的。① 这一方面彰显了其进步的平民主义话语思想,另一方面也将权谋修辞推向社会大众,使之普适化,落下"术不足道"的坏名声。

## 三、《鬼谷子》修辞哲学的当代价值

《鬼谷子》一书因著录者、成书年代及文献版本的争讼,尤其是游离于正统经术之外,使之在思想史上一直令人侧目,甚至时有恶评。有唐一代以降,将其视为"伪书"者甚众,学术价值难有阐明。但其在游说修辞术方面的理论、实践之功在各个时期,也得到不少的褒扬和认同。韩非子《五蠹》中,虽指责善言谈、好辩术的人"为设诈称,借于外力,以成其私,而遗社稷之利",在《说难》中却也承认游说技巧的重要性,"客观上肯定了《鬼谷子》这类书籍的重要价值"②。齐梁文论家刘勰认为,"鬼谷眇眇,每环奥义",在其影响下的纵横之士,"转丸骋其巧辞,飞箝伏其精术。一人之辩,重于九鼎之宝;三寸之舌,强于百万雄师"(《文心雕龙·论说》)。宋人高似孙则称鬼谷子为"一代之雄乎"(《鬼谷子略》)。言辞文理,与世推移;经由现代性思想启蒙和科学技术文明浸染的当今世界,同"战国争雄,辩士云涌,纵横参谋,长短角势"的社会政治环境,已不可同日而语。《鬼谷子》的修辞哲学的价值功能,更多的是以文化资源和实用理性,融入竞争性时代的社会肌体,并在学术研究、公共生活中得到多维度的转换、践行。

### (一)对话语修辞观念的拓展

现代语言理论认为语言"只有在社会实践中并通过社会实践才能产生意义"③。注重"社会实践"维度,本质上就是注重语言的"言

① 陈蒲清译注《鬼谷子》,岳麓书社,2016年,第51页。
② 方向东注评《鬼谷子》,凤凰出版社,2001年,第2页。
③ 詹姆斯·保罗·吉《话语分析导论:理论与方法》,重庆大学出版社,2011年,第8页。

语"、"话语"维度;因为任何规范性的语言,都是在具体情境下,由说话者、文本符号、受话者的动态组合结构中完成意义建构的。美国学者加特勒曾指出,中国古典修辞学定义的"文",并非西方文论中的"文学"概念,恰恰近似于现代语言学中的"话语",中国式的"劝说"之"说"主要针对的是个体(拥有权力的帝王、官僚),她还特别提及《鬼谷子》的劝说策略,是"清楚地根据宇宙论和心理学法则的"。① 这说明,包括《鬼谷子》在内的中国修辞哲学有着自身独特的宇宙论、认识论,它不同于古希腊人面对公众演讲或在公共场合的智力性辩论,其心理学特质左右甚至主导了劝服者的话语表达方式和修辞策略的运用。《鬼谷子》说,"知之始己,自知而后知人"(《反应第二》),要想了解别人,先要了解自己,在游说之前需要"修炼、养气",使自己足够强大;"缀己之系言,使有余思也"(《中经》),在话语关系的交换、博弈中,吸引住对方。这种依凭"通于心术"(《本经阴符》)的修辞技巧,将局限于言语结构、符号形式的话语观念大大拓展,并促使人们从更为广阔的跨学科领域,观照、重构话语的意涵及一切生产、传递意义的话语理论体系。

### (二) 对人际传播研究的启迪

以口耳相传为特征的游说术,从现代学科分类看,属于语言传播,也是人际传播。利用话语符号的使用技巧、形成有效沟通是传播的目标和使命。在《鬼谷子》中,游说修辞术不止来自"揣情"、"善摩"之功,还涉及对人的性情、品格的整体观察,并提出通过不同的言说方略积极应对的可能路径。人的心性的隐匿性、利益的多变性和言说的动态过程,决定了人与人之间的交际行为的复杂性。《内捷第三》说:"君臣上下之事,有远而亲,近而疏;就之不用,去之反求;日进前而不御,遥闻声而相思。"讲的是人际交流、冲突中的"关系"变量,其根源在于"远而亲者,有阴德也;近而疏者,志不合也"。论说之前,

<hr>

① 温科学《中国传统修辞学是话语研究——西方人眼中的中国修辞学(之二)》,《修辞学习》,2002年第5期。

要了解相互之间志向、思想是否相合。除此之外,个体间的"差异"变量也很重要。《谋篇第十》说:"仁人轻货,不可诱以利,可使出费;勇士轻难,不可惧以患,可使据危;智者达于数,明于理,不可欺以不诚,可示以道理,可使立功。"这是根据每个人的品行、格调,选择言辞,化解潜在的交流障碍和人际冲突,达到传递理念,"道术行也"之游说目的。《鬼谷子》的言谈修辞术,对现代大众交际学、人际传播学有一定启发作用。伴随社会化媒体的出现,口语化、符码化的人际交流、传递活动越来越频繁,以至于大大压缩了先前以文字书写为信息交换行为的传播格局;利用影响人际传播的变量分析,有意识地加强交流、冲突双方的话语管理,不仅会减少人际间的"修辞鸿沟",还有可能提升个体生存的幸福指数。

### (三) 对公共外交实践的渗透

一个人、一个机构甚至一个族群之所以言说或书写,是因为有某种意念、信息需要传递,也是因为有某种问题需要交换意见、探明真相及合作解决。修辞意识就是尽可能运用话语组织和呈现,有效实现意义交流活动的重要心理机制,尽管最终是增加对立还是弥合分歧的效果各不相同。正是基于此,法国学者米歇尔·梅耶明确指出,修辞学是某种问题所造成之距离的协商,而问题则是这种距离的展示者、标志及衡量尺度。[1] 以"问题"为核心,重思修辞学的价值和功能,使言辞技巧、话语技术返回到修辞发明的动力之源,同时也让其从纯粹的结构语义学的形式分析中挣脱出来,通过强化对话关系和协商机制,修辞学从"公众生活"走向"公共领域",成为"使人类在相互行为中消除误解,促进理解,达到同一,进而取得社会的和谐"[2]的

---

[1] 米歇尔·梅耶《修辞学原理:论据化的一种一般理论》,中国社会科学出版社,2016年,第8页。

[2] 温科学《中国古代修辞学属于哲学——西方人眼中的中国修辞学(之一)》,《修辞学习》,2002年第2期。

主要手段；尤其是在公共外交①实践中，修辞话语的应用是政治互动、文化交流、商业谈判的恒常形式，蕴含着价值渗透、舆情引导、利益博弈等多种机能。《鬼谷子》说"神存兵亡，乃为之形势"（《本经阴符》），讲究精神之定力；推举"能言厚德"（《中经》），强调内外之兼修。在现今全球化、多极化的时代，依靠游说修辞术达至"一怒而诸侯惧，安居而天下熄"（《孟子·滕文公下》），已成遥远的政治神话；但如何通过适度的积极修辞，汇聚民意民智、塑造国家形象及提升文化软实力，《鬼谷子》及中国古典修辞哲学有着丰富的思想资源有待挖掘、实践。

现代修辞哲学，经由社交性话语模式的重塑和跨学科知识的整合，正在向多元化、细分化的态势发展，并逐渐形成学派林立、视界分殊的修辞思想体系。作为修辞根基的生活世界的电子化和部落化，更加速了技术逻辑、分众传播对话语方式和修辞策略的渗透。在依凭社会生活中的多维修辞实践进行理论创新的同时，人们也重新认识到中外古典修辞思想的价值与贡献，包括那些一度极具感召力、又因某种原因被长期冷落的修辞学家。有西方学者指出，"鬼谷子常常被认为是口头修辞学家而非书面修辞学家"，"书面形式的鬼谷子教义虽然未被中国文学主流所接纳，但这不应当影响它被重新审视和重新评价"；相反，正因为与其他先贤的区隔，恰恰能够引发"人们对修辞内涵的重新思考"。② 在一个话语传播日益兴隆、交际行为越发频仍的时代，我们重新梳理、解读鬼谷子的修辞学，不是为某一历史人物的观念、行为"正名"，而是尽力发掘其真实的主张和积极的思想，为当下中国的话语创新和文化建设所用。

（安徽师范大学新闻与传播学院）

---

① 学界普遍认为，"公共外交"一词由美国学者埃德蒙·古里恩 1965 年最先提出，并解释为"旨在通过公众的态度来对政府外交政策的制定与实施产生影响"；本世纪在我国逐渐流行，关于其内涵和外延都存在一定争议。可参阅舒建国、卓永栋、常婧《当前中国公共外交发展的不足与应对》，《郑州航空工业管理学院学报（社会科学版）》，2014 年第 5 期。

② 施文娟（C. Jan Swearingen）《西方人眼中的鬼谷子与古希腊三贤的修辞对比》，《当代修辞学》，2016 年第 5 期。

# 韩非"反文学"辨

## ——《韩非子》文学研究之一

金国正

**内容摘要**：韩非有明确的"反文学"意识。但他所谓的"文学"其实多是指儒学，并非现代意义上的文学，"反文学"实在是他反儒学的一种表述。我们对韩非反文学的印象主要来自于他对文饰的强烈否定，然而我们不能忽视他在否定时所加的种种限定，谓其有功利思想则可，谓其"重质轻文"则未必尽然。韩非对"辩说"的攻击也是这样，所攻击者在辩说之人与其思想学说，辩说乃至语言艺术本身并不是韩非要否定的对象，而恰恰是他自己颇为看重与着意之处，韩非的创作实绩即是明证。在文学立场上看韩非的所谓"反文学"，其实只是个伪命题。

**关键词**：反文学；儒学；文饰；辩说

# An Analysis on Han Fei's "Anti-Literature"

## Jin Guozheng

**Abstract**：Scrutiny of the text of Han Feizi reveals that 文学 means Confucianism, not literature. When Han Fei launched a drastic attack on 文学 it didn't mean that he opposed literature. As Han Fei repelled adorning in his discussion of literature and art creation, it was easy to infer that he maintained the opinion of anti-literature. But we should pay enough attention to the restrictive conditions of his opposition. The utility thought is obvious in Han Fei's theory, though we cannot arbitrarily think that he's against literary grace. Han Fei attacked political canvassers not for their art of debate but just for their opinions and behavior. He was good at debate and pay much attention to polish of language himself. Han Fei's "anti-literature" is just a false proposition.

**Keywords**：anti-literature；Confucianism；adorning；debate

"自相矛盾"这一成语是韩非的发明,他借此寓言以讥讽儒家理论的前后龃龉。有意思的是我们综观韩非一生,其人生中的矛盾竟然并不亚于他所讥讽的对象。司马迁就感叹"余独悲韩子为《说难》而不能自脱耳",韩非对游说诸侯的困难有那么深刻的认识,自己却仍不免被害的下场,令人叹息扼腕。其又一使人感慨之处是,韩非的文章雄峻严峭,是先秦诸子中最具文学性的四家之一(另三家为庄子、孟子、荀子),偏偏他对"文学"①却批之甚力,可说是"反文学"的急先锋。集诸多"矛盾"于一身的韩非有其命运的内在逻辑性作解,在文学与"反文学"的问题上也同样不能为表面现象所惑,值得我们细细分剖。

---

① 本文将韩非使用、主要以"文献典籍"为义的"文学"一词加上引号,以示其原始意义;而我们今天理解的文学(literature)则不加引号。

严格说来，理论上的矛盾是逻辑不周密、思想不圆足的结果；而作为现象的矛盾则不然，其内在的理路往往次序井然，唯当拨云见日，始能明了所以。韩非的文学成就与其"反文学"表述只是表面现象，无关乎其思想体系的圆足。我们首先应该弄清的是韩非所谓的"文学"之含义，其次则是韩非作品所体现出的文学观念，然后才可以判断所谓的"反文学"之确切内涵。

　　先秦的"文学"一词具有浓厚的儒家色彩。孔门四科有"文学"，《论语·先进》记载："德行：颜渊、闵子骞、冉伯牛、仲弓；言语：宰我、子贡；政事：冉有、季路；文学：子游、子夏。"所谓的"文学"是指古代文献，主要是反映儒家学术的文化经典《诗》、《书》、《礼》、《乐》、《春秋》等。韩非之师荀子曾多次谈到"文学"，一般都是在此一意义层面上使用"文学"一词：

　　　　虽王公士大夫之子孙也，不能属于礼义，则归之庶人。虽庶人之子孙也，积文学，正身行，能属于礼义，则归之卿相士大夫。（《荀子·王制》）

　　　　今人之化师法，积文学，道礼义者为君子；纵性情，安恣睢，而违礼义者为小人。（《荀子·性恶》）

　　　　人之于文学也，犹玉之于琢磨也。诗曰："如切如磋，如琢如磨。"谓学问也。和之璧，井里之厥也，玉人琢之，为天子宝。子赣、季路，故鄙人也，被文学，服礼义，为天下列士。（《荀子·大略》）

所谓"积文学"，即积累文献知识，这是一个人通过后天努力达到礼义之境的必然途径，也就是"学然后为君子"之意。"君子"与"小人"不再由等级而先天决定，庶人"积文学，道礼义"即能成为君子，荀子的这一思想是很有时代进步意义的。荀子十分恰切形象地把人接受"文学"教育喻为"玉之于琢磨"，并以子贡、子路为例说明"文学"的养成作用。由于中国传统诗论中颇为重视"诗教"，且儒家经典本来就涵括《诗经》，论者容易将此处的"文学"替换成现代意义的文学，如此则造成文义的含混并进而影响论述的客观性。

儒家之外，《墨子》也曾论及"文学"，但其含义不同于《荀子》所称。《非命》云："凡出言谈、由文学之为道也，则不可而不先立义法。"又："今天下之君子之为文学、出言谈也，非将勤劳其喉舌，而利其唇吻也，中实将欲其国家邑里万民刑政者也。"此处之"文学"与"言谈"对举，略同于"著述"，其义由"古代文献"引申而来。此义与今之文学似又更近一步，但仍不能径以文学目之。

《韩非子》书中提及"文学"者有 16 次，基本含义与其师荀子所称相一致，但他进一步将其坐实为儒学，而态度则迥异于师：

① 捷敏辩给，繁于文采，则见以为史；殊释文学，以质信言，则见以为鄙；时称诗书，道法往古，则见以为诵。（《难言》）

② 主上有令，而民以文学非之；官府有法，民以私行矫之。人主顾渐其法令而尊学者之智行，此世之所以多文学也。（《问辩》）

③ 夫离法者罪，而诸先生以文学取。……行仁义者非所誉，誉之则害功；工文学者非所用，用之则乱法。（《五蠹》）

④ 藏书策、习谈论、聚徒役、服文学而议说，世主必从而礼之，曰："敬贤士，先王之道也。"（《显学》）

①句中的"文学"与"质信"对举，是"鄙"的反面，很容易让人以为这"文学"就是文章和辩说的文采。但前文已经提到"捷敏辩给，繁于文采"之"史"（文胜质之谓），此处不应在意义上重复。此处其实仅作"古代文献"解即可，所谓"殊释文学"相当于今之"不掉书袋"。②③两句中韩非将"文学"与官府的法令对立起来，这里的"文学"仍是"文献典籍"之义，只是这些文献典籍一经儒家整理传播，已具有鲜明的儒家色彩。先秦典籍，尤其是像《尚书》、《春秋》之类的史书，本来是各家各派都足资利用的思想武库，只是儒家更重学术文化的传承，希望通过学习传统礼乐文化，来锻炼和培养儒士的理想人格，从而达到"修齐治平"的境界。《韩非子》里的"文学"，除少数（如①句）外几乎都是针对儒学而言。由于儒家常以古讽今、借文献典籍来横议、批评现世的政令法制，与韩非所倡导的"世异则事异"原则不容，所以韩非

一改其师对"文学"的褒赞,而持激烈批判态度。

韩非笔下的"文学之士"也就是"学者",在祸害国家的"五蠹"中名列首位,可见韩非对儒家的憎厌之情。或以为"文学之士"不仅指儒家,还包括墨者:"文学之士,指儒、墨言也。盖儒、墨皆以多读书见称。孔子以五经教弟子,墨子读百国春秋。故《显学篇》谓儒、墨之徒藏书策,服文学也。"其理由是:"《显学篇》主要是批评儒、墨,是知所谓服文学者,指儒、墨之徒。"①《显学篇》诚然是批评儒、墨两家的,但其中也批判了"义不入危城,不处军旅,不以天下大利易其胫一毛"的杨朱学派,对儒、墨的批判也并不总是合而言之,故不能说"服文学"者就一定是儒墨之徒。何况上引④句中韩非将"服文学"与"藏书策、习谈论、聚徒役"并提,除了"聚徒役"与墨者相符,另外两条更合乎儒家行径。在《六反》中,韩非这样定义"文学之士":"学道立方,离法之民也,而世尊之曰'文学之士'。"张觉先生将其译为:"学习古代帝王之道而创立自己的学说,是背离法度的腐儒。"②杨义先生也承认:"在相当多场合,韩非往往把文学视同于儒学。批评文学也就成了批评儒家的浮泛不实。"③

韩非"反文学"包括两个层面的意义:一是弃绝典籍,唯法令是从,即所谓"明主之国,无书简之文,以法为教;无先王之语,以吏为师"(《五蠹》);二是批判儒学,从其思想原则到行事处世作彻底否定。这两个层面的意义是相通的,前者是在一般的、宽泛的层面上说的,后者则具体化为特殊对象——儒家。"文学"是先秦语境中的"文学",有其特殊的指称。无论哪个层面的意义都与文学批评没有直接相干,不能据以断定韩非对一般意义上的文学的态度。韩非的"反文学"与其文学成就乃是不同范畴的表现,难以并提,因此也就说不上是真正的矛盾。

---

① 陈奇猷《韩非子新校注·六反》注四,上海古籍出版社,2000年,第1001页。
② 张觉《韩非子译注》,上海古籍出版社,2007年,第634页。
③ 杨义《韩非子还原》,中华书局,2011年,第76页。

辨明韩非"反文学"的实质,并不能解除我们心中的疑惑:韩非"好质而恶饰",他对文饰的批判似乎有理由让我们相信他对文学的艺术性也是持反对意见的。前人将其概括为"重质轻文","由于其对文学艺术价值的过多否定,后世文学批评家直接加以称述者不多,但实际影响却长期存在,或鄙弃文艺为无用,或要求文艺直接为功利服务而不顾其艺术性,也许就属于这条思想路线的发展"。[①] 韩非的文艺观确实有着强烈的功利色彩:

> 夫言行者,以功用为之的彀者也。夫砥砺杀矢而以妄发,其端未尝不中秋毫也,然而不可谓善射者,无常仪的也。设五寸之的,引十步之远,非羿、逢蒙不能必中者,有常仪的也。故有常仪的则羿、逢蒙以中五寸的为巧;无常,则以妄发之中秋毫为拙。今听言观行,不以功用为之的彀,言虽至察,行虽至坚,则妄发之说也。(《问辩》篇)

韩非的功利观是贯穿其思想体系的一条主线,文艺自然不能例外。有名的"秦伯嫁女"、"楚人鬻珠"故事很能说明其对"文"、"质"的理解:

> 昔秦伯嫁其女于晋公子,令晋为之饰装,从衣文之滕七十人。至晋,晋人爱其妾而贱公女。此可谓善嫁妾,而未可谓善嫁女也。楚人有卖其珠于郑者,为木兰之柜,薰以桂椒,缀以珠玉,饰以玫瑰,辑以羽翠。郑人买其椟而还其珠。此可谓善卖椟矣,未可谓善鬻珠也。(《外储说左上》篇)

此两则寓言乃是解释墨家之言何以不辩的,"若辩其辞,则恐人怀其文,忘其直,以文害用也"。人们以此证明韩非是强调"文"有害于"质"的。既然"以功用为的彀",不合功用也就是无目的之装饰当然是有害的;但我们反过来想想,合乎功用的装饰岂非值得肯定?假如秦伯装饰其女而嫁之,不就很自然、很合理了吗?韩非对此还会予以讥嘲吗?还能笼统地认为韩非强调"文"有害于"质"吗?

---

① 顾易生、蒋凡《先秦两汉文学批评史》,上海古籍出版社,1990年,第270页。

从字面表述看,有时候韩非的论述确实给人"文"、"质"截然对立的印象:

> 礼为情貌者也,文为质饰者也。夫君子取情而去貌,好质而恶饰。夫恃貌而论情者,其情恶也;须饰而论质者,其质衰也。何以论之? 和氏之璧,不饰以五采;隋侯之珠,不饰以银黄。其质至美,物不足以饰之。夫物之待饰而后行者,其质不美也。(《解老》篇)

"其质至美,物不足以饰之",至美之"质"无待于"文"固然不错,"物之待饰而后行者,其质不美"则说得似乎有些绝对。按此段所解乃《老子》中"夫礼者,忠信之薄也,而乱之首乎"一句,韩非所攻显然在于儒家之"礼"。"礼"相当于"忠信"的装饰品,韩非认为"礼繁者,实心衰也",礼是掩饰"忠信之薄"的遮羞布,难怪会说得那么绝对了。寓言故事也是一种譬喻之说,取其一面之辞而已,不能字字较真。如孟子寓言"齐人有一妻一妾者"、"邻人攘鸡",或讥之以"乞丐何曾有二妻,邻家焉得许多鸡",实在是不懂这一寓言特点的胡搅蛮缠。韩非寓言有所针对者往往也要考虑其上下文才能获得确解,单单把寓言故事拎出而分析之,是容易产生过度诠释问题的。此段中的"文"与"质"关系论针对的是"礼"之貌和"情"之实,将之等同于韩非的文艺观似过绝对。我们可以再举一例来说明韩非"重质轻文"说之不可轻信:

> 宋王与齐仇也,筑武宫。讴癸倡,行者止观,筑者不倦。王闻,召而赐之。对曰:"臣师射稽之讴又贤于癸。"王召射稽使之讴,行者不止,筑者知倦。王曰:"行者不止,筑者知倦,其讴不胜如癸美,何也?"对曰:"王试度其功。"癸四板,射稽八板;擿其坚,癸五寸,射稽二寸。(《外储说左上·说一》)

论者以为"讴癸唱歌能使得'行人止观,筑者不倦',其师射稽唱歌时却'行者不止,筑者知倦',显然讴癸唱歌比射稽有更大的艺术魅力"[①],果真如此吗? 那又怎么解释讴癸对其师的称颂呢? 我们知道,

---

① 顾易生、蒋凡《先秦两汉文学批评史》,上海古籍出版社,1990 年,第 268 页。

誓师及群体劳动场合的音乐，为的是激励士气、振作精神，具有显明的实用目的。射稽之唱的实际功效高于讴癸，在于他的歌唱更能使人激励振作，就像有人在后不断鞭策，持续一定时间即令人体力透支，故"行者不止，筑者知倦"。讴癸所唱，则是令人放松的曲子，好听而不能劝功，故"行人止观，筑者不倦"。射稽和讴癸所唱，显然是两种不同的风格，譬如进行曲和小夜曲之别。讴癸不知歌唱当随时地而变，只一味追求歌唱的婉转悦耳；射稽则既能逞歌唱之技，又能依据周围环境而变，其艺通神，其为师不亦宜乎？因此如果以此寓言认定韩非子轻视艺术，恐怕有违韩非原意。

在韩非那里，脱离了效用的艺术是没有价值的。墨子为木鸢，虽极精巧而不如为车輗者之功；客为周君画策，虽有三年之功而其用与素髹策同……无目的的言辞辩说甚至成为亡国之徵："好辩说而不求其用，滥于文丽而不顾其功者，可亡也。"（《亡征》）但我们也该注意到，艺术当然可以有效用，讲究效用甚至本来就是原始艺术的目标之一。以此来理解韩非对文学的态度就不难明白，韩非并不一般地否定辞采，而是要辞采为内容服务。韩非抨击的是逞辞采而谋私利的行为，辞章恰切而又能得君心、益国家，韩非怎么会反对呢？明乎此，我们也就能够理解韩非为什么一方面对言辞辩说之士那么深恶痛绝，另一方面自己又那么讲究进谏君主的语言艺术。

韩非对辩说言谈活动往往持强烈批判态度，究其实质，其批判指向的是造成辩说的根原，而非辩说本身。《韩非子·问辩》篇明确显示了韩非对"辩"的认识：

> 或问曰："辩安生乎？"对曰："生于上之不明也。"问者曰："上之不明，因生辩也，何哉？"对曰："明主之国，令者，言最贵者也，法者，事最适者也。言无二贵，法不两适，故言行而不轨於法令者必禁。若其无法令而可以接诈应变、生利揣事者，上必采其言而责其实，言当则有大利，不当则有重罪，是以愚者畏罪而不敢言，智者无以讼，此所以无辩之故也。乱世则不然，主上有令，而民以文学非之；官府有法，民

以私行矫之。人主顾渐其法令而尊学者之智行，此世之所以多文学也。夫言行者，以功用为之的彀者也。……是以乱世之听言也，以难知为察，以博文为辩；其观行也，以离群为贤，以犯上为抗。人主者说辩察之言，尊贤抗之行，故夫作法术之人，立取舍之行，别辞争之论，而莫为之正。是以儒服带剑者众，而耕战之士寡；坚白无厚之词章，而宪令之法息。故曰："上不明则辩生焉。"

"辩"是由于"上不明"，而"明主之国，令者，言最贵者也，法者，事最适者也"。"上不明"即意味着法令不彰，这是造成辩说纷纭的根本原因。反言之，法令严明则辩说活动无从而起。这些辩说活动无非有以下几种：一是"主上有令，而民以文学非之"，即儒者以典籍为依据对今王之法令进行非议与批评；二是"以难知为察，以博文为辩"的"坚白无厚之词"盛行，以公孙龙为首的战国名家虽为逻辑学的发展作出贡献，但在韩非看来却是无益世用的；三是以纵横术游说国君，"国利未立，封土厚禄至矣"，得益的只是臣子，故其词辩仅足以"破国亡主"，这种"言谈者之浮说"在韩非眼里当然也是要不得的。然而韩非与战国时期其他一些思想家一样，都无法避免地要向君王推销其学说，不屑于辩而不得不辩可说是他们的共同尴尬。孟子就说过："予岂好辩哉？予不得已也。"（《孟子·滕文公下》）"辩说"在战国之世实为士人用世必修的功课，其为有益抑或有害，取决于谁在用怎么用而已。说到底，"辩说"只是一种语言手段，其本身无所谓好坏，韩非在批判"辩说"的时候，通常也是带有条件的。如："喜淫刑而不周于法，好辩说而不求其用，滥于文丽而不顾其功者，可亡也。"（《亡征》）对"辩说"、"文丽"并非一概否定，而是指明在"不求其用"、"不顾其功"的情况下是没有价值的。

否定"辩说"而以辩说见赏，批判"文丽"而因文丽传世，韩非子看似矛盾的文学实践自有其内在的逻辑性。身为法术之士，韩非子与儒、名、纵横各家在辩说问题上互有同异，我们可以从比较中辨别他对于辩说的真正态度和主张：就儒家言，孔子向来厌恶"巧言令色"，但时移世异,战国时期的儒士要获得国君信用不得不借助于论辩术。韩非子的态度与此相同,即在情感上厌恶"巧言"而实践中不得不重视之。只不过儒家常借先王名义以批评当下,与法家重后王异趣,故韩非子对这种"文学"特抱警惕态度。就名家言,重视逻辑思辨这一点与韩非子是相同的,韩非子所不满的在于其为辩而辩,陷入诡辩而脱离实际;就纵横家言,善揣摩、铸伟词以耸动人主;而韩非子对人主的接受心理有精湛的见识(见《难言》、《说难》等篇),其文章也极重气势,词采斐然,这两方面很可能即是受纵横家影响。纵横家所谋在于个人私利,则其言谈遂成"浮词",为韩非子所不取。由此可见,韩非子是以治国之大道控驭辩说之术,以严密的思辨建构辩说体系,以淋漓尽致之文辞写成辩说之文。韩非子于辩说之道讲之既精,又因限于口吃的生理缺陷而无法像孟子或张仪苏秦辈那样以口舌与人较长短,则其尽力于文,取得语言艺术的高度成就,也就不足为奇了。

韩非子散文以冷峻见长,在文学上别具一种高冷之美。《韩非子》乃"发愤之所为作",其愤激之言、沉痛之语在《孤愤》、《说难》、《和氏》诸篇中表露无遗,然而其最擅长者在于"善言人情",即对人性的深入刻划。文学终究是以情动人的,韩非子貌似无情,实则内蕴愤激、外达"人情",这就使韩非子的文字在冷冷的理论光芒下泛起一种炫目的文学光辉。《韩非子》又富修辞之美:排比、比喻、用事……纷至沓来,故《文心雕龙·诸子》称:"韩非著博喻之富。"《韩非子》丰富了先秦寓言宝库,《说林》、内外《储说》等几乎成为寓言专集,在中国寓言史上有着重大意义。《韩非子》在文体上的成就亦令人瞩目,说、难、连珠等等,时有创新。学者们对韩非子的文学成就多有研讨[①],此不赘述。韩非子如此孜孜于文学园林的开掘,虽是为推销其思想学说,而其于文学之不自觉推扬已可明见。我们认为,韩非子所谓的

---

① 周勋初《周勋初文集》第一卷(江苏古籍出版社,2000年,第574页)、张觉《略论韩非理论文之文学价值》(《西北师大学报(社会科学版)》,1991年4期)、杨义《韩非子还原》及期中《韩非的文学与反文学》(中华书局,2011年,第75页)、马世年《〈韩非子〉的成书及其文学研究》(上海古籍出版社,2011年)等。

"反文学"，自有其特定的历史与政治学内容，不能以此认作他的文学观。身为法术之士，韩非子的文学思想当然有很大的功利性，即文学当从属并服务于法术之道。鉴于先秦时代文学尚未获得独立地位，他的这种文学功利观并不能简单地归为"重质轻文"之说，而应从其创作实绩出发，认识其作品的文学价值及蕴涵的文学观念。从这个意义上说，所谓韩非子"反文学"在文学上只是个伪命题。

（华东政法大学文伯书院）

# 清代女性文学研究的问题与分析

## 沈　沫

**内容摘要**：明末至清中期女性文人群体雨后春笋般的大规模涌现，在中国乃至世界文学史上皆是引人注目的文学现象。虽然明清两代女性文学已得到国内外黉门学者越来越多的关注，研究著述也日益渐丰，但其中也潜藏着术语概念、资料来源、学科归属等诸多问题。本文试图揭示传统女性文学中蕴藏的文学史、思想史、社会文化史意义，梳理传统女性文学研究中存在的问题，进一步阐述女性文学研究意义，以期进一步开掘与评估女性文学。

**关键词**：清代；女性文学；性别研究；诗论

# Significances and Approaches for the Research on Female Literature of Qing Dynasty

## Shen Mo

**Abstract**: In the literary history of China and even the world, it is a striking phenomenon that a large number of female literati groups sprang up from the late Ming Dynasty to the middle of Qing Dynasty. Although the female literature of both dynasties has received more and more attention from scholars both from home and abroad，and research writings have gradually become abundant，there are still underlying problems about terminology concepts，literature resources and discipline placement. Starting with revealing traditional female literature's significance in literary history, history of thought and social cultural history，this article sorts out problems concerning traditional female literature. The meaning of female literature studies is elaborated further in order to promote the exploration and evaluation of female literature into a higher level.

**Keywords**：Qing Dynasty；female literature；gender studies；poetics

在中国古代文论中,文学的发展与演变一直存在"文变时序"与"文体通变"两种观念。《文心雕龙》中有"时运交移,质文代变",明代胡应麟《诗薮》内编卷一有云:"诗至于唐而格备,至于绝而体穷,故宋人不得不变而为之词,元人不得不变而为之曲子。词胜而诗亡矣,曲胜而词亡矣。"一代有一代之文学观发展到清代焦循与晚清王国维,此论大有盖棺之态。可事实却并非如此。纵观中国古代诗词创作,可以发现经过元朝的沉寂期、明代的低谷期,业已走过各自文学盛世的诗与词却在清代出乎意料地再次焕发出新的生命力。清诗与清词的复兴既是历史的必然又是文人的自主的选择。首先表现在清代诗人词人数量有如过江之鲫,不可胜数。其次清代的诗词创作流派相继而起,文人创作诗词数量远超前代,艺术成就更是超越元明两朝。

至此,无论是明清鼎革之际的风云变幻再一次验证了"国家不幸诗家幸"的文化寓言,还是文人士大夫心中积聚难言块垒需要相与抚慰的诗文酬和(如清初词坛著名的江村唱和),还是不甘枉费一身才学的"不世袭遗民"在新朝初期所受的打击与挫折,抑或是士绅数代家族文风需积累传承等种种原因,这都促使了清代诗词创作走向新的辉煌。而与之伴随的明末至清中期才媛闺秀诗人的大规模出现,亦实非偶然。明末直至清中期闺秀才媛的诗词创作,也是清代诗词复兴的一个重要组成部分。事实上,清代文学在整个文学界的研究中一直处于弱势,对女性创作研究滞后的原因更是不难理解。幸而近年来越来越多的优秀学者开始关注这一直被忽视的重要的文学史现象,但是在研究过程中还是存在一些问题。本文对从前学者研究中存在的问题进行梳理并试图寻找今后研究方向。

## 一、清代女性文学研究中的概念问题

女性文学的基本概念有待厘清。目前在女性文学研究中,既有使用"妇女"这一概念的,如梁乙真编写的我国较早的古代女性文学史著作《清代妇女文学史》《中国妇女文学史》等;也有使用"女性"这一概念,如谭正璧的《女性词话》等。由于"妇女"在中国传统语境中便默含已婚之意,在汉语中"妇"与"女"是明确独立的两个名词,因此许多研究者认为"妇女文学"一词不甚精确。而就"女性"这一概念而言,如果从广义上相对于男性的性别角度而言,其包容性应当是最大的。但从词源学的角度来看,"女性"并非我国自古就沿用的概念,而是受到西方女权运动影响,再经"五四"时期随着新文化运动的兴起而传入我国。"女性"一词出现伊始便多含有女权政治色彩与寻求性别平等,社会性别解放等隐含义。所以当使用"女性文学"这一表述时,就重点指以性别平等、价值独立,以表现女性主体性或独立人格为精神内涵的作品。而与此相联系,就出现了"女性文学"与"女性主义文学"在概念内涵上的某种重叠或混淆,因为女性主义通常从"压迫与解放"的视角去观察两性,倾向于把女性的作品从社会伦理特别是性别权力视角上去理解。如谢雪梅在分析中国古代妇女的闺怨作品时,就从女性主义的角度认为这些作品是用非暴力抵抗的革命方式,反抗男权意识的艺术痕迹。[①] 所以"女性""女性主义"本身是"舶

---

① 谢雪梅《当代女性文学研究关键词及其反思》,《中国文化研究》2016 年春之卷,第70 页。

来品"，"女性"又不仅仅只是从性别意义上使用，如此一来区分"女性"的广义和狭义就十分必要了。尽管结合特定研究者的具体研究内容可以大致弄清其使用的"女性文学"代表的含义，但从文学研究的整体而言，如果简单套用、不加甄别，可能会在一定程度上造成混乱。事实上，对于"女性文学"究竟应该使用广义的，还是狭义的，中国近当代文学研究始终存在争议，笔者认为此问题是有待深入探讨的问题之一。

进一步讲，即便从广义的性别基础上来使用"女性"概念，对于研究者分析的是哪一种"女性"文学，仍然是不乏争议的。史学研究者往往根据女性身份与地位，把传统女性划分为贵族女性、缙绅闺媛、女尼、女冠、娼妓等。在文学研究者的研究中，对于"清代女性文学"概念而言，首先有作为"创作主体"的女性，即将研究的范围集中在女性作家创作的文学作品上，典型的研究是女性作者诗文集。其次有作为"鉴赏主体"的女性，即女性作为评价主体和她对于文学作品的品评鉴赏，典型的是女性所编辑的诗歌总集或选集，如汪端的《明十三家诗选》等。再次，还有作为"评价客体"的女性，即男性或女性本身对不同时期女性文学作品的研究评价，典型的是陈维崧的《妇人集》、沈善宝的《名媛诗话》等。显然，不同范畴、不同涵义的"女性"概念，会使文学研究的范畴、对象、重点、结论等发生非常大的位移。所以概念问题还有待研究者做进一步深入而充分的探讨。

## 二、清代女性文学研究中的文献学问题

当今学界无论是对清代文学的整体研究还是单就清代女性文学研究而言，整体还很薄弱。可喜的是无论是研究著述或学术成果已远超于前，近几年来的文献整理也收获颇丰。近年来由董乃斌、刘扬忠、陶文鹏等学者校点的《中国香艳全书》、《中华妇女文献纵览》等，为研究古代妇女生活和文学创作提供了文献资料或线索。史梅在《历代妇女著作考》基础上，另行辑出未曾收录的清代女作家118人，著作144种，在文学资料搜集方面有所创获。海外女性研究也发展

迅速,从2003年开始,麦吉尔大学(McGill University)与哈佛燕京图书馆合作,联合建立了"明清妇女著作"(Ming Qing Women's Writings)数据库。此数据库已对多数传统女性文学史料加以整理总结,成绩卓越。胡晓明、彭国忠主编了《江南女性别集》初编(2008)、二编(2010)、三编(2011)、四编(2014),收录了分藏于国家图书馆、上海图书馆、南京图书馆或私藏的女性别集稿本、抄本或较早的刻本,对推动女性文学研究和江南文学研究的发展更是意义重大。2010年王英志编纂出版了《清代闺秀诗话丛刊》,汇集了反映清代女性诗歌创作风貌的诗话著作正编十四种、附录六种,保存了大量反映清代女性文学创作的历史资料。① 2013年由肖亚男主编《清代闺秀集丛刊》共66册由国家图书馆出版。2002年国务院批准启动《清史》编纂工程。总体构架由通纪、典志、传记、史表、图录五大部分组成,共92卷约3000余万字。可见史料浩繁汪洋。其中,十卷本《清代闺阁诗集萃编》被作为清史重要文献成果被收入《国家清史编纂委员会·文献丛刊》,已由中华书局于2015年出版。

　　但是,在对一般资料加以覆盖的同时,女性文学史料的考证订误等工作还需要后续进一步深入。如一些女性的生平资料、参加的结社酬唱、相关社会政治活动及其对文学创作的影响,一些女性诗歌总集或选集如《名媛诗纬初编》、《白山诗钞》等的成书时间及流传等,均需要予以考察辩证。正所谓"史臣废弃,旧文散佚"。因明清鼎革之变,清前中期不可胜数的文字狱,清末民初民族危亡的巨变等等原因,无论是敦煌瑰宝还是中国古代接续文脉的正统文人的文集与著作,遗失散佚与流离于外的不计其数,更遑论前朝闺秀之遗作? 所以今日对传统闺阁创作的文献整理虽已取得重大成绩,但今后仍需我辈学者不懈努力。

---

① 全书内容范围广泛,主要分四个部分:一是介绍有清一代闺秀诗人生平履历,才学素养、创作特点;二是选录不同朝代闺秀诗人的佳作,多有总集别集未收,或无诗集作者的零散之作,可作为总集别集的补充;三是对闺秀作品进行评点;四是记载闺秀结社、唱和的诗歌活动,可视为具体生动的清代女性诗歌史。

## 三、清代女性文学研究中的史学问题

如前文所述,清代留下了规模宏富的史料。其中相当一部分与女性的家庭生活、社会生活和艺术实践相关联。近年来,中国社科院历史研究所的《中国古代社会生活史》,商务印书馆出版的《中国古代社会生活丛书》,冯尔康、常建华出版的断代史《清人社会生活》,刘小萌《清代北京旗人社会》,林永匡、王熹主编的《清代水生活史》,郭松义的《中国妇女通史·清代卷》,定宜庄关于清代女性研究等著作,都广泛涉及清代女性在社会等级、宗族家庭、婚丧嫁娶、娱乐休闲、人口经济等,对于通观女性的社会生活背景、理解文学创造缘起、分析女性文学主题等具有重要启示。此外参与 2002 年《清史》编纂工程中的许多清史研究专家,也已越来越开始重视清代的满语史料的记录。

但总的来看,清代史料还有相当一部分没有被纳入女性文学研究的关注范围。如果从更加广阔的性别文化分析,则清代文学典籍中的相当一部分资料也有待发掘、整理和利用。如果单就女性诗文来解释女性文学,显然不足以完全阐释女性文学史与文化史意义。无论是从孟子"知人论世"文学观还是从女性作品本体出发,都不应脱离时代语境与社会大背景来谈论与探讨文学。无论是男性文学还是女性文学,学者都应尽可能通过挖掘史料进而还原历史语境,结合明清鼎革之际的大背景与生活在当世的文人士大夫的真实情境下进行分析。现行研究中即便有一些对于史料的征引,也主要是在个人的主观理论观点指引下进行的简单套用,而不是基于史料本身和对长时段历史脉络本身的相对客观的叙述。这种为观点做注的方式,定会制约女性文学研究的真实性、深刻性。

## 四、清代女性文学研究中的文化学问题

**一是女性文学研究的范围需要拓宽**。这里的研究范围,首先是指女性文学文本的研究范围,要从关注诗、词进一步拓宽到古文、散文和小说、戏曲以及诸如序跋、文牍等文类,从而建立起对女性文学

研究的整体性。其次是指女性文人所处的阶层,从关注缙绅阶层、士大夫家族中的女性往上拓展到内宫、皇族、高级官僚中的女性,往下延伸至社会底层普通家庭、劳苦阶层的大众女性。再次是女性所属的民族,从一般的汉族女子,拓展到满族、壮族、白族等少数民族中的女性。这便涉及内容丰富的少数民族文学与民间民俗文学。复次是女性所处地域的拓展,从当前最受关注的环太湖流域、江南地区,逐步向安徽、江西、广东、两湖、四川、云南、山东、直隶等地拓展。最后也应对中西之间女性文学的发展历程、背景、走向、领域等做一系列的比较研究,揭示帝制晚期的中国如何内在地培养和催生了知识女性这一群体,如何出现了性别关系、观念上的重大变化,以及当时的男性如何在鼓励和倡导女性创作中发挥作用,而这对于进一步增进国内学者与国际汉学界的对话与交流,在"前现代与现代"、"挑战与转型"、"内生与外诱"、"西风东渐"等诸多争端话题中贡献中国史实、中国观点,也是大有裨益的。这就不仅仅是一个文学问题,而是一个历史、社会、地理等方面的交叉研究领域。

**二是女性文学研究的学科壁垒需要破除。**女性文学研究如果仅仅局限在文本研究、作家研究即所谓"知人论世"层面,仅仅对女性作家的生平加以介绍,对代表性作品进行解读,就显得过于单一了。事实上,女性一直是社会历史文化中的一份子,也是中国礼义传统与千年文化的重要实践者与参与者。即便女性在当时是在被规定的社会角色与规范下行动,但这并没有完全抹杀女性无论是从群体或个体层面所呈现出的、具有相当程度的多样性和丰富性。因此,女性文学研究既要关注当时统治者的意识形态,还要重视主导社会规范、引领学术思潮的文人士大夫对当时女性文人的影响、教导和约束,又要关注在不同阶级结构中女性的自我定位和主动选择。比如,在女性从事文学创作本身的合法性问题上,就不能仅仅通过她们文学作品的艺术价值来判断,而是要深入观察当时女性是如何通过对儒家经典的解读、历代女性所树立的闺范、现实生活的真实需要等理由或途径,化解当时人们对女性参与创作的质疑,并获得持之以恒的动力。

这就意味着,对女性文学的充分理解,就需要吸收社会学研究的成果。毫无疑问,借鉴关于女性参与社会经济、家族文化、结社交游的研究,以及对女性的忠贞节烈、宗教信仰、读书课子、法律法规、政治活动等研究,无疑将大大深化我们对不同阶级女性创作的文学的理解。更进一步说,如果能够跳脱出女性主义观点,在文献史料支撑和本文研究之上,广泛吸收人类学、语言学、音律学、心理学等方面的研究成果,就可以进行跨学科的研究。

## 五、清代女性文学研究中的社会学问题

性别之于文学,原本是考虑性别认知、性别意识、性别观念、性别身份等对文学创造的影响。但是,在中国很长历史时期中,性别与文学之间的复杂关系问题似乎并不是一个迫切的问题,因为封建社会以男性为主导的意识形态,已经牢牢将女性限制在非常狭小的家庭生活之内领域,文学素质即便很高也不是女子为当时和后人所景仰的主因。但是女性文学在明清时期的蓬勃兴起,势必造成对男性主导传统下文学格局的极大冲击。如果文学研究仅仅停留在性别压迫的角度来分析,而把一部女性文学史简化为女性作者吸收借鉴男性创作经验的历史,简化为性别对立和女性通过艺术追求思想独立的历史,那就会对性别因素的复杂性视而不见。事实上,至少就明清时期男女两性之间而言,女性受教育对家族的传承、女性参与文学活动的态度、女性文学作品的水准、保存女性作品的价值等方面,男性对此既有持久的反对和批评,也有由衷的支持和赞许。从女性方面来说,女性所从事的文学活动、展现出的文学实践,对于男性创作也有复杂而深刻的影响。如女性在中国文学抒情传统的承继与创新方面显示出创造性,在情感注入、艺术表达、意境塑造等方面形成了独特性,是对男性诗文创作的极大丰富。这种两性间在文学上的互动,也受到特定历史时期社会运动与文化潮流的影响。明清鼎革之际一些男性文人对女性文学创作和作品编纂不遗余力给予支持,如钱谦益、陈维崧等,在很大程度上是当时男性把编辑出版女性作品作为对前

朝的"文化"纪念。清前中期袁枚、陈文述等对女性文人的拔擢与培养,既有诗学主张对峙下的主动实践,也可能出于名利兼收的内在动机,这就使得同一行为背后呈现出复杂的社会因素。因此,不能完全否认作为生物属性的性别在两性生命活动、社会规范、情感体验等方面的差异性,以及由此带来的文学作品在内容、形态、审美特征等方面的差异;也不能无视性别背后的社会关系属性和文化背景塑造,脱离复杂生动的历史情境而单纯强调女性参与创作的特殊性。为此,要从性别差异、两性关系、情景感知、文本生成、审美风貌等方面,透视性别因素对于文学创作的影响,透视两性在精神文化活动中的共存共生关系,避免自说自话,防止画地为牢,把那种两性截然分野、彼此之间完全对立的"刻板印象"纠正过来。

## 六、清代女性文学研究中的文艺学问题

**一是女性文学研究的层次需要深化。**当前的女性文学研究仍然集中在对少数女性作家个案及其作品的研究上,对于清代女性参与创作的社会背景、心理动机、创作心态、艺术生态等均缺少相应的关照,对女性参与创作的不同体裁、不同类型的文学作品缺少比较视野,对女性受教育过程、所接受的文学修养及对其创作过程的影响还未起步,这些都需要在下一步的研究中予以拓展。

**二是女性诗论、文论等文学批评研究需要集成。**文学批评是一个时期的人们对于文学本质的理解、对于文学美感来源的认知、对于文本阅读感受的提炼,既是一个上升到理论层面的体验鉴赏活动,也会对艺术创作本身起到导向引领作用。文学批评通常与文学理论密不可分,是后者观点和主张的重要来源,长期以来一直由男性所主导。女性文人向诗话、词话等领域的探索和尝试,往往是女性创作积累到一定程度、具有较高水平的重要标志。明清时期多名女性编写了诗评、诗话等著作,还创作了论诗诗、论画诗等,形成了具有女性特点的诗学主张和话语。此外,许多女性的文学观点还体现在相当多的序、跋乃至诗歌之中。当然,研究者们已经开始涉猎诗学批评,但

目前仍然相当欠缺和不足。一般来讲，尽管可以比较轻易发现女性文学批评的特点或差异，但是要解读或分析背后的价值观念、形成过程、具体内涵就要费更多的工夫。比如，对于女性作品中常用的"脂粉气"一语，其究竟是女儿"本色"，还是女性诗歌创作中必须克服的"倾向"，就是文学批评研究中值得深入探讨的问题。如果不在性别视角下，对诗论、文论观点的形成做一番深入考察，对各种批评话语的内涵做重新审视，对不同文体的批评特色做有针对性的探讨，就容易导致泛泛而论，得出没有特色和新意的主观结论。这里需要大量细致而扎实的梳理，也需要在研究思路、方法上的更新。

**三是女性文学艺术成就的整体评判亟待破冰**。上个世纪之交的研究者如谢无量、梁乙真等前辈虽对女性文学有开先河之功，但总体来看，无论是从梁任公对传统女性文学的否定与贬低、适之先生的"温和"性忽视，还是周作人对女性价值观的笼统概括，都说明一个问题，即女性文学在相当长的一个时期得不到应有的关注与重视。而出现这种问题的原因，主要是当时对女性文学价值的评判被置于"五四"与"新文学革命"这个大背景下，攻讦与捍卫古典文学的价值成为优先于性别评判的议题，而女性在对古典文学的审美传承或文学扬弃中所发挥的作用就被忽略了。随着改革开放以来文艺思潮与社会心态的变化，更加理性准确地对待古典文学成为可能，而关系女性文学评价的核心问题则演变为文艺批评的标准问题。以诗歌批评为例，目前的许多研究仍然侧重于把女性作为单纯的作家类型来关注，对其生存、历史或一些作品进行简介，缺少对作品价值的深刻理解。而那些正在执着于解决对女性诗歌造诣、风格、流变和价值加以评判的诗学批评者，却也面临着若干困境。比如：如果坚持按照古代文学史上长期流传的以男性为主体的批评理论，则按此对女性诗歌进行评价就无疑像带了有色眼镜，可能带有系统性的"偏差"；而仅仅基于女性的特质、特点与长处，对其诗歌的审美特征、艺术流变等进行梳理和评价，又难以比较系统而完整地把握女性在整个文学版图中的地位，把文学批评扩大化为文化批评而不是集中于审美分析，把对文学文本审美特征的感悟替换为"性别政治"的探讨。可以说,在这种置于性别背景的文化分析与基于文本"文学性"的审美判断构成的"双向角力"中,考验着研究者进行综合平衡的能力,考验着创新传统审美批评尺度的能力,考验着评价标准建构或话语体系创新的能力。

## 七、结论:深化清代女性诗学研究的重要意义

总体来看,目前清代女性文学的基本情况是:基础性研究相对扎实,但研究所涉范围和层面还不够丰富,进行有关方面整体性研究的"基座"尚欠宏阔坚实;理论创生力偏弱,有重大影响的成果较少;在进行跨学科研究的探索和实践,以及思维的拓展和方法的丰富方面,还有很大空间。具体说来,开展这一研究,具有十分重要的历史和理论意义。

**一是开展此项研究将有助于对明清文学史书写内容和方式做出调整。**一般的文学史往往以作品定位作家并串联历史,更明确地说是通过作品在后世呈现的价值确定作家并由此书写文学史。这种以"作品价值"为取向的书写方式固然十分重要,但这种方式,对于文学史发展的脉络、文学流派的演进、文学主张的传承方面,可能"一叶障目不见泰山"。比如,清初男性诗人冯舒、冯班号称"海虞二冯",作为虞山诗派的传承者,强调应善于学古,但在风格上又主张宗晚唐而排宋,认为"诗妙在有比兴,有讽刺",不仅对当时诗坛的影响并不轻微,而且也波及后来反对神韵说尤力的赵执信等人,但在许多文学史著作上则并无过多着墨。这就说明,即便是男性文人也容易被后世的文学研究者所忽略,而才媛诗歌及其诗学主张更容易被完全忽视。比如,进入清史正传的女诗人蔡琬(《清史稿》五〇八卷"列女传一"),"才德兼擅,工诗善画",具有很高的诗文造诣,其诗显示出清初少有的沉郁顿挫、雄健壮烈之概,可谓女诗人中宗唐之风的代表,但研究者对此关注极少。此外,对那些昙花一现的女性诗人如农妇诗人贺双卿等,如何从文学史的角度看待和评价,也是需要认真考虑的。

**二是开展此项研究将利于明清才媛诗学研究新路径的开拓。**从

史学角度看,已有相当一部分研究讨论了女性史的内容,比如对历代《列女传》的探讨已经比较深入。总体看,女性文学的研究已相对滞后于女性史研究,而对明清女性文学的阐释更为有限。从笔者寓目的文献看,主要集中在对女性文人作品的概要式介绍、对女性文人所处家族情况的梳理、对女性文艺活动的描述、对女性文人高度集中于特定地域现象的探讨等方面,鲜见从文艺理论特别是文艺美学方向探讨的书籍和文章。如果我们从文艺分析的视角,把针对女性文学现象的构成分为作家、作品、读者和外部社会,把文艺创作活动区分为动机、书写、流布、传播、评价等诸个程序和环节,就可以明显看出,先行的多数研究主要在作家及其书写上下功夫,在对作品的分析和编纂上已有相关文章,但从读者乃至外部社会的视角上着力用墨的仍然几乎是空白。

**三是开展此项研究将利于才媛文学作品价值的发掘与重估。** 正如明清之际许多女性文人在其作品的自序中谈到,中国文化悠久、优秀诗人迭出,这其中也有相当多的女性参与诗文创作,但受当时社会性别分工、主流观念、印刷技术等因素的限制,许多作品未能保留下来。而明清之际女性创作的大量作品,是唯一较好地借由当时作家、家族、书商乃至女性诗人自身,通过总集、选集或别集等方式保存下来,蔚为大观。长期以来女性文学创造所获评价过低,而随着近年来学界对明清诗文的重新研究和梳理,女性文学无疑获得了在文学地位、价值和成就等方面重估的机会。

(北京大学中文系)

# 《小时报》所载词话五种<sup>*</sup>

## 和希林 辑校

**内容摘要**：《小时报》为《时报》附刊，创办于1916 年 11 月 22 日，其以刊登社会的奇谈异闻为主。《小时报》栏目不固定，但却为纯粹的文艺园地，其中载有若干种诗话、词话等。今择其中词话五种予以刊布，名之曰"《小时报》所载词话五种"，以飨词学爱好者。

**关键词**：《时报》；《小时报》；词话；姚民哀

# Five Notes and Comments on Ci-poetry included in the *A Journal of Newspaper*

## Edited by He Xilin

**Abstract**：*A Journal of Newspaper* founded in November 22, 1916, it is mainly about the society published ibun. The column of *A Journal of Newspaper* is not fixed, but it is a pure garden of literature and art, which contains several kinds of notes on poets and poetr, notes and

———————

* 基金项目：本文系河南省哲学社会科学规划项目"《续修四库全书总目》词籍提要研究"（2017CWX029）阶段性研究成果。

comments on ci poetry etc. Five of these options are published, named Five Notes and Comments on Ci-poetry included in the *A Journal of Newspaper*, to enjoy the ci poetry learning lovers.

**Keywords**：*Newspaper*；*A Journal of Newspaper*；notes and comments on ci poetry；Yao Minai

　　《时报》1904 年 6 月 12 日创刊于上海,总主持人为狄葆贤。《时报》最早的附刊是《余兴》,创办于 1906 年,包天笑编辑。1911 年又增设《滑稽余谈》附刊,多刊社会奇谈怪闻之类。1916 年 11 月 22 日又创办《小时报》附刊,初由毕倚虹主编。关于《小时报》的宗旨,《小时报特别启事》指出:"《小时报》专搜辑社会上种种富有趣味之新闻,不论事之琐碎纤悉,苟有登载之价值,本报将一一披露于读者。"①《小时报发刊词》又云:"《小时报》,何为而作也? 曰:中国之称报也,有大报,有小报。大报者谈政治、议国家,轩眉攘臂,各尊所闻,而于社会事,则以琐屑猥陋弃之。虽有小报,亦不过纪载菊部、花丛,陈陈相因。其实社会事物,千头万绪,任举一事,皆有研究之价值。同人等编辑之余,掇拾竹头木屑之弃物,汇而录之,无以为名,名之曰《小时报》。"②据此可知《小时报》以刊登社会的奇谈异闻为主。《小时报》栏目不定,主要有笔记、小说、文薮、诗录、词录、诗话、词话等,为纯粹的文艺园地。其中刊载若干种诗话、词话等,今择其中词话五种(章星园《星园词话》,姚民哀《倚声偶得》,陈诗《静照轩词话》,王苹原《怀兰拜石轩词话》,尤一郎《楸斋词话》),名之曰"《小时报》所载词话五种",以飨词学爱好者。

---

① 《小时报特别启事》,《小时报》,1916 年 11 月 22 日。
② 《小时报发刊词》,《小时报》,1916 年 11 月 22 日。

# 一、章星园《星园词话》

　　章星园(1883—1961)，名奎森，别号天弢，江苏省海安县章郭乡人。曾任海安凤山小学校长等。通达音韵，对诗词颇有研究。著有《星园杂俎》、《星园漫笔》、《星园诗话》、《星园诗词存》等。《星园词话》原载《小时报》1919年12月1日、12月2日。

　　1. 东台陈智开兰史先生善诗工词，其《忆江南·春暮》云："春去也，消息有谁知。半盏鹅黄茶乳子，三杯鸭绿酒娘儿。过了落花时。"《贺新凉·寄友》云："海上联鸥社。忆当年围炉小阁，冬烘高会。酒户不须分大小，总到十分沉醉。又露出酸狂奇态。立地修成仙佛果，受痴儿骏女双双拜。算第一，平生快。　　今年又判金陵袂。记尔日西风江上，持螯斫鲙。竖子成名吾已矣，落拓青衫老大。休咄咄书空诧怪。报到床头新酿熟，把十年旧恨胸中块。都逐出，酒杯外。"其胸襟潇洒可以想见。

　　2. 徐巽中女士，字兰仙，智开先生之夫人也。工诗兼擅倚声之学。《长相思》云："风萧萧。雨潇潇。窗外凄清有破蕉。凭谁话寂寥。　　夜迢迢。漏迢迢。才到家山梦又消。檐前铁乱敲。"《点绛唇》云："晚景萧萧。西风十里春光老。茱萸开了，插鬓人多少。　　何处登高。烟雨江楼小。谁知到。助人烦恼。四壁虫声悄。"《行香子·拜月》云："漫漫思量。淡淡梳妆。清秋庭院近昏黄。栏干西角，自检名香。见海棠娇，菱角嫩，藕丝长。　　低拜蟾光。曲诉衷肠。北风细细着罗裳。轻寒暗□，屈膝回廊。正钟声还，虫声寂，漏声凉。"《醉公子》云："春梦惊初醒。鬓掠春云影。春暖鸟声和，春花烂漫多。　　无限春光好。春到人遍老。人不比春花，春花岁岁老。"清新隽逸，皆可诵也。

　　3. 陈小兰女士，兰仙夫人之长女也，适同县施毓周君，有《浪淘沙·春日》词云："深院静无人。月上黄昏。梨花历乱点苔纹。粉蝶娉婷春梦破，何处相寻。　　春气酿春云。浊酒微醺。生花彩笔写芳芬。短笛一枝谁氏弄，吹断吟魂。"其用笔与李易安相近，闺中难得之才也。其妹名又兰，亦能词。《忆秦娥》云："匆匆别。轻舟去矣家山隔。家山隔。白云迢递，翠罗衫湿。　　回肠几曲凭谁说。徘徊独自愁如织。愁如织。绿杨野岸，杜鹃啼血。"一家能词诚不多觏。

4. 吾泰黄荔荻生先生，好学能文，兼工词章，有才子之号。顷见其《渡江云》一阕"寄友"云："相思前度梦，鞭丝茸帽，有客渡卢沟。想疏林古道，剪剪酸风，寒压敝貂裘。黄河远上，旗亭伎可把人留。问燕市狂踪在否，含笑看吴钩。　　扁舟。也曾江上，饱看湖山，向余杭贳酒。甚落魄山灵也笑，旧日沙鸥。诗题襟上无寻处，酾缁尘都是离愁。还嘱取与君莫诉前游。"颇与白石笔致相近。

（以上《小时报》1919 年 12 月 1 日）

5. 作词之法要炼句炼字，信口道来便无精彩。小调难于长调者，贵在精炼耳。余有《如梦令·夏夜》一阕云："小雨初收犹堕。凉雾欲消还锁。风动水晶帘，摇碎一庭灯火。千颗。千颗。月被流萤飞破。"

6. 词有暗叶之处，元明以后都不讲究。余有《醉花阴》一阕云："别梦初圆风击破。梦醒人无奈。檐铁响叮咚，梦也难寻，几度魂儿簸。　　银缸一朵秋宵火。愁共寒窗锁。没计可消愁，疏懒心情，都被愁丝裹。""朵"字暗叶。

7. 词调中有联用之字，用之得法，不厌其烦，愈觉巧妙。余有《苏幕遮·秋怨》一阕云："碧天寒，黄叶老，越是苔荒，越是无人扫。几阵征鸿音杳□。越是愁中，越是惊秋早。　　旅思浓，乡音渺。越是多情，越是离怀扰。凉月侵帘光皎皎。越是天涯，越是梦魂悄。"

8. 词家用典最忌填实，总以清空一气，不见痕迹为佳。余有《法曲献仙音·腊梅》一阕云："小月窥帘，冷云侵幕，悄悄夜寒深院。病鹤支离，古虬盘郁，相逢又惊年晚。似未许芳魂化，故教粉妆淡。　　最凄黯。问山中近来愁绪，曾否被铁笛数声吹断。一梦觉罗浮，待春风明岁重□。倚到栏前，向海棠传语幽怨。说珊珊玉骨，总为相思瘦损。"

9. 咏物词刻划中饶有风趣,才能动目。余有咏兜《一枝春》云:"乡抱温柔,薄罗绡倩把风流遮护。芳心婉转,却被轻轻兜住。银丝暗约,料斜映一痕红妩。还只怕琼蕊双堆,暗里被人偷觑。　　芙蓉帐中春聚。记锦衾半揭艳怀私露。欢情正洽,纤手几回靡抚。魂消个处,怎忘得腻云迷雨。怜几度汗颗娇融,香淋金缕。"

(以上《小时报》1919 年 12 月 2 日)

## 二、姚民哀《倚声偶得》

姚民哀(1894—1938),原名朕,字肖尧。改名民哀,字天亶,号兰庵。江苏常熟人。著名戏曲评论家,鸳鸯蝴蝶派作家,南社社友。长期为《晶报》、《小说时报》等撰写小说。著有《四海群龙记》、《妇女诗话》等。《倚声偶得》原载《小时报》1921 年 4 月 20 日、4 月 22 日。

1. 词固言情之作,然但以情言,薄矣。必须融情入景,由景见情。温飞卿之《菩萨蛮》,语语是景,而语语即是情,冯正中《蝶恋花》亦然。此其味之所以醇厚也。然求之北宋,尚或有之;求之南宋,几成《广陵散》矣。

2. 词之选本,以一家宗派为限,古人盖多有之。草窗之《绝妙好词》,即其初祖也。他不必论,只观其于于南、幼安、龙州、龙川诸人间之去取,可以概见。竹垞之《词综》,守玉田家风。茗柯之《词选》,守碧山门径。即近代之《箧中词》,所选清人之作,亦坚守常州派家法,一丝不紊。故清初之迦陵一派,选入较少。此皆所谓一家言也。

3. 词贵有聪明语,谓能见其性灵也。词又不可专作聪明语,恐其渐流于薄,不能造高浑深厚之境。甚矣词学之难工也有如此。

(以上《小时报》1921 年 4 月 20 日)

4. 俪规错矩之学词者,辄藉口苏、辛,以自掩其短。且谓南宋诸家,自稼轩、龙洲以后,豪放自成一派,曷知人之学之者,比流于粗,流于直,音律格调,亦多不屑意,试以苏、辛证之。东坡即席赋词,如"乳燕飞华屋"之类,皆系立付歌喉者,如不叶律,何以能此。稼轩之作亦然。盖苏、辛皆先通音律，而后可以豪放。然其偶不经意处，格律欠严，犹留世诟病。余尝引马伏波"爱之重之，不愿汝曹效之"之语，论苏、辛豪放，自许为苏、辛知己。历览东坡之《卜算子》"缺月挂梧桐"、稼轩之《祝英台近》"宝钗分"等阕，无一句不守词律，皆可目为正轨。倘填词不能浓丽微婉，而徒以豪放不羁为归，犹欲藉口苏、辛，使东坡、稼轩代人受过，则为后人之累苏、辛，非苏、辛之误后人，余敢铮然下断者也。

5. 咏物词有二忌，一忌雕琢，一忌肤泛，人所共知。然苟无寄托，亦索然无味。碧山咏物诸词，俱含有一掬亡国泪，而借物以写其哀。如咏蝉、咏萤、咏榴花诸作，允推绝唱。然论者犹谓其千篇一律，未免自卑其格，可见咏物词之难作也。总之，咏物词非不可作，而须以我为主，不可以物为主。时序之感，身世之悲，家国之事，次第寄之，则不为物所束缚，方可免于呆滞之弊。彼竹垞之《茶烟阁体物集》，完全掉书袋，讵能遗吾人"獭祭"之评语耶。

（以上《小时报》1921年4月22日）

## 三、陈诗《静照轩词话》

陈诗(1864—1943)，原名于诗，字子言，一字鸣郊，号鹤柴，安徽庐江县庐城镇石虎村人。著有《淞滨野乘》、《尊瓠室诗》、《鹤柴诗存》、《平等阁诗话》、《尊瓠室诗话》、《静照轩诗话》、《静照轩笔记》等。《静照轩词话》，原载《小时报》1921年7月11日、9月27日。

1. 旌德吕惠如女士，阀阅名家，笃于旧学，教授秣陵频年，尤工词。录其"清明"寄调《扫花游》云："一番雨过，早梨云卸了，新烟乍起。晓霞晴腻。漾笼门翠柳，万家春意。粥冷饧香，人隔秋千巷尾。数花事。正到杜鹃，恰染红泪。　埋玉芳草地。有多少春魂，墓门长闭。绿罗裙碎。想化成胡蝶，飞来尘世。如梦光阴，只有斜阳不死。暗红紫。镇年年画愁无际。"《忆旧游》词序云："羁泊江南，匆匆十五年矣。桑海迁易，百忧填膺，行将卜居冶城山麓，以秣陵之烟树，作故山之猿鹤，胜地有缘，信天自熹，时藉倚声，聊摅怀抱。"词云："记襟分辽月，鬓染吴云，十载犹赊。老向江南住，把莫愁故里，当作侬家。青山待人情重，留与共烟霞。看转烛人情，抟沙世事，且伴梅花。

独立水云侧，似信天翁鸟，饥守苍葭。没个消凝处，倚东风一笛，自遣生涯。平生不愿枯寂，冷处亦清华。正怕作愁吟，郊寒岛瘦谁效他。"《点绛唇》云："暝入高楼，西风又送砧声暮。断鸿来去。云暗江天路。　　　象管鸾笺，不赋销魂句。秋怀苦。愁风愁雨。人是芭蕉树。"《鹊桥仙》云："钟声远寺，鸡声近陌，曙色渐分林罅。秋云何处陇头飞，正木叶亭皋初下。　　　瑶阶凉露，瑶窗明月，一片融成澹雅。晓来无处觅吟魂，想神与西风俱化。"《浣溪纱》词序云："朔风骚屑，云水凄其，酿雪不成，雨霰时集。九九光阴，已过强半，正迟六花之际也。"词云："云懒无心斗玉龙。噀成珠雨涩寒空。不知天意恁惺忪。

风竹吟成双管玉，小梅开破半椒红。残年凭赏莫匆匆。""庚申除夕"调寄《浣溪纱》云："绛烛笼纱照夜阑。琼签愁报曙光寒。一年陈迹付飘烟。　　　尽使江流驰短梦，待招春色入吟笺。好怀休自减中年。"又《清平乐》云："翠樽红炬。送了年华去。听尽邻娃欢笑语。好在不知愁处。　　　春风又到人间。凭楼何事相关。多少夕阳烟柳，可怜如此江山。"《好事近》云："残雪寄崖阴，浅碧已生纤草。三两幽花谁见，有诗人能道。　　　春寒犹锁玉楼人，寻芳喜侬早。偏有小黄胡蝶，更比侬先到。"前调云："满袖落梅风，吹笛石头城下。杨柳小于娇女，倚赤栏低亚。　　　六朝金粉尽飘零，燕子伤心话。剩有齐梁夕照，罨青山如画。"诸词深秀温婉，似竹山、小山，足继李易安、吴蘋芗矩范。

（以上《小时报》1921 年 7 月 11 日）

2. 周彦升先生有《蕙修庵词》一卷，余最爱其"咏络纬"调寄《露华》云："连天翠蔓。着数点秋花，过雨庭院。半诉半啼，将近风吹旋远。吸露咽月喁喁，做与深宫愁泛。流黄畔，银缸梦回，一枕秋怨。　　　无腔有恨谁管。似旧曲凉州，按了重按。儿女不知情事，偷送帘幔。乍断乍续堪听，谁省缫车肠转。心正苦，征人莫嗔妇懒。"幽婉耐人寻味,似蒋竹山。

3. 怀宁潘子眘孝廉(慎生)道咸时人,有《绿笙囊词》。任丘边袖石方伯最爱诵其"一片南朝春影,问夕阳何处红多"之句,谓佳处不减南宋。

(以上《小时报》1921 年 9 月 27 日)

## 四、王芋原《怀兰拜石轩词话》

王芋原,号丐鱼、怀兰拜石轩主。著有《彭城见闻随录》、《厣园随笔》等。《怀兰拜石轩词话》,署名"丐鱼",原载《小时报》1922 年 2 月 25 日、2 月 27 日。唐圭璋在《词话丛编例言》中曾指出"并未寓目"之"蔗耕居士《怀兰拜石轩词话》",不知是否即王芋原之《怀兰拜石轩词话》,待考。

1. 诗莫盛于唐,而词莫盛于宋。宋以后南北曲出,词稍稍衰矣。迨至有明,可谓中绝。及清代乾嘉之季,始再振起。迄于今日,知之者鲜,好之者尤鲜矣。

2. 人心不能无所感,有所感,不能无所寄。春花、秋月、冬雪、夏雷,造化之所感,造化之感之所寄也。寄托不厚,感人不深。春之花,秋之月,冬之雪,夏之雷,落也,淡也,暗也,寂也。则天地间寂寂若无物,同入枯寥之境,而失其运行之妙。人心之所感,感之所寄,亦若是耳。故感之者,托之于吟啸、浩叹、歌谣、文章、诗词等,视其禀受而异,感之所寄一也。

3. 人之感于文者,不若感于诗。感于诗者,不若感于词。文无韵,诗有韵。诗不能尽被弦管,词则可以寻声按拍,复律之以长短句,谱之以长调、小令,其情长,其味久矣。

4. 十三国变风,二十五篇楚辞,词之源也。《离骚》与《诗》,忠厚之至,沉郁之至。词源出于是,而篇幅窄小,尽情直说,一无婉委。纵极工巧,不免隘浅。故作词之法,仍在源头上着力,求忠厚、求沉郁而已。《诗》三百篇,楚辞二十五篇,无非是写怨夫思妇之怀,寓孤臣孽子之感。然说来都是若隐若现,或兴或比,或托迹于美人香草,或寄情于春风谷雨，都不肯完全直说出来。此正是沉郁之处，亦正是忠厚之至。文章的做法，又何尝不是如此。不但体格正大，亦见性情温厚。

（以上《小时报》1922 年 2 月 25 日）

5. 作词者感寄不同，阅词者眼光不一，或美人香草，蝶雨梨云，取其情致之缠绵；或凄其惨感，肃索寂寥，感其遭际之遭迍。又或颂扬得体，夸文字之斋皇；回文寄慧，羡韵语之难求。以致大雅日非，繁声竞作；性情散佚，莫可究极，斯文字之忧也。欲悬格以求，则拟以性情温厚者为之体，沉郁者为之用，引以千端，衷诸一是，硁硁之见，其在斯乎。

6. 唐五代词，予最喜读之。其难能处，正在沉郁。宋词则稍逊一筹矣。然如子野、少游、美成、白石、碧山诸家，以及东坡、方回、稼轩等，又何尝不以沉郁胜耶。

7. 温飞卿《菩萨蛮》十四章，全由楚骚变化而来，可为古今之极轨。唐代词人，自以飞卿为冠。后主词凄婉悱恻，令人倾倒，是善言情者，却不及飞卿之厚。然南唐中宗《山花子》云："还与韶光共憔悴，不堪看"，可谓沉郁之至，凄其欲绝，虽后主不能驾其上也。

（以上《小时报》1922 年 2 月 27 日）

## 五、尤一郎《楸斋词话》

尤楸斋，名艺，字卓吾，一字一郎。江苏泰州人。著有《楸斋谜话》、《楸斋梦话》、《楸斋联话》、《秋窗絮语》、《中秋诗话》、《重阳诗话》等。《楸斋词话》原载《小时报》1922 年 11 月 1 日、11 月 3 日。

1. 出山泉水不似在山，蹴登显位不如州郡，诚莫之为而为也。真西山之事，人皆知之矣。贾半闲之事，人罕知者。贾自江陵易阃两淮，方三十岁，有饯以《水调歌头》者，上半阕则予忘之矣，下半阕云："握虎符，持玉节，佩金鱼。三十正当方面，此事世间无。（按：熊省长炳琦，年三十四岁；而前清两广总督叶名琛，亦三十余岁，均异数也。)寄语东淮父老,夺我诗书元帅,于汝抑安乎。早早归廊庙,天下尽欢娱。"秋壑亦当时之豪杰也,惜乎秉政之后,怙宠专权,度宗待以师相,言听计从,凡勋名相轧者,皆忌害之,以致亡国杀身子孙流离,贻讥万世,不知其是何心肝也。

2. 潭有歌妓赵琼善讴,少游南迁,经过此地,一见说之。后潭守宴客合江亭,时张方叔在坐,月色明朗,令官妓悉歌《临江仙》,邻舟一男子倚樯而歌,声极凄怨,其词曰:"潇湘千里挼蓝色,兰桡昔日曾经。月明风静露华清。微波浑不动,冷浸一天星。 独倚危樯情悄悄,时闻飞瑟泠泠。仙音含尽古今情。曲终人不见,江上数峰青。"琼倾耳阴涕,曰:此秦七声度也。乃遣人问讯,即少游灵舟也。词语超妙,非秦七不能。(按此事可与梦中见白石事参看。)蒋香谷尝夜梦白石度《庆春宫》一阕,醒为谱《浪淘沙》以纪之。蒋词曰:"秋影落船篷。黄叶丹枫。碧天如水水涵空。月在当头杯在手,人在垂虹。 旧侣喜相逢。白石仙翁。新词重谱庆春宫。君自吹箫侬按拍,唱彻西风。"才魂雄鬼,千载如生。不独江上诗伯之"夜静不堪题绝句,恐惊星斗落江寒"也。

(以上《小时报》1922 年 11 月 1 日)

3. 王特起字正之,词赋有声,晚年娶一侧室,有"留别"《喜迁莺》一阕,人皆传之,词曰:"东楼欢宴。记遗簪绮席,题诗罗扇。月枕双敧,云窗同梦,相伴小花深院。旧欢顿成陈迹,翻作一番新怨。素秋晚。听阳关三叠,一樽相饯。 留恋。情缱绻。红泪洗妆,雨湿梨花面。雁底关河,马头星月,西去一程程远。但愿此心如旧,天也不违人愿。再相见。老生涯,分付药炉经卷。"旋折一气,长调之正宗也。

4. 金初有一妇人,乃宋宗室子流落,米元章之婿吴彦高,于会饮间作《人月圆》词云:"南朝千古伤心事,犹唱后庭花。旧时王谢,堂前燕子,飞向谁家。偶然相见,仙肌胜雪,云鬟堆鸦。江州司马,青衫泪湿,同是天涯。"用前人诗句,剪裁点缀,皆若天成,思致含蓄,不露圭角,真奇作也。

5. 河东张仲举《蜕岩词》,有"酒后"《清平乐》二阕,皆上半阕独韵,录之以备一格,可见用独韵者不独诗也。词曰:"先生醉矣。是事忘之矣。欲友古贤谁可矣。严子真其人矣。　　问渠辛苦征鞍。何如自在渔竿。终办一丘隐计,西湖鸥鹭平安。""先生醉也。甚矣吾衰也。万物不如归去也。陶令真吾师也。　　篱边菊蕊初黄。为花准备携觞。只恐不如人意,风风雨雨重阳。"不日将届重阳矣,不知秋雨秋风,作何状态也。

(以上《小时报》1922 年 11 月 3 日)

(南阳师范学院文史学院)

# 凌波读曲记*

## 刘少坤　王　凯　整理

　　**内容摘要**：曹元忠所著《凌波读曲记》是词学史上一部重要的词话。其内容多为词调、字词、字声、作者、版本之考证，于当时而言，成绩突出。其所为转踏、大曲等"俗词"之考证，开唐圭璋《全宋词》编词范围之先河。曹元忠深厚的甄摘功力与其扎实的小学功底有直接关系。

　　**关键词**：曹元忠；《凌波读曲记》；词话；考辨

# *Lingbo Duqu Ji*

## Edited by Liu Shaokun　Wang Kai

**Abstract**：Cao yuan zhong's *Lingbo Duqu Ji* was an important Ci Hua in the history of Ci-poetry. It was mostly the textual research of its Ci Diao, word, sound, author, version. At that time, it was very outstanding achievements. The textual research of the "Su Ci" such as "Zhuan Ta" and "Daqu" is the first to open the scope of Tang Guizhang's *Quan Song Ci*. Cao

---

　　*　基金项目：河北省社科基金项目"河北大学词曲研究成就及展望"（HB16WX014）。

yuanzhong deep textual research capability has a direct relationship with its deep Xiao Xue foundation.

**Keywords**：Cao yuanzhong；*Lingbo Duqu Ji*；Ci Hua；textual research

曹元忠(1865—1923)字夔一、揆一,号君直,晚号凌波居士。吴县(今江苏苏州)人。晚清著名藏书家、校勘学家。曹元忠为光绪二十年(1894)举人,官翰林学士,充值内阁,光绪末年玉牒官校勘官,校阅内阁大库书籍,通阅宫廷宋元旧本,旋任大库学部图书馆纂修、礼学馆纂修等。曹元忠曾参与康有为"公车上书"。屡应进士试和经济特科试,皆不遇。民国后为遗老,与朱祖谋、叶昌炽等人关系密笃。曹元忠著有《笺经室遗集》、《丹邱先生集》、《宋元本古书证》、《桂花珠丛》、《司马法古注》、《赐福堂诗词稿》等。精于词及词学,钱仲联《近百年词坛点将录》评其曰:"词笔骚雅,得白石神理。"曹元忠作为晚清重要的词学家之一,目前学界很少关注。其词学文献,并没有得到全面系统整理与研究,这不能不说是一种遗憾。《凌波读曲记》,凌波者,取曹子建《洛神赋》"凌波微步,罗袜生尘"也。此书虽曰"读曲",实为曹元忠在读词过程中所创之词话,盖内容多为唐宋时之"俗词"议论。其中多为考证之论,与其深厚的小学功夫有直接关系。今整理其抄本词话文献《凌波读曲记》如下。

无锡侯文灿辑李后主词中有《捣练子》,今注云:"出兰畹曲金"。近江阴金湜生太守武祥覆刻侯本,校云:"曲金"字不可解,疑有误,余谓此词,侯据《花草粹编》采入粹编,于词尾注云:"兰畹曲会"。可证"兰畹曲会"者,孔宁极先生之子方平所集,见《碧鸡漫志》二,侯晤太守,当以此告之。

毛晋跋《尊前集》云:"嘉禾顾梧芳氏采录名篇,厘为二卷,仍其旧名。"余按《碧鸡漫志》"清平乐"条云:"白词七字绝句,与今曲不类。"而《尊前集》亦载此三绝句,止目曰《清平词》,"麦秀两歧"条云:"今世所传麦秀两歧令北黄钟宫。"唐《尊前集》载和凝一曲与今曲不类，检顾本皆合是。王晦叔所见与今同类。《花草粹编》载"李后主《蝶恋花》词"注云："见《尊前集》。"又《菩萨蛮》词亦注云："见《尊前集》。"检顾本亦合是。陈耀文所见，与今同类。顾梧芳补撰能如斯巧合乎，吾斯之未能信。

故友彭畏皋农部<sup>誕庠</sup>尝以所藏梅溪手写《钱氏传芳续集》见遗，内有籍石侍郎载赵希远《荷亭烟柳泛扇》诗自注，高宗题词后幅云："云霄遗暑洗回塘。荷花积渐芳。柳阴一带绕宫墙。春锄过柳旁。风力远、日痕长。窗中丝与簧。不妨佳句满残阳。闲心转更深。"乃《阮郎归》词。

《梦溪笔谈·乐律》云："古之善歌者有语，谓当使'声中无字，字中有声'。凡曲，止是一声，清浊高下如萦缕耳。字则有喉、唇、齿、舌等音不同。当使字字举本皆轻圆，悉融入声中，令转换处无磊块，此谓'声中无字'。古人谓之'如贯珠'，今人谓之'善过度'是也。如宫声字，而曲合用商声，则能转宫为商歌之，此'字中有声'也。善歌者谓之'内里声'。不善歌者，声无抑扬，谓之'念曲'。声无含韫，谓之'叫曲'。"张炎《词源·讴曲旨要》云："举末轻圆无磊块，清浊高下萦缕比，若无含韫强抑扬，即为叫曲念曲矣。"曰："语本此。"

宋时《调笑转踏》往往先为四六，末云："敢陈薄伎，上佐清欢。女伴相将，调笑入队。"附以七言绝句，谓之句队，曲终复作七言绝句，末云："女伴敛袂，相将好去。谓之遣队，亦谓之放队。"《碧鸡漫志》称："石曼卿歌〔般涉调〕《拂霓裳曲》作传<sup>疑转字伪</sup>踏述开元天宝旧事。曼卿云：'本是月宫之音，翻作人间之曲。夔帅曾端伯，增损其词，为勾遣队口号，亦云开宝遗音'云云是也。"今所传曾慥《乐府雅词》中《调笑转踏》、《九张机》等方存崖略，其法盖始自宫禁中演教坊杂剧，故吕祖谦《宋文鉴·乐语类》有宋祁、王珪《教坊致语》，元绛、苏轼《集英殿秋宴教坊致语》，皆如此。但放队亦作四六。末云："再拜天阶，相将好去耳。"《词律》因以放队七言绝句为口号，误判作遣队。殊非。

《乐府雅词》载董毅大曲《薄媚》，有"衮编拍撷"，以后无继之者。惟王明清《玉照新志》云："《冯燕传》，见之《丽情集》，唐贾耽守太原时事也。元祐中，曾文肃帅并门，感叹其义风，自制《水调歌头》，以亚大曲，然世失其传。近阅故书得其本，恐久而湮没，书录于后：

排遍第一

魏豪有凭燕，年少客幽并。击球斗鸡为戏，游侠久知名。因避仇，来东郡，元戎留属中军。直气凌貔虎，须臾叱咤风云，凛凛坐中，偶乘佳兴。轻裘锦带，东风跃马，往来寻访幽胜。游冶出东坰。堤上莺花撩乱，香车宝马纵横。草软平沙稳。高楼两岸春风，语笑隔帘声。

排遍第二

袖笼鞭敲镫，无语独闲行。绿杨下、人初静，烟波夕阳明。窈窕佳人，独立瑶阶，掷果潘郎，瞥见红颜横波盼，不胜娇软倚银屏。曳红裳，频推朱户，半开还掩，似欲倩、咿哑声里，细说深情。因遣林间青鸟，为言彼此心期，的的深相许，窃香解佩，绸缪相顾不胜情。

排遍第三

说良人滑将张婴。从来嗜酒、还家镇长酩酊狂醒。屋上鸣鸠空斗，梁间客燕相欺。谁与花为主，兰房从此，朝云夕雨两牵萦。似游丝飘薄，随风无定。奈何岁华荏苒，欢计苦难凭。唯见新恩缱绻，连理并翼，香闺日日为郎，谁松萝托蔓，一比一毫轻。

排遍第四

一夕还醉，开户起相迎。为郎引裾相庇，低首略潜形。情深无隐。欲郎乘间起佳兵。授青萍，茫然抚欢，不忍欺心。尔能负心于彼，于我必无情。熟视花钿不足，刚肠终不能平。假手迎天意，一挥霜刃。腮间粉颈断瑶琼。

排遍第五

凤凰钗、宝玉凋零。惨然怅，娇魂怨，饮泣吞声。还被凌波呼唤，相将金谷同游，想见逢迎处，挪揄羞面，妆脸泪盈盈。醉眠人、醒来晨起，血凝蓁首，但惊喧，白邻里、骇我卒难明。致幽囚推究，覆盆无计哀鸣。丹笔终诬服，圜门驱拥，衔冤垂首欲临刑。

排遍第六

带花遍，向红尘里，有喧呼攘臂，转声辟众，莫遣人冤滥、杀张室，忍偷生。僚吏惊呼呵叱，狂辞不变如初，投身属吏，慷慨吐丹诚。

仿佛缧绁，自疑梦中，闻者皆惊叹，为不平。割爱无心，泣对虞姬，手戳倾埦宠，翻然起死，不教仇怨负冤声。

排遍第七

撷花十八

羲埭元靖贤相国，嘉慕英雄士，赐金缯。闻斯事，频叹赏，封章归印。请赎冯燕罪，日边紫泥封诏，阖境赦深刑。万古三河风义在，青简上、众知名。河东注，任流水滔滔，水涸名难泯。至乐府歌咏，流入管弦声。

按：《太平广记·豪侠门》载沈亚之《冯燕传》云："唐冯燕者，魏豪<sup>疑毫字伪</sup>人，父祖无闻名。燕少，以意气任侠，专为击球斗鸡戏，魏市有争财殴者，燕闻之，搏杀不平，遂沉匿田间。官捕急，遂亡滑，益与滑军中少年离球相得。时相国贾耽镇滑，知燕材，留属军中。他日出行里中，见户旁妇人，翳袖而望者，色甚冶，使人熟其意，遂室之。其夫滑将张婴（注：曹元忠抄录遗失其后之"者也。因闻其故，累殴妻，妻党皆望婴。会"）从其类饮。燕因得间，复偃寝中，拒寝户。婴还，妻开户纳婴。以裾蔽燕。燕卑踏步就蔽，转匿户扇后，而巾堕枕下，与佩刀近。婴醉且瞑。燕指巾令其妻娶，妻即以刀授燕，燕熟视断其颈，遂巾而去。明旦婴起，见妻杀死。愕然，欲出自白。婴邻以为真婴杀，留缚之，趋告妻党，皆来，曰：'尝嫉殴吾女，乃诬以过失，今复贼杀之矣，安得他事。即他杀，而得独存耶！'共持婴，百余笞，遂不能言。官收系杀人罪，莫有辨者，强伏其辜。司法官与小吏持朴者数十人，将婴就市，看者团围千余人。有一人排看者来，呼曰：且无令不辜死者。吾窃其妻，而又杀之，当系我。吏执自言人，乃燕也。与燕俱见耽，尽以状对，耽乃状闻，请归其印，以赎燕死。上谊之，下诏，凡滑堁死罪者皆免。"王明清所据《丽情集》当亦本沈下贤此传，故词中叙事皆合为后世传奇所滥觞，因具录其文以备遗忘。

汲古阁本刘克庄《后村别调》，《念奴娇·壬寅生日》词下半阕："回首雪浪惊心，黄茅过顶"，"瘴毒如"以下全缺，于《花草粹编》存之。《花草粹编》，《六么令·雪残风信》一调亦下半阕全缺，于《梅苑》存之。且据《梅苑》知，为晏丞相词。

天一阁本闽沙太学生陈钟秀《精选名贤词话草堂诗余》，每词之末间附考证，视明顾从敬、沈际飞所刊，奚啻霄壤观。其于山谷《踏莎行》"临水夭桃，倚墙繁李。长杨风掉青骢尾"注引山谷云："予亲书此词，遗祝有道，云：'诸乐府虽有叹赏其辞而未深解其义味者，故以奉寄'。"《念奴娇》"断虹霁雨，净秋空，山染修眉新绿"注引《苕溪渔隐》云："山谷云：'八月十七日，与诸甥步自永安堁，入张宽夫园待月，以金荷叶酌客。客有孙叔敏，善长笛，连作数曲'云云，最为详核。"余按《方舆胜览》引《新安志》云："黄山谷谪黔中，歙人祝有道访之，山谷为书帖云：'凡士大夫胸中不时时以古今浇之，则俗尘生其间，照镜则面目可憎，对人亦语言无味。'"又赠以词，所谓"长杨风掉青骢尾"者也。又有"八月十七夜，张宽夫园待月有词"云："老子平生，江南江北，最爱临风笛。孙郎微笑，坐来声喷霜竹。"蜀人谓笛音如胈，故用之。今俗本改笛为曲，非也。皆与陈本可以互证。而"笛"、"竹"相叶其故，尤赖以明，不然，博雅如竹垞有致，从俗本而已矣。《草堂诗余》最精者有明顾汝芳<sup>所字误</sup>所刻四卷本，其书每卷题类编《草堂诗余》卷之几。《武陵逸史编》次开云："山农校正首卷"，有"嘉靖庚戌七月既望，东海何良"后，撰序称"顾子上海名家，家富诗书，代传礼乐，尊公东川先生，博物洽闻，著称朝列。是编乃其家藏宋刻本，比世所行多七十余调"云云。壬寅岁，余应江鄂译书局之招，与缪小山师同客秣陵，假得之时，方为吴仲怿、方伯重熹所刊《乐章集》作校勘记。方伯据汲古阁

《六十家词》，固非吕本，且多脱伪，余以归安陆存斋观察心源皕宋楼所藏宋本、明梅鼎祚钞宋本校之，而是书尚多《爪茉莉》、《望梅》、《白苎》、《女冠子》、《十二时》等五阕为各本所无，则洵乎其为善本也。

余为石莲山房所刊《乐章集》作校勘记，附辑屯田逸词，有《绛都春·上元》云："融和又报。乍瑞霭霁色，皇州春早。翠幰竞飞，玉勒争驰都门道。鳌山结彩蓬莱岛。向晚色、双龙衔照。绛绡楼上，彤芝盖底，仰瞻天表。缥缈。风传帝乐，庆三殿共赏，群仙同到。迤逦御香，飘满人间闻嬉笑。须臾一点星球小。渐隐隐、鸣梢<sup>当是鞘字之伪</sup>声杳。游人月下归来，洞天未晓。"当时着其说，云："此词顾陈《草堂诗余》皆作《丁仙现》，其人无考。"《乐府指迷》谓："古曲亦有拗者，举《尾犯》之'金玉珠珍博'，'金'字当用去声，《绛园春》之'游人月下归来'，'游'字合用去声"为说，按《尾犯》见柳词《绛园春》，亦必柳词。当时《尊前》、《酒边》被诸弦管，惟柳词最为当行，故沈氏用心指点，况《苕溪渔隐》云先君尝云柳词"鳌山彩结蓬莱岛"，当云彩缔。既改其词亦佳，则此词为《乐章集》所佚，明矣。然终以《丁仙现》为疑，归质诸家。君曰："《避暑录话》尝称崇宁初，大乐阙徵调，有献议请补者，并以命教坊宴乐同为之。大使丁仙现云：'音已久亡，非乐工所能为，不可以意妄增，徒为后人笑云。'"云是丁仙现乃北宋教坊大使，此词宴乐必尝歌之。白石《鹧鸪天·元夕》云："旧情惟有《绛都词》。"是也。《草堂诗余》以传自丁仙现，遂以属之耳。据《苕溪渔隐丛话》自是屯田词也。惜方伯书已刊行未及载入。

宋时所谓宅院，元时谓之宅春，柳词《集贤宾》云："待作真个宅院，方信有初终。"东坡《减字木兰花》云："天然宅院。赛了千千并万万。"此等俗称，北宋以之入词，自不失为乐府遗意。南渡后，务归雅令，而去古转远。

戊戌岁在都过夏，从厂肆购得汲古阁本《花间集》，疑似常熟翁泽之刑部之润家藏宋绍兴十八年济阳晁谦之本，以墨笔校之。晁本《花间集序》次行云："武德军节度判官欧阳炯撰。"已较毛刻多结衔七字。又目录首行云："花间一部十卷。"次行云："银青光禄大夫行卫尉少卿赵崇祚集。"以下云："温助教庭筠六十六首、皇甫先辈松十一首、韦给事庄四十七首、薛侍郎昭蕴十九首、牛给事峤三十三首、张舍人泌二十七首、毛司徒文锡三十一首、牛学士希济十一首、欧阳舍人炯十七首、和学士凝二十首、顾太尉夐五十五、首孙少监光宪六十一首、魏太尉承斑十五首、鹿太尉延廞六首、阎处士选八首、尹参卿鹗六首、毛秘书熙震三十首、李秀才珣三十一首。"本两家为一行，以后每卷大题及撰人官氏外，第三行但云："某某若干首而已。"视毛刻既有总目，人后散列各卷之首，殊为遇之。惟毛刻于词尾每有校语，如温庭筠《河渎神》"暮天愁听思归落"注云："落"一作"乐"。韦庄《喜迁莺》"凤衔金牓出门来"注云："门"一作"云"。孙光宪《菩萨蛮》"一只木兰船"注云："船"一作"舷"。而晁本正作"乐"字"云"字"舷"字。又牛希济《生查子》语"已多情未了"注云：一本无"已"字。和凝《薄命女》注云："一名《长命女》。"而晁本亦有此十字，似毛曾见晁本矣。乃晁本卷末有跋八行，云："右《花间集》十卷，皆唐末才士长短句。情真而调逸，思深而言婉。嗟呼。虽文之靡无补于世，亦可谓工矣。建康旧有本，比得往年例卷，犹载郡将、监司、僚幕之行有《六朝实录》与《花间集》之赆。又他处本皆舛讹，乃是正而后刊，聊以存旧事云。绍兴十八年二月二日，济阳晁谦之题。"而汲古阁本毛晋跋中，虽未之及，何哉？

《后山诗话》："东坡以诗为词，如教坊雷大使之舞，虽极天下之工，要非本色。"按：雷大使名中庆，《铁围山丛谈》云："教坊琵琶则有刘继安舞有雷中庆，世皆呼之为雷大使。"

《霁山集》注引东坡《笛词》："楚山修竹如云，异材秀出千林表。注：今蕲泰（当是春字）出笛材，故楚地也。"是东坡词有注。陈振孙《直斋书录解题》云："《注坡词》二卷，仙溪傅幹撰。"按：《耆旧续闻》云："赵太史家有顾禧景蕃《补注东坡长短句》真迹。云：'按唐人词，旧本作试教弹作忽雷声，今本作辊雷声。'"而傅幹注："亦以辊雷为证。"考之，传记无有。又《南歌子》云："游人都上十三楼。不羡竹西鼓吹，古扬州。十三间楼在钱塘西湖北山，此词在钱塘作，旧注云：汴京旧有十三楼，非也。"故元延祐云间本《东坡乐府》括苍叶曾序云：

"好事者或为之注释，中间穿凿甚多。为识者所诮注，本不存以此。"

《金史·乐志》载："天春之年九月驾幸燕京，导引曲<sup>原注无射宫</sup>五年一狩，仙仗到人间，问稼穑艰难。苍生洗眼秋光里，今日见天颜。金戈玉斧临香火，驰道六龙闲。歌谣到处皆相似，天子寿南山。"据《三朝北盟会编》引张棣《金虏图经》云："翰林待制邢具瞻作，特后半作金瓜玉斧沉烟，和□□舞蹈，六龙闲。"歌谣道咏皆相似。云之文有异同，且□□并非阙字。

《元史·礼乐志》乐音王队<sup>元旦用之</sup>引队奏《万年欢》之曲。次二队奏《长春柳》之曲。次七队奏《吉利牙》之曲。次十队歌《新水令》、《沽美酒》、《太平令》之曲。寿星队<sup>天寿节之</sup>次二队奏《长春柳》之曲。次七队奏《山荆子》带《妖神急》之曲。次十队歌《新水令》、《沽美酒》、《太平令》之曲。礼乐队<sup>朝会用之</sup>次二队奏《长春柳》之曲。次七队奏《新水令》、《水仙子》之曲。次八队歌《新水令》之曲。与乐声相和后趁声歌《水仙子》之曲。再歌《青山口》之曲。与后队相和。次十队歌《新水令》、《沽美酒》、《太平令》之曲。法队次二队奏《长春柳》之曲。次七队奏《金字西番经》之曲。次十队歌《新水令》、《沽美酒》、《太平令》之曲。知放队皆歌《新水令》、《沽美酒》、《太平令》。与次二队皆奏《长春柳》同也，而寿星队礼乐队。法队其引队、礼官、乐工、大乐、冠服，并同乐音王队。则引队皆奏《万年欢》矣。《万年欢》已下诸曲与《大明集·礼乐歌篇》所载，元乐曲有《长春柳》、《吉利牙》、《新水令》、《沽美酒》、《太平令》、《水仙子》、《青山口》、《万年欢》、《山荆子》、带《妖神急》、《妖神急》合又载，《也可唐兀》畏吾儿诸曲声律、字谱为元史所无，吾友柯凤孙翰读<sup>卿参</sup>方著元史。当以此告之，先录于此：

也可唐兀

姑南姑黄黄太姑　姑南姑黄姑太姑<br>
一工一合合四一　一工一合一四一

姑南姑黄黄太姑　姑南姑黄姑太姑<br>
一工一合合四一　一工一合一四一

姑南姑黄黄太姑　姑南姑黄姑太姑
一工一合合四一　一工一合一四一

姑南姑黄黄太姑　仲姑黄太仲太姑
一工一合合四一　上一合四上四一

姑南姑黄黄太姑　仲姑黄太仲太姑
一工一合合四一　上一合四上四一

姑南姑黄黄太姑　仲姑黄太仲太姑
一工一合合四一　上一合四上四一

南太太黄太仲太姑　太太黄太仲太姑
工四四合四上四一　四四合四上四一

太太黄太仲太姑　林蕤林南林南林姑
四四合四上四一　尺勾尺工尺工尺一

林蕤林南林南林姑　林蕤林南林南林姑
尺勾尺工尺工尺一　尺勾尺工尺工尺一

林南林姑林南林姑　林南林姑林南林姑
尺工尺一尺工尺一　尺工尺一尺工尺一

林南林姑林南林姑　仲姑仲南林
尺工尺一尺工尺一　上一上工尺

林林林南林蕤林　林林林南林蕤林
尺尺尺工尺勾尺　尺尺尺工尺勾尺

林林林南林蕤林　林蕤林南林蕤林
尺尺尺工尺勾尺　尺勾尺工尺勾尺

林蕤林南林蕤林　林蕤林南林蕤林
尺勾尺工尺勾尺　尺勾尺工尺勾尺

南林林南南林南　南林林南南林南
工尺尺工工尺工　工尺尺工工尺工

南林林南南林南　仲南仲姑
工尺尺工工尺工　上工上一

黄南黄黄黄南黄南　黄南黄黄黄南黄南
合工合合合工合工　合工合合合工合工

黄南黄黄黄南黄南
合工合合合工合工

## 畏兀光

太太蕤林南南蕤姑　太太蕤南林蕤林应
四四勾凡工工勾一　四四勾工尺勾尺凡

南应林南林蕤姑大　林蕤林应南南
工凡尺工尺勾一四　尺勾尺凡工工

南南蕤林南南蕤姑　太太蕤南林蕤林应
工工勾尺工工勾一　四四勾工尺勾尺凡

南应林南林蕤姑太　林蕤林应南南

工凡尺工尺勾—四　尺勾尺凡工工

黄应南应林南　林蕤姑大
合凡工凡尺工　尺勾—四

应太黄应太太
凡四合凡四四

## 四季万年欢

黄钟宫<sup>俗呼正官</sup>

夷林蕤太　黄清夷林姑
工尺勾—　六　工尺—

蕤林黄太黄　林夷黄清夷太黄太姑林姑
勾尺合四合　尺工六　工四合四—尺—

黄姑夷林姑林　夷黄姑太黄清夷
合—工尺—尺　工合—四六　工

蕤林黄清夷林蕤姑　太姑林黄黄清
勾尺六　工尺勾—　四—尺合六

太清　黄清
五　六

## 尾

太清黄清夷黄太姑
五　六　工合四—

# 万岁乐

黄钟宫<sup>俗称正官</sup>

林南黄南姑大黄　　姑林应南林姑林
尺工六工一四合　　一尺凡工尺一尺

姑南黄蕤南林姑　　应南林南姑大黄
一工六勾工尺一　　凡工尺工一四合

黄应黄南姑大黄　　姑林应南林姑林
六凡六工一四合　　一尺凡工尺一尺

姑南黄蕤南林姑　　应南林南姑大黄
一工六勾工尺一　　凡工尺工一四合

大吕宫<sup>俗呼高宫</sup>

夷无大无仲夹大　　仲夷黄无夷仲夷
工凡四凡上一四　　上工合凡工上工

仲无大林无夷仲　　黄无夷无仲夹大
上凡四尺凡工上　　合凡工凡上一四

大黄大无仲夹大　　仲夷黄无夷仲夷
四合四凡上一四　　上工合凡工上工

仲无大林无夷仲　　黄无夷无仲夹大
上凡四尺凡工上　　合凡工凡上一四

大簇宫<sup>俗呼中管高宫</sup>

南应太应蕤姑大　　蕤南太应南蕤南

工凡四凡勾一四　　勾工四凡工勾工

蕤应太夷应南蕤　　大应南应蕤姑大
勾凡四工凡工勾　　四凡工凡勾一四

太太太应蕤姑大　　蕤南大应南蕤南
四四四凡勾一四　　勾工四凡工勾工

蕤应太夷无南蕤　　大应南应蕤姑太
勾凡四工凡工勾　　四凡工凡勾一四

夹钟宫<sup>俗呼中吕宫</sup>

无黄夹黄林仲夹　　林无太黄无林无
凡合一合尺上一　　尺凡四合凡尺凡

林黄夹南黄无林　　太黄无黄林仲夹
尺合一工合凡尺　　四合凡合尺上一

夹大夹黄林仲夹　　林无大黄无林无
一四一合尺上一　　尺凡四合凡尺凡

林黄夹南黄无林　　大黄无黄林仲夹
尺合一工合凡尺　　四合凡合尺上一

姑冼宫<sup>俗呼中管中吕宫</sup>

应大姑大夷蕤姑　　夷无夹大应夷应
凡四一四工勾一　　工凡一四凡工凡

夹大姑无大应夷　　夹大应大蕤夷姑

工四一凡四凡工　一四凡四勾工一

姑夹姑大夷蕤姑　夷应夹大应夷应
一一一四工勾一　工凡一四凡工凡

夷大姑无大应夷　夹大应大夷蕤姑
工四一凡四凡工　一四凡四工勾一

### 仲吕宫<sup>俗呼道宫</sup>

黄太仲大南林仲　南黄姑大黄南黄
合四上四工尺上　工合一四合工合

南大仲应大黄南　姑大黄大南林仲
工四上凡四合工　一四合四工尺工

仲姑仲大南林仲　南黄姑大黄南黄
上一上四工尺上　工合一四合工合

南大仲应大黄南　姑大黄大南林仲
工四上凡四合上　一四合四工尺上

### 蕤宾宫<sup>俗呼中管道宫</sup>

大夹蕤夹无夷蕤　无大仲夹大无大
四一勾一凡工勾　凡四上一四凡四

无夹蕤黄夹大无　仲夹大夹无夷蕤
凡一勾合一四凡　上一四一凡工勾

蕤仲蕤夹无夷蕤　无大仲夹大无大

勾上勾一凡工勾　凡四上一四凡四

无夹蕤黄夹大无　仲夹大夹无夷蕤
凡一勾合一四凡　上一四一凡工勾

### 林钟宫<sup>俗呼南吕宫</sup>

大姑林姑应南林　应大蕤姑大应大
四一尺一凡工尺　凡四勾一四凡四

应姑林大姑大应　蕤姑大姑应南林
凡一尺四一四凡　勾一四一凡工尺

林蕤林姑应南林　应大蕤姑大应大
尺勾尺一凡工尺　凡四勾一四凡四

应姑林大姑大应　蕤姑大姑应南林
凡一尺四一四凡　勾一四一凡工尺

### 夷则宫<sup>俗呼仙吕宫</sup>

夹仲夷仲黄无夷　黄夹林仲夹黄夹
一上工上合凡工　合一尺上一合一

黄仲夷大仲夹黄　林仲夹仲黄无夷
合上工四上一合　尺上一上合凡工

夷林夷仲黄无夷　黄夹林仲夹黄夹
工尺工上合凡工　合一尺上一合一

黄仲夷大仲夹黄　林仲夹仲黄无夷

合上工四上一合　尺上一上合凡工

南吕宫<sup>俗呼中管仙吕宫</sup>


姑蕤南蕤大应南　大姑夷蕤姑大姑
一勾工勾四凡工　四一工勾一四一

大蕤南夹蕤姑大　夷蕤姑蕤大应南
四勾工一勾一四　工勾一勾四凡工

南夷南蕤大应南　大姑夷蕤姑大姑
工工工勾四凡工　四一工勾一四一

大蕤南夹蕤姑大　夷蕤姑蕤大应南
四勾工一勾一四　工勾一勾四凡工

无射宫<sup>俗呼黄钟宫</sup>

仲林无林大黄无　大仲南林仲大仲
上尺凡尺五六凡　四上工尺上四上

大林无姑林仲大　南林仲林大黄无
四尺凡一尺上四　工尺上尺五六凡

无南无林大黄无　太仲南林仲大仲
凡工凡凡五六凡　四上工尺上四上

大林无姑林仲大　南林仲林大黄无
四尺凡一尺上四　上尺上尺五六凡

凌波读曲记 / 471

应钟宫<sub></sub>俗呼中管黄钟宫

（以下为工尺谱律名对照，分两栏）

蕤夷应夷夹大应　　夹蕤无夷蕤夹蕤
勾工凡工一四凡　　一勾凡工勾一勾

夹夷应仲夷蕤夹　　无夷蕤夷夹大应
一工凡上工勾一　　凡工勾工一四凡

应无应夷夹大应　　夹蕤无夷蕤夹蕤
凡凡凡工一四凡　　一勾凡工勾一勾

夹夷应仲夷蕤夹　　无夷蕤夷夹大应
一工凡上工勾一　　凡工勾工一四凡

　　元周南瑞《天下同文集·歌颂类》载祝圣乐章四阕，内《春从天上来》云："至元二十九年八月二十八日。"《鹧鸪天》云："元贞元年九月初五日。"以《元史》言之，八月二十八日为世祖天寿节，本纪所谓以乙亥岁八月乙卯生也。九月初五日为成宗天寿节，本纪所谓以至元二年九月庚子生也。<sub>据本纪至元二年十月庚申朔，则庚子恐是初十日之误。</sub>余为《清平乐》云："元贞元旦。"《木兰花慢》云："大德六年元旦。"考《礼乐志》："天寿圣节受朝仪如元正仪。"而《元正受朝仪》云："登歌之曲各有名，音中本月之律。"注云："先期，仪凤司进谱，翰林院撰辞肄之。"则此四阕必庐挚等在翰林时撰拟矣，录其词于后：

　　春从天上来·至元二十九年八月二十八日　　　庐挚
　　姑射乘龙。与少皞行秋，佳气葱葱。（阙"九重"词）天上，万岁声中。想见玉立神嵩。更川妃微步，（阙"恰"字）便是、户外昭容。建章宫。正鸡人唱晓，风<sub>疑是凤字</sub>吹腾空。
　　流风太平礼乐，是鼓腹康衢，白叟黄童。说向周公，声容文物，歌舞帝利神功。幸天公不禁，人间酒（阙"醉"字）得西风。此心同。有黄河为带。江汉朝宗。

清平乐·元贞元旦

元贞更号。日月开黄道。试有韶华何处好。击壤康衢父老。　　相将竹马儿童。崧高万岁声中。雒浦梅花香里。人间第一春风。

鹧鸪天·元贞元年九月初五日

青女飞来汗漫游，素娥相赏玉为舟。三十年也<sup>也疑俗书过字，作之过之误</sup>蟠桃熟，万岁山高锦树秋。　　开寿域，望神州。日华云影思悠悠，愿将江汉清风颂，镌向松崖最上头。

木兰花慢·大德六年正旦

问东风何似，早<sup>去声</sup>吹绿、洞庭波。要催起江头，梅妆的皪，柳熊<sup>疑是态字</sup>婆娑。遥知玉墀鹓鹭，对青阳、紫禁郁嵯峨。欢动云间阊阖，应收雪外蓬婆。　　谁将瑶瑟托湘娥。颍客播弦歌。向执法森然，寿星明处，陡顿春多。衡君也能三呼<sup>去声</sup>，更双成度<sup>入声</sup>曲奏云和。如许升平文物，仍逢混一山河。

辛丑二月游杭，同年程心一<sup>铭敬</sup>购得栋亭刻本，《梅苑》属校，因考《清波杂志》云：绍兴庚辰，在江东得蜀人黄大舆《梅苑》四百余阕，今本阙九十六阕，尚得四百十二阕。据目录凡五百八阕，岂周辉所见，已非足本，与乃从《花草粹编》得《月上海棠》云："南枝昨夜先回暖。便临寒，开花暗香远。化工试晱，把琼瑶，恣情裁剪。皑皑的，点缀梢头又遍。　　横斜影蘸清溪浅。似玉人，临鸾照粉面。大家休折，且迟留，对花开宴。祝东风，吹作和羹未晚。"《朝中措》云："山城水隘小桥傍。竹里早梅芳。纵有丹青图画，难描幽<sup>当是幽字</sup>韵生香。　　妖娆天赋，偏宜素淡，杨氏宫妆。雅态何须艳丽，孤标不在春光。"二词皆目录所有，而《粹编》注明出自《梅苑》者，为补书卷尾而归之。未几，心一下世，遗著零落。后见诸都门，则以校本索直八金矣。

潘邠老之第，大观石刻东坡小楷集《归去来辞》字："十诗及《哨编词》尚存。太仓某氏。"往岁，余游弇山，有以拓本相饷者，取延祐云间本校之。惟从前皆非上少一觉字，富贵非吾志，作愿而已。

《词林万选》载李易安词，有《丑奴儿》"晚来一阵风兼雨"一阕，临桂王幼霞前辈<sup>鹏运</sup>校云："词意肤浅，不类易安手笔。"余谓此康伯可作，见《花草粹编》。伯可名与之，号顺庵，吴兴陶定序其词集云："君尝谓余曰：我昔在洛下受经传于晁四丈以道，受书法于陈二丈叔易。"见董史《皇宋书录》。"渡江初，有声乐府受知于秦申王。"见黄升《花庵中兴绝妙词选》。巧令孔壬之流，宜词之淫放也。

《翰墨大全·时令门》载："周公瑾《春夜感怀三首》云：'中夜浩然生远思，西欲入秦北走燕。鸡鸣钟动寂无事，依旧南窗听雨眠。''风吹柳花入春水，上下青天行白云。忽惊众芳迳如许，望拜腊酒留东君。''不知天地几万劫，我望聊寓百年间。百年未尽且一笑，日饮白酒看青山。'"极超旷亦极沉郁，蜡屐集中佳制也，长吟凄讽，乃觉偷生后死之感，先生与我同之。

在都时，传沅放以新购《劳记言钞》校唐宋各家词本，见示内，《金奁集》中有张志和《渔父词》十五首，未暇考也。比岁，南归彊村，从吴印住处得传钞本，以此词为疑。予按《直斋书录解题·志乐类》有《元贞子渔歌碑传集录》一卷，云："元贞子《渔歌》，世上传诵其'西塞山前'一章而已。尝以其一时倡和诸贤之辞各五章，及南卓柳宗元所赋渔为若干章。因以《颜鲁公碑》述《唐书本传》，以至近世用其词入乐府者。集为一编。以备吴舆故事。"然则《渔父词》本有五首，陈振孙犹得传本已。

明陈霆《渚山堂词话》载刘改之《沁园春》云："绿鬓朱颜，玉带金鱼，神仙画图。把擎天柱石，空留绿野，济川舟楫，闲舣西湖。天欲安刘，公归重赵，许大功勋谁得如。平章看，道人如伊吕，世似唐虞。

不须别作规模。但收拾大材多用儒。况自告军中，胆能寒虏，如今胄次，气欲吞胡。紫府真人，黑头元宰，收敛神功寂若无。归来好，正芝香枣熟，鹤瘦松癯。"此词是出"代寿韩平原"云之。以旧钞本校之。

起调"玉带金鱼"为误,倒其解。"闲倚"作"闲舣","元熟"作"功熟","别样"作"别作","收揽"作"收拾","而今"作"如今","些杳"作"紫府","寂似"作"寂若"。皆较钞本为善,而钞本"平章看"下空字。《渚山堂词话》作"道",尤昏昏补阙云。

《苕溪渔隐丛话》后集载东坡《西江月》"世事一场大梦"词云:"《聚兰集》载此词注曰:寄子由。"又载《减字木兰花·郑庄好客》词云:"《聚兰集》载。"此词乃东坡赠润守许仲涂,且以"郑客落籍高莹从良"为句首。《聚兰集》当考。

旧传相国寺有十绝,余考本郭若虚云:"明皇敕车道政依于阗国传像画北方毘沙门天王为八绝。"见袁文《瓮牖闲评》。

（河北大学文学院）

# 《近词丛话》辑补

徐　珂 原著　刘学洋 整理

**内容摘要**：唐圭璋先生曾从徐珂的《清稗类钞》中辑出部分论词文字，编成《近词丛话》，收录于《词话丛编》。除《清稗类钞》外，徐珂还有多种笔记著作，今从其《康居笔记汇函》中辑录出论词之语共三十一则，整理发表以对《近词丛话》稍作补充。其中涉及当时诸多词人逸事及词论，蕴含了丰富的词学信息。

**关键词**：徐珂；《近词丛话》

# The Supplement to *Jinci Conghua*

**Authored by Xu Ke　Edited by Liu Xueyang**

**Abstract**：Mr. Tang Guizhang has edited part of the essay words from Xu Ke's *Qingbai Leichao*, and compiled into *Jinci Conghua* which included in *Ci Hua Collection*. In addition to *Qingbai Leichao*, Xu Ke has a variety of essays, the present author therefore collecte 31 comments about Ci from his *Kang Ju Essays Collection*, and publish to supplement the *Jinci Conghua*. Those involve many anecdotes and theory of Ci and contain rich informations.

**Keywords**：Xu Ke；*Jinci Conghua*

　　按：徐珂(1869—1928)，字仲可，浙江杭县人。晚清民初重要的词人、词学研究专家，著有《清代词学概论》、《词讲义》、《词曲概论讲义》等。曾师从谭献、况周颐等词学名家，是谭献的衣钵弟子，在词学理论的阐发及词学文献的整理上有较高的成就。唐圭璋先生曾从徐珂的《清稗类钞》中辑出部分论词文字，编成《近词丛话》，共 19 则，收录于《词话丛编》。近人葛渭君又将《清稗类钞》中剩余的论词文字辑录出来，编成《补近词丛话》，共 86 则，收录于《词话丛编·补编》。二位先生的辑录均是围绕《清稗类钞》展开，而徐珂一生笔耕不缀，除《清稗类钞》外还著有多种笔记，如《呻余放言》、《闻见日抄》等，其子徐新六将之汇集为《康居笔记汇函》①，共收徐珂笔记十三种，其中亦存有大量的论词文字，涉及当时诸多词人逸事，蕴含了丰富的词学信息，对我们研究晚清民初词学具有较高的史料价值。今辑录其中关于晚清民国词学之材料，以合"近词丛话"之义，共 31 则。各则序号为整理者所加。

## 一

　　况夔笙言：填词有重、拙、大之三要。珂谓近今凡百之事，亦有三字可以括之：曰大，曰快，曰短。(《呻余放言》)

## 二

　　不尽之言，欲吐辄茹，非必对于外人而然，家庭之间亦有之。此可以悟填词之法。盖有涩意，乃能有涩笔也。(《呻余放言》)

---

① 徐珂《康居笔记汇函》，民国 12 年(1933)铅印本，北京大学图书馆古籍部藏。

# 三

钱塘张韵梅大令丈景祁长于倚声，著有《新蘐词》，集中颇多在台湾时之作，盖曾官淡水县令也，今录如下，以与台峤贤士大夫共读之。《采桑子》题云："秋晚台江夜归，对月闻歌。"词云："江村最是深秋好，寒荻飞花。红树栖鸦。脱却朝衫把酒赊。　清歌隔岸黄昏近，酒醒天涯。柔橹咿哑。知是渔家是笛家。"《更漏子》题云："将赴台北，迟轮舶不至，久客榕垣，赋此遣闷。"词云："卷诗媵，收画幕。家具并无琴鹤。思破浪，便乘槎。海天何处家。　银鲈粲，金菊绽。不道勾留岁晚。风日好，挂帆无。秋江闻鹧鸪。"《满江红》题云："癸未十月，附轮舶，赴淡水任，行抵白犬山，雾雾四寒，东北风大作，舣舟旬日，不得发，乃祷于天后，乞一夕西风，直抵台北。当以平韵《满江红》词为神弦曲，维白石道人故事，顷刻词成。向晚，旗脚顿转，黑夜渡洋。日午，已抵基隆矣。"词云："弥漫沧溟，望天半、灵旗未来。拟一夕、焱轮蹴浪，十日徘徊。鳞甲千盘迷岛屿，佩环八宝隐楼台。祝琼妃、助我片帆风，针路开。　虬驾出，云气排。龙涎爇，篆香灰。仗神灯导引，直指蓬莱。驱鳄文章留绝域，钓鳌身手借仙才。向中流、击楫奋雄心，鼍鼓催。（原注：时法人有事越南，海防甚亟。）"《瑞鹤仙》题云："海国践春，兼感时事，黯然言愁。"词云："绿芜浑似绣。渐海国春深，疏帘清昼。芳菲尽消瘦。任余寒在水，暮笳吹皱。新愁胜酒。却付与、吴姬笑口。黯沉沉草色，天涯遮断，夕阳亭堠。　回首。金狨系马，紫曲调莺，冶情如旧。郊原望久。青旗影，暗垂柳。问东风底事，未醒花梦，又是蝉前燕后。尽重寻、世外桃源，乱红在否。"《南乡子》题云："台北气候殊常，暴风时起，阴雨连绵，绝少暄妍景象。郡城初建，烟户寂寥，弥望绿野青畴。三春电谢，花事阒然，索居寡欢，不觉乡思之横集也。"词云："瘴雨锁帘栊。尽日狂吹舶趱风。送得春来春又去，匆匆。不见蛮花委地红。　悔逐海鸥踪。似度天边月半弓。穷岛盘螺青不断，濛濛。并作乡愁万叠浓。"《望海潮》题云："基隆为全台锁钥，春初海警狎至，上游拨重兵堵守。突有法兰兵轮一艘，入口游弈，传是越南奔北之师，意存窥伺。越三日，始扬帆去。我军亦不之诘也。"词云："插天翠壁，排山雪浪，雄关险扼东溟。沙屿布棋，飙轮测线，龙骧万斛难经。箛鼓正连营。听回潮夜半，添助军声。尚有楼船，鲨帆影里亘危旌。　　追思燕颔勋名。问谁投健笔，更请长缨。警鹤唳空，狂鱼舞月，边愁暗入春城。玉帐坐谈兵。有猺花压酒，引剑风生。甚日炎洲洗甲，沧海浊波倾。"《水调歌头》题云："登东门城楼望海，感赋。"词云："壶峤竟何在，绿浪绕珠宫。春风来自天上，先到大瀛东。天似穹庐四面，人似微尘几点，万象付虚空。出世狎鸥鸟，放眼小鸿濛。　　鞭走石，槎犯斗，渺难穷。千山忽动，鳞甲蠚荡海云红。要唤冯夷起舞，更斫灵鼍建鼓，碧镜净磨铜。倚剑一长啸，变灭任鱼龙。"前调，题云："再申前意，为筹海者进一解。"词云："积气转黄溲，大地一浮沤。不知包络多少，赤县与神州。本是蛟龙窟宅，误认金银宫阙，争战几时休。安得断鳌足，截住万方流。

桑田影，栟木烛，总虚舟。盲风怪雨，无际出没使人愁。纵有将军横海，便帅戈船下濑，域外问谁收。何处觅珊树，莫把钓竿投。"《台城路》题云："薄暮由艋舺乘小轮船赴沪尾，夜宿山店。"词云："海门双峡浮螺起，飞轮浪花惊溅。估舶连云，渔罾晒日，卅里波程如箭。朝平汉浅。指灯火沿流，夜深犹见。寂寞鱼龙，此中楼阁万千变。　　山前茅屋似艇，解鞍聊寄宿，桑下谁恋。曲巷琼箫，荒台画角，客里悲叹难遣。风尘倦眼。总输与沙洲，早春归雁。酒醒孤吟，一星寒穗剪。"《满庭芳》题云："林氏板桥别墅，台树幽邃，水木明瑟，珍禽异卉，骈列其中，亦海国名园也。仲夏停骖小憩，主人时甫京卿留饮花下，尘襟顿涤，用少游韵，以写其胜。"词云："竹粉飘香，莲衣滴露，晓帘初卷新晴。小桥飞盖，绿树冒残英。钟鼎山林自乐，行吟处、水曲沙平。藤阴下，何须翠袖，玉簪坐调筝。　　幽情鸥鹭识，云移画障，波浣尘缨。有鸟歌花舞，高占仙瀛。试向习池醉也，风吹帽、短鬓堪惊。归来晚，昏鸦断柳，烟雨锁青城。"《酹江月》题云："法夷既据基隆，擅设海禁。初冬，余自新竹旧港内渡，遇敌艘巡逻者驶及之，几为所困。暴风陡作，去帆如马，始免于难。中夜抵福清之观音澳，止宿茅舍，感赋。"词云："楼船望断，叹浮天万里，尽成鲸窟。别有仙槎凌浩渺，遥指神山弭节。琼岛生尘，珠崖割土，此恨何时雪。龙愁鼍愤，夜潮犹助呜咽。　　回忆鸣镝飞空，焱轮逐浪，脱险真奇绝。十幅布帆无恙在，把酒狂呼明月。海鸟忘机，溪云共宿，时事今休说。惊沙如雨，任他窗纸敲裂。"《秋霁》题云："基隆秋感。"词云："盘岛浮螺，痛万里胡尘，海上吹落。锁甲烟销，大旗云掩，燕巢自惊危幕。乍闻唳鹤。健儿罢唱从军乐。念卫霍，谁是汉家壮麟阁。　　遥望故垒，毳帐凌霜，月华当天，空想横槊。卷西风、寒鸦阵黑，青林凋尽怎栖托。归计未成情味恶。最断魂处，惟见莽莽神州，暮山衔照，数声哀角。"（《仲可笔记》）

## 四

癸亥（中华民国十二年）春夏之交，陈药叟以事客沪，将归矣，其友冯春航沮之，谓可留沪鬻书，乃止。即舍于春航家。九月以积食致疾，误于医，成秋瘟。时春航客南通，闻其病剧，来视之，则舌已木僵，几不成语。春航行之又明日，为十月念一日，殁矣。药叟体故弱，自堕地以逮中年，悉恃药以活。其从妹愁非言其家世少高寿，非若妇人之寿跻耄耋以。并出伯瓠《致药叟书》见示。伯瓠名夔，年五十三，为药叟之同怀长兄，著有《虑尊诏》，且蓄志辑《宋元词类抄》久矣。所录令、慢、近、引，可五六百阕。将校字之多寡之数，声之平仄之差，于《词律》《词综》之误，一一是正之。书中斤斤以精气日铄，去死不远，将倍道兼程，冀生前一睹其成，否则弟当续之，死亦瞑目为言。并嘱药叟假《四印斋所刻词》于予以备校勘，而药叟固未尝以告，且先伯瓠而死。伯瓠为学，冥心希古，遗弃一切，我尝闻之药叟也。（《天苏阁笔谈》）

## 五

笠泽翁跋《花间集》云："《花间集》皆唐末五代时人作。方斯时，天下岌岌，生民救死不暇，士大夫乃流宕如此，可叹也哉，或者出于无聊故耶？"珂诵之而深有感矣。今之天下岌岌，甚于唐末五代，而词学衰熄，

所谓士大夫者，束书不观，惟声色之是务而已，噫！（《天苏阁笔谈》）

## 六

久不填词，寒夜有作，调寄《徵招》，词云："柝声迢递砧声远，虚堂酒醒平延伫。雪意便垂垂，奈凉蟾窥户。回春看草树。只遥夕、哀鸿盈路。影颤帷灯，警传谯角，尚余歌舞（邻有伎乐）。　　宫漏听当年（光绪巳亥即乞假出都），沧波梦、依稀凤城尊俎。冷彻玉壶冰，证冬心如许。耸肩吟自苦。更呜咽、黄昏潮语。寒岁又，甚处寻盟，问绮梅开否。"（《天苏阁笔谈》）

## 七

次女新华殇于甲寅（中华民国三年），至癸亥十周矣。陈愁非女士方归自新加坡，止于沪，眷念同学，哀其赍志早世也。四月六日，与周养浩女士为营斋奠于净土庵（在宝山路存仁里），可感也。愁非并出示新华《秋感》诗，有其从兄药叉所题诗跋，予夙未见之，盖在爱国女校文科时所作。胡君复评以"气息好，骨力好"六字。《秋感》诗云："白云绕苍山，秋风起寒林。万象皆归尽，四海杀气深。何以慰我愁，清歌与素琴。"药叉诗云："人间欲贱簪花格，世上更无白雪诗。如此清才向黄土，人情何已葬西施。"跋（庚申夏五月六日）云："己未（中华民国八年）夏归自沪上，发行箧得此纸于书帙，盖女士以赠愁非者。今复出睹，忽忽有感，因题二十八字。女士书学《张黑女志》，颇得其结构。诗专习选体，与时媛绝异。以己未秋九月葬西湖，盖距其卒已六年有半矣。"夏剑丞有《题新华书画册子》诗云："老友闺中誉且怜，还因题画溯当年（原注：岁己酉，吾妇曾为新华绘《岁寒瓶供图》）。墨痕八幅馨香在，绝叹人生逊纸坚。"况夔笙前辈尝评其画云："冰雪聪明，流露楮墨之表，于石谷麓台胜处，庶几具体。"并题一词，调寄《玉京谣》，云："玉映伤心稿，凤羽清声，梦里仙云幻（用徐陵母梦五色云化为凤事）。故纸依然，韶年容易凄惋。乍洗净、金粉铅华，澹绝处、山容都换。瑶源远。湘苹染墨，昭华摘管（徐湘苹、徐昭华皆工画）。

茸窗旧扫烟岚韵。致云林，更楷模北苑。陈迹经年，蟫蠹分贮丝茧。黦赠琼、风雨萧斋，带孺子、泣珠尘潜。帘不卷。秋在画图香篆。"此调为吴梦窗自度曲，夷则商犯无射宫腔。今四声悉依梦窗，一字不易。前辈尝自言为词二十八岁以后，格调一变，得力于王半唐。比岁守律綦严，得力于朱沤尹也。（《天苏阁笔谈》）

## 八

鹤亭又言：尝闻之傅节子观察以礼矣。其言曰："季况既丞汀州，即以前挪莼客之金付予，使还莼客。予语季况云：'彼已以《行路难》之诗詈若，若可不还。然其詈昀叔，又何也。'"文之为汴中著戴，自其曾祖、祖父，皆以科名仕宦世其家。文之有同怀弟七人。文之最长，有《蛰室诗录》；三为复之太守悦修，有《讱庵遗稿》。五为沐人，有《传忠堂学古文》；七为昀叔，有《鸥堂剩稿》、《东鸥草堂词》；八为季贶，即鹤亭之外大父，有《龕横诗质》。鹤亭汇刻之为《五周先生集》，并附《外家纪闻》于后。珂尝阅之，而知文之尊人为介堂直牧岱龄，亦能词。其断句云："绿上眉梢红上靥，酒上心时。"又云："一角红阑燕子飞。"又云："酒浓人淡，秋老花新。"皆可诵。（《闻见日抄》）

## 九

宣统辛亥以还，花农兄诗词未刊，检箧得七律二首，《百字令》一词，皆乙丑作，录此备忘。诗题为《振飞贤阮文战冠军喜赋二律》，诗云："改玉方嗟国步移，不图乔木发新枝。七年风雨梯航外，万里波涛战伐时。沧海生还知祖德（原注：侄留学欧美七年，值战事初起，安然回国），名场特出露英姿。捷音知博双亲喜，顷刻天南一电驰。""牛耳吞来气万千，为知先务著先鞭。史公货殖非无传，阙里桴乘别有天。右职欣闻同岁擢（原注：上年正月二儿骧补陆军部步兵上尉，虎侯侄于十月亦补是官），老夫喜见尔曹贤。临江文敬先芬溯，都在当时极盛年（原注：明初先克敬公不仕，四传至龙山公以正德辛巳官礼部郎中，授江西临江府知府。清初翼邻公不仕，子文敬公以翰林官至吏部尚书。孙文穆公以翰林官至东阁大学士，次孙静庵公以翰林官陕西巡抚、宗人府府丞。曾孙润亭公以翰林官礼部侍郎。骖两公以翰林官福建盐法道。是以吾家有父子叔侄兄弟翰林匾额）。"词题为："枕上闻雨声，梦中得赋新涨一阕，醒而记之。"词云："澄潭一碧，是离人多少，啼痕成此。东去江流千尺雪，平地银山浮起。摇漾湖光，潆洄溪色，难剪还难理。浣来花片，乱红无数霞绮。　　偶然洒向芳田，化为春雨，绿到垂杨里。欲湿罗衣还不见，冷露声无堪比。煎出茶香，酿来酒晕，凝澈沐壶底。挽将天上，银河铁甲同洗。"（《闻见日抄》）

<h2 style="text-align:center">十</h2>

丙寅秋，朱剑芝重建江湖一览阁，属题楹帖，乃集辛稼轩词为联。联云："松冈避暑，千载襟期，烟火几家村，碧云将暮；小阁横空，一时登览，江湖有归雁，明月相随。"下联有"江湖一览阁"五字，剑芝所属也。（《闻见日抄》）

<h2 style="text-align:center">十一</h2>

江宁陈匪石倦鹤秘书世宜，官京师时，尝于中国大学、华北大学教生徒填词。选南北宋十二家之词以授之，不立宗派。南宋六：玉田、碧山、梦窗、白石、梅溪、稼轩；北宋亦六：美成、少游、东坡、方回、耆卿、小山。词旁注句读四声，然不拘守红友《词律》。词后各有三段：一校勘各本之字句异同；二论本阕之律；三论本阕之境意笔。十二家词之前，则有《释诗余说》、《律论》、《韵论》、《选本》四种。闻尚欲选唐五代之四家，则温庭筠、李后主、冯延巳、韦庄。（《闻见日抄》）

<h2 style="text-align:center">十二</h2>

匪石之论学词也，谓："必先南宋，后北宋，而终之以五代与唐。"其论选南宋六家之意，则曰："选南宋词者，戈顺卿取史、姜、吴、周、王、张六家；周稚圭取姜、史、吴、王、蒋、张六家；周止庵则以辛、王、吴为领袖。夫张炎之妥溜，王沂孙之沉郁，吴文英极沉博绝丽之观，擅

潜气内转之妙,姜夔野云孤飞、语淡意远,辛弃疾气魄雄大、意味深厚,皆于南宋自树一帜。流风所被,与之化者,各若干人。然蒋捷身世之感,同于王、张;雕琢之工,导源吴氏。周密附庸于吴,尤为世所同认。姑舍周、蒋而录张、王、吴、姜、辛,意实在此。至此五家者,踪迹有疏密,时代有后先,相因相成,往往可见,然各有千古,不能相掩也。史达祖之词,步趋清真,几于笑颦悉合,虽非戛戛独造,而南渡以降,专为此种格调者,实无其匹。故效戈、周之选,不敢过而废之。学词者先于张求雅正,继于王求蕴蓄,然后以吴炼其意气,以姜拓其胸襟,以辛健其笔力。而旁参之史,藉知学清真之门径,即可望北宋之堂室,犹周止庵教人之法也。"其论选北宋六家之意,则曰:"周邦彦集词学之大成,前无古人,后无来者。此固早有定论矣。然北宋之调,周造其极,而先路之导,不止一家。苏轼寓意高远,运笔高远,非粗非豪,别有天地。秦观为苏门四子之一,而其为词,则不与晁、黄同赓苏调,妍雅婉约,卓然正宗。贺铸洗炼之功,运化之妙,实周、吴所自出。小令一道,又为百余年结响。柳永虽久被蜇语,而高浑处,精劲处,沉雄处,体会入微处,辄非他人屐齿所到。且慢词于宋蔚为大国,自有三变,格调始成之。四人者,皆为周所取则,亦学者所应致力也。至于北宋小令,近承五季,慢词蕃衍,其风始微。晏殊、欧阳修、张先,固雅负盛名,而砥柱中流,断非几道莫属。由是以上稽李煜、冯延巳,而至于韦庄、温庭筠,薪尽火传,渊源易溯。录此六家,亦正轨所在,瓣香所承。故不敢效颦戈、周,举周邦彦以概其余也。"其选本曰《宋词引》。倦鹤欲使学者知此十二家之家数,以渐读其全集,导以先路,引之以升堂入室也。每一词之下,附以解说,详述作法家数,及用意用笔之方,运典遣词之概,造境行气之要。期于一读是编,即知其然,而并知其所以然也。(《闻见日抄》)

## 十三

词有貌似花间者,况夔笙谓为堕入庄中白之镇江派,上追五代,中无一物,与性情何涉。然中白之词,托兴幽微,辞条丰蔚,语语温

厚,实未可轻诋也。(《闻见日抄》)

## 十四

秀水金甸丞观察蓉镜,尝于丁卯仲冬与珂论谭复堂师所评之周止庵《词辨》,其言曰:复堂论词有深诣。其于王半塘何如,吾不知;以较况夔笙必过之。《词辨》评语,著眼在用笔用墨,神味不论。阳湖派专论用意,一扫绮密,亦如陈伯玉之于初唐,非不振起衰绪,而唐五代之风息矣。然此派自东坡开之,境界渐阔。自是以后,稼轩、龙洲以暨玉田、须溪,皆言家国之故,遗山、圭塘、二段,滔滔不返矣,亦如诗之有苏、黄。求其疏密得中,前莫如清真,后莫如梦窗。今讲求大字、重字,所以救纤细之失,而丽、密二字,亦不可忘,但不涉曲耳。又以师之于《词辨》卷二,谓周氏以此卷为变,截断众流,解人不易索也。乃曰:吾以为晏、欧以上皆正,苏、黄以后皆变。此时代关系,感触不同,摛词自异。士生今日,自不能为卷阿之矢音,亦其势也。甸丞又尝谓李秋锦论词,须兼梦窗之密、玉田之疏,语已透骨。予终嫌梦窗情浅,不若草窗之疏密相间,情文并至。又谓白石、履斋,皆梦窗之师承,但学其妍练而忘却本意,何耶? 清真、梅溪,圆匀合度,最为杰出。(《闻见日抄》)

## 十五

清词之卓然可传,不至磨灭者,约计之,为纳兰性德、朱彝尊、厉鹗、项鸿祚、蒋春霖、谭献、王鹏运、郑文焯、况周仪、朱祖谋十人。朱,字古微,尝有“选清词十四家”之说,盖于纳、朱、厉、项、蒋、谭、王、郑之外,益以毛奇龄、陈维崧、曹贞吉、顾贞观、张惠言、周之琦。况,字夔笙,尝欲选刊宋人之词为《宋词十四家》,未属草,物故。惜哉!(《闻见日抄》)

## 十六

黄燮清纂《国朝词综续编》,盖踵王昶《国朝词综》而成之。有补人而无补词,得五百八十六家,凡二十有四卷。卷一载荆擖(号盟石,丹阳人,有《盟石斋集》《寄醉诗余》)词二阕,一为《捣练子·花月词》用秦少游韵,一为《念奴娇·过洞庭》。然《念奴娇》实为宋人张于湖作之脍炙人口者,乃竟贸焉羼入,岂得诿之于抄胥手民之疏忽耶!俞小甫师谓著书之难,古人且然,况今人耶。(《闻见日抄》)

## 十七

改革之难,拘于习惯也。珂也鲁,以一生役役于文字,浏览书籍,虽不能一目十行,尚未过耗晷刻。胡适之比以新纂《词选》见贻,其文字之排列,旁行斜上,以未习外国文字者之眼光阅之,时复停顿。所选唐五代宋之词三百五十一阕,凡六编,分三日始尽阅之。(《闻见日抄》)

## 十八

方珂十六岁时,偶拈《摸鱼儿》调,填以呈铁岭宗啸吾司马丈山。时丈已卸余姚榷务,需次杭州。为吴县俞小甫通守丈廷瑛所见,填《摸鱼儿》见寄。未几,两丈皆纳之门下。今两师之墓木,皆久拱矣。诵俞师词,为之泫然。词题云:"昨在尊斋见徐君《摸鱼儿》词而爱之,因亦拈此一调,以表倾慕之意。"词云:"话高斋·夕阳闲坐,朵云天外飞到。衍波笺纸桃花色,密缀珍珠字小。谁解道。道春思厌厌,不耐春寒峭。伤春未了。又极目天涯,东风无赖,绿遍旧芳草。　　传家学,争说玉台序好。翩翩况正年少。翠床一样才人笔,那得生花独早。词绝妙。爱雏凤声清,秦柳堪同调。令侬倾倒。只翘首麟山,相思不见,绮语试罄效。"(《闻见日抄》)

## 十九

番禺潘珏卿学博丈,为兰史征君之封翁,所著《梧桐庭院词》,见《粤东词抄》。有《桐院填词图》,为陈古樵所绘,陈朗山题词其端。粤人以二陈合之兰甫,称"三陈先生"。图经兵燹,佚去久矣。岁乙丑,汪憬吾物色得之，以还兰史。十月十四日，兰史招集剪淞阁，属题，珂为题《清平乐》云："丹青无恙。骚客今长往。按谱桐阴琴答响。想见承平幽赏。　　剪淞阁上填词。苏茎也托微辞。看取一庭烟翠，春风苦秀孙枝（谓文孙楚材、楚琦、楚安）。"（《闻见日抄》）

## 二十

岁丁卯之春，京师有聊园词社，入社者十二人。珂所知者，谭篆青、洪泽丞、寿石公，所识者陈倦鹤、邵次公、邵伯绷、金筱孙同年，尝以清词人京城故居命题，同人分咏之。朱竹垞"古藤书屋"也，纳兰容若"渌水亭"也，顾太清"春红雨轩"也，厉樊榭"柏叶亭"也，承子久"小雅堂"也，周稚圭"双柏堂"也，许海秋"我园"也，王半塘"四印轩"也。社中之江宁人惟倦鹤，适得"我园"题。海秋亦江宁人，咸同间粤寇围江宁城。十三年丁卯春，江宁亦有战事，倦鹤慨念故乡，以《绛都春》咏之，词云："飞花泪溅。正云里凤城，轻阴催晚。老屋数椽，垂柳千丝余寒恋。穿帘来去双双燕（海秋有"来燕"、"去燕"二词）。设前度、薰风薇馆。白头吟侣，凭高望损，故园心眼。　　一片。烟芜似织，梦中路、又是江南愁满。皂帽未归，杯酒谁家啼莺换。天风海水宫商变（用海秋自题填词图句）。漫惆怅、曲终人远。夜深华表重来，露零鹤怨。"珂谓"夜深华表"云云，倦鹤自谓为海秋之后身矣。（《闻见日抄》）

## 二十一

湘之士大夫将兵者，咸同间至多，流风余韵，及于光宣。宣统辛亥，珂游长沙，识黄泽生、廖笏棠，皆儒而知兵者。时泽生统巡防营，受事三日，而武昌革命军起，长沙新军应之，被执胁之降，不屈，杀之于小吴门。泽生名忠浩，黔阳优贡。少好经世学，喜言兵，主讲沅州书院。当道先后延理戎事，会广西陆亚发据柳州，遂以候补道改授右江镇总兵，寻署四川提督，旋乞归。笏棠名缙，拔贡。治兵统某军，尝为珂题诗于《湘楼听雨图》，题词于《纯飞馆填词图》。诗云："山风送急雨，万木翻作浪。小楼若扁舟，兀摇浪花上。中有被发人，隐几踞方丈。风雷等一噫，嗒焉齐万象。借问子胡然，撄宁神弥旺。"词（自度曲）云："洞庭沽酒，看尽了、南条山色。正佛火蒲团，浪浪夜雨，别馆孤吟倦客。似我逢春情兴懒，除花外、玉箫知得。恁飞絮年年，鹧鸪乱舞，争与禅心相识。　　堪惜。何郎老去，许多词笔。便付与旗亭，犹堪换醉，只有双鬟难觅。梦里湘波，匣中锦字，回首春灯历历。归去也，还愁室里曼殊，要看秋发。"（《闻见日抄》）

## 二十二

董东亭潮《东皋杂抄》：彭羡门晚年自悔其少作，厚价购其所为《延露词》，随得随毁。与《北梦锁言》载晋和凝事相类。（《闻见日抄》）

## 二十三

郭频伽之女夫夏玉延，以能词称。玉延，名宝晋。翁婿皆工倚声，冰清玉润，与宋之辛稼轩、陈汝玉可比美也。汝玉，名成父，宁德人。稼轩持宪节来闽，闻其才名，罗致宾席，妻以女。有和稼轩词《默斋集》，藏于家，见《万姓统谱》。（《闻见日抄》）

## 二十四

甲子元春，程子大丈刻《定巢词集》，为《十发居士全集》之第五。《定巢词集》，以《言愁集》、《蛮语词》、《横览词》、《石巢词》、《鹿川词》、《集句词》、《连句词》七种合成之，都十卷，综三百八十阕。其《蛮语词》有起句"渐飘尽湘栊烟雨"之《长亭怨慢》，牌下有"旧作为人窜入文道希集今重订"十三字，并世刻集，非后人为之定文者，乃有此奇矣。《横览词》有《木兰花慢·题徐仲可〈纯飞馆填词图〉送归武林》，词云："筑湖西胜处，山比瘦、水生肥。尽鸳槛藏云，鹭窠明雪，小坞深篍。相思玉梅春浅，怕烟阑画砌已都移。贪熨红箫拍暖，慵将白练裙题。　　乌衣。嚼曲似卿稀。纯想坠慵飞。要圣解从心，仙为搔背，佛只低眉。催归诘朝渡海，向龙堂、唤个鲤鱼骑。盼煞西冷画浆，小眉人凭兰矶。"又有《清平乐》题为："南汉凿西湖以通药洲"。药洲，即今广州学署之喻园。花农学使于池旁筑亭，额曰"补莲"。仲可为图属赋，词云："闹红凉意。绿曲阑干底。消尽药洲天子气。配个莲花君子。　　梅花矶弟堪夸。算来何似徐家。怪底湖名西子，也随人到天涯。"《鹿川词》有《高阳台·赠仲可用夔笙韵》词云："放酒酬莺，驮香信马，襟欢尚忆芳时。坐暝帘栊，一词商遣灯知。暖尊回照江湖梦，更何人、掌上腰肢。怪兰荃，不共春娇，却话年迟。　　晦潇廿载飘萍侣，记湘弦警夜，乡语何其。眨眼斜阳，玉窗谁弄参差。坠巢劳燕惊相讯，道浮生、不是无涯。唤吴船，访柳湖西，莫任东吹。（原注：予将往游西湖。）"《扫花游·黄浦滩夕游和仲可韵》词云："钿车过雨，乍柳外莺梭，海尘吹暝。坠欢耐病。怯余寒半臂，缬鬆斜领。倦勒章台，莫认髩前鬓影。背芳镜。似蝶瘦梦回，花殚愁凝。　　波屿车共惹。甚弱絮柔丝，袅春还定。暮江路迥。算十年载酒，未妨鸥性。那是旗亭，画出斜阳淡靓。彼归听。度寒山，隔云钟冷。《玉京谣·寄题仲可亡女新华画帧和夔笙韵》词云："避世婵娟子，小住吴根，一度桑尘幻。瘗恨年徂，娥碑芬卷凄惋。仿北体、书拨钗痕，画没骨、笔花惊换。湘栊远。生香更寄，晶奁斑管。　　编摩老子羁怀砚。北楼偏、怆旧闺艺苑。擎掌谁怜，珠抛寻向蛾茧。赋别魂、才替江淹，泪墨共、寒淞流潜。图莫卷。拚腾几行愁篆。"况夔笙前辈云："清真词是两宋关键。子大胜处，酷似清真，是不为南北宋所囿者。"允哉是言。（《闻见日抄》）

# 二十五

南陵徐积余观察乃昌，一门风雅，闺中人悉有词集。其聘室德清许德蕴，字怀玉，为周生曾孙女，有《绣余自好吟》。副室江都赵春燕，字拂翠，有《记红词》。又其第二女婉，字怡怡，小字云仙，有《纫兰词》，且善书画，年二十未字卒。第六女华，字茗茗，小字茗仙，有《香芸词》，且工画蝶，年十六未字卒。（《闻见日抄》）

# 二十六

《小檀栾室闺秀词》，积余辑刊，皆清代闺秀词之专集，汇而刊之。其《闺秀词抄补遗》及《续补遗》四卷，则非专集。入选若干阕，不次年代，大抵随见随选。卷三录张庆青词，谓为金坛人，则录之于董晓沧《东皋杂抄》者。《杂抄》云：庆青，金坛田家妇，工诗词，不假师授，然不以村愚怨其匹。盐贾某百计谋之，终不可得。以艳语投之者绝不答，以礼自守，胜于张红桥、姚日华多矣。词调曰《孤鸿》，词云："碧尽遥天。但暮霞散绮，碎翦红鲜。听时愁近，望时怕远。孤鸿一个，去向谁边。素霜已冷芦花渚，更休猜、鸥鹭相怜。暗自眠。凤凰纵好，宁是姻缘。　凄凉劝你无言。趁一河半水，且度流年。稻粱初尽，网罗正苦，梦魂易惊，几处寒烟。断肠可是婵娟意，寸心里、多少缠绵。夜来闲。倦飞□□，误宿平田。"此与史梧冈《西青散记》之所载相同，惟"一河"之"河"，《散记》作"沙"，"夜来"之"来"，《散记》作"未"。黄燮清《国朝词综续编》，谭复堂师《箧中词》，皆甄录此词，皆作"贺双卿"，不作"张庆青"。"庆"读作"羌"，则庆青之音近"双卿"，或即此沿误。然贺、张二字之音，固截然不同也。贺双卿，字秋碧，丹阳人，世为农，色殊丽，嫁金沙绡山周某，亦农家子。周贫而陋，姑复悍戾，双卿力疾作苦，孝敬弥挚。其《雪压轩诗词集》，世无传本。《箧中词》所录，词牌作《黄花慢·咏孤雁》，"一河"之"河"亦作"沙"，"夜来闲"之"来"亦作"未"，而末句为"便倦宿平田"与董晓沧所抄略异。师评之曰："清空一气如拭。"又曰："忠厚之旨，出于风雅。"（《闻见日抄》）

# 二十七

《熙春阁词》，山阳顾伯彤女士翙徽著。伯彤为泗县杨瑟君观察毓瓒之元妃。徐积余观察乃昌尝辑入《闺秀词补遗》，全稿仅十二阕，未刊。乙丑九月，瑟君示珂，珂以视冯君木广文开。君木与朱彊村侍郎祖谋、况夔笙前辈周颐同观之。夔笙论词，最尚重、拙、大三字，谓伯彤词庄雅不佻，往往有重、拙二字消息。乃甄录《瑞鹤仙·对月》、

《青玉案·游愚园》、《浣溪沙·九日登韩台》及《病中》四词入《餐樱庑随笔》。彊村则谓："屏除纤侬，不类闺中手笔，诚近日闺秀词中不易得之才也。"（《闻见日抄》）

## 二十八

杨瑟君观察毓瓒，尝于戊午春作《探芳信》一词，题曰《落花》，有本事也。梁众异、黄秋岳皆知之，争慰以诗。既见瑟君词，乃为之往探芳信，未几，而其人复归于瑟君。其词云："对残蕊。叹舞蝶犹殷，余香未已。凤且无栖处，休怜到箫史。系骢深巷调筝夜，月冷欺罗绮。易相逢、咫尺城南，别长于死。　　新恨写蛮纸。念旧曲弦危，那堪重理。自遣春归，春梦又疑是。绿阴早晚将离约，觅醉从今始。恐他年、更见惊鸿照水。"（《闻见日抄》）

## 二十九

清俞正燮《癸巳存稿·书〈旧唐书·舆服志〉后》条：唐人《醉公子》词云："门外猧儿吠，疑是萧郎至。刬袜下香阶，冤家今夜醉。"李后主《菩萨蛮》云："花明月暗笼香雾。今宵好向郎边去。刬袜步香阶。手提金缕鞋。"苏轼《减字木兰花》云："两足如霜挽纻衣。"又云："莲步轻飞。"秦观《河传》云："记那回，小曲栏干西畔。鬓云松，罗袜刬。"李清照《点绛唇》云："见客入来，袜刬金钗溜。和羞走，倚门回首，却把青梅嗅。"以手提鞋语证之，则刬袜是大脚不履，仅有袜耳。刬，如骑刬马之刬。《草堂续集》、《词品》俱载无名氏《玉楼春》云："夜深著緉小鞋儿，靠那个屏风立地。"王沂孙《锦堂秋》云："早是弓鞋鸳小，翠鬟蝉轻。"王观《庆清朝慢》云："结伴踏青去好，平头鞋子小双鸳。"又云："不道吴绫绣袜，香泥斜沁几行斑。"以平头鞋小语证之，则小鞋是浅帮、窄底、方头，与圆头、高底礼鞋别，妇女便履也，均为不裹足之证。《花间集》载蜀毛熙震《浣溪纱》云："碧玉冠轻褭凤钗，捧心无语步香阶。缓移弓底绣罗鞋。"宋郑文妻孙氏《忆秦娥》云："花深深，一钩罗袜行花阴。"所谓鞋弓袜一钩者，如今鞔鞋包底，尖向上，弓曲故。鞋弓,言弓底,谓底如弓,弰向上,袜亦似钩矣。宋时实多裹脚,如苏轼《诉衷情》、刘过《沁园春》,其纤小可见。若此数词,则俱不裹足也。珂按:曰"弓鞋鸳小",曰"缓移弓底",曰"一钩罗袜",必指缠足者而言。(《知足语》)

## 三十

况夔笙前辈周颐所撰《眉庐丛话》(附《东方杂志》中)行世,有周笙颐咏天足之《念奴娇》词,笙颐二字下,注"夔"字。盖笙颐之名也,或疑为前辈之化名。且并予所撰《可言》中之金奇中而亦疑为予,可笑也。《念奴娇》云:"踏花行遍,任匆匆不愁,春径苔滑。六寸圆肤天然秀,稳称身材玉立。袜不生尘,版还参玉,二妙兼香洁。平头软绣,凤翘无此宁帖。　　花外来上秋千,那须推送,曳起湘裙褶。试仿①鞋杯传绮席,小户料应愁绝。第一销魂,温存鸳被,底柔如无骨。同偕谶好,向郎乞(作平)借吟鴳。"又有吴县某闺秀《醉春风》词,为咏妇女之放足者。云:"频换红帮样。低展湘裙浪。邻娃偷觑短和长。放放放。檀郎雅谑,戏书尖字,道侬真相。　　步步娇无恙。何必莲钩眆。登登响屧画楼西。上上上。年时②记得,扶教(平)小玉,画栏长傍。"(《知足语》,又见《仲可笔记》)

## 三十一

七月既望,梁任公同年集宋词为楹帖,书以寄赠,句云:"春已堪怜(玉田《高阳台》),更能消几番风雨(稼轩《摸鱼儿》);树犹如此(龙洲《水龙吟》),最可惜一片江山(白石《八归》)。"集句如自己出,而伤心人之别有怀抱,于此见之。通人固无所不能哉!越二旬(八月五日)而淞沪战事起,风声鹤唳中,吟讽一过,为之黯然。又有一联寄吾子新六云:"满身花影倩人扶(小山《虞美人》),我欲醉眠芳草(东坡

---

① "试仿",《仲可笔记》作"仿试"。

② "时",《仲可笔记》作"来"。

《西江月》);几日行云何处去(六一《蝶恋花》),除非问取黄鹂(山谷《清平乐》)。"盖亦集宋词而手书之者。(《范园客话》)

（南开大学文学院）

# 杨全荫与《绾春楼诗话》考辩（附诗话）

### 张漾文

**内容摘要**：《绾春楼诗话》署名杨芬若（杨全荫，字芬若），是民国初年一部具有较高研究价值的诗话，它专论闺秀诗，具有鲜明的现代性，雷瑨、雷瑊《闺秀诗话》亦剿袭其中多条，然该诗话罕见人言及，且对杨全荫及其著述的考证，自王蕴章、胡文楷起，即多有不实之处。文章对杨芬若著述进行查证、考辩，并将刊载于《妇女时报》的《绾春楼诗话》原文刊布，订正其误字，梳理其源流，以供学界省览。

**关键字**：杨全荫；绾春楼诗话；闺秀

## The Research of Yang Quanyin and *Wanchunlou Poetry Talk*

### Zhang Yingwen

**Abstract**：As a poetry talk compiled by woman，*Wanchunlou Poetry Talk* is valuable. It is a monograph on women's poems，and distinct temporal changes are found in it. In this poetry talk，a few previous poetry talks were cited, and many passages were plagiarized by later generations, such as *Guixiu Poetry Talk* compiled by Lei Jin and Lei Jian in *Wanchunlou Poetry Talk* was published in *Women's Times*. Now we will republish this poetry talk, correcting the word error, combing the source for academic laid.

**Keywords**：Yang Quanyin；*Wanchunlou Poetry Talk*；talent women

  杨全荫，字芬若，江苏常熟人，仪征毕几庵妻。王蕴章《然脂余韵》卷三："《绾春词》，杨芬若女史作。仪征毕几庵室也。几庵选《销魂词》，以女史之作为殿。"①今按，其夫毕几庵所辑《销魂词》确以芬若词作四阕殿后，并有小传云："杨全荫，字芬若，道清长女，振达室。有《绾春词》及《绾春楼诗词话》。"②今检核文献，《妇女时报》1912 年第 8 期"瑶华词"专栏刊载芬若词三阕：《醉桃源》、《珍珠令》、《太常引》；1913 年第 9 期刊载其词二阕：《七娘子》、《怨春风》。前四阕即载于《销魂词》中者，实未见《绾春词》。《妇女时报》1912 年第 6 期在"清芬集"专栏刊载芬若诗四首：《春暮（客新加坡作）》、《登京师第一楼晚眺》、《庚戌归国北上舟中得诗四首留二》；1912 年第 7 期收录诗三首：《月夜泊京口作》、《读史记感赋二截》；1912 年第 8 期收录诗三首：《绿墅园纳凉作（有记）》、《春愁曲》、《薄暮招凉散步伽东海滨即景得诗二十八字》。又谢翊《兰禅室诗话》载芬若诗两首：《春愁曲》和《登京师第一楼晚眺》，为毕几庵录示谢氏者也③，均已见于《妇女时报》，则其诗作总共十首。谢翊赞芬若诗："雅蒨绵丽，浑切工整，与几庵相伯仲，盖平素亦有得于温李者也。"王蕴章则称其词："凤尾鸳心，自成馨逸。……使子野见之，奈何之唤，正不必待闻清歌时耳。"对其作品有较高的评价。

---

  ① 王蕴章《然脂余韵》卷三，张寅彭主编《民国诗话丛编》第五册，上海书店出版社，2002 年，第 59—60 页。

  ② 毕倚虹《销魂词》，上海夏星杂志社，1914 年。

  ③ 《兰禅室诗话》，《夏星》，1914 年第 1 卷第 2 期。

王蕴章又云：“女史又有《绾春楼诗词话》，余未之见。”①蒋寅《清诗话考》亦据王氏之语将《绾春楼诗词话》列入待访书目之列。② 实则《绾春楼诗词话》均存。《绾春楼诗话》，凡二十则，刊于《妇女时报》1912 年第 8 期，署名“虞山毕扬芬若女士辑”。《绾春楼词话》，凡十九则，载于《妇女时报》1912 年第 7 期，署名“虞山毕杨全荫芬若女士辑”。《滑稽时报》1915 年第 4 期又载《词话》一则，记阳湖庄莲佩，已见于《妇女时报》中。

胡文楷《历代妇女著作考》卷十七云：“《绾春词》（清）杨全荫撰，《然脂余韵》著录（未见）。全荫字芬若，江苏常熟人，仪征毕几庵妻。《绾春楼诗词话》，同上。《绿窗红泪词》，同上。”③今按，《绿窗红泪词》，王蕴章《然脂余韵》并未言及，胡氏所言可能是来自雷瑨、雷瑊所辑《闺秀诗话》。其文云：“虞山杨芬若女士《绾春楼词话》云：‘余近有《绿窗红泪词》之辑，集有清一代闺秀之作。’”④可知，《绿窗红泪词》实为一闺秀词选本。

毕几庵，即毕倚虹，江苏仪征人，原名振达，号几庵，民国小说名家、报人，兼擅诗词，著《光绪宫词》、《几庵绝句》和小说《人间地狱》等，辑有《销魂词》。《销魂词》刊印于民国甲寅（1914）七月二十日，其自题记云：

> 辛亥秋末，避地沪壖，楼居近乡，门鲜人迹，烧烛夜坐，意殊寂然。展读南陵徐积余丈所刊有清一代闺秀词钞，每至词意凄惋，几为肠断，往复歔欷，不忍掩卷。暇尝摘诸家词中之芳馨悱恻，哀感顽艳者，写成卷帙，以供吟讽。类多伤春怨别之辞。共选词凡九十五家，二百三十四首。昔杨蓉裳之序容若词，谓为凄风暗雨，凉月三星，曼声长吟，辄复

① 王蕴章《然脂余韵》卷三，张寅彭主编《民国诗话丛编》第五册，上海书店出版社，2002 年，第 59—60 页。

② 蒋寅《清诗话考》，中华书局，2005 年，第 220 页。

③ 胡文楷《历代妇女著作考》，上海古籍出版社，1985 年，第 671 页。

④ 雷瑨、雷瑊《闺秀诗话》卷十六，民国 11 年（1922）上海扫叶山房石印本。

魂销心死。兹篇所甄录者，其凄绝处往往仿佛《饮水》，爰以《销魂词》题名。后之读者，其亦黯然有蓉裳之感欤！①

就编纂时间来看，《销魂词》为毕倚虹"辛亥秋末，避地沪壖"所辑，自序则作于"壬子(1912)二月清明后三日。"无独有偶，《绾春楼词话》自题记的时间也是"壬子清明后三日"，文云：

> 春雨廉纤，薄寒料峭。小楼兀坐，意态寂寥。追忆昔日所读诸闺秀词集，清辞丽句，深印脑海，每不能去，际此多暇，一一写出，编为词话，藉以排遣时日。拉杂录之，不及删润。序述殊惭芜陋，海内彦达肯加匡谬，是全荫所馨香企祷者也。壬子清明后三日芬若自记。

据这两段题记，在这同一天里，似乎两人同时完成了一件有意义的工作。不过《词话》又云：

> 余近有《绿窗红泪词》之辑，集有清一代闺秀之作。体仿花间，专收小令、中调；词宗《饮水》，意取哀感顽艳，类多伤春别怨之词，悉屏酬酢赠答之什，积时六月，共选词凡九十五家，二百三十一首，书成置案头，自供吟讽而已。吾友唐素娟(英)见之，极加谬许，题二十字于册端，曰："无字不馨逸，无语不哀凉，一读一击节，一读一断肠。"朋侪闻之，多来索观，颇有耸(怂)余印布者，然自镜选例未精，未敢率付梓人也。

《销魂》与《绿窗红泪词》选词皆为九十五家，皆宗纳兰之《饮水词》，多哀感顽艳、伤春惜别之作，两者何其相似乃尔！显然，《绿窗红泪词》即是《销魂》无疑。诚如此，《绾春楼词话》就非出自杨全荫之手，而是毕倚虹所作。并且《绾春楼诗话》题记云：

> 春间曾取闺秀小令清词，撰《词话》一卷，刊第七号《妇女时报》中矣。日来骄阳肆威，热恼苦人，雪藕饮冰，读诗自遣而已。偶有所获，笔之于书，积时兼旬，成诗话若干，则胥

---

① 毕倚虹《销魂词》，上海夏星杂志社，1914年。

为闺秀之作,写定后,仍付梓《妇女时报》中,成[诚]可佐红
闺销暑之资,殊未敢自诩于著作之林也。壬子荷花生日,芬
若自记。

这样,《诗话》的编者也要成疑了。更有甚者,时任《妇女时报》主
编的包天笑在《回忆毕倚虹》中写道:"后来有位署名杨芬若女士者,
投来诗词,颇见风华,我们也照例捧场。不过我一看写来的笔迹,便
不像是女子所写。因为《妇女时报》的来稿,我已看得多了,大概是床
头捉刀人所为,早已有之,亦无足怪。不久,毕倚虹来访问了。那时
他还没有倚虹这个笔名,只知道他名振达,号几庵。他以代为杨芬若
领稿酬为名(当时的稿酬是有正书局的书券),其实专为访我。他承
认杨芬若是他夫人。"①包天笑是毕倚虹的好友,引领毕进入上海报
界,于其早逝后曾撰文三篇怀念。文章开篇云:"我对于毕倚虹这位
朋友,很想写一写,但几次搁笔,我想人已死了,何必再加以评论。而
且心中还横梗着一个念头,如果不遇着我,或者他的环境不同,另走
了一个康庄大道,也不至于如此身世凄凉。我对于他很觉一直抱歉
似的。"②文中蕴藏着深长的情意,包天笑应该不会厚诬逝者,若其所
言非虚,则杨全荫在《妇女时报》发表的诗词亦为其夫毕倚虹所作。
这真是始料未及。芬若之父乃诗人杨圻,著有《江山万里楼诗钞》;其
母李道清是李鸿章孙女,著有《饮露词》;芬若少承庭教,能工诗词、撰
诗词话亦在情理之中。为何会出现毕倚虹床头捉刀之事,实在令人
不解。毕杨二人后来离异,且毕英年早逝,此一段公案只能存疑了。

就内容而言,《绾春楼诗话》专论闺秀诗,是民国初年一部具有较
高研究价值的诗话。与侧重宣扬传统道德的清代女性诗话相比,《绾
春楼诗话》体现出鲜明的"新女性"思想。如记载辛亥革命时上海成
立"女子军事团"一事,并盛赞杨雪子的《送军事团北伐》古风"意殊遒
壮,气吞万夫";批判专制君主强选民间秀女的苛政,称之为"女界痛

---

① 包天笑《钏影楼回忆录续编》,山西古籍出版社,1999 年,第 638—639 页。
② 包天笑《钏影楼回忆录续编》,山西古籍出版社,1999 年,第 638 页。

史";科举时代士人科名观念极深,杨依依的《送外北上》不以泥金捷报蕊榜相期,故赞其"独具卓见,非寻常儿女子解矣"。以上皆可见民国初年女权思潮和民主革命思想的影响。此外,在对女性诗作的收录和点评方面,侧重选取自叹飘零、直击时事的具有强烈现实主义精神的诗作,如所选题壁诗及《送军事团北伐》古风等均属此类。再如论及唐素娟时,提到唐素娟尝自谓:"人既读书,当穷天下之时变,古今之治乱。岂吟风弄月、剪翠裁红者?"作者佩其远识。风格方面也不以纤柔绮丽为宗,而以"乐府遗响"、"雅似唐人"、"风人之遗"等气清笔健之诗为尚。因此,在民国妇女诗话中,《绾春楼诗话》具有鲜明的时代性,它有助于我们了解 19 世纪末至 20 世纪初的女性解放运动,也可从中一窥晚清民国时期女性旧体诗创作与诗学观念。

《绾春楼诗话》二十则中有十三则与雷瑨、雷瑊辑《闺秀诗话》部分条目近似或相同。二者的关系是如何的呢?雷氏《闺秀诗话》前有民国四年(1915 年)乙卯六月一日雷瑨自序云:"甲寅之夏,足患湿疾甚苦,经月不能步履。郁伊无聊时,与吾弟君彦,取各家诗集及笔记、诗话诸书,随意浏览,以消永昼。见有涉闺秀之作,则别纸录之。四方朋好,又时贻书,以闺秀诗录示,或专集,或一二零章断句。有仅具姓氏者,亦有遗闻逸事,足资谈柄者。每有所得,辄付管城子记之。……阅一年为乙卯夏,成书十六卷,得闺秀一千三百余人……"① 可见,雷瑨、雷瑊《闺秀诗话》的辑录和刊印均在《绾春楼诗话》之后,且如前文所云,雷氏尚在《诗话》中明确引录过《绾春楼词话》,则其相关条目应是剿袭自后者。现将刊载于《妇女时报》的《绾春楼诗话》录出,个别误字后用[ ]加以更正,并与雷氏《闺秀诗话》互勘,以窥二者之异同。其袭自前代诗话者亦于该条后加按语拈出,以供学界省览。

1. 春间曾取闺秀小令清词,撰《词话》一卷,刊第七号《妇女时报》中矣。日来骄阳肆威,热恼苦人,雪藕饮冰,读诗自遣而已。偶有

---

① 雷瑨、雷瑊《闺秀诗话》卷十六,民国 11 年(1922)上海扫叶山房石印本。

所获,笔之于书,积时兼旬,成诗话若干,则胥为闺秀之作,写定后,仍付梓《妇女时报》中,成[诚]可佐红闺销暑之资,殊未敢自诩于著作之林也。壬子荷花生日,芬若自记。

2. 闺秀诗集,开卷每多律绝,古体恒不多见,气力究有所不胜也。近见①华阳曾季硕女史(彦)所著《虞共室遗集》。有《春别离》一章,情文绵婉,气韵逸畅,古芬扑人,真乐府遗响。求之晚近诗家,已属凤毛麟角,况在闺秀邪?② 诗云:"别来曾几日,荼蘼花已白。春华正氤氲,如何不遄惜。此意定谁知? 天上月盈魄。生憎天上月,不似人间镜。流光徒盈盈,照人不留影。千里同时观,想见君引领。仲春三五时,与君立玉墀。季春二八月,与君隔天涯。情知不关月,胡为鉴别离。玉墀影依旧,天涯各回首。何许似人心,横塘鸳鸯偶。何许最关情,乌啼檐前柳。乌啼天欲曙,梦醒芳兰路。谁云沧海遥,中宵几回度。晓风吹流波,记路③津桥树。"此景此情,城南思妇、天涯羁旅,当必不忍卒读,惟有雪涕而已。

3. 季硕五律诗尤工④,意味隽永,雅似唐人。为⑤录二首,以志一斑⑥。其⑦《舟中即景》云:"春风吹客思,高咏满山川。落日疏林木,孤帆贴暮天。潮平鸥梦稳,江静月华圆。漫说征途苦,深宵未忍眠。"《夏夜同子馥作》云:"桂苑月华洁,无花清露香。蝉声过别树,萤影度横塘。坐久云鬟冷,宵深玉簟凉。隔窗人睡觉,闻说夜初长。"季硕⑧为张子馥先生室,工诗外,复擅⑨篆隶,惜不永于⑩年,早岁便卒矣。

---

① 雷氏无"近见"二字。
② "邪",雷氏作"耶"。
③ "路",雷氏作"取"。
④ 此句雷氏作"(曾季硕)女士尤工五律诗"。
⑤ "为",雷氏作"亟"。
⑥ "以志一斑"雷氏作"以供同好"。
⑦ 雷氏无"其"。
⑧ "季硕",雷氏作"女史"。
⑨ "复擅",雷氏作"兼工"。
⑩ 雷氏无"于"。

4. 邮亭驿壁、逆旅颓垣中,时有哀姬怨女题壁之作,往往凄艳动人,不忍卒读。前就耳目所及,约略记之,如沂州店女子题壁诗云:"绿杨城郭藕花居,二八年华水不如。欲向王昌问消息,五更扶梦上征车。"①又赵雪华,自号吴中羁妇②,有题壁诗云:"不画③双蛾向碧纱,谁从马上拨琵琶。离④亭空有归乡⑤梦,惊破啼声是夜笳。"又卫辉旅店中有秦淮女子宋蕙湘题壁诗云:"风动江空羯鼓催,降旗飘飐凤城开。将军战死君王系,薄命红颜马上来。"(按蕙湘生当明季鼎革,国破家亡,可哀孰甚。故其诗不自知具[其]沉痛,徐伯调先生所谓"若无海水添成泪,莫话尊前宋蕙湘"是也。)又金陵女子王倩娘《北上题驿壁》诗云:"忆昔雕窗锁玉人,盘龙明镜画眉新。如今流落关山道,红粉空娇塞上春。""毡帐沉沉夜气寒,满庭霜月浸阑干。明朝又向渔阳去,白草黄云马上看。"情辞凄断,婉转悲凉,如听银筝呜咽矣。(或云王倩娘诗为吴汉槎先生所作,托名倩娘,以自写其数奇沦落,万里投荒之慨云。)⑥

按:徐铣《本事诗·后集》卷十:"徐缄《客有述秦淮女子宋蕙湘题壁诗,感而有作》:'何处黄金北斗傍,胡笳拍拍断人肠。若无海水添成泪,莫话尊前宋蕙湘。'附宋蕙湘《邺城题壁诗》:'风动江空羯鼓催,降旗飘飐凤城开。将军战死君王系,薄命红颜马上来。'按,蕙湘题壁在卫辉旅店中。"⑦

顾诒禄《缓堂诗话》卷下:"前人多有托女子自写哀怨者。吴汉槎兆骞遣戍北行,托名王倩娘,题诗驿壁曰:'忆昔雕窗锁玉人,盘龙明

---

① 雷氏诗后注:"末署'松琴内史'。"
② 此二句雷氏作"山东郯城县之李家庄旗亭壁间,有署'吴中羁妇赵雪华'者,题三绝句云:……"。
③ "画",雷氏作"扫"。
④ "离",雷氏作"驿"。
⑤ "乡",雷氏作"家"。
⑥ 自"情辞凄断"至本段末,雷氏无。
⑦ 徐铣《本事诗》,清光绪十四年(1888)邵武徐氏刊本,顾廷龙主编;《续修四库全书》编纂委员会编《续修四库全书》1699 册集部诗文评类,上海古籍出版社,2002 年,第 352 页。

镜画眉新。如今流落关山道，红粉空娇塞上春。''毡帐沉沉夜气寒，满庭霜月浸阑干。明朝又向渔阳去，白草黄云马上看。'宛转悲凉，如听银筝呜咽。"①

5. 萧君珮女史（道管）一字道安，为候［侯］官陈石遗先生（衍）室，淹贯翰墨，诗文名藉甚，著《萧闲堂诗词》。余绝嗜②其《有所思》一章，义山之绮丽，长吉之幽艳，道安③殆兼有之，非浸馈唐人集中，曷克臻此？因亟采录，度亦为艺林所歆赏也。④ 诗云："桔橰声里月如烟，危楼虚倚愁不眠，梦魂飞越路三千，碧云楼阁何处边。下有清影照婵娟，亭亭隐约画廊前。此时幽怨鬓斜偏，紫霄鸾凤乘何缘。西风写韵传一篇，不让湖色西子妍。波纹滑笋如春笺，飘零风露共叩弦。云鬟香雾湿可怜，弃掷宝枕梦游仙。销歇锦瑟张鹍弦，胡为落叶听哀蝉。蘧蘧蝴蝶去不还，秋更一一年后⑤年。"

6. 在昔⑥科举时代，士人科名观念极深。闺中寄远赠别之作，无不以泥金捷报蕊榜相期。独杨依依女士（名明月，为顺德邓秋门先生室）⑦《送外北上》诗云："浮云西北帝王京，衰柳荒江又送行。此去且休论得失，科名原不是功名。"可谓独具卓见⑧，非寻常儿女子解矣⑨。依依以如许学识，惜其诗不多见，仅附刻此一首于秋门先生《小雅楼集》中而已。⑩

① 顾诒禄《缀堂诗话》，张寅彭主编，吴忱、杨焄点校《清诗话三编》，上海古籍出版社，2014年，第1631页。

② 雷氏无"余绝嗜"三字。

③ 雷氏无"道安"二字。

④ 雷氏无"因亟采录，度亦为艺林所歆赏也"一句。

⑤ "后"，雷氏作"复"。

⑥ 雷氏无"在昔"二字。

⑦ "杨依依女士（名明月，为顺德邓秋门先生室）"，雷氏作"顺德邓秋门夫人杨依依女士明月"。

⑧ "卓见"，雷氏作"只眼"。

⑨ "解矣"，雷氏作"所能及也"。

⑩ "依依以如许学识……"至此段末，雷氏无。

7. 辛亥秋末[①]，革命事起，全国响应。海上女学界[②]，当时[③]有女子军事团之组织，红粉英雄，千古美谈。[④] 城东女学校杨雪子女史，有《送军事团北伐》古风一首，意殊遒壮，气吞万夫，真堪掷地作金石声也。亟为录存[⑤]，亦[⑥]他日革命史中别材也[⑦]。其原序云："元月二十日，女子军事团由上海出发江宁，会同北伐。同学张君志学、志行[⑧]，黄君慧缣及姊氏雪琼，均与其队[⑨]，爰作长句以送之。"诗云："北风劲逼衣如铁，脆骨当之靡不裂。况乃久处温度中，不见坚冰与窖雪。一旦联袂从军行，舍身誓把匈奴灭。怯者瞠其目，顽者咋其舌。疑难起非谤，百般来摧折。吾谓攻城在攻心，心力当先自团结。不见木兰一乡女，投抒[杼]代父从军热。又闻红玉乃贱人，黄天荡里着[著]勋烈。彼皆了无军事识，尚能致果杀仇敌。矧为堂堂节制师，讵云智巧反不及。饥餐胡虏肉，渴饮匈奴血。健儿不作等闲死，死于安乐寿考胡[⑩]乃非俊杰。生当报我国，死当扫其穴，须知锦绣好山河，血泪斑斑红点缀。祝我诸姊莫回头，休惜生难兼死别。"读此参观杜陵"车鳞鳞[辚辚]马萧萧"之篇，王翰"醉卧沙场君莫笑，古来争[征]战几人回"诸什，徒见其气馁而已。[⑪]

8. 女史周羽步，名琼，一字飞卿，有《赠范洛仙》句云："黯淡销魂独倚楼，登山临水又逢秋。檐前垂柳丝千尺，只系柔肠不系舟。"又云："萧条[⑫]越客独淹留，汙漫西风柳岸秋。安风[得]东风解我意，好

① "辛亥秋末"，雷氏作"辛亥之秋"。
② "海上女学界"，雷氏作"上海女界"。
③ "当时"二字，雷氏作"亦"。
④ 雷氏无"红粉英雄，千古美谈"一句。
⑤ "亟为录存"，雷氏作"录存之"。
⑥ "亦"，雷氏作"当为"。
⑦ "别材也"，雷氏作"添一佳话"。
⑧ "志学、志行"，雷氏作"志行、志学"。
⑨ "队"，雷氏作"役"。
⑩ "胡"，雷氏作"毋"。
⑪ "读此"至段末，雷氏无。
⑫ "条"，当为"骚"。

吹此恨到扬州。"颖秀清逸,雅有唐人绝句意味。余每爱诵之,陈迦陵先生所著《妇人集》曾载其诗。

按:陈维崧《妇人集》:"松陵周羽步(名琼,一字飞卿)诗才清俊,作人萧散,不以世务经怀,傀俄有名士态。生平尤长七言绝句,居如皋冒先生倸翠山房八阅月,吟咏颇多,如《赠范洛仙》云:'黯淡消魂独倚楼,登山临水又逢秋。檐前垂柳丝千尺,只系柔肠不系舟。'……又《寄怀洛仙》云:'萧骚越客独淹留,汗漫西风柳岸秋。安得东风解我意,好吹此恨到扬州。'此等语俱极似唐人截句也。"①

9. 诗词中美人、佳人等名词,人多谓属诸女子,其实古不尽然。观于长洲沈归愚先生《说诗晬语》有云:"美人、佳人,初无定称。《简兮》以西周盛王为美人,《离骚》以君为美人,汉武以贤士为佳人,光武称陆闳为佳人。而苏蕙称窦滔云:'非我佳人,莫之能解。'是又妇人以男子为佳人矣。"②

10. 萧山黄顺之女史(巽)亦字蕙卿,为钱唐梁绍壬先生室。年甫三十,猝得风疾,沉绵床第[第],未及一载,竟以不起。著有《听月楼诗》二卷,未付梓人,仅附刊数诗于梁先生所著《两般秋雨庵笔记》中。余绝爱其《湘湖采菱曲》,清绮可人,寄意杳远,脱非于古乐府中,三折肱者,不易办此也。诗云:"吴江女儿采莲花,凌波绰约如朝霞。越江女儿采菱角,隔水轻盆[盈]笼芍药。儿家生小湘湖边,只种秋菱不种莲。种莲莲子心中苦,剥菱菱实心中甜。湘湖一夜西风紧,三五鸦鬟荡双艇。戏牵菱叶钓竿好[丝],笑指菱花影[镜]裛影。采菱菱角红,颊晕双涡浓。采菱菱角绿,眉痕两峰蹙。菱根丛杂菱刺多,纤纤素手临清波。鲤鱼风起芙蓉外,蝉鬓生寒可奈何?春风采莼莼欲子③,秋风采菱菱渐老。年年春去又秋来,不及儿家颜色好。采菱复采菱,菱船四面来前汀。湖水净逾碧,湖山瘦且清,双桨只在波中停,

① 《丛书集成初编·妇人集》,商务印书馆,1936年,第38—39页。
② 沈德潜《说诗晬语》,《丛书集成续编》第199册,第355页。
③ "子",雷氏作"小"。

菱歌静后不知处,却向湖头浣纱去。"

按:清代梁绍壬《两般秋雨庵随笔》卷四《听月楼诗》条:"亡室黄孺人,名巽,字顺之,号蕉卿,萧山训导黄公超女,文僖相国七世孙女也。年十九,来归于余,醇谨恭俭,族戚无闲言。丁亥之冬,余侍家大人入粤,孺人以母病不能从。次年冬,余忽患咯血症,孺人闻而心惊,间关度岭,乃未及半年,猝得风疾,沉绵床第一载有余,竟尔不起。余作挽联云:'四千里累尔远来,父在家,母在殡,翁姑在堂,属纩定知难瞑目。廿三年弃余永诀,拜无儿,哭无女,继承无侄,盖棺未免太伤心。'实事实情,不自知其言之悲也。孺人受外姑雷夫人教,解吟咏,著《听月楼稿》,喜读元人诗,故所作多与之相近。……"①

11. 王韵珊夫人(纫佩),为婺源江湘岚先生(峰青)继室。所著《佩珊珊室诗存》有《别离词》五古一首②,悱恻清隽,真得风人之遗矣。诗云:"临别尚不觉,既别情更凄,郎纵[踪]如浮萍,妾心如澄泥。浮萍不沾泥,飘飘东复西。归期未可信,月落夜乌啼。"

12. 庚子以后,全国竞开学校。然女子教育提倡而赞助之者,以吾所闻,当时首推吕家三姊妹为最著。即惠如、眉生、碧城是也。吕家姊妹之科学深邃,其声誉已蜚腾学界,无俟赘述矣。三君舍碧城外,吾未睹其诗词。惠如、眉生余箧中均藏有其诗,惠(如)时工近体律诗,眉生则擅长古风,各有所长,两不相掩。兹各摘写一二首,度必为爱慕者所乐读也。③ 惠如《长江舟中》诗云:"廿载京江路,重来印爪鸿。云栖高士宅,草绿寄奴宫。北固青山在,南朝铁骑空。幼安词笔健,感慨古今同。"眉生《古剑行》诗云:"宝剑切石如切水,夜夜跃鸣雄欲起。忆追穷骑单于逃,风沙一震天容死。斩虏建勋血点殷,滴作胭

---

① 梁绍壬《两般秋雨庵随笔》,上海古籍出版社,1982年,第181页。

② "首",雷氏作"章"。

③ "庚子以后……所乐读也",雷氏作:"旌德吕凤岐太史有三女,长曰惠如,次眉生,次碧城,今世女学界之泰斗也。研究科学之余,兼事吟咏。有《吕氏三姊妹诗集》,各录数首,以见一斑。"

脂塞花紫。壮士由来重报恩，黄金台上酬知己。而令[今]①边靖楼兰朝，更无人佩谁磨洗。愿挂徐君墓树表高谊，羞藏玉匣金函里。"（三君皆旌德吕凤歧太史令媛）②

13. 金陵有徐姬者，善属诗，蚤死。③ 尝有句云："杨花厚处春阴薄，清④冷不胜单夹衣。"娓婉不胜，令人意消，徐姬名氏殊不可考，此二语得之吴县吴昌谷先生所作徐姬诗注中也。⑤

14. 落花之咏伙矣，大都悲怆摇落，意主凄婉。钱唐郑兰孙女士娱清（仁和徐花农先生琪母⑥）有咏落花七古一章，不惜眼前之飘零，惟盼明年之再发，立意殊⑦不犹人，可谓于落花诗中别开生面矣。诗云："年年二月春光展，李白桃红斗深浅。廿四番风次第催，花梢费画[尽]东皇剪。昨夜封家作势雄，绿肥红瘦事匆匆。谁言倾国倾城貌，自在诸香世界中。寻春竟向春堤早，满径杨花轻不扫。从此浓阴匝地天，狂吟兴趣何时了。天壤编[偏]馀觅句人，情怀脉脉暗伤神。欲将一管寻诗笔，化作人间万里春。韶华岁岁何尝易，错铸空嗤九州铁。一度花开一度飞，梨花雪后酴醾雪。造物循环理易知，人生何苦太情痴。凭他粉黛凋零后，看取明年又⑧满枝。"

15. 山阴刘再仙女史（之莱）《春夜遣兴》云："月照阑干忘夜永，凭阑昨[乍]⑨怯罗衣冷。吟诗惊起睡鸳鸯，一池春水荡花影。"寥寥二十八字，意境幽绝，是殆得气之清者欤。

16. 专制君主纵情声色，多强选民间女子以允后宫，数千年来，

---

① "令"，雷氏作"今"，当为"今"。
② 雷氏后又录吕碧城《杂诗》四绝。
③ "金陵有徐姬者，善属诗，蚤死"，雷氏作："金陵徐姬，不详其名氏。善属诗。早卒。"
④ "清"，雷氏作"情"。
⑤ "娓婉不胜"至段末，雷氏无。
⑥ "琪母"，雷氏作"琪之太夫人也"。
⑦ "殊"，雷氏作"迥"。
⑧ "又"，雷氏作"花"。
⑨ "昨"，雷氏作"乍"。

沿为苛政。然粉黛三千，承恩者不过一二人耳。他则银钥黄昏，玉阶白露，长门深锁，坐老芳春。所谓有不得见者三十六年，女子之受专制荼毒，此殆最酷。沉沉长乐，寂寂昭阳，是中不知断送几许好女儿矣。及今回首，有馀痛焉。偶阅《豫章诗话》载明嘉靖庚戌[戌]宫人张氏卒，身畔罗巾有诗云："闷倚雕阑强笑歌，娇姿无力怯宫罗。欲将旧恨题红叶，只恐新愁上翠蛾。雨过玉阶天色净，风吹金锁夜声多。从来不识君王面，弃置无情奈若何。"宫中哀怨可以见矣，不必读韩汝庆《长安宫女行》而始为陨涕也。（前清挑选秀女，满人亦多苦为苛政，每届选期，女之父母，或略有司除名逃选，或不得已应选，必垢面毁容，或伪饰眇跛以往宫中，冀邀幸免。《长安宫女行》所谓"东家有女如花萼，旦入黄金名已落。西家有女如玉莹，夜剪乌云晨不行"是也。余生长都门，时晤满洲女友，因知之较详，附志之亦女界痛史也。）

按：（明）郭子章《豫章诗话》："世庙宫人张氏，恃貌不肯阿顺，匿闭无宠，早卒，殡于宫后。宫制，凡殡者必索其身畔。得罗巾，有诗，以闻于上。上伤之，以宫监不早闻，杖杀数人，此庚戌年事。都下盛传诗曰：'闷倚雕阑强笑歌，娇姿无力怯宫罗。欲将旧恨题红叶，只恐新愁上翠蛾。雨过玉阶天色净，风吹金锁夜凉多。从来不识君王面，弃置无情奈若何。'"①

17. 偶读近人选本诗集笔记，得闺秀所作断句若干联，萃而录之，亦殊别有意趣也。商宝意先生女公子□□咏苔云："昨宵疑有雨，深院更无人。"仁和孙秀芬女士咏夕阳云："流水杳然去，乱山相向愁。"仪征毕仪莲女史《春病》云："愁深偏讳病，年少转伤春。"宁乡钱淑生女士《江天晚眺》云："江空来雁少，山远夕阳多。"钱唐顾启姬有云："花怜昨夜雨，茶忆故山泉。"仁和方芷斋女士（芳佩）金陵诗云："啼鸟犹呼奈何帝，今人尚说莫愁湖。"萧山黄蕉乡女史《寄颖卿妹萧山》诗云："家远愁看花姊妹，病多难配药君臣。"杨州李华

① 《丛书集成续编》第200册，第76—77页。

女士《小孤山》云:"戴天以外全无倚,江水东流我不移。"鸳湖黄鬘因女史(箴)《题涵香女冠子〈清修图〉》云:"有情方作佛,薄命却多才。"《拟玉谿[溪]〈无题〉》云:"夜阑烛泪灰难梦,露重花枝嫩欲扶。"①

按:清代梁绍壬《两般秋雨庵随笔》卷三"绝唱":"'昨宵疑有雨,深院更无人。'商宝意先生令爱咏苔诗也。'流水杳然去,乱山相向愁。'仁和女士孙秀芬咏夕阳诗也。可为二题绝唱。"②"在璞堂老人"条:"仁和方芷斋夫人芳佩,勤僖公汪苟坡中丞新之继室也。工诗文,有知人鉴。……著《语凤巢诗稿》。记其金陵诗二句云:'啼鸟犹呼奈何帝,居人尚说莫愁湖。'跌宕之致,可以想见矣。"③

18. 天台吴茜云女史有《闺怨》七律一首④,内嵌⑤一、二、三、四、五、六、七、八、九、十及百、千、万、丈、尺、半、两、单⑥、双诸字,复以谿[溪]西鸡斋[齐]啼为韵。诗云⑦:"百尺楼前花一溪,七香车断五陵西。六桥遥望三湘月⑧,八载空惊半夜鸡。风急九秋双雁去,云开四面万山齐。子规不辞⑨愁千丈,十二时中两两啼。"鬼斧神工,巧思绮合,殆与苏蕙回文异曲同工矣⑩。

19. 吾友唐素娟女士英(为剑秋先生女公子)秉性敏慧,冠绝侪

---

① 除此处二句外,雷氏记:"鸳湖黄鬘因女史箴,别署天韵阁主。其诗不多见,顷见其《七夕》诗一首,绝佳。诗云:"造化元机却忌才,名花终古少常开。阿侬不乞天孙巧,但愿年年送拙来。"末两语寄托遥深,别有怀抱。女史殆今之伤心人软?"
② 梁绍壬《两般秋雨庵随笔》,上海古籍出版社,1982年,第106页。
③ 梁绍壬《两般秋雨庵随笔》,上海古籍出版社,1982年,第123页。
④ 此句雷氏作"娄县吴学素,字位贞。诗才敏捷。相传徐澹园尚书雅集东山,以《闺怨》命题作七律一首"。
⑤ "内嵌",雷氏作"中用"。
⑥ 雷氏无"单"。
⑦ "诗云",雷氏作"一时名宿均多棘手,位贞闻之,伸纸书云"。
⑧ "月",雷氏作"水"。
⑨ "辞",雷氏作"解"。
⑩ "异曲同工"后,雷氏续作:"一时艺林传诵殆遍。位贞适编修顾伟权。著有《荫绿阁草》。"

辈,博涉群籍,造诣弥深。尝自谓:"人既读书,当穷天下之时变,古今之治乱。岂吟风弄月、剪翠裁红者?"即谓为读书邪,其志趣远大若是。辛亥岁末,素娟归自东怀,瀛怆时局,成《感事》诗四律,传视于余,中有"诛秦人具荆轲胆,治蜀谁为葛亮才"二语。今日读之,益佩其远识矣。①

20. 番禺梁佩琼女史(蔼),为潘兰史先生室。著有《飞素阁诗词集》,其七古词意幽艳,绝类昌谷。如《梦天行》云:"雕阑十二花满天,青鸾啼破花间烟。胡蝶一双下驮梦,仙人招手芙蓉巅。软玉屏寒怯难倚,百锦氍毹蹴珠履。瑶阶旧种碧桃花,几度花开结成子。银河十丈琼台高,卷起红帘呼月姊。"《琼楼曲》云:"琼楼下瞰春茫茫,花枝入帘明月香。雁柱七弦素心远,蛾眉一尺春山长。宝镜瑶钗笑幽独,夜凉不放鸳鸯宿。花魂知弱怯东风,静掩瑶窗呼小玉。"其他律句,如"花阴匝地凉如水,柳色遮帘滟入诗","燕子何时相语别,鸳鸯好是不离家"诸句,亦俱②颖秀可诵。惜③天嗇其寿,年未三十,便即长逝。兰史先生赋《长相思》词十六章以棹[悼]亡,闻者多掩涕乌[焉]。

21. 小姑毕仪莲,颖慧静淑,不苟言笑。工绣事,里有"针神"之目。年十九未嫁,以瘵殁。有遗诗一卷,自署《秋莲吟》。虽删剩不足卅④首,而凄惋中人,览者多悲⑤其人而哀⑥其年也。兹摘写⑦其绝句两章。其一《清明》云:"又来载酒听啼莺,无那伤春一段情。芳草明年依旧绿,人生能得几清明。"其一《春望》云:"心事同谁⑧话短长,小亭人静立斜阳,蘼芜绿透江南路,不必春残已断肠。"窃尝谓:士女

---

① 此条诗话雷氏无。
② 雷氏无"俱"。
③ "惜",雷氏作"惜乎"。
④ "卅",雷氏作"三十"。
⑤ "悲",雷氏作"哀"。
⑥ "哀",雷氏作"悲"。
⑦ "写",雷氏作"录"。
⑧ "同谁",雷氏作"谁同"。

之怀才抱异者,往往不永于年,<sup>①</sup>造物忌才邪? 抑才干造物忌邪? 安得向造化小儿一叩其究竟也?

(天津大学国际教育学院)

---

① "窃尝谓:士女之怀才抱异者,往往不永于年"一句,雷氏作:"古今女子之怀才抱异者,或不永年,或处境坎坷"。

# 融通艺文成一家

## ——邓乔彬先生治学述略

## 符继成

**内容摘要**：当代著名文艺理论家邓乔彬先生一生致力于中国古代文艺研究，运用文献学、文艺学与文化学相结合的方法，打通文学、艺术各门类之间的壁垒，在诗、词、文、曲、赋、乐、画及相关的学术史等多个领域都有创获，构建了一个具有融通博大的"中国气派"的学术体系，在学界产生了相当广泛的影响。其治学经验值得研究与借鉴。

**关键词**：邓乔彬；文艺理论；中国古代；中国气派

# Combining Art and Literature to Form a System
## — A Brief Account of Mr. Deng's Scholarship

### Fu JiCheng

**Abstract**：Mr. Deng Qiaobin, a famous contemporary literary theorist, devoted his entire life to the study of Chinese ancient literature and art. He used a method of combining philology, literature and culturology to break through the barriers between various categories of literature and art, and made achievements in many fields such as poetry, ci, prose, Chinese opera, poetic essay, music, painting, and academic history related to them. He has established an academic system of "Chinese style" which is integrated, comprehensive and profound, producing a fairly wide range of influence In the academic community. His academic experience is worthy of research and reference.

**Keywords**: Deng Qiaobin; literary theory; ancient China; Chinese style

邓乔彬(1943—2018),广东珠海(原中山)人,文艺理论家,博士生导师,先后在华东师范大学、暨南大学任教。出版专著10余部,发表论文300余篇,有《邓乔彬学术文集》12册。曾担任《词学》主编,《全宋词评注》《近代文学大系·文学理论集》副主编,《中国韵文学刊》《中华词学》《宋代文学研究年鉴》《中国词学大词典》编委,兼任中国宋代文学学会副会长、中国韵文学会常务理事、中国古代文学理论学会理事、秦观研究会副会长、李清照辛弃疾学会常务理事、中国词学会学术委员、广州市语言文学学会顾问。多次获中国图书奖、省部级哲学社会科学优秀成果奖、宝钢优秀教师奖、南粤优秀教师奖等荣誉。

2018年1月30日,中国古代文艺研究领域的著名学者邓乔彬先生在上海辞世。消息传出,学林同悲。邓先生于1943年出生,1978年考取华东师范大学中文系研究生,1981年毕业后留校任教,2003年调入暨南大学任古代文学学科带头人、特聘教授。在四十年的学术生涯中,他不媚世、不虚饰、不颂谀,埋首书斋,笔耕不辍,撰写了750余万字的论文、著作,多次荣获中国图书奖、省部级哲学社会科学优秀成果奖等荣誉,在学界产生了广泛影响。今略述邓先生的治学如下,以为纪念。

邓乔彬先生的中国古代文艺研究,走的是传统"通人通儒之学"的路径,主张文献学、文艺学与文化学的方法相结合,打通文学艺术各门类之间的壁垒。因此，他不仅文、史、哲兼通，而且于文艺方面也不只专精一门，诗、词、曲、赋、文、乐、画及相关的学术史等，均有成就且能融会贯通。大略而言，其用力最勤、创获最多、影响最大的，为文化与文艺的宏观关系研究、诗学研究、词学研究、画学研究和学术史研究五个方面，它们构成了先生学术之厦的"屋顶"和"支柱"。

文化与文艺的宏观关系研究是邓先生学术之厦的"屋顶"，代表作为专著《古代文艺的文化观照》。该著成于二十世纪九十年代，其时先生的学术生涯处于中期，阅历识见既高，学术积淀亦厚，研究个性也已成熟，因此无论从内容还是方法来说，它都有承前启后、笼罩全体之势，可视为先生学术研究的总纲。在该著中，先生高屋建瓴，对中国古代文艺与文化的关系及其发展态势进行了全局性的观照与探讨：先从横向的维度论中国的地理环境、农业经济、封建政治、哲学、宗教、语言等文化因素影响于文艺而形成民族特征和美学特性；再以时间先后为序，纵论从原始社会到清代的文化变迁和文艺发展规律、态势。中国文化和文艺的主要现象、特点、发展历程、发展规律以及它们之间的联系，于此著可观其大略，而先生在诗学、词学、画学、学术史等方面的诸多论题及基本观点，亦可由此寻绎。该著于2003年出版后，获广东省哲学社会科学优秀成果奖。

"屋顶"之下，支撑邓先生学术之厦的第一根"支柱"为词学研究。这一领域的研究贯穿了他学术生涯的始终，成果丰硕。早在二十世纪八十年代，邓先生即以研治词学驰名学界，与施议对、杨海明、刘扬忠三位先生并称"词坛四杰"。他在这方面论著颇多。读研时，即有《论姜夔词的清空》、《论姜夔词的骚雅》等论文在《文学遗产》等业内权威期刊发表。之后，他参撰了第一部词学批评通史《中国词学批评史》，写作了第一部从美学角度全面研究唐宋词的专著《唐宋词美学》。此外，还撰写了《爱国词人辛弃疾》和《宋词与人生》等普及性著作，以及一系列关于词人词作、词学理论方面的论文。2007年，又完成了近130万字的巨著《唐宋词艺术发展史》。该著被评为中国社科基金项目优秀成果，代表了邓先生词学研究的最高成就。专家谓其

"篇幅宏大、内容丰富,对唐宋词的艺术发展史作了全景式的描绘和深入细致的论析,是一部富有创新性和学术含金量的力作。"①它构建了由词乐、词调、词律、词韵、词体、词语、词法、词艺、词境、词风等层面组成的唐宋词艺术体系,并将其置于我国古代诗歌发展的流程中,以文化的变迁转换为动因考察、描述其发展演变过程。出版之后,诸多学者撰文给予了高度评价,认为它"体现出文学史分体书写方式的创新"②,为"具有集大成性质的唐宋词史"③,是对"唐宋词艺术的'总账式'研究"④。2013 年,该著获教育部第六届人文社科优秀成果二等奖。

邓先生学术之厦的第二根"支柱"来自其诗学研究,代表作有专著《有声画与无声诗》、书稿《现代新诗与古典诗词》及关于"文化与诗"、"进士文化与唐诗"等方面的论文 20 余篇。《有声画与无声诗》为邓先生首部实践其打通艺、文界限主张的专著,也是中国第一部全面比较诗画异同的著作。它从表现对象、思想基础、社会功能、主体风格四个方面论中国古代诗画之异,从美学特征的融合、形象营造的趋同、艺术表现的互补、后期创作的相通论诗画之同,建构了一个严谨的中国古代诗画比较理论体系,被论者称为"中国的拉奥孔"⑤。《现代新诗与古典诗词》为影响比较的诗学论稿,设"意象与意境"、"声韵与体式"、"语言与修辞"等论题,视域及于古今中外,重在探讨中国古典诗词对于现代新诗的影响,实现古代文学与现代文学研究之间的打通。而"文化与诗"和"进士文化与唐诗"两组系列论文则采

---

① 《光明日报》,2010 年 10 月 14 日第 12 版。

② 王兆鹏《于体制内外与移位变体中独辟词学蹊径》,《学术研究》,2014 年第 7 期,第 147 页。

③ 路成文《一部具有集大成性质的唐宋词史——评邓乔彬先生〈唐宋词艺术发展史〉》,《聊城大学学报》,2011 年第 4 期,第 122 页。

④ 欧明俊《唐宋词艺术的"总账式"研究——邓乔彬先生〈唐宋词艺术发展史〉读后》,《中国韵文学刊》,2011 年第 4 期,第 112 页。

⑤ 若冰《进入新境地:诗画比较研究——评邓乔彬著〈有声画与无声诗〉》,《文学遗产》,1995 年第 1 期,第 114 页。

用"文化观照"的方法,从文化背景、内涵、历史等方面对诗、画、文及相关理论进行探讨,其中多篇论文发表于《文学评论》、《文艺研究》等权威期刊并为人大复印报刊资料转载,为国内文化诗学研究的重要成果。

第三根"支柱"为画学研究。代表作除横跨诗画两界的专著《有声画与无声诗》外,另有《中国绘画思想史》、《宋代绘画研究》两本专著及一些论文。《中国绘画思想史》作于二十世纪九十年代,是第一部研究中国古代绘画思想的通史,填补了这一领域的学术空白。该著篇幅达 140 万字,大致以历史朝代为纵线,从文化史、思想史的角度切入,论述了从先秦到清代十九世纪的绘画思想。其中既有宏观之史的描述,也有中观专题、微观个案的论析,全景式地展现了各个历史时期的政治、经济、文化、思想、审美风尚的变化及其对中国绘画理论的影响。因内容宏富,评价精当,专业人士誉之为"鸿篇巨著,专业必读"①。在 2002 年的第十三届中国图书奖评选中,该书从全国千余种著作中脱颖而出,入围最后的 145 种获奖名单。2015 年,又获得了"国家社科基金中华学术外译项目"立项,将翻译成英文,在美国学者出版社(American Scholars Press)出版。另一本画学专著《宋代绘画研究》作于 2002 年,有近 50 万字,为宋代绘画的断代史。先生以其多年的画学研究底蕴,熟练地运用"文化画学"的阐释方法,对宋代绘画发展的文化环境与变化之势,唐五代到北宋绘画思想的转变,南北宋的主要绘画理论及绘画创作,辽、金、西夏和大理的绘画等论题作出了精准周详的论述。该著出版后,获广东省哲学社会科学优秀成果二等奖。

第四根"支柱"是属于学术史范畴的学者研究,代表作为《吴梅研究》及与赵晓岚合撰的《学者闻一多》。《吴梅研究》系邓先生在硕士学位论文的基础上修改而成,为二十世纪学术史研究的第一部专著。

---

① 王嘉《鸿篇巨著,专业必读——评邓乔彬先生的〈中国绘画思想史〉》,《美术报》,2011 年 9 月 3 日第 55 版。

在该书中,先生结合历史背景,首次较为全面地探讨了近代词曲大师吴梅的研究成果和创作成就,并对其旧戏曲创作的结穴者和新曲学研究的开山者的地位给予了客观公正的评价。《学者闻一多》一书撰成于1999年,其研究对象闻一多向来以民主斗士和诗人的身份而闻名,而他在古代文学研究领域的卓著成就则往往为前者所掩盖或淡化。邓先生独具只眼,以闻氏的学者身份为关注中心,对其古代文学研究作文化的观照,全面评述了其学术研究的内容、贡献、思想、方法、历史地位和影响,对于现代学术史的完善有相当重要的意义,因此被授予第二届"闻一多奖"一等奖。

由以上五个方面建构起来的学术之厦,门户众多而又彼此相通。数十年来,邓先生以此为家,优游其间,既有思接千载、视通万里的宏观判断,又有苦心搜求、洞幽达微的精深之见。如在《古代文艺的文化观照》中,他把秦汉以后的文化变迁和文艺发展规律,从时间与空间结合的角度,归纳为内外交融、雅俗循环、南北易位、代有所胜,从内容之变的角度,归纳为儒道相济、情理互制、天人合一、古今并出,两千余年的文化和文艺变迁大势,三十二字即基本道尽,显示出大气包举的学术眼光。而在专著《唐宋词美学》中,他将每一个专题几乎都写成了小型的"通论",经常以诗、文、画之美学特征和流变为参照,在比较之中确定唐宋词独具个性的美学价值,"'不惮其烦'地切磋琢磨,非捕捉到曲折精致的、有时是转瞬即逝的具有鲜明个性的活的形象不止"[1]。贯通于他所有研究中的中国文化精神、意脉,使他的学术体系具有了一种融通博大的"中国气派"[2]。值得特别注意的是,邓先生治学虽然立足于民族本位,崇尚传统的"通人通儒"之学,但又兼具世界性的眼光。他认为:"古典文学虽有学科的特殊性,但同样应该

---

① 万云骏《唐宋词美学·序》,《邓乔彬学术文集》第六卷,安徽师范大学出版社,2013年,第3页。

② 符继成《试论邓乔彬先生建构古代文艺研究之"中国气派"的理论与实践》,《中国文学研究》,2015年第1期,第93页。

并可以将眼光转向西方,积极地学习和汲取"①,"文学研究向西方汲取是必然的、必要的,中西'互相推助'一定能展示美好的前景"②。因此,在他的论著中,又常可看到对西方文艺现象、理论、概念的阐述、借鉴与运用,从而形成了一种中西会通的特色。

邓乔彬先生曾规划,要响应"为祖国健康工作五十年"的口号,争取工作到八十五岁,再完成《进士文化与唐诗》、《中国诗歌艺术思想史》、《中国韵文学概论》,以及力图构建新体系、体现"一代之所胜"的《中国文化史纲》等著作。③ 到那时,他倾注毕生心血、一字字码起来的学术之厦想必更加巍峨壮观,可惜天不假年,我们只能从现在已达12大册的《邓乔彬学术文集》中摹想其规模形容了。

邓先生曾对学生说:"我希望你们研究的结论是得自自己读书的发现,不尚空谈,经得起时间的考验。"这一点,当然也是他自己在研究工作中一以贯之的原则与追求。笔者相信,他穷毕生心血,为古代文艺理论研究领域的后辈学人留下的这些宝贵的学术遗产,应该是可以"经得起时间的考验"的。

(湘潭大学文学与新闻学院)

---

① 邓乔彬《〈人间词话〉境界说给词学批评的启示》,《词学》第八辑,华东师范大学出版社,1990年,第419页。

② 邓乔彬《〈人间词话〉境界说给词学批评的启示》,《词学》第八辑,第423页。

③ 邓乔彬《邓乔彬学术文集》第一卷《总序》,安徽师范大学出版社,2013年,第3页。

# 最是空山新雨后：
## "古今中西之争与中国文论之路"
## 国际学术研讨会会议综述

## 彭 爽

2017年9月23—24日，由华东师范大学中国现代思想文化研究所、中国古代文学理论学会、华东师范大学中文系和华东师范大学王元化学馆主办，台湾"中央大学"中文系、香港中文大学中文系及香港领南大学中文系协办的"古今中西之争与中国文论之路"国际学术研讨会在华东师范大学（中山北路校区）图书馆顺利召开。

会议邀请到来自复旦大学、上海外国语大学、上海社科院、上海师范大学、南京大学、南开大学、武汉大学、四川大学、中山大学、华南师范大学、上海交通大学、兰州大学、云南大学、湖北师范大学、韩山师范学院、日本宫崎国际学院、香港岭南大学、日本金泽大学、香港中文大学、香港教育大学、台湾"中央大学"、台湾辅仁大学及台湾清华大学等四十余位海内外知名专家学者的积极参与，共收到论文三十余篇。

胡晓明教授代表学校领导致欢迎辞。王力坚教授、张健教授、汪春泓教授与陈尚君教授分别代表协办单位和嘉宾致辞。主题演讲与分组讨论随后展开。

胡晓明教授以《活古化今：古今相接的中华文明体系中的文学思想如何可能？——四论后五四时代建设性的中国文论》为题，认为文论经过百年的交流碰撞，其双方争论史实已基本明确，而在"古今接续"这一环却一直未能重视。今古接续却是一切传统之所以成为有生命的传统的重要保证。在此基础上,胡晓明教授提出"活古化今"这一设想:所谓"活古",首先要立足于理论与变化的事实来解决观念前提;其次,要以"今"为镜,今古相照,即不仅将古典传统作为历史概念,而且更作为现代性范畴来思考。所谓"化今",即不仅是传承与发掘古典精神,且更积极主动参与现代性的建设,尤其重要的是,参与现代文化的建设,不是简单的随着现代性而动,而是要有一种批判性的当代意识,这一点,很大程度上区别于二十世纪九十年代的所谓"古代文论的现代转换"。

颜昆阳教授在以《内造建构——中国古典文学理论研究之诠释视域回向与典范重构》为题的演讲中首先对"五四知识型"几个议题的偏谬和总体的迷蔽作了反思批判,接着提出"内造建构"的意见,认为可首先通过展开"文化主体复位"的自觉运动、重构总体情境观与动态历程观的文学本体论、从中国古典诠释学重构人文知识的本质论与方法论这三项基础性的建设工程,与"中国诗用学"、"中国文体学"和"中国原生性文学史观"这三种专门性知识视域的建构一起,从内部出发,重建中国文论,以期转变时代,完成典范迁移。

随后陈伯海教授、陈尚君教授也就"激活传统"与"唐朝皇帝点赞过的唐诗"分别作了报告。下午的分会场讨论中,汪春泓、孙玫、李舜华、李元皓、查清华、刘顺、陈国球、程章灿、陈福康、殷学国、赵厚均、朱兴和、蒋寅、李建中、王力坚、李宜学、张煜、何诗海、卢盛江、周兴陆、杨焄、王守雪、刘伟等教授分别作了报告,并就个中问题阐发了自己的意见,与在场专家学者进行了切磋探讨。

24日,在卢盛江教授主持下,张健教授就《纯文学、杂文学观念与中国文学批评史》、蔡宗齐教授就《唯识学与王昌龄三境说》、李庆教授就《王元化的"中""西"文学研究》、曹顺庆教授就《西方文论中的中国渊源》、戴思客教授就《〈周易〉、〈论语〉和〈左传〉的兆周式文本:基于人类学的汉学研究》分别作学术报告。

在随后的圆桌论坛上,在场学者各抒己见,陈国球教授认为文学批评作为一个学科，其整个概念、整个知识架构来自西方，而非传统，我们的文学、我们的文化，其多元性内涵，应将其更加复杂化、深化到现代思维，我们要带着富有耐心、细心、信心的心理去面对问题，去解决问题，包括学科本身，包括文论。在处理古今中西的关系时，当如朱自清先生所言："自当借镜于西方，只不要忘记自己本来面目。"

周兴陆教授认为，中国古代的文学最重要的特点是其政治性、伦理性、多样性，而近代以来，多将伦理性简单置换为人性、多样消解为一元，"文以载道"的传统不应消逝，理论一定要对现实有矫正的力量。胡晓明教授对此表示赞同，认为我们不仅需要古代的现代转化，同时也要转化现代，文化认同、国家认同、知识分子独立的人格和精神都要提倡并坚持。

陈伯海教授肯定了大家的发言，同时在"传统的创造性转化"方面也提出了自己近年来一些新的思考，强调文论的追求不是真理，而是探寻"意义"。陈先生认为无论是以现代思维重构传统，还是以已有的文论架构为主，吸收传统文论，补充它、充实它，抑或是在传统与现代的交流对碰中形成一种新的文论架构，不管是哪条路，都是有意义的。但创造性转化的最终目标是什么？陈先生认为其没有终结。传统的转化本身就是一个过程，传统作为历史的事实是过去了，但其作为历史的价值、意义是永不磨灭的，还要通过当今流向未来。陈先生说自己三十年前强调科学的文学观，认为既然是科学，就要讲规律。但如今却不这样认为，科学关注的是普遍属性、普遍规律，人文关注的对象是"意义"，科学是有定则的，但是"意义"是在不断生成中的，不是一成不变的。

综合两天来会议的讨论情况，胡晓明教授用以下五点总结：一是宏观与微观。文论的研究，我们需要从微观入手，但也要有宏观的视野；有个案，但也需要上升到理论，尤其在这个时代，要学习五四前辈，要有"大哉问"。眼下的问题是这个层面的失落。二是外向与内造。中文的发展需要有外向型的导向，以实现其"可用"，对其他学科有重要的参考性，但内造也是必要的，向内挖掘，得出自己的真正精彩的东西来,这样才有持续的发展。三是普遍与特殊。特殊与普遍不是绝对的对立,二者是流动的、变化的,特殊性挖掘得更多,普遍性会更强,如项念东教授的"诗史"概念,不止于文学概念,更是政治概念,是用来记录时代苦难,守护人心的。四是真理与意义。文学非一切求真,而是追求意义。求真求实的一项现代性的品格,但求意义,更是超越二十世纪古今中西之争之后的一条新路。五是变古和化今。活化古代与转化现代其实并行不悖,更为辩证的是,转化现代的前提下,可能更好的活化古代,对传统有新新不已的开拓。大家一致有充分的信心,认为古代文论可跨越古今,焕发异彩。

开幕式的结尾,胡晓明教授曾即席赠诗三章,深深感慨于中国文论经历一个世纪的演变,一个重要时刻正在到来:

　　文论已过百年身,古树新花又一春。莫负万千杨柳意,
满山都是踏青人。

　　今古中西飘渺身,文章华夏苦争春。如何述往思来意,
玉露金风问故人。

　　水穷云起是今身,海日楼前万木春。最是空山新雨后,
竹喧莲动待佳人。

期间,颜昆阳教授、程章灿教授、周兴陆教授皆即席次韵。诗歌酬唱,为会议增添了一番耐人寻味的佳话。篇幅所限,这里仅以颜教授的次韵之作,为这篇综述的结束:

　　端从观化认前身,花老谁云不复春。今古水流明月在,
开新继往付贤人。


　　　　　　　　　　　　　　　　　　　（华东师范大学中文系）

# Contents

Contents / 523

**图书在版编目(CIP)数据**

中国文论中的"体"/胡晓明主编.—上海:华东师范大学出版社,2018

(古代文学理论研究;第四十六辑)

ISBN 978-7-5675-7839-5

Ⅰ.中… Ⅱ.胡… Ⅲ.中国文学-古代文论-研究Ⅳ.I206.2

中国版本图书馆 CIP 数据核字(2018)第 113733 号

# 中国文论中的"体"
## ——古代文学理论研究第四十六辑

主　　编　胡晓明
项目编辑　时润民
封面设计　高　山

出版发行　华东师范大学出版社
社　　址　上海市中山北路 3663 号　邮编 200062
网　　址　www.ecnupress.com.cn
电　　话　021-60821666　行政传真 021-62572105
客服电话　021-62865537　门市(邮购)电话 021-62869887
地　　址　上海市中山北路 3663 号华东师范大学校内先锋路口
网　　店　http://hdsdcbs.tmall.com

印 刷 者　常熟市文化印刷有限公司
开　　本　890×1240　32 开
印　　张　16.75
字　　数　462 千字
版　　次　2018 年 6 月第 1 版
印　　次　2018 年 6 月第 1 次
书　　号　ISBN 978-7-5675-7839-5/I·1905
定　　价　58.00 元

出 版 人　王　焰

(如发现本版图书有印订质量问题,请寄回本社客服中心调换或电话 021-62865537 联系)